Das Buch

Es beginnt mit einem Glas, das die schöne Sophia auf einer Party erschrocken fallen läßt – zu vertraut ist ihr die Bilderwelt der englischen Gruselgeschichte, die der Amerikaner Richard Storm gerade vorgelesen hat. Das unheimliche Geräusch, die nebelverhangene Kirche, der unterirdische Gang in dem alten Landsitz beherrschen seit der Nacht, in der ihre Mutter starb, ihre Albträume. Vor ihrem Tod wollte Sophias Mutter ein Gemälde in Sicherheit bringen, ein Triptychon aus dem 19. Jahrhundert, das nun auf dem internationalen Kunstmarkt aufgetaucht ist. Ein Unbekannter setzt alles daran, die drei Teile des Bildes in seinen Besitz zu bringen, und Sophia hat Grund zu der Annahme, daß dieser gefährliche und grausame Mann ihr eigener Vater ist. Der Hollywood-Regisseur Richard Storm hat sich in Sophia verliebt, obwohl er weiß, daß diese Liebe nur tragisch enden kann. Er ist fest entschlossen, das Geheimnis des Triptychons zu entschlüsseln und Sophia aus der tödlichen Gefahr zu retten. Aus einem Spiel mit dem wohligen Schauder wird plötzlich greifbares Entsetzen – ein ungewöhnlicher und äußerst spannender Thriller.

Der Autor

Andrew Klavan wurde in New York geboren, studierte in Berkeley und arbeitete zunächst als Zeitungsreporter, bis er sich ganz dem Schreiben widmete. Mit seinen Thrillern gewann er zweimal den Edgar Award, sein Roman *Ein wahres Verbrechen* (»True Crime«) wurde von und mit Clint Eastwood verfilmt.

Andrew Klavan

Augen der Angst

Roman

Aus dem Amerikanischen
von Sepp Leeb

DIANA VERLAG

Diana Taschenbuch Nr. 62/0112

Die Originalausgabe
»The Uncanny«
erschien bei Crown Publishers, Inc., New York

Die deutsche Übersetzung der Zitate von William Blake
stammt von Walter Wilhelm (William Blake, *Werke*,
Aufbau Verlag, Berlin 1958).

Die Hardcover-Ausgabe erschien unter dem Titel
»Das Triptychon«

Taschenbucherstausgabe 6/2000

Der Diana Taschenbuchverlag ist ein Unternehmen der
Wilhelm Heyne Verlag GmbH & Co. KG, München
Printed in Germany 2000

Umschlagillustration: Andrea Pistolesi/The Image Bank
Umschlaggestaltung: Hauptmann und Kampa
Werbeagentur, CH-Zug
Satz: Schaber Satz- und Datentechnik, Wels
Druck und Bindung: Elsnerdruck, Berlin
Gedruckt auf chlor- und säurefreiem Papier.

ISBN: 3-453-17144-6

http://www.heyne.de

Dieses Buch
ist für meine Mutter und
meinen Vater

»Bleib, Illusion!«

Hamlet

Inhalt

I

Vorspiel: Black Annie

Seine Augen! Seine Augen waren voller Angst. Und obwohl ich ihn erst vor sechs Monaten in London gesehen hatte, schien er seitdem um ebenso viele Jahrzehnte gealtert zu sein. Er war wie ich Anfang Dreißig und starrte mir nun durch die halb offene Tür von Ravenswood Grange entgegen mit der furchtsamen Feindseligkeit, all dem Argwohn eines Eremiten, der in seinen finstersten Meditationen gestört wurde.

Meinen Einspänner hatte ich bereits fortgeschickt. Ich hörte, wie die Hufschläge des Pferdes auf der langen Auffahrt des Gutshauses hinter mir leiser wurden. Das herbstliche Dämmerlicht zog sich um mich zusammen, die windgepeitschten Wolken des tiefhängenden Himmels drückten von oben auf mich herab. Das Haus selbst, die ganze graue Masse aus Stein, ragte wie drohend vor mir auf. All dies – und all die abscheulichen Raben, die von den Traufen und Giebeln des Hauses finster auf mich herabspähten – trug dazu bei, den Schauder der Angst zu verstärken, mit dem ich auf der Schwelle des Gutshauses stand und in die gezeichneten Züge meines ehemaligen Schulkameraden blickte.

»Mein Gott, Quentin!« brachte ich schließlich hervor. »Mein Gott, Mann, wo sind die Bediensteten?« Denn er war selbst an die Tür gekommen, und nicht nur die Eingangshalle hinter ihm, sondern das ganze Haus um ihn herum lag bis auf die flackernde Kerze in seiner zitternden Hand in völligem Dunkel.

Auf das Geräusch meiner Stimme hin blickte Quentin sich abwesend um, als merke er erst jetzt, daß er verlassen worden war. Langsam richtete sich sein angstvoller Blick wieder auf mich – und doch, mir war, als ginge er durch mich hindurch. Gerade so, als wäre ich unsichtbar, ein Geist, und als sähe er nur die verlassene Auffahrt, die sich, überschattet von zwei Reihen düsterer Blutbuchen, im Dämmerlicht verlor. »Fort«, hauchte er mit einer hohen, brüchigen Stimme, der Stimme eines alten Mannes. »Alle fort. Sie wollten nicht bleiben. Nicht einer von ihnen wollte bei mir bleiben. Nicht ein einziger.«

Der Wind frischte auf. Das herbstliche Laub wirbelte raschelnd um meine Füße. Von der Spitze eines Giebels kam der heisere Schrei eines Raben, seltsam triumphierend, grausig. Ich erschauderte. Doch schließlich löste ich mich aus der Erstarrung, die mich angesichts des verstörten Zustands meines Freundes befallen hatte. Ich trat vor und streckte meine Hand aus. Doch Quentin fuhr sich nur flüchtig mit der Zunge über die Lippen und wich vor mir in die finstere Eingangshalle zurück.

Ich folgte ihm, betrat das Haus. Mit einem unheilvollen Donnern fiel die mächtige Holztür hinter mir zu. Ich zwang mich, dem ebensowenig Beachtung zu schenken wie dem ominösen Halbdunkel, das sich rings um Quentins einsame Flamme verbreitete. Mit einem tröstenden Wort auf den Lippen trat ich noch einmal auf ihn zu. Dieses Mal wich er nicht zurück. Ich nahm den armen Mann beim Arm und führte ihn behutsam in den Salon.

Dort machte ich Feuer, doch es trug nur wenig dazu bei, die gedrückte Stimmung zu vertreiben, die über dem Raum lag. Alles wirkte verlassen und unbewohnt. Auf den Leisten der Vertäfelung lag dichter Staub, von den Deckenbalken hingen Spinnweben. Auf dem Fußboden und den Möbeln waren achtlos Papiere und Notizbücher verstreut.

Die Wärme und Behaglichkeit, die der Feuerschein im Kamin spendete, wurde rasch verschluckt – von den hohen Decken, von den düsteren Bildteppichen an den Wänden und von den schweren Vorhängen der schmalen Rundbogenfenster.

Als ich mich vom Kamin erhob, stellte ich fest, daß Quentin in einen Lehnsessel gesunken war. Stumm und mit offenem Mund saß er da, wie gebannt von den Schatten, die über das verschlungene Muster des Orientteppichs huschten. Der Lichtschein des Feuers, der Lichtschein der Kerze, die er immer noch achtlos in der Hand hielt, fuhren über seine eingefallenen Wangen wie rote Finger, wie eine Vorahnung vom Höllenfeuer. Ich nahm die Kerze aus seinem matten Griff und zündete damit eine Lampe an, die auf dem Tisch neben seinem Sessel stand. Dabei wurde ich entsetzt des vollen Ausmaßes seiner unheimlichen Verwandlung gewahr.

Er bot fürwahr einen traurigen Anblick, und das um so mehr, als ich noch in bester Erinnerung hatte, wie er kein halbes Jahr zuvor ausgesehen hatte. Damals hatten wir in meiner Stadtwohnung zusammengesessen, so, wie das ehemalige Schulkameraden eben tun, lässig in einen Sessel oder auf das Sofa gelümmelt. Wir hatten uns mit derselben jugendlichen Heftigkeit wie dereinst bis tief in die Nacht hinein unterhalten. Als Kirchenmann mit einer einträglichen Pfründe in Sussex war Quentin wie eh und je ein vehementer Verteidiger des Glaubens, ein Apologet Newmans, ein Unterstützer Puseys, ein glühender Verfechter des hehren Rituals und des tiefen *Mysteriums*. Ich, ein Arzt mit einer kleinen, aber prosperierenden Praxis in der Harley Street, war gleichermaßen entschlossen, mich für die Wissenschaft in die Bresche zu werfen und Vernunft und Experimentierlust als den Königsweg zur Entschlüsselung der subtilen Mechanismen des Uhrwerks Leben zu predigen.

Deutlich erinnerte ich mich an die Vehemenz, mit der Quentin mir widersprochen hatte, an das Leuchten in seinen Augen und an das Beben seiner Stimme, wenn er das Wunderbare und das Übernatürliche als verläßlichsten Führer zur Wahrheit anpries.

Doch jetzt - keine vierzehn Tage, nachdem er nach Ravenswood zurückgekehrt war, um dort nach dem plötzlichen Tod seines älteren Bruders und seiner Schwägerin deren Nachlaßangelegenheiten zu regeln - war sein offenes, energisches Gesicht faltig und ausgemergelt und seine hagere Gestalt ebenso verfallen wie die Ruinen der alten Abtei, die außerhalb der Mauern des Gutes stand. Mir fiel trotz all meines medizinischen Wissens nichts Besseres ein, als ihm ein Glas Brandy anzubieten. Dieses führte er nun mit meiner Unterstützung zitternd an seine Lippen.

Die Arznei tat bald ihre Wirkung. Leise hüstelnd stellte er das leere Glas neben die Lampe und blinzelte zu mir hoch, als sähe er mich zum erstenmal.

»Dem Himmel sei Dank, Neville«, sagte er. »Du bist gekommen.«

»Natürlich bin ich gekommen, alter Knabe«, erwiderte ich so zuversichtlich, wie ich konnte. »Sobald ich deinen Brief erhalten hatte. Aber was zum Teufel ist los mit dir? Du siehst aus, als hättest du Schreckliches durchgemacht.«

Bei diesen Worten schien eine Erinnerung das Entsetzen in seinen Augen neu zu entfachen. Er wandte sich von mir ab und starrte in das mittlerweile hell lodernde Feuer. »Du hast dich getäuscht, Neville, weißt du das?«

»Ich mich getäuscht? Inwiefern?«

»In allem. In allem«, wiederholte er niedergeschlagen. »Es *gibt* eine Welt jenseits der, die wir kennen. Es gibt ein Jenseits, und es ist ... es ist ...« Aber er sprach den Satz nicht zu Ende. Statt dessen sah er mich, als er den Kopf wieder hob, mit einem Ausdruck solch bemitleidenswerten Entsetzens an, daß alle weiteren Worte überflüssig waren. »Neville«, flüsterte er dann plötzlich wie elektrisiert und beugte sich mit einer eindringlichen Geste zu mir vor. »Neville, ich habe es gesehen. Ich habe *sie* gesehen!«

»Sie? Wen meinst du?« entgegnete ich scharf. Das Frösteln, das meinen Rücken hinaufzukriechen begann, hatte mich in einen leicht gereizten Zustand versetzt. »Wovon zum Teufel redest du überhaupt? Komm zur Sache, Mann! Wen hast du gesehen?«

In eben diesem Moment schienen ihn die Kräfte wieder zu verlassen. Der arme Kerl sank matt in seinen Sessel zurück, das Kinn sackte ihm auf die Brust, und seine Züge wurden schlaff. Als seine Stimme wieder ertönte, war sie so gespenstisch wie das Echo aus einem leeren Grab.

»Black Annie!« war alles, was er sagte.

Ich wußte nicht, ob ich darüber lachen oder angesichts dieses weiteren Beweises seiner Sinnesverwirrung erschrecken sollte. Zu guter Letzt, nachdem ich das Gesicht abgewandt hatte, um meine Reaktion vor ihm zu verbergen, sagte ich lediglich: »Hör mal, glaubst du eigentlich, daß es in diesem Mausoleum irgend etwas zu essen gibt?«

Zum Glück war das der Fall. Und nun stellte sich heraus, daß nicht alle Bediensteten das Haus verlassen hatten. Zumindest ein Mädchen – aus purem Mitleid mit seinem jungen Herrn, wie ich annahm – war geblieben. Unter der Bedingung, das Haus rechtzeitig vor Einbruch der Dämmerung verlassen zu dürfen, hatte sie sich bereit erklärt, sich tagsüber meines Freundes anzunehmen. Daher fand ich bei genauerem Nachsehen eine kalte Mahlzeit im Speisezimmer vorbereitet. Nichts weiter als eine bescheidene Portion Hammelfleisch, einen halben Laib Brot und eine eher unglücklich gewählte Flasche Bordeaux, doch es genügte. Ich brachte die karge Mahlzeit in den Salon, wo wir sie vor dem Kamin verzehrten. Wir aßen schweigend. Um ehrlich zu sein, wir tranken erheblich mehr, als wir aßen. Auf mein Drängen hin überwand sich Quentin, halbherzig von seinem Hammelkotelett zu kosten. Ich für meinen Teil saß die meiste Zeit gedankenversunken vor meinem Wein und dachte über das nach, was ich bislang erfahren hatte.

Black Annie. Der Name - in solch furchterregendem Ton von meinem Gefährten ausgesprochen - war mir nicht gänzlich unbekannt. Es gab, so erinnerte ich mich, eine alte Geschichte, die Ravenswood Grange mit einer solchen Gestalt in Verbindung brachte. Quentin selbst hatte sie mir während unserer Schulzeit an einem jener Abende erzählt, an denen wir uns nach dem Lichterlöschen gegenseitig um den Schlaf zu bringen versuchten, indem wir uns von Bett zu Bett allerlei Schauergeschichten zuflüsterten.

Ich erhob mich von meinem Stuhl und ging zu einem der Fenster in der gegenüberliegenden Wand. Als ich zwischen den verbeulten Bleizügen hindurchblickte, sah ich, daß sich die Nacht noch nicht vollständig über das Gut gelegt hatte. Sobald der dreiviertelvolle Mond zwischen den dahinfegenden Wolken sichtbar wurde, breitete er einen Schleier aus unstetem und blassem Licht über das welke Weideland im Osten. Auf diesem Stück Land, bald sichtbar, bald den Blicken entzogen, stand ein düsteres und unheilvolles Gebilde: die Ruinen von Ravenswood Abbey - der Keil einer eingestürzten Kapellenwand, die schiefen Grabsteine eines alten Friedhofs.

In der Zeit, bevor die alte Religion den Verwüstungen Heinrichs VIII. zum Opfer fiel, hatte sich das Land, auf dem jetzt das Gut stand, innerhalb der Grenzen jener Abtei befunden, mit der auch die Geschichte von Black Annie in Zusammenhang stand. Es handelte sich wohl kaum um eine wahre Geschichte. Ich glaube, es gibt in ganz England keine ähnliche Ruine, in der nicht zu mitternächtlicher Stunde irgendein verstorbener Mönch oder sonst jemand umgeht. Im Fall von Ravenswood Abbey, so sagt die Legende, ist es der Geist einer Nonne - wegen ihres schwarzen Ordenskleides Black Annie genannt -, der in dem verfallenen Gemäuer spukt. Besagte Nonne war zu ihren Lebzeiten von einem Augustinerdomherrn verführt worden - einem schwarzen Domherrn, wie sie wegen ihrer Kutten hießen. Es gab das übliche Nachspiel: Die arme Frau wurde bald schwanger. Doch bevor ihre Sünde offenbar werden konnte, verschwand sie auf unerklärliche Weise. In Wahrheit war es ihr mit Hilfe ihrer Mitschwestern gelungen, sich in einer Geheimkammer im Schlaftrakt des Nonnenklosters zu verstecken. Dorthin brachten ihr die Nonnen Essen und Trinken - und hielten während der häufigen Besuche ihres Buhlen Wache. Als jedoch der Zeitpunkt ihrer Niederkunft näher rückte, wurde klar, daß dieses Versteckspiel nicht für immer so weitergehen konnte. Erschwerend kam noch hinzu, daß damals im ganzen Land Getreue des Generalvikars unterwegs waren, um im Auftrag des Königs nach Beweisen für Korruption in den Reihen der Geistlichkeit zu suchen. Aus Angst vor Entdeckung überredete daher der Domherr seine Geliebte, das Neugeborene seiner Obhut zu übergeben. Er versprach ihr, das Kind an einen sicheren und geheimen Ort zu bringen, wo es von einer ihm persönlich bekannten Amme bestens versorgt würde. Nachdem jedoch der niederträchtige Domherr der Mutter den Säugling entwendet hatte, schnitt er dem wehrlosen Geschöpf in der Hoffnung, sein Vergehen vor den königlichen Inspektoren für immer vertuschen zu können, die Kehle durch und versteckte seinen winzigen Körper auf dem Gelände der Abtei. Wie nicht anders zu erwarten, drang die Kunde von dieser abscheulichen Tat irgendwann auch bis in das Versteck der untröstlichen Mutter vor. Als die Beamten des Königs eintrafen, um ihre Inspektion durchzuführen, wurden sie unverzüglich in die geheime Kammer geführt, wo sie die unglückliche Frau – zweifellos zu ihrer nicht geringen Genugtuung – an einem kräftigen Strick von einem der Deckenbalken hängend vorfanden. Das war die grausige Geschichte, die mir Quentin eines Nachts im Schlafsaal erzählt hatte. Und mit einem entsprechend schaurigen Tonfall hatte er flüsternd hinzugefügt, es heiße, der schwarzgewandete Geist der Nonne gehe bis zum heutigen Tag in den Ruinen der Abtei um.

Ich fürchte, ich habe bei dem Gedanken an dieses Schauermärchen einen leisen Laut des Spotts von mir gegeben. Denn als könne er meine Gedanken lesen, sagte Quentin hinter mir: »Daran kannst du dich doch noch erinnern, oder?«

Ich deutete aus dem Fenster. »Ich kann mich an irgendeinen Unsinn erinnern, den du mir einmal in der Schule erzählt hast, aber ...«

»Es ist wahr, Neville«, rief er aus. »Es ist alles wahr!« In einem neuerlichen Anfall von Erregung sprang er von seinem Sessel hoch und stürmte in die Mitte des Raumes. Dort blieb er unter dem Bildteppich der keuschen Susanna stehen, deren im Laufe der Zeit verblichene Haut der Feuerschein wieder rosig und lebendig erscheinen ließ. Quentins blasse, gequälte Gesichtszüge wurden ebenfalls von Flammen und Schatten zerfurcht, auch sie erhielten ein verschlungenes Eigenleben, während er seine zitternde Hand hob, um aus dem Fenster zu deuten. »Ich sage dir, ich habe sie *gesehen*. Da draußen. Bei der Abtei. Und das ist noch nicht alles ...« Doch sein Arm sank bereits wieder hinab, und er schüttelte mutlos den Kopf.

»Was noch?« hakte ich nach.

»Oh!« Aus diesem Laut sprach solch eine Hoffnungslosigkeit, daß all meine ungeduldige Skepsis von einer Welle des Mitgefühls fortgespült wurde. »Ich wußte, du würdest mir nicht glauben, Neville. Du mit deinem Vertrauen in

Wissenschaft und Vernunft – du mit deiner neuen Religion, die es nicht erwarten kann, die alte zu verdrängen. Aber ich sage dir, ich habe sie gesehen, und vor allem ... vor allem habe ich sie *gehört.*« Quentin warf einen so verstohlenen, wissenden Blick auf die Eichentür des Raumes, daß sich in mir zum erstenmal der Verdacht regte, er sei tatsächlich verrückt. »In diesem Haus«, murmelte er. »Sie war in diesem Haus.«

Erschüttert – über seinen Gesichtsausdruck, seinen Tonfall – versuchte ich erneut, einen herzlichen, unbesorgten Ton anzuschlagen. »Nun gut. Es tut schwerlich etwas zur Sache, ob ich dir glaube oder nicht. Wenn sie dir erscheint, so wird sie hoffentlich keine Skrupel haben, auch mir zu erscheinen. Dann kann ich mich auf ›das vernünftige und wahre Zeugnis meiner eigenen Augen‹ berufen. Und ich hege nicht den geringsten Zweifel«, fügte ich mit gedämpfter Stimme hinzu, »daß wir uns dann daranmachen können, dieser Sache auf den Grund zu gehen.« Quentin nickte nur und kehrte mit schweren Schritten zu dem lodernden Feuer im Kamin zurück. »Paß auf, was du sagst, Neville«, riet er mir noch. Dann ließ er sich wieder in seinen Sessel sinken.

»Ich habe keine Angst«, versicherte ich ihm.

Aber das war eine Lüge. Ich hatte große Angst, wenn auch nicht aus den Gründen, die er vermutlich unterstellte. Es war der Verstand meines Freundes, um den ich fürchtete. Welche Erscheinung er auch immer gesehen haben mochte – für mich als nüchtern denkenden Arzt bestand kein Zweifel, daß es sich nicht um einen »seltsamen, nicht zur Ruhe kommenden Geist« handelte, sondern vielmehr um eine Vorspiegelung seiner verwirrten Sinne. Was ich freilich nicht beurteilen konnte, war, ob sich diese Sinnesverwirrung noch behandeln ließ, oder ob Quentin – und ich habe schon mehrere solche Fälle beobachtet - bereits unwiederbringlich dem Wahnsinn verfallen war. Ich erwartete - um nicht zu sagen, fürchtete -, daß noch diese Nacht eine Antwort auf meine Frage bringen würde.

So hielten wir also Wache, er und ich. Das Feuer brannte herunter, und das Öl in der Lampe verzehrte sich. Langsam senkten sich die Schatten von den Deckenbalken auf uns herab. Die Gestalten auf den Wandteppichen verschmolzen mit dem Dunkel, bis nur noch ein spähendes Auge da, ein geheimnisvolles Lächeln hier, eine greifende Hand dort im flackernden Licht aufleuchteten, begleitet vom Knacken eines verglühenden Scheits. In diesen Stunden hatte ich ausreichend Gelegenheit, mir mehr oder weniger kluge Gedanken über den Zustand meines Freundes zu machen. Ungeachtet meiner eigenen Überzeugungen bin ich, so hoffe ich zumindest, kein Gegner aufrichtigen Glaubens. Dennoch konnte ich nicht umhin, mich zu fragen, ob es nicht vielleicht Quentins geistliche Studien waren, die ihn derart verstört hatten. Die zivilisierte Form von Religion, der wir in unseren modernen Zeiten anhängen, ist schließlich tief in uraltem, fast vergessenem Geisterglauben verwurzelt. Waren es diese abergläubischen Vorstellungen, so fragte ich mich, die - vom Fieberwahn meines Freundes zum Bildnis der Black Annie geformt - in den Ruinen der Abtei ihr Unwesen trieben?

Während ich derlei Gedanken nachhing, ging die Lampe aus. Auch die Glut im Kamin brannte zischend weiter herunter, und noch tiefere Dunkelheit umschloß uns. Verstohlen beobachtete ich meinen Freund, und meine Besorgnis nahm noch zu, als ich erkannte, daß die Niedergeschlagenheit, mit der er unsere Wache begonnen hatte, allmählich einem Zustand wachsender Anspannung und Erregung wich. Irgendwo außerhalb des Raumes schlug eine Uhr. Es war Mitternacht.

Plötzlich sprang Quentin auf und rief: »Das ist die Stunde! Sie ist hier!«

Bevor ich etwas antworten konnte, war er durch den Raum ans Fenster geeilt und hatte das Gesicht an die Scheibe gedrückt. Ich war ihm dicht auf den Fersen und blickte nur wenige Augenblicke später über seine Schulter.

Die Scheibe beschlug von seinem Atem, als er heiser hervorstieß: »Da draußen!«

»Ich kann nichts sehen!« entgegnete ich. Weiter als einen Meter entfernt war nichts mehr zu erkennen als tiefe schwarze Nacht.

Schließlich frischte der Wind auf. Ich hörte es im Kamin und sah es kurz darauf an den Bewegungen einer Ulme, deren nackte Zweige sich zitternd zu biegen begannen. Und sobald der Wind stärker wurde, rasten die Wolken über den Himmel - und der Mond trat immer öfter hinter ihnen hervor. Sein gespenstischer silberner Schein hob die Landschaft aus dem Dunkel. Hinter der verschlungenen Silhouette der Ulme waren nun die Ruinen der Abtei zu sehen - trostlos, schwarz und drohend. Die ständig wechselnde Beleuchtung, durchwirkt von den rasch vorüberziehenden Wolkenschatten, verlieh der Szenerie etwas Unwirkliches, es sah aus, als würde ringsum alles schweben. Wir blickten durch die Scheibe wie durch einen zerrissenen Vorhang in eine andere Welt.

Und dann sah ich sie. Die Gestalt war in ein weites Gewand gehüllt. Die Kapuze hatte sie tief ins Gesicht gezogen, und sie war rabenschwarz, so schwarz, daß sie weniger wie ein Lebewesen als vielmehr wie die Abwesenheit jeden Lebens erschien. Langsam, mit ehrfurchtgebietender Würde, schritt sie zwischen den Grabsteinen des Friedhofs dahin.

Ich kann das lähmende Entsetzen nicht beschreiben, das mich bei diesem unheimlichen Anblick befiel. Mir gefror das Blut in den Adern. Starr vor Angst stand ich wie gelähmt da. In den schier endlosen Momenten, in denen sich das Wesen bedächtig auf die Überreste der Kapellenwand zubewegte, war ich außerstande, mich zu bewegen, zu sprechen oder auch nur zu atmen, sondern stand nur mit weit aufgerissenen Augen und wie versteinert da. Nicht einmal den Tod selbst hätte ich so bedrohlich gefunden wie diese schwarze Gestalt, die mir wie ein Bote aus einer Welt jenseits des Todes schien, aus einer Welt jenseits aller Vernunft, aus einer Welt - und das war das schlimmste - jenseits aller Vergebung und Gnade.

Mit lebloser Würde setzte die stumme, traurige Erscheinung ihren Weg fort ans Ende des Friedhofs, zu den Überresten der Kapelle. Dort, neben der eingestürzten Mauer, dort - obwohl ich es als jemand schreibe, der kaum dem Zeugnis seiner eigenen Augen trauen mag -, dort also schien dieses pechschwarze Nicht-Wesen zu meinem ungläubigen Staunen mit immer noch gemessenen Schritten tiefer und immer tiefer in der harten Erde zu verschwinden, bis nur noch der von der Kapuze verhüllte Kopf über die Oberfläche ragte. Und dann war auch er verschwunden.

Fast im selben Augenblick schoß, vom heulenden Wind über den Himmel gepeitscht, eine gewaltige Wolkenmasse über die Ruine hinweg auf uns zu. Binnen weniger Sekunden hatte sie sich vor den Mond geschoben. Der zerrissene Vorhang schloß sich. Erneut drückte tiefes Dunkel gegen das Fenster.

Sekunde um Sekunde verstrich. Indes - ich war immer noch unfähig, mich zu bewegen - starrte ich weiter wie gebannt in das undurchdringliche Dunkel hinaus, als hätte ich die seltsame Szene noch immer vor mir. Es war Quentins erstickter Schrei, der mich aus meiner Erstarrung riß. Ich drehte mich um und sah, daß er haltlos zu zittern begonnen hatte. Durch seine zusammengebissenen Zähne entwich seiner Kehle ein trockenes, ersticktes Schluchzen. Aus Furcht, es könne sich um die Vorstufe eines Schlaganfalls handeln, zwang ich mich einzugreifen und packte ihn entschlossen am Arm.

»Ist ja gut«, sagte ich lauter, als ich beabsichtigt hatte. »Ist ja gut, Mann, reiß dich zusammen! Es ist vorbei. Sie ist weg.«

»Weg?« Die Stimme, die aus ihm hervorbrach, konnte meine Bedenken keineswegs vertreiben. Sie klang erstickt und hohl, beherrscht von einem kaum unterdrückten hysterischen Lachen. »Sie ist nicht weg.« Er sah mich mit leuchtenden Augen an. »Du Narr! Sie ist nicht weg. Du mußt wissen, hier gibt es unterirdische Gänge. Da draußen. Unter der Abtei. Abwasserkanäle, Geheimgänge für den Nachschub. Die natürlich zum Teil eingestürzt sind, gewiß. Aber es *gibt* ein ganzes Netz von unterirdischen Kanälen und Gängen. Und einer von ihnen ... einer von ihnen führt ...«

Bevor er zu Ende sprechen konnte, ertönte ein Geräusch - ein Geräusch *aus dem Innern des Hauses*! Leise, aber nicht zu überhören. Hartnäckig. Es schien von irgendwo unter uns aufzusteigen und durch die Wände zu dringen, bis es den dunklen Salon vollständig erfüllte. *Tick-tick. Tick-tick. Tick-tick.*

Ich habe Leute erzählen hören, die Haare hätten ihnen zu Berge gestanden, doch ich selbst hatte diese Erfahrung noch nie gemacht. Das Geräusch ähnelte dem Ticken eines Uhrpendels, leiser und schwächer als ein Klopfen an der Tür, aber mit dem gleichen unangenehmen Nachdruck. Während mein Blick langsam über die dunklen Gestalten und Gesichter auf den Bildteppichen wanderte, verstummte es. Doch dann ertönte es von neuem:

Tick-tick. Tick-tick.

Ich wandte meine Aufmerksamkeit wieder Quentin zu.

Er lächelte mich an, aber sein Lächeln war durch solch eine abgrundtiefe Verzweiflung verzerrt, daß ich mich außerstande fühlte, es zu erwidern. Er beugte sich vor, und aus seiner Miene sprach fast so etwas wie Genugtuung, als er flüsterte:

»Einer dieser Gänge führt zum Priesterloch.«

Tick-tick. Tick-tick. Tick-tick.

In Abteien und in den Häusern in ihrer Umgebung, das wußte ich, gab es oft geheime Kammern und Verstecke – gebaut, um während der Verfolgungen der Tudor-Zeit bedrohten Priestern Unterschlupf zu bieten. Es war durchaus möglich, daß diese »Priesterlöcher«, von denen König Heinrich immer behauptet hatte, die Domherren benutzten sie für ihre geheimen Liebschaften, durch unterirdische Gänge mit dem Rest der Abtei verbunden waren.

»Ein Priesterloch?« sagte ich, als das leise Klopfen abermals ertönte, und das fiebrige Leuchten in den Augen meines bemitleidenswerten Freundes noch intensiver wurde. »Wo ist es? Können wir es uns ansehen? Komm schon, raus mit der Sprache, Mann!«

Zum zweiten Mal in dieser Nacht warf Quentin einen seltsam wissenden Blick auf die Tür.

Tick-tick. Tick-tick. Wieder dieses infernalische Geräusch. Was war das bloß?

»Im Arbeitszimmer«, sagte Quentin.

Ich zögerte nicht. Auch nur das geringste Verharren hätte meine Entschlossenheit zunichte gemacht. Mit mehr Kühnheit als ich tatsächlich verspürte, schritt ich durch den Raum auf den Kamin zu. Ich nahm eine Kerze vom Kaminsims und bückte mich, um den Docht an ein glühendes Scheit zu halten. Als die Kerze zu brennen begann, trug ich sie zu Quentin. Sein Gesicht sah im flackernden Schein der kleinen Flamme angespannt und verkrampft aus, denn er begann zu ahnen, was ich vorhatte.

»Neville«, stieß er hervor. »Wir können, wir *dürfen* auf keinen Fall ...«

»Und ob wir dürfen«, unterbrach ich ihn grimmig. »Folge mir.«

Ich zog ihn vom Fenster fort und hinter mir her zur Tür. Es war eine drastische, aber wirksame Maßnahme. Sobald er einmal seiner Passivität entrissen war, schien seine frühere Tatkraft bis zu einem gewissen Grad wieder zurückzukehren. Sein Zittern ließ nach, und als ich aus dem Salon auf den Gang hinaustrat, folgte er mir aus freien Stücken.

Mit jedem Schritt, den wir machten, kam das Geräusch näher und wurde lauter. Doch immer, immer umgab es uns von allen Seiten. Es ertönte hinter den Ahnenporträts an den Wänden, unter den steinernen Bodenplatten, über den Deckenbalken.

Tick-tick. Tick-tick.

Quentin sah mich im unsteten Schein der Kerze eindringlich an und begann stammelnd von neuem zu protestieren.

»Neville! Neville, so hör doch ... um Gottes willen ... du weißt doch gar nicht, worauf du dich da einläßt ... hör auf mich ... hör zu, bevor es zu spät ist ...«

Ohne auf seine Warnungen zu achten, hastete ich weiter, um mich nicht von meinem Entschluß abbringen zu lassen. Das beharrliche rhythmische Klopfen um uns herum wurde immer lauter. Es war, als wäre es in mein Hirn eingedrungen und klopfte im Innern meines Kopfes weiter.

Tick-tick. Tick-tick.

»Neville!« schrie Quentin abermals.

»Ist das die Tür?« fragte ich, als wir das Arbeitszimmer erreichten. Ich hob die Kerze höher und packte die eiserne Türklinke. Auf ein Nicken Quentins hin drückte ich sie nach unten. Die Tür ging nach innen auf.

Wir betraten einen kleinen Raum, und das Kerzenlicht

streifte verhüllte Fenster, Bücherregale, einen mit Papieren übersäten Schreibtisch. Der unregelmäßige Atem der Flamme ließ die Gegenstände vor unseren Augen bald verschwimmen, bald wieder scharfe Konturen annehmen.

Tick-tick. Tick-tick.

Gefolgt von Quentin trat ich vorsichtig in den Raum. Was immer es war, es war hier – hier, oder ganz in der Nähe. Das Geräusch schien aus der Mitte des Raums emporzubeben. Jeder Muskel, jede Faser meines Körpers war zum Zerreißen gespannt. Die Flamme begann zu flackern, als sich meine Hand fester um die Kerze schloß, denn da war es wieder, das Geräusch.

Tick-tick.

»Wo?« stieß ich heiser hervor.

»Neville ...«

»Wo?«

Er deutete mit dem Kopf auf die Bücher an der Wand zu meiner Linken. »In diesem Regal«, antwortete er widerstrebend. Mit zwei Schritten hatte ich es erreicht. Es war ein hohes Möbel aus dunklem Holz, dessen Borde modrige Lederbände füllten. Unsicher streckte ich die Hand aus, um über die Buchrücken zu streichen. Quentin hinter mir protestierte weiter.

»Neville, laß uns umkehren, laß uns erst in Ruhe nachdenken, ich muß dir noch mehr darüber erzählen, viel mehr, als du weißt ...«

Ein Buch – ein dickes schwarzes Buch, dessen gerippter Rükken unbeschriftet war – gab unter meinen Fingern nach und rutschte nach hinten. Es ertönte ein Geräusch, als schnappte eine Verriegelung auf. Im selben Moment schien sich das ganze Bücherregal aus der Wand zu lösen. Mit einem knirschenden Quietschen schwang es mir auf einem verborgenen Drehgelenk entgegen.

Als ich es wie eine Tür aufzog, gab es den Blick auf

eine schmale Wendeltreppe frei, die sich in tiefes Dunkel hinabwand.

Tick-tick. Tick-tick.

Gerade so, als würde es aus den Balken des Hauses, aus der Luft um uns herum, aus meinem eigenen Hirn herausgesogen, entschied sich das Geräusch nun endlich für einen einzigen Ausgangspunkt, einen einzigen Herkunftsort. Im steten, monotonen Rhythmus eines Trauermarsches stieg es aus dem Dunkel am Fuß der Treppe empor.

Tick-tick.

Ich schickte mich an, zu ihm hinabzusteigen.

»Nein, Neville, nicht!«

Quentins verzweifelte Warnungen schwangen sich in immer schrillere Höhen auf, als ich unter dem Ächzen der feuchten Dielen Schritt für Schritt die Treppe hinabstieg.

»Du weißt gar nichts, du hast nichts begriffen, du mußt mir glauben, ich habe wochenlang über diese Dinge nachgedacht, ich habe zu ergründen versucht...«

Auf den tropfenden Steinwänden umsprang mich mein eigener Schatten in den bizarrsten Gestalten. Das Herz hämmerte mir in der Brust, und meine Kehle schnürte sich so fest zusammen, daß ich fast zu würgen begann.

Als ich meinen Fuß auf die unterste Stufe setzte, spürte ich, wie ein klammer Luftzug meine Beine umwehte. Die Kerzenflamme flackerte auf, und in ihrem heller werdenden Schein sah ich vor mir eine Tür aus vermodertem Holz, die an handgeschmiedeten Eisenbändern hing.

Tick-tick. Tick-tick.

Das Geräusch kam hinter der Tür hervor. Nervös auf meine Lippe beißend, zwang ich mich, die Hand nach dem Ring auszustrecken, der die Tür geschlossen hielt.

»Neville! Um der Liebe Gottes willen!« rief Quentin. »Es vergingen mehrere Wochen, bevor sie sich erhängte. Wochen, in denen sie nachts ihr Versteck verließ, um durch die

Abtei zu streifen. Nächte, in denen sie einen Spaten benutzte, begreifst du denn nicht! In ihrer geistigen Verwirrung, einen gewöhnlichen Spaten, um sich durch den Stein zu graben! Sie suchte ...«

Knirschend schabte die Tür über den Boden. Sie ließ sich nur mit Mühe öffnen.

Tick-tick. Tick-tick.

Auf einmal trat Stille ein. Das Klopfen hörte auf. Die Kerzenflamme flackerte, stabilisierte sich, tauchte das Priesterloch in fahles, trübes Licht.

Aber der Raum war leer.

Quentin und ich standen gemeinsam auf der Schwelle und spähten in ein enges Verlies mit einer niedrigen Balkendecke und Wänden aus unbehauenen Steinquadern. Nichts rührte sich, und die Stille war so vollkommen, daß sie fast unnatürlich erschien. Nicht einmal eine Ratte huschte davon, als wir beide wie versteinert in den Raum starrten.

Doch dann stieß Quentin hervor: »Da! Schau!«

Ich hob die Kerze hoch. Ihr Schein breitete sich über den ganzen Raum aus. Mein Blick folgte Quentins Fingerzeig und fiel auf einen kleinen Haufen aus Splittern und Staub, der sich am Fuß einer Wand auf dem Boden gebildet hatte. Es war sofort ersichtlich, daß es sich dabei um winzige Absplitterungen von einem der Steine darüber handelte. An den Kanten, da, wo auf ihn eingeschlagen worden war, war der Stein kreidig und aufgerauht – gerade so, als habe ihn jemand mit einem Spaten bearbeitet. Ohne lange zu überlegen, ging ich darauf zu. Mit einer Hand hob ich die Kerze hoch, die andere streckte sich nach dem Stein aus. Quentin rief erneut meinen Namen, aber ich befühlte bereits die zerfurchte Kante, da, wo sich der Spaten in den Stein gegraben hatte. Ich bekam den Quader zu fassen und zog daran. Er ließ sich mühelos bewegen, kullerte aus seiner

Fassung. Er glitt mir aus den Händen und schlug mit einem solch lauten Krachen auf den Boden, daß die Luft zu erzittern schien. Quentin schrie entsetzt auf. Ich schnappte nach Luft. Doch übertönt wurden diese Laute von einem unbeschreiblich grauenhaften Schrei, der gleichzeitig von überall und nirgends zu kommen schien: ein markerschütterndes Heulen, voll abgrundtiefer Verzweiflung und Pein, jenseits aller Tröstungen der Ewigkeit. Und während das entsetzliche Geheul immer weiter und weiter durch das unterirdische Verlies gellte, schien das Haus bis in seine Grundfesten zu erzittern.

Denn vor uns, in der winzigen Nische, die durch das Entfernen des Steins zum Vorschein gekommen war, lag, in der luftdicht abgeschlossenen Zelle so gut erhalten, daß die Haut so straff wie Pergament geworden war und dem weit aufgerissenen Mund und den leeren Augenhöhlen einen Ausdruck unendlichen Leids verlieh – vor uns lag mit aufgeschlitzter Kehle die Leiche eines kleinen Kindes, die unter unseren Blicken zu Staub zerfiel.

II

Storm hob seinen tragischen Blick

1

Auf der anderen Seite des Raumes zerbrach ein Glas. Storm hob seinen tragischen Blick – und sah eine Frau, für die es sich gelohnt hätte zu sterben.

Er hielt das Buch mit Geistergeschichten noch aufgeschlagen in seinen Händen. Hatte noch den allerletzten Halbsatz auf den Lippen – *die unter unseren Blicken zu Staub zerfiel*. Doch der Rest des Satzes, die ganze Geschichte waren ihm regelrecht aus dem Kopf geblasen. Von der Frau. Von ihrer Schönheit. Ihr bloßer Anblick hatte ihn von seinem Stuhl aufstehen lassen.

Was er, genauer besehen, ganz schön lächerlich fand. Was würde er als nächstes tun? Wie eine Cartoonfigur in die Luft springen, mit hängender Zunge, mit hervorquellenden Augen, mit einem Herzen, das wie auf einer Kitschpostkarte durch die Hemdbrust pochte? Er war schließlich nicht von gestern, er war durch und durch amerikanisch, ein echter Typ aus Hollywood. Ein realer Mensch mit Haaren in der Nase und psychischen Problemen und einem Anus. Das hier war das richtige Leben und kein Kinofilm. Es war also unmöglich – oder doch nicht? –, daß er sich eben auf den ersten Blick verliebt hatte.

Vielleicht nicht. Aber er starrte sie weiter an. Sie stand im Durchgang zum Wohnzimmer, gehörte zu den Gästen, die hereingekommen waren, als er vorzulesen begonnen hatte. Die große Fichte mit der bunten Weihnachtsbeleuchtung im Raum dahinter schien sie einzurahmen, noch stärker hervorzuheben. Ein Mädchen von, sagen wir mal, etwas über zwanzig. Nicht eins dieser magersüchtigen Starlets, wie er sie sonst gewohnt war, nicht eine seiner üblichen hirnlosen Tussis, vor Silikon und Ehrgeiz strotzend. Sie hatte eine richtige Figur unter dem tief ausgeschnittenen schwarzen Samt. Eine Taille und Hüften mit Substanz, beides extrem fraulich. Einen Busen aus den Zeiten, als ein Busen noch ein Busen war. Einen Schwanenhals, rosige Wangen, eine Haut wie Elfenbein, pechschwarzes Haar. Braune Augen, die hellsten braunen Augen, die man sich vorstellen konnte: intelligent, wach, lebendig. *Wahnsinn*, dachte er, *einfach Wahnsinn*.

Die Leute um sie herum – alle aus Bolts exklusivem Londoner Bekanntenkreis – hatten inzwischen begonnen, ihr lachend zu applaudieren. Sie stand immer noch wie versteinert da, die Hand, mit der sie das Glas gehalten hatte, ausgestreckt, ihr erschrockener Blick auf die Scherben am Boden geheftet. Scherben und schimmernde Splitter auf dem braunen Teppich. Ein größer werdender farbloser Fleck. Anscheinend war ihr das Glas einfach aus den Fingern geglitten und im Fallen gegen das Tablett des Butlers gestoßen.

»Oh«, sagte sie endlich. »Wie dumm von mir.«

Storm wurde ganz flau im Magen, und am liebsten hätte er sich an die Brust gefaßt. Was für ein Akzent, dachte er. Durch und durch britisch. Wie Julie Andrews in *Mary Poppins*. Er konnte sich noch sehr gut an einige seiner Kindheitsphantasien über Mary Poppins erinnern. An die Dinge, die sie ihm mit diesem Akzent vorgesungen hatte. *Oh, Richard. Oh, junger Herr! Entschul-*

digung, wollte er schon laut sagen, *es tut mir leid, wenn ich Sie erschreckt habe. Es war doch nur eine blöde alte Geistergeschichte.* Aber er kam bereits wieder zur Besinnung. Und außerdem war Bolt aus seinem Lehnsessel aufgestanden und trat zu ihr, und Bolt war schließlich der Gastgeber.

»Oh, Frederick, laß mich das wegmachen«, sagte sie zu ihm. »Wie ungeschickt von mir.«

»Nein, nein.« Er nahm sie am Arm. »Das übernehmen bereits meine getreuen Helferinnen.« Die beiden Frauen, die niedergekniet waren, um die Scherben aufzuheben, starrten böse zu ihm hoch. Ein Mann, der sich wie eine Bombe im Sturzflug seiner Lebensmitte näherte und der mit seinem breiten Gesäß und dem ausladenden Bauch in einem grünen dreiteiligen Anzug auch schon aussah wie eine Bombe. Dazu ein zynisches Schlangengesicht, von zu vielen Bell's and Rothmans tief zerfurcht. Zottelige graue Haare, aus denen Schuppen fielen. Die Zigarette, von der Asche fiel. »Und außerdem habe ich die Wohnung nur gemietet«, sagte er und geleitete sie fürsorglich aus dem Raum. Storm beobachtete – niedergeschlagen –, wie die beiden den Flur hinunter verschwanden. Er konnte hören, wie ihre Stimmen leiser wurden.

»Es tut mir leid, Frederick, ich hätte gar nicht kommen sollen, ich bin doch ziemlich geschafft. Gestern war ich noch in Ohio, und letzte Woche in Berlin ...«

»Ich bitte dich! Ich lebe für deine Besuche. Ich werde die Scherben als Reliquie aufbewahren. Ich werde an der Stelle einen Schrein errichten ...«

Jemand schlug Storm beifällig auf die Schulter. Jemand anders sagte: »Gut gelesen. Ganz schön gruselig. *Ihr* haben Sie jedenfalls einen gewaltigen Schrecken eingejagt.«

»Wer ist sie?« murmelte Storm und starrte auf die Stelle, wo sie gestanden hatte.

Und jemand antwortete: »Oh, das – das ist Sophia Endering. Ihrem Vater gehört die Endering Gallery in der New Bond Street. Nicht übel, was?«

Storm nickte. Er blieb noch ein paar Augenblicke lang stehen und ließ den Blick ziellos durch den Raum wandern. Eine gemütliche Nische, eine Ansammlung von Stühlen, mittelmäßige pseudoviktorianische Drucke über niedrigen Regalen mit zerlesenen Taschenbüchern. Ein breiter Bogendurchgang, der in den länglichen Wohnraum führte, in dem der Weihnachtsbaum leuchtete, das Gasfeuer bullerte und die indirekte Beleuchtung Weißweinflaschen zum Schimmern brachte. Wo sich die Gruppe, die sich um ihn geschart hatte, um ihn lesen zu hören, nun wieder auflöste. Wo die Partygespräche wieder aufgenommen wurden.

In dem lauter werdenden Stimmengewirr hörte er die Eingangstür zufallen. Er konnte es spüren: Sie war fort. Langsam sank er in seinen Sessel zurück.

Sophia Endering, dachte er. Er saß da, das Buch lose auf seinem Oberschenkel, mit dem Daumen überflüssigerweise immer noch die Stelle eingemerkt. *Sophia Endering.*

Doch was tat das schon zur Sache? Das zählte jetzt nicht mehr. Er war nicht in sie verliebt. Er konnte nicht in sie verliebt sein. Er konnte in niemanden verliebt sein.

Er hatte sich wieder ganz in sein unglückliches Inneres verkrochen und saß stumm und zusammengesunken da.

2

Aber warum? dachte Harper Albright. Warum ist er so traurig? Von ihrem Platz aus – zwischen den bestickten Kissen auf der Fensterbank links von Storm – hatte sie alles beobachtet. Sie hatte gesehen, wie Storm beim ersten Blick auf Sophia aufgestanden war. Sie hatte gesehen, wie der Schmerz der Leidenschaft Leben in seine Züge brachte, hatte verfolgt, wie es wieder erstarb, wie alles Feuer in seinen Augen erlosch und erneut dem Ausdruck tiefer Verzweiflung Platz machte. Unwillkürlich mußte sie an eine bestimmte Art von Krabben denken, die ihre Scheren »abwerfen«, sich ihrer buchstäblich entledigen können, um sich dem Zugriff eines Feindes zu entziehen. Es schien ihr, als ob Storm – was für ein lächerlicher Name, aber sie mußte ihn wohl so nennen, und sei es nur aus Respekt vor dem amerikanischen Wunder der Selbst-Erfindung – es schien ihr, als habe Storm auf ganz ähnliche Weise sein Herz »abgeworfen«, sich seines Herzens entledigt, um sich dem Zugriff des Lebens zu entziehen.

Während sie dasaß und nachdachte, hatte sie ihre verwelkten Hände über dem geschnitzten hölzernen Drachenkopf ihres Gehstocks verschränkt. Sie war eine etwas unheimliche, seltsam aussehende Frau, diese Harper Albright. Keineswegs schon besonders alt, vielleicht sechzig, aber dennoch vom Alter gezeichnet. Mit leblosem grauem Haar, das zum Bubikopf geschnitten war und ihr in die gefurchte Stirn fiel. Schlaffe, hängende Wangen unter wulstigen grauen Tränensäcken. Und eine dicke Brille, durch die sie forschend spähte. Zwischen ihren vergilbenden Zähnen steckte eine Pfeife, aus deren Meerschaumkopf mit der Form eines Totenschädels gelblicher Rauch aufstieg. Das runde Kinn hatte sie auf die Handrücken gestützt. Und sie fragte sich: Warum sollte Richard Storm Sophia Endering *nicht* lieben? Natürlich war er älter als sie – mindestens vierzig. Aber er wirkte noch sehr jugendlich, sah gut aus. Großgewachsen, muskulös. Mit kurzem, aber dichtem rotblondem Haar und einem Gesicht, das so zerklüftet war wie der Westen Amerikas, aus dem er kam. Wahrscheinlich sogar stärker zerklüftet, wenn man berücksichtigte, daß er aus Los Angeles kam. Und Harper wußte, daß er unverheiratet war – das heißt, geschieden. Humorvoll, umgänglich und charmant zu Frauen. Sie war sich bewußt, daß sie bis zu einem gewissen Grad sogar zärtliche Gefühle für ihn entwickelt hatte, seit er zu ihr gekommen war. Möglicherweise. Bis zu einem gewissen Grad. Warum also diese betonte Distanz? Sophia gegenüber. Eigentlich allen gegenüber. Harper wollte und wollte keine Antwort auf diese Frage einfallen.

Trotz all seiner amerikanischen Liebenswürdigkeit, fand sie, steckte er doch voller Geheimnisse oder zumindest voller verborgener Abgründe. Ein Produzent, ein extrem erfolgreicher Produzent von Hollywood-Filmen – einige gute, einige, die sie gesehen hatte, viele, die sich mit ähnlichen Themen beschäftigten wie sie. Weil sie mit dem Schrecken und dem Übernatürlichen zu tun hatten, mit Geistern, Werwölfen und dem einen oder anderen Gummidämon. Und doch hatte er diese lukrative Laufbahn vor einem Monat aufgegeben. Er war nach London gekommen, ein völlig Unbekannter, war ohne irgendwelche Empfehlungen vor ihrer Tür aufgetaucht und hatte ihr angeboten, als unbezahlter Assistent bei ihrer kleinen Zeitschrift *Bizarre!* mitzuarbeiten. Er habe es satt, erklärte er ihr, immer nur Filme über das Paranormale zu machen. Er wolle mit ihr arbeiten, um sich endlich einmal aus erster Hand einen

Eindruck von diesen Dingen zu verschaffen. Und das war eigentlich auch schon alles, was er ihr erzählte. Dennoch folgte er ihr ohne ein Wort der Klage – und, wie gesagt, ohne Bezahlung – wie ein großer Setter überallhin und half ihr bei ihren journalistischen Recherchen über angebliche Fälle von Spuk, Hexerei, Vampirismus, Entführung durch Außerirdische und dergleichen mehr. Schon bald jedoch hatte sie zunehmend die Frage zu beschäftigen begonnen, worum es ihm wirklich ging – und was es mit seiner seltsamen Distanziertheit auf sich hatte.

Ihre Überlegungen wurden unterbrochen, als Bolt in den Raum zurückkam.

»Also«, knurrte er Storm gehässig an. »Gut gelesen haben Sie, das muß man Ihnen lassen.«

Das war es, was zu dem Zwischenfall geführt hatte. Die Geistergeschichte. Etwa vor einer halben Stunde hatte Bolt sich des langen und breiten über Geistergeschichten im allgemeinen ausgelassen: Weihnachten und Adventfeiern und Geistergeschichten und so weiter. Storm hatte erwähnt, er habe vor allem diese typisch englischen Gruselgeschichten schon immer geliebt. Er hatte tatsächlich *geliebt* gesagt, und das hatte den Ausschlag gegeben – dieser übertriebene Yankee-Enthusiasmus. Es war keineswegs so, daß Bolt etwas gegen Storm oder gegen Amerikaner im allgemeinen hatte. Aber es gab so eine ganz bestimmte amerikanische Munterkeit, die er als ausgesprochenen Affront gegen seinen liebevoll gehegten Pessimismus empfand. Jedenfalls hatte Bolt daraufhin plötzlich gedacht, den Experten spielen zu müssen. Hatte sein Ton bis dahin nur etwas Salbaderndes gehabt, wurde er nun herablassend und belehrend. Und als Storm sagte, er finde die Oxford-Sammlung sensationell – er sagte sogar: *absolut sensationell!* –, hatte dies das Faß für den armen Bolt endgültig zum Überlaufen gebracht. »Damit mögen Sie durchaus recht haben«, hatte der Journalist entgegnet. »Vorausgesetzt, Sie stoßen sich nicht daran, daß man *Thurnley Abbey* nicht aufgenommen hat. Das soll nicht heißen, daß ich erwarte, eine Sammlung habe vollständig zu sein, aber immerhin haben wir es hier mit dem *Oxford Book of English Ghost Stories* zu tun, und damit übernimmt man meines Erachtens doch eine gewisse Verantwortung. Und dann wird *Thurnley Abbey* nicht in die Sammlung aufgenommen!«

»Ja, *Thurnley Abbey*, das war eine wirklich gute Geschichte«, pflichtete Storm ihm bei. »Ich glaube, sie ist in der viktorianischen Sammlung enthalten.«

»Pff!« zischte Frederick Bolt.

Und Storm wechselte nachsichtig das Thema. »Übrigens, haben Sie mal *Black Annie* von Robert Hughes gelesen?«

Diese Frage, fand Harper Albright, hatte er eindeutig gestellt, um einzulenken und einen Streit abzuwenden. Aber sie hatte die Sache nur schlimmer gemacht. Weil rasch klar wurde, daß Bolt *Black Annie* nicht gelesen hatte, daß er noch nie etwas davon gehört hatte. Und das hieß, die Geschichte konnte nichts taugen. Was er auch sagte.

»O nein, nein, da täuschen Sie sich!« rief Storm. Er erhob sich von seinem Stuhl und ging auf die Regale zu. Schlenderte mit einer Selbstverständlichkeit darauf zu, als sei es seine Wohnung und nicht die von Bolt. Und zog das *Fourteenth Fontana Book of Great Ghost Stories* heraus. »Sie steht hier drin. Sie sollten sie unbedingt mal lesen, sie ist wirklich gut.« Er hielt Bolt das Buch hin. Bolt sah es finster an. »Der vierzehnte Band! Der kann doch nur Ausschuß enthalten.« Aber Storm streckte ihm beharrlich das Buch entgegen. Bolts Lippen verzogen sich.

»Warum lesen *Sie* sie nicht vor?« zischte er. »Nur zu – Weihnachten am Kamin – eine Party – eine Geistergeschichte – wie wär's mit einer Lesung, Storm?«

»Was, ich?«

»Muß das sein?« hatte Harper Albright gemurmelt. Bolt konnte manchmal unausstehlich sein.

Später begann sie sich allerdings zu fragen, ob er dem Amerikaner nicht vielleicht in die Falle gegangen war. Storm nahm das Buch mit zu seinem Stuhl und begann *Black Annie* vorzulesen – und Harper wurde sofort daran erinnert, daß sein Vater Schauspieler gewesen war. *Das* hatte er ihr erzählt. Er las die Geschichte auf eine originelle Art, aber so, daß ihr unheimlicher Charakter darüber nicht verlorenging. Und bis Quentin und Neville sich, nur von ihrer Kerze begleitet, auf den Weg durch die unheilvollen, finsteren Gänge von Ravenswood Grange machten, waren die meisten von Bolts Partygästen im Salon versammelt, und fast alle hörten gefesselt zu. Beim letzten Satz hatten sogar ein paar Gäste geräuschvoll den Atem ausgestoßen. Und die bezaubernde Sophia Endering hatte ihr Glas fallen gelassen.

»Gut gelesen war die Geschichte zweifellos«, räumte Bolt jetzt noch einmal ein. »Und uninteressant war sie auch nicht. Zwar nicht originell, und auch nicht ironisch gebrochen oder phantasievoll – oder gar literarisch. Aber niemand kann sagen, daß sie uninteressant war.«

Storm zuckte nur mit den Schultern und sprach mit solcher Aufrichtigkeit, daß Harper Albright fürchtete, Bolt würde auf der Stelle tot umfallen. »Ach, wissen Sie, als ich sie zum erstenmal las, war ich vielleicht zehn Jahre alt. Für mich war das wie eine Offenbarung, einfach Wahnsinn! *Die* englische Geistergeschichte schlechthin. In gewisser Weise hat sie mich auf den Geschmack gebracht. Auch was den ersten Film betrifft, den ich gedreht habe, vor zwanzig Jahren. Ich war damals ungefähr zweiundzwanzig. Er hieß *Das Gespenst.* Ich war nie in England gewesen. Ich schrieb das Drehbuch, führte Regie, nahm das Ganze in Kalifornien auf. Aber es spielte alles hier, wissen Sie, in einer typischen *Black Annie*-Welt, die ich mir anhand der Geschichte zusammenphantasiert hatte. Ich brachte sie immer in Verbindung – ich weiß nicht – ich brachte sie einfach immer in Verbindung mit dieser ...« Kopfschüttelnd brach er mitten im Satz ab. Na ja, er war Amerikaner, rief Harper sich in Erinnerung, und befand sich auf einer evolutionären Entwicklungsstufe, wo man es nicht mehr nötig hatte, in vollständigen Sätzen zu sprechen. Aber was er gesagt hatte – was er zu sagen *versucht* hatte –, brachte sie erneut zum Nachdenken. Sie paffte an ihrer Totenkopfpfeife, stützte sich auf ihren drachenköpfigen Stock und blinzelte durch ihre dicke Brille. Er liebt die englischen Geistergeschichten tatsächlich, der junge Storm, dachte sie.

Und vielleicht, dachte sie, würde das am Ende sogar alles erklären.

3

Währenddessen klapperten draußen, in der Trostlosigkeit der winterlichen Stadt, Sophia Enderings Absätze laut auf das Kopfsteinpflaster. Sie eilte die schmale, leicht ansteigende Gasse hinauf. Ihr Busen, den Storm so bewundert hatte, wogte heftig. Diese Geschichte, dachte Sophia. Dieser blöde Amerikaner und diese blöde Geschichte.

Unter einen Arm hatte sie sich die Handtasche geklemmt. Der andere schwang fast in Marschmanier weit aus. Ihr Blick war entschlossen nach vorn gerichtet. Sie spürte den Wind über ihre Wangen streifen, dazu Sprenkel eines schwachen, kühlen Regens. *Tick-tick. Tick-tick.*

Es war natürlich ein absurder Zufall. Diese Geschichte, dieses sich ständig wiederholende Geräusch, diese nächtliche Wanderung durch die Gänge des verwunschenen Hauses. *Tick-tick.* Doch wie sich das alles fast aufs Haar mit ihren Erinnerungen deckte! Ihren frühesten Erinnerungen. Ihren schlimmsten Erinnerungen... Am Ende der Gasse, an der Kreuzung, blieb sie stehen und mußte in tiefen Zügen die kalte Nachtluft einatmen, um sich wieder zu beruhigen. Am Himmel zog eine rauhe Wolkensee, vom Vollmond erleuchtet, über sie hinweg und wälzte sich über die vor ihr aufragende Mauer aus Bäumen in die geheimnisvollen Gefilde des Holland Park.

Tick-tick. Tick-tick.

Gereizt – und beunruhigter, als sie zugab – hielt Sophia nach einem Taxi Ausschau. Es war ungewöhnlich still. Keine Autos. Keine Menschen, keine Schritte, kein Laut außer dem ihres eigenen Atems. Es muß schon spät sein, dachte sie, nach Mitternacht. Sie sah auf ihre Uhr. Es war sogar schon nach eins. In ihrem Rükken war die verlassen daliegende Gasse gegenwärtig. Rechts von ihr herrschte ungestörte Stille, unheimlich. Sophia blickte nach links die Straße hinunter, zur nächsten Kreuzung. Im Schein einer Straßenlampe küßte ein Jamaikaner mit Dreadlocks eine pokkennarbige Blondine. Ein paar Autos rauschten vorbei. Eine Gruppe lärmender Jugendlicher kam vorbei. Ihr Gelächter tönte bis zu ihr herauf, dann verschwanden sie, und es erstarb. Ich gehe jetzt dort hinunter, dachte sie, zu der belebten

Straße. Nehme mir ein Taxi. Bestimmt würde sie eines finden. Sie war eine Frau, bei der Taxis immer anhielten.

Tick-tick.

Sophia fuhr zusammen. Diesmal hatte es sich fast real angehört. War es womöglich real gewesen? Ein Ticken auf dem Kopfsteinpflaster hinter ihr? Sie nahm sich zusammen. Schaute über ihre Schulter. Drehte ihren Körper halb herum und wandte sich der Gasse zu.

Nein. Die Gasse zwischen den alten, efeuüberwucherten Backsteinmauern war leer. Nur noch in einigen der kleinen Häuser brannte Licht, und vor die wenigen erleuchteten Fenster waren dicke Vorhänge gezogen. Sophia schluckte. Das wurde ja immer schöner. Diese Geschichte! Diese seltsame innere Erregung! Vor aller Augen dieses blöde Glas fallen zu lassen. Der Amerikaner mit seinem theatralischen Getue …

Mit einem letzten Blick auf die Gasse drehte sie sich wieder um. Und rief: »Oh!«

Direkt vor ihr stand ein Mann. Sein Gesicht schien aus dem Dunkeln auf sie herabzustoßen, so nah – viel zu nah – ragte er über ihr auf.

Ihr erster Gedanke war, an ihm vorbeizurennen. Nichts sagen. Nicht versuchen, ihn in ein Gespräch zu verwickeln. Sie zog den Kopf ein, machte einen Schritt nach vorn. Der Mann streckte die Hand aus. Sophia blieb fast das Herz stehen. Sie stand kurz davor, um Hilfe zu rufen.

»Halt«, sagte der Mann. »Miß Endering! Sophia. Haben Sie keine Angst.«

Das brachte sie davon ab. Die Tatsache, daß er ihren Namen kannte. Der Tonfall seiner Stimme. Das perfekte Englisch, allerdings mit einem leichten deutschen Akzent, distinguiert. Sie blieb stehen. Taxierte ihn. Ein ernster junger Mann, in einer blauen Seemannsjacke, den Kragen um den Hals hochgeschlagen. Sehr gut aussehend, sehr jung. Unglaublich ernst. Mit gewelltem blondem Haar und warmen Augen, die sie sogar in der Dunkelheit sehen konnte. Aber ein Fremder, dessen war sie ganz sicher. Er lächelte. »Nein, nein, Sie kennen mich nicht. Ich bin ein Resurrektionist.«

Die erste Überraschung war verflogen. Sophia hatte sich wieder im Griff. Natürlich war sie noch nervös – er so dicht vor ihr, und die Schatten ringsum so nah, und dazu war er noch einen bedrohlichen Kopf größer als sie, so nah, daß sie in der kühlen Luft die Wärme seines Körpers spüren konnte. Noch vor zwei Minuten hatte sie inmitten des Lichts und der Wärme und des Menschengewühls von Bolts Party gestanden. Umgeben von plaudernden, lachenden Menschen, den Geschmack von Wein auf den Lippen. Das alles vermißte sie im Moment sehr. Ganz allein mit diesem Mann in der Kälte. Dem Resurrektionisten.

Aber sie wußte, sie konnte sich darauf verlassen, daß ihre Stimme fest und gefaßt klingen würde. »Sie stehen zu dicht vor mir«, sagte sie. »Das empfinde ich als bedrohlich. Treten Sie ein wenig zurück, wenn Sie mit mir sprechen wollen.«

Das tat er sofort, schien aber nicht begeistert. Vielmehr fühlte er sich im helleren Licht der Straße offenbar unwohl. Er sah rasch in beide Richtungen. Als ein Taxi an ihnen vorbeifuhr, beobachtete Sophia, wie er das Kinn tiefer in den Kragen seiner Jacke zog, um sein Gesicht vor den Lichtkegeln der Autoscheinwerfer zu verbergen.

»Also schön«, sagte sie schließlich. »Nun mal los. Was wollen Sie?« Das Taxi war weg. Die Straße lag wieder still da. Der Mond war hinter einer Wolke verschwunden. Der junge Mann hob seinen ernsten Blick und sah sie an. Leckte sich nervös die Lippen. Über seiner Stirn, einer jungenhaft glatten Stirn, wippte eine Locke seines blonden Haares. In diesem Moment hatte sein Gesichtsausdruck etwas so Verletzliches, daß Sophia spürte, wie sie milder gestimmt wurde, fast gerührt.

»Ich werde heute nacht ermordet«, begann der junge Mann ohne Umschweife. Und als wäre ihm die Melodramatik dieser Ankündigung selbst peinlich, fügte er ihr ein kurzes schnaubendes Lachen hinzu. »Der Mann, der *Die drei Weisen* kauft, wird mich umbringen.«

Sophia öffnete zwar den Mund, nickte dann aber nur, vorsichtig. Schob verlegen die Hände in die Manteltaschen, preßte der Kälte wegen die Arme gegen die Seiten. Wandte den Blick von dem jungen Mann ab, starrte, um besser nachdenken zu können, ins Nichts.

»Miß Endering, Sie müssen...«, begann der junge Mann erneut.

»Gehen wir zur Straße hinunter«, schlug Sophia vor. »Dort finden wir bestimmt ein Café, in dem wir uns in Ruhe unterhalten können.«

Der Deutsche machte eine Geste des Bedauerns. »Tut mir leid, aber mich darf niemand sehen. Und auch *Sie* darf niemand mit mir sehen. Das wäre sehr gefährlich. Es tut mir leid – aber ich möchte auf keinen Fall länger in diesem hellen Licht stehenbleiben.« Er war wieder ganz dicht vor sie hingetreten, fort aus dem grauen Schein der Straße. »Ich will Ihnen nichts zuleide tun. Bitte, helfen Sie mir. Ich möchte Ihnen nur möglichst schnell begreiflich machen, was ich Ihnen zu sagen habe, damit ich wieder gehen kann.«

Mit einem Seufzer sah Sophia zu ihm auf. Ihr Herz schlug rasend schnell, aber ihre Miene war gefaßt. »Na schön. Schießen Sie los. Worum geht es?«

»Mein Name ist Jon Bremer. Werden Sie sich das merken können?«

»Jon Bremer. Ja?«

»Und er wird *Die drei Weisen* kaufen.«

»Sie machen wirklich keine Witze?«

Der junge Mann legte ihr die Hand auf den Arm. Sogar durch den wollenen Ärmel ihres Mantels konnte sie die Dringlichkeit seiner Berührung spüren. »Er ist der Leibhaftige persönlich«, stieß er hervor, und seine Lippen zitterten dabei wie die eines Kindes. »Alle Resurrektionisten sind tot. Der Mann, der das Bild für echt erklärt hat: gefoltert – verstümmelt – ermordet. Das Paar, das den Laden im Osten entdeckte: das gleiche. Gefoltert, getötet. Sogar der Ladeninhaber – seine Leiche wurde drei Tage nach der Entdeckung des Bildes aus der Elbe gezogen. Seine Augen … grauenhaft … Das sind inzwischen fünf Menschen – fünf Menschen hatten *Die drei Weisen* in den Händen, Miß Endering. Vier sind tot. Ich bin der letzte.«

»Gütiger Gott«, entfuhr es Sophia. Sie wußte, es stimmte – und doch schien ihr die Unterhaltung unwirklich, alptraumhaft. Sie beide, wie sie am Rand der Gasse so dicht beisammenstanden. Die Wörter, die hastig, verstohlen, bedroht zwischen ihnen hin und her geworfen wurden. Einfach grotesk. Der Leibhaftige …

»Also, dann sollten Sie am besten zur Polizei gehen«, sagte sie schließlich mit Nachdruck.

»Nein!« Entsetzt riß der junge Mann die Augen auf und warf den Kopf zurück. »Auch dort sitzen seine Leute. Sie sind überall. Sie sind die einzige, der ich trauen kann.« Sein Griff wurde fester. Sophia spürte, wie sich sein Daumen in ihren Oberarm bohrte. Es tat weh, aber es verdeutlichte ihr seine Angst, weckte ihr Mitleid. Sie taten ihr alle leid. »Nur Sie kommen dafür in Frage, Sophia«, fuhr er fort. »Es sind *Die drei Weisen*. Sie kennen alle Beteiligten. Sie können dabeisein und Fragen stellen, ohne daß jemand Verdacht schöpft. Wenn Sie sehen, wer es kauft, wenn Sie das wissen – dann – können Sie – aber vorsichtig... dann können Sie die Behörden einschalten... Ihre Freunde bei der Presse – irgend jemanden...«

Einen Moment später nickte sie wieder, und er ließ sie los. Seine Stimme war nicht mehr so angespannt, und er sprach rascher. »Ich habe alle nötigen Schritte in die Wege geleitet, daß das Bild zugunsten einer gemeinnützigen Organisation versteigert wird – eine anonyme Spende, die Besitzrechte sind zweifelsfrei geklärt, alles ist geregelt. Mitte Januar kommt es bei Sotheby's unter den Hammer. Ich habe veranlaßt, daß das Bild bis dahin zwischengelagert bleibt, deshalb dürfte es, glaube ich, so lange in Sicherheit sein. Genau das werde ich ihnen erzählen, wenn...« Sie sah seinen Adamsapfel zwischen den Kragenenden der Jacke auf und ab hüpfen. »...wenn sie mich finden«, sprach er den Satz zu Ende. Dann fuhr er langsamer fort: »Er wird es kaufen, er wird jeden Preis dafür bezahlen. Verstehen Sie? Bei der Auktion wird er sich endlich zeigen. Verstehen Sie?«

Der Wind wurde stärker. Die Wolken wälzten sich vorbei. Über ihren zerzausten Rändern kam ein Teil des Vollmonds zum Vorschein. Pechschwarz, wie dürre Finger, reckten die Winterbäume ihre Äste in den Himmel.

»Nein.« Verständnislos und mit gerunzelter Stirn starrte Sophia zu ihnen hoch. »Nein, ich verstehe überhaupt nichts. Warum sollte er jeden Preis dafür bezahlen? Warum sollte er dafür einen Mord begehen? Das Bild ist nicht mehr als fünfundzwanzigtausend Pfund wert, vielleicht fünfzig, wenn Sie auch noch die anderen beiden finden. Woher glauben Sie so sicher zu wissen, was er tun wird? Ihre Leute –«

»Sind alle tot«, sagte der junge Mann. Inzwischen war seine Miene wieder von nacktem, eindringlichem Ernst geprägt. »Sie sind alle tot. Ich bin mir ganz sicher. In gewisser Weise kenne ich ihn sehr genau. Er fürchtet sich vor nichts. Er wird sich auf keinen Fall vertreten lassen. Er wird bestimmt selbst kommen.«

Jetzt trat er endlich von ihr zurück. Sophia hatte das Gefühl, als könne sie sich aus einer erstickenden Umarmung lösen. Der junge Mann blickte wieder die Straße hinauf und hinunter. Er schien sie bereits aus großer Entfernung anzusehen. »Ich weiß nicht, warum er dafür mordet oder warum er jeden Preis dafür bezahlt«, sagte er. »Aber er hat bereits gemordet, und er wird es kaufen. Er wird jeden Preis dafür bezahlen, mehr als irgend jemand anders. Deshalb: Derjenige, der das Bild kauft, ist der Mann. Der Leibhaftige. Das müssen Sie sich merken. Wer das Bild kauft...« Er schien ihr zu entgleiten, in den Strom der Nacht davonzutreiben. Sie wollte ihn zurückhalten, wollte dem Spuk ein Ende machen. »Hören Sie«, sagte sie mit Nachdruck. »Sie sollten wirklich besser zur Polizei gehen. Ich kann nicht...«

»Denken Sie daran«, sagte er – es kam heiser heraus, aber die Wörter drangen noch bis zu ihr herüber, obwohl er bereits die Straße überquerte –, »wer das Bild kauft, hat mich ermordet, hat uns alle ermordet. Wer *Die drei Weisen* kauft...«

Sophia sah ihm nach: wie er auf der anderen Straßenseite den Gehsteig betrat. Wie er sich in den Schatten der Parkmauer drückte. Wie er von den Schatten der Zweige gepackt und in sie hineingezogen wurde.

»Wer *Die drei Weisen* kauft...«

Doch es konnte nicht sein, daß sie ihn die Worte

noch einmal flüstern gehört hatte. Er war bereits verschwunden.

Was für eine Nacht – eine Nacht, wie man sie sich schrecklicher nicht vorstellen konnte. Wie einige der schlimmsten Alpträume, die sie je gehabt hatte – und sie hatte schon einige schlimme Träume gehabt. Im Schlaf wurde in ihrem Kopf alles wild durcheinandergeworfen. Die vermummte Gestalt Black Annies wurde zu den drei vermummten Königen auf Reinharts *Die drei Weisen aus dem Morgenland*. Der verwunschene Flur in Ravenswood Grange wurde ein endloses Gängegewirr in Belham. Sich blind vorantastend, irrte sie darin umher. *Tick-tick. Tick-tick. Denken Sie daran, Sophia. Wer* Die drei Weisen *kauft* ... Immer wieder schrak sie in panischer Angst aus dem Schlaf hoch, um sich danach mit einem Gefühl entsetzlicher Hilflosigkeit in die Kissen zurücksinken zu lassen. *Tick-tick, tick-tick.* Die Träume waren wie Treibsand, sie ließen sie nicht mehr los. Grauen packte sie. Suchend tastete sie sich von einem Flur zum nächsten durch das Dunkel, und jedes Bild an den Wänden waren *Die drei Weisen. Denken Sie daran, Sophia* ...

Mit einem Laut, der ebensosehr von Wut wie von Angst geprägt war, machte sie dem Spuk schließlich ein Ende. Lag benommen im Bett und rieb sich, um sich warm zu halten, die Arme. Ein Moment völliger Leere. Keine Erinnerungen, eine vage gefahrvolle Umgebung. Doch dann nahmen die vertrauten Umrisse ihres Schlafzimmers Gestalt an: hohe Rahmen mit Ausstellungsplakaten, großformatige Kunstbücher auf einem niedrigen Regal, die Krümmung ihres Rolltop-Schreibtisches, die freundliche Silhouette des Computers daneben, ein Bücherstapel auf dem Boden ...

Der Wecker ertönte. Das Radio. »Hier ist BBC Radio Four. Es ist sieben Uhr …« Und das Zeitzeichen: bing, bing, bing … Der Resurrektionist, fiel Sophia plötzlich ein. Ihr Herz sackte nach unten. *Ich werde heute nacht ermordet …*

Und dann begann der Nachrichtensprecher: »Heute morgen wurde in der Themse die Leiche des deutschen Kunsthändlers Jon Bremer gefunden. Laut Aussagen der Polizei könnte sein Tod das Werk von Satansjüngern gewesen sein. Bremer, eine erfolgreiche und angesehene Persönlichkeit auf dem europäischen Kunstmarkt, ist nach den Worten des Polizeisprechers vor seinem Tod Opfer ›bestialischer Foltern‹ geworden. Laut Aussagen des Sprechers wurden Bremer die Augen ausgestochen …«

Sophia setzte sich im Bett auf.

»… und seltsame Symbole in die Brust geritzt.«

»Oh«, hauchte sie.

Der Nachrichtensprecher ging zu anderen Meldungen über. Und Sophia preßte ihre Hand vor den Mund. Sie starrte in das heller werdende Licht. Starrte dahin, wo ihr Schreibtisch, ihr Computer, ihre Bücher gewesen waren. Dahin, wo sie jetzt nur noch das Bild von Jon Bremers jugendlichem, freundlichem, einnehmendem Gesicht sah – seinem lebendigen Gesicht. Das aus bluttriefenden Höhlen, die einmal seine ernsten Augen gewesen waren, zurückstarrte.

4

»Wer ist diese Sophia Endering?« fragte Richard Storm unvermittelt.

»Schhh!« zischte Harper Albright.

Storm dämpfte seine Stimme zu einem Bühnenflüstern: »Sie fiel mir nur gerade wieder ein. Kennen Sie sie überhaupt?«

Harper antwortete ihm nicht, sah ihn nicht einmal an. Er dachte also immer noch an sie – und das, obwohl seit Bolts Party fast zwei Wochen vergangen waren. Inzwischen war es nahezu Ende Dezember.

Die beiden standen allein auf einem Friedhof in Devon. Um Mitternacht natürlich, denn um diese Zeit, hieß es, trieb sich das Untier hier herum. Das Gras um die Sockel der Grabsteine war bereits von matschigem Schnee bedeckt. Schlimmer noch, der Schnee hatte auch aus dem Stück Wildbret, das sie auf die Friedhofsmauer gelegt hatten, eine formlose weiße Masse gemacht: ihr Köder.

Harper selbst, diese seltsame kleine Frau, hatte gut und gern einen Zentimeter Eis auf der Krempe ihres Borsalino und auf den Schultern ihres Capes gesammelt. Nun stand sie auf ihren Stock gestützt da und konnte spüren, wie sich die graue Wolle des Umhangs mit dem schmelzenden Schnee vollsog und immer schwerer wurde. Sie konnte spüren, wie ihre alte Haut klamm wurde, als die Kälte zu ihr durchzudringen begann. Und der schneidende Wind machte die Sache keineswegs besser. Unablässig wehte er über die Hecken und Hügel auf sie zu. Erreichte sie mit einem gequälten, ersterbenden Ton, der sie an die Kobolde des Dart denken ließ. Es hieß, sie hätten einen Bauernjungen in den Fluß und somit in den Tod gelockt, indem sie immer wieder seinen Namen riefen: *Jan Coo! Jan Coo!* Fast konnte sie sie auch jetzt im Heulen des Winds hören.

Die Stunde kommt, dachte sie gereizt, aber nicht die *Sache*. Und doch, trotz allen Frierens, trotz aller Verdrossenheit, war sie in der Lage, die ganze lange nächtliche

Wache hindurch vollkommen still dazustehen, so still, daß man sie für eines der exzentrischen Monumente des Friedhofs hätte halten können – wären da nicht ihre Augen gewesen, die mit grimmiger Lebhaftigkeit hinter den dicken Gläsern ihrer Brille blinzelten.

Storm dagegen hüpfte herum wie eine Flasche auf den Wellen des Meeres. Wie eine Flasche in Neon-Orange: Er trug ein groteskes Daunengebilde, einen voluminösen Anorak von *Ski-Meisters Of Hollywood* oder sonst einem exklusiven Laden, dessen Vorderseite mit einem Chaos aus Dreiecken in leuchtendem Grün und Lila überzogen war. Eigentlich, fand Harper, sah er aus wie ein Wetterballon, aus dem man die Luft ausgelassen hatte. Aber die Kameras hatte er bereit – in jeder Achselhöhe eine, beide in blauen Plastiktüten verpackt, ihre schwarzen Halteriemen wie Patronengurte über der Brust gekreuzt. Mit ein bißchen Glück würde *Bizarre!* das Monster auf dem Titel seiner nächsten Ausgabe bringen.

Um sich in dem Schneetreiben warm zu halten, schlug Storm sich mit den Händen gegen die Schultern, blies unter seiner Wollmütze die roten Wangen auf und hopste ständig auf und ab, auf und ab. »Um Himmels willen«, brummte Harper. Sogar ihre Lippen waren reglos, wenn sie sprach.

»W-w-was?« bibberte Storm.

Harper schnaubte noch ein paarmal mürrisch, doch dann erbarmte sie sich. »Also gut, ich kenne sie. Oder zumindest weiß ich einiges über sie.«

»Sophia? Dieses Mädchen auf der Party, meine ich?«

»Eigentlich weiß ich sogar eine ganze Menge über sie. Interessiert sie Sie, mein junger Freund?«

»Mich? Nein. Ich mußte nur gerade an sie denken.« Richard schaffte es nur mit Mühe, die Wörter zwischen seinen klappernden Zähnen hervorzustoßen. »Während wir hier so rumstanden. Sie fiel mir nur eben wieder ein. Mehr nicht. Wirklich.«

Harper ließ ihm die Lüge durchgehen. In einem gemächlichen Halbkreis glitten ihre Augen über die vor ihr liegende Szenerie. Die umgestürzten Stelen, die vereisten Gräber, der mit Zinnen versehene Kirchturm, schief und verfallen, gerade noch sichtbar. Hinter der niedrigen Steinmauer des Friedhofs verdeckte der Schnee den Blick auf das angrenzende Hochmoor.

»Soviel ich weiß, war ihr Großvater Geschäftsmann«, sagte Harper mit ihrer heiser schnarrenden Stimme.

»Ihr Großvater?«

»Sie wollten doch etwas über sie wissen.«

»Richtig, richtig. Ihr Großvater. Er war also Geschäftsmann. Tatsächlich?«

»Antiquitätenhändler. In Surrey, glaube ich. In gewisser Hinsicht ist es eine richtig romantische Geschichte. Sein Sohn, Michael Endering, verliebte sich in die Tochter eines Erzdiakons, aber ihre Eltern hatten etwas andere Vorstellungen. Sie widersetzten sich der Verbindung, und das Mädchen – Ann – wurde in ein Schweizer Internat geschickt. Fünf Jahre später hielt Michael jedoch wieder um ihre Hand an. Inzwischen war er mehrfacher Millionär.«

»Was, nach fünf Jahren?« fragte Storm, schnatternd und hopsend.

»Ja, und das Geld gab offensichtlich den Ausschlag. Er bekam das Mädchen, das Pfarrhaus der Familie – Belham Grange – und schließlich sogar einen Adelstitel, mit dem er in allen Ehren in eine alles verzeihende Aristokratie aufgenommen wurde. Soweit ich weiß, wurden die Gerüchte wegen der Nazis mit keinem Wort erwähnt.«

Das genügte, um Storms Gehopse ein Ende zu machen. Schwer atmend blieb er plötzlich stehen. Fuhr sich mit einem leuchtend orangefarbenen Ärmel über seine tropfende Nase. »Die Nazis? Sie meinen, die Nazi-Nazis? Diese deutschen Verbrecher aus dem Zweiten Weltkrieg?«

»Genau die.« Harper drehte den Kopf herum, sah ihn an – und sie hatte bis zu diesem Augenblick so starr unter ihrem Umhang dagestanden, daß nun der Eindruck entstand, als erwachte eine Statue zum Leben. »Wie Sie sich bestimmt erinnern können, hatten sie in ganz Europa unzählige Kunstwerke geraubt und viele der rechtmäßigen Besitzer ermordet. Nach dem Krieg überschwemmten diese gestohlenen Meisterwerke den Schwarzmarkt. Da jedoch in England, was die Besitzrechte angeht, sehr strenge Gesetze gelten, war hier der Handel mit der gestohlenen Kunst eine riskante und schwierige Angelegenheit...«

»Sie sagen also, Sophias Vater war ein Hehler für Nazi-Beutekunst.«

»Ich sage, es gab Gerüchte dieses Inhalts – schon damals größtenteils entkräftet und heute längst vergessen. Er heiratete Ann, gründete in der New Bond Street eine Kunstgalerie, zog in Belham Grange ein und hatte drei Kinder, von denen Sophia das jüngste ist. Es gab in seinem Leben nicht mehr die Spur eines Skandals. Das heißt, bis vor neunzehn Jahren, als Ann sich erhängte.«

Storms Unterkiefer fiel herunter. Die weißen Dunstwölkchen, die sich von seinen Lippen lösten, wurden vom heulenden Wind fortgefegt. »Sie hat sich erhängt?«

»Glücklicherweise waren alle Kinder in London bei ihren Großeltern, als es passierte. Sophia war damals fünf.«

»Du lieber Himmel«, hauchte Storm. »Nazis und Selbstmord.«

»Ganz richtig«, sagte Harper.

Darauf trat ein längeres Schweigen ein. Die alte Frau betrachtete ihren Begleiter prüfend. »Richard, mein Freund«, sagte sie schließlich. »Falls Sie vorhaben, Miß Enderings Bekanntschaft zu machen …«

»Nein, nein, das habe ich nicht vor«, entgegnete er sofort.

»Aber falls doch, sollten Sie wissen …«

»Ich sage Ihnen doch: Ich will nichts von ihr, Harper. Ich habe keine Lust, sie kennenzulernen. Ich habe nicht vor, ihr in irgendeiner Weise nahezukommen. Ganz und gar nicht. Glauben Sie mir.« Storms Gesicht war ungewohnt hart und angespannt, als er ihren Blick fast herausfordernd erwiderte. »Ich bin nicht wegen so was hierhergekommen.«

Harpers wache Augen wurden plötzlich ganz schmal. Dann musterte sie ihn mit solcher Eindringlichkeit, daß er schließlich das Gesicht von ihr abwandte und finster in das Schneetreiben starrte.

Als Harper jedoch wieder zu sprechen begann, hatte ihre Stimme einen weicheren Klang angenommen. Sie war schon lange zu der Überzeugung gelangt, daß diesem Mann nichts Böswilliges anhaftete. Im Gegenteil – sie war jetzt gezwungen, es zuzugeben –, sie hatte mittlerweile eine gewisse Zuneigung zu ihm gefaßt. »Na schön«, sagte sie deshalb freundlicher. »Warum *sind* Sie dann hergekommen?«

Ein heftiges Schaudern unterdrückend, machte Storm eine knappe Handbewegung, bevor er die Arme wieder fest um sich schlang. Er hatte auf die zerbröckelnden Steine, die sturmgepeitschte Kirche, sogar auf das unsichtbare Moor gewiesen. Die übliche – rätselhafte –

Schwermut in seinen Augen war deutlich zu sehen. Und selbst seine Stimme hatte jetzt etwas Wehmütiges, fand Harper. »Ich habe Ihnen doch gesagt: Es ist wegen England. Ich habe mein ganzes Leben lang Filme über dieses Land gemacht. Über Orte wie diesen. Ich meine, sehen Sie es sich doch an, dieses Land, es ist wirklich eine einzige Filmkulisse.«

»Mhm. Ja.« Sie folgte seiner Handbewegung mit einem verhaltenen Lächeln. »Manche von uns betrachten es lieber als eine Festung, die sich die Natur für sich selbst errichtet hat, zum Schutz gegen Epidemien und gegen die Greuel des Krieges – aber doch, ja, eine Filmkulisse, meinetwegen. Und weiter?«

Noch immer starrte Storm mit kummervollen Augen und wie in Trance in die Umgebung – auf eine Stelle, wo sich eine kleine Ulme wie in tiefer Trauer über das Gesims einer verfallenen Gruft bog. »Für mich ist das der Ort, an dem die Geister zu Hause sind.« Er murmelte diese Worte, fast wie zu sich selbst. Der Schnee bildete Tropfen auf seinem Gesicht, seine Mütze war längst durchgeweicht, sein Anorak platt vor Feuchtigkeit. Alles Aufgeplusterte aus ihm gewichen.

Selbst Harper spürte allmählich das Frösteln, das aus ihrem tiefsten Inneren kam. Doch immer noch stand sie ganz still da, die runzlige Hand am Drachenkopf ihres Stockes wie festgefroren, den Stock in den höher werdenden Schnee gesteckt, während dieser langsam durch ihre Stiefel, durch ihren Umhang, durch ihren Borsalino drang. Immer noch stand sie reglos da und beobachtete durch ihre nassen Brillengläser die Friedhofsmauer, beobachtete die verschneite Erhebung, die der Wildbretköder war.

»Ich bin hierhergekommen«, sagte Storm, »weil ich sehen wollte ...«

»Schsch!«

Er verstummte. Harper war plötzlich wie elektrisiert, angespannt. Die Gesichter den Zähnen des Schneesturms entgegengestreckt, standen sie beide da und lauschten. Da war doch etwas... sie lauschten, im Kampf mit dem Sturm.

Ja. Da war es plötzlich. Der Wind trug es zu ihnen, fast ein Teil des Windes selbst, Teil seines Heulens. Leise, aber durchdringend. Ein unwirklicher Laut. Nicht nur eine Stimme, wie es schien. Vielmehr ein Chor von Stimmen. Ein Chor von gequälten Stimmen, von unterirdischen Wehklagen, die in das Flockengewirbel hereinbrachen. Und während Harper und Storm angespannt lauschten, wurde das Geräusch immer lauter, wurde zu einem hohen, schrillen Fauchen, zu einem einzigen gequälten Jaulen. Das anschwoll, sich entfaltete, seinen Höhepunkt erreichte. Dann zerplatzte und wieder in diesen klagenden Chor zerfiel. Und immer weiterging, immer weiter.

Jetzt bin ich da, wo Wehgeschrei mir dringt ans Ohr, dachte Harper Albright, jede Faser ihres Körpers zum Zerreißen gespannt. *Hier werden schrille Schreie laut, dort Jammern, Stöhnen, Flüche gar...*

Und selbst Storm hauchte: »Du lieber Himmel! Das hört sich ja an wie die Verdammten der Hölle.«

»Ja«, antwortete Harper laut. »Ausgesprochen ermutigende Laute.«

Und dann hörte es auf. Es wurde langsam vom Wind verschluckt, bis sie es nicht mehr von ihm unterscheiden konnten. Bis der Wind allein heulte, rings um sie herum, verloren. Harper kniff die Augen zusammen, spähte angestrengt an Gruft und Statue vorbei, spähte und spähte auf diesen Buckel aus Schnee, auf diesen Klumpen Wildbret auf der Mauer.

»Glauben Sie ...?« begann Storm.

Das Wesen überrumpelte sie beide völlig.

Ohne jede Vorwarnung. Wie eine Explosion von Bewegung. Mit einem einzigen lautlosen Satz – als hätte die Nacht selbst einen Sprung getan – war es auf der Mauer. Nicht da, wo das Wildbret lag, nicht da, wo sie mit ihm gerechnet hatten. Vielmehr kauerte es links von ihnen, keine fünf Meter entfernt, sprungbereit direkt über ihren Köpfen, und seine Karnivorenaugen funkelten bedrohlich auf sie herab.

Storm warf sich mit weit ausgebreiteten Armen vor Harper, um sie zu beschützen. Eine anrührende Geste. Ihr wurde richtig warm ums Herz. Sie hatte ihren Stock gehoben. Ihre rechte Hand umklammerte den Drachenkopf. Ihre linke hatte sich um den Schaft gelegt. Sie zog die beiden Teile auseinander und brachte eine blitzende Klinge zum Vorschein.

»Kümmern Sie sich nicht um mich!« knurrte sie. »Machen Sie Ihre Fotos!«

Zu ihrer Freude reagierte er sofort. Mutig und furchtlos, stählern wie ihr Degen, kam er ihrer Aufforderung sofort nach. Riß die Plastiktüte von einer der Kameras, ließ die Bereitschaftstasche aufschnappen, zog in derselben Bewegung den Riemen über seine Schulter.

Dann kam für Harper ein banger Moment. Fotoapparate – alles, was mit Technik zu tun hatte – waren ihr ebenso unerklärlich wie das Weiße Pferd von Uffington. Aber Storm hob die Kamera und schirmte das Objektiv mit der Hand ab.

Ein Blitz zuckte auf. Er fing das Wesen ein. Und das Wesen fauchte, schleuderte tödlich weiße Blitzstrahlen über den verschneiten Friedhof in das Auge der Kamera zurück.

»Haha!« Harper ließ ihr bellendes Lachen erschallen.

»Wenn das nicht unser nächster Titel wird! Gut gemacht, gut gemacht! ›So folgt der Liebe man, mit dem Atem tödlicher als...‹« Sie hatte eine Schwäche für Zitate.

Keuchend wandte ihnen das Untier seine kompakte Gestalt zu.

»O Mann«, hauchte Storm. Doch zu Harpers Freude geriet er nicht einen Moment ins Wanken, hörte er nicht einen Moment auf, den Auslöser zu drücken, den Blitz auszulösen. »Was zum Teufel ist das?«

»*Felis concolor,* mein Junge«, jubelte Harper ungehemmt. »*Oregonensis,* seiner Größe und Bergmanns Gesetz nach zu schließen. Ein Puma, ein Panther, ein Jaguar – oder ein Silberlöwe, wie man ihn, glaube ich, in Ihrem Teil der Welt nennt –, der übrigens von Vancouver bis Patagonien sein natürliches Habitat ist.«

»Na toll«, brummte Storm. Als der Blitz erneut aufflammte, knurrte das Tier auf ihn herab. »Und was tut dieses Vieh hier?«

»Das dürfen Sie mich nicht fragen. Wahrscheinlich überlegt es gerade, ob es den Köder verschlingen soll – oder uns.«

Nach diesen Worten setzte sich die riesige braune Raubkatze – als der Elektronenblitz wieder aufleuchtete – fauchend und mit entblößten Reißzähnen auf und hob eine Tatze, als wolle sie die beiden Menschen von der Erdoberfläche fegen. Wozu sie durchaus imstande gewesen wäre, wie sie beide sehen konnten. Selbst sprungbereit zusammengekauert war sie noch ein langes und beeindruckendes Geschöpf.

»O Mann«, sagte Storm. »Halten Sie es nicht eher für angeraten, das Heil in der Flucht zu suchen?«

»Lieber nicht. Denn selbstverständlich springt so ein Tier seine Beute bevorzugt von hinten an.«

»Na, wunderbar ...«

»Und es kann zwölf Meter weit springen.«

»Huii!«

»Die einzige Frage ist: Kann es bei diesem Wetter den Köder riechen?«

Konnte es und tat es. Aber es ließ sich Zeit. Es steigerte die Spannung ins Unerträgliche. Fintierte erneut mit der Tatze nach ihnen. Setzte sich auf, sah auf sie herab, riesengroß. Erst dann, endlich, streckte es sich mit unverschämter Gemächlichkeit, machte einen Buckel und schob sich, einen finsteren Blick zurückwerfend, über die Mauer auf den Köder zu. Storm folgte seinen traumwandlerisch sicheren Schritten mit seiner Kamera, Harper mit ihren leuchtenden Augen und einem leisen kehligen Lachen. Dann explodierten plötzlich erneut Bewegungen. Blitzgeschwind war die weiße Erhebung auf der Mauer verheert, das Wildbret geplündert – und das Geschöpf ins Nichts davongesprungen.

Die Kamera fiel aus Storms zitternden Fingern, wurde vom Riemen um seinen Hals gebremst und baumelte dann vor seinem Bauch. Harper, aus deren Gliedern endlich die Spannung wich, schob Drachenkopf und Schaft wieder zusammen und steckte die spitze Klinge in ihre hölzerne Scheide zurück. Gleichzeitig kehrte das Heulen des Windes, das Tröpfeln des Schneeregens wieder zu ihnen zurück – so, als wäre für die Dauer der Konfrontation die Lautstärke ihrer Umgebung abgedreht worden.

Sprachlos wandten sich Storm und Harper einander zu.

»So.« Harper fand als erste die Worte wieder. »Was sagten Sie gerade?«

»Wie bitte?«

»Sie sagten, Sie seien nach England gekommen, um ... was zu sehen?«

Storm blickte sie an, dann lachte er. Ein wildes, hohes Lachen. »Um zu sehen, ob es tatsächlich Geister gibt, Baby. Ich will sehen, ob es Geister gibt.«

5

Die Redaktion von *Bizarre!* befand sich im ersten Stock von Harpers Haus in World's End. Im großen und ganzen war es ein schönes, aus hellem Stein erbautes Stadthaus der Jahrhundertwende mit großzügigen, hohen Räumen. Nur im Redaktionsbüro war vom herrschaftlichen Charakter des Hauses nichts mehr zu spüren. Die gelbgestreiften Wände waren fast gänzlich mit alten Titeln der Zeitschrift zugepflastert. Und diese wiederum zierten Fotos von grotesken, unbekannten Wesen: außerirdische Babys, die sich aus insektartigen Mutterleibern schraubten, menschliche Reptilien, die ans Ufer eines brasilianischen Flusses krochen, durchsichtige Gespenster, die durch alte Gemäuer schwebten, sowie Momo, Morag, Mokele-Mbembe und – auf einem unscharfen Schnappschuß – sogar Mottenmann, die geiferten, schäumten, glotzten, pirschten oder in Spalten, Höhlen und Sümpfen ihres jeweiligen Lebensraumes verschwanden.

Diese Grimassen schneidenden Fratzen blickten auf einen großen quadratischen Raum herab, der vollgestopft war mit ähnlich seltsamen Sammelstücken. Ein Goldfischglas mit einer eingelegten Klaue. Eine Vase, aus der ein ausgestopftes Etwas starrte. Ein Übertopf, in dem ein der Botanik unbekannter Kaktus sabbernd aufging, wenn eine Fliege nahte. Den Platz dazwischen nahmen im Vergleich dazu eher prosaische Möbelstücke ein. An der Wand mit den hohen Schiebefenstern stand eine gestreifte Chaiselongue. An einer fensterlosen Wand ein Computertisch. Ein alter Zeichentisch, ein paar schmuddelige Sessel. Und, zu guter Letzt, ein riesiger Kamin, dessen Marmorsims auf einem Paar grotesker Gebälkträger mit behaarten, von höllischen Qualen verzerrten Gesichtern ruhte. Was Harper amüsant fand.

Die Zeitschrift erfreute sich in letzter Zeit wachsender Beliebtheit: Solange man über das nötige Stehvermögen verfügte, ließ sich, wie Harper einmal bemerkt hatte, mit dem Übernatürlichen immer etwas verdienen. Als Folge davon konnte die Schrift seit kurzem nicht nur mit einem Herausgeber aufwarten, sondern auch mit einem farbigen Titel und mehreren Farbseiten im Innern, regelmäßigem monatlichem Erscheinen und einer Auflage, der weltweit ein baldiges Ansteigen auf über hunderttausend vorhergesagt wurde. Dessen ungeachtet blieb der Redaktionsstab weiter so besetzt, wie er es schon lange war: zwei Personen – Harper und Bernard, ihr Faktotum. Zusätzlich hatte das Blatt in allen Teilen der Welt eine ganze Reihe engagierter freier Mitarbeiter. Und hin und wieder einen unbezahlten Redaktionsassistenten – gegenwärtig Richard Storm. An diesem regnerischen Nachmittag an einem der ersten Tage des neuen Jahres stand Storm brütend am Kamin. Harper saß auf der Chaiselongue, schmauchte ihre Pfeife und beobachtete ihn. Bernard hackte wie immer am Computer. Sein schlanker Oberkörper ragte von einem eigenartigen Schaukelhocker auf, sein kahlrasierter Schädel schimmerte im matten Licht. Seine Finger huschten über die Tastatur, die Augen waren auf den Bildschirm geheftet. Als er vor fünf Jahren begonnen hatte, für die Zeitschrift zu arbeiten, hatte er die Anschaffung eines Computers zur Bedingung gemacht. Seitdem war dieser, trotz Harpers Technikfeindlichkeit, das Zentrum des Unternehmens geworden. Für sie blieb er weiterhin undurchschaubar und irgendwie bedrohlich. Dagegen beherrschte Bernard das Gerät mit derselben Mühelosigkeit wie ein Zauberer, der tote Gegenstände zum Tanzen bringt. Ein paar Runen in die Tasten getippt, und schon redigierte er wie ein Zauberstift, schnitt wie ein Rasiermesser, klebte wie eine Wachsklebemaschine – oder sauste wie Puck davon und flog schnell einmal um die ganze Welt, um die internationale Presse nach verwertbaren Artikeln zu durchforsten.

Bernard hob gerade sein hübsches, ästhetisches Gesicht von dem rätselhaften Gerät und sagte lustlos: »Eine alte Jungfer aus Lincolnshire möchte ihre Stuhlprobe eines Außerirdischen verkaufen.«

»Im Ernst?« sagte Harper, ohne die Pfeife aus dem Mund zu nehmen.

»›Ich brauche das Geld für meine armen Katzen‹, sagt Mrs. Huddlestone aus Theddlethorpe-St.-Helen«, las Bernard vom Bildschirm ab. »›Allerdings trenne ich mich nur sehr ungern davon, weil es sich um ein Andenken an ein unvergeßliches Erlebnis handelt.‹«

»Haha, das kann ich mir denken«, krächzte Harper. »Doch, ich würde sagen ›Meldungen aus aller Welt‹. Das werden wir wohl bringen müssen.«

Storm, der mit einer Schulter an einem der mißgebildeten Gebälkträger lehnte und immer noch bedrückt in das bläuliche Gasfeuer starrte, schüttelte schnaubend den Kopf.

Harper beobachtete ihn. Sie strich den grauen Schulmädchenrock über ihren geschwollenen Knien glatt. Nahm ein Streichholz aus der Tasche ihrer weißen

Schulmädchenbluse. Riß es mit – wie sie hoffte – hoheitsvoller Nonchalance an ihrem schwarzen Daumennagel an, und hielt die Flamme an den Meerschaumtotenkopf, bis Rauch daraus aufstieg. Und beobachtete dabei fortwährend Storm.

Wie hätte sie umhin können, nicht an den Taumelkäfer erinnert zu werden? Mit seinem geteilten Auge, halb an der Luft, halb im Wasser, kann er gleichzeitig über und unter der Oberfläche sehen – und genau so glaubte auch sie gerade zu sehen. Doch was erblickte sie? Storms kantiges Cowboygesicht, undurchsichtig und in sich gekehrt. Seine schlanke Gestalt, in Jeans und Arbeitshemd, schlaksig, entspannt. Und unter der Oberfläche? Tobte dort irgendein gewaltiger Sturm von Gefühlen? Kummer? Trauer? Angst? Sie war sich nicht sicher.

»Sind Sie wirklich hierhergekommen, um nach Geistern zu jagen?« fragte sie ihn durch eine perlmuttfarbene Rauchwolke. »Rechnen Sie wirklich damit, einen zu finden?«

Er zuckte mit seinen breiten Schultern, starrte aber weiter in die Flammen. »Keine Ahnung. Einen Geist. Eine Stimme aus dem Jenseits. Einfach etwas Unheimliches, wissen Sie. Irgendwas. Wenigstens ein einziges unheimliches Phänomen. Man möchte doch meinen, das wäre nicht zuviel verlangt.«

»Auf brandaktuellen Exklusivfotos sind John F. Kennedy und Lee Harvey Oswald zu sehen, wie sie sich halb kaputtlachen über den Schwindel, der ihnen ermöglichte, im geheimen ihrer Liebe zu frönen«, nölte Bernard.

»Nein, das nicht«, sagte Harper und fächelte den Rauch beiseite.

Storm stieß sich von dem Gebälkträger ab. Dieser sah,

vor Schmerzen brüllend, zu, wie Storm die Hände in die Hosentaschen schob und über das filigrane Rosenmuster des Teppichs schlenderte. Vor dem Goldfischglas blieb er stehen und betrachtete abwesend die eingelegte Klaue. »Ich meine, die Sache ist doch die: Wenn man heutzutage an irgend etwas zu glauben versucht – egal, an was –, halten einen die Leute doch automatisch für bescheuert. Für alles muß es eine Erklärung geben, nicht wahr, nichts darf mehr spirituell oder mysteriös sein. Die Wissenschaftler – sie wollen einem alles nehmen. Dieser DNS-Typ, Crick. Carl Sagan. Richard Dawkins. Alle Wissenschaftler. Sie wollen uns weismachen, daß wir nichts weiter sind als eine Art Maschinen. Unser Körper ist eine Maschine, sogar unser Verstand ... und Liebe ist nur irgendein Pheromon oder so was Ähnliches. Und Gott, so stellt sich am Ende heraus, nur eine mathematische Formel. Selbst wenn man eines dieser Erlebnisse hat, wenn man bereits an der Schwelle des Todes steht ... Aber nicht doch, ich bitte Sie, das ist lediglich ein psychischer Abwehrmechanismus oder eine Halluzination oder ... ich weiß nicht ...«

Nachdenklich verlagerte Harper ihren Ellbogen auf der Polsterrolle der Chaiselongue. Das graue Licht, das durch die Fransen der Seidenvorhänge auf sie fiel, ließ sie noch älter erscheinen. Es brannte den letzten Glanz aus ihrem stumpfen Haar, vertiefte die schwarzen Halbkreise unter ihrer Brille, zerfurchte die schlaffe Haut ihrer hängenden Wangen mit Falten. Doch sie deutete mit dem Pfeifenstiel energisch auf Storm. »Nichts hat mehr Durchschlagskraft als eine Idee, deren Zeit gekommen ist, Richard – und zwar gleichgültig, ob diese Idee nun richtig ist oder nicht. Die Ansicht, daß eine wissenschaftliche Erklärung den geheimnisvollen Kern eines Phänomens verneint, ist ein typisches Vorurteil unserer Zeit – kein halbwegs gebildeter Mensch kann davon frei sein. Um Lecky zu zitieren: Würden wir an Geister glauben, genügte ein Hundertstel der Beweise, die uns vorliegen, um uns von ihrer Existenz zu überzeugen. Aber da wir nicht an sie glauben, würden auch hundertmal soviel Beweise nicht genügen.«

»Eine Bande argentinischer Kannibalen wurde festgenommen, nachdem sie sich einen Pizza-Ausfahrer bestellt hatten«, las Bernard ab. »Die Polizei fand eine große Champignon- und Anchovis-Pizza und ein Paar Turnschuhe am Tatort.«

»Oh, gut«, sagte Harper. »Aber vorher sollten wir auf jeden Fall noch unten in Argentinien anrufen und uns die Meldung bestätigen lassen. Oder wir schicken ihnen eine E-Mail oder was man in so einem Fall sonst macht.«

»Lecky«, murmelte Storm trübsinnig. »Lecky-Schmecky. Sie sind doch genauso.« Seine Hand schoß vor, wies erst auf Harper, dann auf all die monströsen Titelblätter an der Wand. »Ich meine, nichts für ungut, aber ich bin jetzt seit zwei Monaten hier. Und alles, was wir bisher recherchiert haben, hat sich als Schwindel entpuppt. Wir machen uns auf die Suche nach dem Ungeheuer von Dartmoor – und in Wirklichkeit ist es nur ein alter Silberlöwe aus einem aufgelassenen Naturpark. Wir bekommen ein Video von der Autopsie eines Außerirdischen – und Sie beweisen, daß nur jemand eine Ken-Puppe mit Alufolie über dem Kopf zerschnippelt. Mein Gott, drei Experten bestätigen unabhängig voneinander, daß diese seltsamen Geräusche in einem Keller in Chipping Norton durch unerklärliche psychische Phänomene ausgelöst werden – und Sie fahren mit einer Schaufel raus und graben zwei rammelnde Dachse aus. Sie sind genauso schlimm wie alle anderen.«

»Ich? Auf gar keinen Fall. *Alieni nil a me humanum puto.* Haha.« Doch irgendwie schien er das Wortspiel nicht mitzubekommen.

»Ich meine, sehen Sie sich doch diese Titel hier an«, fuhr er fort. »All diese Bilder und Artikel, die Sie veröffentlichen! Ist das alles nur Hokuspokus? Haben Sie nie etwas wirklich Geheimnisvolles gesehen? Glauben Sie an gar nichts?«

»Ich habe einiges gesehen, und ich glaube nichts«, sagte Harper Albright ernst. »Überhaupt nichts, damit das klar ist. Es ist eine beinahe ausgestorbene Kunst, aber ich bin eine Meisterin darin.«

»Na schön, und warum üben Sie diese Kunst aus?«

»Die Geschichte, Richard. Die Geschichte«, wiederholte sie feierlich. »Mein Leben hat mich dazu gebracht.« Der Meerschaumkopf erglühte rot, als sie zwei Wangen voll Rauch einsog. Er entwich gekräuselt in die Luft, und sie fuhr fort: »Ihr Problem, mein junger Freund, ist, daß Sie die fiktiven Gespenstergeschichten, die Sie so sehr schätzen, mit der Sache an sich verwechseln. Die Blütezeit der englischen Gespenstergeschichte fällt in die Zeit zwischen 1850 und 1930, in eine Phase also, die der unseren insofern sehr ähnlich ist, als die ungeheuren Erkenntnissprünge, die Wissenschaftler wie Darwin und Freud machten, einem materialistischen, rein naturwissenschaftlich orientierten Denken Vorschub leisteten und die Grundfesten jeder Form von religiösem Glauben erschütterten. Das Meer des Glaubens wich mit einem wehmütigen, langsam ersterbenden Brausen zurück, und so erschienen in populären Magazinen Geister, um dort insbesondere die Frage zu stellen: ›O Mensch, glaubst du mit deiner weltlichen Einstellung nun an mich, oder nicht?‹ Aber die Geschichte, Richard – die Geschichte ist das Reich Ihres echten

Phantoms. Bestimmt haben Sie sogar in Hollywood schon mal etwas von Geschichte gehört. Von Menschen, die mit Federkielen schreiben, Mieder tragen und so weiter ...«

»In Gloucestershire wurden letzte Woche zwei Jungen mit einem schweren Schock ins Krankenhaus eingeliefert, nachdem sie den Dorfpolizisten für einen Geist gehalten hatten«, las Bernard vor.

»Haha«, sagte Harper. »Hübsch.«

Storm warf resignierend die Hände in die Luft und wandte sich wieder dem Feuer zu.

»Die Jungen hatten sich zu einer Mutprobe auf das Gelände von Belham Abbey geschlichen, um dort nach der Grey Lady Ausschau zu halten, von der es heißt, daß sie mit einem ermordeten Kind in den Armen in der verfallenen Abtei umgeht. Als statt dessen der Geist von Constable Tim Bayliss erschien, um die Jungen zu verjagen, bekamen sie einen gewaltigen Schrecken. Der alles andere als geisterhafte Polizist war von Sir Michael Endering, dem Besitzer des angrenzenden Hauses, gerufen worden, um nach dem –«

»Nein, nein, nein«, sagte Harper rasch. »Das kommt nicht in Frage, das können wir nicht gebrauchen –«

Aber es war zu spät. Eine Hand weit nach vorn gestreckt, war Storm bereits vom Kaminsims herumgewirbelt. »Augenblick mal!«

»Storm, Storm ...«, sagte Harper.

»Lassen Sie mich das mal sehen. Michael Endering. Das muß er sein. Das ist Sophias Vater, der Vater dieses Mädchens.«

Er ließ sich nicht einmal von dem nach ihm schnappenden Kaktus von seinem Kurs abbringen, so entschlossen durchquerte er den Raum. Einen Moment später blickte er bereits über Bernards Schulter auf den

Bildschirm. »Sir Michael Endering«, murmelte er. »Aber sicher. Und dieser Geist. In einer Abtei. Mit einem ermordeten Kind ...«

»Es ist eine White Lady, Richard«, rief Harper übertrieben mitteilsam und fuchtelte mit ihrer Pfeife durch die Luft. »Eine Grey Lady, eine Black Lady oder wie Sie sie sonst nennen wollen. Ob weiß, ob grau, ob schwarz – von der Sorte haben wir hier jede Menge. In meinem Buch *Geistige Inselwelten* bringe ich sie mit der germanischen Göttin Berchta in Verbindung, von der es hieß, sie schare die Seelen toter Kinder um sich.« Storm blickte nicht auf. Harper fuhr lauter fort: »Die Christen, müssen Sie wissen, degradierten sie zu einer Hexe, benutzten sie als eine Art Schreckgespenst für Gutenachtgeschichten. Von da war es dann kein weiter Schritt mehr zu einem Geist. Steht alles in meinem Buch. Vielleicht sollten Sie jemanden anstellen, der es für Sie liest ...«

Er ignorierte sie völlig. »Es ist Black Annie«, sagte er. »Jetzt wird mir alles klar. *Darum* ließ sie das Glas fallen. Darum wirkte sie an diesem Abend so blaß. Ich las diese Geschichte, und draußen, in der Nähe des Hauses ihres Vaters, gibt es einen Geist genau wie Black Annie ...«

»Also, was Black Annie angeht, so handelt es sich bei ihr zweifellos um eine Neugestaltung der Legende Black Annis«, dozierte Harper verzweifelt weiter. »Sie war eine kinderfressende Hexe in den Dane Hills, die stärkere Anklänge an die keltische Anu als an Berchta aufweist, in die aber vielleicht auch die Legenden um die Einsiedlerin Agnes Scott eingeflossen sind. Geschichte, Richard, wie Sie wieder einmal sehen, Gesch...«

»Jede Wette, daß sie ihn gesehen hat«, sagte Storm, als

hätte sie die ganze Zeit kein Wort gesagt. »Jede Wette. Sie haben doch selbst gesehen, wie sie darauf reagiert hat, Harper. Die Geschichte ging ihr wirklich nahe. Sie ließ ihr Glas fallen. Sie wurde leichenblaß ...«

Es war aussichtslos. Mit angespannter Miene, den Kopf fast auf gleicher Höhe mit dem Bernards, blickte Storm wieder auf den Bildschirm. Aus Harpers Blickwinkel überschnitten sich ihre Profile: ein Filmcowboy und ein Renaissanceengel, beide im weißen Schein des Bildschirms. Sie konnte sie nur beklommen ansehen, traurig, sogar niedergeschlagen. Sie waren alles, was ihr in ihrer zweiten Lebenshälfte noch von der so geschätzten männlichen Gesellschaft geblieben war – alles, was sie sich noch zugestehen würde.

»Belham Abbey«, murmelte Storm. »Belham Grange – so, sagten Sie doch, heißt ihr Haus, oder nicht?«

Mit einem erschöpften Seufzer setzte Harper Albright die Füße auf den Boden und kämpfte sich von der Chaiselongue hoch.

»Richard«, sagte sie behutsam und trat an seine Seite. Der Ton, in dem sie seinen Namen ausgesprochen hatte, veranlaßte ihn, sie anzusehen, für einen Moment durch ihre dicken Brillengläser zu schauen. Aber er konnte ihrem durchdringenden Blick nicht standhalten. Er wandte sich wieder ab. »Es ist keineswegs nötig, zu versuchen, sie auf diesem Weg kennenzulernen: unter dem Vorwand, ihr über jene Geschichte ein paar Fragen stellen zu wollen.« Storm antwortete nicht. »Sie können sie einfach um eine Verabredung bitten ...«

»Darum geht es mir doch gar nicht«, murmelte er, allerdings ohne Überzeugungskraft. »Mein Interesse an ihr ist rein ... journalistischer Natur, Harper! Vielleicht besteht hier ein Zusammenhang. Das könnte eine gute

Story geben …« Storms Stimme wurde immer leiser, dann verstummte sie ganz.

Harper seufzte wieder. Steckte die Pfeife in den Mund. »Wie Sie meinen.« Sie machte einen kurzen Schritt, fort von ihm in Richtung Sofa. »Aber in diesem Fall – eigentlich in *jedem* Fall – ist da noch etwas, das Sie wissen sollten.«

Storm schien entrüstet protestieren zu wollen. Doch Harper sprach unbeirrt weiter.

»Sophia Endering ist das Produkt und der Beweis des Aufstiegs ihres Vaters in die Oberschicht. Ich weiß, vermutlich denken Sie, das zählt heutzutage nicht mehr. Aber für ihn zählt es noch. Sogar sehr viel. Sophias Erziehung, ihr sozialer Status, sogar ihre äußere Erscheinung – all das sieht ihr Vater als Beleg für seine Stellung. In gewisser Hinsicht wurde sie sogar dazu erzogen, seine Position zu sichern und zu festigen. Und darauf versteht sie sich wirklich sehr, sehr gut. Die Frau ist gewandt, clever, unnahbar. Sie hat einen Blick, habe ich mir sagen lassen, der jeden, der ungebeten an sie herantritt, zu Staub zerfallen läßt. Trotz ihrer Schönheit gibt es keinen Mann in ihrem Leben. Es gibt niemanden, dem sie ihre Geheimnisse anvertraut.«

Storm reckte Harper sein Kinn entgegen. »Na schön, alles wunderbar. Aber warum erzählen Sie mir das?«

»In Anbetracht ihrer Vergangenheit darf man daher wohl davon ausgehen, daß ihr Herz – so sie eines hat – mit beträchtlicher Gewalt unter Kontrolle gehalten wird. Doch sollten ihr je ihre gigantischen Schutzmechanismen verlorengehen, werden Sie feststellen, daß darunter ein Mensch zum Vorschein kommt, der ungeheuer zart und zerbrechlich ist – und mindestens ebenso kostbar.«

»Gäschichtääá, Richard, Gäschichtääá«, äffte Bernard sie nach, als Storm gegangen war. »Eine gehaimnisumwittärtä Gäschichtääá!«

»Sei bloß still«, brummte Harper.

Sie stand inzwischen am Fenster auf ihren Drachenstock gestützt, tippte mit dem Pfeifenstiel nachdenklich gegen ihre Unterlippe und blickte mit gerunzelter Stirn auf die beschlagenen Scheiben.

Bernard hatte sich von seiner Tastatur aufgerichtet und die Arme über seinem dicken Wollpullover verschränkt. Sie wußte, er betrachtete sie mit aufreizendem Spott, eine Augenbraue hochgezogen, sein Engelsgesicht voller Sarkasmus.

»Du hast ihm doch hoffentlich nicht alles erzählt?« fragte er.

Harper schnaubte. »Ich habe ihm erzählt, was er wissen muß.«

»Um Himmels willen, Darling«, stöhnte Bernard.

Sie schnaubte wieder. Starrte trotzig auf die Fensterscheibe. Regenpfeile auf einer Schicht aus Kondenswasser. Die schmale Straße unter ihr, die heimelig beleuchteten Backsteinhäuser gegenüber. Der Eckeingang des Pubs, The Sign of the Crane, verräuchert, lockend. Bernard gab keine Ruhe. »Hast du mal seinen ersten Film gesehen? *Das Gespenst?* Hast du den mal gesehen?«

»Vor langer Zeit«, murmelte Harper.

»Also, was willst du dann eigentlich? Er kommt *rein zufällig* nach England, um für dich zu arbeiten. Er liest diese Geschichte *rein zufällig* genau an dem Abend vor, an dem auch sie *rein zufällig* da ist. Es ist *rein zufällig* sie …«

»Zufälle passieren nun mal, junger Mann.«

»Ja, ich weiß.« Er machte seine Beine lang und wippte

mit den Füßen. »Aber sie passieren um so häufiger – und sind um so bedeutsamer –, wenn wir einer Sache auf die Spur kommen, wenn wir auf einer heißen Fährte sind. Immer wiederkehrende Zahlen, zufällige Begegnungen, unwahrscheinliche Verkettungen von Umständen. Das sind die Spuren unserer Beute.« Bernard beugte sich vor, in ihre Richtung. »Mach dir doch nichts vor, meine Liebe! Er ist der Mann, auf den wir gewartet haben. Er hat die Sache in Gang gebracht. Das weißt du ganz genau.«

»Selbst wenn es so wäre, würde es nichts an der Angelegenheit ändern. Ich möchte nicht, daß ihm etwas zustößt. Es ist nicht seine Jagd. Es ist meine.«

»Es ist *unsere*«, sagte Bernard pikiert. »Und man sollte eigentlich meinen, du müßtest etwas mehr Begeisterung darüber zeigen, daß sie nach über einem Vierteljahrhundert Pause wieder weitergeht. Wir können den armen Richard nicht vor seinem eigenen Schicksal bewahren.«

»Red keinen Unsinn«, fuhr Harper ihn an. »Schicksal!« Sie nahm die Pfeife aus dem Mund und legte einen Finger auf die Scheibe. Als sie langsam etwas in den Dunst zeichnete, fielen kleine Tropfen von ihrer Fingerspitze.

»Du hast ihm nicht erzählt«, fuhr ihr Assistent hinter ihr fort, »daß sich Sophias Mutter, bevor sie sich erhängte, eine Ader öffnete ...«

»Ein reines Gerücht. Die Aussage eines verwirrten Polizisten.«

»Sie öffnete sich eine Ader ...«

»Das wurde nie bestätigt. Die Familie will nicht darüber sprechen. Wir haben hundert Anhaltspunkte, die wesentlich besser sind, tausend ...«

Bernard ließ nicht locker. »Sie öffnete sich eine Ader und machte mit Blut an die Wand ...«

Harper ließ die Hand sinken. Das Zeichen, das auf der Fensterscheibe zu sehen war, löste sich in frisch entstehendem Dunst und herablaufendem Wasser bereits wieder auf. Es erinnerte an ein Hufeisen, das eine Acht umschloß.

»Genau«, sagte Bernard in verhaltenem Triumph. »Sie machte das Zeichen von Iago an die Wand.«

6

Manchmal schien die Welt wie ein ausländischer Film mit Untertiteln versehen zu sein. Wohl oder übel waren dann für Sophia die Hintergedanken der Menschen, ihre Lügen und ihre Schlüsse so beschämend offensichtlich, daß sie das Gefühl hatte, sie bräuchte nur dazusitzen und sie zu lesen. Jedes Wort, das sie sprachen, jede Geste, die sie machten, waren so enthüllend, als stünden sie unter der Szene geschrieben.

Sie war übers Wochenende in Belham Grange. Gerade trank sie mit ihrem älteren Bruder und ihrer Schwester im Frühstückszimmer Kaffee. Es war ein kleiner, schöner, behaglich heller Raum. Vom Boden bis zur Decke reichende Fenster ließen den spärlichen Wintersonnenschein herein. Auf dem Geschirrschrank und den Beistelltischen aus Atlasholz lag ein warmer Glanz. An den cremefarbenen Wänden hingen Gemälde von arkadischen Tänzern inmitten römischer Ruinen.

Die Sitzgelegenheiten waren in einem weiten, unregelmäßigen Kreis auf dem Teppich angeordnet. Sie, Sophia, saß auf dem Adam-Stuhl mit der lyraförmigen Rückenlehne. Weiße Bluse, braune Hose, die Beine am Knie übereinandergeschlagen. Die anderen beiden saßen ihr gegenüber. Laura auf der Polsterbank weiter links. Peter in den französischen Lehnsessel auf der rechten Seite geflezt. Der leere Stuhl ihres Vaters – sein riesiger Chippendale-Thron – stand in einem schrägen Keil Sonnenlicht zwischen ihnen.

Der kleine Simon, Lauras fünfjähriger Sohn und Sophias Neffe, kroch unter dem Tisch herum. Schob das Bat-Mobil, das er zu Weihnachten bekommen hatte, über den Teppich, ließ seine Batman-Figuren gegen die bedrohlich aussehenden Klauenfüße des Teetisches kämpfen.

Sophia rührte Zucker in ihre zweite Tasse Kaffee und beobachtete ihre Geschwister. Sie fühlte sich müde, ausgelaugt. Zuviel Arbeit, dachte sie, und zu wenig Schlaf. *Tick-tick, tick-tick.* Zu viele Sorgen. Zu viele schlechte Träume. Bis zur Auktion waren es nur noch vierzehn Tage. *Wer das Gemälde kauft, Sophia …* Die Stimme des bedauernswerten Resurrektionisten ging ihr nur selten aus dem Kopf. *Er ist der Leibhaftige.* Und dann seine Leiche in der Themse. *Tick-tick.* Sein ernstes Gesicht, das sie aus blutüberströmten Augenhöhlen anstarrte – kein Bild, von dem man gern erwachte, noch dazu, wenn man ganz allein im Bett lag.

Da Sophia selbst in ihren besten Momenten nicht gerade eine besonders unbeschwerte Frau war, fürchtete sie nun, in eine ihrer wirklich schwarzen Phasen abzugleiten. Was vermutlich auch der Grund für dieses zynische Gefühl war, zwischen den Zeilen des Lebens lesen zu können.

»Komm endlich vom Teetisch weg, Schatz«, sagte Laura bestimmt zum dritten Mal. Eine Frau mit einem netten Gesicht und immer noch seidenweichem, immer noch blondem Haar. Aber mit gehetzten Augen und einem verkniffenen Mund. »Das ist ein kostbares altes

Stück von Opa. Du verkratzt die Lasur. Oder wirfst noch die Teekanne um. Komm weg, bevor etwas kaputt geht. Warum spielst du nicht drüben am Fenster?«

Der Untertitel zu dieser Szene lautete: *Es bringt mich zur Weißglut, daß du so gern mit dem Batman-Auto von Tante Sophia spielst, wo dir doch Mami dieses wunderschöne Piratenschiff gekauft hat und genügend Legosteine, um das ganze bescheuerte Taj Mahal nachzubauen.*

»Herrgott noch mal, Laura, laß doch den armen Jungen in Ruhe!« Das kam von Peter hinter seinem *Guardian* hervor. Den er las, während sein Bein – in Jeans – über der Armlehne seines Sessels hin und her schwang, so daß das alte Nußbaumholz leise knarzte. Hier lautete der Untertitel: *Ich habe keine Angst vor Vater.* Obwohl er natürlich welche hatte. Sophia nippte an ihrem Kaffee und dachte: Er muß schon vor dem Frühstück fünf Meilen weit gefahren sein, um diese Zeitung zu kaufen. Als machten ihn ein paar politische Anschauungen und die Tatsache, daß er Labour wählte, bereits zu Danton.

Laura, die keinerlei Mißbilligung, gleich welcher Art, ertrug, ließ unverzüglich von Simon ab – der ihr ohnehin keine Beachtung schenkte – und ging direkt zum Angriff über. »Du siehst heute morgen wieder absolut toll aus, Sophia. Obwohl mir vollkommen unerklärlich ist, wie jemand schon um halb neun morgens toll aussehen kann. Ich sage Spencer immer wieder, wenn er will, daß ich rund um die Uhr wie aus dem Ei gepellt aussehe, hätte er keinen Sohn und Erben verlangen dürfen.«

Ich habe einen Mann und habe einen Nachkommen in die Welt gesetzt, den Enkel unseres Vaters, und du bist eine frigide, sterile Zicke.

Peter senkte die Zeitung. Sein Gesicht war zu alt für seinen Haarschnitt. Pausbacken und müde Augen unter lächerlichen Locken. »Wo bleibt der Große Mann eigentlich so lange? Dies ist doch ein kleines Land – wie lange kann es da dauern, auch noch den letzten Funken künstlerische Originalität zu ersticken?«

Und du bist nicht nur frigide – auch was du beruflich machst, ist das Letzte.

Sophia steckte ihren Silberlöffel zwischen Tasse und Untertasse. Sie lächelte verhalten, ihre hellen Augen halb geschlossen, ihre glatten Züge heiter. Denn das war ihre Rolle in diesem Szenario: so auszusehen, als stünde sie über allem, unangreifbar und elegant, der lebende Beweis für den Aufstieg ihres Vaters in den Adelsstand. Ihr eigener Untertitel, nahm sie an, hätte lauten können: *Ganz gleich, wieviel Enkelkinder du in die Welt setzt, Laura, ganz gleich, wie frech und unabhängig du dich gibst, Peter – ich führe die Galerie, ich schmeiße den Laden.*

Denn bei ihnen allen ging es immer nur um Daddy. Romanautoren machen ungeheuer viel Gewese um dieses Thema, dachte Sophia, und Psychotherapeuten verdienen ungeheuer viel Geld damit. Und doch verblüffte es sie immer wieder, wie offenkundig es war, wie lächerlich deutlich und unübersehbar. Allein sein Stuhl – wie ein gotischer Dom, aus Buchenholz, mit kriechblumenverzierten Zinnen, die einen Spitzbogen flankierten. Das Möbelstück stand im ersterbenden Sonnenschein im Mittelpunkt ihres Kreises, und ihr Vater stand im Mittelpunkt ihres Lebens, daran gab es nichts zu rütteln. Warum rückt nicht einfach jemand damit heraus, dachte sie. Warum sagt es niemand, warum schreibt es keiner deutlich sichtbar unter das Bild? Hier sind sie, und alle kreisen um ihn. Jahr für Jahr ziehen sie die ewig gleichen Bahnen. Laura katzbuckelt und bringt die Frucht ihres Leibes dar und weiß, daß sie lächerlich ist, aber sie kann nicht anders. Peter vertritt seine linken

Anschauungen zunehmend verbitterter, sie sind nichts weiter als moralischer Balsam für sein schwindendes Selbstwertgefühl, nachdem eine seiner beruflichen Unternehmungen nach der anderen gescheitert ist. Und Sophia verteidigt ihren Platz zur Rechten der Macht mittels der simplen Maßnahme, immer perfekt zu sein – und oft deprimiert. Das ist die heutige Folge von *Die Enderings*. Schalten Sie nächste Woche wieder ein, und es wird haargenau das gleiche sein.

»Aufgepaßt, Clawface!« rief der kleine Simon unter dem Tisch. »Hier kommt Batman!«

Und dann, auf einmal, war er da. Sir Michael höchstpersönlich. Er stürmte geradewegs von der Tür in den Lichtkeil, auf seinen Stuhl zu. Ein Meter fünfundachtzig groß, mit einem großflächigen, rosigen Gesicht, einem mächtigen Brustkorb und breiten Schultern unter seinem grünen Gutsherren-Tweedjackett mit Weste. Silbergraues Haar, der extrem spitze Haaransatz wie ein Pfeil nach vorn weisend. Ein Kinn wie ein Schiffsbug. Sophia lächelte bei seinem Anblick. Seine Statur und seine Macht brachten sie zum Lächeln. Mit seinen vierundsechzig Jahren hatte er noch die Energie eines Stiers, den Schwung eines Schiffes in voller Fahrt.

»Morgen allerseits.«

Peter hatte es geschafft, sein Bein die ganze Zeit über der Sessellehne zu lassen. Sophia wunderte sich, daß es nicht eingeschlafen war. Oder abgefallen. Er faltete die Zeitung geräuschvoll zusammen und achtete darauf, daß der *Guardian*-Schriftzug sichtbar blieb. »Das Tagewerk bereits erledigt?« erkundigte er sich. »Die Dienerschaft schikaniert? Ordentlich Geld gescheffelt? Alle modernistischen Tendenzen ausgemerzt?«

»Und die Bauern unter den Hufen meines Pferdes

zertrampelt, Peter«, sagte Sir Michael und ließ sich auf seinem Stuhl nieder. »Es war ein äußerst erfreulicher Morgen.«

»Sehe nur ich das so, oder hat sich Peter tatsächlich zu einer ziemlich traurigen Gestalt entwickelt?« fragte Sir Michael wenig später. Er ging mit Sophia im Garten spazieren. Gemächlich schlenderten die beiden im Gleichschritt zwischen Rotem Hartriegel und Robinien den gepflasterten Weg entlang. Säulenreste und zu beinahe konturenlosen Stümpfen verwitterte Statuen standen in regelmäßigen Abständen im wild wuchernden Gras und säumten den Weg. Vor etwa fünfhundert Jahren war hier der Kreuzgang des Klosters gewesen. »Diese moralische Überheblichkeit und Entrüstung«, fuhr er mit gedämpfter Stimme fort. »Das ist es wahrscheinlich, woran man sich in Ermangelung beruflichen Erfolgs zu klammern versucht, aber trotzdem …«

»Das tut er nur, um dich zu provozieren«, sagte Sophia. Sie nahm seinen Arm. Gab sich bewußt fraulich. Denn das tröstete ihn. Und tat ihnen beiden gut.

»Dieses ganze Gerede über das *Volk*«, fuhr er in seinem besten schnaubenden Gutsherrenton fort, »als wäre er Amerikaner! Wir, das *Volk*. Also, ist das nicht furchtbar sentimental? Da hätte ich ihm eigentlich etwas mehr zugetraut.«

Sophia hob ihr Gesicht dem belebenden Nordwind entgegen. Betrachtete die mächtigen Cumuluswolken, die wie eine Geisterflotte am weiten blauen Himmel vorüberzogen. Die Hartriegel ringsum schwankten, und die Robinien auch. Sie spürte durch den Tweed den dicken Bizeps ihres Vaters unter ihren Fingern und lehnte sich an ihn. Hier draußen im Garten erschien ihr das Leben immer erträglicher.

»Soweit ich das beurteilen kann, bekam das *Volk* in diesem Jahrhundert ohnehin weitgehend seinen Willen«, fuhr Sir Michael fort. »Und was kam dabei heraus? Ein schlimmeres Gemetzel, als sich alle gekrönten Häupter der Geschichte zusammengenommen hätten erträumen können. Gaskammern und Kulturrevolutionen, das sind die Errungenschaften des Volkes. Und dann, wenn ein Churchill oder Roosevelt den Karren wieder für sie aus dem Dreck zieht, fangen sie an zu jammern: ›Unsere Führer sind an allem schuld, unsere Führer haben uns in die Irre geführt.‹ Und wer waren ihre Führer? Flickschuster und Bauern und Anstreicher. Was haben sie anderes erwartet? Das Volk! Alles, was sie nicht zerstören können, degradieren sie. Fernsehen, Fast-food-Restaurants ...«

Moderne Kunst, dachte Sophia verträumt.

»Moderne Kunst«, sagte Sir Michael. »›Das Volk ist sprunghaft und unbeständig, es urteilt oder entscheidet selten richtig.‹ Weißt du, von wem das ist?«

Sie strich zärtlich über seinen Ärmel und dachte: *Alexander Hamilton.*

»Alexander Hamilton«, verkündete Sir Michael. »Und der war schon lange vor unserem guten Mao Tse Peter im Wir-sind-das-Volk-Busineß.« An der hinteren Begrenzungsmauer des Gartens blieb Sophia mit ihrem Vater kurz vor einer Figur stehen, die sie besonders schön fand. Es war eine kleine Steinmadonna, die unter ein paar Rosensträuchern stand. Zumindest dachte sie, daß es sich um eine solche handelte. Die Zeit und der Regen hatten fast all ihre Konturen abgetragen. Was blieb, war nur der sanfte Schwung des Umhangs, der ihren Kopf und die anmutige gotische S-Krümmung ihres Körpers umfloß. Seite an Seite standen Tochter und Vater davor und blickten auf die Figur hinab.

»Er muß dir heute morgen ganz schön auf die Nerven gegangen sein«, sagte Sophia schließlich, »wenn wir ihn jetzt schon in einem Satz für die Chinesen und für die Amerikaner verantwortlich machen.« Ernst drückte der Große Mann sein großes Kinn auf seine große Brust, um ein Lächeln zu unterdrücken. »Wahrscheinlich hältst du mich für einen alten Knacker«, sagte er. »Nun, ich bin ein alter Knacker. Ich bin in den besten Jahren meines Alter-Knackertums. Das habe ich mir verdient. Und ich werde es mir nicht nehmen lassen.«

Sophia lachte kurz auf und legte ihren Kopf an seine Schulter. Dabei dachte sie: Er hat mehr Geist und Esprit als ein halbes Dutzend Peters. Sie fand, er war es *wert*, daß man um ihn kreiste.

»Weißt du, ich vermag mich noch sehr gut daran zu erinnern, wie ich in London einmal vor ein paar zerbombten Häusern stand«, begann er zur Freude Sophias, die diese Geschichte immer wieder gern hörte. »Ich kann damals nicht älter als zwanzig gewesen sein. Und es herrschte richtig schöner altmodischer dichter Nebel, in dem alles verschwand. Das einzige, was man sehen konnte, waren aus dem Rauch aufragende zerklüftete Umrisse. Ausgehöhlte Fensterrahmen, die einen wie Augen anstarrten. Schiefe Türöffnungen, die sich ins Nichts auftaten. Schutt. Eine Mondlandschaft. Dazu dieser beißende Geruch. Und diese unnatürliche Stille ringsum, so, als wäre die Welt einfach verschwunden.«

Sie drehten sich um und gingen langsam wieder auf das Haus zu. »Und ich hatte so etwas wie eine Vision, als ich da stand«, fuhr Sir Michael fort. »Mir wurde klar, daß die Welt, die ich kannte, nicht mehr existierte, daß das Beste der Zivilisation zerstört war. Europa war seiner selbst überdrüssig geworden, es war am Ende. Sein Wille zur Größe war verbraucht. Und ich dachte mir: Es wird keine Raffaels mehr geben, nie mehr. Keine Gemälde, die seiner würdig sind. Nie mehr. Es werden keine großen Opern mehr geschrieben werden, keine Symphonien mehr komponiert. Keine Oden mehr wie die von Keats, keine Dramen mehr wie die von Shakespeare. Nie mehr. Die Menschen werden verlernen, sie zu schätzen, dachte ich. Sie sind bereits dabei, es zu verlernen. Sie lernen, unbedeutendere Dinge zu schätzen, niedrigere Dinge, und sie werden auch selbst unbedeutend und niedriger. Eines Tages werden sie im Kreis auf dem Boden hocken und die Überreste der alten Schätze in den Händen halten, und sie werden sich gegenseitig angrunzen: ›Was war das denn? Wer hat so was mal für gut gehalten?‹ Wie Affen, die eine zerbrochene Lyra angaffen.« Vor ihnen, hinter der Gartenmauer, war das Gutshaus zu sehen. Keineswegs ein besonders großartiger Bau, aber doch ein ehrwürdiges altes Haus vor dem Hintergrund der Cotswold Hills. Langgestreckt, zweigeschossig. Das ursprüngliche Kalksteinmauerwerk aus dem fünfzehnten Jahrhundert zum Teil noch erhalten. Im Erdgeschoß große, hohe Fenster, zu beiden Seiten des Satteldachs zwei schöne, mit Giebel versehene Erkertürme. Es war das Haus ihrer Mutter gewesen, erbaut über dem ehemaligen Getreidespeicher von Belham Abbey. Auf das breite Eingangsportal führte eine Allee von Blutbuchen zu. Durch ihre Zweige hindurch konnte Sophia die verfallene Kapelle der Abtei sehen. Das Dreieck der eingestürzten Mauer. Die Grabsteine, die sich dem Gras zuneigten.

»Das hat mich sehr deprimiert, und ich begann aufs Geratewohl loszugehen«, fuhr Sir Michael fort. »Fort von den zerbombten Häusern, in Richtung Innenstadt.

Durch den dichten Nebel, völlig orientierungslos. Ohne die leiseste Ahnung, wohin ich gelangen würde. Und dann – wie im Märchen – hörte ich Gesang. Einen Chor, der ›Jerusalem‹ sang. Die Stimmen wallten durch den Nebel. Ich folgte ihnen und kam, wie sollte es anders sein, zu einer Kirche. St. James hieß sie, das werde ich nie vergessen. Wie dem auch sei, ich ging hinein, und sie war bis auf die Mitglieder des Chors völlig leer. Sie probten – für irgendeinen großen Anlaß, das weiß ich noch, für irgendeine Feier in St. Paul's. Die Kirche war völlig verlassen, und doch stand da dieser Chor und sang, obwohl niemand ihm zuhörte. In gewisser Weise ein Zeichen der Hoffnung, fand ich. Weißt du, etwa in dem Sinn: Die Gemeinde hat die Kirche bereits verlassen, aber die Lobpreisungen gehen weiter. Inzwischen sangen sie etwas anderes. Etwas mit einer Menge Hallelujas. ›Suche erst das Reich Gottes ...‹ Ein Mädchen trat vor, um ein Solo zu singen. Was für ein bezauberndes Geschöpf! Mit rabenschwarzem Haar, einem andachtsvollen Gesicht. Sie ging völlig in der Musik auf. Eine schöne Stimme, wunderschön. Mezzosopran. Perlendes Timbre. ›Und all diese Dinge werden dir gegeben ...‹« Sir Michael blieb stehen und tätschelte seiner Tochter die Hand. »Das war das erste Mal, daß ich deine Mutter sah.«

Sophia versuchte zu lächeln, aber heute wurde ihr von der Geschichte aus irgendeinem Grund bleiern schwer ums Herz. Sie wandte das Gesicht ab, schaute weg, blickte in Richtung Gartenschuppen, der durch die tropfenden Klematisranken gerade noch zu erkennen war. Sie stellte fest, daß der Hausmeister dort saß. Harry. Rittlings auf dem Dach. Er zog Nägel zwischen seinen Lippen hervor. Klopfte sie in die Seite der Regenrinne. *Tick-tick, tick-tick.*

Das wird tatsächlich eine meiner schwarzen Phasen, dachte sie. Eine der schlimmsten überhaupt. Sie wußte nicht, ob sie das aushalten würde.

»Übrigens, da fällt mir gerade ein«, sagte Sir Michael, »du weißt doch, daß in vierzehn Tagen bei Sotheby's *Die drei Weisen* unter den Hammer kommen. Ich finde, wir sollten sie kaufen.«

»Was?« Sie wandte sich ihm abrupt zu, aber sie hatte genügend Zeit, um sich darüber klarzuwerden, daß das völlig normal war. *Die drei Weisen* waren deutsche Romantik, genau ihre Epoche, genau ihre Richtung. Man würde von ihnen erwarten, daß sie mitboten.

»Ja«, sagte sie dann vorsichtig. »Unbedingt. Falls der Preis akzeptabel ist. Dreißig? Vielleicht auch vierzig?«

»Nein.« Sir Michael legte seinen imposanten Kopf in den Nacken, wandte sein eindrucksvolles Gesicht dem Himmel zu. »Ich würde auch das Doppelte dafür zahlen. Das Dreifache. Gleichgültig, wieviel es kostet, ich will das Bild haben. Kauf *Die drei Weisen*.« Er sah sie an. »Kauf das Bild – egal, um welchen Preis.«

Das Porträt ihrer Mutter hing an der Wand gegenüber ihrem Bett. Ihr altes Bett, im oberen Stock des Gutshauses, das Himmelbett aus ihrer Kindheit. Als sie in dieser Nacht unter ihrer Decke lag, sah sie unter der gefransten Bordüre des Baldachins hervor auf das Gemälde.

Es war kurz nach der Hochzeit ihrer Eltern entstanden. Ann mußte damals ziemlich genau in Sophias Alter gewesen sein. In einem Abendkleid aus elfenbeinfarbenem Satin. Anmutig über eine Schulter blickend, ihr Hals über dem Zierkragen nackt. Nach heutigem Geschmack eine lächerliche Pose. Und das Bild war geradezu kriecherisch schmeichelhaft, jeder noch so kleine

Makel wegretuschiert. Aber die Ähnlichkeit mit ihrer jüngsten Tochter war unübersehbar: das gleiche schwarze Haar, die gleichen hohen Wangenknochen, die gleichen braunen Augen, die gleiche helle Gesichtsfarbe. Nur, dachte Sophia, wirkte bei ihrer Mutter alles irgendwie wärmer, netter, einnehmender. Der Blick freundlicher, das Lächeln nachsichtiger und heiterer. Ihrer ganzen Haltung haftete etwas Aufopferungsvolles an …

Während sie ihre Mutter jetzt ansah, empfand Sophia den Schmerz über ihr Alleinsein als fast unerträglich.

Doch dann schlug sie plötzlich die Decke zurück und schlüpfte aus dem Bett. Ohne selbst zu wissen, was sie eigentlich tat oder warum sie weinte, trat sie aus ihrem Zimmer in den dunklen Flur hinaus. An seinem Ende gab es eine alte Standuhr. *Tick-tick, tick-tick.* Das Geräusch machte sie halb wahnsinnig. Es vernebelte ihr den Verstand. Als sie auf die Treppe zuging – der abgetretene Läufer fühlte sich unter ihren bloßen Füßen rauh an –, schien es ihr, als verschöbe sich die Perspektive des Flurs. Die Wände neigten sich über ihr nach innen. Die Ahnenporträts schienen aus großer Höhe auf sie herabzustarren – so, als wäre sie ein Kind. Sophia hatte Angst. Ihr Herz schlug schnell. Ihr Nachthemd, so weiß, daß es zu leuchten schien, wallte und wogte um ihren Körper, als schwämme sie darin. Sie stieg die Treppe hinunter.

Tick-tick, tick-tick. Ja, genauso war es gewesen. Jetzt konnte sie sich wieder an alles erinnern. Darum fühlte sie sich so klein, so verängstigt. Wie ein Kind. Sie war ein Kind gewesen. Vier oder fünf Jahre alt. Sie war die Treppe hinuntergegangen. Wie jetzt. *Tick-tick.* Hatte nach ihrer Mutter gerufen. War dem Geräusch gefolgt. Sonst war es im Haus völlig still gewesen, so wie jetzt. Dann hatte sie die Eingangshalle erreicht und war weitergegangen. Wohin? Nach links? Ja. Auch jetzt ging sie nach links. Sie fuhr sich mit der Handkante über ihre feuchten Wangen, wischte unter ihrer laufenden Nase her.

Noch ein langer Gang, ein Gang mit vielen Türen. Gemälde und Beistelltische dazwischen, Uhren, Kerzenleuchter, leere Stühle. Am Ende ein Wandteppich mit einem aufgerichteten mehrköpfigen Drachen, den Schweif hoch oben bei den Sternen. *Tick-tick.* Immer wieder nach ihrer Mutter rufend, war sie bis zur letzten Tür gekommen. Zum Arbeitszimmer ihres Vaters. Auf der linken Seite.

Sie ging hinein. Schloß die Tür hinter sich. Machte das Licht an. Zwei matte, gelbliche Birnen hinter Wandschirmen. Sie ließen den Raum noch dunkler, noch abweisender, noch düsterer erscheinen. Die Regale links und rechts waren voller mächtiger Folianten. Vor ihr stand der Mahagonischreibtisch ihres Vaters, streng und gigantisch. Die geschnitzten Widderköpfe auf seinen Pilastern sahen sie brütend an. Der hohe Ledersessel dahinter, umrahmt von grünen Samtvorhängen, war vom vielen Gebrauch leicht nach hinten geneigt. Er schien sie wie mit gesenkten Lidern mißtrauisch zu betrachten.

Sophia wußte, es war lächerlich, aber sie hatte schreckliche Angst. Sie wünschte sich, die Vorhänge wären zugezogen. Sie wußte, da draußen im Dunkeln stand die verfallene Kapelle. Der alte Friedhof. Sie starrte ihr eigenes Spiegelbild in der Fensterscheibe an, und halb fürchtete sie, etwas könne sich aus der Dunkelheit lösen und sich von der anderen Seite durch ihr eigenes Bild hindurch gegen die Scheibe pressen. Black Annie... *Tick-tick, tick-tick.* Es kam von der rechten Seite, hinter einem der Regale hervor. Genauso war es gewesen. Sie hatte es gehört. Sie hatte nach ihrer Mutter gerufen. Sie hatte nach der Verriegelung der Geheimtür getastet. Auch jetzt spürte sie die Bücher unter ihren Fingern. Die gerippten Buchrücken. Leder, fleischlich. Dann gab es ein Klicken, und das Regal erwachte unter ihrer Hand zum Leben. Drehte sich auf einem Zapfen aus der Wand heraus. Schwang nach außen. *Tick-tick.*

Plötzlich flog das Regal auf und gab den Blick frei auf eine verborgene Kammer. Und dort stand ihr Vater, blutverschmiert. »Bist du ein Mörder, Daddy?« stieß Sophia hervor.

»Ja«, erwiderte er heiser keuchend. »Ich fürchte fast, das bin ich.«

Natürlich war es nur wieder einer ihrer Träume. Aber er war entsetzlich, und als sie erwachte, war die schreckliche Erinnerung an das Gespräch, das sie mit ihrem Vater im Garten geführt hatte, noch sehr präsent. *Kauf* Die drei Weisen. *Kauf das Bild – egal, um welchen Preis.*

Unter dem zärtlichen Blick ihrer Mutter setzte Sophia sich auf und versuchte, die Erinnerung, den Traum, die ganze Geschichte aus ihrem Gedächtnis zu löschen. Sie zog die Knie unter der Decke an, stützte die Ellbogen darauf und preßte ihre Handflächen gegen ihre Stirn.

Wer Die drei Weisen *kauft, ist derjenige, der mich ermordet hat.* Die blutigen Höhlen, die Jon Bremers Augen gewesen waren, starrten sie an. *Vier sind bereits tot. Er ist der Leibhaftige. Er wird jeden Preis zahlen, mehr als alle anderen. Wer* Die drei Weisen *kauft, Sophia …*

Sophias Kiefer schmerzte. Sie knirschte mit den Zähnen.

Kauf Die drei Weisen – *egal, um welchen Preis.*

Sie wünschte nur, sie wäre überraschter gewesen.

7

Am Vorabend seines ersten Annäherungsversuchs bei Sophia bereitete sich Richard Storm mit einer Meditation über John Wayne vor.

In einem Koffer im Schrank, noch in Blisterfolie eingepackt, verwahrte er ein gerahmtes Foto mit einer Widmung des Westernstars. Er holte es heraus, packte es aus und legte es auf den wackligen Klapptisch in seinem kleinen Appartement. Dann setzte er sich daneben auf einen knarzenden Stuhl, umgeben von der marmorierten gelben Tapete, dem vergoldeten Spiegel und den verblichenen Blumendrucken, die die Wände dieser viel zu teuren Unterkunft zierten. Er trank koffeinfreien Kaffee und kaute lustlos auf einem nach nichts schmeckenden Shapers-Diätsandwich aus einem dieser Boots-Drugstores herum: Krabben und Pfirsich mit Dillsenf oder eine ähnlich abscheuliche englische Zusammenstellung. Zwischen den einzelnen Bissen praktizierte er *pranapatistha* – eine alte hinduistische Atemtechnik, die ihm eine scharfe Blondine in Big Sur beigebracht hatte. Sie hatte gesagt, die Übung diene dem Zweck, einem Bild seines Schutz-Ahns Leben einzuhauchen. Storm benutzte sie gleichzeitig dazu, seinen Kaffee zu kühlen. Dann betrachtete er die Fotografie. Das Bild zeigte den Duke in voller Größe, wie er auf die Kamera zuschritt. Die Winchester locker in der Hand, blickte er mit zusammengekniffenen Augen unter der Krempe seines Huts hervor. Es war ein Standfoto aus *Man nennt mich Hondo,* John Waynes liebster Film von seinen eigenen und auch einer von Storms Lieblingsfilmen. Er handelt von einem bärbeißigen Herumtreiber, der eines Tages am Horizont auftaucht und eine Frau und ihren Sohn rettet. Storm besaß das Foto, seit er neun war, aber es befand sich noch in tadellosem Zustand. Er hatte immer besonders gut darauf achtgegeben.

Denn John Wayne *war* eine Art Schutz-Ahn. Er hatte Storm seinen Familiennamen gegeben. Storms Vater hatte Jack Morgenstern geheißen, als er Ende der vierziger Jahre aus dem Herrenbekleidungsgeschäft seines alten Vaters ausgestiegen war, um sich auf den Weg an die Westküste zu machen. Kurz nach seiner Ankunft in Hollywood war er aufgrund seines kantigen, guten Aussehens in Jack Stern umgetauft worden. In seinen ersten Kurzauftritten als Gangster, als spanischer Kellner und als der Popcornverkäufer, der in *Der Fremde im Zug* »Hier lang!« ruft, wurde er als Jack Stern aufgeführt. Doch dann kam der große Durchbruch. Er fuhr irgendwo ins tiefste Mexiko hinunter, um in *Hondo* die Rolle des Cade zu spielen.

Es war James Arness, der Co-Star des Films, der den Neuankömmling dem Duke vorstellte. Am Set, mitten in der Pampa, umgeben von mauseohrigen Kameras und Leinwandstühlen. John Wayne – er steckte damals gerade mitten in einer wilden, hitzigen Scheidung – stand in seinem gefransten indianischen Kundschafterkostüm mit ein paar schwitzenden Männern in Anzügen zusammen. Als Arness ihn rief, kam Wayne mit seinem unnachahmlichen Gang auf Storms Vater zu und schob nach einem typischen Duke-Blick in Richtung Horizont den Arm aus der Schulter heraus zu einem kräftigen Händedruck nach vorn. Der Neuankömmling erwiderte ihn begeistert.

»Duke«, sagte Arness. »Das ist Jack Stern.«

Waynes zusammengekniffener Revolverheldenblick wanderte an dem jungen Kollegen hinab und wieder hinauf, und als er zu sprechen begann, zeigte sich, daß seine Stimme, das Näseln, die umwerfende Midwest-Synkopierung absolut echt und ungekünstelt waren.

»Storm«, sagte er gedehnt, »ist der Name, den Sie brauchen.«

Und so war er in *Hondo*, in *Rio Bravo* und in allen weiteren Filmen Jack Storm gewesen.

Aber es gab noch viele andere Dinge – Gesten, Mienen, Redewendungen –, die Storm von John Wayne geerbt hatte, und zwar über seinen Vater, der dies alles detailgetreu imitiert hatte, als er – sowohl für die Leinwand als auch fürs Leben – an der Entwicklung seiner Persona arbeitete. Und dann war da noch diese Fotografie, die der Duke Storm zu seinem neunten Geburtstag persönlich überreicht hatte.

Lieber Rick, stand darauf, *lebe richtig, schieß gerade, geh aufrecht – und hab einen schönen Geburtstag. Dein Freund, John Wayne.*

Na ja, *schieß gerade* – es war nicht ganz einfach, sich vorzustellen, was das in einem modernen Kontext genau bedeuten sollte. Aber die anderen Anweisungen waren klar genug, und an diesem Abend konnte Storm spüren, wie schwer sie auf seinen Schultern lasteten. Er war sich ziemlich sicher, daß er in den letzten paar Jahren seit seiner Scheidung weder richtig gelebt hatte noch besonders aufrecht gegangen war. Es hatte einige Drogengeschichten gegeben und verschiedene Frauen, die er mies behandelt hatte. Und ein paar Vertragsabschlüsse, die ihn mehr als ein paar gute Freunde gekostet hatten. Damals hatte er sich gebrüstet: »Ich schwimme nicht nur mit den Haien, ich schlafe mit den Piranhas.« Was für ein toller Hecht. Darauf war er heute nicht mehr besonders stolz.

Denn am Ende hatte er die Rechnung serviert bekommen – an jenem schrecklichen Septembermorgen. Ein paar Nächte zuvor war er, voll auf Koks, mit einer Regisseurin im Bett gewesen, die glaubte, er würde ihr Arbeit geben. Er hatte sich auf die Seite gewälzt, war aus dem Bett gefallen und hatte sich an der Ecke des Videorecorders den Kopf blutig geschlagen. Darauf war der kurze, schreckliche Krankenhausaufenthalt im Cedars-Sinai gefolgt. Und dann war er entlassen worden, in Verbänden, grau und ernüchtert, völlig verändert. Er war zu Mann's National Theater in Westwood hinübergefahren. War aus seinem Jaguar gestiegen und hatte sich unter die gigantische Reklametafel für seinen jüngsten Film *Hellfire* gestellt. Mit einem riesigen Foto von Jack Nicholson drauf, das zwei Stockwerke hoch gewesen sein mußte. Ein Hintergrund aus lauter Flammen, und quer darüber, in zwei Meter hohen Buchstaben, die Wörter *Produziert von Richard Storm*. Sein Name war so groß wie sein Körper. Und zum erstenmal wurde Storm bewußt, daß dies alles vergehen würde. Nicht nur das Plakat, die Anerkennung, der Erfolg. Auch er, Nicholson, das Publikum – das Kino, Westwood – die ganze Stadt, Los Angeles, völlig unorganisch in eine smogverpestete Senke geklatscht. Die weit auseinandergezogene Skyline, die Windungen der Freeways à la Escher, die Villen und die Slums: Die Erdbeben würden sie sich holen, und die Wellen des Ozeans. Irgendwann würde auch Amerika selbst zugrunde gehen, die Jahrtausende würden es in Schutt und Asche sinken lassen wie Rom. Er sah alles vor sich: Kakerlakenarchäologen, die aus den Trümmern von Disneyland schlau zu werden versuchten. Aus Blattläusen gezüchtete grüne Kühe, die inmitten der geplünderten Überreste des St.-Louis-Bogens weideten. Charlton Heston, der neben der umgestürzten Freiheitsstatue auf den Sand eindrosch – er konnte sich das genau vorstellen.

Und was wäre dann von ihm übrig? Von dem tollen Hecht? Seine Mutter war tot, sein Vater war tot, das raffgierige Biest von seiner Frau war weg und mit ihr sein Haus. Er hatte keine Kinder, keine echten Freunde, keine Verwandten, zu denen er noch Kontakt hatte. Er wußte nicht einmal eine einzige Gedichtzeile auswendig: Er war vollkommen allein.

Storm stellte seine Kaffeetasse ab. Kämpfte blinzelnd gegen die Tränen an, um sich vor dem Duke nicht zu blamieren. Lebe richtig, schieß gerade, geh aufrecht, dachte er. Die Zeit war gekommen. Morgen, wenn er sich mit Sophia Endering traf, würde er an die Worte denken, mit denen Harper Albright sie ihm beschrieben hatte:

Ihr Herz – so sie eines hat – wird mit beträchtlicher Gewalt unter Kontrolle gehalten. Doch sollten ihr je ihre gigantischen Schutzmechanismen verlorengehen, wird darunter ein Mensch zum Vorschein kommen, der ungeheuer zart und zerbrechlich ist – und mindestens ebenso kostbar.

Und das alles unterstrich nur, was Storm bereits wußte: daß Liebe für ihn tabu war. Sex, ein Flirt, selbst etwas stärkere Zuneigung, das alles war für ihn tabu, da er nicht imstande wäre, sie vor den schrecklichen Konsequenzen zu bewahren. Er wollte herausfinden, ob Sophia den Geist von Belham Abbey gesehen hatte? Schön. Es würde nichts weiter als eine rein metaphysische Recherche werden, denn genau das war es, nicht mehr und nicht weniger. Möglicherweise würde es ihm schwerfallen, sich zu beherrschen. Möglicherweise würde er in Versuchung geraten. Aber das tat nichts zur Sache.

Die Augen zu einem Revolverheldenblinzeln zusammengekniffen, erhob er sich von seinem Stuhl. Er fühlte sich gut. Er fühlte sich stark. Er fühlte sich gerüstet für sein Treffen mit Sophia. Seine Meditation war erfolgreich gewesen, und nun ruhte er in der Wahrheit, die er gesucht hatte:

Ein Mann muß tun, was ein Mann tun muß.

8

Aber dann war sie so schön! In dem Moment, als Storm sie in Fleisch und Blut wiedersah, spürte er, wie seine Vorsätze ins Wanken gerieten. Das war gleich am nächsten Nachmittag. Er hatte sich über eine Stunde lang vor der Endering-Galerie herumgetrieben und so getan, als studiere er die Hemden in der Passage eines Geschäfts auf der anderen Straßenseite. Er wußte nicht, was für ein Laden es war, und es interessierte ihn auch nicht, was für Hemden es waren. Er überlegte nur ständig, wie er sich ihr am besten nähern sollte.

Die logistischen Probleme schienen unüberwindlich. Sollte er ganz direkt vorgehen? Locker? Raffiniert? In Anbetracht ihres Blickes, der Männer zu Staub zerfallen ließ, und ihres festverschlossenen Herzens sah es ganz so aus, als verfügte sie über ein beeindruckendes Waffenarsenal, um unerwünschte Annäherungsversuche abzuwehren. Er wollte keinen Fehler machen.

Es war schon vier Uhr. Das winterliche Tageslicht begann bereits zu schwinden. Das Wetter war grau und kalt, und Storm fror. Er hatte die Hände in die Taschen seines Trenchcoat gesteckt und hielt ihn damit zu. Trotzdem konnte er sich nicht dazu aufraffen, zur Tat zu schreiten.

Dann sah er sie – erst als Spiegelbild im dunklen Schaufenster. Er drehte sich um und sah sie in natura, wie sie durch die Eingangstür der Galerie in das dunkler werdende Indigo des frühen Abends stürmte. Und was für einen hinreißend eindrucksvollen Gang sie hatte! Rasch, unaffektiert, selbstbeherrscht. Ohne Zögern marschierte sie unter den bunten Fahnen und Erkerfenstern der New Bond Street dahin. Trotz des bedeckten Himmels, trotz des naßkalten Windes trug sie über ihrer am Hals offenstehenden Bluse nur eine leichte Strickjacke. Unterhalb der Knie steckten ihre schlanken Beine in Nylonstrümpfen, und darüber waren sie von einem Faltenrock bedeckt, den Storm mädchenhaft und anbetungswürdig fand. Er beobachtete sie und dachte: *Oh, oh, oh.* Bis zu diesem Moment hatte er ganz vergessen, wie verrückt er nach ihr war.

Er wartete, bis sie vorbei war, kam dann aus seiner Deckung hervor und folgte ihr. Er mußte ziemlich schnell gehen, um mit ihr Schritt halten zu können. Wich elegant gekleideten Menschen beim Schaufensterbummel aus. Zwängte sich an wuchtigen amerikanischen Touristen vorbei. Und hatte die ganze Zeit damit zu kämpfen, seinen flatternden Trenchcoat gegen den hartnäckigen Wind zusammenzuhalten. Er hatte noch nie jemanden beschattet. Wie sich herausstellte, war es ziemlich nervenaufreibend. Aus dem Augenwinkel konnte er sein Spiegelbild über die Schaufenster von Juwelierläden huschen sehen und fragte sich plötzlich: Was zum Teufel mache ich hier eigentlich? Was ist, wenn sie mich sieht, mich erkennt? Was soll ich dann sagen?

Zum Glück dauerte das Ganze nicht sehr lange. Die grüne und goldene Fahne von Sotheby's war direkt vor ihm zu erkennen. Sophia befand sich bereits unter ihr. Und dann, ohne ihr Tempo zu verlangsamen, stieß sie mit gestrecktem Arm die Tür auf und verschwand nach drinnen.

Storm blieb für einen Moment stehen. Noch eine neue Erfahrung: Er war noch nie in einem Auktionshaus gewesen. Von außen wirkte es ziemlich einschüchternd. Vor den Eingangssäulen aus rosafarbenem Marmor patrouillierte ein Portier in einer Uniform wie ein US-Marine. Hinter der gläsernen Eingangstür war ein Hinderniskurs aus Empfangsschaltern zu erkennen. Zudem bewachten zwei auf Friesmatten thronende Sphinxe die große Treppe im Foyer. Insgesamt wirkte das alles sehr steif und förmlich. Storm wünschte sich, er wäre in Anzug und Krawatte gekommen statt in einer schwarzen Jeans und einem legeren Hemd mit Perlmuttknöpfen.

Aber er ging hinein. Versuchte so auszusehen, als fühle er sich hier wie zu Hause. Schlich unbeholfen über die vor der Treppe ausgelegten Orientteppiche. Ging zwischen den Sphinxen hindurch und begann die Treppe hinaufzusteigen. Doch wo war Sophia hingegangen? Er erreichte das Obergeschoß, bog in die Besichtigungsgalerien ab. Nun befand er sich in einem Labyrinth aus Abteilen in gebrochenem Weiß, die voller Gemälde hingen. Gute Gemälde, wie es aussah, obwohl er im Vorbeigehen immer nur flüchtige Blicke auf sie erhaschte. Wächserne Haut. Goldene Heiligenscheine. Gefiederte Flügel. Flehentlich gen Himmel gewandte Gesichter. Während er einen kurzen Gang nach dem anderen hinunterging, um eine Ecke nach der anderen bog, konnte er die kirchliche Kälte alter Kunst spüren.

Storm ließ den Blick über die Anwesenden gleiten, hielt nach dem Mädchen Ausschau. Auf jeden Fall war hier eine Menge Geld unterwegs, so viel wurde ihm sofort klar. Stämmige, aggressive Amerikaner mit metallischen Augen. Dunkle Kontinentaleuropäer mit großen Lippen und großen Revers. Grauhaarige Engländer in

Nadelstreifen, die bis zum Erdkern hinabzureichen schienen. Sie alle strömten lautlos durch das Labyrinth, trieben auf die Gemälde zu, betrachteten sie mit einem Anflug von räuberischer Gier. Einige wurden von beflissenen Verkäufern umschwirrt – von jungen Herren in Anzügen oder Sylphen in Cardigans –, aber keine Sophia.

Storm trat in einen Hauptgang hinaus und landete von einer in zarten Rottönen gehaltenen Kreuzigungsszene. Leise in sich hineinfluchend, sah er sich in alle Richtungen um. Wie es schien, hatte er sie aus den Augen verloren.

Und dann war sie plötzlich da. Ganz allein, in der hintersten Ecke. Reglos vor einem einzigen Gemälde. Perfekt plaziert…

Unbeholfen hingen Storms Hände an seinen Seiten, während er von hinten auf sie zuging. Sie hatte das Haar hochgesteckt, und jetzt entdeckte er den zarten Flaum auf ihrem Nacken. Und sah, daß die eigentlich für die Gemälde gedachten Spots einen rostroten Schimmer in ihrem schwarzen Haar zum Vorschein brachten. Und dann war er so dicht hinter ihr, daß ihm ihr Duft in die Nase stieg. Es roch – er wußte nicht genau, wie – wie in einem Garten. Herzzerreißend. Verboten. Er wollte sich umdrehen, bevor sie ihn sah, und sich schleunigst aus dem Staub machen.

Doch während er noch den Blick über sie streifen ließ, fiel ihm etwas anderes auf. Das Gemälde, das sie betrachtete, das einsame Gemälde an der gebrochen weißen Wand. Der Brennpunkt seines Blickes verlagerte sich, und er sah es plötzlich scharf.

»Wow!« entfuhr es ihm.

Sophia wirbelte herum, blickte zu ihm hoch. Ließ überrascht den Atem entweichen.

Doch Storm starrte weiter über ihre Schulter hinweg auf das Bild.

Es stellte niemand anderen dar als Black Annie.

Die Ähnlichkeit schien ihm geradezu unglaublich. Auf dem Gemälde war zu sehen, wie sich die Nacht über sturmgepeitschte Bäume breitete, wie sich gepeinigte Äste über zerbrochene Steine bogen, wie die Baumstämme in einem tiefen bräunlichen Dunkel versanken, das aus der zerklüfteten Erde aufzusteigen schien, um sie zu verschlucken. Und dort, inmitten dieser gespenstischen Umgebung, lag die verfallene Kapelle. Ein Mauerkeil. Das zersplitterte Rechteck eines Fensters, das einen trostlosen Himmel anstierte. Und darunter die zutiefst unheimliche vermummte Gestalt, die sich durch die öde Winterlandschaft bewegte. Black Annie.

Gewiß, im Hintergrund waren zwei weitere Gestalten zu sehen, zwei weitere vermummte Phantome, die hinter dem ersten einherschritten. Vielleicht war es doch etwas anders als in der Geschichte. Trotzdem, dachte Storm, wie konnte es Zufall sein, daß sie beide sich vor so einer Szene begegneten?

»Es ist überhaupt nicht unglaublich«, sagte Sophia kurz angebunden, als sie durch die New Bond Street zurückgingen. Inzwischen war es völlig dunkel. Die Erkerfenster und Auslagen waren hell erleuchtet. Hinter den Scheiben, die sich warm gegen die Nacht abhoben, waren schimmernde Juwelen und Gemälde in gedeckten Farben zu sehen. Die im Dunkel versinkenden Fahnen der Geschäfte ließen die Straße schmaler und anheimelnder erscheinen, als sie war. Und immer noch wimmelte es auf dem Gehsteig von Kauflustigen und

Touristen, die von beiden Seiten gegen sie stießen. »Die deutsche und die englische Romantik speisen sich mehr oder weniger aus denselben Quellen. Man muß das alles als eine Gegenreaktion auf die Aufklärung sehen, auf ihre Vernunftgläubigkeit und ihre Wissenschaftlichkeit und ihren Klassizismus. Die deutschen Romantiker wollten etwas vom Mysterium und der Religiosität des Mittelalters auferstehen lassen. Daher diese verfallenen Abteien und Dome: Sie sind Ausdruck der nostalgischen Sehnsucht nach jener Zeit des Glaubens. Ihre Geistergeschichte – *Black Annie,* nicht wahr? – das kam erst später, ein billiger, kommerzieller Ausdruck der Vorstellung, daß die Welt der Geister genauso real ist wie die sogenannte Wirklichkeit. Was Reinhart darzustellen versuchte, war, daß die Welt, wie wir sie sehen, nie das ›Ding an sich‹ ist, sondern immer, um bei Kant zu bleiben, von unserem eigenen spirituellen Bewußtsein durchdrungen ist.«

»Aha«, sagte Storm, dessen spirituelles Bewußtsein durchdrungen war von dem V aus pfirsichzarter Haut unter ihrer Kehle, von ihrem Duft in der kalten Luft und von diesem spröden Akzent, den er absolut umwerfend fand. Dessen ungeachtet konnte er nicht umhin festzustellen, daß sie ihm diese Lektion eher schroff und distanziert, fast abweisend erteilt hatte. Als wolle sie ihn abwimmeln. Er hätte sie gern gefragt: *Was ist mit dem Geist von Belham Abbey draußen beim Haus Ihres Vaters? Warum haben Sie Ihr Glas fallen gelassen, als ich diese Geschichte vorlas?* Doch er spürte, daß sie ihm gegenüber vollends dichtmachen würde, wenn er es täte. Deshalb sagte er nur: »Ich weiß auch nicht. Dieses Bild – für mich sah es einfach wie Black Annie aus.«

Sie wischte seine Bemerkung beiläufig, doch bestimmt beiseite. »Wohl kaum. Es ist Reinharts romantische Auffassung von den drei Weisen aus dem Morgenland, mehr nicht: Es soll die Heiligen Drei Könige darstellen, die dem Jesuskind ihre Geschenke bringen. Wir wissen das, weil das Bild Teil eines Weihnachtstriptychons war. Auf einem der anderen Bilder ist eine sehr volkstümliche Madonna im Wald abgebildet und auf dem dritten das Jesuskind in der Krippe. Das alles hat wirklich nicht das geringste mit ermordeten Nonnen und dergleichen zu tun.«

»Trotzdem, ist das nicht ein verrückter Zufall? Daß ich hier vorbeikomme, und Sie stehen da ...«

»Warum?« fragte sie sehr kühl. »Wir ziehen in Erwägung, das Bild bei der Auktion nächste Woche zu ersteigern. Was soll daran Zufall sein?« Nachdem dieses Thema damit erledigt war, beschäftigte sie sich damit, die goldene Brosche an ihrer Brust zurechtzurücken: ein Gebilde, das an ein Hufeisen erinnerte, welches eine Acht umschloß.

Storm wollte nicht weiter darauf herumreiten. »Wirklich schön«, sagte er deshalb in Ermangelung einer besseren Idee. »Eine schöne Brosche.«

»Oh, danke. Sie hat meiner Mutter gehört.« Ohne aufzusehen, tastete sie weiter daran herum. »Ich habe sie seit meiner Kindheit nicht mehr getragen.«

Sie erreichten den Eingang der Galerie. Verharrten zwischen zwei kleinen Fichten in gußeisernen Übertöpfen unter der weinroten Markise, auf der in goldenen Lettern *Endering Gallery* stand, und neben dem Fenster, in dem eine Landschaft mit felsigen Hügeln und verschleiertem Horizont in einem massiven Rahmen ausgestellt war. Sophia legte die Hand an die Tür, das Gesicht ihm zugewandt, ihre braunen Augen distanziert. Storm stand mit hängenden Schultern vor ihr, die Hände tief in den Taschen seines Trenchcoat vergraben, die Augen voll Sehnsucht und Traurigkeit.

»Möchten Sie hereinkommen?« fragte sie schließlich – widerstrebend, wie er fand. »Wir haben jede Menge Arbeiten aus dieser Epoche.«

Sie hielt die Tür auf. Storm betrat die Galerie.

Sie war mit dunklem Holz vertäfelt und schwach beleuchtet. Ein langgezogener Raum, auf beiden Seiten mit Gemälden behängt. An der Wand links über ihm verlief eine Galerie mit einer weiteren langen Reihe von Bildern.

An einem Schreibtisch gleich am Eingang saß eine hübsche Blondine. Sie war nur unwesentlich jünger als Sophia, sah aber mit einem respektvollen Lächeln zu ihr auf. Sophia würdigte sie kaum eines Blickes, als sie die paar rosafarbenen Zettel mit Nachrichten an sich nahm, die die junge Frau ihr hinhielt.

»Verstehen Sie jetzt? Es ist wirklich nur der Stil, der Ihnen zu diesem Eindruck verholfen hat«, sagte Sophia zu Storm. »Sehen Sie sich um. Sie werden hier mindestens ein halbes Dutzend Bilder finden, die Sie an Ihre Geistergeschichte erinnern.«

Damit wandte sie sich von ihm ab und beugte sich über den Schreibtisch, um mit der jungen Empfangsdame leise etwas zu besprechen. Storm begann sich in der Galerie umzusehen. Er tat so, als betrachte er sich die Gemälde an den Wänden. Wild zerklüftete Felsen, turbulente Gewitterhimmel durchbohrend. Kruzifixe, die zwischen hohen, mächtigen Fichten emporragten. Dome in düsterem Dämmerlicht. Und Monde, die in nebelverhangenen Meeren versanken. Er bekam nur die tranceähnliche, leidenschaftliche Grundstimmung mit, einzelne Bildfragmente und die aufgewühlte Atmosphäre. Auch er selbst war mittlerweile heftig aufgewühlt. Quälte sich mit Selbstmitleid. Diese ganze Zeitverschwendung! Dieses ganze Gerede über Gemälde und Kunsttheorien und was sonst noch alles! Und gleich würde er hier rausgehen und sie nie wiedersehen.

»Das hier hing in Carinhall.« Plötzlich stand Sophia hinter ihm. Sie sah an ihm vorbei auf das Gemälde, vor dem er innegehalten hatte: eine nur in Umrissen erkennbare Burg auf einem nur in Umrissen erkennbaren Hügel.

Storm sah sie verständnislos an. »Carinhall?«

»Es gehörte während des Krieges Hermann Göring. Die Nazis hatten eine ausgeprägte Schwäche für so etwas. Die Bildwelt des Mittelalters, die Märchenanklänge, die Bezüge zum Heiligen Römischen Reich, das war alles ganz nach ihrem Geschmack. Manche Leute behaupten sogar, der deutsche Romantizismus – die *malaise allemand* – sei mitverantwortlich für das Dritte Reich gewesen. Sie sagen, dieses Œuvre ist vom Bösen infiziert…«

Storm hob träge die Schultern. Ihm fiel ein, was Harper über die Nazis und Sophias Vater gesagt hatte. Er nahm an, er sollte vielleicht etwas sagen, um sie aufzumuntern. »Na ja, aber inzwischen sind diese Typen doch alle tot«, murmelte er schließlich.

Mit einem ironischen Lächeln wandte Sophia ihre Aufmerksamkeit wieder ihm zu. »Sie meinen, die Vergangenheit ist Vergangenheit.«

»Aber sicher. Wenn die Vergangenheit nicht Vergangenheit ist, was dann?«

Sie schien etwas erwidern zu wollen, schwieg aber und schüttelte nur mit leicht geöffneten Lippen den Kopf. Dann wandte sie, scheinbar verwirrt, den Blick ab und fingerte wieder an ihrer Brosche herum. »Ich glaube, nichts stirbt jemals endgültig«, murmelte sie. »Es wird alles in die Haut der Dinge geritzt.«

Und dann, als sie die Augen wieder zu ihm hob, war zu Storms Erstaunen plötzlich alles ganz anders. Sie hatten einen »Moment«. So nannte man das im Filmgeschäft: einen »Moment«. »Hier brauchen wir noch einen Moment zwischen dem Helden und dem Mädchen«, hatte Storm immer gesagt, wenn in einem Drehbuch noch etwas fehlte. »Wenn sie sich zum erstenmal begegnen, muß es zu einem Moment kommen.« Ein »Moment« war ein Blickwechsel, eine Geste, ein Schauder, *irgend etwas*, wodurch zwischen zwei Menschen ohne Worte Gefühle oder Informationen ausgetauscht wurden. Als Sophia zu ihm aufsah, war die Distanziertheit, die Sachlichkeit, alles Coole aus ihren Augen verschwunden. Ihr Blick war offen und unverstellt und verzweifelt, und es kam zu einem »Moment«, in dem Storm dachte, *O Mann, sie steckt in Schwierigkeiten. Sie hat Angst.*

Aber mehr als ein Moment war es nicht. Es war so schnell vorbei, daß er sich nicht einmal sicher war, ob es tatsächlich geschehen war. Sie schniefte verächtlich, wandte brüsk den Kopf ab. Storm wußte nicht, was er sagen sollte. Er lachte nervös, machte eine nervöse Handbewegung.

»Also, ich muß zugeben«, sagte er, »wenn man diese Bilder in derart geballter Form sieht, haben sie was richtig Gespenstisches. Bekommen Sie nicht ab und zu Angst, wenn Sie ganz allein hier sind?«

»Nie«, antwortete Sophia sofort und wandte sich ihm wieder zu. Und die Vehemenz, mit der sie – in ihrem glasklaren Ton – die nächsten Worte aussprach, erstaunte ihn.

»Ich fühle mich hier sehr wohl«, versicherte sie ihm. »Das ist der Ort, an dem ich sterben möchte.«

9

Auf dem Heimweg überkam Storm ein eigenartiges Gefühl, wie eine nichts Gutes verheißende Gewitterwolke. Mit einem Mal schien die ganze Welt aus den Fugen geraten. Nichts schien mehr gut und klar. Das Gefühl kam aus seiner Mitte und sickerte in die äußeren Bereiche. Alles begann tot und fremd auszusehen. Er ging zu Fuß nach Hause, die großen Durchgangsstraßen entlang. Piccadilly. Knightsbridge. Die breiten Straßen dröhnten und wimmelten von schwarzen Taxis und Doppeldeckerbussen. Grandios wälzte sich der Himmel über den Wellingtonbogen, über die Statue des Iron Duke, der wachsam auf seinem Pferd saß. Die Kuppel von Harrod's war wie an Weihnachten mit kleinen weißen Lichtern beleuchtet, und auf den winterlichen Gehsteigen darunter herrschte reges Getriebe. Und doch erschien ihm alles tot und leblos, tot und fremd.

In der Fulham Road gab es ein altes Krankenhaus, ein viktorianisches Ziegelungetüm, wuchtig, mit Geschichte befrachtet. Daneben begann eine Ziegelmauer, über die Robinienzweige herabhingen. Als Storm mit hochgezogenen Schultern, die Hände in den Manteltaschen, daran vorbeiging, kläffte ihn eine schwarze Promenadenmischung an. Die Besitzerin, eine alte Frau, versuchte den Hund zurückzuziehen, aber er stemmte sich knurrend gegen die Leine und drängte Storm an die Mauer. Erst nach einer Weile gelang es der Frau, den Hund wegzuziehen. Über die Schulter hinweg rief sie Storm ihre Entschuldigungen nach. Er ging weiter. Doch der Zwischenfall war ihm ziemlich nahegegangen. Gehetzt – genauso fühlte er sich.

Was will ich eigentlich hier? fragte er sich. In dieser fremden Stadt, inmitten all dieser fremden Menschen?

Was hatte er hier zu finden gehofft? Geister? Wirklich? Ein ausgeschlafener Typ wie er? Suchte er tatsächlich nach Geistern? Also, seinerzeit war es ihm als eine vernünftige Idee erschienen. Nach all den Filmen, die er gemacht hatte. Wie ein logischer Schritt war es ihm vorgekommen. So ähnlich wie das, was Sophia über die Aufklärung und die Romantiker gesagt hatte: Das hier war seine persönliche Sinnsuche im Namen von Glauben und menschlichem Geist, seine Antwort auf die unerbittliche Rationalität, die erbarmungslosen Wissenschaftler, die Ärzte mit ihren nüchternen, mitleidslosen Mienen. Es war ihm wirklich vollkommen vernünftig vorgekommen. Jetzt aber erschien es ihm lächerlich. Absurd, sinnlos, idiotisch. Da war er nun, fünftausend Meilen von zu Hause, verbrachte den größten Teil seiner Zeit mit einer exzentrischen, verrückten alten Frau, verzehrte sich nach einem Mädchen, halb so alt wie er, lief vor sich selbst davon, vergeudete seine kostbare Zeit ...

Er erreichte das Haus, in dem er wohnte – einen riesigen Betonkasten, der wie eine weiße Kröte an der Ecke hockte. Gedankenversunken ging er durch die breite automatische Tür, vorbei an der schläfrigen Frau an der Rezeption, vorbei am Lift. Während er langsam die Treppe hinaufstieg, fühlte er sich immer noch verfolgt. Als käme auf dem dicken grünen Teppich etwas Schreckliches lautlos hinter ihm her. Seine Beine fühlten sich zittrig und schwach an.

Er erreichte die zweite Etage. Einen langen, langen Flur. Er mußte durch schwere Feuertüren, erst eine, dann noch eine und noch eine. Jetzt begannen sich auch seine Arme zittrig anzufühlen. Sein ganzer Körper wurde bleiern und schwer.

Sein Appartement befand sich auf halbem Weg den Flur hinunter. Er blieb davor stehen. Hantierte mit dem

Schlüssel herum. Schloß die Tür auf, boxte mit der Seite seiner Faust das Licht an. Schlüpfte aus seinem Trenchcoat, stülpte ihn über die Ecke der Schranktür. Aber er fiel zu Boden.

Das Lämpchen seines Anrufbeantworters blinkte. Er ignorierte es. Zitternd ging er in die Küche. Ließ sich ein Glas Wasser einlaufen. Ging damit in den Wohnraum, zur Couch. Ließ sich müde in die Polster sinken. Und erst jetzt streckte er den Arm aus und drückte schlapp auf den Abspielknopf des Anrufbeantworters.

»Hallo? Hallo? Nimmt es jetzt auf? Hol der Teufel diese blöden Dinger!«

Harper. Ihre Stimme klang weit weg. Hohl. Hallend.

»Richard? Ich bin da auf etwas gestoßen, was Sie sich, glaube ich, ansehen sollten ... sollten ... sollten ...«

Die Wörter schienen verschwommen nachzuhallen. Storm blickte sich um, ließ den Blick über die gelben Wände, die Blumendrucke, den vergoldeten Spiegel wandern. Über die farblosen Sessel und das kastige orangefarbene Ding, auf dem er saß. Alles unvertraut. Alles tot und fremd. Was wollte er hier eigentlich?

»Eine kleine Erzählung ... Erzählung ... Erzählung ... mit dem Titel *Der Turm des Alchimisten* ...«

Als er das Glas an den Mund hob, schwappte Wasser heraus und ergoß sich über sein Hemd mit den Perlmuttknöpfen. Aber er merkte noch immer nicht, was los war. Seine Hand zitterte heftig, aber auch sie erschien ihm unvertraut, weit weg, nicht zu ihm gehörig, tot, fremd. Und dann glitt ihm das Glas aus den Fingern. Schlug gegen ein Bein der Couch. Zersprang. Scherben und glitzernde Splitter auf dem Teppich. Ein größer werdender farbloser Fleck. *Sophia,* dachte er und blickte verständnislos nach unten, sah, wie sich auch auf seinem Hosenbein ein weiterer Fleck ausbreitete. In seine Stirn bohrte sich ein messerscharfer Schmerz. Und jetzt endlich begriff er. Er faßte mit beiden Händen an seine Schläfen. Er wütete – wütete – gegen die unerbittliche Realität: gegen die erbarmungslosen Wissenschaftler, gegen die Ärzte im Cedars-Sinai mit ihren nüchternen, mitleidslosen Mienen.

»Der Turm des Alchimisten... Der Turm des Alchimisten...«

Sechs Monate, ihr Drecksäcke! schrie er innerlich auf. *Ihr habt mir gesagt, ich habe noch sechs Monate!*

Dann setzten die Krämpfe ein, und er fiel bewußtlos zu Boden.

III

Der Turm des Alchimisten oder Das Schicksal der Jungfrau

1

Anna lag nun schon ein ganzes langes Jahr in der modrigen Familiengruft, und ihr Gatte Konrad war immer noch untröstlich über ihren Verlust. Die Dorfbewohner begannen sogar schon zu munkeln, der erbliche Wahnsinn, dem Konrads Vater zum Opfer gefallen war, habe nun auch von seinem Sohn und Erben, dem Letzten dieses illustren Geschlechtes, Besitz ergriffen. Nacht für Nacht konnte man den jungen Mann am Fenster seines düsteren, abgeschiedenen Schlosses sitzen sehen. Seine totenbleichen, leidzerfurchten Züge verliehen ihm in den Augen der einfachen Waldarbeiter und Bauern, die zuweilen in Sichtweite des unheimlichen Bauwerks vorbeikamen, etwas Gespenstisches. Mit wildem, gehetztem Blick starrte er stundenlang über die karge Landschaft in die abweisende, undurchdringliche Wildnis des Schwarzwaldes, oder hob zuweilen ein fiebriges Auge zu der verfallenen Ruine eines nahen Turmes, der als einziges von der einst so prächtigen Burg Blaustein übriggeblieben war.

In der einheimischen Bevölkerung hatte man eine gewisse Hoffnung gehegt, Conrad möge wieder zu seinem früheren glücklichen Zustand genesen, insbesondere nach dem Eintreffen seiner Base Theresa. Das Kind war Konrads Obhut übergeben worden, nachdem erst seine

Mutter, dann sein Vater von der Pest dahingerafft worden waren, die im vorangegangenen Jahr das Land heimgesucht und weder die Hochstehenden noch die Armen verschont hatte.

Doch leider erwiesen sich die Hoffnungen auf Konrads Genesung als ebenso fruchtlos, wie sie inständig gewesen waren. Theresa war ein munteres und liebreizendes Mädchen, mit goldenem Haar und heller Haut. Oft konnte man sie ganz allein im Schatten der Schloßmauern spielen sehen. Sie tanzte in dem trüben Dämmerlicht zu einer süßen Melodie, die sie sich selbst sang, oder pflückte die Blumen, die die Kühnheit besaßen, auf diesem unwirtlichen felsigen Gelände zu wachsen. Doch trotz allen Frohsinns, den das Mädchen verbreitete, erschien Konrad, so hieß es, weiterhin Nacht für Nacht am Fenster und starrte mit erbarmungswürdiger Niedergeschlagenheit auf den finsteren Wald und den Turm hinaus, der sich schwarz und verfallen gegen den stürmischen Himmel abzeichnete.

2

Eines Nachts, kurz nachdem Theresa in ihr zwölftes Lebensjahr eingetreten war und ihre mädchenhafte Schönheit zum zarteren Liebreiz erwachender Weiblichkeit zu erblühen begann, schrak sie aus dem Schlaf hoch, um festzustellen, daß Konrad an ihrem Bett stand. Es war eine stürmische Gewitternacht. Der Donner hallte durch die Gewölbe und Gänge des finsteren alten Bauwerks, Blitze warfen phantastische Schattengestalten auf die uralten Bildteppiche an den bemoosten Wänden. Es war das Krachen einer solchen atmosphärischen Entladung, das die Augen des Mädchens auffliegen ließ, woraufhin sie entsetzt vor Konrad zurückzuckte, der mit bleichem Gesicht auf sie herabblickte. Die gewohnte Blässe ihrer Wangen wich einer tiefen Röte, und unwillkürlich zog Theresa, getreu den ersten natürlichen Einflüsterungen jungfräulicher Scham, die Decke unters Kinn. »Was führt Euch hierher, Vetter?« fragte sie. »Weshalb stört Ihr zu so unheiliger Stunde meinen Schlaf, und dies in einer Nacht, so stürmisch, daß mir vor Angst fast das Herz stillsteht?«

Mit kummervoller Stimme, den verzweifelten Selbstgesprächen des Grabes angemessen, antwortete Konrad ihr lediglich: »Du mußt jetzt aufstehen, mein Kind, und mit mir kommen.«

Gewohnt, ihrem Vormund in allem zu gehorchen, stellte Theresa fürs erste keine weiteren Fragen. Sobald Konrad sich aus ihrem Gemach entfernt hatte, stand sie auf. Ob der beharrlichen Ausbrüche des Unwetters heftig zitternd, kleidete sie sich im Schein einer einzigen Kerze an und verrichtete, so gut es ging, hastig ihre Toilette. Als sie damit fertig war, folgte sie ihrem Vetter, der unter den düsteren Gewölben und seltsamen Statuen, welche die mächtige Eingangshalle des Schlosses zierten, in Gedanken versunken auf und ab schritt.

Zu ihrer Verblüffung reichte ihr Konrad, der bereits mit einem Mantel bekleidet war, ihren wärmsten Umhang.

»Aber mein teurer Vetter«, stieß sie hervor – in dem Glauben, ihr Vormund wolle sich auf ihre Kosten einen makabren Scherz erlauben, »Ihr könnt doch nicht die Absicht haben, in diesem Unwetter außer Hauses zu gehen! Es ist doch, als würde der Himmel selbst von einem gräßlichen Mahlstrom verschlungen!«

Konrad erwiderte nichts, sondern reckte ihr nur mit einer zweiten, nachdrücklicheren Geste den Umhang entgegen, so daß ihr keine andere Wahl blieb, als ihn von ihm entgegenzunehmen und sich überzuwerfen. Dann, mit einem unartikulierten Stöhnen, das Theresa einen Schauder ahnungsvollen Schreckens durch die zarten Glieder sandte, riß Konrad das schwere Tor der Burg auf und zog sie mit sich in das Unwetter hinaus.

Die Köpfe gegen den prasselnden Regen eingezogen, überquerten Konrad und Theresa in der mondlosen Finsternis die karge Öde, die nur von den gezackten Dolchen der Blitze erhellt wurde, die immer wieder den Himmel spalteten. Das wütende Getöse des Donners, das jedem dieser Lichtgebilde folgte, verstärkte nur die ängstlichen Vorahnungen, die mit jedem Schritt höher in Theresas Herz aufstiegen und ihren unschuldigen Busen mit grausigen Vorstellungen füllten, die sie nicht zu benennen wußte.

»Wohin gehen wir, mein teurer, hochgeachteter Vormund?« stieß sie von Zeit zu Zeit in tiefer Sorge hervor. »Ich flehe Euch an, im Namen des Weibes, das Ihr einmal liebtet, bevor ein gütiger und gnädiger Gott es für angezeigt hielt, sie zu sich zu rufen, lindert meine törichten jungfräulichen Ängste und sagt mir, wohin wir gehen!«

Doch Konrad, dessen verstörte Miene nicht dazu angetan war, seinem verängstigten Mündel Trost zu spenden, starrte nur abwesend vor sich hin und packte sie fester am Arm, zog sie nur weiter durch die Nacht.

Als Theresa schließlich den Blick hob, mußte sie feststellen, daß sie sich dem einsamen Turm von Burg Blaustein näherten. Beim Anblick des verfallenen Gemäuers, das infolge des heftigen Schwankens der umstehenden Bäume zum Leben erwacht zu sein schien, entfuhr ihren vollen Lippen ein leiser Laut des Entsetzens, der freilich im Toben des Unwetters unterging.

Und als nun das verängstigte Mädchen den Blick steil nach oben wandte, bemerkte sie zum erstenmal den flackernden roten Lichtschein im höchsten Fenster des Turmes, der bis zu diesem Augenblick in die lichtlose Finsternis der Verlassenheit getaucht gewesen war.

»Vetter, ach, mein Vetter, was ist das?« rief sie. »Wer kann nur gekommen sein, um in einer so schaurigen Wohnstatt Unterschlupf zu suchen?«

Nun endlich richtete ihr Vormund seinen brennenden Blick auf ihr nach oben gewandtes Gesicht und überschrie mit seiner Antwort das Toben des Gewitters.

»Es ist der Alchimist!« kreischte er mit einem Ausdruck wahnsinniger Freude. »Es ist der Alchimist, der endlich gekommen ist!«

3

Welch tiefes Entsetzen durchfuhr Theresas jungfräuliche Brust, als das morsche Tor des Turms mit einem dumpfen Hallen hinter ihr zuschlug! Die geheimnisvollen und zugleich seltsam furchterregenden Worte ihres Vetters hallten immer noch in ihrem Kopf nach. Ein noch undurchdringlicheres Dunkel als zuvor umgab sie jetzt, und dieses pechschwarze Totenhemd nahm für Theresa nur noch bedrückendere Züge an, als der gespenstisch flakkernde glutrote Schein, der aus irgendeiner unbekannten Kammer über ihnen kam, die Umrisse einer steinernen Wendeltreppe in ihren Blick rückte. Auf diese zog Konrad sie nun zu. Und – horch! – als sie die zerbröckelnde Treppe hinaufzusteigen begannen, drang ein schwaches Geräusch zu ihnen herab, das immer deutlicher hörbar wurde, je mehr das Heulen des Sturms von den undurchdringlichen Mauern des Turmes abgehalten wurde: *Tink-tink, tink-tink.*

»Bei allen gütigen Himmeln!« hauchte Theresa und klammerte sich im Dunkeln an ihren Vetter. »Was ist das, Vormund?«

»Das ist nur der Alchimist, er ist bei der Arbeit, mein Kind«, antwortete Konrad.

Langsam stieg er weiter die Treppe hinauf und zog sein widerstrebendes Mündel hinter sich her. Der flackernde Lichtschein über ihnen wurde heller, das rätselhafte Geräusch lauter, je höher sie kamen.

Tink-tink, tink-tink.

»Aber was ist das, was ist es?« rief Theresa aus. »Was ist es, Vetter, das dieses Geräusch macht? Jedes Mal, wenn es ertönt, steht mir fast das Herz still!«

»Er hämmert nur die Eisenringe in die Wand«, murmelte Konrad. »Sei still, mein Kind.«

Spinnweben streiften über Theresas zarte Wangen und verfingen sich in ihrem Haar, während ihr Vetter sie weiter und weiter die Wendeltreppe hinaufzog. Und der flackernde Lichtschein über ihnen wurde heller und das Hämmern lauter.

Tink-tink, tink-tink.

»Und was nun, was nun, mein teurer Vetter, mein hochgeachteter Vormund?« Vor Angst konnte Theresa kaum mehr an sich halten.

»Er macht die Ketten, er macht nur die Ketten«, sagte Konrad, den Blick unverwandt auf die gewundene Stiege vor ihnen gerichtet. »Hab keine Angst, mein Kind.«

Immer weiter zog er sie, immer weiter hinauf. Das Flackern der Flammen - denn darum handelte es sich - schien nun überall an den Wänden ringsum emporzuzüngeln. Der Lärm aus der Werkstatt wurde in Theresas überreizter Phantasie derart verstärkt, daß sie bei jedem neuen Geräusch vor Entsetzen fast in Ohnmacht fiel.

Tink-tink, tink-tink.

»Der Himmel sei mir gnädig, was ist das?« jammerte sie und umklammerte erneut den Arm ihres Vormunds.

»Die Fußfesseln«, antwortete er in einem gespenstischen,

abwesenden Ton. »Er schmiedet die Fußfesseln, glaube ich. Sei guten Mutes, mein Kind.«

Auf diese Mitteilung hin – und auf ein erneutes Ertönen des furchteinflößenden Geräuschs – fiel Theresa auf den feuchten Steinstufen auf die Knie, umklammerte mit zitternden Fingern die Hand ihres Vetters und hob in blindem Flehen ihr holdes tränenüberströmtes Gesicht. »Ach, mein Vetter, mein Vormund, dem meine Eltern mich in der Stunde ihres Todes anvertraut haben, im Namen all dessen, was Euch lieb und teuer ist, zwingt mich nicht, noch weiterzugehen, zwingt mich nicht, vor diesen Alchimisten zu treten, denn ich schwöre Euch bei Gott, schon der bloße Gedanke an ihn macht mir unsägliche Angst.«

Ihr Entsetzen verlieh ihren schwachen Gliedern eigentümliche Kraft, und sie hielt Konrad mehrere Augenblicke lang so fest zurück, daß er im Dunkeln erstaunt auf sie hinabblickte.

»Nicht weitergehen?« fragte er. »Nicht weitergehen? Nachdem ich nach ihm geschickt habe, nachdem ich all die Zeit auf ihn gewartet habe? Nachdem er den weiten Weg von Rom hierher zu mir gekommen ist? Da sollte ich nicht weitergehen?«

Er kniete vor seiner Base nieder und nahm ihre zarten Schultern zwischen seine kräftigen Hände, so daß sie sich einen Augenblick lang der Hoffnung hingab, er möge etwas Mitgefühl zeigen und die unerträgliche Spannung von ihr nehmen. Doch Konrad zog sie lediglich mit brutaler Gewalt wieder hoch und zwang sie, weiter zu dem Feuer und dem Hämmern hinaufzusteigen.

Tink-tink, tink-tink.

»Nicht weitergehen?« zischte Konrad in Theresas Ohr, als er ihren fast leblosen Körper Stufe um Stufe hinauftrug, bis sie sich dem Ende der Treppe näherten. »Wo er doch bekannt dafür ist, von allen Lebenden das umfassendste Wissen über die Geheimnisse des Altertums zu besitzen? Da sollten wir nicht zu ihm gehen, mein Kind? Wo um meinetwillen - nein! um meiner geliebten Anna willen, die dieses ganze trübselige, trostlose, scheinbar endlose Jahr erbarmungslos in ihrem Grab eingekerkert lag, ohne daß das Fleisch, das mir einst die größten Freuden schenkte, von den Tränen, die ich Nacht für Nacht darauf vergoß, vor dem Verfall bewahrt werden konnte - wo er um ihretwillen, sage ich, einen Trank gebraut hat, der sie meinen Armen zurückgeben wird und damit auch meinem Verlangen - meiner Liebe, die so groß ist, daß sie die Angst vor irdischem Verfall übersteigt und nur auf die Gelegenheit wartet, sie wieder wie dereinst in den Tagen unseres gemeinsamen Glücks in die Arme zu schließen? Da sollte ich nicht weitergehen? Wie kannst du so etwas nur sagen, meine teure, kleine Theresa? Das Werk ist fast vollendet! Der Auferstehungstrank ist frisch bereitet!«

Und mit diesen Worten brachte Konrad das Mädchen an das Ende der Wendeltreppe und vor eine große Tür aus massivem Eisen, die halb offenstand, so daß das flackernde rote Licht der Flammen und das unablässige metallische Klirren auf den Treppenabsatz herausdrangen. Unter Aufbietung all seiner Kräfte stieß Konrad mit der einen Hand die Tür ganz auf, mit der anderen zerrte er die fast besinnungslose Theresa in den Raum dahinter.

Und dort stand der Arbeitstisch, übersät mit allen nur erdenklichen, grausigen, jeder Beschreibung spottenden Instrumenten und Gefäßen der Alchimistenkunst. Da waren die Ketten und Handschellen, in der dicken Mauer verankert. Da die lodernden Flammen im Kamin des Turmzimmers und der pechschwarze Kessel, der den unseligen schäumenden und brodelnden Trank enthielt.

Und dort, vor den tränenüberströmten Augen des armen Mädchens, stand der Alchimist selbst, die Augen hell leuchtend unter der schwarzen Kapuze, das Gesicht rot glühend im höllischen Schein des Feuers, und in seiner Hand - ach, in seiner Hand - die letzte, die grauenhafteste all seiner Gerätschaften, eine rot aufblitzende Klinge, schmal und gekrümmt.

»Ach, Vetter, Vetter!« schrie Theresa auf. »Warum habt Ihr mich an diesen grauenvollen Ort gebracht?«

»Weil wir nur noch eine letzte Zutat brauchen!« rief Konrad. Und dann warf er krachend die Tür hinter ihr zu.

4

Das Schloß am Rande des Schwarzwalds steht nun, ach, schon viele Jahre leer und verlassen, und der Turm von Burg Blaustein ist längst zu Staub zerfallen. Weder Konrad noch seine junge Base Theresa wurden nach jener stürmischen Winternacht jemals wiedergesehen, und es gibt manche, die behaupten, sie hätten sich auf einen Familiensitz im Süden zurückgezogen, während andere wesentlich schaurigere Einzelheiten von dem berichten, was ihnen widerfahren sein soll. Doch gleichgültig, was sich damals zugetragen haben mag - die Dorfbewohner begeben sich nur selten in die Nähe des alten Herrenhauses, denn mit ihren schlichten Gemütern glauben sie, daß schon der bloße Anblick seiner verfallenden Mauern nichts Gutes bedeuten kann. Und doch gibt es einige Stimmen, die vollkommen überzeugend behaupten, daß eine Kammer im obersten Geschoß des Schlosses weiterhin bewohnt ist, wenn auch nicht von einem menschlichen Wesen. Und daß jeder, der furchtlos genug ist, sich von den Ratten und Spinnen, den Spinnweben und Gespenstern des Gebäudes nicht abschrecken zu lassen, mit eigenen Augen das alte Hochzeitsbett sehen kann, auf dessen zerschlissenen, vermodernden Laken das Gerippe Konrads liegt – für immer verschlungen mit den verwesenden Knochen von Anna, seiner über alles geliebten Braut.

IV

Sophia, die Schlinge um den Hals

1

Irgend etwas stimmt hier ganz und gar nicht«, sagte Harper und tippte auf den Augapfel des Kraken.

»Was ist es?« fragte Storm.

»Ich. Weiß. Es. Nicht«, sagte sie, jedes Wort ein Satz, jeder Satz unterstrichen durch ein Tippen ihres Fingernagels gegen das Glas. Der Behälter stand auf einem Steinsockel zwischen ihnen. In dem Glas – in der klaren Konservierungsflüssigkeit, mit dem es gefüllt war – lag ein riesiges schlangenartiges Wesen, dessen platter, weißer, gallertartiger Körper wie ein Feuerwehrschlauch aufgerollt war. Harper Albright beugte sich zu dem Behälter vor und spähte durch ihn hindurch auf Storm. Die Krümmung des Glases vergrößerte und verzerrte ihre Züge. Der orangefarbene Fackelschein hüpfte über die Gläser ihrer Brille. »Jedes Wort, das Sophia zu Ihnen gesagt hat, jede Geste, die sie gemacht hat, ist in meinen Augen ein Notruf.«

»Nein, ich habe gemeint, was ist das?« fragte Storm noch einmal. »Das da. In dem Glas.«

Er ging um den Behälter herum, bis er neben ihr stand. Die Hände hinter dem Rücken verschränkt, beugte er sich ebenfalls vor und studierte den hornartigen Rüssel des Leviathans.

Harper ihrerseits legte den Kopf auf die Seite, um ihn

zu betrachten. »Die erste Sichtung eines solchen Wesens wurde, glaube ich, 1555 von Olaus Magnus, dem exilierten Erzbischof von Uppsala in Schweden, dokumentiert«, murmelte sie nachdenklich. »Die Tatsache, daß solche Tiere in den nächsten zwei Jahrhunderten immer wieder in nördlichen Gewässern gesehen wurden, verleitete zeitgenössische Wissenschaftler zu der Annahme, sie könnten die Vorlage für Iormungand gewesen sein, die Schlange von Midgard, die die Welt umschlingt, und die Thor fast mit einem Ochsenkopf als Köder an Land gezogen hätte, wäre da nicht die Feigheit des Riesen Hymir gewesen.«

»Sagen Sie nichts, lassen Sie mich raten: Eigentlich sieht es mehr aus wie eine Rolle Klopapier oder etwas in der Art.« Und mit einem spöttischen Schnauben ging Storm weiter zu dem Riesenschwein von Chalfont St. Giles.

Harper runzelte finster die Stirn und bohrte die Spitze ihres Stocks in den Lehmboden. »Ein Bandwurm. Phylum *Nemetinea.* Und in dieser Größe ziemlich selten. Aus Osaka, wo er am Neujahrstag des Jahres 1995 an Land gespült wurde, nach England geschmuggelt. Viele Japaner glauben, sein Erscheinen kündige ein Erdbeben an… Der Stachel scheidet giftigen Schleim aus«, rief sie Storm nach, in dem Bemühen, sein Interesse zu fesseln, aber er war bereits weitergegangen.

Sie befanden sich im Geheimen Museum, einem System von unterirdischen mittelalterlichen Gewölben unter einigen Lagerhäusern in Southwark. Vergessen, vermeintlich zerstört, waren die Katakomben von einem Liebhaberkreis für die Ausstellung ihrer bizarren Exponate erworben worden. Die unterirdischen Gänge mit den niedrigen Gewölbedecken waren gesäumt von Glasbehältern, Aquarien, Vitrinen und Bilderrahmen, die auf Sockeln standen, auf Tischen lagen, an leeren Sarkophagen lehnten oder an den Wänden hingen. Beleuchtet wurden sie nur von Feuerschein – von Fackeln, die in eisernen Halterungen vor sich hin flackerten und alles mit öligem Rauch einhüllten. Das hatte zugegebenermaßen etwas Melodramatisches, aber einige der weniger akademisch gebildeten Besucher schienen dem durchaus etwas abgewinnen zu können.

Jorge Swade, Kurator des Museums und sein einziger Führer, fand sich unangenehmerweise zwischen seiner am meisten geschätzten Besucherin und dem Mann gefangen, den er für ihren Beau hielt. Seine blutunterlaufenen Augen blinzelten heftig, seine Hasenzähne klapperten wie das Spielzeug eines Zahnarzts, aber er wußte nicht, was er sagen sollte, um die Spannung abzubauen. Schließlich behalf er sich damit, immer wieder lächerlich servile Verbeugungen vor beiden zu machen. Was zur Folge hatte, daß sein strähniges Haar über die Schultern seines roten Sportsakkos streifte und fettige Spuren darauf hinterließ.

Harper sah Storm noch für ein paar Momente stirnrunzelnd nach. Unter all den Kuriositäten an diesem Ort fand sie ihn eigentlich am kuriosesten. Ganz eindeutig war er total vernarrt in das Mädchen – so eindeutig, daß es sogar ihrem alten Herzen den einen oder anderen eifersüchtigen Stich versetzte. Aber warum tat er bloß so, als sei sie ihm gleichgültig? Warum behauptete er das immer wieder?

Sie zog entschlossen an der Krempe ihres Borsalino und schloß ihre Hand fester um den Drachenknauf ihres Stocks, bevor sie schließlich hinter ihm herwatschelte, unter einer Fackel hindurch, den Gang hinunter, an dem katzbuckelnden Swade vorbei.

»Eine Frau wie Sophia Endering ruft nicht einfach um

Hilfe«, grummelte sie. »Jedenfalls keinen völlig Fremden. Aber vermutlich auch sonst niemanden.«

Storm hatte sich bereits von dem Schwein abgewandt. Er umrundete den eingelegten Rattenkönig. Ging mit einem flüchtigen Blick am Skelett einer Meerjungfrau vorbei. Harper holte ihn ein, als er einen Seitengang hinunterlief, an dessen Wänden, erhellt von einer einzigen Fackel, zahlreiche gerahmte Fotografien hingen.

»Was heißt hier um Hilfe rufen?« Er tat so, als gelte seine ganze Aufmerksamkeit einem Bild von Popobawa, dem geflügelten, homosexuellen Zyklopenzwerg aus Sansibar. »Wer sagt denn, sie ruft um Hilfe?«

»Sie wissen ganz genau, daß sie das tut.« Harper wackelte mit ihrem faltigen Zeigefinger. »Warum sollte sie sonst ihre Brosche zurechtrücken?«

»Was?«

»Sie haben das Auge eines Hollywood-Produzenten fürs Detail, Storm. Sie übersehen fast alles, was wichtig ist.« Harper schüttelte tadelnd den Kopf. »Als Sie Ihren rührend naiven amerikanischen Glauben in die Vergänglichkeit der Geschichte zum Ausdruck brachten, rückte sie die Brosche ihrer Mutter zurecht – die sie vorher nie getragen hatte – und widersprach. Womit sie nichts anderes sagte, als daß die Begleitumstände des Todes ihrer Mutter frisch aufgerührt worden sind – und sie aufs heftigste aufgewühlt haben.«

»Harps. Meine Teuerste. Jetzt machen Sie aber mal einen Punkt! Sie hat nichts weiter getan, als ihre Brosche zurechtzurücken.« Storm sah sie kaum an und ging einfach weiter.

»Äh … das Buch«, flüsterte Jorge Swade. »Die Handschrift.«

Sich dienstbeflissen die Hände reibend, war er ihnen nachgeschlurft. Dieser Zwist war einfach zuviel für seine Nerven. »Ich habe es für Sie herausgeholt. Es ist alles vorbereitet.« Damit deutete er hoffnungsvoll auf eine Nische in der Nähe.

»Gleich, mein Lieber«, vertröstete Harper ihn mit einer beiläufigen Handbewegung. »Richard, mein junger Freund?« Er war am Ende des Seitengangs angelangt, wo er über die jüngste Abbildung von Nessie den Kopf schüttelte. »Sie haben mir den Verlauf der Unterhaltung doch selbst geschildert ...«

»Geschildert? Sie haben mich etwa zwei Stunden lang mit Ihren Fragen gelöchert.«

»Sophia rückte die Brosche zurecht, die ihrer Mutter gehörte – ihrer Mutter, die Selbstmord beging –, und dann erzählte sie Ihnen, sie will sterben.«

»Sie hat mir nicht erzählt, daß sie sterben will, Harper!« fauchte er über die Schulter. »Sie hat mir erzählt, daß sie in der Galerie sterben will.«

»Warum sollte sie überhaupt irgendwo sterben wollen?«

»Also, wissen Sie ...« Er verdrehte die Augen. »Bitte!«

Ungeduldig pochte Harper mit der Spitze ihres Stocks auf die Erde. Jorge zuckte erschrocken zusammen, aber auf Storm schien es keinerlei Wirkung zu haben. »Was ist eigentlich los mit Ihnen, Richard? Sie haben zugegeben, Sie hätten es selbst gespürt. Die Frau bittet Sie um Ihre Hilfe, fleht Sie geradezu darum an.«

An diesem Punkt fuhr er zu ihrer Überraschung – zu ihrer Betrübnis! – fast wütend zu ihr herum.

»Nicht um meine Hilfe«, stieß er zwischen den Zähnen hervor. »Um irgend jemandes Hilfe vielleicht – da haben Sie möglicherweise recht – aber nicht um meine.«

Harper Albright zog eine graue Braue hoch. Das war völlig untypisch für ihn, so gar nicht die unbekümmerte

Art, die sie sonst an ihm kannte. Sie merkte, daß er seine Unbeherrschtheit sofort bereute. An der Art, wie er auf seine Schuhe hinabsah. An der Art, wie er, wütend auf sich selbst, schniefte. An der Art, wie er sich von ihr wegdrehte, das Gesicht abwandte. Und dennoch fragte Harper sich plötzlich, ob nicht auch dem eine schreckliche Logik zugrunde lag. Mit einem Mal kam ihr ein Gedanke, und sie dachte darüber nach, ob sein ganzes Verhalten nicht doch auf schreckliche Weise einen Sinn ergab. Ihre Stirn legte sich in noch tiefere Falten.

»Jedenfalls«, fuhr Storm leise, fast verlegen, fort, »haben wir uns, wie bereits gesagt, vor allem über Kunst unterhalten. Sie ist hochintelligent, sie weiß sehr gut über Kunst Bescheid.«

Er kam nun wieder auf sie zu, entlang der Fotos, die rechts von Harper an der Wand hingen. Harper betrachtete sein Profil: die edle Stirn, die kühne Nase, das Kinn mit dem Grübchen in der Mitte. Bei dieser Gelegenheit bemerkte sie zum erstenmal – beziehungsweise gestand sie sich zum erstenmal ein, daß sie es bemerkte –, wie eingefallen seine Wangen, wie matt seine Augen in letzter Zeit wirkten. Wie er sich hin und wieder den linken Arm hielt und massierte. Aber sie wollte ihren Verdacht nicht wahrhaben. Sie war noch nicht bereit, ihn an sich heranzulassen. Sie holte Luft und bestürmte ihn weiter, als wäre ihr nicht gerade etwas aufgegangen.

»Und was ist dann mit diesem seltsamen Zufall? Sie haben sich ihr genau in dem Moment genähert, als sie vor diesem Gemälde stand ...«

»Was für ein Zufall?« Er war immer noch gereizt. »Ich bin ihr gefolgt. Da kann von Zufall keine Rede sein.«

»Natürlich nicht. Sie hat sich ja auch die allergrößte Mühe gegeben, Sie davon zu überzeugen. Was soll daran Zufall sein, hat sie gesagt – und das war das zweite Mal, daß sie die Brosche anfaßte. Was darauf hindeutet, daß der Grund, warum sie ihr Glas fallen ließ, als Sie *Black Annie* vorlasen, und der Grund, warum sie wegen dieses Bildes so durcheinander war, und der Grund, warum sie mit dem Gedanken an Selbstmord spielt…«

»Sie spielt nicht mit dem Gedanken an Selbstmord, Harper! Ich bitte Sie!«

»…daß das alles mit dem Tod ihrer Mutter zusammenhängt.«

»Sie machen mich noch wahnsinnig«, rief Storm. Während er näher kam, warf er hastige Blicke auf die Reihe der Fotos. »Das Ganze war nichts weiter als ein Versehen. Sie ließ eben gerade in diesem Moment ihr Glas fallen. Das Gemälde sah eben einfach wie eine Illustration dieser Geschichte aus. Das hat nichts mit Zufall zu tun. So etwas wie Zufall gibt es wahrscheinlich überhaupt nicht. Irgendwo habe ich das mal gelesen. Das Ganze ist nur so ein mathematisches Phänomen – wenn irgendwas zusammentrifft, und alle denken, es sei ein verrückter Fall von Übereinstimmung, während in Wirklichkeit überhaupt nichts an der ganzen Sache ist. Übrigens, wer ist eigentlich dieser Iago?«

»Ah«, sagte Harper Albright.

Er war abrupt vor der Fotografie direkt neben der nächsten Fackel stehengeblieben. In ihrer Verglasung spiegelte sich das Flackern der Flammen.

Harper humpelte durch Licht und Schatten, bis sie an seiner Seite war. Klein Jorge blieb zurück und wies hektisch gestikulierend auf das Pult in der Nische neben ihm.

Gemeinsam sahen Storm und Harper das Bild an. »Das ist einer der Gründe, warum ich Sie hierhergebracht habe«, sagte sie.

Es war ein altes Schwarzweißfoto, stark vergrößert und infolge der Vergrößerung grobkörnig und unscharf. Diese Körnigkeit – zusammen mit dem Dunst und Rauch auf dem Bild selbst – verlieh der Szenerie eine poetische, traumartige Atmosphäre. So hatte es jedenfalls Harper immer empfunden. Auf dem Foto war zu sehen, wie ein Barackenlager niederbrannte. In dem Moment, in dem der Kameraverschluß aufgeschnappt war, hatten sich die Flammen der einzelnen Gebäude zu einem einzigen lodernden Inferno vereint. Dicker Rauch stieg auf. Der Himmel war schwarz davon. Die Baracken waren inmitten der Feuersbrunst nur noch in schemenhaften Andeutungen zu erkennen. Ganz im Vordergrund war eine einzige menschliche Gestalt zu sehen: eine zierliche, kleine Figur, die im Feuerschein durch das hohe hölzerne Eingangstor des Lagers rannte, um sich und das Bündel, das sie schützend in den Armen hielt, in Sicherheit zu bringen.

Die Legende hatte Jorge geschrieben:

Iagos Ende

Eine Anhängerin des »Heiligen Iago« rettet ein Baby aus den Flammen, die das Lager des Sektenführers im Nordosten Argentiniens zerstörten. Vermutlich kamen bei dem Brand einhundertdreiunddreißig Anhänger Iagos um. Mindestens vierundvierzig der Opfer waren Kinder, von denen vermutlich viele vom Sektenführer selbst gezeugt wurden. Außer diesem umstrittenen Foto gibt es keine weiteren Beweise, daß sich der Zwischenfall tatsächlich ereignet hat. Das Schicksal der fliehenden Frau bleibt deshalb ungeklärt. (Kat. 44)

»Das …« begann Storm.

»Ja«, sagte Harper.

Er preßte den Finger auf die Verglasung, deutete auf den hohen Querbalken des Tors über der fliehenden Gestalt. In diesen Querbalken war – trotz der schlechten Qualität des Fotos und trotz des Rauchs gerade noch erkennbar – ein Zeichen eingebrannt: eine Art Hufeisen, das eine Acht umschloß.

»Das war auch auf ihrer Brosche«, sagte Storm.

»Ganz genau«, sagte Harper.

Sie hörte ihn leise Verwünschungen ausstoßen. »Was wollen Sie damit sagen? Daß dieses Foto etwas mit Sophia und ihrer Mutter und dieser ganzen Geschichte zu tun hat?«

»Ich will damit sagen, es könnte sein.«

Er starrte sie finster an. »Na schön. Und wer zum Teufel ist dieser Iago?«

Harpers heisere Stimme und ihr glasklarer Akzent schienen für die Erzählung wesentlich besser geeignet zu sein als für die Unterhaltung. Nie begann sie eine längere Geschichte ohne einen genüßlichen Zug um ihre blassen Lippen, ohne ein gewisses Leuchten in ihren Augen.

»Sein richtiger Name – gab er zumindest vor – war Jacob Hope«, setzte sie an. »Und es ist erstaunlich schwer, irgendwelche anderen näheren Einzelheiten über ihn in Erfahrung zu bringen. Vermutlich war er Engländer, aber er scheint nicht nur in Europa, sondern auch in Afrika, Amerika und Nahost weit herumgekommen zu sein. Er trat vor etwa dreißig Jahren zum erstenmal in Erscheinung. Ein Aussteiger, der mit anderen Aussteigern unterwegs war, ein typischer Vertreter jener neuen Generation von neuen Vagabunden, von denen es damals viele gab.« Mit nachdenklich gesenktem Kopf entfernte Harper sich ein paar Schritte von Storm. Der Stock in ihrer Hand ging dabei rhythmisch auf und ab. »Hope behauptete, übersinnliche Kräfte zu besitzen. Die Fähigkeit, in die Zukunft zu blicken, andere zu heilen. Und das Geheimnis des ewigen Lebens zu kennen. Er versprach allen, die an ihn glaubten und ihm folgten, ewiges Leben. Und viele junge Menschen glaubten ihm und folgten ihm. Sowohl Männer als auch Frauen, aber vor allem Frauen. Er hatte eine enorme sexuelle Anziehungskraft. Frauen – Mädchen –, die von zu Hause ausgerissen waren, die einsam und verlassen waren, einige auf Drogen, andere einfach nur halt- und orientierungslos, gaben sich ihm in großer Zahl hin und trugen dann auch freudig seine Kinder aus.« Harper hielt inne und drehte sich um. Und als sie Storm wieder ansah, spielten flackernde Flammen über ihre Brillengläser. »Die Dinge, die er von sich selbst behauptete und die er seinen Anhängern in Aussicht stellte, wurden immer maßloser, immer grandioser. Er sagte, er sei ein Orakel. Er sagte, er sei ein Sohn Gottes. Schließlich, vor etwas mehr als fünfundzwanzig Jahren, führte der ›Heilige Iago‹ – so nannte er sich mittlerweile – seine Anhänger in einer langen Pilgerschaft aus England fort. Einige von ihnen glaubten, dieser Exodus würde im Weltuntergang seinen Höhepunkt finden. Und danach wäre ihre leuchtendes Vorbild vermutlich zum Himmelskönig gekrönt worden, mit seinen Aposteln zu seiner Rechten. Jedenfalls folgten sie ihm bereitwillig. Und die lange Reise führte die Sekte über Spanien und Westafrika schließlich nach Südamerika. Dort, im Dschungel der Paraná-Ebene, schlug der ›Heilige Iago‹ sein Lager auf, vermutlich, um da auf das Ende zu warten.« Harper machte wieder ein paar Schritte auf Storm zu.

Er sah sie kurz an, dann studierte er erneut das Foto. »Und wie kam es dazu?« fragte er sie.

»Es gab da eine Frau«, fuhr sie fort. »Im Dschungel, im Lager, eine Jüngerin dieses Verrückten, die endlich – endlich – die Wahrheit zu ahnen begann. Obwohl sie Iagos Charisma rettungslos verfallen war, ging ihr langsam ein Licht auf. Sie vermutete, daß die Wunder und Prophezeiungen ihres Meisters, die von ihm vorausgesagte Apokalypse, nicht nur einfacher Schwindel waren, sondern ein Schwindel, der dem Zweck diente, andere, noch wesentlich fürchterlichere Dinge zu vertuschen. Immer wieder verschwanden Kinder aus dem Lager – Kinder von Iago. Manchmal auch ihre Mütter. Und eine Frau war wahnsinnig geworden und hatte sich selbst umgebracht, bevor jemand sie daran hindern konnte.

Eines Nachts schließlich, als alle in tiefem Schlaf lagen, bekam die ungläubige Jüngerin mit, wie verschiedene Angehörige des inneren Kreises der Sekte das Lager verließen. Sie schlüpfte aus ihrem Bett und folgte ihnen.«

Inzwischen hatte Storm ausschließlich Harper im Blick, die, um sich für das Kommende zu wappnen, tief Luft holte, ehe sie fortfuhr: »Zitternd vor Angst schlich die ungläubige Jüngerin durch den Dschungel, der so dicht war, daß kein Funke Mondlicht durch die Kronen der Bäume drang. Und das tiefe Dunkel, das sie umgab, war durchdrungen von furchterregenden Tierschreien und bedrohlichem Geraschel. Schließlich hörte sie leises Stimmengemurmel, das sie zu einer dampfenden Lichtung lockte. Und als sie durch das dichte Blattwerk spähte, sah sie dort, im Licht einer einzigen Fackel, all ihre vagen Befürchtungen bestätigt. Und Schlimmeres.«

Harper straffte die Schultern, blinzelte durch den Flammenschein auf ihren Brillengläsern. »Iago stand vor einem Altar aus Stein«, fuhr sie fort. »Und auf dem Altar lag ein Kind. Eins seiner eigenen Kinder, ein Kleinkind noch, das mit schläfrigen, vertrauensvollen Augen zu seinem Vater aufblickte. Um die beiden herum standen einige Mitglieder des inneren Kreises, die, einen monotonen Singsang murmelnd, zusahen. Auf der anderen Seite der Lichtung versuchte sich eine junge Frau verzweifelt dem Griff zweier hünenhafter Jünger zu entwinden. Es war die Mutter des Kindes, ihre Augen waren vor Entsetzen weit aufgerissen, doch ihre Schreie wurden durch den Knebel in ihrem Mund erstickt.

Und dann, unter den fassungslosen Blicken der ungläubigen Jüngerin, hob Iago über der nackten Brust des Kindes einen Krummdolch in die Höhe. Und mit einem verträumten Lächeln –«

»O mein Gott«, entfuhr es Storm. »Das ist ja furchtbar! Erzählen Sie es mir lieber nicht, bitte. Das ist ja grauenhaft.«

Ruhig fuhr Harper fort: »Nach jahrelanger Verblendung fiel es der ungläubigen Jüngerin plötzlich wie Schuppen von den Augen. Sie machte auf der Stelle kehrt, um ins Lager zurückzulaufen und Alarm zu schlagen. Unglücklicherweise fiel sie in ihrer Panik hin und verriet sich. Sie schaffte es gerade noch, sich ihrer Gefangennahme zu entziehen, und rannte, von den anderen gejagt, durch den Dschungel ins Lager zurück, wo ihr eigenes Kind schlafend in seinem Bett lag.

Das war der Punkt, an dem Iago merkte, daß die Lage kritisch wurde. Er steckte das Lager in Brand, ließ seine Anhänger in ihren Betten verbrennen und erschoß die Mitglieder des inneren Kreises, die zu fliehen versuchten.«

Storm schnitt ein Gesicht. »Wie Waco. Wie Jonestown.«

»Aber schon Jahre früher. Eine Reihe von Wissenschaftlern vertritt sogar die Ansicht, daß Reverend Jones sehr stark von seinem Vorgänger beeinflußt war.«

»Toll. Is' doch toll, wenn ein Junge jemanden hat, zu dem er aufschauen kann.«

»Zweifellos. Wie dem auch sei, niemand entkam lebend aus Fort Iago.«

»Und was ist mit ihr?« Storm deutete mit dem Kinn auf das Foto.

»Die Frau mit dem Kind. Ist sie diese – wie heißt sie doch gleich – ungläubige Jüngerin?«

»Möglicherweise. Jedenfalls weiß niemand, was aus ihr wurde.«

»Aber wieso nicht? Ich meine, bei so vielen Toten – da muß doch jemand etwas über die Sache wissen.«

»Es verschwinden ständig Leute, Richard. Ganz besonders Herumtreiber, Ausreißer.«

»Schon, aber ich meine: Wie kommt es, daß ich nie etwas von dieser Geschichte gehört habe? Wie kommt es, daß davon nie etwas in den Zeitungen stand? Und was ist mit diesem Foto – wer hat es gemacht?«

»Es heißt, daß es von einem *Daily Telegraph*-Reporter namens Elton Yarwood aufgenommen wurde. Der hinterher spurlos verschwand, ohne daß er eine Story eingereicht hätte. Übrigens hat nie jemand eine Story darüber eingereicht. Alles, was zu diesem Thema recherchiert wurde, erschien in Amerika in Magazinen wie *The Fortean Times* und *Journal X*. Und, natürlich, in *Bizarre!* Aber was die sogenannte seriöse Presse, was irgendwelche offiziellen Quellen angeht, hat Iago nicht existiert und hat sich der ganze Vorfall nicht ereignet.«

»Wie kam dann diese Aufnahme hierher?«

»Ah!« Harper hob lächelnd die Schultern. »Was die Akquirierungsmethoden des Geheimen Museums angeht, stellt man lieber keine zu genauen Fragen, Richard. Unser Freund Jorge ist, wie Sie bald feststellen werden, ein sehr findiger Mann.«

Jorge, der Harper geradezu abgöttisch verehrte, platzte fast vor Stolz.

Storm hatte inzwischen seine ganze Aufmerksamkeit wieder dem Bild zugewandt. Er schob den Kopf ganz dicht an das Foto und legte ihn, um noch genauer schauen zu können, wie ein Vogel zur Seite. »Augenblick mal, Augenblick! Das war vor fünfundzwanzig Jahren?«

»Ungefähr, ja.«

»Und Sie sagen, Sophias Mutter beging Selbstmord, als Sophia vier oder fünf war. Was nicht mehr als zwanzig Jahre her sein kann.«

»Neunzehn«, sagte Harper.

»Wie sollte sie also diesen Iago gekannt haben, wenn er nicht gerade ...?« Den Mund noch offen über dem Wort, drehte Storm sich um und bedachte Harper mit einem anerkennenden Blick. Sie hatte sich inzwischen beinahe aus dem Lichtschein der Fackel zurückgezogen. Er ließ seinen Blick zwischen dem Foto und ihr hin und her wandern.

»Schon komisch«, murmelte er. »Diese Frau hier, die Frau, die sich in Sicherheit zu bringen versucht – sie sieht fast wie *Sie* aus, Harper. Harper ...?«

Zu seiner Überraschung war sie verschwunden. Nur Jorge Swade stand noch da und wippte in seinem roten Sportsakko auf und ab, daß sein fettiges Haar flog.

»Wenn Sie vielleicht... hier drüben, wenn Sie vielleicht... hier lang ...« Zappelig deutete er auf die Nische in der Mauer. Gegen das Fackellicht anblinzelnd, ging Storm in die angegebene Richtung. Und dort wartete seine seltsame alte Freundin. Im tiefen Dunkel der

Nische stand sie auf ihren Stock gestützt. Wartete neben dem Pult auf ihn. Deutete mit einer feierlichen Handbewegung auf die schiefe Ablage des Pults. Ein großes, dünnes Buch mit einem braunen Ledereinband lag darauf. Storm trat näher heran. Harper schlug den Deckel auf, so daß er mit einem lauten Klatschen auf die Ablage fiel.

»Das ist der zweite Grund, warum ich Sie hierhergebracht habe«, sagte sie. »*Tolle, lege,* Richard, mein junger Freund.« Und als er sie daraufhin nur verständnislos anstierte, übersetzte sie: »Nehmen Sie, mein lieber Junge, und lesen Sie.«

Sie und Jorge zogen sich zurück und unterhielten sich murmelnd. Storm trat auf das Pult zu, faßte es wie ein Prediger an den Rändern. Neigte den Kopf über die aufgeschlagene Seite. Folgte den unleserlichen Zeilen durch das Dunkel, stellte fest, daß sie in einer fremden Sprache geschrieben waren. Fand die Übersetzung, die besser lesbar daneben gedruckt war. Und las:

Anna hatte nun schon ein ganzes langes Jahr in der modrigen Familiengruft gelegen, und ihr Gatte Konrad war immer noch untröstlich …

2

An der Ecke vor dem Sign of the Crane stand ein Mann, und das gefiel Harper ganz und gar nicht. Groß und kräftig war er, und leicht vornübergebeugt. Mit Schweineaugen unter einer auffällig geschnittenen Stirnlocke gelbbraunen Haars. Und mit einer Narbe auf der einen Seite seines Mundes, die ihm ein ständiges Grinsen verlieh. Er hielt sich im Hintergrund, außerhalb des Scheins der Straßenbeleuchtung. Verbarg die Zigarette so in seiner Handfläche, daß die Glut nicht zu sehen war. Inzwischen war es fast halb zehn. Demnach stand er schon mehr als zwanzig Minuten da. Seit Harper und Storm das Pub betreten hatten.

Harper blieb am Fenster, beobachtete ihn. Biß auf dem Mundstück ihrer Pfeife herum. Streichelte mit ihrem tabakgeschwärzten Daumen das Kinn des Meerschaumtotenschädels. Sie hätte nicht gedacht, daß ein Herz, so verbraucht und narbig wie das ihre, noch solcher Aufregung, noch solch gemischter Gefühle fähig sein könnte. Angst. Erschöpfung – sie fühlte sich viel älter, als sie war. Und auch Erregung. Sie mußte es zugeben. Adrenalin setzte ihre Nerven unter Hochspannung, brachte ihren Puls auf Touren. War es möglich, daß nach all den Fehlschlägen, nach einem Vierteljahrhundert winziger Anhaltspunkte und verblassender Spuren – war es wirklich möglich, daß die Jagd nun endlich losging, daß sie ihren Gegenspieler hatte ausräuchern können?

Wenn dem so war, dann hatte Bernard recht – es war Storm, der die Sache irgendwie ins Rollen gebracht hatte. Durch sein Erscheinen. Durch das Lesen dieser Geistergeschichte. Das war das auslösende Moment gewesen. Und zugleich war es ihr auch eine Belastung, eine beängstigende und traurige Bürde.

Der Mann draußen an der Straßenecke verschwamm, und Storm, in der Fensterscheibe gespiegelt, kam scharf in ihr Blickfeld.

Er saß an einem kleinen runden Tisch hinter ihr. Das Kinn gesenkt. Die linke Hand um ein Glas Diet Coke gelegt. Mit der rechten seine linke Schulter massierend. Er wußte nicht, daß sie ihn beobachtete. Er starrte auf die perlende braune Oberfläche seines Getränks, und der Kummer in seinen Augen war ganz deutlich zu sehen. Rings um ihn sanken die warmen Holztöne des

Pubs in tiefes Dunkel zurück. Nur das Messinggeländer der Bar schimmerte matt. Ein paar ältere Männer standen mit ihren Biergläsern in der Hand dagegengelehnt. Ab und zu sagten sie etwas, aber die meiste Zeit starrten sie in das Gasfeuer, das in dem großen Kamin auf hoher Flamme blau und orangefarben brannte. Bis auf einen Videospielautomaten, der in der Ecke verwaist vor sich hin flimmerte, war das Lokal schwach beleuchtet, die gelben Wandlampen weit heruntergedimmt. Die Atmosphäre war wie immer ruhig und gemütlich.

Nach einer Weile veränderte Storm seine Haltung. »Also gut«, sagte er langsam. »Dann erklären Sie mir das Ganze noch mal.«

Harper mußte sich mit Gewalt aus ihrer Versunkenheit losreißen. Sie antwortete mit einem Seufzen, ohne sich umzudrehen, und behielt weiter den Mann mit der Narbe im Auge, der rauchend im Dunkeln stand. *»Der Turm des Alchimisten«*, begann sie. »Die Geschichte wurde anonym veröffentlicht, in deutscher Sprache, 1798, etwa hundert Jahre vor der englischen Erzählung *Black Annie.* Als ich Jorge auf einen möglichen Zusammenhang zwischen *Black Annie* und dem Geist von Belham Abbey hinwies, fiel ihm diese deutsche Erzählung ein. Er spürte das *Alchimisten*-Manuskript in einer Privatsammlung in Dresden auf. In Dresden, wohlgemerkt. Der Sammler schrieb das Werk einem gewissen Hans Baumgarten zu, der Mitglied des Künstlerkreises war, dem auch Reinhart angehörte. Baumgarten schrieb die Erzählung kurz vor Beginn des neunzehnten Jahrhunderts in Dresden. Anders gesagt, zur selben Zeit und am selben Ort, an dem Reinhart das Triptychon malte, zu dem *Die drei Weisen* gehören.«

»Na schön. Meinetwegen.« Storm massierte weiter

seinen Arm, arbeitete sich von der Schulter zum Ellbogen hinab. »Nur halte ich das alles für absolut unwahrscheinlich und an den Haaren herbeigeholt, weil *Der Turm der Alchimisten* und *Die drei Weisen* absolut nichts miteinander zu tun haben.«

»Völlig richtig«, gab ihm Harper Albright recht. »*Die drei Weisen* – die drei vermummten Gestalten vor dem keilförmigen Mauerstück – weisen Anklänge an *Black Annie* auf. Und *Black Annie* wiederum – mit dem hinterhältig ermordeten Kind und dem sich ständig wiederholenden Geräusch – erinnert an den *Turm des Alchimisten*. Das legt den Schluß nahe, daß alle drei Arbeiten eine gemeinsame, zeitlich frühere Quelle haben.«

»Sie meinen, das Gemälde, das ich mit Sophia in diesem Auktionshaus gesehen habe, und die Geschichte von *Black Annie* könnten auf dieselbe Vorlage zurückgehen?«

»Diesen Schluß legt jedenfalls die Lektüre des *Turms des Alchimisten* nahe.«

Storm massierte weiter seinen Arm, während er sich das Gesagte durch den Kopf gehen ließ. »Dann hatte ich also recht, als ich sagte, das Gemälde würde mich an *Black Annie* erinnern – dann hatte ich also doch recht. Und alles, was mir Sophia über die deutsche Romantik und englische Geistergeschichten erzählt hat, war –«

»Interessant«, sagte Harper, »aber nicht ganz zum Thema gehörig.«

»Sieh mal einer an«, murmelte Storm. »Sie wollen also sagen, daß Sie glauben, Sophia wollte mich möglicherweise von der richtigen Spur abbringen? Aber was für Gründe könnte sie dafür haben?« Doch er beantwortete sich seine Frage gleich selbst. »Weil *Black Annie* und das Gemälde und *Der Turm des Alchimisten* in irgendeinem Zusammenhang mit dem Geist im Haus von

Sophias Vater stehen. Und vielleicht ließ Sophia deswegen das Glas fallen, als ich die Geschichte vorlas.«

»Ah«, sagte Harper.

»Und das wiederum hängt angeblich alles mit diesem Sektenführer zusammen, mit diesem ›Heiligen Iago‹.«

»Ich muß sagen, die Schnelligkeit Ihrer Auffassungsgabe ist wirklich bewundernswert.«

»Die Schnelligkeit meiner Auffassungsgabe … also, wissen Sie, ich finde es absolut großartig, wenn Sie so sprechen«, sagte Storm mit einem bitteren Lachen. »Nur, wenn ich die Situation hier richtig erfasse, denken Sie doch, Sophia hat Probleme mit einem toten Sektenführer, der nie existiert hat, und mit einer Gestalt in einem schwarzen Umhang, die tick-tick macht und schon über zweihundert Jahre alt ist.«

»Na ja, Sie sind doch auf der Suche nach einem Geist«, erwiderte Harper Albright finster. »Sie sind doch hierhergekommen, um einen Geist zu finden.« Jetzt drehte sie sich endlich um und sah ihn an. Kümmerte sich nicht mehr um den Ganoven an der Ecke, kümmerte sich vorübergehend nicht mehr um ihre Angst und Besorgnis und sah ihn ganz direkt an.

Storm hatte sich in seinen Sitz zurücksinken lassen, hatte aufgehört, seinen Arm zu massieren. Statt dessen breitete er in einer komisch gemeinten Geste der Verwirrung die Arme aus. Doch als sich ihre Blicke trafen, als er sah, was Harper dachte, nahm er die Hände wieder herunter und wurde ernst.

»Hey«, sagte er.

»Sie haben nicht mehr lange zu leben, Richard, nicht wahr?« sagte Harper Albright.

Als er die Luft entweichen ließ, die Hände auf den Tisch legte und nach vorn sackte, spürte sie, wie ihr schwer ums Herz wurde. »Ja, Pilgerin, ja«, bestätigte er. »Ganz so sieht es aus.«

Harper hatte ihren Drachenstock in der Ecke neben dem Kamin stehengelassen. Deshalb mußte sie sich jetzt an der Lehne des nächsten Stuhls festhalten. Wieder die alte, lästige Bürde des Mitleids. Sie hatte sie in ihrem Leben oft gespürt.

»Und das ist, nehme ich an, unumstößliche Gewißheit?« fragte sie barsch.

»Ja.« Storm zwinkerte ihr zu. »Es ist dieses blöde Hirn. Wird anscheinend langsam aufgefressen. Aber was rede ich überhaupt? In meiner Branche ist das keineswegs ein Nachteil.«

»Und man kann nichts dagegen tun?«

Er schnaubte in sein Diet Coke. Machte einen Schlenker mit dem Handgelenk und stürzte die Flüssigkeit hinunter. Dann stellte er das Glas mit einem Knall auf den Tisch. »Tja, also wissen Sie, genau so ist es. Genau so sieht es im Moment aus. Die Ärzte können nichts tun – aber das hat sie nicht daran gehindert, es zu versuchen. Zuerst, als sie es feststellten, ist ihnen die Wahrheit einfach rausgerutscht. Der Tumor sitzt zu tief, meinten sie. Er betrifft zu viele lebenswichtige Funktionen. Bla, bla, bla und dies und das. Doch dann – man konnte es richtig sehen – begann es sie richtig zu jucken, ein bißchen rumzuschnippeln. ›Also, wir *könnten* einen exploratorischen Eingriff vornehmen. Wir *haben* da eine neue Methode. Wir *bräuchten* nur ein Röhrchen in Ihren Kopf einzuführen und das radioaktive Zeug einfach an die betroffene Stelle pumpen.‹ An der Tatsache, daß ich sterben muß, hätte das allerdings nichts geändert. Sie wollten lediglich sichergehen, daß es mir auch wirklich möglichst mies geht, bevor ich abtrete.«

Harper wollte ihn nicht mit ihren Tränen belasten.

Doch das Lächeln in seinen Mundwinkeln, das harte Blitzen des Humors in seinen Augen, die Tapferkeit… Sie wandte sich von ihm ab, wieder dem Fenster zu, und starrte die Schlägertype an der Ecke finster an. Inzwischen hatte sie nur noch eine unbändige Wut auf ihn.

»Deshalb bin ich abgehauen«, fuhr Storm fort. »Sie gaben nämlich keine Ruhe, wissen Sie. Sie waren wie der Satan oder so. Sie führten mich in Versuchung. Eine schwache Remissionschance. Gute Ergebnisse bei einer Untersuchung in Baltimore. Ich bekam Angst, ich könnte die Nerven verlieren und die Gelegenheit ergreifen – und dann wäre ich ihnen ausgeliefert gewesen. Sie hätten mich grundlos zerschnippelt, mir den Rest meines Lebens ruiniert. Darum bin ich abgehauen. Hierhergekommen. Ich dachte, was soll's? Hätte ich mir nicht eines schönen Tages den Kopf angeschlagen, hätte ich gar nicht gemerkt, daß mir etwas fehlt. Aber dann mußte ich diesen CAT-Scan machen, und dabei entdeckten die Ärzte etwas. Dann machten sie diese Magnetbild-Geschichte. Wenn das nicht passiert wäre, hätte ich es gar nicht erfahren. Die Ärzte sagten, ich hätte vielleicht noch ein halbes bis ein Jahr, ohne daß sich irgendwelche Symptome zeigen…«

Harper versetzte es einen Stich ins Herz, als seine Stimme an dieser Stelle langsam erstarb. Er berührte wieder, ganz leicht, seinen Arm, und ihr wurde klar, daß sich die Symptome bereits bemerkbar machten. Bevor sie jedoch etwas sagen konnte, hörte sie seinen Stuhl über den Boden scharren und sah, wie sein Spiegelbild in der Fensterscheibe aufstand.

»Jetzt wissen Sie jedenfalls, wo das Problem liegt. Mit Sophia, meine ich.«

Rasch drehte sich Harper wieder zu ihm herum. Sah

ihn stirnrunzelnd an. »Nein, weiß ich nicht. Wenn ich mich nicht täusche, und wenn sie Hilfe braucht... wenn ich mich nicht täusche, und wenn sie eine gewisse Bereitschaft gezeigt hat, sich Ihnen auf eine Weise anzuvertrauen, wie sie sich meines Wissens noch niemandem anvertraut hat... dann kann ich da leider kein Problem sehen. Ein Mann und eine Frau sollten in der Lage sein, sich gegenseitig zu helfen, ohne daß das Ganze... allzu kompliziert wird.«

Lachend nahm er seinen Trenchcoat von der Lehne des Stuhls. »Dazu *sollten* sie in der Lage sein, meine Liebe, ohne Frage. Bloß *sind* sie es nicht. Und selbst wenn sie es wären – *ich* wäre es nicht. Nicht bei ihr. Ich stehe in ihrer Nähe total unter Hochspannung. Das liegt aber nicht bloß an ihrem Aussehen. Ich weiß nicht, woran es liegt. Jedesmal wenn ich sie sehe. Ich möchte ein Rhinozeros für sie erlegen oder ein Schloß bauen oder sonst was – und mich dann mit ihr lieben, bis das ganze Universum zu Lehm wird.« Kopfschüttelnd schlüpfte er in seinen Mantel. Setzte ein ironisches Grinsen auf. Stand da, die Hände in den Taschen. Groß, durchtrainiert, jugendlich, voller Leben. Es fiel Harper schwer, den Anblick zu ertragen. »Tolles Timing, was?« meinte er.

Storm ging auf die Flügeltür zu, auf Harper. Blieb neben ihr stehen, die Hand bereits an der Messingdruckplatte der Tür.

»Hey, jetzt schauen Sie mich doch nicht so an. Was soll ich denn schon machen?«

»Das kann ich Ihnen nicht sagen«, erwiderte Harper bedächtig. »Ich kann Ihnen nur sagen, daß die junge Frau in Schwierigkeiten zu stecken scheint. Der Heftigkeit nach zu urteilen, mit der sie es abstritt, würde ich sagen, es hat etwas mit den *Drei Weisen* zu tun. Vielleicht ist die Auktion eine Art Krisenmoment...«

»Nein, nein, nein.« Storm schloß kurz die Augen und streckte ihr abwehrend die Handfläche entgegen. »Bitte nicht. Ich meine, wenn Sie recht haben, und Sophia sich aus irgendeinem Grund zu mir hingezogen fühlt und meine Hilfe braucht – und wenn sie, wie Sie sagen, im emotionalen Bereich, Sie wissen schon, eher jemand von der zerbrechlichen Sorte ist, dann macht das die Sache nur noch schlimmer, Harper. Was dabei im besten Fall herauskommt, ist doch klar: Ich breche ihr das Herz. Also bitte, lassen Sie mich damit in Ruhe. Okay? Ich war kein Heiliger. Ich möchte einen anständigen Abgang machen.«

Und dann machte er einen Abgang – floh praktisch vor ihr in die Winternacht hinaus. Und sie beobachtete ihn vom Fenster aus, traurig und besorgt.

Ein schrecklicher Moment folgte. Während Harper weiter hinaussah. Als Storm in die Mitte der schmalen Straße trat und in beiden Richtungen nach einem Taxi Ausschau hielt. Der Schläger an der Ecke warf seine Zigarette in den Rinnstein. Straffte die Schultern. Zwei andere bullige Gestalten lösten sich aus dem Dunkel und kamen auf Storm zu. Harper erstarrte am ganzen Körper. Storm, der die Straße verlassen vor sich liegen sah, hatte sich inzwischen auf den Weg in Richtung Kreuzung gemacht. Der Kerl mit der Narbe warf seinen beiden stämmigen Begleitern einen kurzen Blick zu, ein Zeichen mit den Augen.

Und sie zogen sich zurück. Während Storm lässig an ihnen vorbeischlenderte, wichen sie ins Dunkel zurück.

Harper fiel ein Stein vom Herzen. Sie nickte vor sich hin. Es war also doch so, wie sie angenommen hatte. Wie es sein sollte. Ganz gleich, welche mysteriöse Rolle Storms Erscheinen gespielt hatte – ganz gleich, welche Rolle er selbst bei den künftigen Ereignissen spielen würde –, das hier war nicht seine Jagd, nicht seine Schlacht. Es war ihre.

Und sie war diejenige, auf die sie es abgesehen hatten.

3

Die Belagerung ging weiter.

Der Kerl mit der Narbe verließ seinen Platz an der Ecke für eine Weile, doch er wurde von einem seiner Begleiter abgelöst, einem Typen wie Frankensteins Monster, einschließlich Quadratschädel und Affenarmen und allem. Harper spürte, daß noch andere da waren, irgendwo im Hintergrund, wo man sie nicht sehen konnte. Sie brauchte Verstärkung.

Zweimal versuchte sie von dem Münztelefon im hinteren Teil des Pubs aus Bernard zu erreichen. Natürlich war er nicht zu Hause. Wäre auch ein Wunder gewesen. Er wohnte gleich gegenüber, in ihrem Haus über der Redaktion, aber er kam selten vor Tagesanbruch nach Hause. Er verbrachte seine Nächte mit jener Sorte Ausschweifungen, die, wie sie annahm, selbst ihre wildesten Befürchtungen überstiegen. Für den Fall, daß er, was er manchmal tat, in seiner Wohnung anrief, hatte sie versucht, ihm eine Nachricht auf seinen Anrufbeantworter zu sprechen. Da diese Geräte jedoch zu den technischen Dingen gehörten, mit denen sie bekanntermaßen gewisse Schwierigkeiten hatte, war sie nicht sicher, ob ihr das auch gelungen war.

Darum kehrte sie wieder an den Kamin zurück. Setzte sich an einen Tisch. Nahm ab und zu einen Schluck von ihrem warmen Guinness. Rauchte fahrig ihre Pfeife, zündete sie nervös wieder an, ließ sie qualmend neben ihrem Borsalino auf dem Tisch liegen. Und betete, daß Hilfe käme.

Kurz vor elf zahlten die beiden alten Gentlemen an der Bar und machten sich auf den Heimweg. Harper blieb mit dem Barkeeper allein zurück. Robert. Ein netter Kerl, mit einem sehnigen Körper unter dem Paisleyhemd, mit stachligem strohblondem Haar und einem Jadeanhänger im Ohrläppchen. Aber sie durfte ihn genausowenig in Gefahr bringen wie Storm. Sie sah keine andere Möglichkeit mehr. Sie fand sich schließlich damit ab, daß sie die Polizei rufen mußte.

»Das Telefon geht nicht«, sagte Robert. Sie hatte bereits den Hörer abgenommen, hatte bereits den galligen Geschmack der Angst im Mund gehabt, als kein Ton aus der Leitung kam. »Ist vor ungefähr zwanzig Minuten ausgefallen.«

»Haben Sie hier einen Privatanschluß?« fragte sie.

»Der geht auch nicht. Komisch, nicht?« Er hob eine Schulter, blätterte in einer Zeitschrift. »An der nächsten Ecke ist ein Münztelefon. Vielleicht versuchen Sie's da mal.«

»Nein«, sagte Harper. »Ist nicht so tragisch.«

»Falls Sie übrigens noch was bestellen wollen, ist das die letzte Gelegenheit. Wir schließen in zehn Minuten.«

»Ich trinke nur noch mein Glas aus.«

Sie watschelte zurück ans Fenster. Spähte nach draußen. Der Kerl mit der Narbe war wieder auf seinem Posten. Hob seine gekrümmte Hand an die Lippen, zog an der verborgenen Zigarette. Inzwischen war er richtig unverschämt geworden. Er sah sie ganz direkt an. Sein Grinsen wurde breiter, als er sie entdeckte.

Sie kehrte ihm den Rücken zu und humpelte wieder an ihren Platz am Feuer zurück.

Die letzten Minuten bis zur Sperrstunde verstrichen. Harper saß über ihrem Stout und dachte nach. Vielleicht war es ein Fehler gewesen, Storm weggehen zu lassen.

Er wäre bestimmt geblieben, wenn sie ihn darum gebeten hätte. Er hätte sogar darauf bestanden. Und den nötigen Mumm für so etwas hatte er auch, das hatte sie selbst gesehen.

Doch nein. Das hier ging ihn nichts an. Obwohl er ständig von Geistern und vom Übernatürlichen redete, war er ein Kind dieses Jahrhunderts. Dessen Vorurteile waren auch die seinen – stärker, als er sich bewußt war. Psychologie. Naturwissenschaften. Materialismus. Er konnte nur mit dem geistigen Rüstzeug seines Jahrhunderts an die Dinge herangehen. Nein, es wäre nicht richtig gewesen – angesichts seiner Krankheit wäre es sogar unverzeihlich gewesen –, wenn sie ihn für den Kampf gegen einen Feind eingespannt hätte, den er unmöglich verstehen konnte. Die Last des Unheimlichen hatte sie allein zu tragen.

Es gab nur wenige, die sich in den Dienst des Wunderbaren stellten. Sie war eine davon. Für andere gab es Skepsis oder Glauben. Credos, Wissenschaften, Religionen. Theorien oder Philosophien, Ideologien, einen Standpunkt. Das einzige, was *sie* hingegen hatte, war dieses langsame, beharrliche Vorantasten im Dunkeln und die narrative Spur, die es hinterließ. Falls dies ihr Ende sein sollte – falls keine Hilfe kam, falls der Barkeeper das Pub schloß und sie allein auf die Straße hinausschickte –, dann würde sie in völligem Nichtwissen aus dieser Welt scheiden. Doch so würde sie aus ihr scheiden, wann immer ihre Stunde schlug. Denn dieses Nichtwissen war ihre Natur, die erste Grundregel ihres Spiels. Sie hatte die Last des Unheimlichen zu tragen.

Doch gerade in dem Moment, als die Uhr elf schlug, tauchte Bernard auf. Mit schweren Lidern und benebeltem Blick kam er, wie durch Zauberei, aus der Herrentoilette. Robert fuhr erschrocken zusammen.

Aber Bernard winkte ihm nur beiläufig zu, während er wie Rauch an ihm vorüberwaberte. Er ließ sich auf dem Platz gegenüber Harper nieder. Harper zog die Nase hoch.

»Hmph«, schnaubte sie, daß sich ihr Guinness kräuselte. »Du miefst ja richtig nach deinen Perversitäten.« Sie hatte wirklich große Angst gehabt, und das Herz schlug ihr jetzt bis zum Hals. »Und betrunken bist du auch... oder was du sonst mit dir angestellt hast.« Er machte eine gleichgültige Handbewegung. Saß in seinem schwarzen Blouson und den Jeans breitbeinig an den Tisch gelümmelt, die Turnschuhe den Flammen des Gasfeuers entgegengestreckt. Sein kahlrasierter Schädel glänzte im Feuerschein. »Aber ich bin auch hier – wofür du ruhig etwas dankbarer sein könntest«, sagte er. »Wieviel von denen sind eigentlich da draußen – siebenundzwanzig?«

»Drei, soviel ich bisher gesehen habe.«

»Ich mußte mich wie eine Schlange durchs Klofenster hereinquetschen. Nichts für ungut, meine Liebe, aber für dich kommt das wohl nicht in Frage. Wie hast du dir das eigentlich vorgestellt? Daß du dir mit deiner Handtasche den Heimweg freiprügelst?«

»Schon gut, schon gut, ich bin ja froh, daß du da bist.« Ihr Herzschlag begann sich wieder zu beruhigen. »Wenn auch über sonst nichts, so bin ich zumindest sehr zufrieden über diesen Beweis für unseren mystischen ›Draht‹, wie du es vermutlich nennen würdest. Anscheinend hast du meine Schwierigkeiten telepathisch gespürt...«

»Klar, sie sind mir sozusagen wie im Traum erschienen. Ich habe eigentlich nur zu Hause angerufen, um meinen Anrufbeantworter abzufragen, als plötzlich unverständliches Gemurmel aus dem Hörer kam, gefolgt von einem Fluch, und im Hintergrund war zu hören, wie sich zwei alte Knacker über Fußball unterhielten. Ich hatte sofort ein ganz bestimmtes Bild vor Augen. Ich sah eine verschrobene Maschinenstürmerin vor mir, die in der Kneipe gleich um die Ecke den stümperhaften Versuch unternahm, mit meinem Anrufbeantworter zu kommunizieren. Und da dachte ich, das könntest du sein.«

»Ah.«

»Wir schließen!« rief der Barkeeper.

Harper hielt ihr Glas steil nach oben, trank die Schaumreste. Stellte es entschlossen auf den Tisch. Und sagte: »Dann laß uns gehen.« Bernard nickte. Sie standen auf. Der junge Mann holte ihr Cape von der Garderobe in der Ecke, half ihr hinein. Strich es ihr auf dem Rücken glatt, während sie es vorne zuknöpfte. Dann streckte Harper ihre Pfeife in die Handtasche, schob sich den Riemen über die Schulter. Drückte den Borsalino auf ihren Kopf, rückte die Brille zurecht. Bernard holte ihren Stock aus der Kaminecke und reichte ihn ihr. Inzwischen wieder ganz gefaßt, tätschelte Harper ihm die Wange. »Danke, daß du gekommen bist, mein Junge. Ich hätte mich nicht gern wie ein Sack Schmutzwäsche wegbringen lassen.«

Er drückte ihre Hand. »Wir gehen hier so raus, wie wir gelebt haben – wild um uns schlagend.«

»Haha.«

Und damit hob sie den Drachenkopf zum Abschied in Richtung Barkeeper und ging mit Bernard auf die Flügeltür zu. Dort blieben sie beide stehen und spähten durch den in das Milchglas gravierten Kranich nach draußen. Der Gorilla war nicht mehr auf seinem Posten an der Ecke. Auch sonst war niemand zu sehen. Die Straße lag verlassen da. Zumindest wirkte sie verlassen.

»Also«, sagte Bernard leise. »Es sind nur dreißig Schritte bis nach Hause.«

Aber sie schafften nicht mehr als zehn.

Harper stieß ihre Türhälfte auf. Er drückte die seine mit der Schulter nach außen. Sie traten auf die Straßenecke hinaus, in den Schein einer Laterne. Begannen die Straße zu überqueren. Bernard hielt sich ganz dicht an Harpers linker Seite. Sie blickten nach links und rechts. Bernard schaute auch nach hinten. Es war niemand zu sehen.

Sie überquerten die Straße schräg, von der Straßenlaterne auf den Portikus von Harpers Haus zu. Etwa auf halbem Weg traten sie aus dem hellen Schein der Laterne in tiefes Dunkel. Und wie aus dem Nichts kam der Kerl mit der Narbe auf sie zu. Er näherte sich ihnen rasch, ohne seine Schritte zu bremsen. Er deutete auf sein Handgelenk und lächelte, aber seine Narbe verzerrte es zu einem breiten Grinsen.

»Können Sie mir vielleicht sagen, wie spät es ist?« fragte er.

Doch er kam weiter, ohne anzuhalten, auf sie zugestürmt. Und gleichzeitig wurden andere Schritte hörbar, rasche Schritte, die sich von allen Seiten näherten.

»Egal, wie spät es ist, Sie kommen in jedem Fall zu früh«, knurrte Harper. Sie hatte bereits ihren Stock in der linken Hand, während sie mit der rechten am Drachen zog und die Klinge aus ihrer Scheide riß. Mit elegantem Schwung sauste der blanke Stuhl über ihrem Kopf durch die Luft und kam mit seiner Spitze genau in dem Moment in der Luft zu stehen, als der Mann mit der Narbe sie erreichte. Er stoppte abrupt, so abrupt, daß er fast hintüberkippte. Trotzdem drückte die Degenspitze da, wo sich sein Mantelkragen teilte, bedrohlich gegen seine Halsgrube.

Bernard war währenddessen herumgewirbelt, so daß er jetzt Rücken an Rücken mit Harper stand – keine Sekunde zu früh. Vier andere kamen von allen Seiten auf ihn zu.

Mit einem rauhen Zischen stieß Bernard mit angespanntem Zwerchfell seinen *ibuki*-Atem aus. Seine rechte Hand vollführte in der Luft einen flüssigen *shuto-uchi* – den Messerhandstoß. Gleichzeitig nahm er die Kampfhaltung ein.

»*Oi-ya!*« fügte er um der Wirkung willen hinzu.

Es schien zu funktionieren: Abrupt blieben die vier Männer im Halbkreis um sie herum stehen und warfen sich gegenseitig fragende Blicke zu. Jeder wartete darauf, daß einer von ihnen den Kreis der Angst durchbrach.

Der Mann mit der Narbe hob beschwichtigend die Hände. Trotz der Klinge an seiner Kehle wurde sein Grinsen noch breiter. Aber in seinen kleinen Augen lag mörderischer Haß.

»Das ist doch alles völlig unnötig«, sagte er. »Ich möchte Ihnen nur kurz etwas sagen, meine Liebe. Mehr will ich doch gar nicht.«

Aber die anderen vier umschlichen Bernard lauernd und suchten nach einer Lücke in seiner Abwehr. Bernard bewegte weiter die Arme durch die Luft, ließ nach wie vor den Kopf und die Augen von einer Seite auf die andere wandern.

»Na, dann los!« sagte Harper. Sie stieß es förmlich hervor, viel zu laut, solche Angst hatte sie. Insgeheim schalt sie sich selbst eine feige alte Schachtel. »Los! Sagen Sie, was Sie zu sagen haben!«

Das Frankensteinmonster links von Bernard täuschte einen Angriff vor. Bernard stieß einen Schrei aus. Diesmal sauste sein *shuto-uchi* so schnell durch die Luft, daß er zu pfeifen schien. Das Monster wich zurück.

»Wir sind doch in der Überzahl«, sagte der Mann mit der Narbe mit zittriger Stimme.

»Der erste, der mir nahe kommt, sitzt für den Rest seines Lebens im Rollstuhl«, rief Bernard ihm über Harpers Schulter hinweg zu.

Angriffe vortäuschend, umschlichen ihn die vier Gorillas weiter. Einer fuchtelte mit einem Teppichschneider herum. Ein anderer zückte einen fiesen schwarzen Totschläger. Frankenstein ballte bloß die Fäuste. Bernard, immer noch Rücken an Rücken mit Harper, drehte sich weiter, bald hierhin, bald dahin.

»Sie haben doch keine Chance«, sagte der Mann mit der Narbe. Er zog jetzt den Kopf vor dem Degen zurück, der ihn weiterhin in Schach hielt. Aber er schaffte es trotzdem, Harper mit seinen wütenden Schweineaugen nach wie vor unverwandt anzustarren. »Und denken Sie bloß nicht, ich mache nur Spaß. Ich meine es ernst. Was Sie in der Hand haben, ist nur ein winziges kleines Fädchen. Ich bin nur gekommen, um Ihnen zu sagen, Sie sollen die Finger davon lassen. Lassen Sie die Finger davon, und niemandem wird ein Haar gekrümmt.«

»Ein winziges kleines Fädchen?« gab sie zurück. »Und wenn ich nun daran ziehe, um zu sehen, was alles zum Vorschein kommt?«

In diesem Moment griffen die vier anderen Kerle an. Der Teppichschneider schoß vor, aber Bernard wich blitzschnell aus, so daß er an seiner Windjacke vorbeisauste. Gleichzeitig packte er den Angreifer am Handgelenk und drehte es herum. *Knack.* Der Mann schrie auf, sein Messer fiel auf den Asphalt, und er stürzte hinterher. Währenddessen hatte Bernard bereits den Oberkörper auf die Seite gelegt, um zu einem *kansetsu*-Tritt gegen Frankensteins Schienbein auszuholen. Der

Riese verlor das Gleichgewicht und fiel zu Boden, während Bernard bereits blitzschnell mit einwärts gekrümmter Faust – *uraken* – einen Schlag in die andere Richtung austeilte und dem dritten Angreifer die Nase zertrümmerte.

Aber der Totschläger des vierten Mannes kam durch. Mit einem Rückhandschlag von unten herauf, den Bernard mit seinem freien Arm nur halb abblocken konnte. Die Waffe streifte Bernards Stirn. Ihm verschwamm der Himmel vor den Augen, und er ging in die Knie. Der Kerl mit dem Totschläger pflanzte sich direkt über ihm auf. Hob den Totschläger mit einem lauten Ächzen hoch über seinen Kopf und holte aus, um ihn mit voller Wucht auf Bernards Schädel niedersausen zu lassen. Immer noch auf den Knien, immer noch benommen, riß Bernard seine Hand zwischen den Beinen des Mannes hoch und machte eine Faust.

»Uuf«, entfuhr es dem Mann.

Er krümmte sich zusammen wie brennendes Papier und ging zu Boden.

Wankend richtete sich Bernard an Harpers Rücken auf und lehnte sich an sie. Frankenstein und der Kerl mit der zertrümmerten Nase hatten sich ebenfalls wieder hochgerappelt. Sie tänzelten vor ihm herum, wagten es aber noch nicht, ihn anzugreifen. Die anderen beiden wälzten sich auf der Straße und hielten sich stöhnend das Handgelenk beziehungsweise den Unterleib.

Der Mann mit der Narbe wollte sich wütend auf Harper stürzen, doch die hob nur kurz die Klinge an, und er stellte sich auf die Zehenspitzen.

»Ich hätte gute Lust, Sie umzubringen«, zischte sie.

»Du blöde alte Schachtel«, fauchte der Mann zurück. Von ihrer Degenspitze in Schach gehalten, starrte er mit blutunterlaufenen Augen finster auf sie herab. »Du weißt doch, mit wem du dich anlegst. Dabei meint er es noch gut mit dir. Wegen früher. Glaubst du etwa, er kann dich nicht jederzeit erledigen, wenn er will? *Jederzeit*. Das ist dir doch hoffentlich klar, du alter Drachen?«

Harper durchfuhr ein Blitz aus Angst, Wut und Erregung, und sie brachte dem Mann einen Schnitt bei. Mit einem kurzen Schlenker, der ihm das Kinn aufritzte, schnippte sie ihn von ihrer Degenspitze.

Laut aufschreiend wich der Mann mit der Narbe zurück und faßte sich mit beiden Händen an die Wunde. Sah auf das Blut an seinen Fingern. Fluchte und starrte sie haßerfüllt an.

»Wenn ich schon ein Drache bin, dann Vorsicht vor meinem Stachel!« Auch Harper hatte eine Schwäche für gute Sprüche.

Der Mann mit der Narbe war sprachlos. Er blutete. Ihm blieb nur noch, wütend auf sie zu deuten. Ein-, zwei-, dreimal drohend den Finger auf sie zu richten, während er gleichzeitig immer weiter vor ihr zurückwich, die Straße hinunter, in die Nacht hinein. Als sie ihn gehen sahen, zogen sich auch die anderen zurück. Selbst die zwei Männer auf dem Boden rappelten sich mühsam hoch und schlossen sich dem Rückzug an. Alle warfen drohende Blicke in Bernards Richtung, der immer noch keuchend und erschöpft mit erhobenen Händen dastand.

Langsam ließ Harper ihren Degen sinken. Müde. Plötzlich war sie sehr müde. Ihre Augen, ihr Arm, ihr ganzer Körper. Schwer und müde. Und sie hatte Angst, entsetzliche Angst. Sie begann heftig zu zittern. Hinter sich konnte sie Bernard nach Luft schnappen hören. Spürte seinen schmalen Rücken an ihrem. Auch sie mußte sich an ihn lehnen, um sich auf den Beinen zu halten.

Noch endlos lange konnte sie den Mann mit der Narbe sehen. Seine haßerfüllten, blutunterlaufenen Schweineaugen, seinen deutenden Finger. Noch endlos lange. Dann waren sie beide, sie und Bernard, allein in der Dunkelheit.

4

Der Abend der Auktion war gekommen, und genau wie Harper befürchtet hatte, erhängte sich Sophia. Für sie war es das Ende eines langen, traumartigen Tages.

Am Morgen hatte sie gleich als erstes alle Fotos von ihrer Mutter verbrannt. Sie hatte sehr geschäftsmäßig zu Hause an ihrem Sekretär gesessen. In ihrer gewohnten Arbeitsuniform: weiße Bluse, blaue Strickjacke, grauer Faltenrock. Manchmal blickte sie durch die Balkontür auf die Dachlandschaft von South Kensington hinaus: Schornsteine und Speicherfenster, ein Kirchturm vor dem massiven grauen Himmel, gefaßt und bezaubernd. Eins nach dem andern verbrannten zwischen ihren Fingerspitzen die Fotos über dem Aschenbecher. In einem groben Kreis schloß sich das verkohlte Schwarz um die Gesichtszüge, die den ihren so ähnlich waren.

Sophia war ganz gefaßt, während sie dabei zusah. Unbeteiligt und klar im Kopf. Nachdem sie beschlossen hatte, was sie tun würde, schien mit einem Mal eine gerade Linie von vollkommener Klarheit zwischen ihr und der Durchführung ihres Vorhabens zu verlaufen, ein offener Gang, der in präzisen, logischen und vorhersehbaren Schritten auf das Bild ihres eigenen, in der Luft baumelnden Körpers zuführte. Es war die Welt rings um diesen Korridor, die dunstig, verschleiert, ungewiß erschien. Es war diese neblige Peripherie, die dem Tag seinen traumartigen Charakter verlieh.

Als sie mit den Fotos fertig war, öffnete sie, um zu lüften, die Balkontür und fächelte den Rauch mit dem Handrücken auf die Little Boltons hinaus. Dann ging sie den Flur zum Bad hinunter. Nahm die letzte Ladung Wäsche aus dem Trockner. Faltete die Kleidungsstücke auf dem Bett in ihrem Zimmer zusammen. Packte sie in den Koffer, der offen darauf lag. Als ginge sie auf eine Reise. Sie hatte das Gefühl, so wäre es für alle einfacher und hinterließe kein solch großes Durcheinander.

Aus irgendeinem Grund hatte sie sich für acht Uhr entschieden – 20:00 Uhr. Sie nahm an, daß der Auktionator etwa bis dahin zu den *Drei Weisen* gekommen sein müßte. Danach würde die Situation natürlich untragbar für sie. Ihr Vater würde das Bild erwerben, und sie wäre gezwungen, zwischen ihm und dem Versprechen zu wählen, das sie dem ermordeten Resurrektionisten gegeben hatte. Was in Wirklichkeit gar keine Wahl war. Beide Möglichkeiten waren untragbar. Wie könnte sie ihren eigenen Vater verraten? Und wie sollte sie das Geheimnis für sich behalten können, daß er an etwas Gräßlichem beteiligt war?

Wer Die drei Weisen *kauft ... Er ist der Leibhaftige ...*

Sophia war kein Mensch, der schnell klein beigab, aber irgendwann tritt der Moment ein, an dem es einfach keinen Sinn mehr hat, etwas weiter zu ertragen. Und dieser Moment kam um zwanzig Uhr, wenn man *Die drei Weisen* verkaufte. Wenn ihr Vater sie kaufte. So hatte sie es beschlossen.

Sobald sie mit ihren Kleidern fertig war, packte sie ihre CDs in wattierte Umschläge und adressierte sie mit ihrer ordentlichen Handschrift. Die klassischen Aufnahmen – vorwiegend von Bach und etwas Mozart – würde sie ihrer Schwester Laura schicken. Die amerikanische Unterhaltungsmusik, die sie manchmal gern gehört hatte – Sinatra, Louis Armstrong, Ella Fitzgerald – sollte ihre Freundin Tony bekommen. Ihr Bruder Peter fand sie grauenhaft. Ihm würde sie statt dessen ihre wenigen Rockalben schicken, zusammen mit dem Lucian-Freud-Poster, von dem sie wußte, daß er es mochte.

Sophia räumte ihre Wohnung auf, dann brachte sie die Päckchen zum Postamt in der Fulham Road. Es lag weiter entfernt als das am Earl's Court, aber sie fand die Drogendealer und Fast-food-Restaurants im Umkreis der U-Bahn-Haltestelle deprimierend. Der andere Weg war wesentlich schöner. Vorbei an weiß gestrichenen Herrschaftshäusern, vorbei an Gartenmauern, unter hängenden Zweigen von Kirsch- und Kastanienbäumen hindurch. Forsythien, die so herrlich gelb blühen würden, wenn der Frühling kam. Die Luft war kalt und feucht und belebend, erfrischend an ihren Wangen, in ihrem Haar.

Unterwegs dachte sie noch einmal über das Gesicht auf den Fotos nach, die sie verbrannt hatte. Auf ihnen war es sogar noch deutlicher ersichtlich gewesen als auf dem Porträt an der Wand ihres Zimmers in Belham Grange: Die Gesichtszüge ihrer Mutter waren den ihren zwar tatsächlich sehr ähnlich, aber ihre Ausstrahlung, ihre ganze Art war völlig anders gewesen. Sie war warmherziger. Sie war besser, dachte Sophia, während sie die Straße hinunterging. Auf welch bezaubernde Art sie zum Beispiel immer den Kopf auf die Seite gelegt hatte! Und wie oft ein leicht besorgter Ausdruck in ihren Augen lag, als hätte sie irgendeine Hilfestellung oder Freundlichkeit unterlassen. Ihr Lächeln hatte so etwas rundum Einnehmendes. Selbst auf dem Kodachrome-Rechteck aus vergangenen Tagen war ihre Großherzigkeit für ihre Tochter ganz deutlich erkennbar – eine Einsicht, bei der es Sophia einen Stich ins Herz versetzte.

Sie fragte sich wieder einmal, ob nicht alles ganz anders hätte kommen können…

Nachdem sie die Päckchen aufgegeben hatte, nahm sie ein Taxi zur Galerie.

»Wären Sie so nett, mich heute abend auf der Auktion zu vertreten?« bat sie dort ihre Assistentin Jessica. »Mir ist im Moment wirklich nicht danach.«

»Sie sind doch nicht etwa krank?« Jessica blickte mit ihren klaren Rehaugen fragend zu ihr hoch.

»Nein, nein, keine Sorge. Sie sind wirklich ein Schatz.« Sophia drückte dem Mädchen die weiche Kaschmir-Schulter. Wirklich eigenartig – ihr Verstand war jetzt so klar, daß sie das Gefühl hatte, in Jessicas Seele blicken zu können, sie bis in ihr Innerstes zu durchschauen, sogar in ihre Zukunft sehen zu können. Blond, pausbäckig, verletzlich, unterwürfig und nicht gerade besonders intelligent, würde Jessica sich für die wohlhabendsten Kunden der Galerie interessieren. Einen würde sie heiraten, würde genießen, was er ihr bieten konnte, würde seine Affären erdulden und lernen, für ihre Kinder und die Annehmlichkeiten ihres Lebens zu leben – resigniert und nur ein ganz kleines bißchen verzweifelt. Sophia drückte dem Mädchen noch einmal die Schulter, diesmal voller Mitgefühl. »Sir Michael möchte *Die drei Weisen* unbedingt haben«, fuhr sie fort und imitierte dann den vorwurfsvollen Bariton ihres Vaters: »Um jeden Preis!« Als Jessica unsicher lächelte, fügte Sophia beruhigend zu: »Der Preis für das Bild wird sicher nicht weit über fünfzigtausend steigen. Aber er hat gesagt, er würde auch dreimal so hoch gehen – nur damit Sie das nötige Kleingeld haben. Treten Sie bestimmt auf und überbieten Sie die anderen Gebote rasch. So werden Sie alle übrigen Interessenten schnell abgeschreckt haben.«

»Ja ... ja, gut«, sagte Jessica, immer noch unsicher. »Wenn Sie meinen.«

Sophia betrachtete sie mit einem aufmunternden Lächeln. Für Jessica wird es ein großer Augenblick werden, dachte sie. Etwas, woran sie sich noch in hohem Alter erinnert. Aus einem plötzlichen Impuls heraus nahm sie die Brosche von ihrer Strickjacke und heftete sie Jessica an die Brust. »Und noch etwas. Wenn Antonio da ist, möchte ich, daß Sie ein bißchen mit ihm flirten, ja? Lenken Sie ihn vor allem dann ab, wenn die Antwerpener Stücke an der Reihe sind. Sagen Sie ihm, daß ich einen wundervollen Rubens-*Pan* für ihn habe und auf keinen Fall möchte, daß er sein ganzes Geld schon ausgibt, bevor nicht wenigstens ein Teil davon in meine Tasche gewandert ist. Sagen Sie ihm, damit wäre es mir sehr ernst. Das gefällt ihm. Es erregt ihn. Er kommt sich dann immer richtig englisch vor oder etwas in der Art. In Ordnung?«

»Ist das nicht die Brosche Ihrer Mutter?«

»Sie steht Ihnen ganz hervorragend. Die kleinen Lapislazuli bringen die Sprenkel in Ihren Augen stärker zur Geltung.«

»Oh, aber ich kann doch unmöglich ...«

»Doch, ich möchte, daß Sie sie tragen«, unterbrach Sophia sie bestimmt. »Ihnen steht sie wesentlicher besser als mir. Betrachten Sie sie als die Ihre, bis ich Sie das nächste Mal sehe. Einverstanden?«

Darauf sah Jessica so durcheinander und dankbar und bewunderungsvoll aus, daß in Sophia tiefes Mitgefühl für sie und ihre demütigende Zukunft aufstieg. Aber sie bedachte sie nur mit einem ironischen Grinsen. In ihrer Klarsichtigkeit begriff sie, daß das, was sein würde, sein mußte.

Dann ging sie weiter den hellerleuchteten Korridor

entlang durch ihren traumartigen Tag. So kam es schließlich, daß sie an jenem Abend allein in ihrem Büro im ersten Stock saß. Still und dunkel lag die geschlossene Galerie unter ihr. Gedankenversunken drehte sie sich mit ihrem schwarzen Sessel hin und her. Nur die Lampe auf ihrem Schreibtisch brannte. Die elektrische Uhr an der Ecke der Schreibunterlage zeigte die letzte Viertelstunde vor acht an. Und nachdem sie sich einmal für acht Uhr entschieden hatte, wartete Sophia jetzt nervös und ungeduldig, daß die Zeit verging. Zweimal tippte sie mit dem Fingernagel auf die Kunstledereinfassung der Schreibunterlage. Zweimal kurz hintereinander, dann noch zweimal. *Tick-tick, tick-tick.*

Sie blickte durch die offene Tür nach draußen, wo das Licht der Lampe nicht mehr hinreichte, wo sich die Galerie an der Wand entlang in dämmriges Nichts verlor. Sie stellte sich vor, wie ihr Körper vom Geländer hing. Wie er sich in der Luft drehte. Stellte sich die Gemälde vor, die darüber an der Wand hingen: die Berge im Mondschein, die geheimnisvollen Haine, die lockenden Ruinen im Gras. Der Körper drehte und drehte und drehte sich ihr zu, und sie stellte sich sein Gesicht vor. Das gelbe Gesicht, das am Morgen aus dem Aschenbecher zu ihr emporgelächelt hatte, das sich gekräuselt und schwarz verfärbt und aufgelöst hatte.

»Deiner Mutter ging das Leid anderer sehr nahe«, hatte ihr Vater ihr einmal erzählt. »Zu nahe, fand ich manchmal. Sie wünschte sich, die Welt wäre besser, als sie nun mal ist. Sie fühlte sich zu sehr verantwortlich für alles: Ungerechtigkeit, Armut und so weiter. Wir können nur vor unserer eigenen Tür kehren, uns nur um unsere eigenen Belange kümmern, weißt du. Wir können nicht die Probleme der ganzen Welt lösen, oder?«

Nein, hatte Sophia geantwortet, das können wir nicht. Und doch, manchmal fragte man sich schon, was geschehen wäre, wenn manches anders gelaufen wäre. Mit einer Hand tippte sie auf die Schreibunterlage. Mit der anderen strich sie langsam über ihren Bauch. Dieses Gesicht, das Gesicht ihrer Mutter, war so gütig und mitfühlend und einfühlsam gewesen und doch auch so sehr wie ihr eigenes, daß man unwillkürlich dachte, auch sie, Sophia, müsse mehr so gewesen sein. Das heißt, wenn ihre Mutter noch gelebt hätte. Wenn sie noch dagewesen wäre, um Sophia den Trick an der Sache beizubringen.

Bei diesem Gedanken vertieften sich ihre Niedergeschlagenheit und Einsamkeit nur noch mehr, vergrößerte sich das schwarze Loch, das in ihr aufgerissen war. Und überhaupt, bis acht Uhr waren es nur noch wenige Minuten. Sie stand auf, knipste die Lampe aus. Ihr marineblauer Mantel hing am Kleiderständer neben der Tür. Sie zog den Gürtel aus den Schlaufen und betrat die Galerie.

Langsam ging sie die Galerie entlang. Mit einer Hand fuhr sie über das Geländer, mit der anderen hielt sie den Gürtel, der hinter ihr über den Boden schleifte. Das gedämpfte Rauschen des Verkehrs in der Bond Street drang zu ihr herauf. Das Licht von zwei Autoscheinwerfern strich über die Rückwand – über die Gemälde, über eine einsame Felsengruppe, einen Sonnenuntergang, eine Figur, die auf den Fluchtpunkt blickte. Dann war er weg. In der Galerie unter ihr war es dunkel. Und still. Bis auf ihre eigenen Schritte auf dem Parkettboden. *Tick-tick, tick-tick.* Sie mußte daran denken, wie sie dieses Geräusch in ihrem Bett gehört hatte, wie sie die Treppe hinuntergestiegen war und nach ihrer Mutter gerufen hatte. Wie sie auf die Tür am Ende des Gangs zugelaufen war, auf die letzte Tür... Was dann passiert war, wußte sie nicht mehr.

In der Mitte der Galerie blieb sie stehen. Die Stelle schien ihr gut geeignet. Sie band den Gürtel ans Geländer, prüfte seine Festigkeit. Machte einen einfachen Schlippstek ins andere Ende und streifte sich die Schlinge über ihr schwarzes Haar. Dieser Schritt und der Schritt, sich auf das Geländer zu setzen, ihre Beine auf die andere Seite zu schwingen, sich auf die Kante der Galerie zu hocken – das war das schlimmste an der ganzen Sache, das deprimierendste. Am Ende erschien ihr das alles so schäbig und jämmerlich. Und als sie schließlich dasaß, sich am Geländer festhielt und nach unten sah, dachte sie traurig: Wenn einem beigebracht worden wäre zu lieben, käme jetzt sicher Hilfe. Dann sah sie auf ihre Uhr. Es war acht, Punkt acht Uhr. Jetzt mußten sie gerade *Die drei Weisen* versteigern.

Das war ihr letzter Gedanke, bevor sie sich vom Geländer abstieß.

5

Doch wie es der Zufall wollte, waren *Die drei Weisen* vierzehn Minuten früher zur Versteigerung gekommen. Und das war auch der Moment – als das Bild auf die Staffelei gehoben wurde –, in dem Richard Storm den Auktionssaal von Sotheby's betrat.

Sein Erscheinen erregte im übrigen wesentlich mehr Aufsehen als das Gemälde. Als er hereinkam, war der große, hellerleuchtete Saal bereits gedrängt voll. Die Klappstuhlreihen waren bis auf den letzten Platz besetzt. Auch entlang der weißen Wände standen Auktionsteilnehmer, an manchen Stellen sogar in Zweierreihen, so daß dort kaum ein Durchkommen war. Weitere

Besucher drängten sich im hinteren Teil. Einige standen sogar hinter den Telefontischen, hinter den gepflegten, gediegen aussehenden jungen Damen, die dort Schulter an Schulter saßen und auf die telefonisch eingehenden Gebote warteten. Und von allen Seiten wurde Storm Aufmerksamkeit entgegengebracht, als er durch die Flügeltür auf der Rückseite des Saals eintrat. Ein subtiler Effekt, aber nicht zu leugnen. Die Menschenmenge, die sich vor der Tür gebildet hatte, teilte sich, um ihn durchzulassen. Köpfe drehten sich kurz herum. Frauenblicke wanderten bewundernd an ihm hoch, Männerblicke wanderten kritisch an ihm hinab. Im ganzen Saal berührten elegante Damen kurz ihre Haarspitzen. Ein sehr von sich eingenommener französischer Industrieller straffte unbewußt die Schultern, ein arabischer Ölmagnat lächelte süffisant, ein Silicon-Valley-Tausendsassa schnaubte verächtlich und mußte sich hinterher den Rotz vom Revers wischen. Die Mädchen an den Telefontischen drehten wie eine Reihe Kraniche gleichzeitig die Köpfe, um einen Blick auf ihn zu erhaschen. Sogar der Auktionator blickte von seinem hohen Podest herab, denn er spürte die plötzlichen atmosphärischen Veränderungen und versuchte die neue Wetterlage einzuschätzen.

Alles wegen Storm. Und er wußte es. Schließlich hatte er sich eigens für diesen Anlaß in Schale geworfen. Die breiten Schultern durch den raffinierten Schnitt eines Armani-Anzugs noch besser zur Geltung gebracht. Die schwarzen Guccis auf Hochglanz poliert. An den Manschetten – und an der Krawatte – ein diskreter Tupfer Gold. Am Hals und an den Taschen Seide. Hundertfünfzig Pfund Stil an seinem rotblonden Haar – und wir reden hier von Pfund Sterling, nicht von Gewichtsmaßen. Es gab Leute im Saal, die wie Computer waren, wenn es darum ging, solche Dinge zu beurteilen, wenn es darum ging, potentielle Liebhaber, Kunden, Rivalen einzuschätzen. Aber selbst für ein ungeübtes Auge, selbst auf einen flüchtigen Blick hin sah dieser Typ aus wie ein echter Tycoon, wie ein amerikanischer Multimillionär, für den Macht, Glamour und Ruhm etwas völlig Selbstverständliches waren. Und genau das war Storm natürlich auch.

Er strotzte förmlich vor Energie, als er den Saal betrat. Der Mann war eindeutig in einer wichtigen Angelegenheit hier. Denn Storm fühlte sich wieder gut, wie ein neuer Mensch, nicht mehr wiederzuerkennen. Die Reaktion auf seinen Anfall hatte sich gelegt. Die körperliche Schwäche, die fassungslose Bestürzung – all das hatte sich gelegt. Und gleichzeitig war seine innere Stärke zurückgekehrt – eine Reaktion auf die Reaktion. In den Tagen seit seinem letzten Treffen mit Harper – seit er aus dem Sign Of the Crane geflohen war, vor dem Urteil, das er in den Augen der alten Frau gesehen zu haben glaubte – hatte er sich in seinem schäbigen Zimmer verkrochen und dort mit den inneren Dämonen seines Todes gekämpft. Eine gigantische Besetzungsliste. Ein bedrückendes, blutiges Leinwandepos, mit einer Produktionszeit von vierzig Jahren. Tag für Tag hatte er in den räuberischen Fängen seiner Sterblichkeit verzweifelt um sich geschlagen. Nacht für Nacht hatte er seine Wangen mit brennenden Tränen benetzt. Im Schneidersitz auf dem Teppich hockend. Die tränenüberströmten Augen an die Decke gerichtet. Leben, o Leben, hatte er zu den Göttern emporgerufen.

Und dann hatte es aufgehört. Eigentlich erst vor wenigen Stunden. Als er am Morgen erschöpft zusammengesunken war. Auf einmal war ihm die Antwort gekommen, die er gesucht hatte – sie war plötzlich vor ihm aufgegangen wie eine überwältigende Morgenröte. Und die Antwort lautete: Irv Philbin. Oder genauer: die unvergänglichen Worte Irv Philbins, der zufällig der mit Abstand beste Filmverleiher zwischen dem Canyon und der Küste war. Es war Irv, der vor sieben Jahren Storms schlechtesten Film, *Schloß des Grauens*, gerettet hatte, der dem Publikum diesen hirnlosen Geisterspuk mit einer der größten Werbekampagnen aller Zeiten untergejubelt hatte. Und es war der Slogan dieser Kampagne, der Storm nun in dieser kritischen Stunde in den Sinn kam, der Slogan, der einmal von jedem *Schloß des Grauens*-Plakat in jedem Multiplexkino-Foyer Amerikas geprangt hatte. Dieser Slogan schimmerte nun in Storms Kopf durch den Wald seiner Zweifel. Am Ausgang des Tals der Schatten leuchteten die Worte:

Im Kampf zwischen Liebe und Tod kann es nur einen Überlebenden geben!

Storm war hier, um Sophia zu suchen.

In diesem Moment rückte im vorderen Teil des Saals ein Mann in einem blauen Overall die Staffeleien für die Bilder zurecht. Dann trat er zurück. Jetzt war das Bild zu sehen: die verfallene Abtei, das zerbrochene Fenster, die winterlichen Bäume, die Schatten, die geisterhaften vermummten Gestalten, die an der Kapelle vorbeizogen. An der Decke darüber hing eine riesige elektronische Anzeigetafel, die sich gerade auf Null stellte. Pfund Sterling, Dollar, D-Mark, Yen – alle auf Null, die ganze Spalte. Das kurze Flimmern fiel Storm ins Auge. Er hörte das Rascheln in den Sitzreihen, mit dem sich die Auktionsteilnehmer zurechtsetzten. Sie legten die Hände im Schoß übereinander, richteten ihre blasierte Aufmerksamkeit auf den Reinhart.

»Die drei Weisen«, verkündete der Auktionator oben auf seinem Podest, hinter dem breiten Holzpult, auf

dem in goldener Schrift *Sotheby's* stand. Er war jung, seriös, hyperkorrekt. Pedantisch, verkniffen, arrogant. Ein halber Junge noch, dessen Karriere seine Kollegen als aussichtsreich bezeichneten. »Katalognummer vierundneunzig, ein Tafelbild aus Reinharts Weihnachtstriptychon, erst kürzlich in der ehemaligen DDR wiederentdeckt und von einem anonymen Spender zugunsten des Children's Resource Fund zur Versteigerung ausgeschrieben.«

Es war dreizehn Minuten vor acht.

Langsam ließ Storm, der immer noch in dem Gedränge an der Tür stand, den Blick über die Auktionsteilnehmer gleiten, die an der Wand links von ihm lehnten. Anschließend wandte er sich den Leuten auf den Sitzplätzen zu. Und nachdem er dort jede einzelne Frisur in Augenschein genommen hatte, nahm er sich die Mädchen an den Telefontischen vor. Von Sophia keine Spur.

»Der Rufpreis beträgt fünfundzwanzigtausend Pfund.« Der Auktionator begann seinen üblichen Spruch herunterzuleiern. Nasal, hypnotisch, scheinbar undeutlich, jedoch präzise strömten die Wörter zwischen seinen schmalen Lippen hervor. »Ich beginne mit fünfundzwanzigtausend, fünfundzwanzig, bei mir liegen fünfundzwanzigtausend, bietet jemand dreißig? Dreißig, dreißigtausend am Telefon. Fünfunddreißig. Bei mir liegen fünfunddreißigtausend.«

Es ging tatsächlich so schnell los. Storm versuchte festzustellen, wo die Bieter saßen. Er wußte, daß Sophia gesagt hatte, ihre Galerie werde das Bild möglicherweise kaufen. Er versuchte dem Blick des Auktionators zu folgen, aber der Mann bewegte kaum die Augen. Und doch schien der Kerl alles zu sehen, alles, was im Saal vor sich ging.

»Vierzig, am Telefon bietet jemand vierzigtausend«, sagte er.

Am Telefon. Storm blickte gerade noch rechtzeitig nach rechts, um an einem der Tische dort eine kaum wahrnehmbare Handbewegung zu bemerken. Ein edler Schwan von einer jungen Frau, in der obligatorischen Strickjacke, blickte von ihrem Hörer auf, um eine Augenbraue, einen Finger zu heben.

»Fünfundvierzigtausend«, fuhr der Auktionator fort. »Bei mir liegen fünfundvierzig, fünfundvierzigtausend, fünfundvierzig, bei mir liegen fünfzig ...«

Auf der elektronischen Anzeigetafel blinkte eine ganze Spalte von grünen Lichtern auf. Fünfzigtausend Pfund, fünfundsiebzigtausend Dollar, einhundertzehntausend D-Mark, unberechenbar viele Yen, etwas über acht Millionen. Der Preis des Reinhart hatte sich in gerade mal zwei Minuten verdoppelt. Jetzt war es elf vor acht.

Während der Auktionator weiterleierte, massierte er seinen Hammer, der auf einer dicken Holzscheibe lag. Und dann ein kaum merkliches Recken des Kinns, das Storm seine Aufmerksamkeit auf die linke Wand richten ließ. Ja, noch ein Zeichen. Das Flattern einer schlanken weißen Hand, das Aufblitzen eines Goldarmbands, während der Preis des Tafelbilds weiter stieg. Storm schob sich durch die Umstehenden, zwängte sich an der hintersten Sitzreihe entlang auf die rechte Seite des Saals, versuchte die stehende Bieterin besser in den Blick zu bekommen.

Jetzt konnte er sie von der Seite sehen. Nein, es war nicht Sophia. Eine schnuckelige Blondine, kaum zwanzig Jahre alt. Vor Anspannung hatte sie die Lippen gespitzt, und ihre Stirn glänzte stark im hellen Licht der Deckenbeleuchtung.

Storm wollte sich bereits wieder abwenden, als ihm einfiel, wer sie war. Das Mädchen aus Sophias Galerie, die Empfangsdame.

»Fünfzigtausend, bietet jemand sechzig, bei mir liegen sechzigtausend, sechzig, sechzig ...« Mit eben dem Riecher, dessentwegen ihn seine Freunde haßten, hatte der Auktionator durchschaut, was hier lief, und das Tempo erhöht. »Sechzig, bei mir liegen sechzig von dem Herrn ganz hinten, sechzigtausend.«

Automatisch sah Storm nach hinten. Erhaschte einen Blick auf eine flüchtig geschwenkte Bieternummer. Ein weiterer Bieter – diesmal ein Mann. Eine hoch aufgeschossene, schlanke Gestalt in einem weißen Anzug und mit – eigenartigerweise – grünen Handschuhen. Schwarzes Haar, das bis auf seine Schultern hinabfiel. Ein schmales, kantiges Gesicht, fast rautenförmig, irgendwie katzenartig, irgendwie raubtierhaft. Während die Spannung im Saal stieg, stand der Mann ganz entspannt da, mit wachen, amüsierten Augen. Obwohl er sich betont im Hintergrund hielt, außerhalb des hellen Lichts der Deckenlampen, genügte Storm ein kurzer Blick auf ihn, um zu wissen, daß er als Sieger aus der Auktion hervorgehen würde. Er war genau der Typ für so etwas. Storm hatte schon mit genügend Männern dieses Kalibers zu tun gehabt, um es sofort zu merken. Storm hatte an Auktionen von Büchern, von Drehbüchern teilgenommen, bei denen die Gebote in astronomische Höhen hochgeschnellt waren. Er wußte also, was da ablief. Das war ein Typ Marke verbrannte Erde. Wir-machen-keine-Gefangenen. Wenn der Bieter am Telefon nicht gerade das Schatzamt der Vereinigten Staaten war, gehörten ihm *Die drei Weisen* praktisch schon. Sophias blonde Freundin hatte nicht den Hauch einer Chance.

»Siebzig, siebzig, achtzigtausend, achtzigtausend, neunzig...« *Wahnsinn*, dachte Storm, der sich langsam für die Sache zu interessieren begann. Die Lichter auf der Anzeigetafel kamen gar nicht mehr mit. Nicht einmal in Hollywood ging so etwas so schnell.

Auf der Wanduhr hinter der Anzeigetafel war es neun Minuten vor acht.

Storm sah wieder zu dem Mädchen hinüber, der Blondine aus der Endering-Galerie. Ja, genau wie er sich gedacht hatte, verlor sie langsam die Nerven. Die Winkel ihres vollen roten Mundes sackten nach unten, in ihren Augen machte sich Panik breit. Jedesmal wenn ihr Gebot übertrumpft wurde, konnte Storm sehen, wie sie verärgert blinzelnd zusammenzuckte.

Sie wedelte wieder mit der Hand.

»Einhunderttausend Pfund«, sagte der Auktionator. Und unmittelbar darauf: »Einhundertfünfundzwanzigtausend von dem Herrn ganz hinten.«

Daraufhin ging ein Raunen durch den Saal, nicht ganz Stille, nicht ganz Geräusch. Mehrere Köpfe drehten sich verstohlen um, um einen Blick auf diesen »Herrn ganz hinten« zu erhaschen. Und Sophias Assistentin – Storm sah es genau – warf so rasch einen frustrierten Blick über ihre Schulter zurück, daß ihr Haar flog.

Storm mußte grinsen. Aber dann verging ihm der Spaß. Als sie sich nämlich wieder herumdrehte, konnte er sie einen Augenblick lang von vorn sehen. Und er erkannte, daß sie Sophias Brosche trug.

Die Gebote gingen wieder im Dreieck herum. Der Telefontisch, die Blondine, der Mann ganz hinten. Mit seinem fast unheimlichen Gespür für die Situation hatte der Auktionator das Tempo noch einmal erhöht. Die Augen wie in Verzückung halb geschlossen, lehnte er sich von seinem Pult zurück.

»Einhundertfünfzig, einhundertfünfzig, einhundertfünfzig, einhundertfünfundsiebzig, einhundertfünfundsiebzig, zweihundert. Zweihunderttausend ...«

Augenblick mal, dachte Storm. Irgendwas stimmt da nicht. Es war sieben Minuten vor acht.

Wieso hat sie Sophias Brosche? dachte er. Hieß das, sie gehörten alle dieser dubiosen Sekte an, von der Harper ihm erzählt hatte? Das war doch verrückt. Es ergab keinen Sinn. Die Brosche ihrer Mutter. Die sie bis vor kurzem nie getragen hatte. Sie konnte sie diesem Mädchen doch nicht geliehen haben, oder doch? Ihm brach kalter Schweiß im Nacken aus. Er hörte Harpers Stimme so deutlich, als stünde sie neben ihm: *Irgend etwas stimmt da ganz und gar nicht.*

»Zweihundert, zweihundert, bei mir liegen zweihundert von hinten, bietet jemand zweihundertfünfzig, bietet jemand zweihundertfünfzigtausend Pfund, zwo-fünfzig, zwo-fünfzig ...« Jetzt war das Murmeln der Menge deutlich zu hören. Die schwanenhafte Dame an einem der Telefone machte mit der Hand eine knappe, abschließende Handbewegung. Der Bieter am Telefon hatte sich aus dem Gefecht zurückgezogen. Jetzt trugen die Blondine und der seltsame Typ im weißen Anzug die Sache allein aus. Als die Hand der Blondine hochfuhr, zitterte sie wie ein Blatt im Wind.

»Bei mir liegen zweihundertfünfzigtausend – dreihundert«, sagte der Auktionator sofort. »Dreihunderttausend von dem Herrn ganz hinten.«

Während das aufgeregte Raunen der Menge lauter wurde, begann Storm sich durch die stehenden Auktionsteilnehmer zu drängen, sich an den Lehnen der letzten Sitzreihe entlang auf die linke Seite hinüberzuzwängen.

Vorn flatterten die Lichter der Anzeigetafel. Dreihunderttausend Pfund. Vierhundertfünfzigtausend Dollar.

Fast siebenhunderttausend D-Mark. Die Yen überschritten bereits jedes Vorstellungsvermögen. Storm konnte sehen, wie die Blondine an der Wand fast durchdrehte vor Unschlüssigkeit. Ihre Lippen zitterten, ihre Augen füllten sich mit Tränen, die Hände hielt sie unsicher vor sich in die Luft.

Dann, als er näher an sie herankam, verlor er sie in der Menge aus den Augen. Er hörte den Auktionator rufen: »Dreihundert, dreihundert, dreihundert, dreihundert und fünf... vierhunderttausend. Der Herr ganz hinten bietet vierhunderttausend Pfund.«

Gütiger Gott, dachte Storm und drängelte weiter. Der Kerl im weißen Anzug ist ein Killer. Er schaute über seine Schulter zurück und entdeckte ihn wieder. Konnte ihn jetzt besser sehen. Ein Killer, keine Frage. Etwas in den brutal geschnittenen Zügen seines Gesichts, etwas in den seltsam rauchigen Tiefen seiner Augen ließ Storm erschaudern, ließ seinen Kragen feucht werden. Er wandte sich ab, starrte blind zur Anzeigetafel hoch. Sah statt dessen die Uhr: fünf Minuten vor acht. *Irgend etwas stimmt da ganz und gar nicht.*

Mit knappen Entschuldigungen drängte Storm sich zwischen zwei Leuten hindurch, die den Gang blockierten. Quetschte sich an zwei weiteren entlang. Hatte nun die Blondine an der Wand direkt vor sich. War nah genug, um sehen zu können, wie sich ihre Nasenflügel panisch weiteten, als ihre Hand, wie die einer Marionette, erneut hochzuckte.

»Vierhundertfünfzigtaus... fünfhunderttausend Pfund von dem Herrn ganz hinten.«

Als Storm dem blonden Mädchen die Hand auf den Arm legte, wirbelte sie mit weit aufgerissenen Augen zu ihm herum. Ihre Lippen standen leicht offen, ihre Haut glänzte.

»Wo ist Sophia?« fragte er sie.

»Ich… ich… ich…« stammelte das Mädchen. Und dann schien sie ihn zu erkennen und flüsterte heiser, verzweifelt: »Sie hat gesagt, fünfzig. Ich weiß nicht, was ich tun soll!«

»Fünfhundert, das Gebot steht auf fünfhunderttausend. Das sind eine halbe Million Pfund…«

Storm nickte, drückte ihr den Arm. »Steigen Sie aus. Sie haben keine Chance. Dieser Kerl würde Millionen bieten. Wo ist Sophia?«

»Fünfhundert, fünfhundert, fünfhundert…« Der Auktionator hob seinen Hammer. Als die Blondine sich wieder ihm zuwandte, hatte sie die Hand gehoben, als wolle sie mitbieten.

»Glauben Sie mir, Mädchen. Lassen Sie es lieber sein«, drängte Storm. »Wo ist Sophia?«

Sie kehrte ihr Gesicht nun wieder ihm zu, stierte zu ihm hoch wie aus einem Alptraum. Sein Blick wanderte zu der Brosche an ihrem Pullover. Zu dem begriffsstutzigen Entsetzen in ihrem kessen, pausbäckigen Gesicht.

»Das weiß ich nicht«, sagte sie. »Sie hat mich gebeten, an ihrer Stelle hierher…«

»Sie hat Sie gebeten…« setzte Storm an. *Die Frau bittet Sie um Ihre Hilfe,* sagte Harper Albright in seinem Kopf. *Schreit nach Ihrer Hilfe!*

»Zum ersten, zum zweiten, zum dritten! Das Bild geht für fünfhunderttausend Pfund an den Herrn ganz hinten!« verkündete der Auktionator.

Sein Unterarm sauste nieder. Der Hammer krachte auf das Pult. *Peng.* Storm spürte, wie das blonde Mädchen unter seiner Hand zusammenzuckte.

Vielleicht ist die Auktion so etwas wie ein Krisenmoment…

Die Anwesenden brachen in lauten Applaus aus, in

lautes Gelächter und aufgeregte Unterhaltungen. Hektisch zuckten Storms Augen durch den Saal. Erhaschten einen kurzen Blick auf den Mann im weißen Anzug. Wie er mit seinen grünen Handschuhen seine Bieterkarte – Nummer 313 – hochhielt. Wie er grinste und sein Raubtiergebiß bleckte. Die Anzeigetafel blieb auf fünfhunderttausend stehen.

Und Sophia, wie sie sagte: *Das ist der Ort, an dem ich sterben möchte.*

»O mein Gott«, entfuhr es Richard Storm.

Es war eine Minute vor acht.

Im Publikum gab es einige Leute, die dachten, er habe eine Handtasche oder ein Halsband gestohlen. Anders konnten sie es sich nicht erklären, warum er sich ohne Rücksicht auf Verluste den Gang hinauf zum Ausgang drängte. Mit seinen breiten Schultern nach links und nach rechts stieß. Erbarmungslos Leute zur Seite schob.

Doch dann war er bereits verschwunden. Er schoß durch den Hinterausgang, und niemand rief: »Ein Dieb! Ein Dieb!« Von daher mußte es also in Ordnung gewesen sein. Das Reinhart-Bild wurde bereits von der Staffelei genommen und an seiner Stelle ein anderes Gemälde darauf gestellt. Das Publikum wandte sich ab und vergaß Richard Storm. Die Auktion ging weiter.

Währenddessen schoß Storm wie eine Rakete durch den Eingang von Sotheby's auf die New Bond Street hinaus. Er glaubte nicht, was er dachte. Er wagte es nicht. Er rannte einfach – so, wie sie es ihm beim Leichtathletiktraining an der High-School beigebracht hatten: mit weit ausholenden Schritten, den Körper aufrecht, die Ellbogen wie Maschinenkolben stampfend. Links und rechts von ihm sausten Schaufenster vorbei, über seinen Kopf peitschten die Fahnen der Geschäfte hinweg. Menschen wichen ihm aus, sahen ihm nach, wie er – im eleganten Anzug, in eleganten Schuhen – die Straße hinunterstürmte, als sei ihm der Teufel persönlich auf den Fersen. Er machte sich keine Gedanken darüber. Er wagte nicht, sich überhaupt irgendwelche Gedanken zu machen. Er rannte bloß.

In dreißig Sekunden war er am Eingang der Endering-Galerie. Unter der weinroten Markise, zwischen den zwei Fichten. An die Glasscheibe geklatscht wie ein Insekt an eine Windschutzscheibe, suchte er über dem Dunst, den sein Atem auf der Glastür hinterließ, das dunkle Innere ab. Der Dunstfleck wurde erst größer, dann kleiner, einatmen und ausatmen. Die dahinter liegende Galerie war leer. Der Schreibtisch am Empfang nicht besetzt. Die Gemälde an der Wand unangetastet. Alles an seinem Platz, so, wie es sein sollte. Er glaubte schon, es sei alles in Ordnung.

Dann hob er die Augen und sah sie auf dem Geländer der Galerie sitzen. Er konnte die Linie des Gürtels um ihren Hals erkennen.

Storm hatte ein Gefühl, als sei in ihm Benzin auf glühende Kohlen gegossen worden. Zweifel, Argwohn, Besorgnis, all das loderte in einem plötzlichen Ausbruch von Angst in ihm auf. Er packte den Türgriff, riß daran. Es war abgeschlossen. Er rüttelte daran.

»Verdammt!«

Er ließ den Griff los. Einmal, zweimal schlug er mit beiden Handflächen gegen das Glas. Er fühlte sich, als säße *er* mit der Schlinge um den Hals da oben.

»Sophia! Sophia!«

Sie hörte ihn nicht, reagierte nicht.

»Sophia!«

Hilflos drückte sich Storm gegen die glatte Scheibe. Sie saß noch einen Moment lang da. Er wirbelte herum.

In seinem Kopf war eine entsetzliche Leere. Seine Augen zuckten in alle Richtungen, hielten Ausschau, nach irgend etwas.

Die Fichte in dem gußeisernen Übertopf. Er bückte sich, packte den Topf, hob ihn hoch. Er kam zu leicht hoch – einen Augenblick lang fürchtete er, er wäre zu leicht, um das dicke Glas der Tür zerstören zu können. Aber das lag am Adrenalin: Er war so wild, er hätte das ganze Gebäude hochheben können.

Storm trat zurück. Hob das Bäumchen, den Übertopf über seinen Kopf. Schmutz und Zigarettenkippen rieselten auf seinen teuren Haarschnitt herab. Er schleuderte den Übertopf gegen die Tür, und die Tür zersprang.

Die schwarze Kaskade aus Erde und die weiße Kaskade aus Glas erstrahlten blau, als die Alarmlampe der Galerie anging und die Sirene zum Himmel hochzuheulen begann. Storm stürmte durch die gezackte Öffnung. Die Scherben der Glastür knirschten unter seinen Sohlen. Der Übertopf wackelte, als er über ihn hinwegsetzte. Schreiend rannte Storm auf die Treppe zu.

»Sophia!«

Aber sie war bereits vom Geländer gesprungen. Sie hatte es getan, als er den Übertopf hochhob. Ihr Körper hing zappelnd am Ende des Gürtels.

Storm schrie auf und packte das gewellte Geländer. Er sah, wie sie verzweifelt nach dem Gürtel griff. All seine Sinne befanden sich unter Hochspannung, so, als stünde er in elektrischem Kontakt mit ihr, so, als wäre er es, der erstickte, der starb. Er nahm drei Stufen auf einmal und noch einmal drei. Sie kämpfte immer noch, war immer noch bei Bewußtsein. Er erreichte das Ende der Treppe. Sah nur das zuckende blaue Licht, spürte da, wo seine Gedanken hätten sein sollen, nur das Heulen der Sirene in seinem Kopf.

»Sophia!«

Er stürzte auf sie zu. Beugte sich über das Geländer, streckte sich, so weit es ging. Mit einer Hand hielt er sich am Geländer fest, mit der anderen langte er nach unten. Der Gürtel war kurz. Er bekam sie zu fassen. Am Arm. Wieder stieß er einen wilden Schrei aus. Hievte sie mit aller Kraft hoch. Taumelte unter ihrem Gewicht vom Geländer zurück. Fiel zu Boden, zog sie mit sich. Aber sofort rappelte er sich auf die Knie hoch und packte sie. Sie begann zu würgen. Er griff nach der Schlinge um ihren Hals. Zerrte sie mit einem wilden Fluch unsanft über ihr Haar. Sophia sank hustend und würgend zurück.

Kochend vor Wut kniete Storm über ihr. Er konnte nicht fassen, was sie getan hatte. Am liebsten hätte er sie geschlagen. Seine Hand zuckte bereits in die Höhe. Doch dann hielt er zitternd inne. Er ballte beide Hände zu Fäusten und schüttelte sie drohend.

»Ah!« schrie er außer sich. »Ah!«

Sophia holte rasselnd Atem. Dann noch einmal. Und dann stieß sie einen heiseren, verzweifelten, animalischen Schrei aus und versetzte ihm einen Schlag. Ihre Faust traf ihn schwach an der Brust. Ihr Haar nahm ihr die Sicht, und sie schlug blindlings noch einmal nach ihm. Diesmal traf sie ihn seitlich am Kopf. Er stieß abermals einen Fluch aus. Packte sie am Handgelenk.

Aber sie war am Ende. Sie gab mehrere heisere, abgehackte Laute von sich und sackte zu Boden. Ihr Haar fiel nach vorn, und ihr zusammengesunkener Körper zuckte im selben Takt wie das blaue Licht. Je nachdem, ob das Heulen der Sirene gerade an- oder abschwoll, konnte Storm sie jämmerlich schluchzen hören. Er streckte seine zitternde Hand aus und berührte sie, so sanft er konnte. Aber sie schwang ihren Arm herum und stieß ihn weg.

Inzwischen kamen unten Leute in die Galerie geströmt. Stimmen wurden laut. Ein paar Gestalten rannten auf die Treppe zu. Die Sirene heulte. Das blaue Licht blitzte und blitzte.

Keuchend, mit hängendem Kopf, die Handflächen auf die Oberschenkel gestützt, kniete Storm auf dem Boden.

Sophia saß neben ihm und weinte und weinte.

V

Young William, eine Ballade

»Wer ist es, der dort klopft?«
die Witwe Annie sprach.
»Und wer so spät mein Haus besucht
in einer Nacht so schwarz?«

Tapp-tapp. »Dein Sohn ist's, Will,
der einst hier gespielt.
Ach, öffne, Mutter, laß mich ein,
denn mir ist kalt und klamm.«

»Bist du's, verschollen all die Tag'?
Bist du's, mein Sohn,
der klopft so spät,
daß angst mir wird und bang?«

»Ich bin's, ich bin's, dein liebes Kind,
Young Will, dein ganzer Stolz.«
Tapp-tapp. »Ach, öffne, Mutter, laß mich ein,
denn mir ist kalt und klamm.«

»Wo warst du all die langen Tag'?
Gesucht, betrauert hab ich dich,
und dacht', du hätt'st dein Mutterherz
vertauschet für ein Lieb'.«

»Ich war beim alten Judenschloß,
vor dem du mich gewarnt.«

Tapp-tapp. »Ach, öffne Mutter, laß mich ein,
denn mir ist kalt und klamm.«

»Was tat'st du dort, mein einzig Kind,
mein Sohn, mein größter Stolz?
Warum kehrst du erst jetzt zurück,
nach, ach, so langer Zeit?«

»Ich sprach dort mit des Juden Maid,
die süß bat mich herein.
Gehorchen mußt' ich ihr,
ach, ist mir kalt und trüb.«

»Was tat sie dort, mein einzig Kind,
daß fort du warst so lang?
Mein Herze sich zu hören sträubt
die schaurig dunkel Mär.«

»Ihr'n güldnen Dolch trieb sie
ins Herze mir, daß, ach,
mein ganzes Leben aus mir wich
und nie mehr kehrt' zurück.

Mein Blut nahm sie und macht' draus Wein,
buk Brot aus meinem Leib.«
Tapp-tapp. »Ach öffne, Mutter, laß mich ein,
denn mir ist kalt und klamm.«

Aufschrie die Witwe Annie da
und sprang aus ihrem Bett.
Und als sie öffnet' ihre Tür,
sah nichts sie dort als Nacht.

Und wandert' einsam durch den Ort,
bis wieder kam der Laut:
Tapp-tapp, tönt es aus der Abtei,
Tapp-tapp, so einsam und verlor'n.

Sie gruben an derselben Stell'
und fanden Wills Gebein
und trugen es zu Grabe dann
an einem düstern Tag.

VI

Harper Albright und das Uhrwerk der Geschichte

1

Ein Kreis von Menhiren. Gemurmelte Beschwörungen. Tiefste Nacht. Es war der Kreuzungspunkt der Sussex-Heide, der Kreuzungspunkt des Wünschelrutengängers. Hier kreuzten sich unterirdische Flüsse. Eine unsichtbare Energie wirbelte und bebte durch die Luft. Es hieß, daß sich hier sieben Spiralen chthonischer Kräfte aus der Erde in das hohe Gras emporschlängelten, um sich um die sieben geheimnisvollen, von einer unerklärlichen Kraft durchdrungenen Steine zu schlingen, die dort seit Urzeiten im Kreis standen.

Es war der Abend vor Lichtmeß, ein Hexensabbat, und der alte Mann hatte eine Opfergabe mitgebracht.

Als er kam, zischelte das Gras, und die abgefallenen Blätter raschelten. Abwechselnd huschten silbernes Licht und schwarze Schatten über den Boden. Der Mann ging rasch mit ihnen dahin. Er war allein. Er war völlig nackt. Sein Gesicht war aufgedunsen, seine weißen Brüste hingen herab, sein Bauch stand weit vor. Sein Penis war in der Kälte geschrumpft.

Er sprach murmelnd vor sich hin:

»Erhebe dich, Infernalische. Hel, Hekate, Göttin der Kreuzung, Gorgo, Mormo, Mond ...«

Der Leinwandbeutel, den er mit seiner rechten Hand festhielt, wand sich. Ein ängstliches Wimmern tönte daraus hervor. Die Lippen des alten Mannes waren trocken, seine Augen glasig. In der linken Hand hielt er das *Athame*, das Opfermesser.

Jetzt erreichte er den prähistorischen Kreis, die sieben mannshohen Steine, die in den turbulenten Himmel emporragten. Es hieß, sie seien sieben Jungfrauen, die verflucht worden waren, weil sie an einem Sonntag getanzt hatten. Ihre Umrisse waren gerundet. Das Gestein wurde vom fließenden Licht des Vollmondes, an dem ununterbrochen Wolken vorüberzogen, zum Leben erweckt.

Der alte Mann trat in die Mitte des Kreises. Er spürte den Rhythmus der verborgenen Energie, die Ausstrahlungen der unter der Erde zusammenfließenden Gewässer. Fast konnte er sogar das rhythmische Pulsieren der Musik der Jungfrauen hören. Er kniete vor dem Reisig nieder, das er zu einer kleinen Pyramide aufgeschichtet hatte. Spürte Kiesel und Erdbrocken unter seinem bloßen Knie.

Die Luft wurde still. Unter dem Reisig gefangene Blätter raschelten leise. Pfeifend strich der Wind auf der Suche nach einem Zugang um den Ort herum.

»Du, der du wandelst in der Nacht, mit der Fackel in der Hand, Feind des Tages, Freund und Geliebter der Dunkelheit. Du, der du frohlockst, wenn die Hündinnen heulen und warmes Blut vergossen wird …«

Der Mann stellte den Sack vor sich auf die harte Erde und warf das *Athame* neben das Feuerzeug, das er dort schon vorher bereitgelegt hatte. Er packte das zappelnde Etwas in dem Sack und zog die Öffnung des Sacks auseinander. Schnaufend zerrte er das zitternde Tier in die Kälte heraus. Erwartungsvoll sah der Welpe zu dem alten Mann auf. Er leckte an seinem Daumen – an dem Daumen, der ihn festhielt.

Der alte Mann drückte den Welpen mit der linken Hand gegen den Boden, hob mit der rechten das Feuerzeug auf. Er strich über das Rädchen, erzeugte die Flamme. Sah sie mit kleiner werdenden Pupillen an.

Das Hündchen japste, bettelte, freigelassen zu werden, spielen zu dürfen. Der alte Mann beugte sich über das Tier, hielt das Feuerzeug an das Laub.

»Du, der du wandelst unter den Geistern an den Grabstätten … Komm, Flamme, komm.«

Ein Blatt fing Feuer, brannte. Mit leisem Geknister breiteten sich die Flammen aus. Aus der Pyramide sikkerte ein roter Schein, kroch langsam über den Boden.

»Gut, gut«, sagte der alte Mann.

Der Welpe winselte ihn an, klopfte mit dem Schwanz auf die Erde. Der alte Mann hob das *Athame.*

»Jetzt.« Das Messer befand sich etwa in Höhe seines dünnen, silbergrauen Haars. Seine Stimme wurde lauter.

»Du, der du dürstest nach Blut, du, der du die Herzen der Sterblichen mit Angst und Schaudern schlägst. Hel, Hekate, Gorgo, Mormo. Wirf ein geneigtes Auge auf unser Opfer.«

Mit diesen Worten holte er tief Luft, so daß seine Brüste ins Schlenkern gerieten. Das Messer wanderte in die Höhe, hoch zu den Wolken, zum Mond.

Dann plötzlich ein Sog rauchiger Luft. Die Pyramide aus trockenen Zweigen explodierte zu einem Pilz aus Funken und Feuer. Inmitten der steinernen Jungfrauen, hinter dem auflodernden Feuer, aus der frostklirrenden Nacht tauchte eine schwarze Gestalt auf.

Der alte Mann schrie entsetzt auf.

Die Gestalt sprach mit donnernder Stimme: »Lege nicht deine Hand an diesen Hund! Noch tu ihm sonst etwas zuleide!«

Die Klinge des *Athame* sang einen einzigen Ton, als es den Fingern des alten Mannes entglitt und auf die steinige Erde fiel.

»Harper?«

»Laß das arme Tier los, Jervis, du alter Trottel.« Harper kam auf ihrem Stock um das Feuer gehumpelt. Senkte gebieterisch die Hand. »Auf der Stelle.«

Frustriert zog der alte Mann die Stirn in Falten. Der Spaß war ihm verdorben. Aber er gab ihr den Welpen. Harper drückte ihn an ihre Schulter. Er leckte begeistert ihre Wangen, stupste gegen ihre Brille und gegen den Borsalino.

»Und sei so gut und zieh dir eine Hose an«, fuhr sie fort. »Mir flattert schon mein jungfräuliches Herz.«

Sie zog sich hinter das Feuer zurück. Wandte den Blick von seiner Nacktheit ab, hielt Schnauze an Schnauze Zwiesprache mit dem Welpen.

Murrend rutschte Jervis auf seinen wabbligen Pobacken aus dem Steinkreis hinaus auf das Gras, um seine Kleider zu suchen.

»Haha!« bellte Harper voller Freude über die Begeisterung des Welpen. Er kletterte auf ihre Schulter, um sie seitlich am Kopf abzulecken. »Was ist das für eine Mischung?« rief sie. »Ist auch ein Teil Retriever mit dabei?«

Jervis kehrte mit einem Bündel Kleider in den Kreis zurück. Er hielt nur die Unterhose fest, ließ den Rest zu Boden fallen. Schlüpfte mürrisch hinein, ließ das Gummiband in die Furche unter seinem überlappenden Bauch schnalzen. »Woher soll ich das wissen?« Ein verdrießliches Krächzen. Als nächstes faltete er einen Wollpullover auseinander. »Er hat einem Kind gehört, einem kleinen Mädchen.« Er zog sich den Pullover über, steckte den Kopf durch die Halsöffnung.

»Das dumme Ding ließ ihn draußen warten, als es in einen Zeitschriftenladen ging. Also habe ich ihn mir geborgt.«

»Jervis, Jervis«, tadelte Harper. »Was soll man dazu sagen?« Aber sie konnte den alten Tunichtgut nur mit einem Auge aufspießen: Ihr anderes Brillenglas troff von Hundespeichel. Dann fuhr sie fort: »Und was soll das überhaupt? Ganz allein an solch einem hohen Feiertag? Wo sind Oma und Onkel Bob und die lieben Kinderlein? Sollten sie nicht um den Hexensabbatbaum versammelt stehen und Hexensabbatlieder singen? Oder jedenfalls etwas in der Art?«

Das Feuer zwischen ihnen sank knisternd in sich zusammen. Jervis räusperte sich und spuckte einen Klumpen Schleim hinein. Zog eine Augenbraue hoch und sah sie wissend an. »Sie haben mich im Stich gelassen. Die ganze Bagage. Und jetzt kann ich mir auch erklären, warum.« Er nahm seine Hose, die an einem der Steine lag und legte einen Finger an die Nase. »Du hast sie verscheucht, stimmt's? Du hast sie gewarnt, daß du kommen würdest.«

»Ich dachte, wir sollten uns mal allein unterhalten. Und manchmal ist es ziemlich schwer, dich zu finden.«

Er gab ein animalisches Knurren von sich, das von ganz unten aus seiner Kehle kam. Sogar der Welpe hielt für einen Moment inne und sah ihn an. »Arrogant, ist es nicht so? Deiner Sache sehr sicher, nicht wahr?« Er grinste fies. »Also, wie ich gehört habe, sind deine Tage gezählt. Du bist zuweit gegangen, Harper. Hast dir ein bißchen zuviel herausgenommen. Du weilst nur noch mit seiner Duldung unter uns.«

»Und du befindest dich nur noch mit meiner auf freiem Fuß«, entgegnete sie. Der Hund wurde müde, machte sich ein Lager aus dem Kragen ihres Umhangs, wühlte sich mit seinem Kinn hinein. Harper rückte ihren Borsalino zurecht, blinzelte und ging von der Feuerstelle nachdenklich auf einen der Steine zu. Währenddessen fuhr der alte Mann mit seinen dürren grauen Beinen in die weite Hose. »Stell dir mal meine Überraschung vor, Jervis, als ein reizender junger Mann im Amt für Beutekunst den Namen eines mysteriösen Dr. Mormo fallenließ, der beim Schmuggel von Beutekunst aus dem Zweiten Weltkrieg eine wichtige Rolle gespielt hat. Bis dahin hatte ich dich immer für einen harmlosen Geisterbeschwörer gehalten, der die Tiere kleiner Kinder umbringt. Nun haben allerdings die Damen und Herren von der Kunst- und Antikenabteilung des Scotland Yard nicht dasselbe Interesse am Okkulten wie ich, weshalb es ihnen bislang auch nicht gelungen ist, dich mit deinem Pseudonym in Verbindung zu bringen. Aber mir ist es gelungen, nicht wahr?«

Jervis schnallte seinen Gürtel zu, kämpfte mit seinem Reißverschluß. »Reicht es dir etwa immer noch nicht, du dumme alte Kuh? Wie oft, glaubst du, werden sie dich wohl noch warnen?«

Harper trat aus dem Schatten des Steins in den Schein des erlöschenden Feuers. Mit einer Hand hielt sie den Welpen an ihrer Schulter fest, mit der anderen den Drachenkopf ihres Stocks, und obwohl ihr Hut zerdrückt war und die Brille schief auf ihrer Nase saß, war sie immer noch eine eindrucksvolle Erscheinung.

»Warum wollte er *Die drei Weisen*, Jervis?«

»Hältst du mich etwa für blöd? Von mir erfährst du gar nichts.«

Harper lächelte nur grimmig. Sie kannte ihn. Er war zwar nur halb verrückt, aber ganz und gar feige. »Schau dich doch mal um, Jervis«, sagte sie. »Aus deinem Hexensabbat wird wohl nichts mehr. Einfach ausgefallen. Ohne Vorwarnung, ohne auch nur das leiseste Wort. Kaum haben sie spitzbekommen, daß ich komme, lassen sie dich auch schon im Stich. Und warum? Laß mich mal raten. Die Mächte der Hölle zu beschwören ist eine Sache, aber ein Gefängnis Ihrer Majestät von innen kennenzulernen eine andere. Du bist schon alt, Vater Jervis. Ein Wort von mir, und du stirbst hinter Gefängnismauern. Darum mein Vorschlag: Reden wir doch weiter ganz offen und klar miteinander. Warum wollte er *Die drei Weisen*?«

Sie wartete gespannt. Das Jagdfieber hatte sie gepackt. Ohne Zweifel war sie ihrer Beute auf der Spur. Endlich. Möglicherweise hatte sie ihn nur an einem Tentakel, nur an der Spitze eines Tentakels, und selbst die hielt sie lediglich zwischen ihren Fingernägeln, aber nach so langer Zeit war das zum erstenmal eine echte Gelegenheit, und die würde sie sich bestimmt nicht entgehen lassen. »Das war doch er, oder etwa nicht?« Sie mußte es ihn einfach fragen. »Bei der Auktion. Das war doch er?«

Er gab ihr zwar keine direkte Antwort, aber allein seine Reaktion ließ ihr den Atem stocken. Erst sah er sich ängstlich um, dann schlug er ein Kreuzzeichen, den Querbalken etwa auf Höhe seines Nabels, den senkrechten etwa bis zu seiner Brust herauf.

»Jetzt mach schon«, sagte Harper leise. »Heraus damit, du alter Narr! Fünfundzwanzig Jahre lang hat er jetzt stillgehalten. Nur hier und da ein paar flüchtige Spuren von ihm: die Leiche eines Kindes in einem nordfinnischen Moor, eine andere in der Bucht von Port-au-Prince an Land gespült, ein Selbstmord hier, ein Selbstmord da, ein mit Blut geschriebenes Zeichen. Und dann, auf einmal, zeigt er sich vor aller Welt, tritt unverhohlen ins Rampenlicht. Nur um ein Gemälde zu kaufen?

Das muß eindeutig zu wichtig gewesen sein, um es zu delegieren.«

Der Hexer bedachte sie mit einem verdrießlichen Blick. »Es gibt Schlimmeres, als im Gefängnis zu sterben, Harper.« Aber er knickte bereits ein, stellte Harper fest. Bockig, die Hände in den Hosentaschen, die Schultern bis zu seinen haarigen Ohren hochgezogen. »Jedenfalls geht es nicht nur um *Die drei Weisen*«, brummte er. »Er möchte sie alle. Selbstverständlich. Die Sache hat nur dann einen Sinn, wenn er das ganze Weihnachtstriptychon in seinen Besitz bringen kann. *Die drei Weisen, Die Madonna, Das Jesuskind.* Er möchte sie alle drei.«

Jervis hatte sich vor ihr auf die andere Seite des Feuers zurückgezogen. Der Welpe begann sich erschrocken zu bewegen, als sie dem alten Mann folgte.

»Na gut«, sagte Harper. »Und *warum* will er das Triptychon?«

Etwas von diesem fiesen Glitzern kehrte in seine Augen zurück. Er brachte sogar ein schadenfrohes Grinsen zustande.

»Du weißt es also wirklich nicht, häh? Häh? Du tappst nur im dunkeln, stimmt's? Du gehst auf demselben Weg, den er vor zwanzig Jahren entdeckt hat, aber du weißt nicht einmal, daß er unter deinen Füßen ist.«

»Vielleicht könntest du mich ja aufklären«, knurrte Harper.

»Da haben wir's wieder mal«, brummte er zurück. »Wenn du mich fragst, war das bei dir schon immer der Haken. Du verzettelst dich in Einzelheiten. Irgendwo taucht ein totes Kind auf, ein Selbstmord hier, ein Zeichen da, eine Sekte in Argentinien. Du denkst, alles steht für sich. Aber es ist *alles nur eins,* Harper. Es war immer schon alles nur eins.«

Harper blieb still, wartete. Derlei großspuriges Zeug

faselten alle, die sich mit okkulten Dingen befaßten. Dafür hatte sie nichts übrig. Kleine Geister denken große Gedanken, aber große Geister schreiten mit extrem kleinen Schritten voran. Harper wollte etwas Konkretes, etwas, das sie tatsächlich weiterbrachte.

Ihre Ruhe schien den Hexer zu reizen. Er echauffierte sich immer mehr.

»Bist du nun blind oder bloß blöd?« rief er. »Glaubst du etwa, er zeigt sich völlig ohne Grund in der Öffentlichkeit? *Er ist auf dem richtigen Weg, Harper!* Er ist der Spur gefolgt, und jetzt hat er es fast entdeckt.«

»*Was* hat er entdeckt, Herrgott noch mal?«

»Ach!« Wieder versuchte Jervis sich ihrem durchdringenden Blick zu entziehen. Kehrte ihr den Rücken zu, machte eine abweisende Handbewegung, ging ein paar Schritte weg. Um plötzlich wieder herumzuwirbeln und aufgebracht hervorzustoßen: »*Das Geheimnis, Frau! Das Geheimnis!* Glaubst du etwa, er würde sich nur zum Spaß bei Sotheby's zeigen? Er ist nichts Geringerem als dem Geheimnis der Templer auf der Spur, dem Geheimnis des Grals!«

»Jetzt mach aber mal einen Punkt, Jervis! Wirklich. Was soll das nun wieder heißen?«

»Also... was die Einzelheiten angeht...«, antwortete er nebulös. »Ich weiß nur soviel, wie man mir gesagt hat.«

»Und man hat dir gesagt, daß ein religiöses Triptychon aus dem achtzehnten Jahrhundert das Geheimnis des Heiligen Grals enthält? Also wirklich«, sagte Harper noch einmal.

»Na gut. Meinetwegen. Dann glaubst du mir eben nicht. Aber wenn du nur zwei Minuten lang von deinem Verstand Gebrauch machen würdest, würdest du alles begreifen. Glaubst du etwa, bei Sotheby's würden sie gestohlene Gemälde versteigern? Du hast doch mit dem Amt für Beutekunst gesprochen. Sie haben es bestimmt nachgeprüft.«

Harper bedachte ihn mit einem wissenden Nicken. »Haben sie. Für das Gemälde war kein Besitzer eingetragen. Es verschwand schon lange vor dem Krieg.«

Der Hexer ballte seine faltigen Hände zu Fäusten. »Von ›verschwinden‹ kann gar keine Rede sein, Harper! Der Hexenzirkel hatte es. Der Nazi-Hexenzirkel.«

»Haushofer, meinst du? Der Kreis um ihn?«

»Ja, ja. Natürlich Haushofer. Hexerei war im Dritten Reich weit verbreitet. In allen Schichten. Bis hinauf an die Spitze. Vergiß nicht, daß Haushofer der Lehrer von Heß war. Und Heß war zusammen mit Hitler im Gefängnis. Haushofer hat die beiden jeden Tag besucht, als sie in Landsberg waren.« Das alles verkündete Jervis voller Stolz. »Haushofer – er wußte von dem Triptychon, das steht völlig außer Frage. Sie alle wußten, daß es damit irgend etwas Besonderes auf sich hatte. Aber was? Welche Kraft steckte in ihm? Sie kamen dem Rätsel nicht auf die Spur, weil sie nicht wußten, wonach sie suchen sollten. Und dann, als der Krieg zu Ende ging, als die Bomber und die alliierten Streitkräfte kamen und Deutschland sich dem endgültigen Zusammenbruch näherte, beging Haushofer Harakiri ...« Er öffnete die Hände und breitete sie aus. »Das Triptychon ging verloren.«

Sie standen sich jetzt im Steinkreis gegenüber, das Feuer war genau zwischen ihnen. Von oben fielen Licht und Schatten auf sie, huschten über sie hinweg. Harper stand ganz still da, stirnrunzelnd, eindrucksvoll, die achte Jungfrau, ein Fels der Verachtung, so stumm und hart wie die anderen.

»Und du meinst, Iago weiß, was die Nazis nicht

wußten?« sagte sie. »Er kennt das Geheimnis des Triptychons?«

»Schon seit zwanzig Jahren«, knurrte Dr. Mormo.

»Warum dann erst jetzt? Warum will er es dann erst jetzt in seinen Besitz bringen?«

Er verdrehte die Augen über ihre Begriffsstutzigkeit. »Natürlich wollte er es auch damals schon in seinen Besitz bringen! Er kam schon damals zu mir. Aber die drei Bilder waren hinter dem Eisernen Vorhang verschollen, verstehst du? Wenn eins davon im Westen auf dem Schwarzmarkt aufgetaucht wäre, wer hätte eher etwas davon erfahren als ich? Nein, er hat damals zwar alles versucht, aber er konnte die drei Bilder einfach nicht finden. Erst nach dem Fall der Mauer kamen *Die drei Weisen* schließlich zum Vorschein.«

»Die drei Weisen«, wiederholte Harper. »Und die beiden anderen?«

»Die beiden anderen?« Der alte Mann zuckte mit den Schultern. »Das ist doch der springende Punkt. Das ist der Grund, warum er auf der Auktion war, warum er sich in aller Öffentlichkeit gezeigt hat. Er wollte, daß ihn derjenige, der die beiden anderen hat, sieht. Damit ihm klar wird, mit wem er es zu tun hat. Mit jemandem, der einen exorbitanten Preis für diese Bilder zu zahlen bereit ist – oder sie sich notfalls auch auf anderem Wege beschafft.« Dr. Mormo gab ein besonders widerwärtiges Kichern von sich. »Und es hat tatsächlich funktioniert, oder etwa nicht? Sie kommen doch bereits aus ihrem Bau. Und wie sogar! Früher oder später kommen sie alle zu Dr. Mormo, du wirst schon sehen.«

Harper antwortete nichts, sondern dachte nach. Der Welpe zappelte weiter an ihrer Schulter herum, begann zu winseln. Bald wird er auf meinen Umhang machen, dachte sie abwesend. Und das kleine Mädchen, dem er abhanden gekommen war, lag wahrscheinlich immer noch wach und weinte. Bei der Polizei wußten sie bestimmt, wer die Kleine war …

»Und du behauptest, das hängt alles zusammen? Daß sogar diese Sekte in Argentinien etwas damit zu tun hatte? Soll das heißen, Iago hat damals schon nach diesen Bildern gesucht?«

»Nein, nein, nein«, erwiderte der Hexer scharf. »Aber trotzdem, es hat alles damit zu tun. Mit dem Geheimnis. Mit dem Gral.«

Das Feuer knackte und knisterte – ein Geräusch, das dem meckernden Lachen, das Jervis völlig unerwartet ausstieß, nicht unähnlich war. Er schlug sich mit der Faust an die Stirn. »Wenn du dein Gesicht sehen könntest, Harper! Wenn du nur dein Gesicht sehen könntest. Du überlegst nicht. Du weißt nichts. Du verstehst immer noch nicht, worum es hier geht. Es ist nicht das Triptychon oder Argentinien, oder dieser Mord oder jener. Es sind nicht mal die Nazis oder der Krieg oder der Eiserne Vorhang. Es ist nichts von all dem. Es ist alles *zusammen.*« Er beugte sich zu ihr vor. Die orangefarbene Glut der Flammen flirrte über sein aufgedunsenes Gesicht, über seine irren Augen.

»Es ist das ganze Uhrwerk der Geschichte«, flüsterte er so leise, daß seine Worte fast vom Seufzen des Winds übertönt wurden. »Das ist es, was du nicht verstehst, du begriffsstutzige alte Schachtel. Das Uhrwerk der Geschichte. Tick-tick. Tick-tick!«

2

Wenn Sophia von Zeit zu Zeit zu sich kam, erschien ihr das Leben gedämpft, langsam, wie unter Wasser. Was auch immer ihr die Ärzte gegeben hatten, es hatte sie nach Atlantis versetzt, in eine Welt unter dem Meeresspiegel. Dieses Element ließ die Realität wie einen Traum und Träume wie die Realität erscheinen. Sie folgte ihren eigenen Schritten durch die Gänge von Belham Grange, Gänge, die in eine ominöse Unendlichkeit führten. Sie ging am Porträt ihres Vaters vorbei – die Augen folgten ihr –, und sie ging an einem weiteren Porträt vorbei, und auch das zeigte ihren Vater, genauso wie das nächste und das nächste …

Sie lief immer weiter und weiter. Links und rechts von ihr gingen Gänge ab, die nirgendwohin führten. Weiter und weiter. Aus einem dieser Gänge kam eine Krankenschwester, ein rosafarbenes Gespenst, stumm und energisch. Dann war Sophia plötzlich wieder in ihrem Bett, ihrem hohen Krankenhausbett. Und sah an der endlos langen, zerfließenden Form ihres zugedeckten Körpers hinab auf die Gestalt, die an dem blitzenden Stahlgestänge vorbeihuschte.

»Schwester?« Ihre Stimme klang wie ein zu langsam abgespieltes Tonband. Ihre Lippen waren ausgetrocknet, ihre Kehle schrecklich wund.

»Sie brauchen sich keine Sorgen zu machen. Versuchen Sie nur, ein bißchen zu schlafen.«

»Wo bin ich?«

Hinter dem Stahlgestänge war die Tür – nicht die orangefarbene Tür des Krankenzimmers, sondern die Geheimtür am Ende des Gangs.

»Mutter?«

Sie trieb darauf zu, trieb ohne eigenes Zutun, so, als

schwebte sie wie ein Gespenst über dem Boden. Sie wollte nicht dorthin. Sie schrie auf, versuchte sich gegen den unwiderstehlichen Sog zu stemmen.

»Es ist alles gut, Sophia, es ist alles gut.«

Eine kühle Hand lag auf ihrer, fürsorglich. Als sie hochblickte, sah sie ihre Schwester. Laura, ihre richtige Schwester. Die Tränen ließen ihr kleines, süßes, besorgtes Gesicht groß und verschwommen erscheinen. Ihr blondes Haar war streng nach hinten gebunden ... wie es sich für einen Krankenhausbesuch gehörte, stellte Sophia abwesend fest.

»Es ist alles gut«, flüsterte Laura wieder. »Niemand weiß etwas. Es bleibt unter uns. Daddy hat bereits alles in die Hand genommen.«

Sophia bewegte die Lippen. »Da war so viel Blut.«

»Schscht, das ist jetzt alles Vergangenheit, Liebes. Niemand weiß etwas.«

Sophia versuchte, zu lächeln und zu nicken. Versuchte unter Aufbietung all ihrer Kräfte durch das Meer zu dringen. Sie wollte wieder bei klarem Verstand sein, wieder Sophia sein. Aber der warme Sog zog sie nach unten.

»Es ist der reinste Alptraum«, versuchte sie zu flüstern.

Denn das war es. Die schreckliche schwarze Gestalt, die – vermummt und gesichtslos – im Dunkel am Ende des Gangs auf sie wartete und die Arme unter ihren Umhang schob, um sie an sich zu ziehen. Die höher und höher vor ihr aufragte – sie kannte dieses Gespenst – sie wollte nicht sehen, was sie wußte – sie wußte, sie träumte, und wollte nicht träumen. Doch erbarmungslos wurde sie von dem Sog weiter und weiter gezogen, immer weiter den Gang hinunter, an undeutlich wahrgenommenen Gobelins und Porträts vorbei, auf die vermummte Gestalt zu, die auf sie wartete, ihre Arme hob, näher und näher kam und schließlich langsam, ganz langsam ihr Gesicht hob und sie mit ihren leeren, blutigen Augenhöhlen …

Er wird Die drei Weisen *kaufen, Sophia. Um jeden Preis.*

Der Schock weckte sie. Ihr Herz schlug wie wild, ihre Augen waren weit aufgerissen. Hinter den Fenstern lauerte graues Tageslicht. Von den Ästen der Platanen tropfte Regen. Irgendwo unter ihr kam das Brummen des dichten Verkehrs an einer Ampel zum Stehen. Als ihr Puls allmählich langsamer ging, drehte sie den Kopf auf dem Kissen herum. Vom Sekretär glotzte ihr der leere Bildschirm des Fernsehers entgegen. Und daneben – zu ihrer leichten Überraschung – war ihr Bruder Peter. Mit übereinandergeschlagenen Beinen in einen niedrigen Sessel geflezt, blätterte er heftig in einer Ausgabe von *Time Out*.

Als er merkte, daß sie sich bewegte, und sah, daß sie wach war, schlüpfte er sofort in eine Rolle – so, als ließe er sich vom Rand eines Swimmingpools ins Wasser gleiten. Er tat unbekümmert, drollig. Er warf die Zeitschrift beiseite.

»Vielleicht solltest du deine Selbstmordversuche künftig etwas vorsichtiger angehen, Sophia«, sagte er. »Am Ende tust du dir dabei noch weh.«

Sie leckte sich die Lippen. Schluckte unter Schmerzen. Der Raum begann so heftig zu schwanken, daß ihr übel wurde. Sie sah den durchsichtigen Beutel über sich, die klare Flüssigkeit darin, den Schlauch, der zu ihrem Handgelenk hinabführte. Sie sah die verschwommenen Stechkahnfahrer auf dem Druck von Cambridge an der Wand. Alles kippte um. Und dann wieder ihr Bruder. Er trug den dicken weißen Pullover, den sie ihm aus Dublin mitgebracht hatte. Und sah fahl und alt aus unter seinem lockigen schwarzen Haar. Nackt und verletzlich.

»Sag ihnen, sie sollen aufhören, mich mit Beruhigungsmitteln vollzustopfen, Peter«, murmelte sie.

»Eh...«

»Ich springe schon nicht aus dem Fenster oder so was. Ehrenwort.«

»Tja, weißt du, zur Zeit stehen deine Versprechungen an der Börse nicht sehr hoch im Kurs.«

»Sie machen mich krank.«

»Ich werde sehen, was ich tun kann. Um diese Dinge kümmert sich nämlich wie immer der Große Mann mit seinem mehr oder weniger unbeugsamen Willen.« Er grinste, aber sein Grinsen wirkte gequält. Er stemmte sich mit den Armen aus dem Sessel hoch. Schlenderte lässig ans Fenster. Eine Hand in der Tasche seiner Jeans, die andere auf Höhe seines Gürtels hin und her schlenkernd. Er blickte lässig auf den Verkehr hinab. Er war sehr lässig. »Du hast ihn die letzten zwei Tage ganz schön auf Trab gehalten, weißt du das? Er hatte schwer zu kämpfen. Den Medien was vorlügen, Mr. Plod beruhigen. Er hatte weiß Gott alle Hände voll zu tun.« Ein beiläufiger Blick nach hinten auf sie, eine hochgezogene Augenbraue. »Du hattest übrigens einen Asthmaanfall. So erklären sie das Ganze. Ich dachte, du solltest das besser wissen. Wir rasen alle wie die Irren durch die Gegend und erzählen jedem, der es hören will, vom Asthmaanfall der armen Sophia. Sie lassen dir ihre Besserungswünsche übermitteln.«

»Die arme Sophia«, flüsterte sie in dem Versuch, es ihm leichter zu machen, seinen ironischen Ton aufzugreifen. Aber sie begann sich schon wieder benebelt und schläfrig zu fühlen, so, als ginge sie unter, als schlügen die Wellen über ihr zusammen und als sänke sie immer tiefer. Sie gab einen verärgerten Laut von sich, schüttelte den Kopf in dem Bemühen, ihr Kinn über der Wasseroberfläche zu halten.

»Für die *Galerie* ist das von größter Wichtigkeit«, fuhr Peter fort. Er hatte sich inzwischen mit dem Gesäß gegen das Fensterbrett gelehnt. Hinter ihm befanden sich der schiefergraue Himmel, die fingerigen Äste. Sein Gesicht war verdunkelt. Er salutierte einem imaginären General. »Ein Skandal muß unter allen Umständen vermieden werden. Der gute Ruf unbedingt gewahrt bleiben. Als ob sich irgend jemand einen feuchten *Dreck* um uns oder die Galerie oder unseren guten Namen scheren würde! Obwohl ich natürlich schon glaube, daß ein Bild von dir, wie du von der Galerie baumelst, für die Sensationspresse ein gefundenes Fressen gewesen wäre.«

»Ja«, sagte sie. Das Wort dehnte sich in die Länge wie ein Gummiband. Ihre eigene Stimme hauchte es ihr von irgendwo weit weg zurück.

»Oh, und wegen deines Amerikaners machen wir uns natürlich auch etwas Sorgen.«

»Amerikaner ...?« Sophia schloß für einen Moment die Augen. Ja. Dieser blöde, blöde Kerl. Dieser Richard Storm. Sie fiel in sein Bild hinein. Sog durch die Nase scharf Luft ein, zwang sich, die Augen zu öffnen. »... oh ...«

»Er *sagt*, er wird den Mund halten, aber *Geld* will er keines nehmen, vielen Dank. Ich sagte zu Vater: ›Stell dich doch nicht so an. Er ist Amerikaner. Die nehmen für alles Geld, Herrgott noch mal.‹ Ich meine, es besteht natürlich auch die Möglichkeit, daß er kein Englisch versteht. Vielleicht sollten wir mit den Geldscheinen vor seiner Nase herumfuchteln und dazu ›Lookee, lookee, money, money‹ rufen. Außerdem, was soll das überhaupt für ein Name sein: *Storm*?«

Es half nichts. Sie verlor den Halt, ging unter. »Kenne … kenne ihn … eigentlich gar … nicht …«

»Na ja, jedenfalls hat er den alten Herrn bei der Auktion vor dem Ruin bewahrt, so viel steht fest.«

Ihre Augen flogen ein letztes Mal auf. »… Auktion …?«

Aber mittlerweile wurde sie unaufhaltsam in die Tiefe gezogen. Sie wollte etwas rufen, aber sie war einfach zu müde, und er war zu weit weg. Eine Weile lang dachte sie, er drückte seine Hand an ihre Wange. Sie dachte, sie würde lächeln. Und irgendwo über sich, nahm sie an, hörte sie wieder seine Stimme, weit weg, plötzlich bitter.

»Mach dir mal keine Sorgen, Sophie. Ich werde dafür sorgen, daß dich diese Schweine nicht länger vergiften. Sie sind sowieso alle nur ein einziger Haufen Schweine. Nichts als Schweine.«

Dann war es Richard Storm, der sie hielt, seine Hand in ihrer. Er zog sie durch eine Reinhart-Landschaft: Bodennebel und nur ganz schwach zu erkennende Zacken vor einem blutleeren Himmel, schiefe Grabsteine, drohend aufragende Ruinen. Storm zog sie auf die zerbröckelnden Überreste einer Mauer zu. Sie wollte nicht mit ihm gehen. Sie sollte wütend auf ihn sein, so viel war ihr klar. Aber irgendwie vertraute sie ihm. Und er lachte, drängte sie mitzukommen, rief ihr über seine Schulter munter zu: »Tick-tick! Tick-tick!« Vermummte Gestalten bewegten sich im Nebel, wie der Nebel selbst, immer um sie herum. Eine hob den Kopf, um sie anzusehen, als sie vorbeigingen. Sophia erhaschte einen Blick auf leere Augenhöhlen, aus denen Blut auf verwesendes Fleisch sickerte. Dann zog Storm sie weiter. Sie setzte sich zur Wehr, aber nur ganz schwach, mädchenhaft, ebenfalls lachend, außerstande, ihm zu widerstehen.

»Im wirklichen Leben war ich nie so glücklich«, sagte sie. Er grinste und nickte und zog sie weiter. »Tick-tick«, rief er. Sie waren in einem Gewölbe – ein Traumübergang. In einem unterirdischen Gang. Am Ausgang zu ihrer Linken herrschte blendende Helligkeit, aber hier drinnen war es dunkel. In Nischen hingen Bildnisse von Toten, voller Spinnen, von Spinnweben überzogen. Auf einem dieser Bildnisse war Sophia selbst zu sehen – nein, ihre Mutter. Es muß ihre Mutter gewesen sein, weil sie selbst ja mit Storm dastand. Er hatte seinen starken, warmen Arm um ihre Schultern gelegt, und sein Körper war so heiß, daß er fast mit ihrem verschmolz. Und sie gingen gemeinsam weiter, auf die verborgene Vertiefung hinter dem Stein zu. »Müssen wir das wirklich tun?« fragte sie ihn. »Wird es nicht tot sein?« »Tick-tick«, antwortete Storm. Es machte ihr angst, aber sie vertraute ihm. Dann überstürzten sich die Ereignisse. Sie entfernten den Stein. Eine Kobra schoß auf sie zu, füllte ihr ganzes Gesichtsfeld aus.

Sie fuhr zusammen, wachte auf. Außer Atem. Schaute. Und wäre beinahe erneut zusammengefahren.

Richard Storm war da. In Fleisch und Blut. Saß in dem Sessel, in dem Peter gesessen hatte, vornübergebeugt, die Ellbogen auf den Knien. Ein Cowboy in verwaschener Jeansjacke und Jeans. Sein Gesicht derb, kantig, attraktiv.

Sophia schloß ganz fest die Augen und öffnete sie wieder, doch nein, leider war er immer noch da.

Er hob ihr sein Kinn entgegen. »Hi, Kleine. Wie geht's?« Ein oder zwei Sekunden lang konnte sie sich noch einreden, sie sei immer noch nicht ganz da, immer noch gefangen zwischen Schlafen und Wachen. Doch dann merkte sie, daß der Tropf weg war. Und es war Zeit vergangen, Nacht geworden. Hinter dem Fenster war es dunkel, die Platanenäste ein schwarzes Geflecht vor dem graublauen Himmel. Und von Sekunde zu Sekunde bekam sie einen klareren Kopf. Die Wirkung der Medikamente war fast ganz verflogen.

Sophia konnte nicht mehr umhin, sich einzugestehen, daß ein Gefühl tiefer Beschämung in ihr wach wurde.

Storm bedachte sie mit einem schiefen Grinsen. »Ich bin gekommen, um Revanche zu fordern.« Er deutete auf seine Nase. »Los. Setzen Sie noch mal diese Rechte ein. Wetten, daß ich Ihre Rechte abblocken kann, wenn ich darauf gefaßt bin?«

Sophia brach in Tränen aus. Das machte die Sache nur noch schlimmer. Es war alles so demütigend. So beschämend. Der Gedanke, wie sie würgend und zappelnd in der Luft gehangen hatte – vor einem Mann, den sie so gut wie gar nicht kannte. Und nun auch noch so zu weinen! Sie kam sich wie die letzte Idiotin vor, und dafür haßte sie ihn – und das wiederum bestätigte ihr nur ihren ersten flüchtigen Eindruck, daß er ein penetranter amerikanischer Tölpel war.

»Hier.« Er war neben ihr, hielt ihr ein Taschentuch hin.

Sie entriß es ihm. Putzte sich die Nase. Aber ansehen wollte sie ihn nicht. Es gefiel ihr nicht, wie er über ihr stand, seine Gürtelschnalle auf Höhe ihrer Augen. Sie hatte unter der Decke nur ein Nachthemd an.

»Stehen Sie nicht so… drohend über mir«, brachte sie mühsam hervor und machte eine abweisende Handbewegung. Sie hörte nicht auf zu weinen. Der Mann war ein Trottel.

»Oh. Entschuldigung. Habe ich drohend über Ihnen gestanden? Dann gehe ich hier rüber.« Er stapfte ans Fenster. Ließ sich aufs Fensterbrett sinken, kreuzte die

Arme über der Brust. Dieses dämliche Halb-Grinsen klebte immer noch in seinem Gesicht.

»Und erwarten Sie nicht ...« Sie mußte sich noch einmal die Nase putzen. Tat es wütend.

»Was?« fragte er. »Was soll ich nicht erwarten?«

»Erwarten Sie nicht, daß ich mich bei Ihnen bedanke. Ich wollte nicht, daß Sie mir helfen, und ich bin nicht froh darüber, daß Sie es getan haben.«

»Tja, das ist natürlich Pech.«

»Das ging Sie doch gar nichts an. Warum konnten Sie mich nicht einfach in Ruhe lassen?«

»Hey, jetzt raten Sie mal! Ich brauche keinen Grund. Den brauchen schon eher Sie.«

Um den Tränenfluß zu stoppen, wischte sie sich aufgebracht über Wangen und Nasenflügel, aber es nutzte nichts. In Gegenwart eines anderen Menschen hatte sie nicht mehr geheult, seit sie zehn war. Sie verabscheute ihn.

»Ein hübsches Mädchen wie Sie«, fuhr Storm fort. »Jung. Erfolgreich. Hochintelligent, wie jeder sehen kann. Sich aufhängen? Also, hören Sie mal, jetzt machen Sie aber mal einen Punkt. Wenn mit Ihrem Innenleben was nicht in Ordnung ist, wenn Sie einen Knacks abbekommen haben, also, ich meine, dann reparieren Sie ihn. Aber gehen Sie um Gottes willen nicht her ...« Er sprach nicht zu Ende, sondern schüttelte nur den Kopf und sah aus dem Fenster, als suche er bei der nächtlichen Stadt moralische Unterstützung.

Sophia konnte ihn nur fassungslos anstarren. Daß er in diesem Ton mit ihr sprach! Als ob er sie auch nur annähernd kennen würde. In diesem Moment wurde ihr mit frustrierender Deutlichkeit bewußt, daß ihre Füße bloß waren, denn es hätte ihr ungeheure Genugtuung bereitet, ihm mit dem Absatz ihres Schuhs den Schädel einzuschlagen. Statt dessen lag sie nur starr unter der Decke, umkrallte das sich auflösende Papiertaschentuch und bebte vor Wut über seine Arroganz und Aufdringlichkeit. Schnaubte und schniefte und versuchte mit aller Macht, damit aufzuhören.

Als sie schließlich das Gefühl hatte, ausreichend Gift in ihre Stimme einfließen lassen zu können, sagte sie: »Ist es das, was Sie in Amerika mit Ihrem Innenleben machen? Es reparieren?«

»Aber klar, was denn sonst«, sagte er achselzuckend. »Was ist eigentlich mit Ihnen los? Haben Sie hier etwa keine Psychotherapeuten? Oder wäre das ein Verstoß gegen Ihre strengen britischen Regeln, um jeden Preis die Fassade zu wahren?«

»Nein, nein, ganz im Gegenteil, ich finde das wirklich eine glänzende Idee«, entgegnete sie sarkastisch. »Irgendwas nicht in Ordnung mit Ihrer Vergangenheit? Bringen Sie sie einfach zum Richten in die Werkstatt. Oder noch besser: Stoßen Sie Ihre Vergangenheit gleich ganz ab. So kommt wahrscheinlich jemand wie Sie zu einem Namen wie Storm.«

Er warf den Kopf in den Nacken und wieherte los wie eine Fleckenhyäne. Was sie an den Rand der Verzweiflung trieb. Gab es keine Möglichkeit, diesen Mann zu verletzen?

»Na schön«, sagte er schließlich, immer noch grienend, als wäre er nicht ganz richtig im Kopf. »Na schön. Man kann die Vergangenheit nicht reparieren. Aber umzubringen braucht man sich deswegen auch nicht gleich. Wie gesagt, wenn die Vergangenheit nicht Vergangenheit ist, was dann? Also wirklich.«

Sophia konnte nur die Augen verdrehen. Das war wirklich mehr als frustrierend. Vom vielen Weinen bekam sie langsam einen ganz dicken Kopf, ihr Hals tat weh und ihre Schläfen pochten. Und er saß da, strotzend vor Selbstbewußtsein, und gab Dinge von sich wie: *Wenn die Vergangenheit nicht Vergangenheit ist, was dann?* Wobei sie sich an diesem Punkt nicht einmal mehr sicher war, ob es sich nur um eine typisch amerikanische Binsenweisheit handelte oder auch um ein Körnchen Wahrheit.

»Dann lassen Sie doch mal hören«, fuhr er fort. »Was soll man denn sonst mit seinen Problemen machen, wenn nicht reparieren? Sie vielleicht in einem Museum ausstellen oder in Urlaub schicken?« Er hatte sich wieder vom Fenster entfernt, sprach mit lauter werdender Stimme, deutete in ihre Richtung. »Ich meine, wie konnten Sie nur so was Hinrissiges tun, ein Mädchen wie Sie? Was ist los mit Ihnen? Sind Sie verrückt oder was?«

»Was glauben Sie eigentlich, mit wem Sie hier reden?« platzte Sophia schließlich entsetzt heraus. Ihr war inzwischen klargeworden, daß sie die falsche Person zu erhängen versucht hatte. »Hören Sie endlich auf… so mit Ihrer Hand zu wedeln.«

Er hörte auf, mit seiner Hand zu wedeln. »Er sah seine Hand an, als habe er bisher gar nicht gemerkt, daß sie da war. Dann warf er sie in die Luft. »Mann!«

»Ich meine, was bilden Sie sich eigentlich ein? Ich bin sicher, daß Sie hier eigentlich gar nicht reindürfen.«

Er nickte. »Das können Sie laut sagen.« Er wandte sich wieder dem Fenster zu und murmelte: »Sie sollten mal die Sicherheitsvorkehrungen da draußen sehen. Ich kam mir vor wie Obi-Wan Kenobi auf dem Todesstern.«

Der Mann war so unmöglich, daß sie fast lachen mußte. Er sah sie über die Schulter hinweg an.

»Habe ich eben richtig gehört? Haben Sie etwa gerade gelacht?«

»Nein, natürlich nicht.«

»Sind Sie sicher? Ich dachte, Sie hätten gelacht.«

»Habe ich aber nicht.«

»Na schön, meinetwegen.«

Dann stand er eine Weile lang nur da, mit dem Rücken zu ihr. In der Jeansjacke wirkte sein Rücken breit, massiv, unbeweglich. Wie sein Hirn.

Inzwischen hatte Sophia endlich zu weinen aufgehört. Überhaupt begann sie sich insgesamt besser zu fühlen, wieder mehr wie sonst. Gefaßt und eiskalt.

Und deshalb sagte sie: »Also, haben Sie *ganz* herzlichen Dank für Ihren Besuch, Mr. Storm.«

Er hatte die Stirn, wieder zu juchzen, sich ihr grinsend zuzuwenden. »Ja, ja, ja. Ich habe verstanden. ›Haben Sie ganz herzlichen Dank für Ihren Besuch.‹ Wirklich klasse. Das ist die feine englische Art, ›Verpiß dich‹ zu sagen, stimmt's?«

»Ich finde es ganz wunderbar, daß Sie langsam unsere Sprache lernen.«

Und er lachte wieder. »Klasse. Einfach spitze. So eine Ausdrucksweise hätte ich auch gern drauf. ›Haben Sie *ganz* herzlichen Dank ...‹ Nein, echt klasse, wirklich, das ist mein voller Ernst. Wie Rex Harrison oder so.« Er schlenderte wieder auf ihr Bett zu. »Okay, ich gehe ja schon. Aber vorher noch eines.« Und er deutete mit seinem Zeigefinger aus solcher Nähe auf ihr Gesicht, daß nur ihre tadellosen Manieren sie daran hinderten, ihm den Finger abzubeißen. »Ich mag Sie. Sehr. Und das heißt auf amerikanisch: ›Ich mag Sie. Sehr.‹ Verstanden? Also hängen Sie sich nicht mehr auf. Klar? Das fände ich nämlich echt schade. Hören Sie, was ich ...«

»Um Himmels willen, könnten Sie bitte endlich gehen!« platzte Sophia heraus. Und riß ihr Gesicht von ihm fort. Es war die einzige Möglichkeit, zu verhindern, daß er sie wieder lachen sah. *Also hängen Sie sich nicht mehr auf.* Mein Gott, war dieser Mann lächerlich. Sie hörte, wie seine Schritte sich vom Bett entfernten.

Dann kam ihr ein Gedanke. Widerwillig sah sie ihm nach. Er hatte gerade die Tür erreicht.

»Warten Sie.«

Er wartete. Immer noch mit diesem widerwärtigen Grinsen.

»Was ist passiert?« fragte sie ihn. »Bei der Auktion, mit den *Drei Weisen.* Peter hat gesagt... Was ist passiert?«

»Machen Sie sich da mal keine Sorgen«, antwortete Richard Storm. »Wie ich Ihrem Vater gesagt habe: Ich riet Ihrem Mädchen, auszusteigen. Sie waren schon bei einer halben Million, ohne daß ein Ende abzusehen war.«

»Eine halbe... eine halbe Million Pfund?«

»Sie haben richtig gehört, Kleine, und es wäre noch endlos so weitergegangen. Darum habe ich Ihre Dame zurückgepfiffen.«

Wieder einmal begann sich Sophias Verstand zu vernebeln – zu vernebeln und zu drehen und zu pulsieren. »Warten Sie... heißt das, mein Vater... die Galerie... wir haben das Bild nicht gekauft?«

»Ganz recht. Aber, hey, sparen Sie sich bitte, sich noch einmal zu bedanken – ich gehe schon.«

»Ja, aber wer...?« brachte sie schließlich hervor.

Aber er war bereits gegangen.

3

»Das Problem mit den Amerikanern ist, daß sie in allem so komisch direkt sind, daß man unmöglich sagen kann, worum es ihnen wirklich geht.«

Jetzt war es ihr Vater, Sir Michael, der, eine Stunde später und eingerahmt von den nachtdunklen Fensterscheiben, am Fenster stand. Energiegeladen und riesig in seinem schwarzen Anzug. Mit seinem roten Seideneinstecktuch, der roten Seidenkrawatte. Die Hände hinter dem Rücken verschränkt. Die mächtige Stirn in tiefen Falten.

Sophia, von mehreren Kissen gestützt, beugte sich über den Schwenktisch, den man ihr hingeschoben hatte. Stocherte mit einer Gabel in dem klumpigen weißen Etwas auf ihrem Teller herum. Und dachte immer noch über Richard Storm nach.

Sie wurde wieder deprimiert, sogar noch stärker als zuvor. Das Krankenhauszimmer schlug ihr aufs Gemüt. Es begann sie nach unten zu ziehen wie ein bleierner Schal. Es war eine Privatklinik, luxuriös wie ein gutes Hotel. Ringsum gab es freundliche blaue Wände. Drucke von Ruderern, Eisläufern. Ein buntes Muster mit Schwalben, Hahnenfuß und Seerosen auf den Vorhängen. Ihren eigenen Sekretär, ihren eigenen Fernseher. Aber unter dieser Oberfläche, fand sie, war es richtig trostlos. Die Möbel, von irgendeiner Maschine ausgespuckt, mit einer flüchtig aufgetragenen Schicht Fabrikschellack gebräunt – sie erfüllten sie mit Abscheu. Und von dem eisigen Metall des Bettgestänges fühlte sie sich eingesperrt. Und das forsche Tappen der weichen Schuhe der Schwester draußen auf dem Gang machte sie nervös.

Aber vor allem fand sie den Raum belastet vom Bild ihres eigenen Selbstmords. Die Erinnerung – fast eine Vision –, wie ihr Körper vom Geländer der Galerie baumelte. Dieses Bild hatte sich in der Luft des Raums festgesetzt. Ihr Körper, wie er sich zappelnd drehte. Sekunden vor dem Tod – vor einem Tod aus Versehen –

einem schrecklichen Versehen. Und dann war Storm gekommen.

Storm war gekommen. Und hatte die Tür eingeschlagen. Und war zu ihr gerannt. Und hatte sie hochgezogen. Sie hatte immer noch einen blauen Fleck an der Stelle, wo er sie am Oberarm gepackt hatte.

»Was führt der Kerl nur im Schilde?« begann Sir Michael erneut. Vor Anspannung innerlich kochend, wippte er auf den Zehen. »Treibt sich hier rum. Stiehlt sich in dein Zimmer. Wir haben ihm Geld angeboten. Was will er?«

Sie spielte weiter mit ihrem Essen herum. Komisch, aber sie wußte, der Große Mann käme nie auf die Idee, daß Storm sie schlicht und einfach mochte. Sehr sogar.

Nachdenklich begann Sir Michael am Fußende ihres Betts auf und ab zu gehen. Das Kinn gesenkt, die Augenbrauen zusammengezogen wie Regenwolken. »Irgend etwas Amerikanisches«, fuhr er schließlich sinnierend fort. »Was machen sie in so einem Fall da drüben? Sich gegenseitig verklagen? In einer Talk-Show auftreten? Er kann doch nicht vorhaben, uns zu verklagen – nicht vor einem britischen Gericht. Und ich habe ihm doch *Geld angeboten.*«

Sophia dachte an den lächerlichen Storm und mußte lächeln. *Also hängen Sie sich nicht mehr auf, klar?* »Er wird uns nicht verklagen.«

Sir Michael blieb direkt vor ihr stehen. »Um Gottes willen, du glaubst doch nicht etwa, er tritt in einer Talk-Show auf?«

Sie bedachte ihn mit einem genervten Blick. »Nein, Daddy.«

»Ich meine, du hast ihm doch nicht... dein Herz ausgeschüttet oder etwas dergleichen?«

»Wohl kaum.«

»Hm. Gut. Trotzdem, ich traue ihm nicht.« Er schritt zum Fenster zurück. Blieb dort, auf den Absätzen schaukelnd, stehen. Blickte würdevoll auf die Szenerie dahinter hinaus – was immer dort auch zu sehen war. Sophia wußte es nicht, sie hatte noch nicht hinausgesehen. Nach einer Weile sagte er: »Er hat nicht zufällig etwas über die Auktion gesagt, oder?«

Sophia legte langsam ihre Gabel nieder. Ließ sich in die Kissen zurücksinken. Verdrehte die Augen. Sie sah sein Gesicht in der Fensterscheibe gespiegelt, ein schwaches, dunkles, fleckiges Bild von ihm, die Augen unergründlich. Und niedergeschlagen wurde ihr klar: Genau so würden sie darüber sprechen. Auf diese undeutliche, elliptische Art. So, wie sie über alles sprachen. Als wüßten sie auch ohne Worte Bescheid, was Sache war, ohne daß es laut gesagt werden mußte. Als wäre der stumme Subtext ohnehin allen bekannt. Ihr ganzes Leben lang hatte sie angenommen, daß Menschen in Familien so miteinander kommunizierten. Doch gerade jetzt fand sie das furchtbar frustrierend. Weil sie nämlich *nicht* wußte, was Sache war. Sie hatte nicht die leiseste Ahnung. Sie hätte sich sogar fast umgebracht, weil sie nicht die leiseste Ahnung hatte. Sie hatte das alles inzwischen so satt, diese ganzen feinen Andeutungen und Endering-Machenschaften. Sie mußte wieder an Richard Storm denken.

»Nichts Besonderes«, antwortete sie mit belegter Stimme. »Er hat nur kurz erwähnt, daß er Jessica bei einer halben Million geraten habe, auszusteigen.«

»Ja«, murmelte Sir Michael, wie zu sich selbst. »Komisch, daß er das getan hat. Ganz schön unverschämt. Komisch.«

»Du wolltest doch nicht etwa so viel dafür bezahlen, oder?«

Statt einer Antwort hob er nur die Schultern.

Darauf trat eine lange Pause ein. Sophia hatte das alles so satt, und sie war schrecklich deprimiert. Sie wollte nicht noch einmal damit anfangen. Aber irgendwie schien es ihr unvermeidlich. Vorsichtig fragte sie: »Wer hat es denn schließlich ersteigert?«

Noch einmal hob Sir Michael seine mächtigen Schultern. »Das ist alles etwas nebulös. Ein Mann übergab im Auftrag einer Stiftung einen Scheck. Kinder der Hoffnung hieß sie, glaube ich. Der Scheck war gedeckt. Aber die Stiftung selbst scheint es nicht zu geben. Niemand weiß, wer der Kerl ist. Niemand hatte ihn vorher schon mal gesehen.«

Sophia sah ihren Vater an, sah ihn lange an. Kinder der Hoffnung? dachte sie. Und das sollte der Leibhaftige persönlich sein? Weil sie geglaubt hatte, es wäre ihr Vater, hatte sie sich fast erhängt, und nun war es eine nicht existierende Organisation? Kinder der Hoffnung? Aber warum hatte dann Sir Michael *Die drei Weisen* unbedingt haben wollen? Wußte er von den ermordeten Resurrektionisten? Hatte er etwas über sie gehört? Warum hatte er nicht ganz offen mit ihr darüber gesprochen, sie vor dem bewahrt, was sie sich um ein Haar angetan hätte? Gerettet hatte sie Storm, ein Fremder. Warum nicht ihr eigener Vater?

»Daddy ...«, setzte sie an.

»Ach, das war nur so ein Spleen von mir«, schnitt Sir Michael ihr das Wort ab und drehte sich zu ihr um. »Ich mochte Reinhart schon immer und wollte das Bild einfach gern haben. Nur ein Spleen.«

Sie verstummte. Die Lüge kränkte sie. Er kam an ihr Bett. Nahm ihre Hand in seine mächtige fleckige Pranke.

»Alles, was jetzt zählt, ist, daß du wieder auf die Beine kommst. Schlag dir diesen Unsinn einfach aus dem Kopf.« Verlegen blieb er neben ihr stehen. Rührend besorgt, unbeholfen, hilflos angesichts dessen, was er zweifellos für ihn unerklärliche weibliche Probleme hielt. »Schau mal«, fuhr er behutsam fort. »Selbst auf die Gefahr hin, fürchterlich ichbezogen zu erscheinen – es ist vor allem der Zeitpunkt, der mich darauf bringt ... Was ich meine, ist: diese verrückte Geschichte da gestern in der Galerie – das hatte doch nichts mit uns zu tun, oder? Mit mir, meine ich?«

Sophias Lippen gingen mehrere Male auf und zu, bevor sie in der Lage war, ihm zu antworten. »Du bist fürchterlich ichbezogen«, sagte sie schließlich sanft. »Nein. Jetzt mach dich doch nicht lächerlich. Es war einfach nur eine meiner schwarzen Phasen, mehr nicht. Aber das ist jetzt vorbei, und ich komme mir furchtbar dumm vor.«

»Ah.« Er richtete sich sofort auf. Lächelnd, zufrieden. »Gut. Also, dann weiter so.« Er ließ sie los, schlug mit einem hohlen Knall die Handflächen zusammen. »Vielleicht kriegen wir den nächsten.«

Aus ihren eigenen Gedanken gerissen, blickte sie abwesend zu ihm auf. »Den nächsten?«

»Ja. Seit der Auktion kursieren allerlei Gerüchte, daß *Die Drei Weisen* nicht das einzige Bild des Reinhart-Triptychons sind, das im Osten aufgetaucht ist. Es heißt, auch die *Madonna* wird vielleicht bald zum Verkauf kommen.«

»Die *Madonna*?«

»Ja«, bestätigte Sir Michael und rieb sich die Hände. »Gerüchten zufolge befindet sie sich im Besitz des dritten Bieters – desjenigen, der am Telefon mitgeboten hat. Und er sucht angeblich einen Käufer für das Bild.«

»Oh«, sagte Sophia und schloß die Augen.

Sie hatte das alles gründlich satt. Und deprimiert war sie auch. Und allein. *Und sie hatte Angst* – vor allem, während die Nacht auf den Morgen zuging. Es ging ihr nicht mehr aus dem Kopf. *Die drei Weisen* – die *Madonna* – die Resurrektionisten – Jon Bremers zerstochene Augen … Sie sollte zur Polizei gehen – doch was, wenn dies zur Verhaftung ihres Vaters führte? Oder zu seinem Ruin? Beides hätte ihn mit ziemlicher Sicherheit in den Tod getrieben. Außerdem konnte sie der Polizei nicht trauen. Egal, wer dieser Leibhaftige war – Jon Bremer hatte gesagt, er könne Kontakte zu Polizeikreisen haben. Er konnte Kontakte zu allen möglichen Kreisen haben.

Eigentlich durfte sie niemandem trauen, eigentlich durfte sie mit niemandem sprechen. Was allerdings nichts Neues war. Sie war noch nie imstande gewesen, jemandem zu vertrauen oder mit jemandem zu sprechen. Sie hatte noch keinem Menschen von ihrem alten Verdacht, Sir Michael betreffend, erzählt – oder von ihren Kindheitserinnerungen an jene Nacht in Belham Grange. Und deshalb würde alles immer so weitergehen, wenn sie dem kein Ende machte.

Dann begann wieder dieser Alptraum, der ihr schon seit Wochen zu schaffen machte. Eigentlich schon seit Jahren. Eigentlich, wenn man so wollte, schon ihr ganzes Leben lang. Daher erhob sie sich von ihrem Krankenhausbett, sobald der Himmel sich langsam mit einem matten Grau tränkte. Ging ans Fenster. Teilte mit ihren Handgelenken die Vorhänge, griff zwischen ihnen hindurch und schob das Fenster hoch. Die kalte Morgenluft schwappte über sie hinweg, drang durch den dünnen Baumwollstoff ihres Nachthemds. Sophia vernahm das Rauschen von Autoreifen im Regen. Den Wind, der durch die Platanen strich. Sie hob den Kopf, um auf die Straße hinunterzusehen.

Sie befand sich im Erkertürmchen des alten viktorianischen Baus, im dritten Stock. Durch die Zweige hindurch konnte sie hinter der breiten Kreuzung die stumpf schimmernde Themse sehen, die unter der Chelsea Bridge träge gegen die hereinkommende Flut andrängte. Ein Kormoran flog schwarz über die weißen Trossen der Brücke, in die Richtung, in der sich die Wolken für die schwache Morgendämmerung teilten.

Und sie dachte: *Ja. Ein Sturz von hier oben, und die Sache wäre ein für allemal erledigt.*

Da ertönte hinter ihr ein lautes *Wumm*, gefolgt von einem dumpfen Knall. Die Tür war aufgeflogen und gegen die Wand gekracht. Als Sophia sich umblickte, sah sie Richard Storm hereinschlendern, sein idiotisches Grinsen umrahmt von einem Strauß aus Rosen und Freesien, den er so hielt, als habe er ihn eben aus dem Zylinder eines Zauberers gezogen.

»Einen wunderschönen guten Morgen«, sagte er. »Da bin ich wieder. Wie Sie sehen, bin ich nicht unterzukriegen. Wie geht es Ihnen?«

»Ich bin froh, daß Sie gekommen sind, Mr. Storm«, sagte Sophia ruhig. »Ich brauche Ihre Hilfe.«

4

Bumm-bumm. Bumm-bumm. Bumm-bumm.

Zwischen dem Dämon Asmodeus und einem Porträt Ogopogos, des Zeuglodonten vom Okanagan-See, hatte

Storm ein leeres Stück gelbgestreifter Wand gefunden, gegen das er immer wieder mit der Stirn schlug. Er tat dies mit kurzen Unterbrechungen, in denen er Sophias Namen hervorstieß, schon mehr als eine halbe Stunde lang, und es machte Bernard total wahnsinnig. Das Faktotum von *Bizarre!* war auf einer Art Traumweltsuche im Internet, wo er Meldungen über einen Kobold verfolgte, der anscheinend von Baffin Island über die Hudson Bay gekommen war und nun angeblich nach Saskatoon hinunter unterwegs war. Bernard, der auf seinem Schreibtischhocker hin und her schaukelte und mit einer Hand auf die Tastatur eintippte, befand sich gerade in elektronischem Kontakt mit einer gewissen Gwen, der Tochter eines Kupferminenarbeiters, die ihrerseits fieberhaft Meldungen sammelte und weiterleitete, denen zufolge ein zehn Zentimeter hoher grüner Lichtschein mit einer Förstermütze damit beschäftigt war, in einem gelbbraunen Weizenfeld irgendwo südlich ihres Heimatorts Haferkekse zu backen. Das erforderte ein gewisses Maß an Konzentration. Und was Storm da auf der anderen Seite des Büros machte – *bumm-bumm, Sophia, bumm-bumm, Sophia* –, konnte einen an den Rand des Wahnsinns treiben.

Schließlich hob Bernard sein Engelsgesicht zu den Göttern – so da welche waren –, gab auf und loggte sich aus. Er schwang herum, um Storm anzusehen. Der stand mit dem Rücken zu ihm, die Hände in den Taschen seiner Jeans, den Kopf gesenkt, und wankte gemächlich vor und zurück, um seine Stirn in Kontakt mit der Wand zu bringen.

»Irgendwie kann ich mich des Eindrucks nicht erwehren, daß du dich im Moment nicht besonders wohl fühlst«, bemerkte Bernard.

Storm sah ihn an, als habe er ihn erst jetzt bemerkt.

»Fix und fertig bin ich«, sagte er. »Genau so fühle ich mich. Fix und fertig.«

Aber zu Bernards unendlicher Erleichterung hörte er mit seinen Selbstattacken auf und ging bedrückt auf den Übertopf in der Ecke zu, aus dem ihm irgendein ausgestopftes Etwas mit riesigen Augen entgegenglotzte. Er blieb davor stehen und glotzte zurück.

Bernard wartete, beobachtete ihn wehmütig. Daß sein amerikanischer Kollege krank war, hatte er sich bereits gedacht. Doch als er jetzt die Ringe unter seinen traurigen Augen bemerkte und registrierte, wie unnatürlich blaß seine kantigen Gesichtszüge waren, gelangte er zu der Überzeugung, daß es Storm sogar noch schlechter ging, als er gedacht hatte. Das gefiel ihm ganz und gar nicht. Dazu kam noch, daß er zu gelegentlichen hypochondrischen Anfällen neigte und sich am liebsten gar keine Gedanken über solche Dinge machte.

»Weißt du, wie es ist«, fragte Storm, »wenn man eine Frau ... einfach ... in ein Glas gießen und sie ... einfach ... runterschlucken will – in einem Zug, mit Leib und Seele runterschlucken?«

Bernard runzelte verständnislos die Stirn. »Eigentlich nicht. Mich darfst du da nicht fragen.«

»Ach was«, sagte Storm. »Andere Veranlagungen ...« Er zuckte mit den Achseln. »Jedenfalls kannst du mir glauben, daß dir nichts entgeht. Ich schwöre bei Gott, ich begreife sie nicht.«

»Wenn ich recht informiert bin, gehört das dazu.«

»Nein, ich meine Harper. Ich verstehe nicht, warum sie mir geraten hat, mich darauf einzulassen. Was, glaubte sie wohl, würde dabei herauskommen?«

Bernard antwortete nicht. Ein langes Bein weit von sich gestreckt, schwenkte er mit dem Absatz seines Turnschuhs den Hocker herum. Auch er hatte seine

Zweifel, was Harpers Motive anging, aber im Moment schien es das beste, seine Meinung für sich zu behalten.

Plötzlich hob Storm den Kopf. Ließ den Blick durch das Büro gleiten, als sähe er es zum erstenmal: die Zeitschriftentitel mit den Fotos von seltsamen Wesen, die seltsamen Kreaturen in den überall herumstehenden Aquarien, die brüllenden Träger, die den Kaminsims stützten, und den fleischfressenden Kaktus, der die hohen Fenster und den sich verdunkelnden Winterhimmel über World's End anhechelte.

»Wie ist das eigentlich? Gehört dieses Büro ihr?« fragte er. »Das ganze Haus? Woher hat sie das Geld dafür?«

Bernard lächelte. Das war schon besser. Er liebte Klatsch. Und das war genau eine jener relevanten Fragen, die der Mann aus Hollywood so oft zu stellen versäumte.

»Ah«, sagte er, machte es sich bequem und hob vornehm eine Hand. »Dem entnehme ich, daß sie dir noch nichts über ihren Vater erzählt hat. Ihren Magwitch ...«

»Magwitch? Was soll denn das für ein Name sein? Wie kann Ihr Vater Magwitch heißen?«

Bernard seufzte. »Nein, nein, ihr Vater *heißt* nicht Magwitch ...«

Doch genau in diesem Moment ertönte unten im Erdgeschoß ein Geräusch. Riegel und Bolzen schepperten. Man konnte hören, wie die Eingangstür geöffnet wurde. Bernard legte einen Finger auf die Lippen.

»Haltet ihr es für möglich, daß wir es bei den Retikulen der mittelalterlichen Architektur mit einem unterbewußten Nachempfinden der Zellwandstruktur der frühesten Einzeller zu tun haben?« rief Harper vom Eingangsflur herauf.

Die beiden Männer sahen sich kopfschüttelnd an.

Anhand des Knarzens, Schlagens, Schepperns und Polterns – nicht zu reden von Harpers fortwährenden Rufen – konnten sie genau verfolgen, an welcher Stelle des Hauses sie sich gerade befand. In der Diele hängte sie ihren Umhang auf. Von dort schlurfte sie zum Kamin, wo sie unweigerlich ihre Pfeife anzündete. Dann war sie offensichtlich am Getränketablett und schenkte sich aus dem Krug neben dem präparierten Tatzelwurm ein Glas Wasser ein.

»Es gibt Leute, die behaupten, ein Plattwurm, der sich einen anderen einverleibt, kann hinterher ohne jede Unterweisung das Verhalten imitieren, das sein Opfer zu seinen Lebzeiten erlernt hat«, fuhr sie fort. Dann machte sie eine Pause, um zu schlucken. Storm preßte die Handballen an seine Schläfen. Bernard verdrehte nur die Augen. Inzwischen ertönten Harpers schleppende Schritte von der Treppe, und ihre Stimme wurde lauter, je weiter sie nach oben kam. »Wir wissen, daß Instinkte vererbbar sind«, rief sie, »aber könnte nicht auch die Substanz eines komplexeren Gedächtnisses mit immer komplexeren Mitteln weitergegeben worden sein, bis die Schmiede einer Seele nicht nur das Gewissen ihrer Rasse enthält…« – sie erschien in der Türöffnung, außer Atem, auf ihren Stock gestützt, mit der freien Hand nachdenklich das Mundstück ihrer Pfeife in ihr Kinn bohrend –, »…sondern das der ganzen Schöpfung?«

»Ich glaube nicht«, sagte Bernard.

»Ah«, sagte Harper. »Tja, dann sollten wir vielleicht bei der Titelstory über Riesenblutegel bleiben.«

Sie trat über die Schwelle und ließ ihren Stock gegen einen der brüllenden Gebälkträger fallen. Fischte einen braunen Umschlag aus ihrer Handtasche und humpelte durch den Raum, um ihn in ein Fach auf Bernards

Arbeitsplatz zu stecken. Humpelte zurück zur Chaiselongue vor den hohen Fenstern. Und ließ sich mit einem gewaltigen Stöhnen darauf niedersinken.

Bei all dem sah Storm ihr zu. Bernard ebenfalls. Sie zog ihre Schuhe aus, massierte sich die Füße, und auch dabei sahen sie ihr zu. Sie streckte sich auf der Chaiselongue aus. Strich den rankenbedruckten Stoff ihres Kleids glatt – ein unordentliches Durcheinander aus grünen Blättern und violetten Trauben. Die beiden Männer beobachteten sie und schwiegen.

»Was?« rief sie endlich? »Was? Was ist los?«

Storm schüttelte den Kopf, hob eine Hand. »Wie konnten Sie ihr das antun, Harper?«

»Ah.« Ihre Pfeife war bereits wieder ausgegangen. Sie deutete mit dem Stiel auf ihn. »Demnach hat Miß Endering Sie also um Hilfe gebeten.«

Immer noch kopfschüttelnd ging er zum Fenster, in ihre Nähe. Lehnte sich mit der Schulter an die Wand, blickte in die Dämmerung hinaus. »Als ich heute morgen zum Krankenhaus ging und einen Blick nach oben warf, sah ich sie in einem, ich weiß nicht, in einer Art riesigem Erker stehen. Sie sah aus wie eine in einem Turm gefangene Märchenprinzessin.«

»Haha«, sagte Harper Albright.

»Und kaum hatte ich ihr Zimmer betreten, sagte sie, daß sie sich mit mir treffen will. Heute abend. Heimlich. Sie sagte, sie möchte auf keinen Fall, daß ihr Vater etwas davon erfährt.« Einen Augenblick lang drückte er die Augen so fest zu, daß sie schmerzten.

Doch Harper antwortete nur: »Gut. Bestimmt hat sie Ihnen etwas Wichtiges zu erzählen. Wahrscheinlich etwas, das sie schon eine Ewigkeit mit sich herumträgt und nun endlich loswerden möchte. Ich bin sicher, sie wird Ihnen alles erzählen.«

»Sie kennt mich doch kaum, Harper.«

»Ich bitte Sie. Sie haben ihr das Leben gerettet! Und das auch noch auf eine Art, die reif fürs Kino wäre. Wenn sie eine Prinzessin in einem Turm ist, sind Sie ein Ritter in schimmernder Rüstung. Und außerdem kann ich mich des Verdachts nicht erwehren, daß sie sonst niemanden hat, dem sie vertrauen könnte.«

Seine Hand fuhr wieder in die Höhe. Sein Ton war vorwurfsvoll. »Genau das fürchte ich.«

In Harpers Brille blitzte das letzte Licht des Tages auf und verdeckte ihre Augen. Doch Bernard konnte sehen, wie ihre faltigen Züge weicher wurden, als sie zu dem Amerikaner aufblickte. »Sie ist ein großes Mädchen, Richard, mein junger Freund. Eine erwachsene Frau. Sagen Sie ihr die Wahrheit, dann kann sie selbst entscheiden.«

Storm drehte sich herum, bis er mit dem Rücken an der Wand lehnte. Einen Moment lang war sein Gesichtsausdruck nackt, verloren, fast kindlich.

»Ich weiß nicht, ob ich es ihr sagen kann«, sagte Storm. »Ich weiß einfach nicht, ob ich es ihr sagen kann.«

Danach waren sie alle still, und eine traurige Stimmung herrschte im Raum. Storm blickte zu der Hängelampe an der Decke hoch. Bernard betrachtete die Spitzen seiner Turnschuhe, Harper den Totenschädel ihrer Pfeife.

Dann stieß sich Storm von der Wand ab. Ohne ein Wort ging er zur Tür. Blieb dort stehen, die Hände in den Hosentaschen. Sah stirnrunzelnd auf Harpers Hinterkopf hinab.

»Wie konnten Sie mir das antun?« fragte er ruhig. »Ich meine, für mich war die Sache doch gelaufen. Verstehen Sie denn nicht? Ich hatte doch schon mit allem abgeschlossen. Die Leinen waren gekappt. Ich war gewissermaßen schon in See gestochen und hatte mich damit abgefunden. Verstehen Sie? Und jetzt …«

Bernard wartete auf Harpers Antwort, aber sie gab keine. Sie betrachtete weiter ihre Pfeife. Und nachdem Storm noch einen Moment lang gewartet hatte, ging er hinaus.

Dann allerdings – als Storm weg war – kam Harper plötzlich auf die Beine. Tappte in Strümpfen über das Rosenmuster des Teppichs. Tippte mit dem Pfeifenstiel wieder an ihr Kinn. Murmelte voll grimmiger Erregung vor sich hin.

»Langsam kommen wir der Sache näher, Bernard. Langsam kommen wir voran. Heute abend, an einem der nächsten Abende, werden wir mit Hilfe dessen, was Richard herausfindet, was *ich* vielleicht herausfinde, möglicherweise alles verstehen. Alles!«

Bernard stand abrupt auf, hielt dann jedoch inne, um zu seiner gewohnten Grazie zurückzufinden. Floh schließlich, um sich Harpers Blicken zu entziehen, in den angrenzenden Lagerraum. Er war zutiefst aufgewühlt und wollte nicht, daß sie es sah.

Der Lagerraum war klein, ohne Fenster. Dort wurden alte Ausgaben der Zeitschrift gestapelt. Ordner mit Zeitungsausschnitten. Schachteln mit Bleistiften, Rasiermessern, Layoutbögen. Ein kaputtes Wachsklebegerät. Hauptsächlich Dinge, die Bernards Computer zwar überflüssig gemacht hatte, die Harper aber trotzdem aufheben wollte. Außerdem gab es dort ein Waschbecken und einen kleinen Kühlschrank mit einem Wasserkocher darauf. Und Beutel und Schachteln mit allem, was nötig war, um Tee, Kaffee und Kakao zu machen.

Eine Dose mit alten Keksen. Bernard mampfte einen davon, während er den Wasserkocher füllte und einschaltete.

Er hörte, wie Harper draußen im Büro auf und ab ging und vor sich hin murmelte: »Anmaßend. Anmaßend, ja! Da hat er sich nun aus lauter Überheblichkeit aus seiner Deckung hervorgewagt. Nach all den Jahren. Ein Fehler. Endlich. Heute abend werden wir der Wahrheit näherkommen.«

Bernard hängte je einen Teebeutel in zwei schwarze Keramikbecher. Betrachtete den zischenden Wasserkocher mit gesenkten Lidern.

»Wie lang, glaubst du, hat Richard noch zu leben?« rief er nach einer Weile zu ihr hinein.

Er hörte, wie ihre Schritte verstummten. Rings um sein Gesicht stieg Dampf auf. Der Wasserkocher schaltete sich mit einem Klicken automatisch ab.

»Keine Ahnung«, antwortete sie brummig. »Aber ich fürchte, er wird spätestens in einem Jahr ärztliche Hilfe benötigen.«

Bernard nickte. In seinem Bauch machte sich ein Brennen breit. Er goß Wasser in die Tassen. »Und du findest nicht, es könnte vielleicht ein klitzekleines bißchen – sagen wir mal – unverantwortlich sein, ihn auf diese Weise zu benutzen? Ihn Sophia Endering aushorchen zu lassen, meine ich, obwohl er doch ganz offensichtlich in sie verliebt ist?«

Sobald die Becher voll waren, wurden an ihren schwarzen Seitenwänden Bilder sichtbar: die weiß überkuppelten, hohläugigen Gesichter von Außerirdischen. Sie waren in wärmeempfindlicher Farbe aufgetragen und kamen erst durch die Hitze zum Vorschein. An sich waren die Becher lächerlicher Kinderkram, mit dem *Bizarre!* Abonnenten werben wollte. Aber aus irgendeinem Grund hatte Harper jedesmal von neuem ihre Freude an dem Effekt.

»Haha!« sagte sie, als Bernard mit den Teetassen ins Büro kam und ihr eine davon reichte. Inzwischen saß sie auf der Kante der Chaiselongue, war wieder in ihre Schuhe geschlüpft. Während Bernard sich auf seinen Hocker zurückzog, führte sie den Becher mit beiden Händen an ihre Lippen und blies behutsam auf den Dampf, der ihre Brille beschlug.

»Wenn er benutzt wird, dann nicht von mir«, hob sie schließlich wieder an. »Du hast doch selbst gesagt: Storms Auftauchen hat den Stein ins Rollen gebracht. Was seitdem passiert ist, steht in engem Zusammenhang mit seiner Person, und das unter Umständen schon von Anfang an. Die Geistergeschichte, die er auf der Party vorgelesen hat, seine Beziehung zu dem Mädchen, sogar seine unsinnige Gespensterjagd – das alles hat eine Rolle gespielt. Einen Helden führt das Schicksal an der Hand, Bernard, alle anderen zieht es bloß hinter sich her. Für Richard Storm stellt sich nur noch eine einzige Frage: Wird er der Held seines eigenen Lebens werden oder nicht?«

»Und Sophia Endering?«

Harper wackelte mit dem Kopf. »Wenn ich sie wäre, würde ich mich in ihn verlieben.«

»Und dir das Herz brechen lassen.«

»*Aufbrechen*, ja.«

Bernard konnte sich nicht mehr beherrschen. »Mein Gott!« stieß er hervor und stellte seinen Becher mit einem achtlosen Knall neben die Tastatur seines Computers. »Nachdem du vorhin selbst von anmaßend gesprochen hast! Du bist genauso anmaßend wie Iago.«

Harper nickte bedächtig. »Er geht seinen Weg, ich den meinen.«

Bernard schwang auf seinem Stuhl herum, fort von ihr, zurück zu seinem Computer. Legte ziellos bald hier, bald da eine Hand auf seinen Arbeitsplatz, suchte etwas, auf das er seine Aufmerksamkeit richten konnte, um seine Gefühle nicht zeigen zu müssen – was er grundsätzlich nur sehr ungern tat. Dabei stieß er schließlich auf den braunen Umschlag, den Harper in eins seiner Fächer gelegt hatte. Er nahm ihn heraus. Öffnete ihn. Zog ein Blatt Papier hervor.

»Und was ist das?«

»Ach, ja, das ist das, was ich mit heute abend gemeint habe.« Harper stellte ihren Becher auf einen Beistelltisch und stand auf. Reckte sich, griff nach ihrer Pfeife, nach ihrer Handtasche. »Das ist eine Ballade aus dem vierzehnten Jahrhundert mit dem Titel *Young William*. Ich habe sie in der London Library in einer Anthologie entdeckt. Unter Berücksichtigung deiner progressiven Erziehung habe ich sie dir aus dem Mittelenglischen übersetzt.«

»Na großartig.«

»Ich halte sie für eine weitere Bestätigung meiner Vermutung, daß *Black Annie, Der Turm des Alchimisten* und *Die drei Weisen* von einer früheren Quelle, wahrscheinlich englischen Ursprungs, inspiriert wurden, die vermutlich bis ins dreizehnte Jahrhundert zurückreicht. Die Ähnlichkeiten sind zu offenkundig, um übersehen werden zu können.«

»Und das findest du interessant?«

Sie hatte wieder ihren Stock genommen und war neben dem Kamin stehengeblieben. Sah ihn von dort finster an, ihre gedrungene Gestalt nicht viel größer als der groteske Gebälkträger neben ihr. »Bernard«, sagte sie, und zog dabei die Silben tadelnd in die Länge. »Bernard, Bernard. Ich finde es alles mögliche. Überleg doch mal selbst. Iago ist hinter dem Reinhart-Triptychon her, und es scheint ihn nicht im geringsten zu kümmern, wer alles davon erfährt. Im Gegenteil, er *möchte,* daß es die Leute erfahren, damit sich die Besitzer der zwei anderen Bilder melden. Das einzige, was ihm Sorgen macht, ist, daß jemand herausbekommen könnte, *warum genau* er so brennend an dem Triptychon interessiert ist.«

»Und die Antwort liegt in diesen ganzen Geschichten versteckt?«

»Genau. Sie sind zumindest die Spur – die Spur, von der unser Hexerfreund Dr. Mormo die ganze Zeit gefaselt hat. Eine Spur von Geistergeschichten, die Iago, so vermute ich, überhaupt erst auf das Triptychon gebracht haben und die nun vielleicht auch uns auf des Rätsels Lösung bringen werden.«

Bernard sah das Blatt mit der Ballade stirnrunzelnd an.

»Das muß es sein«, fuhr Harper fort. »Wie du vielleicht schon gemerkt hast, begann Iago sich erst von dem Zeitpunkt an für uns zu interessieren, als ich Jorge bat, nach dem *Turm des Alchimisten* zu forschen – nach der Erzählung, die ein wichtiges Bindeglied zwischen den anderen Geschichten und den Gemälden darstellt. Denn kaum hatte ich das herausgefunden, hetzte er uns seine Schläger auf den Hals. Und wenn es mir jetzt gelingt, diese Spur zum gemeinsamen Ursprung all dieser Geschichten zurückzuverfolgen …«

»Dann läßt er uns von seinen Gorillas vielleicht sogar umbringen.«

»Hm, tja … Genau das versuche ich gerade herauszufinden. Einem versteckten Hinweis in der Anthologie zufolge gibt es einen Zusammenhang zwischen dieser Ballade und einer Arbeit von niemand Geringerem als

M.R. James, dem Doyen der englischen Geistergeschichte. Deshalb werde ich Mrs. Ponsonby einen Besuch abstatten. Und wenn sie mir hilft, ein weiteres Glied in der Kette zu schließen, und wenn es meinem jungen Freund Richard gelingt, Miß Enderings Abwehr zu durchbrechen… wer weiß?«

Mit einiger Mühe hatte Bernard zu seiner gewohnten Nonchalance zurückgefunden und saß nun, die Augen von seinen langen Wimpern verschleiert, weit zurückgelehnt auf seinem Hocker.

»Und was soll das für ein Geheimnis sein?« fragte er betont beiläufig, als Harper sich zum Gehen wandte. »Diese Sache, die Iago unbedingt haben will – meinst du, es ist eine Art Geheimwaffe? Der Schlüssel zur Weltherrschaft oder etwas Ähnliches? Verfolgt er irgendwelche politischen Ziele? Irgendeine dieser Weltverbesserungsideen, die dann, in die Praxis umgesetzt, die Welt erst recht zur Hölle machen? Wenn das nämlich alles ist, kann er ruhig schon mal den Champagner rausholen: An diesem Punkt sind wir doch längst.«

Harper blieb auf ihrem Weg zur Tür lange genug stehen, um ihn mit einer hochgezogenen Augenbraue ansehen zu können. »Du bist noch zu jung, um schon so zynisch zu sein. Und ich bin zu alt und zu weise. Nein, mit Politik hat das bestimmt nichts zu tun. Es gibt nur zwei Dinge, die Iago und ich miteinander gemein haben. Und eins davon ist, daß uns herzlich egal ist, welche Weltanschauung jemand vertritt. Wir halten es beide für vollkommen unerheblich, ob jemand im Namen von Rassismus oder Brüderlichkeit, Unterdrückung oder Freiheit, Gott oder Teufel foltert und mordet. Geschichte wird nicht von der Hand guter Absichten geschrieben. Was zählt, sind einzig und allein die Taten.«

»Glaubst du das wirklich?«

»Ich glaube nichts.«

»Oh.«

»Bis dann. Ich muß los.«

»Ein bißchen seltsam vielleicht.«

»Haha.«

»Was ist das andere, das du mit Iago gemein hast?« murmelte Bernard sarkastisch – doch als er es sarkastisch zu Ende gemurmelt hatte, hörte er bereits, wie die Eingangstür zufiel und ihr Stock über den Gehsteig in die Nacht davontickte.

5

Kurz danach bekam Harper schreckliche Angst.

Sie saß in einem Taxi, das sich von der Fulham Road die Drayton Gardens hinaufkämpfte. Gedankenversunken rieb sie sich mit einer faltigen Hand das faltige Kinn. Blickte abwesend am Kopf des Fahrers vorbei durch die Windschutzscheibe, auf die Scheinwerfer, die durch das Dunkel auf sie zukamen.

Nach und nach begann sich ein Phänomen Zugang zu ihrem Bewußtsein zu verschaffen. Das Taxi mußte immer wieder anhalten und im Zeitlupentempo dem entgegenkommenden Verkehr ausweichen, es fädelte sich zwischen geparkten Autos hindurch das schmale Straßenstück entlang. Und Harper merkte, daß ein unverhältnismäßig hoher Anteil dieser Fahrzeuge auffallend ähnliche Kennzeichen hatte. Immer wieder tauchte eine Kombination der Zahlen eins, drei und drei auf. 133, 313, 331 – zwei Zahlen, drei Varianten, immer wieder.

Stirnrunzelnd setzte sie sich auf und achtete nun ganz

bewußt darauf. Das Taxi erreichte gerade den Priory Walk. Links von ihr befand sich ein weitflächiger Ziegelbau, rechts ein Autohaus. Über dem Autohaus waren Bogenlampen angebracht, und der Gehsteig war von Straßenlaternen gesäumt. Bis zur Kreuzung mit der Old Brompton Road waren es vielleicht noch zweihundert Meter. Nicht besonders weit. Harper begann zu zählen.

Bis sie die Ampel an der Ecke erreichten, kamen neun Fahrzeuge entgegen. Von diesen hatten vier – ein Rover, ein Volkswagen, ein BMW und ein Volvo – folgende Zahlen auf ihren Nummernschildern: 133, 313, 331 und noch einmal 133.

Harper sagte sich, daß dies nur ein belangloser Zufall war. Etwas, das ständig passierte, jedem. Und doch kam ihr plötzlich ein Gedanke, bei dem ihr ein kalter Schauder über den Rücken lief.

Immer wenn wir uns dem Ziel nähern, wenn die Spur wieder heiß wird, nimmt sowohl die Häufigkeit zu, mit der sich Zufälle ereignen, als auch ihre Bedeutsamkeit. So hatte Bernard es ausgedrückt. *Immer wiederkehrende Zahlen, zufällige Begegnungen, unwahrscheinliche Verkettungen von Ereignissen. Das sind gewissermaßen die Spuren unserer Beute.*

Allerdings hielt sie inzwischen bewußt Ausschau danach – was die Sache verkomplizierte. Traten diese Zahlenverbindungen tatsächlich häufiger auf als andere, oder lag es nur daran, daß sie ganz besonders auf sie achtete und andere einfach übersah?

Wie dem auch sein mochte, als sich das Taxi durch die Seitenstraßen von South Kensington schlängelte, trat das Phänomen eine Zeitlang nicht mehr so oft auf. Harper beruhigte sich wieder und versuchte das Ganze mit einem Achselzucken abzutun.

Doch dann bog das Taxi in die Kensington High Street. Vor Marks and Spencers stand ein Zeitungsverkäufer mit der Spätausgabe des *Standard.* »1 Uhr 33 – Zug nach Nottingham entgleist.« Das Taxi kroch die Kensington Church hinauf, und aus dem Fenster eines Antiquitätenladens sprang ihr das Preisschild einer Messingglocke in die Augen: 313 Pfund. Der Wagen kam jetzt schneller voran und fuhr in nördlicher Richtung weiter nach Notting Hill. Harper sah zu dem angestrahlten Wohltätigkeitsthermometer unter dem Kirchturm von St. Peter hoch ...

Sie merkte, wie sie fröstelte und gegen ihren Willen dachte: *Nah. Er ist ganz nah.*

Wenige Augenblicke später fuhr das Taxi an den Straßenrand und hielt an.

»Da wären wir«, sagte der Fahrer und drehte sich lächelnd zu ihr um. »Portobello Road einhundertdreiunddreißig.«

Kaum hatte sich Rose Ponsonby, ihren neunzig Jahren entsprechend, vorsichtig in die lila Kissen auf dem Sofa sinken lassen, wurde sie von ihren Katzen umschwärmt. Sie miauten und schnurrten, reckten sich und beschnupperten sie. Als sie einen winzigen Bissen von ihrem Keks nahm, mußte sie ihren Teller hoch über ihre Köpfe heben.

»Nach meinem persönlichen Dafürhalten trägt ein Durchtrennen der Halsschlagader eindeutig orgastische Züge«, sagte sie in bezauberndem Tonfall. Ihre hohe Stimme war zittrig und brüchig. »Aber was den Gebrauch der Zähne angeht, konnten sich die anderen Damen überhaupt nicht einigen. Margaret vertrat eine völlig gegensätzliche Meinung und behauptete steif und fest, sie seien ganz und gar phallisch, wohingegen Joan – die langsam alt wird und nicht mehr so gut hört wie früher – fürchterlich laut schrie, ihre phallischen Züge seien lediglich ein Schutz, um schlichtere Gemüter vor der allzu offensichtlichen vaginalen Bedrohung eines mit Reißzähnen versehenen Mundes zu bewahren.« Sie kicherte selig. »Es gibt nichts Schöneres, als über *Theorien* zu diskutieren, nicht wahr? Sinnlose Feindseligkeit hat so etwas herrlich Stimulierendes, finde ich.«

»Ja, ja, unbedingt«, murmelte Harper – aber in Gedanken war sie ganz woanders. Von dem Tee in ihrer Blue-Willow-Tasse hatte sie noch nicht getrunken, den Keks auf ihrem Teller noch nicht gekostet. Während der letzten zehn Minuten hatte sie den Tabak in ihrem Meerschaumtotenschädel abwechselnd ausgedrückt und angesteckt, aber richtig geraucht hatte sie die Pfeife nicht. Sie saß auf der Kante eines alten rosafarbenen Nähstuhls, und um eines ihrer von Krampfadern überzogenen Fußgelenke hatte sich eine schwarze Manx geschlungen. Ihre nervösen Blicke schossen unablässig durch den kleinen Salon.

Der Raum war voll von Büchern – Regale mit Büchern, Bücherstapel, Bücher, die den Kamin verstopften, Bücher, die vom Kaminsims quollen. Und da die Erkerfenster auch noch mit schweren grünen Vorhängen verhängt waren und der runde Teetisch mit den nicht zusammenpassenden Polsterstühlen praktisch den gesamten restlichen Platz einnahm, bekam Harper langsam Platzangst. Denn sie bemerkte immer mehr kleine Begebenheiten, gefährliche kleine Vorfälle. Die Uhr auf dem Kaminsims zum Beispiel war um 3 Uhr 31 stehengeblieben. Die zwischen den Zutaten für den Tee herumliegenden Leihbücher waren ausnahmslos aus der Esoterikabteilung der Bibliothek und hatten alle die Indexnummer 133. In einer Ecke stand neben einer schlafenden Perserkatze eine kleine Büste von Kaiser Konstantin auf dem Boden. Warum ausgerechnet Konstantin, konnte Harper nicht umhin, sich zu fragen. Und sie konnte auch nicht umhin festzustellen, daß die Inschrift lautete, *In hoc signo vinces*, was wiederum ein Teil der Vision war, die der römische Kaiser 312 n. Chr. gehabt hatte und die ihn veranlaßte, sich ein Jahr später zum christlichen Glauben zu bekennen.

»Aber du wolltest über Monty sprechen«, sagte Rose Ponsonby jetzt. »Runter da, ihr kleinen Racker«, fügte sie hinzu, als eine Tigerkatze und eine Schildpatt auf den Tisch sprangen und über der Teekanne mit den Köpfen zusammenstießen. »Er ist oben, weißt du, aber ich bezweifle, daß er runterkommen wird. Das hat er leider nicht mehr getan, seit ihn Julia Fitzroy-Leeman-St. John letzten Herbst beleidigt hat. Sie fragte ihn, warum er nach seinem Tod nicht boshafter gewesen sei – weil doch die Geister in seinen Geschichten immer solche Ekel waren, weißt du. Als ob der gute Monty, selbst wenn er es wollte, boshaft sein könnte.« Während Rose diese Worte säuselte, streichelte sie eine Malteser, die zusammengerollt in ihrem Schoß lag. »In Wirklichkeit war Julia nur immer schon eifersüchtig, daß er mich so gern hatte.«

»Ja, hm, haha«, murmelte Harper und führte den kalten Tee an ihre Lippen. Eine zwischen zwei Bücher eines hohen Stapels geklemmte Zeitung zeigte ihre vergilbende Kopfzeile: Freitag, 13. März 1992. Harper spürte eine kühle Schweißschicht auf ihren Schläfen. Sie erwartete beinahe, daß Iagos Handlanger jeden Augenblick zur Tür hereingestürmt kämen, um sie zu entführen.

Rose Ponsonby gab einen tiefen Seufzer von sich. Berührte nachdenklich den silbergrauen Dutt an ihrem Hinterkopf. Eine lange, gefleckte Katze reckte sich an ihrer formlosen Vorderpartie hoch, blinzelte ihr zum Gruß ins Gesicht. »Wir hängen nur gemeinsam unseren Erinnerungen an die alten Zeiten nach, Monty und ich, an die Zeit, bevor der Erste Weltkrieg über die Menschheit hereinbrach. Ich war damals natürlich gerade erst geboren, aber Monty kann sich noch gut an diese Zeit erinnern. Wie du weißt, war er Dekan des Kings College in Cambridge, und ich brachte ihn immer wieder dazu, von den Weihnachten dort zu erzählen, von den berühmten Heiligen Abenden.«

Stirnrunzelnd brummte Harper ungeduldig vor sich hin. Die alte Dame verfiel in einen tranceartigen Dämmerzustand: Still in sich hineinlächelnd, schaukelte sie ganz leicht auf ihrem Stuhl hin und her und streichelte die Katzen, die sie fast gänzlich bedeckten. Währenddessen fiel Harpers Aufmerksamkeit auf eine Zahl, offensichtlich eine Telefonnummer, die auf einen Zettel in der Nähe des Lampenfußes geschrieben war: 313-… der Rest war von anderen Dingen verdeckt.

»Nach dem Gottesdienst in der herrlichen Kapelle«, fuhr Rose Ponsonby fort, »gab es Abendessen mit heißem Punsch, und hinterher wurde Karten gespielt. Und dann zog sich ein ausgesuchter Kreis in Montys Privatquartier zurück. Und dort, endlich, endlich«, sie beugte sich mit leuchtenden Augen über die Katzen in ihrem Schoß, »ging Monty dann in sein Schlafzimmer und kam mit seinem neuesten Manuskript zurück. Dann blies er alle Kerzen aus, bis auf eine. Er setzte sich mit dieser einen Kerze und dem Manuskript in seinen großen Lehnsessel – und begann zu lesen. Oh, stell dir vor, Harper, stell dir nur vor – die erste zu sein, die diese großartigen Geschichten zu hören bekam. *Die Esche* oder *Abt Thomas*. Oder *Pfeif nur und ich komme, mein Freund*. Diese wundervollen Geistergeschichten!

Die besten, die je geschrieben wurden, finde ich. Und nun ist er selbst ein Geist, der arme…« Sie schüttelte den Kopf und seufzte abermals tief.

Harpers Tasse schepperte auf der Untertasse. Sie stellte beides auf den Tisch, griff nach ihrer Pfeife und begann sie wieder einmal unwirsch zu stopfen. Aber sie wußte, ihre Freundin würde sich nicht drängen lassen.

Rose Ponsonby schenkte sich etwas Tee nach. Kostete ihn nachdenklich. Sagte: »Ah!« Und dann: »Robert Hughes war bei mehreren dieser Lesungen dabei, weißt du.«

Harper hörte auf, ihre Pfeife zu stopfen. Hörte auf, hektische Blicke durch den Raum zu werfen. Sie richtete ihre ganze Aufmerksamkeit auf die andere Frau, auf das schlaffe, hängende Gesicht im gelben Schein der gefransten Lampe über ihnen. »Robert Hughes«, wiederholte Harper langsam. »Der Autor von *Black Annie*?«

»Aber ja, meine Liebe. Du wolltest doch etwas über die Ballade *Young William* erfahren, oder nicht? Es war Hughes, der Monty das illuminierte Manuskript brachte, das für die Ballade als Vorlage diente. Übrigens ein ausgesprochen netter junger Mann, sagt Monty. Und natürlich selbst schon damals nicht ohne eigene literarische Ambitionen. Doch, wie gesagt, dieses illuminierte Manuskript – es wurde anscheinend von einem der Mönche in Belham Abbey in Buckinghamshire angefertigt und gelangte nach der Auflösung der Klöster irgendwie nach Deutschland. Ein Freund von Hughes hatte es erst vor kurzem dort entdeckt und nach England zurückgebracht, und deshalb zeigte es Hughes Monty, der einer der größten Mediävisten seiner Zeit war. Oh, ich kann dir sagen, was die Auflösung der Klöster angeht, kann Monty immer noch fuchsteufelswild werden. Insbesondere was den sträflich achtlosen Umgang mit Büchern angeht, weißt du? Abgesehen von einer äußerst oberflächlichen Auflistung durch Leland, unternahm König Heinrich keinerlei Anstrengungen, die Bücher der Klöster zu erhalten! Ist das nicht schrecklich? All diese herrlich illustrierten Manuskripte, auf deren Anfertigung die Mönche solche Sorgfalt verwendet hatten – verloren, einfach verloren! Das versetzt Monty immer noch so in Rage, daß ich es in seiner Gegenwart lieber gar nicht zur Sprache bringe.«

»Das kann ich mir denken«, murmelte Harper und kaute energisch auf ihrem Pfeifenstiel herum. »Und so kam also Hughes, sagst du, in den Besitz dieses illuminierten Manuskripts. Und gab es James. Und James benutzte es als Vorlage für eine Geistergeschichte?«

»O nein, nein, nein, nein!« stieß Rose Ponsonby mit ihrer hohen schrillen Stimme hervor. »*Mr. Hughes* benutzte sie als Vorlage für seine reizende kleine Geistergeschichte. Die Geschichte, die du eben erwähnt hast: *Black Annie*. Sie war von dem mittelalterlichen Manuskript inspiriert. Monty hat das Manuskript lediglich übersetzt. Aus dem Lateinischen, weißt du. Ursprünglich hatte er mit dem Gedanken gespielt, seine Übersetzung in der *Cambridge Antiquary Society Publication* zu veröffentlichen, aber Zweifel hinsichtlich der Herkunft des Originals ließen ihn wieder davon Abstand nehmen. Und für seinen Western-Railway-Führer zu den Abteien war sie natürlich zu schockierend. Deshalb wurde sie nie veröffentlicht.«

Inzwischen war Harper auf der Kante ihres Nähstuhls so weit nach vorn gerutscht, daß sie hinunterzufallen drohte. Sie sah Rose Ponsonby durch ihre Brille aufmerksam an. »Rose, meine Liebe, was wurde aus diesem Manuskript? Aus dem, das der Mönch geschrieben hatte, meine ich. Aus dem aus Belham Abbey.«

»Tja«, sagte Rose und hob wehmütig das Kinn. »Es kam ins British Museum.«

»Ah.«

»Und wurde dort am zehnten Mai neunzehnhunderteinundvierzig leider zerstört. Durch deutsche Bomben, weißt du. Es verbrannte zusammen mit zweihundertfünfzigtausend anderen Büchern. Ein schrecklicher Verlust.«

Harper spürte, wie ihre Kehle trocken wurde. »Ja. Zweifellos. Und was wurde aus James' Übersetzung?«

»Oh, die war in der Bibliothek des Kings College.«

»Aber ...«

»Aber sie wurde anscheinend vor etwa zwanzig Jahren gestohlen.«

»Verstehe.« Harper schluckte – was mit einiger Mühe verbunden war. Sie faßte unter ihre Brille, rieb sich die Augen. »Wenn ich dich also richtig verstehe, existiert das Manuskript aus Belham Abbey nicht mehr. Es gibt also heute von den beiden Texten keine Abschrift. Weder vom Original noch von James' Übersetzung.«

»Bis auf diese hier natürlich.« Rose Ponsonby beugte sich vor, und drei Katzen plumpsten auf den Teppich. Sie zog unter einem Stapel Bücher zu ihren Füßen einen braunen Umschlag hervor. Hob ihn hoch. Und reichte ihn Harper über den Teetisch hinweg. Harper nahm ihn mit zitternder Hand an sich. »Ist das eine Abschrift von James' Übersetzung?«

»Also – nicht ganz, nein«, sagte Rose. »Monty war so nett, mir das zu diktieren, als ich vor einiger Zeit im Zuge eines unserer Gespräche mein Interesse daran zum Ausdruck brachte. Aber du kannst dich darauf verlassen: Ich habe alles absolut originalgetreu niedergeschrieben.«

Harper kniff ein Auge zu und sah ihre Freundin

prüfend an. »Das hat dir der Geist von M.R. James diktiert?«

»Oh, mach dir da mal keine Sorgen«, beruhigte Rose Ponsonby sie. »Sein Gedächtnis ist absolut phänomenal, weißt du. Und außerdem«, fügte sie mit einem gemeinen kleinen Achselzucken hinzu, »habe ich es vor vielen, vielen Jahren im Kings mit dem Original verglichen, bevor das Manuskript gestohlen wurde. Und was glaubst du? Es war vollkommen identisch. Und damit meine ich *Wort für Wort.*«

Wäre Harper weniger aufgeregt gewesen, hätte sie sich die Gefahr, in der sie schwebte, deutlicher vor Augen gehalten. Aber so angespannt, so wachsam sie bis dahin auch gewesen sein mochte – nun wurde jede andere Überlegung von dem Gedanken daran verdrängt, was sie in ihrem Besitz hatte: die Quelle. Die letzte Geistergeschichte. In einer versteckten Tasche unter ihrem Umhang befand sich die Übersetzung des Texts, der ihrer Meinung nach *Black Annie, Der Turm des Alchimisten,* die Ballade *Young William* und das Reinhart-Triptychon inspiriert hatte. Das war es, was Iago vor zwanzig Jahren entdeckt hatte, was ihn auf die Spur des Triptychons geführt hatte. Und jetzt war ihr dieser Text einfach in die Hände gelegt worden. Sie hatte nur noch einen Gedanken: nach Hause zu kommen und ihn zu lesen.

Die Schultern gegen die nächtliche Kälte hochgezogen, zockelte sie den kurzen Weg von Rose Ponsonbys schnuckeligem Häuschen zur Straße hinunter. Bis zum Gartenzaun wurde sie von einem Gefolge von Katzen umschwänzelt. Rose winkte ihr vom Eingang aus zu. Dann zerstreuten sich die Katzen, und Rose Ponsonby zog sich ins Haus zurück. Die Tür ging zu, und Harper war allein in der Portobello Road.

Den Kopf nachdenklich gesenkt, den Hut tief in die Stirn gezogen und mit dem Stock auf das Pflaster klopfend, ging sie die verlassene schmale Straße entlang. Auf der einen Seite ragte ein düsterer Wohnblock aus dem Dunkel, auf der anderen befand sich eine Reihe bescheidener Häuser. Eine Straßenbeleuchtung zog über ihren Kopf hinweg.

Und von hinten näherte sich ihr langsam ein Taxi.

Wäre sie nicht so aufgeregt gewesen, hätte sie gemerkt, daß es ihr gefolgt war, daß es sie erst einholte, als sie ein verlassenes Straßenstück mit vergitterten Antiquitätenläden und verkommenen Geschäften erreichte.

Doch so wurde sie erst aus ihrer Versenkung gerissen, als die Lichtkegel seiner Scheinwerfer ihr Blickfeld streiften. Als sie entdeckte, daß es sich um ein Taxi handelte, lächelte sie über ihr Glück und winkte es heran.

Der Wagen hielt neben ihr am Straßenrand. Das vordere Seitenfenster ging auf. Harper beugte sich hinein. Der Fahrer, der auf der anderen Seite saß, lehnte sich zurück, so daß sein Gesicht im Schatten lag.

»Nach World's End«, sagte Harper.

»Aber selbstverständlich, meine Beste«, sagte der Fahrer. Sie stieg hinten ein und machte es sich auf dem Rücksitz bequem. Setzte die Spitze ihres Stocks zwischen ihren Füßen auf den Boden, legte beide Hände auf den geschnitzten Drachenkopf, stützte das Kinn auf ihre Knöchel. Und hing bereits wieder ihren Gedanken nach, als das Taxi losfuhr.

Sie war so tief in Gedanken versunken, daß es mehrere Minuten dauerte, bis sie merkte, was los war. Inzwischen war nicht mehr zu übersehen, daß das Taxi unmöglich zu ihr nach Hause unterwegs sein konnte.

Vielmehr hatte es nach mehrmaligen abrupten Abbiege- und Wendemanövern die Seitenstraßen von Kensington erreicht. Harper hatte sich die ganze Zeit intensiv mit der langen und verschlungenen Geschichte der gegenseitigen kulturellen Befruchtung Englands und Deutschlands beschäftigt – von den Keltenwanderungen bis hin zur Bombardierung des British Museum. Und als sie schließlich irgendwann aufblickte, stellte sie zu ihrem nicht geringen Erstaunen fest, daß sie gerade in östlicher Richtung an der Royal Albert Hall vorbeifuhren. Sie setzte sich auf. Ihr Blick fiel auf die Plakette, die am Sitz vor ihr angebracht war. *Dieses Taxi hat die Nummer 331.* Mit einem Mal bekam sie entsetzliche Angst, größere Angst, als sie je gehabt hatte. Sie hob den Blick zum Rückspiegel.

Und sah den blanken Haß in den reflektierten Augen des Fahrers. Sah seinen von einer Narbe entstellten Mund, der zu einem grausamen, hämischen Grinsen verzerrt war.

Harper starrte fassungslos in dieses Gesicht – in das Gesicht des Mannes, der sie vor dem Sign of the Crane angegriffen hatte.

Die Türen und Fenster des Taxis waren – wie sie einen Moment später feststellte – allesamt fest verschlossen.

6

Nicht weit entfernt ging Richard Storm bedrückt über die Waterloo Bridge. Die Stadt. Die City – The Big Smoke, die graue Lady, London – wie schön sie war! Es war kaum auszuhalten. *Schau doch, schau doch hin!* dachte er. Im Osten erblühte die Kuppel der St. Paul's Cathedral im Dunst der Scheinwerfer. Ein Schwarm

Vögel umschwirrte sie in vollkommener Harmonie, zeichnete seine ballettartigen Muster in den Tau der Nacht. Auf der anderen Seite die Houses of Parliament – Uhrenturm, Kreuzblumen, Spitzen und Befiederung, die das Dunkel aufspießten und bekritzelten. Und die Brücken, die sich selbst über den Fluß katapultierten. Und die Lichter, die wie Wimpel über der Uferpromenade hingen. Die Schiffe, Türme, Kuppeln, die Theater und Tempel – das alles erschlug ihn förmlich, als er in südlicher Richtung über das Wasser trottete, die Hände in den Taschen seines Trenchcoat, die Seele von Verlangen zermartert.

Denn er wollte ein Leben lang hierbleiben – und hatte kein Leben lang mehr übrig. Denn er wollte mit Sophia hiersein, wollte, daß die Kirchen und die Brücken und die Kirchtürme den Hintergrund für ihre Küsse und ihre intimen Unterhaltungen abgäben. Und er konnte es nicht einmal als Film in seinem Kopf ablaufen lassen, weil es so unmöglich war, weil diese Unmöglichkeit zu sehr schmerzte. Er trat im Gehen gegen das Pflaster, schlug auf die kalte, feuchte Luft ein. Ich war frei! sagte er sich immer wieder. Hatte schon mit allem abgeschlossen. Er hatte sich vom Leben und von allen Begierden losgesagt. Er war Buddha. Er war Humphrey Bogart in *Casablanca*. Der Goodbye-Typ. Er war bereit gewesen, Abschied zu nehmen. Und jetzt das.

Kobolde, dachte er. Genau das war es. Religiöse Menschen glaubten, Gott lenke die Welt. Atheisten glaubten, es sei die gleichgültige Natur. Aber es waren Kobolde. Sadistische kleine Homunculi in Lederjacken mit Unmengen von Reißverschlüssen. Die sich hinter dem Schleier der Existenz verbargen. Die ihre Hebel und Schalter bedienten, um das menschliche Leid zu ihrem eigenen Vergnügen auf die Spitze zu treiben. Die einem die Zunge rausstreckten und eine lange Nase machten. Fast konnte er hören, wie sie ihn auslachten.

Ja, und sie waren wirklich gut darin. Sie verstanden etwas von ihrem Geschäft. Als er die Brücke überquert hatte, als er das Südufer erreichte, als er Sophia dort sah... Der vollendete Pfeil aus Schmerz, der ihn durchbohrte, war ein Meisterwerk an natürlicher Grausamkeit. Scheißkobolde.

Sie beugte sich unter einer Reihe von Lichtern über die Steinbalustrade. Blickte ruhig auf das schlammige Themse-Ufer hinab. Als er sich ihr näherte, richtete sie sich auf und wandte sich ihm zu. Ihre Wangen über dem hochgeschlagenen Kragen des marineblauen Mantels waren gerötet vor Kälte. Eine Küß-mich-Locke flatterte unter dem seidenen Tuch über ihrem Haar hervor. Sie war so, wie er sie das erste Mal gesehen hatte: gefaßt und überlegen. Ihre Haltung locker, aber aufrecht. Der Schwung ihrer Lippen fest, leicht ironisch, leicht lächelnd.

Er hatte sie erreicht. Einen Moment lang wußten beide nicht, was sie sagen sollten. Schließlich streckte sie eine kleine, zierliche Hand aus und schüttelte kurz die seine. »Danke, daß Sie gekommen sind, Mr. Storm.«

Schweigend gingen sie nebeneinander an der Themse entlang. Möwen kreischten, schwebten, landeten. Auf der anderen Seite die gebieterische Skyline von Whitehall. Über ihnen die gezackten Keile des Theaterkomplexes. Storm überlegte fieberhaft, was er sagen sollte. Aber er hatte eigentlich nur eines zu sagen – und das brachte er nicht über sich. Angesichts dessen, was er für sie empfand, konnte er ihr ebensowenig von seiner Krankheit erzählen wie ein verheirateter Mann seine Frau hätte erwähnen können. Es hätte die Illusion der Möglichkeit zerstört.

Daher warf er ihr beim Gehen immer nur verstohlene Blicke zu und beobachtete, wie sie ihre Gedanken ordnete. Dann, endlich, blieb sie stehen. Er hielt ebenfalls inne. Sie blickte zu ihm hoch.

»Ich fürchte…«, begann sie. Und dann lachte sie. Storm lächelte verunsichert, wartete.

Sie versuchte es noch einmal. »Ich fürchte, ich…« Sie hielt die Hand vor den Mund. Ihre Schultern zuckten. Sie bemühte sich, das Lachen zu unterdrücken. »Ich fürchte, ich…« Das Lachen überwältigte sie. Sie wandte sich von Storm ab, stolperte auf die Balustrade zu. Immer noch verständnislos, immer noch hilflos lächelnd, kratzte sich Storm am Kopf. Sophia schlang kichernd die Arme um ihren Oberkörper. Sah ihn um Entschuldigung bittend an. Ihr ganzer Körper wurde von Lachen geschüttelt.

Storm stand da, die Hände in den Taschen seines Trenchcoat, und sah zu, wie sie lachte. Das Leben, Sex, Geld, der Frühling, seine eigene Haut – nie hatte er etwas so sehr geliebt. Er hatte es nicht einmal für möglich gehalten, daß so etwas überhaupt passieren konnte. So wie jetzt, wie in einem Lied. Wie eine richtig schlechte, abgeschmackte Schnulze. Einer dieser Schlager, die so gingen: *I never kneeeew – that love can be so truuue – until I met yooooou…* In dem Stil. Und was das schlimmste war, was geradezu katastrophale Folgen haben konnte: Wenn sie weiterhin so an der Balustrade lehnte, mit der Stadt im Hintergrund, wenn sie weiterhin so lachend und rotwangig dort lehnte, würde er tatsächlich anfangen, dieses Lied zu singen. Oder eines, das so ähnlich ging, hier und jetzt, aus vollem Hals. Und plötzlich kam ihm zu Bewußtsein: Da stand er, Richard Storm, aus Hollywood, aus Amerika, vom Planeten Erde, am Ende des zwanzigsten

Jahrhunderts – und es gab Armut und Rassenhaß und Terrorismus und diese grauenhaften Nasenringe, die jetzt viele Mädchen trugen, und mit der Kultur des Abendlandes ging es vermutlich im freien Fall abwärts, und im öffentlich-rechtlichen Fernsehen nahmen die Leute Wörter wie *Arschloch* in den Mund – und er stand da, in seinem jämmerlichen Körper – in seinem rasch verfallenden Körper – *und in seinem Herzen war ein Lied!*

Mein Gott, wenn er diese Frau nicht bald küßte, würde er explodieren.

»Oh!« sagte Sophia Endering endlich, nachdem sie sich ausgelacht, nachdem sie sich wieder gefangen hatte. Sie hielt ihre Wangen zwischen den Händen, wiegte erschöpft den Kopf. »Oh. Ich weiß wirklich nicht, warum ich mich in Ihrer Gegenwart jedesmal wie eine *Geisteskranke* aufführe!« Sie wischte sich die Augen. Dann sah sie auf ihre Füße, auf den Beton unter ihren Füßen. Sie fröstelte. Das Lachen war nun ganz aus ihr herausgeblasen. »Das erste Mal, als ich Sie sah, ließ ich mein Weinglas fallen. Und dann springe ich einfach mit einem Gürtel um den Hals von der Galerie. Und dann verpasse ich Ihnen einen Schlag, und dann liege ich im Krankenhaus und heule wie ein Schloßhund. Und jetzt lache ich wie eine vollkommen Verrückte. Ich mache wirklich nicht gerade den besten Eindruck! Sie müssen mich für komplett gestört halten.«

In Erwartung einer Antwort hob sie ihr Gesicht dem seinen entgegen, doch er sagte nichts. Ihm fiel kein verbales Äquivalent dazu ein, sie in die Arme zu nehmen und zu einem Schloß in den Wolken davonzutragen.

»Aber wissen Sie, die Sache ist die«, fuhr sie schließlich hilflos fort, »daß genau das der Grund ist, warum…« Mit zusammengekniffenen Augen versuchte sie den Gedanken in den Griff zu bekommen, ihn in Worte zu kleiden. »Genau das ist der Grund, warum ich mit Ihnen sprechen möchte, glaube ich. Unter vier Augen. So dringend. Wirklich. Weil alle anderen – nun – also, ich weiß nicht, wie ich es ausdrücken soll, ohne furchtbar egozentrisch zu klingen, aber alle anderen denken… ich *tue* so etwas nicht. Alle denken, ich hätte alles völlig unter Kontrolle. Die ganze Zeit. Und wenn ich mal die Kontrolle verliere, wenn ich etwas Unvernünftiges tue, ignorieren es alle einfach. Es ist so, als hätte ich es gar nicht getan. Und jetzt sind plötzlich Sie da, und Sie müssen inzwischen bestimmt denken, daß ich nie etwas anderes tue. Bestimmt denken Sie: Ach ja, Sophia Endering, das ist diese Verrückte, die sich ständig selbst erhängt oder sonst lauter verrückte Dinge tut. Die durchgeknallte Sophia, denken Sie bestimmt – ach, ich weiß nicht, was Sie tatsächlich von mir denken. Aber Sie sind jetzt da, verstehen Sie? Und Sie waren auch im Krankenhaus da. Und Sie haben gesagt… Sie mögen mich…« Sie wandte verlegen den Blick ab. »Ich weiß, es ist absurd – es hört sich sogar jetzt, wo ich es sage, absurd für mich an – aber Sie haben gesagt, Sie mögen mich, wobei ich es übrigens ziemlich erstaunlich finde, daß Sie mich mögen. Daß mich überhaupt jemand mag.« Sie machte einen tiefen Atemzug, behielt die klamme Luft lange in ihrer Lunge, wappnete sich. »Und deshalb wollte ich Sie sehen. Mit Ihnen sprechen. Es ist plötzlich alles so verwirrend geworden, daß ich einfach mal mit jemandem reden wollte, dem ich alles erklären kann und der mich… deswegen hinterher nicht haßt. Wären Sie… wären Sie damit einverstanden? Sie können es sonst ruhig sagen…«

Storm begann zu singen.

»Yoooou dooooo something to meeee«, legte er los, »something that simply mystifiiiiies meee.«

Sophia sank das Kinn nach unten. Sie sah ihn fassungslos an.

»Tell meeee why should it beeee«, sang Storm weiter. »You have the power to hypnotiiiiize meeee. Let meeee live 'neath your spell. Do that voodoo that you do so well. 'Cause yoooou dooooo something to meeeee – that nooooobody else can dooo. 'Cept you«, improvisierte er selbst dazu, um dann mit dem Refrain zu schließen: »That noooobody else can doooo.«

»Ich … also … ich …«, begann Sophia. Und dann lächelte sie ihn an.

Storm machte einen Schritt auf sie zu, nahm sie bei den Schultern und küßte sie.

Er war nicht umsonst im Filmgeschäft gewesen.

»Hör zu, Sex ist nicht gerade meine Stärke«, sagte Sophia. »Aber ich schätze, für dich ist er ziemlich wichtig – wo du doch ein Mann bist und überhaupt.«

Sex? dachte Storm. Sex? Sie gingen über die Waterloo Bridge zurück. Mit St. Paul's hinter ihnen und den kreisenden Vögeln und London als Kulisse. Und ihre Augen waren ganz aufgelöst von seinen Küssen, und er konnte spüren, wie sich ihr Körper jedesmal anspannte und dann nachgab, wenn er sie an sich drückte, und ihr Gesicht war dem seinen mit einem verwirrten, flehentlichen Ausdruck zugewandt.

»Könnte ich dich fürs erste nicht einfach nur ansehen?« fragte er. »So wie jetzt, mit der Kuppel und den Vögeln im Hintergrund?«

Sie warf einen abwesenden Blick hinüber. »Was für

eine Kuppel?« Dabei kehrte sie ihm ihre Wange zu, so daß er sie mit den Lippen streifte. »Es ist nur...« Sie drehte den Kopf wieder zurück, drückte ihre Lippen auf seine. Sie hielt ihn behutsam zurück, mit den Fingerspitzen an seinem Gesicht. Also küßte er ihre Fingerspitzen. »Es ist nur, daß die Leute denken... Männer wollen immer... Es gibt nur so viele *Dinge*, die ich einfach jemandem erzählen muß. Über mich. Ich muß sie einfach...«

Er drückte sie wieder an sich, spürte, wie sie sich erneut verkrampfte, und küßte sie lange und innig. Er hatte eine Erkenntnis. Eine Erektion und eine Erkenntnis, beide sehr intensiv. Nein, nein, sagte seine Erkenntnis, nein, nein. Keine *Kobolde*. Du Trottel. Wie konntest du jemals denken, es sind Kobolde? Diese unglaubliche, diese grandiose Stadt, diese Kathedrale im nächtlichen Dunst, dieser belebende Winterwind, diese Sterne, diese Haut, diese Haut – dieses Vehikel, um zwei menschliche Wesen am Mund und an den Lenden zusammenzubringen: Das ist das Werk des bescheuerten Weihnachtsmanns, Jackson!

»Dann erzähl.« Er löste sich von ihr, kam hoch, um Luft zu schnappen. Doch inzwischen wollte sie nicht mehr von ihm lassen, sie folgte seinen Lippen mit den ihren. »Erzähl mir alles. Erzähl mir, warum du dich umzubringen versucht hast. Wie konntest du nur? Wie konntest du so etwas nur tun, Sophie? Ich war so wütend, ich war so sauer! Am liebsten hätte ich dir eine runtergehauen. Ich *hätte* dir eine runtergehauen, wenn du mir nicht zuvorgekommen wärst.«

Sie lachte ihn an, tätschelte seine Wange. Sie ließen sich los. Sophia trat ans Brückengeländer, sah auf den Streifen flimmernden Lichts auf dem schwarzen Wasser hinab. Sie erschauderte einmal, so daß er sie wieder an sich drücken wollte, doch er beherrschte sich, wartete.

»Ich habe diese schwarzen Phasen«, sagte sie und schnitt ein Gesicht. »So nennen wir sie jedenfalls. In meiner Familie. Sophias schwarze Phasen. Ein eigenartiges Gefühl. Alles wird sehr schwer und irgendwie braun, und ich fühle mich völlig losgelöst von allem, gleichzeitig überlegen und elend … Es ist komisch für mich, dir das zu erzählen. Wir sprechen nämlich nie darüber.«

Storm schniefte. Von der Kälte begann seine Nase zu laufen. »Wer spricht nie darüber?«

»Na, wir … du weißt schon, meine Familie. Sie wären entsetzt, wenn sie wüßten, daß ich es dir erzähle. Dir, einem Außenstehenden.« Sie lächelte, wie über eine schöne Erinnerung. »Einmal kam ich mit dem Auto meines Vaters von der M4 ab. Ich fuhr mindestens hundertfünfzig. Wir hatten einen fürchterlichen Streit. Die Polizei kam … Daddy hatte die Nase ganz schön voll. Darüber sprechen wir auch *nie*!«

Storm fuhr sich verstohlen über die Nase. Er wollte nicht, daß sie ihn schniefen sah. Er wollte in ihren Augen perfekt sein. »Das war alles? Du hattest nur Depressionen?«

»Nein«, sagte sie nach einer Weile. »Da war noch etwas anderes.« Sie beobachtete wieder das Wasser, und er beobachtete sie. Es überraschte ihn, wie schwer es ihr fiel, einfach mit ihm zu sprechen, ihm etwas zu erzählen. »Es gibt eine Gruppe von Leuten. Sie nennen sich Resurrektionisten. Die meisten von ihnen sind nichts weiter als Professoren und Kunsthändler und so. Aber einige von ihnen operieren mehr wie … wie Spione und so, streng geheim. Im wesentlichen versuchen sie, Kunstwerke aufzuspüren, die während des Krieges geplündert wurden. Sie versuchen, sie wiederzubeschaffen, sie ihren rechtmäßigen Besitzern zurückzugeben. Es gibt immer noch Tausende davon, verschollene, verlorengegangene Meisterwerke. Es kann ziemlich gefährlich werden, sie ausfindig zu machen, weißt du, weil die Leute, die damit handeln, in der Regel ziemlich… unangenehm sind. Faschisten, Neonazis. Oder einfach nur Diebe.« Sie sah ihn nun ganz direkt an, doch es schien, als koste sie auch das Überwindung. Und Storm wunderte sich weiter, machte sich weiterhin Gedanken, warum es ihr so schwerfiel. »An jenem Abend, nach der Party, auf der du diese… diese Geistergeschichte vorgelesen hast… An jenem Abend sprach mich einer von ihnen an. Auf der Straße, als ich nach Hause ging. Ein gewisser Jon Bremer. Er sagte, es seien schon mehrere Menschen ermordet worden, weil jemand unbedingt *Die drei Weisen* in seinen Besitz bringen wollte – das ist dieses Reinhart-Bild, das Bild, das…«

»Ja, ich weiß.«

»Und daß er alles Nötige veranlaßt hätte, das Bild hier in England zu versteigern, um dadurch vielleicht den Mörder aus seinem Versteck hervorzulocken.«

Jacob Hope, dachte Storm. Dieser Iago. Der Resurrektionist hatte offensichtlich recht gehabt. Aber er wartete ab, was sie sagen würde.

»Er wurde ermordet, also Bremer, noch in derselben Nacht. Sie zogen seine Leiche aus der Themse.« Sie beugte den Kopf zum Wasser hinab. »Und dann sagte mir mein Vater, wir sollten das Bild kaufen, und ich hatte eine meiner schwarzen Phasen, weil ich dachte, er sei vielleicht verantwortlich… für Bremer… für irgendwas. Ich weiß nicht mehr, was ich dachte.« Wegen der Kälte preßte Storm die Arme seitlich an seinen Körper und steckte die Hände tief in seine Taschen. Fand zu seiner großen Erleichterung ein zerknülltes Kleenex. Putzte sich die Nase.

»Du Armer«, sagte Sophia. »Du frierst ja.«

Fröstelnd winkte er ab. »Kanntest du denn diesen Mann, diesen Bremer?«

»Nein. Ich hatte ihn nie zuvor gesehen.«

»Und er sprach dich einfach an? Einfach so, aus heiterem Himmel? Weil du … eine Reinhart-Expertin bist? Oder warum?« Er merkte sofort, daß es die richtige Frage war – er begann schon fast zu verstehen. Er sah, wie sie den Blick zu Boden senkte, dann von ihm fortzugehen begann, so daß er ihr folgen mußte.

»Nein«, sagte sie. »Nein, die Sache ist …« Sophia blieb stehen. »Die Sache ist die: Ich habe den Resurrektionisten vorher schon den einen oder anderen Gefallen getan. Sie sind so schrecklich … anständig, weißt du. Hauptsächlich Deutsche. Sehr engagiert, sehr idealistisch. Sie versuchen alles wiedergutzumachen. Mit Vorliebe bringen sie die Kunstwerke nach England, weil hier die Besitzrechte wesentlich strenger sind. Wenn man in anderen Ländern etwas in gutem Glauben kauft, gehört es einem mehr oder weniger schon. Dagegen haben hier die Ansprüche des ursprünglichen Besitzers Vorrang, wenn es sich um ein gestohlenes Kunstwerk handelt. Und deshalb habe ich ihnen manchmal, wenn sie Schwierigkeiten hatten, meine Hilfe angeboten, weil … na ja, weil …«

Und endlich begriff Storm. Sprach es, ohne zu überlegen, aus. »Weil du wegen deines Vaters ein schlechtes Gewissen hast.«

Sie gab einen Laut von sich. Blickte mit überrascht geöffnetem Mund zu ihm auf und schüttelte ganz leicht den Kopf. Hauchte ein »Oh«, so voller Erleichterung und Dankbarkeit, daß es ihm durch und durch ging. Er streckte die Hände nach ihr aus. Zog sie an sich, drückte ihren Kopf an seine Brust.

»Du hast recht«, sagte er. »Mir ist kalt.«

»Es ist jahrelang nichts vorgefallen«, erzählte sie ihm. »Nichts Konkretes. Aber ich habe es immer gewußt.«

Inzwischen saßen sie in der American Bar des Savoy Hotel. Seite an Seite in einer Ecknische. Er verging fast vor Sehnsucht nach ihr, berauscht von ihrem Geruch, dem Spiel des Lichts in ihrem Haar. Ständig hin und her gerissen zwischen schlechtem Gewissen und Verlangen: Er mußte es ihr erzählen, mußte ihr die Wahrheit sagen, bevor es zuweit ging. Aber er hörte immer noch zu, dachte nach, versuchte sich einen Reim auf das Ganze zu machen, und sein Diet Coke stand die ganze Zeit unangetastet vor ihm.

Der Pianist hämmerte ›If Love Were All‹ herunter, als sei es ein Marsch. Aber der Flügel stand auf der anderen Seite des großen Raums. In ihrer Ecke war es still. Die Beleuchtung gedämpft. Die Kellner, die anderen Gäste waren weit weg an den eleganten Lacktischen mit den voluminösen Polsterstühlen.

Sophia starrte ins Leere. Rollte ein Glas Gin Tonic zwischen ihren Handflächen, so daß das Eis schmolz. Sie wirkte leicht weggetreten, so, als ginge sie ganz im Ablauf ihrer Geschichte auf.

»Ich weiß nicht mal, wann ich sie zum erstenmal hörte – die Gerüchte. Ich kann mich nicht erinnern, daß jemals jemand auch nur ein Wort zu mir sagte. Nicht direkt jedenfalls. Aber es lag die ganze Zeit in der Luft. Daß Daddy seinen Reichtum dem unerlaubten Handel mit Beutekunst aus dem Krieg verdankte.

Daß alles, was wir haben, irgendwie … beschmutzt ist, weißt du.« Sie sah ihn an und fügte rasch hinzu: »Nicht, daß ich jemals auf einen Hinweis für irgendwelche dubiosen Geschäfte gestoßen wäre. Nicht ein einziges Mal.« Storms Blick geriet weder ins Wanken, noch verdüsterte er sich. Deshalb fuhr sie fort: »Es ist nur … hin und wieder … ich weiß auch nicht. Zum Beispiel stieß ich einmal in Geschäftsunterlagen, für die ich nicht zuständig war, auf einen Eintrag, der mich stutzig machte. Oder …« Er sah, wie ihr Mund vor Abscheu zuckte. »Ein- oder zweimal traten Leute an mich heran. In der Galerie. Unseriöse Leute. Manchmal sprachen sie sehr … *vertraulich* mit mir, wenn du weißt, was ich meine. So, als *erwarteten* sie, daß ich etwas für sie tun würde. So, als wäre das ganz selbstverständlich.« Sie schüttelte sich, als sei eine Spinne über ihre Hand gelaufen. »Allerdings hat das niemand ein zweites Mal versucht. Niemand.« Sie sah ihn an. Storm verschlang sie mit seinen Blicken. Er liebte ihre Augen: bedrängt, allein, unnachgiebig. Inzwischen glaubte er, fast alles zu sehen. »Vermutlich denkst du jetzt, ich hätte etwas unternehmen sollen, etwas sagen. Aber das ist bei uns nicht üblich. Nicht in meiner Familie. Und außerdem …« Es tat ihm weh, ansehen zu müssen, wie ihr Gesicht nach unten sackte, wie ihr Mund krampfhaft nach unten gezogen wurde. »Es hätte ihn umgebracht. Der leiseste Anflug eines Skandals. Auch nur das Wissen, daß ich Bescheid weiß … es hätte ihn umgebracht. Das hätte ich nicht verkraftet.« Sie schloß kurz die Augen. »Ich habe mich immer um ihn gekümmert, weißt du. Nach dem Tod meiner Mutter. Meine Schwester heiratete, und mein Bruder … na ja, ihm war es einfach egal. Und was die alltäglichen Dinge angeht, war Daddy schon immer völlig hilflos. Wo habe ich mein Tagebuch gelassen, Sophia? Wo ist mein Dinnerjackett? Ich glaube, das ist der einzige Bereich, in dem wir miteinander kommunizieren können, wirklich. Und dann natürlich in der Galerie ...« Sie ließ ihr Glas los, trommelte mit den Fingern leise auf den Tisch. »Das liegt alles schon so lange zurück. Der Krieg. Wen kümmert das jetzt noch? Ich meine, letzten Endes – letzten Endes ist es nur *Kunst*, oder nicht? Er handelt schließlich nur mit Gemälden. Es ist ja nicht so, daß er mal jemanden umgebracht hat.«

»Wie bist du überhaupt darauf gekommen, daß er derjenige sein könnte, den diese Resurrektionisten suchen?« fragte Storm sofort.

»Ich... tja, es war einfach so...« Sie sah ihn flehend an.

»Erzähl mir, was mit deiner Mutter passiert ist«, sagte er.

Sophia verbarg das Gesicht in ihren Händen.

»›Mein Herze schwimmt im Blut, weil mich der Sünden Brut in Gottes heilgen Augen zum Ungeheuer macht‹«, sagte sie bedrückt. »Woher wußtest du, daß das mein Lieblingsstück ist?«

»Na, bei einem so eingängigen Text«, erwiderte er. »Wie hätte ich da was falsch machen können?«

Er hatte die CD mit Bach-Kantaten in ihre Stereoanlage eingelegt. Sophia saß auf der Couch und beobachtete ihn mit einem ironischen Lächeln und wehrlosen Augen. Jetzt, während der Sopran das beschwingte Rezitativ sang – *Mein Herze schwimmt im Blut, weil mich der Sünden Brut in Gottes heilgen Augen zum Ungeheuer macht* –, ging er von Fenster zu Fenster und zog die Vorhänge zu. Trotz ihres Lächelns war ihm klar, daß sie inzwischen in seiner Hand war, sich ihm ausgeliefert hatte. Er ging in ihrer Wohnung umher, als gehöre sie ihm. Durchquerte den luftigen Raum und blieb vor dem Kamin stehen. Kniete nieder, um den Hahn aufzudrehen, ein Streichholz an die Gasdüse zu halten, eine niedrige Flamme zwischen den Platten mit William-Morris-Fliesen aufflackern zu lassen. Und sie saß still da und sah zu. Wehrlos.

»Das sieht Laura ähnlich«, sagte sie trocken, nur mit einem Anflug von unterdrückter Hysterie in der Stimme. »Laura ist meine Schwester. Das sieht ihr wieder mal ähnlich: alle wieder zurückzustecken. Die CDs. Ich habe sie ihr mit der Post geschickt, bevor ich... bevor ich an jenem Abend in die Galerie ging. Sie konnte sie nicht einfach nur zurückgeben, weißt du. Nein, es mußte alles wieder genau so sein, wie es war, damit wir bloß nicht darüber sprechen müssen.«

»Möchtest du was zu trinken? Möchtest du noch einen Gin Tonic?«

Storm stand jetzt an dem kleinen Kirschholzschrank in der Ecke. Versuchte herauszubekommen, wie die in den Schnitzereien verborgene Verriegelung funktionierte.

»Nein«, sagte sie. »Nein, danke.«

»Gut. Ich kriege nämlich nicht raus, wie das Ding hier aufgeht.« Er ging zu einem Polstersessel am Kamin und setzte sich, um etwas Distanz zwischen Sophia und sich zu bringen, um einen möglichst klaren Kopf zu behalten. Sophia wirkte mit einem Mal schrecklich klein und verloren, so ganz allein auf der Couch. Über ihrem Kopf hing ein großes gerahmtes Ausstellungsplakat. Zwei Männer, die den Mond ansahen, von einer Caspar-David-Friedrich-Ausstellung in Berlin. Er stellte sich vor, wie sie das Poster aussuchte, es rahmen ließ, es sorgfältig aufhängte. Es machte ihn traurig.

Storm beugte sich verlegen vor, legte seine Hände zwischen seinen Knien aneinander. »Also …«

»Also brachte sie sich um«, sagte Sophia und lachte. »Was ein bißchen nervig war.«

»Also hör mal!« Er platzte so laut damit heraus, ließ sich so heftig in seinen Sessel zurücksinken, daß sie zusammenzuckte. »*Das mit deiner Mutter war ein bißchen nervig?* Jetzt mach aber mal einen Punkt, Kleine. Ich bitte dich!«

»Entschuldige.« Sie versuchte sich wieder unter Kontrolle zu bekommen, ihre gewohnte Contenance wiederzufinden, aber alles, was dabei herauskam, war, daß sie so hilflos aussah, daß er sich ihr am liebsten zu Füßen geworfen hätte. »Es ist nur, daß wir … Ich habe einfach noch nie mit jemandem darüber gesprochen.«

»Na, dann sprich jetzt mit mir darüber«, sagte er behutsam. »Erzähl es mir einfach. Okay?«

Sophia begann zu erzählen. Verfiel wieder in diese benommene Passivität. Sprach wie im Traum, während der lang aufgestaute Fluß der Geschichte, scheinbar lebendiger als sie, aus ihr hervorströmte.

»Ich kann mich kaum an sie erinnern. Bis auf ihr Lächeln. Wenn sie in einem Sessel saß und zuschaute, wie ich mit dem Kindermädchen im Garten spielte. Ich weiß, sie liebte Belham Grange, unser Haus. Ihre Familie, ihre Familiengeschichte. Das war sehr wichtig für sie. Ihren Verpflichtungen nachzukommen, weißt du, unseren Pächtern gegenüber, der Gemeinde und so weiter. Alle sagen, sie war einfach ein wunderbarer Mensch. Sehr warmherzig, sehr großzügig, freundlich. Und lebenslustig – sie mochte Shows und Musik. Oh, und das Kino – sie liebte Hollywood-Filme. Sie hatte einen wundervollen Humor … Das ist alles, was mir von ihr geblieben ist, solche Beschreibungen, Worte … Sie sagen einem nicht sehr viel, oder? Aber ich habe … ich hatte mal Fotos von ihr. Und sie wirkte so … sie hatte etwas sehr Liebenswürdiges, Großzügiges. Die Leute sagen, sie war der Gegenpol zu meinem Vater. Das kann ich mir gut vorstellen. Er ist in allem so unnachgiebig. Noch ganz die alte Schule, sehr konservativ. Peter – mein Bruder – sagt, Mutter zog ihn deswegen immer auf, versuchte ihn aus der Reserve zu locken. Ein paarmal habe ich das auch probiert, aber …« Sophia schüttelte den Kopf, schüttelte die Erinnerungen ab, hielt den Blick immer noch gesenkt. Sie versuchte, wieder einen geschäftsmäßigeren Ton anzuschlagen, ihren gewohnten Ton. »Die Leute sagen, daß sie nach der Geburt ihrer Kinder jedesmal schwere Depressionen bekam. Was wir heute vermutlich postnatale Depressionen nennen würden. Aber damals … ich weiß nicht. Ich weiß wirklich nicht, warum sie es getan hat. Sich umgebracht, meine ich. Manchmal bin ich ihr deswegen richtig böse. Wahrscheinlich ist das schrecklich von mir.«

Sie verriet sich mit einem kurzen Blick auf ihn – einem Blick, mit dem sie sich vergewissern wollte, ob auch er es schrecklich fand.

»Das ist doch ganz natürlich, Mädchen«, sagte er. »Solche Gefühle hat jeder mal.«

Ihr schoß das Blut ins Gesicht. *Auf diese Schmerzensreu fällt mir alsdenn dies Trostwort bei*, sang der Sopran auf der CD.

»Wie bereits gesagt, will niemand darüber sprechen«, fuhr Sophia fort. »Schon gar nicht mein Vater, und er ist der einzige, der etwas darüber wissen könnte.«

Storm stützte den Kopf auf seine Hand, zwischen Daumen und Zeigefinger. Den Ellbogen hatte er auf der

Sessellehne. Er war jetzt auf der Hut. Achtete sehr genau auf sein Mienenspiel. Er wußte – oder zumindest spürte er es –, wie ausgeliefert sie ihm jetzt war, wie zerbrechlich. *Sollten ihr je ihre gigantischen Schutzmechanismen verlorengehen, werden Sie feststellen, daß darunter ein Mensch zum Vorschein kommt, der ungeheuer zart und zerbrechlich ist – und mindestens ebenso kostbar.* Storm atmete vorsichtig, angespannt. »Aber?« begann er. »Glaubst du, der Selbstmord deiner Mutter könnte etwas mit … mit den Geschäften deines Vaters zu tun haben?«

»Nein«, sagte sie rasch. Dann machte sie eine vage Handbewegung. »Ich weiß es nicht. Ich weiß es wirklich nicht.«

»Aber aus irgendeinem Grund dachtest du doch, dein Vater könnte etwas mit der Ermordung dieses Resurrektionisten zu tun haben. Wegen irgend etwas, das wiederum mit dem Tod deiner Mutter zu tun hat? Ist das richtig?«

Sie riß sich demonstrativ zusammen, straffte die Schultern, straffte sogar ihren langen Hals, faltete die Hände ruhig in ihrem Schoß. Dann erklärte sie mit deutlicher Stimme, wie aus großer Höhe: »Also, ich habe eine Erinnerung. Manchmal bekomme ich davon Alpträume.«

Er wartete. Horchte.

»Als ich vier oder fünf war«, begann Sophia, »wachte ich eines Nachts in meinem Bett auf. Etwas hatte mich geweckt. Ich hörte ein Geräusch. Ein Ticken in den Wänden. *Tick-tick. Tick-tick.* Ungefähr so.«

Storms Hand sank langsam von seinem Gesicht.

»Ich rief nach meiner Mutter«, fuhr Sophia fort, »aber sie kam nicht. Deshalb stand ich auf und ging sie suchen. Das Schlafzimmer meiner Eltern muß leer gewesen sein. Ich kann mich nicht mehr erinnern. Ich weiß nur noch, daß ich nach unten ging, einen Gang entlang, und ich rief fortwährend nach meiner Mutter, während ich dem Geräusch in den Wänden folgte.«

»Du lieber Himmel«, entfuhr es Storm.

»Ja. Wie in der Geschichte, die du vorgelesen hast, nicht?« In festem Ton fuhr sie fort: »Mir ist völlig unklar, was als nächstes passierte. Ich glaube mich zu erinnern, daß ich die letzte Tür erreichte. Sie führt ins Arbeitszimmer meines Vaters. Als du diese Geschichte vorgelesen hast, konnte ich den Raum mit den vielen Büchern beinahe vor mir sehen. Aber in meiner Erinnerung – obwohl ich mir da nicht sicher bin – standen auch alle möglichen Möbel herum, jede Menge alter Truhen und Stühle und irgendein großes Ding in der Mitte des Raums. Und dieses Ticken, das immer lauter wurde ... Und als ich den Gang hinunterging, öffnete sich die Tür der Abstellkammer, und dahinter ...« Sophia stockte die Stimme. Dies schien sie zu ärgern, denn ihre Augen blitzten wütend auf. Sie zwang sich weiterzusprechen. »Und dahinter – ach, es ist alles so verwirrend. Manchmal denke ich, es sind gar keine Erinnerungen, sondern es war bloß ein Traum. Oder vielleicht habe ich einmal eine Geschichte gelesen und glaube jetzt, das Ganze tatsächlich selbst erlebt zu haben. Aber ich meine, ich sah meinen Vater, der sich über meine Mutter beugte und mit ihr kämpfte. Er kämpfte mit ihr – und dann stand er auf. Er hielt etwas in der Hand, eine Waffe. Ein Messer, glaube ich. Und meine Mutter ... sie lag zusammengekrümmt auf dem Boden. Und sie waren beide ... voll ... voller Blut.«

Nach diesen Worten sah Sophia Storm so gefaßt in die Augen, daß er es ihr fast abnahm, daß er ihr beinahe glaubte, sie stünde so weit über den Dingen, sie wäre so abgebrüht, so hartgesotten.

Er schüttelte den Kopf. »Aber sie hat sich doch erhängt, oder nicht?«

»Das ist es, was ich gesagt bekam, was alle behaupten. Aber ich kann mich an nichts mehr erinnern, was nach jenem Abend passierte. Mein Vater, der mich sofort entdeckte, schickte mich ins Bett zurück. Ich hatte nur einen ganz kurzen Blick erhascht, und nicht einmal dessen bin ich mir sicher. Dann kam, glaube ich, das Kindermädchen und blieb bei mir. Vermutlich wurde alles irgendwie erklärt. Vermutlich schlief ich wieder ein. Ich weiß es nicht mehr.«

Sie saßen schweigend da. Die Musik lief weiter. *Ich, dein betrübtes Kind, werf all mein Sünd … in deine tiefen Wunden …* Sophia verharrte wie bisher, aufrecht, den Blick unverwandt auf Storm geheftet, jetzt, da sie mit ihrer Erzählung geendet hatte, sogar fast herausfordernd. Das Gasfeuer bullerte. Die Fenster rappelten und schepperten im Wind, die Vorhänge bauschten sich leicht. Storm kam es so vor, als schwebe der Raum völlig losgelöst von allem durchs Weltall, als seien sie die letzten beiden Menschen auf der Erde. Er blieb still. Sein Gefühl sagte ihm, daß er sie nicht noch weitertreiben durfte. Selbst wenn es möglich gewesen wäre, glaubte er nicht, daß er den Blick hätte ertragen können, mit dem sie ihn ansah.

Aber irgend etwas an ihrer Geschichte stimmte nicht, fand er. Etwas, das nicht hineinpaßte. Etwas, das fehlte.

»Hast du mal was von einem Jacob Hope gehört?« fragte er nach einer Weile. »Oder von Iago? Oder von einem ›Heiligen Iago‹?«

Sie dachte nach, schüttelte kurz den Kopf. »Nein. Was für ein seltsamer Name! Nein, nie.«

»Diese Brosche, die Brosche deiner Mutter. Weißt du, woher sie sie hatte?«

Ein Achselzucken. »Ich dachte immer, es sei ein Erbstück. Irgendein nordisches Symbol, soviel ich weiß. Wie bereits gesagt, die Familiengeschichte war ihr sehr wichtig, und die Abingdons möchten gern glauben, sie hätten Wikingerblut in ihren Adern. Ich glaube, dieses Zeichen steht für das geheime Wort der Hoffnung, das Odin dem toten Baldr ins Ohr flüsterte.«

»Ja. Sicher, das habe ich mir fast gedacht.«

Sophia lächelte nur ganz leicht.

Storm schlug sich mit den Handflächen auf die Knie. »Tja, jetzt weiß ich, glaube ich, warum du das Weinglas fallen gelassen hast.«

»Ja, ich wohl auch«, sagte Sophia und begann zu weinen. »Entschuldige, entschuldige«, schluchzte sie in dem Bemühen, es abzutun.

Aber er war bereits bei ihr, hielt sie an den Schultern. Zog sie hoch, umarmte sie. Sie schloß ganz fest die Augen, preßte ihr Gesicht an sein Hemd. »Ich kann mich erinnern … unmittelbar bevor ich von der Galerie sprang … ich kann mich erinnern, daß ich noch dachte, wie schäbig mir alles vorkam. Mein Leben, ich. Alles. Einfach nur schäbig und jämmerlich.«

Und mir nach Reu und Leid nicht mehr die Seligkeit noch auch sein Herz verschliefst.

»Nichts an dir ist schäbig und jämmerlich«, sagte Richard Storm. »Nicht in meinen Augen.«

Sie hatte recht: Sex war nicht gerade ihre Stärke. Steif wie ein Brett und knochentrocken. Und gleichzeitig verzweifelt und zerknirscht und mißtrauisch ihm gegenüber, was die Sache nur noch schlimmer machte.

Aber durch irgendeinen glücklichen Zufall schien genau dieser Umstand zwei von Richard Storms sympathischsten Eigenschaften zur Geltung zu bringen. Zum einen konnte er bei Menschen, die er wirklich mochte, ganz besonders bei Frauen, schier unerschöpfliche Geduld und Gutmütigkeit an den Tag legen. Natürlich fiel es in diesem Moment nicht einmal ihm leicht, Geduld zu üben. Ohne Kleider sah Sophia sogar noch besser aus. Wie sie mit verzweifelten, flehenden Augen auf dem Bett lag, ihr Gesicht ihm zugewandt. Für sie mochte sich ihre Haut vielleicht kalt angefühlt haben, aber unter seiner Hand hatte sie gebrannt, richtig gebrannt. Und sie hatte ein weißes Knie angewinkelt, ihre Beine für ihn gespreizt, ein Anblick, der ihn so erregte, daß er fürchtete, jeden Augenblick loszugehen wie eine Rakete und drei Straßen weiter wieder zu landen. Er hatte davon geträumt, sie zu nehmen – an einer Wand, auf dem Boden, in einem Sessel – ein bißchen leidenschaftliches Gefummle, ein bißchen Sich-die-Kleider-vom-Körper-Reißen, ein bißchen Action à la Marlon Brando im *Letzten Tango in Paris.* Ein Satz wie *So schön war es noch nie für mich, Richard!* In Gedanken hatte er sich alles schon genau ausgemalt.

Aber an dieser Stelle kam sein zweiter Charakterzug ins Spiel: Seine Natur, sein Beruf und sein ganz und gar nicht unaufmerksamer Blick auf die Welt hatten sich schon vor langem zusammengetan, um ihn von der wichtigen Tatsache zu überzeugen, daß es im Leben fast nie so kam wie im Kino. Er hatte ziemlich schnell durchschaut, wie der Hase lief. Er hielt sie, streichelte, küßte sie. Er säuselte ihr auch dann noch ins Ohr, als seine Triebe schon lange aufbrüllten. Und zum Schluß, mit Jazzerfingern und einer Schlangenzunge – und mit etwas Schmiere von einem Diaphragma, das aussah, als sei es seit 1947 nicht mehr benutzt worden –, war er schon froh, einfach nur mit einer gewissen Leichtigkeit und Sanftheit in sie eindringen zu können. Denn genau dort wollte er sein, wenn er ihr sagen würde, daß er sie liebte. Was er schließlich auch tat. Und er küßte ihre panischen Augen, bis sie weicher wurden, und ließ ganze Hände voll von ihrem rabenschwarzen Haar durch seine Finger gleiten und auf ihre zarten Wangen strömen. Und entlockte ihr, endlich, zumindest ein paar kleine Anzeichen spontaner Lust. Was fürs erste genügen mußte. Was auch genügte.

Hinterher befiel ihn natürlich sofort tiefe Bestürzung. Er war immer noch in ihr, immer noch auf ihr. Sie klammerte sich an ihn. Er liebkoste ihr Gesicht. Ihre braunen Augen leuchteten, und sie lächelte, als dächte sie, sie hätte etwas ausnehmend Cleveres getan. Sie sah ihn sogar kokett an. Plötzlich Mata Hari. Marilyn Monroe. Die *femme fatale* des Universums. Er betete sie an.

Und er war zutiefst bestürzt, daß er es so weit hatte kommen lassen, ohne ihr zu beichten, wie kurz, wie schrecklich kurz ihre Zeit notgedrungen sein würde. Storm vergrub sein Gesicht in Sophias Haar, angewidert von sich selbst und krank vor Liebe. Er schloß die Augen und atmete ihren Duft ein und wünschte sich, die Welt möchte für immer so sein. Vielleicht wendet sich ja doch noch alles irgendwie zum Guten, dachte er. Vielleicht hatten sich die Ärzte getäuscht. Es könnte eines dieser unsäglichen Versehen gewesen sein. Wie in *Schick mir keine Blumen* mit Rock Hudson und Doris Day. Er fühlte sich ganz passabel. Eigentlich richtig gut. Seit dieser einen Nacht vor mehreren Wochen war nichts mehr gewesen. Außer ab und zu leichten Kopfschmerzen. Was jeder mal haben konnte. Eine leichte

Schwäche im linken Arm – aber nur manchmal, nur ab und zu. Ansonsten ging es ihm blendend. Großartig.

Sonst ergäbe doch auch das Leben keinen Sinn.

Sophia ließ ihre Arme links und rechts von ihm auf die Matratze fallen. »Mein Gott, bin ich *hungrig.*« Sie umklammerte ihn abermals. Summte. »War es gut? War es schön für dich? Mein Gott, ich war noch nie so *hungrig.*«

Sein Herz schwamm in Blut, weil ihn seiner Sünden Brut in Gottes heiligen Augen zu einem Ungeheuer gemacht hatte.

Oder, wie er es in seinen eigenen Worten ausdrückte: *Oh, Magoo, was bist du doch für ein Idiot.*

7

Etwa zur selben Zeit, als Storm und Sophia über die Waterloo Bridge zurückgingen, auf dem Weg zum Savoy Hotel, um dort in der Bar etwas zu trinken, fuhr das Taxi mit der Lizenznummer 331 am Hoteleingang vorbei die Strand hinunter. Der Mann mit der Narbe starrte mit zusammengekniffenen Augen durch die Windschutzscheibe.

Harper Albright umschloß den Drachenstock fester mit ihren beiden Händen. Preßte die Lippen gegen ihre Fingerknöchel – die Lippen zitternd, die Knöchel weiß. Hier, wo das West End in die City überging, wo das Flimmern und Flirren der Theater den dunkleren, schmaleren Schluchten der Fleet Street wich, spielte sie das letzte Mal mit dem Gedanken an Flucht. Ich könnte an das Fenster des Taxis klopfen, dachte sie. Ich könnte versuchen, mich den Passanten durch wildes Gestikulieren mitzuteilen – oder den anderen Autofahrern, die sich durch die verstopfte Durchgangsstraße wälzten. Es würde allerdings nicht viel nutzen, wenn man den Verkehrslärm, wenn man die Natur von Großstädten in Betracht zog. Und es war auch ziemlich riskant, wenn man die rachgierigen Blicke in Betracht zog, die der Fahrer des Taxis im Rückspiegel hin und wieder auf sie schoß. Harper hatte nicht den geringsten Zweifel, daß sich der Fahrer an die Kerbe erinnerte, die sie ihm mit ihrem Degen am Kinn beigebracht hatte. Er suchte nur einen Vorwand, es ihr heimzuzahlen.

Sobald sie jedoch die Menschenmengen hinter sich gelassen, sobald sie die verlassenen Straßen der Innenstadt erreicht hatten, war ihre letzte Chance vertan. Dann wäre sie ihren Feinden auf Gedeih und Verderb ausgeliefert. Es hieß also jetzt oder nie.

Und trotzdem saß sie bloß da. Über ihren Stock gebeugt. Mit den Lippen an ihren Knöcheln knabbernd. Voller Angst – völlig aufgelöst vor Angst –, aber stumm, ohne Widerstand zu leisten.

Das Taxi fuhr weiter, auf die Straßenschluchten zu.

Was war sie doch für eine sture alte Frau! Sie hätte sich selbst einen Tritt verpassen können. Sie hatte unbedingt ihre Neugier befriedigen müssen. Sie hatte einfach wissen müssen, was als nächstes passieren würde.

Von all den unbeantwortet gebliebenen Fragen über Iago – von all den tausend Fragen – war diese die interessanteste: Warum hatte er sie noch nicht umgebracht? Aus Groll vermutlich. Oder weil er sie daran hindern wollte, eben jenes Manuskript zu finden, das sie jetzt unter ihrem Umhang verborgen hatte. Warum nur Warnungen, warum nur Drohungen? Diese Gefangenschaft in einem Londoner Taxi, diese Fahrt mit unbekanntem Ziel: Es hatte fast etwas Schicksalhaftes, und ihr stärkstes Gefühl – außer dieser entsetzlichen Angst – ihr stärkstes Gefühl war *gespannte Erwartung*. Die sich in ihrem Innern mit jener verhaßten anderen Erwartung vermischte: mit der Erwartung, die sie früher bei der Aussicht, ihn wiederzusehen, verspürt hatte.

Was für eine törichte alte Frau. Sie umklammerte ihren Stock, nagte an ihren Fingerknöcheln. Wütend. Voller Angst. Aufgeregt.

Dann fuhr das Taxi zu ihrer Überraschung an den Straßenrand. Hielt an. Gleich hinter dem Wappentier, noch in Sichtweite der Menschenmassen des West End. Der plötzliche Ruck riß sie aus derart tiefer Versunkenheit, daß sie den Platz einen Augenblick lang nicht wiedererkannte. Sie sah, wie der Fahrer dem gedrungenen Zeitungsverkäufer auf dem Gehsteig einen kurzen Blick zuwarf. Der Zeitungsverkäufer wiederum blickte auf ein riesiges altes Eisentor, das, fest verschlossen, in die Wand hinter ihm eingelassen war.

Der Fahrer drehte sich zu Harper um. Grinste sie böse an.

»Da wären wir, Gnädigste. Genau, wie Sie gesagt haben. World's End, am Ende der Welt.«

Der Zeitungsverkäufer schoß vor. Riß die Tür auf. Streckte seine schwielige Hand herein. »Hier entlang, Schätzchen.« Auch er grinste boshaft.

»Und keine Dummheiten«, warnte der Fahrer mit einem drohenden Nicken in Richtung ihres Stocks. »Es würde Ihnen auch gar nichts helfen. Dafür ist es jetzt zu spät.«

»Ich hätte Sie wie einen Käfer aufspießen sollen, als ich Gelegenheit dazu hatte«, knurrte Harper. Aber sie rutschte über den Rücksitz auf die offene Tür zu.

Auf keinen Fall wollte sie die Hand des Zeitungsverkäufers ergreifen. Sie kämpfte sich ohne Hilfe nach draußen. Und als er sie an der Schulter berührte, schüttelte sie ihn mit einem heftigen Achselzucken ab. Nachdem sie aus dem Taxi gestiegen war, strich sie ihre Kleidung glatt und richtete sich auf. Der Zeitungsverkäufer blieb an ihrer Seite. Versuchte sie am Ellbogen zu nehmen. Ihr finsterer Blick ließ ihn zurückweichen. »Wenn Sie mich noch einmal anfassen, breche ich Ihnen sämtliche Wurstfinger.«

Er machte ein finsteres Gesicht, hielt aber Abstand. Gab sich mit einem unwirschen Fingerzeig auf das Eisentor zufrieden.

»Schon gut, schon gut«, meckerte sie.

Sie hievte den Riemen ihrer Tasche über die Schulter und watschelte brummend auf die Wand zu. Langsam, wie durch Zauberhand, gingen die Torflügel nach innen auf.

Harper preßte die Zähne aufeinander, und der Atem stockte ihr, als der Gang dahinter zum Vorschein kam. Sie sah einen abschüssigen Weg in einen engen Hof. Durch windgepeitschte Ahornzweige erhaschte sie einen kurzen Blick auf das Westportal der Kirche der Tempelritter. Sie wußte jetzt, wo sie war. Am Eingang des Inner Temple Court.

Der Zeitungsverkäufer blieb hinter ihr zurück. Sie schritt durch die mächtigen Torflügel. Dann schwangen sie zu.

Nun war Harper in dem dunklen Hof allein.

Sie blieb stehen. Schnaubte. Sah sich um. Starrte wütend auf den abschüssigen Weg. Aber ihre Unerschrockenheit war nur gespielt, für den Fall, daß jemand sie beobachtete. War sie schon im Taxi halb vergangen vor Angst, konnte sie jetzt kaum mehr an sich halten. Es verstrich noch einmal ein langer Augenblick, bevor sie sich überwinden konnte, die

Schräge hinabzugehen, dem entgegen, was dort unten auf sie wartete.

Der Wind wurde stärker, ein heiseres warnendes Stöhnen zwischen den Wänden, die sie auf beiden Seiten umgaben. Genau das hatte gefehlt, um die ganze Umgebung noch unheimlicher zu machen. Trotzdem ging sie weiter, ihre gedrungene Gestalt in sich selbst verkrochen, ihr Stock auf das Pflaster einstoßend, als wolle sie ihn durch den Stein treiben, ihr Borsalino gegen die Kälte tief in die Stirn gezogen.

Als sie aufblickte, erkannte sie, wie hinter der Ecke des Hofs die Temple Church zum Vorschein kam.

Die Tempelritter – die Besatzer Jerusalems, nachdem die Kreuzritter die Stadt eingenommen, die Heiden abgeschlachtet und die Herrschaft der Heere des Friedensfürsten errichtet hatten. Der Legende nach die Hüter des Grals. Nach dem Vorbild der Deutschordensritter gegründet und die Rivalen der Johanniter – Militärs, Bankiers, Politiker und schließlich Ausgestoßene, die man der Teufelsanbetung und des Kindermords beschuldigte. Aufgelöst, gefoltert, auf dem Scheiterhaufen verbrannt: Sie hatten diese Kirche 1185 errichtet, etwa fünfundsechzig Jahre nach ihrer Gründung. Der runde Turm – einer der insgesamt nur fünf runden Kirchtürme in ganz England – war der Heiligen Grabeskirche in Jerusalem nachempfunden. Seine mit Zinnen versehene Spitze ragte schwarz in den trostlosen Himmel. Harper ging darunter entlang.

Und das unheimliche Säuseln des Winds hörte nicht auf – rings um sie rauschten und raschelten die Zweige der Bäume. Vom Fuß des Turms schimmerten die uralten Sarkophage gespenstisch. Direkt vor ihr befand sich jetzt das Westportal der Kirche, dessen Tor im Dunkeln lag: ein reliefverziertes normannisches Tympanon, das auf die Tür zulief. Diese zurückweichende Form, so schien es ihr, verlieh der Dunkelheit eine unwiderstehliche Sogwirkung. Wieder hatte sie das nervenaufreibende Gefühl, daß sie gar nicht anders gekonnt hatte, als an diesen Ort zu kommen, sozusagen in Befolgung einer Aufforderung, die keinen Widerspruch duldete. Sie konnte sich des beängstigenden Eindrucks nicht erwehren, daß alles, was nun kommen würde, erwartet wurde – schon lange, eigentlich schon immer erwartet worden war.

Sie war bestürzt – aber nicht überrascht –, als sie einen dumpfen Knall hörte, wie von einem zu Boden fallenden Körper, und die schwere Kirchentür aufzugehen begann.

Sie blieb vor dem mächtigen Torbogen stehen. Wappnete sich, straffte die Schultern. Die Tür öffnete sich, bis das Kircheninnere – oder genauer: die vollkommen lichtlose Finsternis im Innern der Kirche – sichtbar wurde.

»Du hattest ja immer schon eine Vorliebe für Effekte«, murmelte sie, an niemanden Speziellen gewandt.

Dann trat sie, begleitet vom Klicken ihres Stocks, unter den Bogen. Humpelte mit ausdrucksloser Miene unter das Tympanon. Betrat die Kirche.

Unverzüglich ging die Tür wieder hinter ihr zu, schloß sich mit einem hallenden Knall. Damit hatte sie gerechnet, aber dennoch konnte sie es nicht verhindern: Vor Anspannung begann ihr ganzer Körper zu beben. Jetzt war das Dunkel vollkommen. Es umfing sie. Harper konnte absolut nichts sehen. Spürte nur die klamme, steinerne Atmosphäre der Kirche. Roch nur – was war es bloß? – etwas Übelriechendes, Heißes, etwas Keuchendes, Gefährliches, Nahes. Er war da. Bei ihr. Sie wußte es. Er umkreiste sie wie ein Raubtier. Sie hatte solche Angst. Am liebsten hätte sie aufgebracht geschrien: *Das ist deiner nicht würdig!* Aber sie tat es nicht. Diese Genugtuung wollte sie ihm nicht gönnen. Und außerdem war es Unsinn: Das war absolut seine Art.

»Weißt du, in gewisser Hinsicht erinnerst du mich an den pazifischen Lachs«, sagte er plötzlich direkt hinter ihr.

Wieder konnte sie nicht anders – sie hielt erschrocken die Luft an. Und wirbelte zu seiner Stimme herum.

»Ich habe dir, glaube ich, alles über den pazifischen Lachs erzählt. Wie du dich sicher erinnern kannst, habe ich auf deine Erziehung immer allergrößte Sorgfalt verwendet.« Er bewegte sich bereits weiter, an den runden Wänden entlang. Harper drehte sich um ihre Achse, versuchte dem Klang der Stimme zu folgen. »Wirklich ein erstaunliches Geschöpf, der Lachs. Mit dem Geruchssinn findet er seinen Weg aus dem Meer, einen Fluß hinauf. Mit dem Geruchssinn findet er seinen Weg über Hunderte von Meilen hinweg, gegen die Gezeiten, gegen alle Hindernisse. Und kehrt schließlich in seine heimischen Gewässer zurück, an den Oberlauf, an den Ort, wo er gelaicht wurde. Dort paart er sich – und dann stirbt er.«

Seine Stimme verstummte. Harper drehte sich immer noch um ihre Achse, um ihm zu folgen. Doch er spielte mit ihr. Als er wieder zu sprechen begann, war er erneut hinter ihr.

»Was ich damit sagen will, ist folgendes: Es ist ein schrecklicher, langer Weg, den man um der Liebe – und dann um des Todes – willen zurücklegt. Oder nicht? Aber der Lachs kann nun einmal nicht anders. Ich glaube, in seinen Wandertrieb muß ein Hang zur Selbstzerstörung eingepflanzt sein. Und das ist es, worauf ich hinauswill: Es gibt Menschen, bei denen verhält es sich genauso. Vielleicht sogar bei den meisten Menschen. Du zum Beispiel folgst mir überallhin, weil du mir nicht widerstehen kannst, stimmt's? Obwohl du weißt, daß ich dich töten werde. Ist dieser Vergleich bemüht? Er kam mir nur eben in den Sinn.«

»Ein wenig. Ein wenig bemüht ist er schon.« Harper mußte sich erst die Lippen befeuchten, bevor sie weitersprechen konnte. »Aber da wir schon dabei sind: Wenn ich mich recht entsinne, wachsen dem Lachs vor seinem Tod noch Reißzähne, mit denen er kämpfen kann.«

Er lachte begeistert auf. »Du erinnerst dich also noch daran.« Und er riß ein Streichholz an.

Eine Explosion. Rote Blindheit. Harpers Hand flog hoch. Dann sickerte von den Rändern verschwommenes Erkennen herein... Bizarre Steinköpfe, die in den rundum laufenden Bogengang gemeißelt waren. Ein Dämon, ein Satyr, ein König mit toten Augen. Die sie zwischen den Säulen der Bögen hervor anstarrten. Eine gemarterte Seele, in die sich ein wildes Tier verbissen hatte. Ein sich windender Nasenbohrer, ein trauernder Bauer. Ein gotischer Kopf nach dem anderen. Und nun, als das Licht schwächer wurde, sah Harper, die wegen des grellen Scheins den Blick zu Boden gesenkt hatte, die Bildnisse der toten Kreuzritter zu ihren Füßen.

Und dann schaute sie zu Iago auf.

Er hielt jetzt das Streichholz an einen Kerzendocht, sah mit einem süffisanten Lächeln von der Flamme zu ihr. Und im selben Moment erinnerte sie sich, was das Besondere an ihm war.

Mit seiner schlanken, aufrechten Figur in dem weißen Anzug, mit seinem langen schwarzen Haar, seinem scharf geschnittenen Gesicht und diesen rauchigen, hypnotischen Augen war er nicht nur ein sehr attraktiver Mann. Da war noch etwas anderes. Eine bestimmte ungezügelte, animalische Vitalität, diese geballte Energie in jeder seiner Bewegungen. Eine gewisse Leichtigkeit und Selbstsicherheit. Die Art, wie er sich in seiner Haut rundum wohl zu fühlen schien. Er war so voller Leben, und die Welt ruhte so leicht auf ihm.

In dem atmenden Licht der Kerze mußte Harper sich nun fast gewaltsam vor Augen halten, wie er ausgesehen hatte, als sie ihn zum letztenmal gesehen hatte. In besagter Nacht, als sie im Lager der Sekte aus ihrem Bett gekrochen war. Als sie die Zweige beiseite geschoben und auf die Lichtung hinausgespäht hatte. Da hatte er gestanden. Im dampfenden argentinischen Dschungel, im flackernden Schein des Freudenfeuers. Und seine Akoluthen hatten dazu gesungen, die Mutter verzweifelt gegen ihren Knebel angeschrien. Und er hatte mit dem entrückten Blick eines Wahnsinnigen die gekrümmte Klinge gehoben, über dem Kind, das vertrauensvoll auf dem Altar vor ihm lag. Über seinem eigenen Kind.

Fünfundzwanzig Jahre hatte sie ihn deswegen gejagt.

Der Docht fing Feuer. Er hielt die Kerze hoch. Hielt sie ihr mit grün behandschuhten Fingern entgegen, strich sich mit der anderen Hand das lange Haar aus dem Gesicht. Langsam bewegte er die Flamme vor ihr hin und her, betrachtete sie von oben bis unten, so, als sei sie eine Statue, die er in einer Höhle entdeckt hatte. Harper stand tatsächlich da wie eine Statue und umklammerte ihren Stock – so fest, daß sich die Ohren des Drachen in ihre Handfläche gruben. Aber in Wirklichkeit zog sich alles in ihr zusammen, und am liebsten hätte sie sich unter ihrem Hut, hinter ihrer Brille verkrochen. Sie wußte, was er sah – jeden Tränensack, jede Falte, jede frühzeitig erschlaffte Hautpartie.

»Ach, Harper«, sagte er schließlich. »Du bist ganz schön alt geworden.«

Seine Worte trafen sie. Trotz allem. Dennoch schaffte sie es, ihm mit einem funkensprühenden Blick zu antworten: »Inzwischen sind ja auch fünfundzwanzig Jahre vergangen.«

»O ja, ich weiß, aber trotzdem.« Er spitzte die Lippen. »Du bist ganz … alt und runzlig geworden.«

»Tja.«

»Das wäre nicht nötig gewesen.«

»War es leider doch.«

Er lachte. »Meinetwegen, meinst du.«

»Ja.«

»Meine arme Kleine. Alles nur, weil ich dir gezeigt habe, wer du bist.«

»Du hast mir gezeigt, wer ich sein *könnte,* Jacob, was aus mir hätte werden *können*«, entgegnete Harper. »Du hast mir gezeigt, wer *du* bist.«

Er lachte wieder. Und reckte sich, breitete wie Christus die Arme aus. Die Kerze in seiner Hand verströmte gelbes Licht über das Kirchenrund: über die glotzenden steinernen Köpfe, die Bildnisse auf dem Boden mit ihren grotesk verdrehten Gliedern.

Er begann erneut, anmutig um sie herumzuschreiten, sie mit einem ironischen Grinsen von oben bis unten zu betrachten.

»Wer ich bin«, wiederholte er langsam. »Aber ich bitte dich, meine Liebe – du wußtest doch schon immer, wer ich war.«

»Nein«, versuchte sie zu antworten, aber das Wort blieb ihr im Hals stecken.

»Und ob du es wußtest. Außerdem war ich, wenn ich mich nicht täusche, dein Liebhaber.«

Harper zwang sich, still stehenzubleiben, während er

sie umkreiste. Das Licht der Kerze zog an ihr vorbei und wurde schwächer. Jetzt war er hinter ihr, wo sie ihn nicht mehr sehen konnte. Die Haut in ihrem Nacken begann zu prickeln. Es kostete sie große Mühe, nach außen hin gefaßt und finster zu erscheinen, während sie innerlich fast vor Angst verging.

»Ich – war – dein – Liebhaber«, sagte er noch einmal mit Nachdruck.

»Wenn du das Liebe nennst«, konterte sie.

Schließlich blieb er neben ihr stehen. Ganz dicht neben ihr. Sie spürte seinen Atem an ihrer Wange. Heiß, feucht, übelriechend. Der Atem eines Panthers. In beiläufig-ironischem Ton fuhr er fort:

»Du hast recht. Seien wir doch ganz ehrlich: Ich war dein Herr und Gebieter. Oder nicht?«

Harpers Lippen gerieten in Bewegung, als sie ihren Ekel hinunterzuschlucken versuchte.

»Ich habe dich beherrscht, Harper«, fuhr er leise fort. »Ich habe dich beherrscht, und dann hast du mich gebeten, dich abermals zu beherrschen. Ich kann mich noch gut an den Klang deiner Stimme erinnern, als du mich darum batest.«

Die Wörter brachen aus ihr hervor. »Ich war jung.«

»So jung auch wieder nicht.«

»Und halb von Sinnen.«

»Nur halb.«

»Das ist lange her, Jacob.«

»So lange auch wieder nicht. Auch du kannst dich noch daran erinnern. Ich sehe es doch, du erinnerst dich. Du erinnerst dich in deinem Körper daran. So ist es doch?«

Sie drehte ihm kaum den Kopf zu. Hob kaum einen Mundwinkel. Aus Angst, sie würde erneut zu zittern beginnen. »Ich erinnere mich, ja.«

»Und deswegen kommst du nicht von mir los. Und sei es nur, um meine Hände an deiner Kehle zu spüren.«

»Du weißt, warum ich hinter dir her bin«, sagte sie.

Er verdrehte die Augen. »Ach ja, stimmt. Das habe ich ganz vergessen. Wegen der Kinder. Wegen der armen toten Kinder. Rede dir ruhig weiter ein, das sei der Grund.«

»Es *ist* der Grund.«

»Für diese fixe Idee? Für dieses zwanghafte Bedürfnis, mich zu ärgern?«

»Eigentlich, um dich zu zerstören, Jacob. Deshalb, ja.«

Er ließ den Atem entweichen, warf eine Hand in die Luft. Harper zuckte zurück. Aber es war nur eine Geste der Enttäuschung, die Geste eines Lehrers angesichts der Begriffsstutzigkeit eines Schülers. »Weißt du, meine Liebe, ich habe dir eigentlich beigebracht, etwas ehrlicher mit dir zu sein. Ich habe dir doch gezeigt, wie man die häßlichen Abgründe seiner Seele auslotet.«

»Das hast du.«

»Und trotzdem stehst du jetzt vor mir wie eine altjüngferliche Tante und willst mir weismachen, du hättest dein Leben damit verbracht, deine besten Jahre dafür vertan und deine Schönheit dafür verbraucht, mich aufzuspüren – und das alles nur, weil dir angeblich so unendlich viel an ein paar toten Babys liegt?«

»Ja.«

»Also, das glaube ich nicht, Schätzchen.«

Harper konnte sich nicht mehr beherrschen: Ein schmerzhafter Schauder durchfuhr sie, vom Kopf bis zu den Zehenspitzen. Sie hatte ganz vergessen, welche Schwäche – welche körperliche Kraftlosigkeit – sie stets befiel, wenn er ihr so nah kam. Nein, sie hatte es nicht vergessen. Sie hatte nur verzweifelt zu glauben versucht, es sei etwas, was der Vergangenheit angehörte.

»Sieh dich doch an, Harper«, flüsterte er. »Wie du zitterst. Sieh dich doch an.«

Sie machte ein Geräusch, als schlucke sie. Klopfte mit dem Stock krampfhaft auf den Steinboden. »Ich ...« begann sie. Sie holte Luft. »Ich bin nicht mehr die Frau, die ich war, Jacob.«

»Ach nein? Wirklich? Warum bist du dann hier?«

Er trat vor sie hin. Jetzt konnte sie ihn abermals ansehen: den Kopf auf die Seite gelegt, ein hämisches Grinsen auf den Lippen, die schwarzen Augen rauchig und verführerisch. Er wirkte so vital, so locker, daß sie sich wie eine verstaubte alte Schachtel vorkam.

Aber sie blieb stehen. Sah ihn finster an. Und schluckte schwer. »Was soll ich darauf sagen?« fragte sie heiser. »Du bist hier der Philosoph, Jacob, nicht ich. Ich weiß nur ...« Sie schüttelte den Kopf.

»Was?« fragte er lächelnd. »Was weißt du?«

»Ich weiß, daß mein Geist dich ablehnt.«

»Dein Geist! Ach, du meine Güte!«

»Und nicht nur mein Geist.«

»Hört, hört. Und was noch?«

»Alles«, knurrte sie. »Alles lehnt dich ab. Das ...« Sie suchte nach den passenden Wörtern. »Na gut, meinetwegen. Das immerwährende Wesen.«

Jacob Hope wieherte los. Warf den Kopf in den Nacken, hielt eine Hand an den Bauch, die andere – die mit der Kerze – an die Stirn. Lachte und lachte, daß er sich kaum mehr auf den Beinen halten konnte. Dann schüttelte er den Kopf. Betupfte einen Augenwinkel. Beruhigte sich soweit, daß er nur noch leise vor sich hin gluckste.

Und dann – völlig unvermutet – brüllte er sie an: *»Um Himmels willen, Frau – schau doch!«*

Sein schwarzes Haar knackte und knisterte, als er die Kerze an sein Gesicht hob. Die Flamme schien wie in einer Liebkosung über seine Haut zu streichen. Es sah aus, als ob sich die unergründlichen Tiefen seiner Augen langsam drehten, wie Feuerräder. Sogar ihr eigenes Spiegelbild in ihnen schien sich zu drehen.

Harper sah ihn an. Und sie stellte fest, daß es stimmte, was sie befürchtet hatte. Was sie vermutet hatte, seit Storm ihn ihr beschrieben hatte. Es war unmöglich, es jetzt noch zu leugnen.

Er war ein Mann um die Dreißig – allerhöchstens fünfunddreißig. Wie er immer gewesen war. Wie er an jenem Tag war, als sie ihn kennenlernte.

In all den Jahren war er nicht eine Stunde gealtert.

»*Ich* bin das immerwährende Wesen«, sagte er. »Ich nähre mich vom Mark der Zeit. Ich war hier, bevor die Ozeane schwarz wurden vom Leben, und ich werde noch dasein, wenn die Wüsten weiß sind vom Tod. Und du gehst mir langsam auf die Nerven, Harper«, fuhr er in seinem normalen Tonfall fort. »Deshalb solltest du dir vielleicht mal über deine wahre Stellung klarwerden.«

Phhhh – er blies die Kerze aus. Harper zuckte fauchend zurück, als sich die tintige Schwärze um sie legte. Jetzt war wieder nur noch seine Stimme da. Dieser heisere Atem. Dieser Raubtiergeruch. Die Dunkelheit.

»Oh, Harper, Harper, Harper! Manchmal bringst du mich wirklich ganz schön in Rage. Ich kann dir sagen, nach dieser Geschichte in Argentinien wollte ich dich wirklich umbringen. Oh ...«

Er gab ein tiefes, sonores Knurren von sich, einen Laut von solch sinnlicher Gier, daß sie unvermittelt Angst um ihr Leben hatte.

Aber er fuhr fort: »Du bist eine dieser Frauen, die einen nur behindern, weißt du? Du hast mich an meiner Bestimmung zweifeln lassen. Fast. Aber…, aber ich hatte noch den Gral. Die blaue Blume, den blauen Stein. Und das war es, was mich zur Besinnung brachte. Ich meine, wenn jemand so etwas einfach kauft – es zufällig auf einem Bummel durch einen marokkanischen Bazar entdeckt –, dann ist das nicht bloß Zufall. Das kann einfach nicht bloß Zufall sein. Auch wenn du das anders siehst. ›Es wird einer kommen, der das ewige Wesen sein wird.‹ Das war die Prophezeiung. Deshalb wußte ich, daß ich auserwählt war, trotz alldem, was du mir antun konntest. Ich *wußte* es. Und ich wartete, bis meine Stunde kommen würde.« In seine Stimme hatte sich etwas Selbstbeweihräucherndes eingeschlichen. Er spielte sich vor ihr auf, stellte Harper fest. »Ich wartete. Geduld, Geduld. Und tatsächlich, nur fünf Jahre später, in einem Hinterhaus unweit der Edgware Road – an der Straße nach Damaskus, Harper – wie ein Blitz: ein verschüttetes Mineralwasser, und die nächste Stufe wurde mir gewährt. Die Fährte aus Geschichten. Oh, ich weiß, du bist darüber im Bilde. Trotzdem, laß mich dir sagen, Liebste, das ist nun schon zwanzig Jahre her. Ich mußte zwanzig Jahre lang warten, ehe ich dieser Fährte bis an ihr Ende folgen konnte. Geduld, Geduld, obwohl die Zeit für mich knapp wurde. Und gerade als es wirklich brenzlig zu werden begann, kurz vor der Katastrophe, stürzte die Mauer ein, und mein Schicksal lag erneut ganz klar und deutlich vor mir. Direkt vor mir. Und jetzt – wieder – *du*…!«

Sie wurde versengt von dem Wort. Er mußte sich bis auf wenige Zentimeter zu ihr vorgebeugt haben. Selbst in der vollkommenen Dunkelheit glaubte sie das Funkeln seines Blickes ausmachen zu können. »Ich kann sehen, wie weit du auf demselben schmalen Pfad gekommen bist. Wie auch nicht? Habe nicht *ich* dir alles beigebracht, was du weißt? Ich bin stolz auf dich, altes Mädchen. Ich bewundere dich dafür. Ich bewundere dich sogar so sehr, daß ich, wenn ich annehmen müßte, es bestünde auch nur die leiseste Möglichkeit, daß noch eine Kopie des letzten Textes existiert … also, ich sage dir, so wahr ich hier stehe: Ich würde es mir nicht nehmen lassen, dich mit eigenen Händen zu zermalmen.«

Wieder verbrannte sie sein Atem. Harpers Hand zuckte krampfartig, ihre Stockspitze tippte zweimal auf den Steinboden. *Warum tat er es nicht? Warum tat er es nicht einfach?* In ihrer Neugier hätte sie es ihn um ein Haar gefragt. Aber das durfte sie auf keinen Fall tun. Es könnte ihn in Versuchung führen. Es könnte ihn auf dumme Gedanken bringen. Um ihres Lebens willen mußte sie sich dazu durchringen, still zu sein.

Ihr Schweigen schien ihn zu provozieren. Er knurrte: »Glaubst du, das kann ich nicht?«

»Warum tust du's dann nicht?« platzte sie heraus. Was für eine dumme, dumme alte Frau. »Warum tust du's nicht einfach? Warum bringst du mich nicht einfach um?«

Er wich zurück. Zumindest ließ die Hitze seines Atems nach. Doch ja, er hatte sich von ihr zurückgezogen – sie konnte es spüren. Sie stand immer noch an derselben Stelle, versuchte ihn in dem undurchdringlichen Dunkel auszumachen, konnte aber nichts erkennen. Sie gab sich Mühe, zu schlucken, aber ihre Kehle war staubtrocken.

»Es ist wegen des Jungen, nicht?« sagte sie leise. »Du möchtest den Jungen. *Unseren* Jungen. Aus irgendeinem Grund brauchst du ihn. Nicht bloß sein Leben. Du willst ihn bei dir haben, du willst ihn an deiner Seite haben. Das ist es doch, oder nicht? Ist es nicht so, Jacob?« Er gab keine Antwort. Wo war er? Harper konnte es nicht sagen. Sie machte einen unsicheren Schritt nach vorn, rief im Dunkeln nach ihm. »Wenn du mich umbringst, weiß er Bescheid. Dann wüßte er, daß du es warst. Wenn ich von einem Auto überfahren würde, vom Blitz erschlagen, in der Themse ertränkt – selbst wenn ich im Schlaf stürbe –, er wüßte trotzdem, wer die Schuld daran trägt. Und das wäre das einzige, was er dir nie verzeihen würde. Es ist das einzige, was ihn für immer von dir fernhalten würde. Du möchtest nicht, daß ich für ihn zur Märtyrerin werde. Du brauchst ihn auf deiner Seite. Ist es nicht so?«

Aber außer ihrem eigenen verängstigten Röcheln war nicht ein einziger Laut im ganzen Kirchenrund zu hören.

»Jacob?«

Nichts. Nichts, was sie hören oder sehen konnte. Und doch… Und doch hatte die Stille etwas an sich, als bewege sie sich. Die Leere, die Dunkelheit hatte Leben. Sie konnte es spüren, an den winzigen Erhebungen ihrer Gänsehaut, am leichten Ziehen ihrer Nerven. Er war noch da. Er belauerte, umkreiste sie. Kam näher. Schlurfende Schritte auf dem Steinboden – Harper konnte sie hören. Sie kamen auf sie zu. Mit jedem Moment war er ihr ein Stück näher. Packte den Krummdolch, den sie im Dschungel gesehen hatte. Erhob ihn. Sie konnte das Sausen der hochzuckenden Klinge hören.

»Jacob!« schrie sie noch einmal, und diesmal zitterte ihre Stimme vor Angst. Der Drachenstock entglitt ihren kraftlosen Fingern. Fiel scheppernd auf den Steinboden. Sie riß ihre Tasche auf. Faßte mit der Hand hinein, tastete darin herum. Was für ein Durcheinander. Ihre

Finger streiften ihr Brillenetui. Ihre Puderdose. Einen Lippenstift. Ein paar Papiertaschentücher. Ein paar Quittungen. Ihre Schlüssel. Ein halbes Twix. Dann ihre Streichhölzer. Sie ergriff die Schachtel. Zog sie heraus, während die Tasche bereits von ihrer Schulter rutschte. Sie hörte sich keuchen, als sie ein Streichholz herausfummelte. Sie riß es an ihrem Daumen an. Wieder gab es eine blendend helle Flamme. Die Schatten huschten davon wie Ratten. Das Rund der Kirche. Die glotzenden Köpfe ringsum. Die steinernen Körper der Ritter zu ihren Füßen. Das lange Mittelschiff. Der ferne Altar, der matte Schimmer von farbigem Glas darüber …

Aber ansonsten war alles leer. Die ganze Kirche. Völlig leer. Bis auf sie.

»O Mann«, hauchte sie, packte ihren Stock und machte sich schleunigst aus dem Staub.

8

Müde, sehr müde kam sie zu Hause an. Hängte ihren Hut und ihren Umhang auf. Stieg die Treppe hinauf. Auf halbem Weg mußte sie sich ausruhen, die Hand am Geländer, den Kopf gegen die Wand gelehnt. Dann ging sie weiter.

Sie erreichte den zweiten Stock. Blieb wieder stehen. Spähte durch die halb offene Tür von Bernards Zimmer. Betrachtete einen Moment ihr schlafendes Faktotum. Gestattete sich, einen ungewohnten Ausdruck der Zärtlichkeit über ihr Gesicht huschen zu lassen.

Bernard hatte eine Flasche Gilbey's am Bett stehen. Sein Zimmer war voller Marihuanarauch, in seinem Aschenbecher türmte sich ein Berg ausgedrückter Kippen. Es war kindisch von ihm, das mußte er sogar selbst zugeben. Aber es kam so selten vor, daß er in seinem eigenen Bett schlief, daß er fürchtete, es könne verraten, welche Sorgen er sich um sie gemacht hatte, welche Angst er gehabt hatte.

Darum diese Inszenierung. Zuviel Alkohol, zuviel Gras. Der Fernseher am Fußende des Betts lief, der Ton war abgedreht, die Bilder flimmerten. Und er selbst hatte die gleiche Haltung eingenommen wie Chatterton auf jenem Gemälde: in voller Kleidung auf der Decke liegend, ein Arm dekadent über die Bettkante gehängt. Sein Mund stand offen, die Augen waren geschlossen, das leise Schnarchen fast überzeugend. Zwischen seinen kaum merklich geöffneten Lidern hindurch beobachtete er, wie Harper stehenblieb, wie sie ihn ansah. Bemerkte die ungewöhnliche Rührung in ihrer Miene. Sah auch das grausame Werk der Schwerkraft an ihren erschöpften Zügen. Er rührte sich nicht, doch mit einem unleugbaren Schauder des Entsetzens und der Erregung dachte er: *Sie hat ihn gesehen!*

Dann ging Harper weiter, verschwand aus seinem Blickfeld.

Sie stieg weiter die Treppe hinauf, zu ihrem eigenen Zimmer. Eine Dachkammer. Ein Schrank, vollgestopft mit Büchern, übersät mit losen Seiten und Bildern. Ein Bett, ein Schaukelstuhl. Ein einziges kleines Fenster, das sich zum Nachthimmel öffnete. Nachdem sie ihren Stock und ihre Umhängetasche abgelegt hatte, bückte sie sich ächzend, um das Gasfeuer anzumachen. Seufzend ließ sie sich vor der kleinen blauen Flamme in ihren Schaukelstuhl sinken.

Sie setzte den Stuhl in Bewegung. Sie hatte die vage Vorstellung gehabt, daß sie sich die Seele aus dem Leib heulen würde, sobald sie sich in der Geborgenheit ihrer eigenen vier Wände befände. Daß sie über ihre Sünden, ihre Schwäche, ihr vertanes Leben heulen würde. Aber nun merkte sie, daß sie keine Lust dazu hatte. Sie war zu müde. Ihr Kummer war zu tief für Tränen. Und außerdem hatte sie noch etwas zu erledigen, bevor sie sich schlafen legen konnte.

Sie bückte sich, um ihre Tasche zu sich heranzuziehen. Holte ihre Pfeife, ihren Tabak heraus. Zog den Umschlag hervor, den sie aus der Tasche ihres Umhangs genommen und dorthin gesteckt hatte. Nahm das Manuskript heraus und legte es in ihren Schoß. Also, unfehlbar ist er wenigstens nicht, dachte sie mit einer gewissen Genugtuung. Er hatte gedacht, jede Kopie des Textes sei vernichtet. Er hatte nicht mit dem Geist von M. R. James gerechnet.

Harper rückte ihre Brille zurecht. Sie stopfte ihre Pfeife. Hielt das Streichholz an den Totenkopf. Ließ die Flamme aufflackern. Schaukelte und rauchte eine Weile, und ließ sich Iagos Worte durch den Kopf gehen. *Ich war hier, bevor die Meere schwarz wurden vom Leben, und ich werde noch hiersein, wenn die Wüsten weiß sind vom Tod.* Seltsame Worte. Schwülstig. Lächerlich. Und doch auf unheimliche Weise bekannt.

Es war völlig still im Raum, bis auf das rhythmische Knacken des Schaukelstuhls: *tick-tick, tick-tick.*

Das Uhrwerk der Geschichte, dachte Harper.

Und sie begann zu lesen.

VII

Die Beichte des Mönchs

Ich muß sterben. Daran kann es keinen Zweifel geben. Die gleichen streifenförmigen Verfärbungen, die das Ableben der beiden anderen angekündigt haben, beginnen sich nun auch bei mir zu zeigen. Auf meiner rechten Seite reichen sie von den Fingerknöcheln bis zum Handgelenk, auf der linken von den Fingerknöcheln bis zum Ellbogen. Auf beiden Seiten kriechen sie langsam meine Arme hinauf. Nachdem ich das Ende meiner Gefährten in dieser Unternehmung miterlebt habe, bestehen kaum noch Zweifel, was mich erwartet: die Qualen, der unaufhaltsame körperliche Verfall, die rasende Reue. Bei William und Anselm setzte dieser grauenvolle Prozeß fünf Jahre nach dem Zeitpunkt ein, an dem wir uns auf unser Abenteuer eingelassen hatten. Wie wir schon dank kurzem Nachdenken hätten feststellen können, war es simple Arithmetik, die ihnen zum Verhängnis wurde. Ich habe nur deshalb als einziger überlebt, um davon zu erzählen, weil ich eine gewisse Gabe zur Verstellung habe und gut mit Frauen umzugehen weiß - und dank der Komplizenschaft einer Person, die namenlos bleiben wird, es sei denn, ihre Leiche wird exhumiert und aus geweihtem Boden verstoßen.

Das tut jedoch längst nichts mehr zur Sache. Was ich für Erlösung gehalten hatte, war nur ein Hinauszögern gewesen. Nicht mehr lange, und um mich ist es endgültig geschehen. Die Zeit reicht nicht mehr, um den Hunger des Steins zu befriedigen. Die Zeit würde nicht einmal dann reichen, wenn ich noch die innere Kraft dazu besäße, die ich jedoch nicht mehr habe.

Ebensowenig kann ich beten. Ich kann mein Gewissen nicht vor Gott, dem Herrn, erleichtern. So groß ist die Liebe Christi, daß ich fürchte, Er könnte mir vergeben. Das könnte ich nicht ertragen: Es wird eine Ewigkeit in Verdammnis erfordern, meine Seele von diesen Sünden zu läutern.

Statt dessen füge ich meiner Chronik von Belham Abbey diesen Nachtrag bei. Ich schreibe nieder, was ich nicht beichten kann.

Inzwischen ist es fast vierzig Jahre her, daß die Leute von Belham die Juden der Stadt verbrannt haben. Es geschah während der Regierung des ersten Königs Heinrich. Die Juden hatten, wie schon bei früheren Gelegenheiten, in der Kapelle des Abteihospitals Zuflucht gesucht. Dieses Mal waren die Leute jedoch so erbost über sie, daß nicht einmal das Recht auf Asyl sie zurückhalten konnte. Die Anführer der aufgebrachten Meute verrammelten die Türen der Kapelle und schleuderten durch die Fenster Brandsätze ins Innere, um das Gebäude in Brand zu stecken.

Die meisten Mönche befanden sich zwar auf der anderen Seite des Klosters beim Abendessen, aber wir waren uns des Aufruhrs sehr wohl bewußt. Als die Flammen emporstiegen, konnte ich die Schreie der Männer, das Kreischen der Frauen und das Weinen der Kinder hören. Es dauerte jedoch lange, bis Anselm einen Novizen losschickte, um Alarm zu schlagen und uns zu Hilfe zu holen. Bis dahin hatte das Feuer bereits so fürchterlich gewütet, daß die Eisentüren des Hospitals an den Rändern rot glühten. Viele von uns rannten los, um Wasser aus der Zisterne und sogar aus dem Glockenturm zu holen. Doch als das kalte Wasser mit dem glühendheißen Gemäuer in Berührung kam, wurden die Steine gesprengt, so daß die Mauern einstürzten und am Ende von dem ganzen Bau nicht mehr übrigblieb als ein einziges rußgeschwärztes Mauerstück. Die Körper der Eingeschlossenen waren zur Unkenntlichkeit verkohlt, ihre Gesichter im Moment des Todesschreis erstarrt.

Und das alles war nur geschehen, weil ich ein Gerücht in die Welt gesetzt hatte, eine Geschichte, die ich mir in meiner Verzweiflung ausgedacht hatte, um mein Leben zu retten. Ich verbreitete das Gerücht, es seien die Juden gewesen, die das Kind ermordet hatten, sie seien verantwortlich für die Leiche des kleinen Kindes, die vor kurzem in der Nähe der Abtei entdeckt worden war. Ich behauptete, die Juden hätten das Kind geopfert. Ich dachte mir ein Ritual aus, erfand die entsprechenden Details, damit sich alles ganz überzeugend anhörte. Ich sagte, die Juden hatten das Kind erstochen und während einer grausigen Abwandlung unserer Messe sein Blut dazu verwendet, ihr Paschamahl zu bereiten. Ich stellte alles sehr glaubwürdig dar.

Und das Gerücht begann sich langsam zu verbreiten, bis sich die Leute zusammenrotteten und in der Kapelle tödliche Rache übten.

Bis dahin freilich war die arme Annie schon viel zu sehr dem Wahnsinn verfallen, um jemanden von der Wahrheit überzeugen zu können.

Schon Wochen bevor das Kind entdeckt wurde, war Annie durch die Straßen gezogen und hatte wirres Zeug von einem Kindsmord gefaselt. Sie behauptete, sie könne hören, wie das Kind gegen die Erde über seinem verborgenen Grab klopfe, klopfe und klopfe, Tag und Nacht. Zerlumpt irrte sie durch das Dorf. Das Haar hing ihr in verfilzten Zotteln ins Gesicht, und ihre Augen hatten etwas Großes, Weißes, fast Entrücktes. Sie nahm jeden, der bei ihr stehenblieb, am Arm.

»Horch!« wisperte sie dann. »Tick-tick. Tick-tick. Hörst du ihn? Er versucht herauszukommen. Er versucht zu mir zurückzukommen.«

Anselm, William und ich litten Qualen der Angst, jemand könne sie eines Tages beim Wort nehmen.

Doch schließlich – wie es meistens ist – ereilte uns das Verhängnis wie ein Dieb in der Nacht. Wir Mönche kamen eines Morgens kurz nach Ostern gerade von der Messe, als wir feststellten, daß sich unmittelbar hinter dem Friedhof, wo die Mauer ausgebessert worden war, eine Menschenmenge gebildet hatte. Ich wurde losgeschickt, um nachzusehen – in welch schuldbewußter Verfassung ich mich befand, kann ich nicht beschreiben –, und fand an der Stelle viele der Bauern aus der Gegend murmelnd im Kreis stehend. Ich zwängte mich zwischen ihnen hindurch, und was ich dann sah, ließ mir das Herz stillstehen.

Es war Annie. Sie lag halbnackt auf dem Boden. Sie hatte sich mit ihren klauenartigen Händen die Lumpen vom Leib gerissen. Ihre langen Nägel waren schwarz vor Schmutz. Ihre Fingerspitzen bluteten.

Sie hatte die Leiche des Kindes mit bloßen Händen ausgegraben.

Weil die Bauleute an dieser Stelle den Mörtel gemischt hatten, war die Erde sehr kalkhaltig. Daher war das Kind schon stark verwest. Und doch drückte Annie das winzige Etwas an ihren blanken Busen, als lebe es noch und könne an ihm trinken.

»Seht ihr? Seht ihr?« rief sie den entsetzten Bauern zu. »Er hat versucht, herauszukommen. Tick-tick, tick-tick. Ich habe ihn gehört. Er hat die ganze Zeit versucht, zu mir zurückzukommen.«

Als ich von ihrer wilden Miene in die Gesichter blickte, die auf sie hinabstarrten, wußte ich, daß ich unverzüglich etwas unternehmen mußte. Und so begann ich meine Geschichte über das Komplott der Juden in die Welt zu setzen.

Es war einige Monate vor diesem Zwischenfall gewesen, daß mir der Vorschlag gemacht wurde, das Kind zu ermorden. Anselm persönlich holte mich in der Stunde nach Laudes aus meinem Bett und führte mich ohne ein Wort durch das stille Kloster zu seiner Zelle. Dort, an einem Tisch in der Ecke, saß ein Mann, den ich noch nie zuvor gesehen hatte. Er trug das Gewand eines Tempelritters, über die ich bis dahin nur von Pilgern, die aus dem Heiligen Land zurückgekehrt waren, hatte erzählen hören. Aber ich erkannte den roten Umhang und das Kreuz, das auf sein Gewand gestickt war.

Vor ihm, auf dem Tisch des Abtes, stand ein kleines Kohlebecken mit einem Kessel darauf. Der Dampf, der von der darin brodelnden Flüssigkeit aufstieg, hüllte das Gesicht des Templers in undurchdringlichen Dunst, die Glut der Kohlen verlieh seinen langgezogenen, schwermütigen Zügen eine feurige Färbung. Das war meine erste Begegnung mit William, der erst vor kurzem aus Jerusalem zurückgekehrt war.

Da ich keine Beichte ablege, bringe ich auch keine Entschuldigungen vor. Im selben Moment, in dem wir drei am Tisch Platz genommen hatten, wußte ich, daß dieses Treffen irgendeinem finsteren Zweck diente. Das verrieten schon unsere gedämpften Stimmen und wie wir über dem dampfenden Kessel die Köpfe zusammensteckten. Der unheilvolle Dunst mit seinem säuerlichen, betäubenden Geruch und der gespenstische Schein, der uns umgab, erschienen mir selbst damals schon als der sichtbare Beweis – die Aura – einer blutigen Verschwörung.

Williams schwarze Augen leuchteten, als er sich zu mir vorbeugte. »Sag«, murmelte er mit seiner tiefen, glatten Stimme, »warum bist du Mönch geworden?«

Ich erklärte kurz, daß ich in meinem achten Lebensjahr in die Abtei gebracht, dort aufgezogen und unterrichtet worden war und sonst kaum etwas von der Welt gesehen hatte.

»Und doch hast du als Mann die Tonsur genommen«, sagte er. »Du hast freiwillig das Gelübde der Armut und des Gehorsams abgelegt.«

»Das habe ich«, bestätigte ich ihm.

»Und das der Keuschheit.«

Ich wandte meinen Blick ab. »Auch das der Keuschheit.«

»Ein Leben, ganz der Arbeit und dem Gebet geweiht. Sicherlich in der Hoffnung auf ein ewiges Leben voller Glückseligkeit im Jenseits.«

»Es steht geschrieben, daß all jene, die an Ihn glauben, nicht zugrunde gehen, sondern ewiges Leben haben werden«, entgegnete ich vorsichtig.

Daraufhin nickte William nur.

Mit Hilfe einer Zange hob der Templer nun den Kessel vom Kohlebecken und stellte ihn auf den Tisch, um ihn abkühlen zu lassen. Zum erstenmal bemerkte ich, daß ein Stück Zwirn in den Kessel getaucht war. Das eine Ende verschwand in der brodelnden Flüssigkeit, das andere hing über den Rand des Behälters. Von Zeit zu Zeit nahm William das eine Ende der Schnur zwischen die Finger und zog behutsam daran, als versuchte er einen Fisch zu ködern.

»Du weihst dein Leben auf Erden Christus, weil er dir im

Jenseits ewiges Leben in Aussicht stellt«, sagte er. »Das ist der Hauptgrund, ist es nicht so?« Er spielte mit dem Zwirn, während der Kessel abkühlte, und lächelte mich an. »Doch was wäre, wenn ich dir eben dasselbe verspräche - nicht auf gut Glauben, sondern so, daß du es mit Händen greifen kannst? Nicht im Jenseits, sondern hier und jetzt?«

Ich blickte von William zu Anselm, der uns gespannt beobachtete.

»Ihr versprecht mir ...?« setzte ich an.

»Daß du nicht zugrunde gehst, sondern ewiges Leben haben wirst«, sagte der Kreuzritter leise. »Wenn ich dir die Kraft von Christi Heiligem Gral und, wie ich glaube, das Geheimnis seiner Auferstehung anböte, auf daß du selbst Gebrauch davon machtest. Wenn dafür keine Gebete nötig wären und keine Opfer, wenn du dafür nicht zur Frühmette aufstehen und dich bis zu Vesper und Komplet mühen und plagen müßtest. Wenn ich dir nicht ewige Freuden von Hosiannas, sondern von den üppigen, drallen Frauen dieser Welt anböte, ihren Wein, ihre Kräfte, ihre freie, frische Luft - wem würdest du dann dienen, Bruder?«

Wieder ließ ich meinen Blick zwischen Anselm und ihm hin und her wandern. Ich war kurz davor, die Bibel zu zitieren und auf das Jüngste Gericht hinzuweisen, dem sich alle Menschen zu unterziehen haben, ungeachtet dessen, wie lang ihr Leben auf Erden währen mag.

Jedoch, dies war nicht der Ort für derlei Heucheleien. Ich sagte nichts. Meine Zunge fühlte sich an, als sei sie zu Sand geworden, als ich mit einem Mal Gewißheit über etwas erhielt, was ich bis dahin nur geargwöhnt hatte: daß meine eigene Verderbtheit lediglich ein Schluck von dem Gift war, das längst bis ins Herz der Abtei vorgedrungen war.

Als William sah, daß ich keine Antwort geben würde, lächelte er abermals. Wieder zog er an dem Zwirn, der in den Kessel hing. Dieses Mal hob er ihn so weit an, daß er ganz aus dem kochenden Gebräu kam. Er hielt ihn vor meinen Augen hoch, und durch den Dampf hindurch sah ich, daß sich eine Kette aus bläulichen Kristallen darum gebildet hatte, deren Facetten wie Blütenblätter nach allen Seiten abstanden.

»Das ist die ›blaue Blume‹«, sagte er. »Der blaue Stein, der Gral. Die Formel für seine Herstellung habe ich in der Heiligen Stadt von einem muselmanischen Magier bekommen. Sie war das Lösegeld für sein Leben. Zuerst werden die Zutaten zusammen erhitzt, und danach läßt man sie abkühlen und kristallisieren. Dann wird ein Stück des Kristalls wieder in Wasser aufgelöst – nur ein winzig kleines Stückchen. Und dadurch entsteht ein heilkräftiges Elixier. Badet man alle sechs Monate in diesem Elixier, werden die natürlichen Körpersubstanzen wieder soweit hergestellt, daß der Alterungsprozeß aufgehalten wird. Der Körper – dieser Körper – *dein* Körper – kann im wahrsten Sinn des Wortes unsterblich gemacht werden.«

Ich sprang mit solcher Heftigkeit auf, daß die Bank, auf der ich gesessen hatte, umkippte und hinter mir zu Boden schlug. Trotz der nächtlichen Kälte spürte ich, wie mir am ganzen Körper der Schweiß ausbrach. Ich spürte, wie mein Herz mit aller Macht gegen das Gefängnis meiner Rippen pochte.

»Das ist Teufelswerk«, stieß ich hervor. »Warum kommt ihr damit zu mir?« Fieberhaft suchte ich nach einer Antwort, fand jedoch keine. »Warum kommt ihr damit zu mir?«

»Setz dich«, murmelte Anselm, »setz dich.« Er bückte sich, stellte die umgestürzte Bank wieder auf.

Langsam ließ ich mich darauf niedersinken.

Als William lächelte, schien die rote Glut der Kohlen in seinem Gesicht noch heller zu glühen. Seine Augen wanderten zu Anselm hinüber, und der Abt nickte.

»Der Stein ist nur ein Teil des Elixiers«, fuhr William so leise fort, daß ich mich vorbeugen mußte, um ihn verstehen zu können. »Um uns von seiner Wirksamkeit überzeugen zu können – brauchen wir noch eine weitere Zutat.«

Eine weitere Zutat.

Ich werde nicht versuchen, mein Verbrechen zu schmälern, indem ich schildere, welch inneren Kampf mit meinem Gewissen dieses Gespräch nach sich zog. Die Wahrheit ist – und zwar ganz gleich, welche Gewissensbisse mich quälen, welche Skrupel mich plagen mochten: Von Anfang an gab es vor allem einen Gedanken, der mich nicht mehr losließ. Leben! Ewiges Leben! Ewige Jugend! Mit solch einem Geschenk in Aussicht, was zählte da noch das Gewissen? Was war das Gewissen ohnehin anderes als die Angst vor Bestrafung nach dem Tod? Sobald die Drohung des Todes einmal zunichte gemacht, die Drohung der Hölle für immer aufgehoben war, welche Macht konnte das Gewissen dann noch haben? Welche Macht hatte dann Gott? Wenn mir Leben und Jugend gewiß waren, würde ich selbst sein wie Gott, dann wäre ich imstande, die kleinlichen Ängste und Beschränkungen der Menschheit mit einem Achselzucken abzutun. Es stünde mir frei, ohne Angst oder Reue meinen Begierden zu frönen, mir alles zu nehmen, wonach mich gelüstete.

All das, eine Ewigkeit voller Freuden – im Austausch gegen lediglich eine weitere Zutat.

Und so suchte ich die verrückte Annie auf.

Es war beschämend einfach, sie für das Vorhaben einzuspannen. Selbst damals schon war die Frau so schlichten Gemüts und geistig derart verwirrt, daß sie kaum anders als ein Tier war. In den Tagen meiner Brunst hatte sie sich mir ebenso dargeboten wie ein Tier es täte: Stöhnend und sabbernd hatte sie sich, sobald ich mich ihr näherte, auf alle viere niedergelassen, und ihr Hemd bis zur Hüfte gerafft. An ihr befriedigte ich die Begierden, die mir so lange untersagt gewesen waren – in der Gewißheit, daß sie zum einen zu einfältig war, um wie eine normale Frau Zuneigung oder Scham zu empfinden, und daß ihr zum anderen niemand Glauben schenken würde, so sie eines Tages beschließen sollte, die Wahrheit zu enthüllen. Es schien, als hätte es besser sich nicht fügen können.

Bis ich eines Tages feststellte, daß sie in guter Hoffnung war.

Aus Angst, ihr Zustand könnte mich verraten, ihr wirres Gefasel könnte an den Tag bringen, was zusehends unmöglicher zu leugnen war, beschloß ich, entsprechende Vorkehrungen zu treffen. Ich hatte also dafür Sorge getragen, sie an einem geheimen Ort im Wald unterzubringen, im Haus einer findigen Frau, deren Dienste ich schon bei früheren Gelegenheiten in Anspruch genommen hatte. Dort suchte ich Annie auf.

Mittlerweile war der Zeitpunkt der Entbindung immer näher gerückt, obwohl ich befürchte, daß sie noch immer nur halb begriff, was mit ihr geschah. Als ich ihr erklärte, was zu tun sei, stimmte sie unverzüglich zu – abwesend, wie jemand, der im Traum spricht.

Es war ein unerquickliches Treffen, obgleich nötig. Das war der Grund, warum Anselm und William sich vor allem an mich gewandt hatten. Weil der Stein geprüft werden mußte. Weil sie kinderlos waren, und Annie kurz vor der Niederkunft stand.

Weil sie noch diese eine weitere Zutat brauchten.

Und so trafen wir Verschwörer uns wenig später von neuem, abermals mitten in der Nacht, diesmal jedoch im Wald, hinter Wiesen und Feldern. Ein weiteres Mal wurden die Zutaten des Kristalls gemischt, über glühenden Kohlen in einen Kessel gegeben und schließlich zum Abkühlen und Kristallisieren vom Feuer genommen. Mittlerweile war ich in die Zusammensetzung des Elixiers eingeweiht worden. Ich halte sie hier für denjenigen fest, der Augen hat zu sehen und weder Angst vor der Verdammnis noch eine Seele hat, die gerettet werden muß.

Der Kristall wurde zu einer eisernen Wanne getragen. Aus dem Fluß wurde ein Bad geschöpft. Ein kleines Stück des Kristalls wurde abgebrochen und in das Wasser gegeben. Es brodelte heftig, als es sich darin auflöste.

Dann, zur verabredeten Stunde, traf Annie ein. Sie trug unser Neugeborenes in ihren Armen.

Dieses Bild wird mir vor Augen stehen, wenn ich sterbe. Ich habe es auch jetzt vor Augen, habe es seitdem immer vor Augen gehabt. Es wird die Qualen meines Gewissens, die Pein der ewigen Flammen steigern.

Tief vermummt standen wir drei da und warteten. Wie um uns den Blicken der Engel zu entziehen, schienen die Bäume ringsum die Wipfel einander zuzuneigen. Kein Mond, keine Sterne. Nur der schwache blutrote Schein der Kohlen beleuchtete die Zweige. Angesichts dieses höllenhaften Lichtes konnten kaum Zweifel aufkommen, in wessen Obhut wir unsere Seelen gegeben hatten. Wie greifende Hände streckten sich uns die roten Zweige entgegen.

Es wehte ein feuchter, kalter Wind. Der ganze Wald ächzte. Die Bäume schienen miteinander zu flüstern. Kein Vogel sang, und das Summen und Rascheln der Nachtgeschöpfe war so leise und stet, daß es nur eine andere Form der Stille war.

Annie trat aus dem Dunkel des Waldes. Mir stockte der Atem, und wie Beize schoß mir ein Fieber durch die Adern. Aus der Art, wie sie ihre Last trug, aus dem wortlosen Gesang, den sie ihr vorsummte, ging unmißverständlich hervor, daß durch die Geburt ihres Jungen eine animalische Zärtlichkeit in ihr geweckt worden war – trotz ihres verwirrten Zustands. Aber auch im nachhinein glaube ich nicht, daß sie tatsächlich begriff, was wir vorhatten.

Sie reichte mir den Säugling. Ich hatte nicht den Mut, auf ihn hinabzusehen. Ich hielt den Blick unverwandt auf Annie gerichtet, als William das Bündel aus meinen Armen nahm. Das arme zerlumpte Geschöpf stand ohne ein Wort des Protests da, während William die bedeutungsschweren heidnischen Beschwörungen sprach. Die Schlaffheit ihres Gesichts, die Leblosigkeit ihrer Augen spiegelten, so glaubte ich, die Schlaffheit und die Leblosigkeit wider, die von meiner ganzen Seele Besitz ergriffen zu haben schienen. Ich hatte das Gefühl, als triebe ich in einem Meer, in dem jede Empfindung unterdrückt, jeder Gedanke so lautlos war wie der Wald ringsum.

Singend legte William das Kind auf den flachen Felsen, der unser Altar sein sollte.

Der Gesang ging weiter – für lange Zeit. Er schwoll langsam an, bis er seinen Höhepunkt erreichte und den stillen Wald erfüllte. Obwohl ich mein Gesicht abwandte, sah ich aus dem Augenwinkel das Blitzen des Messers mit dem goldenen Griff, als William es über seinen Kopf hob. Als der rote Schein der Kohlen sich in der Klinge fing.

Von dem Säugling kam ein einziger erschrockener Ton, von Annie ein einziger Laut – ein dumpfes, verzweifeltes Stöhnen –, als das Messer herabfuhr.

Dann trat Anselm mit einem silbernen Kelch vor, um das spritzende Blut aufzufangen.

Ich ließ meine Gewänder zu Boden fallen und stand nackt in der Nachtluft. Dann trat ich vor und tauchte in das eisige Bad.

Es herrschte Stille. Der Wind wehte. Anselm kam mit dem Kelch in den Händen auf mich zu.

Selbst jetzt noch - so tief gesunken, so verroht und verdammt ich auch sein mag - schreit bei dieser Erinnerung etwas in mir auf und bricht in Heulen und Wehklagen aus. Aber ich widerstehe der Versuchung. Es wäre verwerflich, jetzt um Gnade zu flehen, jetzt Menschlichkeit oder Reue zu heucheln. Der Wille des Menschen ist frei, und die Liebe Christi grenzenlos. Und ich traf in jener Nacht in diesem Wald meine Entscheidung.

Und in Mißachtung des Himmels wurde ich vor den Augen der Anwesenden im Blut des Lammes gewaschen.

Darum habe ich das alles hier niedergeschrieben, auf daß es bekannt werde. Ich habe es festgehalten, auf daß es nicht mit mir sterben möge. Seit jenem Tag habe ich fast vierzig Jahre lang gelebt. Ich habe erst den einen, dann den anderen meiner beiden Gefährten dahinscheiden sehen, nachdem sie infolge eines Mißgeschicks oder Versäumnisses nicht an das Blut kamen, das sie benötigten, an jene kostbare weitere Zutat, ohne die der Stein nutzlos ist. Ich habe das Fleisch auf ihren Knochen aufplatzen, dann verfaulen sehen, ich habe sie vor Schmerzen schreien hören. Ich habe das Licht einer schrecklichen Erkenntnis in ihren hilflosen Augen gesehen - zu spät, zu spät. Ich habe dieses Licht schließlich gnädigerweise erlöschen sehen.

Und doch höre ich sie immer noch in der Grube ihres ewigen Meisters schreien.

Aber ich machte weiter. Ich zog von Ort zu Ort. Wie ein Dieb schlich ich unter meinen Mitmenschen umher und hielt mich im verborgenen. Ich verführte ihre Frauen und schlachtete jeden meiner eigenen Sprößlinge beim ersten Atemzug ab. Um mich selbst zu schützen, verleumdete ich

Unschuldige und stürzte sie ins Verhängnis. Ich lebte, wie der Fuchs lebt: wie ein Gejagter. Männer bekreuzigen sich, wenn sie meinen Namen murmeln. Kinder weinen, wenn ihre Mütter mich anrufen. Priester leugnen meine Existenz, und die tapfersten Ritter fürchten meine Anwesenheit in den Wäldern. Ich habe mich selbst zu ihrem Alptraum gemacht.

So sieht das ewige Leben aus, das mir versprochen wurde.

Und doch - und doch, ich muß es sagen - das Versprechen ist gehalten worden. Ich sterbe jetzt, aber diese vierzig Jahre habe ich gelebt. Ich habe gelebt - und ich bin nicht gealtert. Mein Körper ist heute derselbe, der er all die Jahrzehnte davor gewesen ist. Andere sind gealtert und dahingesiecht, wieder andere sind gestorben, aber ich bin, wie ich war. Ich bin unverändert.

Das ist es, was ich mich mitzuteilen verpflichtet fühle. Ich fühle mich verpflichtet, es zu verkünden, wobei ich nicht einmal jetzt weiß, ob ich diese Worte voller Entsetzen oder voller Freude niederschreibe: Der Gral existiert! Die Legende vom Stein ist wahr! Ich bin das lebende Testament seiner Kräfte, das sterbende Testament. Wer Augen hat zu sehen, der sehe.

Ich schließe mit einer Prophezeiung - und mit einer Warnung. Ich glaube folgendes:

Ich glaube, daß in den Tagen, die da kommen werden, einer unter uns aufstehen wird, der unerschrockener ist als ich, listenreicher und findiger, einer, der die Fülle der Möglichkeiten, die in dieser Angelegenheit stecken und die uns selbst bisher noch verborgen blieben, erkennen und das ewige Geschöpf werden wird, das ich zu werden hoffte.

Aber zwei Dinge muß er berücksichtigen, zwei Dinge muß er immer im Auge behalten.

Das erste ist: Das Blut muß beschafft werden. Alle sechs

Monate muß das Blut zur Verfügung stehen, oder alles ist verloren. Unser Unvermögen, diese Bedingung zu erfüllen, wurde zuerst meinen Gefährten und dann mir zum Verhängnis.

Aber da ist noch ein zweiter Punkt: Irgendwann ist der Stein aufgebraucht. Es wird zwar immer nur ein kleines Stückchen davon benötigt, aber sobald er einmal aufgebraucht ist, muß er neu hergestellt werden. Deshalb muß die genaue Formel für seine Herstellung immer in Erinnerung behalten werden, sie darf nicht verlorengehen. Aus diesem Grund habe ich, wie gesagt, diese Formel hier aufgezeichnet.

Denkt immer daran: Fehlt ihm entweder das Blut oder der Stein, so ist ihm der Tod, der denkbar schrecklichste Tod, gewiß.

Doch umgekehrt, wenn er – dieser künftige Mensch – das Blut beschaffen kann, wenn er immer einen entsprechenden Vorrat von der blauen Blume verfügbar hat, dann liegt alles vor ihm, wie es einst vor mir lag. Dann – oh – welche Macht, welche unendliche Macht wird ihm dann erwachsen! Wenn die Menschen Christus schon aufgrund des bloßen Versprechens der Unsterblichkeit anbeten, was werden sie dann erst dem entgegenbringen, der sie ihnen tatsächlich geben kann? Wenn Könige schon vor dem Kreuz niederknien, was werden sie dann erst ihm zu Füßen legen? Durch ihn habe ich die Hoffnung, daß mein bevorstehender Tod, dieser gräßliche Tod, nicht vergebens sein wird. Ihm hinterlasse ich dieses Dokument, diese Formel, diese Worte.

Und aus den Tiefen der Hölle, in denen ich mich gewißlich bald befinden werde, grüße ich ihn über die Zeiten hinweg.

VIII

Iagos Nacht

1

Das Licht des Tages schwand. Regen peitschte gegen die hohen Fenster des Hauses in World's End. Ein von der Straße hochblickender Passant hätte dahinter nur einen Fleck gelben Lampenscheins bemerkt, die Andeutung eines Feuers im Kamin, einen flackernden orangefarbenen Schein. Selbst in den Momenten, in denen der Sturm nachließ, in denen der Regen auf der Scheibe die Gestalt von Streifen und Tropfen annahm, war das Redaktionsbüro von *Bizarre!* der Welt durch Wolken qualmenden Rauchs verborgen, durch einen inneren Nebel, der auch die gedrungene Gestalt verhüllte, nicht mehr als eine dunkle, verschwommene Silhouette aus ihr machte.

Harper nahm einen weiteren Zug aus dem Meerschaumtotenkopf und beobachtete, wie die Nacht hereinbrach. Die anderen waren auch im Raum. Niemand sprach. Bernard spielte auf seinem Computer eine Patience. Das ständige Klicken der Maus klang schroff, aggressiv, aufgewühlt. Storm brütete auf dem hohen Hocker vor sich hin, trommelte mit den Fingern auf den Zeichentisch oder massierte manchmal abwesend seinen linken Arm. Sophia, am Feuer, hatte die Arme um den Oberkörper geschlungen, rieb sich die Schultern, beäugte nervös die Absonderlichkeiten, die ihr von den Zeitschriftentiteln an den

Wänden und aus den Glasbehältern und Aquarien entgegenstarrten.

Und Harper stand da und rauchte ohne Unterlaß. Sie dachte über die Fährte aus Geschichten nach. Darüber, was sie ihr enthüllt hatte. Darüber, wie sie sie zu dieser gefährlichen Nacht geführt hatte.

Seit ihrer Begegnung mit Iago waren inzwischen zehn Tage vergangen. Das war genügend Zeit gewesen, um sich einen Reim auf das Ganze machen zu können. Zumindest die zeitliche Abfolge war ihr schon mehr oder weniger klar.

Vor etwa dreißig oder vierzig Jahren, bevor Harper ihn kennenlernte, hatte Jacob Hope auf einem marokkanischen Bazar zufällig einen blauen kristallinen Stein erworben. Soviel hatte er ihr selbst erzählt. Der Händler, der ihm den Stein verkauft hatte, mußte ihm irgendeine Version der Beichte des Mönchs von Belham erzählt haben – irgendeine Legende über die Kraft des blauen Steins, ewiges Leben zu spenden. Allem Anschein nach hatte Iago der Erzählung entweder sofort Glauben geschenkt, oder er hatte die Kräfte des Steins an sich selbst erprobt und festgestellt, daß die Geschichte stimmte. Jedenfalls hatte Harper keinen Zweifel, daß ihm das Vergnügen, ein Kind zu töten, Anreiz genug gewesen sein dürfte, es auszuprobieren.

Danach war er nach Europa zurückgekehrt und hatte dort seine Anhänger um sich zu scharen begonnen. In einer Zeit, in der Sekten wie Pilze aus dem Boden schossen, hatte er seine eigene gegründet. Aber wie der Hexer Dr. Mormo angedeutet hatte, diente ihm die Sekte natürlich nur als Vorwand. In Wirklichkeit ging es Iago ausschließlich um die Frauen. Um die Frauen – und die Kinder, die er mit ihnen zeugen konnte. Um die Kinder – und ihr Blut. Die Sekte war für ihn eine ideale

Möglichkeit, um sich mit der »kostbaren weiteren Zutat« zu versorgen, »ohne die der Stein wertlos ist«.

Und so hatte er in seinem Lager im argentinischen Dschungel seine Experimente durchgeführt. Er hatte Teile des blauen Steins in Wasser aufgelöst und seine Kinder um ihres Blutes willen ermordet. In dem Elixier hatte er dann alle sechs Monate gebadet. Seinem Aussehen nach zu schließen, war es ihm auch noch gelungen, den hungrigen Stein zu füttern, nachdem Harper ihm auf die Schliche gekommen war und er das Lager – und mit ihm seine Kinder – niedergebrannt hatte. Mit Hilfe seiner charismatischen Ausstrahlung und seiner Gerissenheit hatte Iago es geschafft, sich die ganzen letzten fünfundzwanzig Jahre weiter mit Kinderblut zu versorgen.

Aber die Beschaffung des erforderlichen Bluts war nur ein Teil des Problems, oder nicht? Da war auch noch die Sache mit dem Stein selbst, mit dem Kristall. Wie der Mönch prophezeit hatte, würde der Stein irgendwann aufgebraucht sein. Für jede Anwendung mußte ein Stück davon aufgelöst werden. Iago wußte, daß sein marokkanischer Vorrat irgendwann zu Ende gehen würde. Und offensichtlich war es ihm bisher nicht gelungen, die Zusammensetzung des Steins zu analysieren oder herauszufinden, wie er sich künstlich herstellen ließ. Denn genau das mußte er tun, bevor sich die streifenförmigen Verfärbungen auf seinen Handrücken zeigten. Bevor er wie William und Anselm und der Mönch von Belham Abbey unter unsäglichen Qualen bei lebendigem Leib verfaulte.

Und das war der Punkt, an dem die Fährte aus Geistergeschichten ins Spiel gekommen war. Vor zwanzig Jahren. Nach der Zerstörung des Lagers in Argentinien. Nach fünfjährigem Exil. In einem »Hinterhaus unweit der Edgware Road«, wie er ihr selbst erzählt hatte. Irgend etwas hatte Iago auf *Black Annie* aufmerksam gemacht. Irgend etwas hatte ihn dazu gebracht, diese Erzählung mit dem *Turm des Alchimisten* in Zusammenhang zu bringen, der wiederum die Verbindung zu dem Reinhart-Triptychon sowie zu der Ballade *Young William* herstellte, die ihrerseits alle anderen Werke mit der Beichte des Mönchs in Zusammenhang brachte.

Und die Beichte des Mönchs war es gewesen, nur sie konnte es gewesen sein, die seine zwanzigjährige Suche nach dem Triptychon ausgelöst hatte.

Denn nachdem er die Beichte des Mönchs gelesen hatte, war ihm ebensowenig wie Harper entgangen, daß der Mönch darin ausdrücklich darauf hinwies, er habe die Formel für die Herstellung des Steins in seiner Niederschrift festgehalten. Wenn das jedoch stimmte, wo hatte er sie dann aufgeschrieben? Im Text war sie jedenfalls nicht enthalten. Sie tauchte auch nirgendwo in M.R. James' Übersetzung auf. Demnach mußte der Verfasser die Formel in den Illuminationen, den Bildern, verschlüsselt wiedergegeben haben. Die zerstört worden waren, als die British Library 1941 zerbombt wurde.

Die aber vermutlich – sogar höchstwahrscheinlich – als Vorlage für das Reinhart-Triptychon gedient hatten.

Das war die entscheidende Aussage der Fährte aus Geschichten, der verschlungenen Kette, die die Beichte des Mönchs von Belham mit den Werken Reinharts verband. Wenn nämlich die Arbeiten Reinharts auf der Beichte des Mönchs basierten, war das Triptychon – nach Iagos fester Überzeugung – keine Darstellung der drei Weisen aus dem Morgenland, die der Madonna mit dem Jesuskind ihre Aufwartung machten. Nein. Es zeigte die drei Verschwörer, die sich im Wald mit Annie trafen, um ihr grausiges Opfer zu vollziehen.

Und wenn Reinhart die Bilder aus der Belham-Handschrift kopiert hatte, mochte er, ob nun wissentlich oder unwissentlich, auch die verschlüsselten Anweisungen für die Herstellung des Kristalls kopiert haben.

Wer Augen hat zu sehen, der sehe.

Ohnehin umgab ein schon lange kursierendes Gerücht das Triptychon mit einem Hauch von Geheimnis. Die Nazi-Hexer – diese verrückten Schwarzmagier, die im Dunstkreis des Dritten Reichs ihr Unwesen getrieben hatten – hatten erkannt, daß den Gemälden irgendeine besondere Kraft innewohnte, irgendein Geheimnis, das noch der Enthüllung harrte. Weil jedoch keiner von ihnen gewußt hatte, wonach er suchen sollte, war es ihnen nicht gelungen, es zu finden oder den Code zu entschlüsseln.

Bis Iago kam. Bis jetzt.

Was hatte ihn darauf gestoßen? fragte Harper sich. Was war »unweit der Edgware Road« passiert, das seine Aufmerksamkeit auf *Black Annie* und die anderen Geschichten gelenkt hatte? Die Zusammenhänge lagen nicht auf der Hand, sie waren nicht leicht herzustellen. Wie hatte er sie entdeckt, wie war er überhaupt darauf gekommen, nach ihnen zu suchen? Das waren lauter wichtige Fragen, weil Harper sich – von dem Augenblick an, in dem Storm die Geschichte auf der Party vorgelesen hatte – der unheimlichen Aura von schicksalhaften Übereinstimmungen bewußt war, die dieser ganzen Geschichte anhaftete. Und wenn sie herausbekam, wie alles angefangen hatte, konnte sie sich vielleicht die Antworten zusammenreimen. Dann konnte sie den weiteren Verlauf der Dinge vielleicht sogar maßgeblich beeinflussen oder zumindest Iagos Pläne durchkreuzen.

In ihrem Kopf begannen sich bereits vorsichtige Antworten auf ihre Fragen abzuzeichnen. Aber fürs erste ...

Fürs erste hatte sie einen Plan, wie sie Iago wieder aus seiner Deckung hervorlocken konnte. Einen Plan, den sie gefaßt hatte, als sie sich draußen bei den Menhiren mit Dr. Mormo traf. Sie wußte, es gab nur eine Möglichkeit, das zu bewerkstelligen. Es gab nur einen Köder, der seinen Zweck mit Sicherheit erfüllen würde. Und wenn Iago diesmal nach dem Köder schnappte, wäre sie bestens vorbereitet. Dann würde sie ihre schon ein Vierteljahrhundert dauernde Jagd mit einem Schlag zum Abschluß bringen.

Sie ließ weiterhin Wölkchen und Ranken aus Rauch aus ihrer Totenkopfpfeife aufsteigen. Bernard spielte nach wie vor an seinem Computer Patience. Storm trommelte immer noch mit den Fingern auf den Zeichentisch. Sophia stand weiter zappelig am Feuer.

Und dann läutete das Telefon.

Harper drehte sich um. Die anderen erstarrten. Das doppelte Zwitschern des Telefons ertönte noch einmal, während Harper über den Teppich auf das Tischchen neben Bernards Schreibtisch zuhumpelte.

Sie nahm den Hörer ab.

»Ja?«

»Harper.« Sie erkannte das heisere Krächzen, die Stimme des Hexers sofort. »Hier spricht Mormo.«

»Jervis«, sagte sie. »Schön, daß du anrufst.«

»Keine Ursache. Ich habe es.«

Harper spürte, wie ihr Herzschlag einen Moment lang aussetzte. Sie schluckte, sagte nichts.

»Und es war weiß Gott nicht einfach, kann ich dir sagen. Die Konkurrenz ist groß.«

»Aber es befindet sich jetzt in deinem Besitz?« fragte Harper.

»Komm erst her, wenn es ganz dunkel ist«, fuhr der Hexer fort. »Und paß vor allem auf, daß dir niemand folgt.«

Ein Klicken, und weg war er.

Langsam legte Harper den Hörer auf. Als sie hochschaute, waren die Blicke der anderen unverwandt auf sie gerichtet.

»Er hat es«, sagte sie.

Sie hörte, wie Storm und Bernard und Sophia gleichzeitig den Atem entweichen ließen. Sie deutete mit dem Pfeifenstiel auf die anderen.

»Heute, wenn es richtig dunkel ist, fahren Bernard und ich zum Lonsdale Square.«

Storm krümmte die Finger zu einer Faust und hieb damit verhalten auf den Tisch. »Und was ist mit mir?« fragte er.

Harper drehte den Kopf, um erst ihn, dann Sophia anzusehen.

»Für Sie habe ich eine andere Aufgabe«, sagte sie und seufzte. »Bevor wir zum Ende dieser Geschichte kommen können, müssen wir erst zu ihrem Anfang kommen. Und ich habe berechtigten Grund zu der Annahme, daß der etwas mit dem Selbstmord von Ann Endering zu tun hat.«

»Meine Mutter?« entfuhr es Sophia. »Was soll sie damit zu tun haben?«

»Das weiß ich nicht«, sagte Harper. »Aber es könnte sein, daß Ihr Vater es weiß.«

Sophia wich zurück, richtete sich zu voller Größe auf, sah Harper an.

»So leid es mir tut, meine Freunde«, sagte Harper langsam, »aber ich muß Sie bitten, nach Belham Grange zu fahren.«

2

Dr. Mormo legte den Hörer auf. Er saß schlecht gelaunt auf dem Boden. Sein rundes, aufgedunsenes Gesicht war blaß. Sein runder, aufgedunsener Bauch unter dem schweißfleckigen Hemd aus glänzendem Gold gurgelte ominös. Das Problem, wenn man für den Teufel arbeitet, dachte er bitter, ist immer, daß man mit dem Lohn der Sünde bezahlt wird.

Er saß im Schneidersitz da. Sein schwarzes Pentagrammbanner war vor ihm auf dem Teppich ausgebreitet. Die schwachen Flammen der schwarzen Kerzen brannten unruhig. Die Glasaugen des ausgestopften Ziegenkopfs, der neben ihm lag, flackerten in ihrem Schein.

Und dazwischen, in der Mitte des Pentagramms, befand sich die *Madonna*.

Das Tafelbild lag in einer Kiste. Sie stand offen. Das Kerzenlicht spielte über die Züge der Gottesmutter, wob sich in Reinharts verschlungenen braunen Hintergrund und hauchte ihm düsteres Leben ein. Der feiste Hexer saß brütend vor dem Bild. Maria im winterlichen Wald. Sie war auf ein Knie niedergegangen und hatte die Hände gefaltet. Gekleidet war sie in einen königsblauen Umhang, der sie von dem verschlungenen Gewirr aus leblosem Gezweig ringsum und von der mächtigen, knorrigen kahlen Eiche abhob, die wie das Gestalt gewordene Verhängnis über ihr aufragte. Ihr Gesicht war rund, ein bäuerliches Gesicht, aber mit hellen Augen voller Mystik und Sanftmut. Sie hatte ein wunderschönes entrücktes Lächeln.

Sieht eher wie eine Märchenprinzessin aus als wie die Himmelskönigin, dachte Mormo. Sieht eigentlich am ehesten wie Schneewittchen in dem Disney-Film aus.

Er konnte es kaum erwarten, das heilige Luder loszuwerden.

Er streckte den Arm aus, hielt sich am Bettgestell fest. Zog sich ächzend vom Boden hoch. »Für so was bin ich einfach zu alt«, brummte er elend. Seine bloßen Füße stachen weiß unter den Aufschlägen seiner schmutzigen Cordhose hervor, als er zur Schlafzimmertür und auf den Flur hinaus tappte.

Im ganzen Haus herrschte tiefes Dunkel, sämtliche Fensterläden waren gegen den Regen und das schwindende Licht geschlossen. Doch Mormo kannte sich aus, es war einer seiner liebsten Unterschlupfe. Zielsicher schlurfte er durch das Dunkel auf die Treppe zu. Die Bodendielen knarzten in der Stille. Der alte Mann brummte vor sich hin. Die ganzen Intrigen. Diese ganze Gefahr, dachte er. Er war viel zu alt dafür. Es war längst an der Zeit, aus dem Geschäft auszusteigen, sich zurückzuziehen, sich zur Ruhe zu setzen. Sich in Cornwall ein Häuschen am Meer zuzulegen. Sich ein gemütliches kleines Nest zu bauen. Seinen Lebensabend in stiller Beschaulichkeit und mit blutigen Opfern zu verbringen, um die dunklen Mächte in der Hoffnung auf das kommende Leben zu besänftigen.

Mit schweren Schritten stieg er die Treppe hinunter. Nun, dachte er, der heutige Abend soll die Voraussetzungen dafür schaffen und mir zu dem erforderlichen Notgroschen verhelfen. Vorausgesetzt, er wurde ihm vorher nicht zum Verhängnis.

Langsam gelangte er in die Diele. Erhaschte im Spiegel einen flüchtigen Blick auf sich. Ein armer alter Teufel ohne einen einzigen echten Freund, dachte er. Arg in Bedrängnis. Alle auf ihn drauf, immer nur auf ihn drauf. Schwer zu sagen, vor wem er im Moment am meisten Angst haben sollte, wirklich. Der verrückte alte Nazi, von dem er das Bild hatte, war regelrecht unheimlich gewesen, mit seinem endlosen Geschwafel über Tod und Kultur. »Um eine Madonna zu schaffen, ist ein Berg von Leichen nötig«, hatte er gesagt. Und wie seine Augen geleuchtet hatten! Mormo hatte es kaum erwarten können, diesen Irren loszuwerden.

Aber der alte Nazi hatte sogar noch mehr Angst gehabt als er. Er hatte gewußt, daß er sich selbst auf die Abschußliste setzte, als er bei Sotheby's anrief und sich am Telefon an der Versteigerung der *Drei Weisen* beteiligte. Er hatte gewußt, daß Iago ihm schnell auf die Schliche kommen würde, um ihm dann noch schneller auf die Zehen zu steigen, ohne Frage. Und jetzt mußte sich deswegen auch der arme, alte Dr. M. Sorgen machen. Iago. Er schauderte.

Er setzte seine Wanderung durch das verdunkelte Wohnzimmer in Richtung Küche fort. Nichts zu hören außer seinen Schritten und seinen Seufzern.

Lieber wollte er erst gar nicht daran denken, was Iago mit ihm anstellen würde, wenn er ihn dabei erwischte. Daran wollte er keinen Gedanken verschwenden. Doch Tatsache war: Iago würde ihm früher oder später auf jeden Fall die Rechnung präsentieren. Unterm Strich sprang nie etwas dabei heraus, wenn man mit so einem Mann Geschäfte machte.

Womit ihm nur Harper blieb, der Teufel mochte ihm vergeben. Daß er nach all den Jahren ausgerechnet mit dieser scheinheiligen alten Schachtel ins Geschäft gekommen war! Das war gegen seine Überzeugungen, keine Frage. Aber so sah es unterm Strich für ihn aus. Alles in allem gesehen, würde er mit ihr noch am besten fahren. Wenn nötig, konnte er Iago entkommen. Mit Unterbrechungen tat er das ja nun schon seit Jahren, oder etwa nicht? Ein Meister in der Kunst, sich ins Dunkel zu hüllen, das war er. Er hatte genügend sichere Verstecke an der Hand, um ein Maklerbüro aufmachen zu können, und alle Mächte der Hölle waren auf seiner Seite.

Aber zurück zu Harper. Sie mußte auf jeden Fall weitreichende Beziehungen haben. Anscheinend war es ihr möglich, ihn – gleichgültig wo er war – ausfindig zu machen. Und dann stand sie plötzlich vor ihm wie Hekate persönlich, ohne Übertreibung. Und Scotland Yard würde sie ihm auch auf den Hals hetzen. Das hatte sie ausdrücklich gesagt. Am Durchgang zur Küche brummte er abermals: »Zu alt.« Zu alt fürs Gefängnis, daran gab es nichts zu rütteln.

Er knipste das Küchenlicht an. Die Leuchtstoffröhren knisterten, gingen flackernd an. Der alte Hexer blinzelte in die plötzliche Helligkeit. Die Linoleumfliesen fühlten sich kalt an unter seinen nackten Fußsohlen.

Die Küche war der Grund, warum er dieses Haus immer am liebsten gemocht hatte. Eine schön große Küche. Eine schön große Speisekammer links von ihm hinter der Tür. Ein schön großer Kühlschrank, eine riesige Arbeitsfläche zu beiden Seiten der Spüle. Dr. Mormo kochte gern. Es hatte eine entspannende Wirkung auf ihn. Und im Moment konnte er etwas Entspannung gebrauchen. Er öffnete den Kühlschrank und steckte den Kopf hinein. Ein amerikanisches Modell – wenn man wollte, konnte man praktisch hineingehen. Allein sein Summen zu hören hatte etwas Beruhigendes. In der Küche war es zu still, fast unheimlich, so allein, wie er war.

Er suchte Zwiebeln, Tomaten, Schalotten, Prosciutto zusammen. Brachte alles zur Arbeitsplatte und legte es neben dem Schneidbrett aus.

Er kramte in der Besteckschublade, nahm ein herrliches Küchenmesser heraus. Hob es hoch, hielt es sachverständig ans Licht, um sich zu vergewissern, daß es sauber war. Es war blitzblank. Der rostfreie Stahl schimmerte.

In der Klinge spiegelte sich Iagos grinsendes Gesicht.

Mormo sah es und gab ein entsetztes Japsen von sich. Während er zur offenen Tür der Speisekammer herumwirbelte, fiel ihm das Messer aus den schlaffen Fingern. Es bekam weiche Knie und spürte, wie die Vorderseite seiner Cordhose heiß und feucht wurde.

Das blitzende Messer fiel und fiel dem Boden entgegen, und im Fallen drehte und drehte es sich in der Luft. Immer wieder blitzte das gespiegelte Dreieck dieses grausamen, schadenfrohen Gesichts in der Klinge auf. Verschwand, und blitzte wieder auf.

Der Knall, mit dem der Stahl auf das Linoleum schlug, hallte sehr laut durch das stille Haus.

3

»Das tue ich nicht!«

Wenn Sophia wollte, konnte ihre Stimme etwas so Schneidendes bekommen wie ein Säbel. Sie hatte schon Männer gesehen, die dann entsetzt an sich hinabblickten, als fürchteten sie, an den Knien abgeschnitten worden zu sein. Diese Stimme setzte sie nun auch bei Richard Storm ein, der vor dem kleinen Kühlschrank in ihrer Küche kauerte und darin herumkramte.

»So etwas Absurdes habe ich noch nie gehört. Es ist nicht nur unnötig. Es ist auch sehr grausam und dumm. Und außerdem wird nichts daraus. Ich komme nicht mit.«

»Was ich dich schon immer mal fragen wollte«, begann Storm, ohne aufzublicken, »gibt es in diesem Land eigentlich etwas, ein riesiges Lagerhaus oder so was

Ähnliches, wo ihr Engländer die anderen Hälften eurer Kühlschränke hortet?«

Sophia spürte, wie ihr vor Wut das Blut in die Wangen stieg. »Laß das! Tu es nicht einfach so ab, wenn ich etwas zu dir sage.«

»Ich tue dich nicht ab«, antwortete Storm nachsichtig und langte tief in den Kühlschrank. »Ich ignoriere deine Worte. Was ganz schön schwer ist, weil du so schön bist und ich dich über alles liebe. Und weil ich nur Dinge tun möchte, die dich fröhlich trällernd über Wiesen und Felder tanzen und mit Gänseblümchen um dich werfen lassen. Aber du hast mich gebeten, dir zu helfen, und deshalb, finde ich, solltest du es dir noch einmal überlegen.«

»Das werde ich aber nicht«, entgegnete sie schroff und kreuzte die Arme vor der Brust.

»Kann ich das essen?« Er hatte einen Teller mit kaltem Hähnchenfleisch gefunden und holte ihn heraus.

Sophia hatte sich abgewandt. »Tu dir bloß keinen Zwang an.«

Storm zuckte zusammen, als er aufstand, und versuchte die Verspannung in seinen Knien wegzubekommen. Er ging durch den offenen Durchgang ins Eßzimmer, an den langen Tisch. Sie stand auf der anderen Seite, vor der mit Gardinen behängten Balkontür. Sie kochte innerlich, schleuderte ihm wütende Blicke entgegen.

»Es ist mir ernst damit«, sagte sie. »Ich komme nicht mit.«

»Und was erwartest du, daß ich dann tue? Dich über meine Schulter werfe und dich da raus *trage*? Wäre bestimmt ganz amüsant, aber ich habe nicht vor, mir einen Bruch zu heben.« Storm stellte den Teller ab und machte sich daran, die Plastikfolie darüber zu entfernen.

»Ich glaube, deine Freundin Harper hat sie nicht alle«, sagte Sophia.

Storm lachte.

»Ich glaube, sie spielt irgendein verrücktes Spiel. Ganz gleich, mit was für einer Verschwörungstheorie sie auch ankommt, ich bin ganz sicher, daß meine Mutter unmöglich etwas damit zu tun gehabt hat.«

»Klar, Harper ist ein bißchen verrückt, keine Frage. Nur stellt sich alles, was sie sagt, irgendwann als richtig heraus. Du hast nicht zufällig eine Dose Coke oder so was ...?«

Die Frage unterbrach ihren Gedankenfluß. Sie rieb sich die Stirn. »Keine Ahnung. Nein. Im Küchenschrank links neben der Spüle ist etwas Sprudelwasser.«

Doch Storm blieb noch ein paar Sekunden, wo er war, rieb sich den Arm, blies die Backen auf. Müde. Jetzt merkte sie, daß er schrecklich müde aussah. Er hatte tiefe Ringe unter seinen melancholischen Augen. Das kantige Gesicht war aufgedunsen und schlaff. Sophia spürte, wie sie weich wurde – was ziemlich irritierend war, weil sie merkte, daß das ständig passierte: Egal, was er sagte, sie mußte feststellen, daß sie früher oder später immer weich wurde. Es war diese nackte Zuneigung, mit der er sie überhäufte. Dieser dämliche amerikanische Ernst. Sogar der Umstand, daß er auf ihren Zorn nicht so reagierte, wie sie es gewohnt war, hatte groteskerweise etwas Sympathisches.

»Fehlt dir etwas?« fragte sie zu ihrer eigenen Überraschung, als er in die Küche zurücktrottete. »Du siehst müde aus.«

Er antwortete nicht. Er öffnete den Küchenschrank.

»Laß dich doch von dieser alten Frau mit ihrem blöden Gefasel nicht verrückt machen.«

»In meinem fortgeschrittenen Alter, meinst du?«

Storm griff nach der Wasserflasche. »Hey, vielleicht ist es dir auch nur peinlich, wenn dein Dad mitbekommt, daß du mit einem alten Mann befreundet bist.«

»Red doch nicht so einen Quatsch. Du bist kein alter Mann. Ich finde es völlig in Ordnung, wie alt du bist.«

»Oder daß ich keinen Stil habe.«

»Man kann eben nicht alles haben. Dafür hast du viele andere liebenswerte Eigenschaften.«

Storm lachte wieder und schüttelte den Kopf. Sah sie an, als... als wäre sie das Allergrößte überhaupt. Der Mann hatte überhaupt keine Kontrolle über seine Zuneigung. »Ich liebe dich wirklich«, versicherte er ihr. »Du bist einfach einmalig.«

Sie mußte sich zwingen, nicht zu lächeln. »Na schön, wenn du meinst. Und ich wäre in jedem Fall stolz, dich, egal wem, vorstellen zu können.«

»Bah.«

»Doch, das wäre ich. Du weißt ganz genau, daß das nicht der Grund ist.«

»Dafür brauche ich einen Öffner.«

»Er ist im –«

»Halt, warte, ich hole ihn schon«, sagte er und zog eine Schublade heraus. »Von einem Schraubverschluß haben diese Heinis wohl auch noch nie was gehört.«

Sie beobachtete, wie er aus der Flasche trank und dabei wieder auf sie zuschlenderte. Und zum erstenmal wurde ihr erschrocken bewußt, wieviel er ihr bedeutete, wieviel Macht über sich sie ihm verliehen hatte. Zuerst hatte sie ihn nur albern gefunden – ein oberflächlicher Amerikaner. Und, na ja, das war er ja auch. Und sie hatte inzwischen festgestellt, daß diese amerikanische Oberflächlichkeit sehr tief ging. Er war ein wahrer Meister in der Kunst, über bestimmte Dinge einfach hinwegzusehen. Wie zum Beispiel über ihre Vergangenheit.

Oder über ihre Probleme im Bett. Oder über all ihre schrecklichen charakterlichen Mängel. Und sie merkte jetzt, daß sie begonnen hatte, dies für selbstverständlich zu halten.

Sophia war tiefverärgert, den flehentlichen Unterton in ihrer Stimme zu hören, als sie wieder sprach.

»Meine Mutter hat nichts Böses getan, Richard«, sagte sie.

Storm hob nur die Schultern, was sie ziemlich aufbrachte. Er setzte sich an den Tisch. Zog den Teller zu sich heran. Sah sie nicht an. Zog den Salzstreuer näher.

»Oh, du kannst das doch nicht mit den Fingern essen«, murmelte Sophia. Sie ging um den Tisch herum zu dem hohen Büfett, nahm Messer und Gabel aus einer Schublade, eine Leinenserviette aus einer anderen.

Doch Storm machte sich bereits über ein Bruststück her, riß das Fleisch mit Zähnen und Fingern los. Trotzdem nahm er das Silberbesteck wortlos entgegen. Breitete auf seinem Schoß stumm die Serviette aus. Salzte das Hühnchen noch einmal und rückte ihm diesmal mit Messer und Gabel zu Leibe. Sophia stand hinter ihm und sah auf sein rotblondes Haar hinab. »Hör endlich auf damit«, sagte sie schließlich.

»Womit?« fragte er. »Ich esse. So macht man das bei uns.«

»Ich meine, hör auf, das zu denken. Was du denkst.«

Storm legte Messer und Gabel nieder. Kratzte sich am Kopf.

»Meine Mutter war eine... nette, großzügige, freigebige Frau. Das sagen alle. Alle. Ich bin sicher, sie hatte nichts mit einem dieser imaginären Schurken deiner Freundin zu tun oder mit sonst etwas. Und nach Belham Grange rauszufahren und meinen Vater wegen einer zwanzig Jahre zurückliegenden Tragödie ins Kreuzverhör zu nehmen… Vielleicht ist er tatsächlich nicht ganz schuldlos. Vielleicht war er tatsächlich einmal in dubiose Geschäfte verwickelt. Nicht einmal das weiß ich mit Sicherheit…«

»Tja, genau das ist der springende Punkt«, bestätigte Storm. Er drehte sich auf seinem Stuhl herum, um zu ihr aufzuschauen. Kaute sein Essen, wählte seine Worte mit Bedacht. »Du weißt es nicht. Verstehst du, was ich meine?«

Sophia wandte sich von ihm ab, als er ihre Hand ergriff. Er ließ sie jedoch nicht los, streichelte ihren Handrücken.

»Du weißt es nicht, und das frißt dich innerlich auf«, fuhr er fort. »Du willst nicht daran denken, und du kannst auch an nichts anderes denken. Du weißt es nicht, und deshalb kannst du es nicht vergessen – du kannst nicht vergessen, was du nicht weißt. Verstehst du? Darum finde ich, du solltest es tun. Weil es dich völlig… blockiert und lähmt.«

Sie zog ihre Hand weg. »Das ist bloß… Du meinst damit nur… den Sex. Aber das ist einfach nicht so wichtig für mich.«

Er knüllte die Serviette in seiner Faust zusammen, legte sie auf den Tisch. Stand auf und stellte sich neben sie, ganz dicht. »Ich meine damit, daß du die ganze Zeit deprimiert bist. Und schwarze Phasen hast. Und daß du verrückt bist, verrückte Dinge tust.«

Sie wandte sich ihm zu, und wieder wurde ihr seine Macht bewußt, deutlicher und beängstigender diesmal.

»Ich möchte es nicht tun, Richard.« Sie konnte es kaum fassen: Inzwischen flehte sie ihn regelrecht an. »Meinen Vater ganz direkt darauf anzusprechen. Es wäre … zu schmerzhaft.«

»Schmerzhaft?« Er berührte zärtlich ihre Hand. »Entschuldige bitte, aber bist du nicht das Mädchen, daß sich von der Galerie gestürzt hat? Wie schmerzhaft war das denn?«

»Ich meinte, schmerzhaft für meinen Vater.« Sie sah in seine Augen hoch. »Er ist ein alter Mann. Er ist nicht so robust, wie er aussieht, wie er zu sein glaubt. Er ist nicht so selbständig. Er lebt ...« Aber sie hielt inne, als ihr bewußt wurde, wie wichtig Storms Meinung auf einmal für sie geworden war, und daß sie zugelassen hatte, daß seine Meinung solches Gewicht für sie bekam. Und sie hatte Angst vor dem, was passieren würde und was sie seinetwegen tun würde. »In der Vergangenheit graben«, fuhr sie statt dessen fort, »diese alte Geschichte wieder aufrühren. Wozu das alles?«

Er hatte jetzt seine Finger tief in ihrem Haar vergraben, hielt mit der anderen Hand ihren Arm.

»Damit du endlich anfängst zu leben«, sagte er.

»Ich lebe doch.«

»Aber nicht richtig. Nicht in vollen Zügen, Sophie. Mit Musicalnummern und Wagenrennen und was weiß ich noch allem. Und sei es nur in deinem Kopf, und sei es nur, daß Ginger und Fred in deinem Kopf tanzen. Das ist wichtig. Glaub mir, Kleines. Damit kenne ich mich aus.« Er schien noch etwas anderes sagen zu wollen. Seine Augen waren tiefgründig und leidenschaftlich geworden – und bekümmert. Sie sahen traurig aus.

»Denn das Leben ist kurz«, fuhr er schließlich fort. »Glaube mir. Wir haben nicht viel Zeit. Und deshalb muß man es voll auskosten.«

Sophia hob ruckartig das Kinn. »Ich habe nicht die leiseste Ahnung, wovon du eigentlich sprichst.«

Mit zurückgezogenen Lippen, die Zähne gebleckt,

sah Storm sich im Raum um, fast so, als suche er darin nach den Worten, mit denen er es ausdrücken könnte. Schließlich blieb sein Blick auf dem Tisch ruhen.

»Schau …«, setzte er an. Dann ließ er sie los, nahm den Salzstreuer. Schraubte den Metallverschluß ab. Leckte die Spitze seines Zeigefingers ab, steckte ihn in den Salzstreuer und zog ihn mit einem Kreis aus weißen Kristallen auf der Spitze wieder heraus. Dann stellte er den Streuer ab und wandte sich wieder ihr zu.

»Hier.« Er hielt seinen Finger an ihre Lippen.

Sophia wich blinzelnd zurück. »Was …?«

»Psst.« Er nahm sie am Ellbogen. »Hier.«

Er hielt ihr den Finger näher hin. So nah, bis er ihre Lippen berührte. Schob ihn behutsam zwischen ihnen hindurch, in ihren Mund, bis ihre Lippen ihn umschlossen, bis das Salz auf ihrer Zunge war. Ganz automatisch saugte Sophia an seinem Finger, außerstande, seinem Blick auszuweichen. Erschrocken über die plötzliche Intensität des Moments.

Dann zog er den Finger zurück. Sie leckte sich, während sich der Geschmack noch auf ihrem Gaumen ausbreitete, die Lippen. Storms Gesicht blieb ganz dicht vor ihrem. Sein Blick ruhte in ihren Augen.

»Na und«, sagte sie hilflos.»Das ist Salz.«

»Es ist *Salz*!« bestätigte er leise, aber mit Nachdruck.

»Salz! Siehst du? Es ist wie in … *Unheimliche Begegnung der dritten Art,* weißt du? Wie in *Stirb langsam,* wenn das ganze Hochhaus einfach, *wumm,* in die Luft fliegt und der Springbrunnen einfach weg ist. Das ist *Salz.*«

Verängstigt schüttelte Sophia den Kopf. Tränen traten ihr in die Augen.

»Hier«, sagte er, »laß mich schmecken.«

Er nahm ihr Gesicht zwischen seine Hände, zog sie an

sich. Drückte seine Lippen auf die ihren und schob dann seine Zunge in ihren Mund, über ihre Zunge.

Sophia schmeckte das Salz und das Hühnchen, das er gegessen hatte, und die Wärme und Größe seiner Zunge. Sie war völlig durcheinander, in ihrem Kopf überschlugen sich die Gedanken. Und während seine Zunge weiter über die ihre glitt, merkte sie – während die Angst und Niedergeschlagenheit nachließen –, daß sie alles tun würde, was er wollte. Sie würden weiter darüber sprechen, weiter und weiter, bis tief in die Nacht hinein. Und dann würde sie mit ihm nach Belham Grange hinausfahren.

Storm zog sich zurück. Aber ihr Gesicht hielt er weiter in seinen Händen, hielt sie ganz nah bei sich. Auch er, sah sie jetzt, hatte Tränen in den Augen.

»Salz«, hauchte er heiser. »Lebe. Lebe, Sophia! Das ist das einzige, was ich dich je bitten werde, für mich zu tun.«

4

Währenddessen brauste Bernards Morris Minor mit heulendem Motor durch die Seitenstraßen von Chelsea. Der Regen klatschte gegen die Windschutzscheibe, überflutete sie, spritzte links und rechts unter den Reifen hervor. Die Nacht war jetzt so dunkel, die Straßen so schwach beleuchtet, daß Bernard kaum etwas sehen konnte. Aber er hantierte mit Schaltknüppel und Lenkrad genauso lässig und locker, wie er sonst mit seinem Computer umging, und der Wagen flitzte durch den Wolkenbruch wie eine Elritze. Bernard sah immer wieder in den Rückspiegel. Er wollte sichergehen, daß ihm niemand folgte.

Wie alle Maschinen, waren für Harper Albright auch

Autos ein Buch mit sieben Siegeln. Aber sie vertraute darauf, daß ihr Faktotum alles hundertprozentig im Griff hatte, so daß sie die Ruhe selbst war. Wenn er geschickt zwischen anderen Autos hindurchflitzte, wie ein Rugbyspieler unter dunkelgelben Ampeln hindurchschoß oder auf kurzen Geraden, auf denen wegen des Regens praktisch nichts zu sehen war, blitzschnelle Zwischenspurts einlegte, ließ sie das vollkommen kalt. Ihren Stock auf den feuchten Boden des Wagens gestützt, die Hände über dem Drachenkopf des Knaufs gekreuzt, das Kinn auf die Handrücken gelegt, sinnierte sie stumm vor sich hin.

»Ich glaube«, murmelte sie nach einer Weile, »wir sollten uns lieber über Arithmetik unterhalten.«

Der Morris schoß mit quietschenden Reifen auf die Uferpromenade und raste am Fluß entlang weiter. Die lichterbesetzten Brücken sausten nur so vorbei.

»Es war simple Arithmetik«, fuhr Harper fort, »die nach den Worten des Verfassers der Belham-Chronik in dieser Geschichte mit dem blauen Stein zum Tod seiner beiden Partner führte, während er selbst dank der Komplizenschaft – genau das waren seine Worte – dank der Komplizenschaft einer namenlosen Person gerettet wurde. Verstehst du, worauf ich hinauswill?«

»Kann das denn überhaupt jemand verstehen?« fragte Bernard und warf einen Blick in den Rückspiegel, um einen Lieferwagen zu überholen.

»Es ist der springende Punkt der ganzen Geschichte«, sprach Harper unbeirrt weiter. »Der einzige Grund, warum der Verfasser der Beichte überhaupt an der ganzen Sache beteiligt wurde, war nämlich der, daß er diese Verrückte aus dem Dorf bereits geschwängert hatte. Sie stand kurz vor der Niederkunft. Damit der Stein seine Wirkung entfalten kann, muß man ihn offensichtlich in einem Bad aus Blut und Wasser auflösen und alle sechs Monate in dieser Mixtur getauft werden. Wird diese Behandlung nicht regelmäßig wiederholt, setzt der fatale Prozeß ein, der sich zuerst durch die streifenförmigen Hautverfärbungen bemerkbar macht, wie sie der Mönch von Belham beschrieben hat. Im Fall von William und Anselm begann dieser Prozeß fünf Jahre nach dem ersten Experiment. Infolge simpler Arithmetik. Verstehst du?«

Der Morris brauste unter dem erhobenen Schwert König Alfreds dahin, an den zwei Türmen von Westminster Abbey vorbei. Schoß wie eine Kanonenkugel in den Kreisverkehr auf dem Parliament Square. Der Platz flimmerte von vorbeihuschenden Scheinwerfern, die dampfende, vom peitschenden Regen schraffierte Luft war erfüllt von lautem Hupen. Der Wagen stürzte sich in das Gewühl. Aus der Kanonenkugel wurde eine Nähnadel: Geschickt fädelte sich der Morris durch das Chaos, während Bernard die ganze Zeit blitzschnell steuerte, blitzschnell schaltete. Schon waren sie durch – und rasten weiter, in die breiten Straßenschluchten zwischen den Granitmonolithen von Whitehall hinein.

»Das Ganze läßt nur eine Schlußfolgerung zu«, fuhr Harper ruhig fort. »Es ist so offensichtlich, daß der Mönch nicht einmal ausdrücklich darauf hingewiesen hat: Damit der Stein seine Wirkung entfalten kann, muß das Blut von einem Kind stammen, das man selbst gezeugt hat. Das war das mathematische Problem, das Iago zu lösen versuchte, indem er diese Sekte gründete. Wie du vielleicht schon gehört hast, dauert es neun Monate, bis ein Kind zur Welt kommt. Und die für das Bad erforderliche Blutmenge ist eindeutig so groß, daß das Kind nicht überlebt. Berücksichtigt man nun also die

Dauer einer Schwangerschaft – von der Möglichkeit weiblichen Widerstands gegen irgendeines der verschiedenen Stadien des ganzen Ablaufs gar nicht zu reden –, stellt sich ganz von selbst die Frage: Wie beschaffe ich mir einen entsprechenden Vorrat von der unbezahlbaren Flüssigkeit, um alle sechs Monate darin baden zu können?«

»Diese Aufgabe kam, glaube ich, auch in meiner letzten Mathe-Prüfung dran.«

Harper ignorierte Bernards Bemerkung mit steifer Würde. Und fuhr fort: »Wenn nun aber das Kind der verrückten Annie nicht das erste Kind des Verfassers war? Was, wenn er bereits ein größeres Kind hatte? Es könnte doch möglich sein, einem Erwachsenen die erforderliche Menge Blut abzuzapfen, ohne dadurch seinen Tod herbeizuführen – zumindest oft genug, um die Zeit zwischen den Neugeburten zu überbrücken.«

Während sich Bernard noch wortlos mit diesem Problem herumschlug, kamen von beiden Seiten zwei riesige Doppeldeckerbusse auf sie zu, die den Morris zu zerquetschen drohten. Rasch schaltete Bernard einen Gang herunter, so daß sein Wagen nach vorn schoß. Die Busse walzten hinter ihm her wie zwei Elefanten im Sog eines Düsenjets.

»Womit wir wieder bei diesem Wort wären – *Komplizenschaft*. Ein solches Vorgehen würde die Komplizenschaft eines erwachsenen Nachkommen erfordern. Ich kann mir kein realistisches Szenario vorstellen, in dem sich der Besitzer des Steins das Blut auf Dauer mit Gewalt verschafft. Selbst wenn man das Opfer irgendwo einsperren würde, hätte man einige Mühe, es über einen längeren Zeitraum hinweg am Leben zu halten. Zumal da zum Beispiel in Iagos Fall trotz all seiner unbestreitbaren Talente seine eigene Natur gegen ihn arbeiten würde. Es steht nämlich zu vermuten, daß jeder seiner Nachkommen aller Wahrscheinlichkeit nach zumindest ein gewisses Maß seiner Willenskraft geerbt haben dürfte. Ein solcher Gefangener beginge also mit ziemlicher Sicherheit eher Selbstmord, als daß er wie eine Kröte in einem feuchten Kellerloch vor sich hinvegetierte.«

»Offensichtlich ist es Iago aber in den letzten fünfundzwanzig Jahren gelungen, genügend Nachkommen zu zeugen«, gab Bernard zu bedenken.

»Vielleicht«, sagte Harper. »Aber vielleicht nur mit knapper Not. Wer weiß, wie oft es ihm nur noch mit knapper Not gelungen ist? Und vielleicht blieb ihm deshalb kein Kind, das er am Leben lassen konnte, damit es ihn regelmäßig mit dem kostbaren Stoff versorgte.«

Bernard nickte ganz leicht mit dem Kopf. »Meinetwegen. Aber warum hat er nicht schon früher daran gedacht?«

»Ich glaube, er denkt schon die ganzen letzten fünfundzwanzig Jahre daran.«

»Nur eine Frage, meine Liebe«, sagte Bernard unvermittelt und mit seltsam aufrichtigem Ton. »Wir haben ja beide unsere Freude an solchen verzwickten Feinheiten, aber –«

»Halt an!«

Sie hatten den Lonsdale Square erreicht.

Sie hatten den Lonsdale Square erreicht – und Harper war etwas Eigenartiges an dem Haus an der Ecke aufgefallen. Daran konnte auch der Umstand nichts ändern, daß Bernard auf ihren Ausruf hin so fest auf die Bremse gestiegen war, daß der Morris gefährlich ins Schleudern kam. Verwegen schlingerten sie über den schmalen Fahrbahnstreifen zwischen den geparkten Autos. Bernard rang verzweifelt mit dem

Lenkrad. Harper reckte den Hals, um das Haus im Blick zu behalten.

»Interessant«, sagte sie.

In der Nähe des Hauses war eine Parklücke. Der Morris schlidderte hinein, holperte auf den Gehsteig, schoß auf das eiserne Gartentor zu – und kam zum Stehen. Bernard bedachte seine Begleiterin mit einem leicht vorwurfsvollen Blick.

»Sieh hin«, sagte Harper. »Mach die Scheinwerfer aus und sieh hin.«

Bernard seufzte. Machte das Licht aus. Neigte den Kopf vor, um durch die Windschutzscheibe auf das schmale mehrgiebelige Haus vor ihnen zu spähen.

Auf dem Platz war es ruhig, dunkel. Ein klaustrophobisches Gedränge von Gebäuden um einen verwilderten winterlichen Park herum. Wie Speere ragten die schmalen Fassaden der Stadthäuser in den Himmel, unregelmäßig, drohend, unheimlich. Die Spitzen ihrer Giebel schienen sich wie Zähne in die violetten Wolken über ihnen zu graben.

Der Regen ließ wieder nach, und über die Zweige des Gartens trieb ein dünner Nebel herein. Eine Straßenlampe warf einen Kreis aus rosafarbenem Licht in das Wetter, aber die Fassade des Eckhauses schien vor ihm in den Schoß der Nacht zurückzuweichen. An jedem Fenster waren die Läden zugezogen. Kein Licht kam durch die Ritzen, nicht das geringste Anzeichen von Licht oder Leben.

»Was …?«

»Warte«, sagte Harper.

Da war es plötzlich. Zwischen den Lamellen eines Fensterladens im ersten Stock wurde ein weißer Fleck sichtbar. Er zog sich in die Länge, wurde ein weißer Strich, schwenkte fort. Verschwand. Tauchte wieder auf, bewegte sich. Leuchtete einen Moment auf die Stelle, wo die Läden aneinanderstießen. Dann verschwand er.

»Eine Taschenlampe«, sagte Bernard.

»Ja«, sagte Harper.

Wenige Augenblicke später ging sie wieder an – an und aus, an einem Fenster weiter unten. Die Person mit der Taschenlampe war eine Etage tiefer angelangt.

»Warum benutzt er eine Taschenlampe?« fragte Bernard.

»Genau das meine ich doch«, sagte Harper Albright.

Sie hatte ihren Borsalino auf dem Schoß liegen. Jetzt nahm sie ihn hoch, setzte ihn auf, zog ihn sich tief in die Stirn. Ihre Augen hinter der dicken Brille waren hellwach, ihre Nerven zum Zerreißen gespannt. Sie spähte abermals nach draußen.

Das Licht flackerte wieder auf. Der äußere Rand seines Kegels streifte die Lamellen eines Fensterladens im Erdgeschoß.

»Er kommt raus«, flüsterte Bernard.

Dreißig Sekunden vergingen wie eine Stunde. Sie schauten. Die Scheibenwischer tickten.

Die Eingangstür des Eckhauses ging auf und wieder zu. Dann, nur vage erkennbar, bewegte sich etwas in dem zurückversetzten Eingangsbereich. Harper hörte das Blut in ihren Ohren rauschen, hörte Bernard neben sich atmen.

Eine gedrungene, stämmige Gestalt kam aus dem Windfang, trat auf den Gehsteig hinaus. Blieb dort stehen. Dann blickte sie die verlassene Straße hinauf und hinunter. Ein Mann. Der Regen durchnäßte seinen Schopf aus hellbraunem Haar. Das Licht der Straßenlampe blitzte in seinen Schweineaugen.

Es war der Mann mit der Narbe.

»Mach die Scheibenwischer aus«, zischte Harper. »Schnell.«

Bernard reagierte sofort, und die Windschutzscheibe beschlug. Der Motor des Morris schnurrte.

Der Mann mit der Narbe ging auf einen großen schwarzen Wagen zu, der am Straßenrand stand. Er öffnete die Tür, stieg gebückt ein. »Wenn er in unsere Richtung fährt, sieht er uns«, sagte Bernard.

»Psst. Nein. Vielleicht nicht. Er hat es eilig.«

Der schwarze Wagen sprang an, fuhr aus der Lücke, kam auf sie zu. Harper spürte, wie Bernard der Atem stockte. Auch ihr stockte der Atem. Sie saßen vollkommen still da.

Der schwarze Wagen heulte auf, beschleunigte. Schoß an ihnen vorbei. Und weg war er.

Harper stieß die Beifahrertür auf. Im nächsten Moment stand sie schon auf der Straße und steuerte auf das Haus zu.

»Ich fahre ihm nach«, schrie Bernard und legte den ersten Gang ein.

Harper machte erst noch einen Schritt, bevor ihr klar wurde, was er gesagt hatte. Sie blieb abrupt stehen, drehte sich um und riß entsetzt die Augen auf.

»Nein, nein!« schrie sie.

Aber es war zu spät. Der Morris war bereits vom Gehsteig zurückgestoßen und auf die Straße hinausgeschwenkt. Seine Scheinwerfer flammten auf und streiften sie, wie sie am Straßenrand stand, eine Hand ausgestreckt, den Mund noch aufgerissen von ihrem Schrei.

Aber entweder sah Bernard es nicht, oder er kümmerte sich nicht darum. Der Morris wendete – und verschwand, hinter der schwarzen Limousine her. Einen Moment später war der Motorenlärm der beiden Autos verstummt, und der Platz summte nur noch leise von den Geräuschen der Stadt, vom Rauschen des Regens.

Harper ließ die Hand sinken.

Und dann ertönte über ihr ein markerschütternder Schrei.

Erschrocken, verängstigt blickte sie gerade noch rechtzeitig auf, um zu sehen, wie sich von der Giebelspitze des Eckhauses eine riesige schwarze Kreatur aufschwang. Ein Rabe – die Spannweite seiner Flügel war enorm – rauschte über ihren Kopf hinweg. Ein großer, ausgreifender Fleck vor dem Hintergrund des Himmels. Dann war er an ihr vorbei. Außer Sichtweite. Ein letzter Schrei, der in der Ferne verhallte. Und wieder legte sich Stille über die Straße.

Harper ließ den Atem entweichen, hob eine Hand an ihre pochende Brust. Sie sah zu der dunklen Tür des Hauses hinüber, und von dort wieder zurück zu der Ecke, an der die Autos verschwunden waren. Sie wußte, was ein schlechtes Omen war, und sie spürte die Angst in ihrem Bauch wie ein steinernes Gewicht.

Mit hängenden Schultern und müden Schritten ging sie auf das Haus zu.

5

Sie klingelte nicht. Sie drückte einfach gegen die Tür. Sie ging auf. Das hatte Harper erwartet, aber trotzdem mußte sie schlucken.

Sie trat über die Schwelle. In der Diele war es dunkel, aber im hinteren Teil des Hauses brannte irgendwo Licht. In seinem trüben, fluoreszierenden Schein konnte sie einige Gegenstände erkennen. Ein umgestürzter Schirmständer. Links von ihr, unter einem Spiegel, eine wacklige Kommode, die Schubladen herausgezogen, ausgekippt. Regenschirme, Schubladen, Papiere, überall verstreut. Vorsichtig bahnte sie sich durch das Chaos einen Weg ins Wohnzimmer.

Hier war das Licht heller, denn es fiel direkt durch einen offenen Durchgang herein. Harper konnte das umgestürzte Sofa sehen. Eine auf dem Boden liegende Stehlampe. Bücher, die aus den Regalen auf den Teppich gezerrt worden waren. Der Teppich war in Streifen geschnitten. Jemand hatte die ganze Wohnung auf den Kopf gestellt.

Die Bücher mit den Füßen beiseite stoßend, humpelte Harper weiter. Sie erreichte die beleuchtete Tür, spähte in die Küche. Sie sah das Küchenmesser, das blitzend auf den Fliesen lag, sofort. Daneben war eine kleine Pfütze. Harper ging darauf zu. Ihre Knie knackten, als sie davor in die Hocke ging. Sie schnüffelte. Zog die Nase hoch. Urin. Der arme alte Jervis, dachte sie. Er mußte entsetzliche Angst gehabt haben, als sie ihn holen kamen. Und er hatte allen Grund dazu gehabt.

Sie ging zurück – durch das unordentliche Wohnzimmer, in die Diele, zur Treppe. Finster blickte sie zu der Stelle hinauf, wo die Stufen im Dunkeln verschwanden.

Langsam, zögernd, Schritt für Schritt, Stufe für Stufe, fast blind, tastete sie sich mit dem Stock nach oben. Sie konnte nicht anders, als sich die Szene so vorzustellen, als verfolge sie sie von der ersten Reihe eines Kinos aus. Richard Storm hätte so etwas durchaus filmen können. Das scheinbar verlassene Haus, knisternd vor Gefahr. Die alte Frau, die die Treppe hinauf in das bedrohliche Dunkel stieg. *Nicht, du blöde Kuh,* dächte sie vermutlich, Popcorn mampfend. *Geh da nicht rauf. Schnell weg hier! Lauf zu einem Telefon! Ruf die Polizei an!*

Und das war ziemlich genau dasselbe, was Harper tatsächlich dachte.

Schließlich kam sie oben an, setzte den Fuß auf die letzte Stufe. Schatten und tiefes Dunkel. In dem Gang rechts von ihr düsteres Schwarz. Links von ihr ein schwacher, orangefarbener, flackernder Schein: Kerzenlicht. Sie zwang sich, darauf zuzugehen.

Unsicher tappte sie über den Läufer, streckte eine Hand aus, um sich an der Wand entlangzutasten. Sie rechnete jeden Moment mit einem Angriff von Iagos Schergen.

Aber der Angriff blieb aus. Sie erreichte die erleuchtete Türöffnung und blickte hindurch.

Die Kerze stand auf dem Boden, am Fuß eines Himmelbetts. Eine einzige schwarze Kerze, fast ganz niedergebrannt. Ihr tanzender rötlicher Schein spiegelte sich in den Glasaugen eines ausgestopften Ziegenkopfs, der von einem schwarzen Seidenbanner mit einem silbernen Pentagramm in der Mitte zu ihr hochglotzte. Auf dem Pentagramm stand eine Schatulle. Ihr Deckel war geöffnet. Harper mußte näher herantreten, um sehen zu können, was darin lag.

Sie trat näher. Sie sah es. Und ihr ganzer Körper wurde starr vor Angst.

In der Schatulle war ein Foto. Ein Schwarzweißbild von einer Frau, die ein Baby in den Armen hielt. Harper konnte sich nicht erinnern, ob sie das Foto schon einmal gesehen hatte. Aber das Gesicht der Frau kannte sie sehr wohl. Sie hatte den verzweifelten Eifer in ihren Augen, das zitternde Elend ihres Lächelns noch deutlich in Erinnerung. Sie erkannte die Schönheit ihrer Jugend, obwohl sie sie im Spiegel mit unnatürlicher Schnelligkeit, fast über Nacht, hatte verfallen und vergehen sehen.

Das Foto war alt und abgegriffen, und jemand hatte mit schwarzer Tinte ein Zeichen darauf gemalt. Etwas wie ein Hufeisen, das eine Acht umschloß.

Das Zeichen Iagos.

Zitternd schloß Harper ihre Hand fester um den Stock. Ihre Angst verwandelte sich in Wut. Sie war wütend auf sich selbst. Er war immer noch cleverer als sie. Immer noch. Cleverer und schneller und bei weitem gerissener. Sie hatte gedacht, sie könne die *Madonna* in ihren Besitz bringen und ihm eine Falle stellen. Aber er war ihr zuvorgekommen. Und jetzt hatte er ihr eine Falle gestellt.

Nein, nicht ihr. Bernard hatte er eine Falle gestellt.

Und Bernard tappte gerade blind hinein.

6

Wie das in England oft der Fall ist, hörte der Regen ganz plötzlich auf. Die Wolken trieben aus London hinaus nach Nordosten, und Bernard folgte seiner Beute bei klarer Witterung.

Die schwarze Limousine des Mannes mit der Narbe – ein Mercedes, hatte Bernard festgestellt – glitt durch die glänzenden Straßen. Auf allen möglichen Schleichwegen und Abkürzungen, um Staus zu vermeiden und das komplizierte System von Einbahnstraßen zu umgehen. Aber letztendlich immer nach Süden, stellte Bernard fest, immer in Richtung Süden. Und wahrscheinlich schneller als auf den Hauptstraßen.

Eine typische Taxifahrerstrecke, dachte er, eine Route für Eingeweihte. Der Mann mit der Narbe kannte sich eindeutig aus.

Das erschwerte es Bernard, ihm unbemerkt zu folgen. Wenn er die roten Rücklichter des Mercedes auf diesem Zickzackkurs auch nur für einen Moment aus den Augen ließ, verlor er ihn möglicherweise. Um ihm also auf den Fersen zu bleiben, um sich auf den kurzen Geraden von einer Ecke zur nächsten nicht abhängen zu lassen, mußte er dicht hinter ihm bleiben. Manchmal war die vordere Stoßstange des Morris nicht mehr als ein paar Meter hinter dem Kofferraum des Mercedes. Manchmal waren die beiden Autos auf einem leeren Straßenabschnitt die einzigen Fahrzeuge. Und zweimal – einmal in Finsbury und einmal auf der abschüssigen Strecke durch Clerkenwell – glaubte Bernard zu sehen, wie der Fahrer mit der Narbe in den Rückspiegel schaute und ihn mit einem durchdringenden Blick anstarrte. Daraufhin bremste Bernard und ließ sich in die Nacht zurückfallen. Er hatte ein ungutes Gefühl bei der Sache. Inzwischen schlug sein Herz wie eine Faust gegen seine Rippen. Er mußte sich zwingen, sein Zwerchfell anzuspannen und seine *nogare*-Atmung beizubehalten, um am Steuer Ruhe zu bewahren. Hatte der Mann ihn entdeckt? Er war sich nicht sicher. Der Mercedes fuhr weiter – und der Morris folgte ihm.

Bernard wußte von Moment zu Moment weniger, wo er sich befand. Immer dichter rückten von beiden Seiten moderne Bürogebäude und Lagerhäuser an die Straße heran, später nahmen verkommene Eigenheime und anonyme Wohnblöcke ihren Platz ein. Vernagelte Pubs, eine Baustelle, leerstehende Bäckereien und Restaurants, alle dunkel, alle verlassen. Der Mercedes behielt seinen Zickzackkurs bei, mied die Durchgangsstraßen, wich dem Verkehr aus.

Und Bernard immer hinter ihm her. Sein Engelsgesicht war angespannt, seine Augen schmerzten vom ständigen Fixieren der roten Rücklichter. Trotz der flüssigen Bewegungen seiner Hände an Schalthebel und Lenkrad fühlte sich sein Körper steif an, und seine Muskeln zitterten. Der Mercedes vor ihm behielt sein stetes, gemächliches Tempo bei.

Ist es möglich, fragte Bernard sich nach einer Weile, ist es möglich, daß ich in eine Falle gelockt werde?

O Harper, dachte er. Du alte Hexe. Er hatte vorhin gesehen, wie sie die Hand ausstreckte, den Mund aufriß. Sie hatte versucht, ihn zurückzuhalten, oder etwa nicht? Und er hatte nicht auf sie geachtet. Weil er sonst immer brav hinter ihr herzockelte, weil sie ihm immer sagte, was Sache war, und sie immer in allem recht hatte, und – na ja, manchmal stank ihm das einfach. Deshalb hatte er nicht auf sie geachtet und war einfach weitergefahren, wie er es für das beste hielt.

War es möglich, fragte er sich jetzt, daß sie ihn genau vor dem hier hatte bewahren wollen?

Der Mercedes bog wieder einmal ab und fuhr jetzt eine gewundene Straße entlang, die so eng war, daß die baufälligen Tudor-Erker links und rechts direkt über ihnen zu hängen schienen. Und dann, ganz plötzlich, begleitet vom heftigen Spritzen einer Rinnsteinpfütze, verschwand er in eine Einfahrt.

Jetzt war aber Schluß. Bernard hätte schön dumm sein müssen, um dem Mercedes dort hinein zu folgen. Er fuhr geradeaus weiter. Warf aber im Vorbeifahren einen Blick in die Einfahrt und sah gerade noch, wie die Rücklichter der schwarzen Limousine ausgingen.

Bernard ließ den Morris ausrollen und hielt neben einem überquellenden Baucontainer am Straßenrand an.

Er stellte den Motor ab. Ließ sich in den Sitz zurückfallen, legte erschöpft den Kopf in den Nacken. Schloß die Augen. Er hatte nur einen kurzen Blick in die Einfahrt werfen können: eine Sackgasse, ein ummauerter Hof, so schmal, daß auf beiden Seiten des Wagens kaum mehr als eine Handbreit Platz blieb. Wenn er dem Kerl mit der Narbe dorthin folgte, kam er hinterher einen Kopf kürzer wieder heraus. Und das, obwohl er sich so auf einen beschaulichen Lebensabend in moralischer Dekadenz und vorzüglicher Perversion freute!

Mit einem lauten Fluch stieß er die Tür des Morris auf und stieg aus. Er war ganz in Schwarz gekleidet. Nur die kahlrasierte Kuppel seines Schädels glänzte unter der einsamen Straßenlaterne. Mit seinem geschmeidigen Gang ging er rasch an den Hausfassaden entlang zu der Einfahrt zurück. Er kam sich vor wie der letzte Idiot, wie ein Spion aus dem Kino, als er sich mit dem Rücken an die Wand drückte und um die Ecke spähte.

In dem Hinterhof war es stockdunkel. Die bedrückenden Mauern schienen sich einander zuzuneigen, je weiter sie nach hinten führten. Zwischen ihnen stand breit und kompakt der Mercedes. Und dahinter, groß und dunkel, erhob sich eine andere Silhouette, eine gewaltige Masse aus Stein, überragt von den Umrissen eines Turms – eine Kirche, die sich düster gegen das abzeichnete, was vom Himmel noch sichtbar war. Dort endete der Hinterhof abrupt.

Bernard zögerte. Aus der Kirche kam ein seltsamer blauer Lichtschein und ein senkrechter Strich gelben Lichts – wie er zum Beispiel am Rand eines verhängten Fensters auftreten konnte. Er befeuchtete seine Lippen. Sein Herz schlug heftig und laut. Die Handflächen, die er hinter sich gegen die Wand gepreßt hatte, waren klamm.

Er löste sich von der Wand und betrat den Hinterhof.

In geduckter Haltung, die Hände in Brusthöhe vor sich haltend, bewegte er sich mit raubtierhafter Geschmeidigkeit. Inzwischen hatte er entsetzliche Angst. Seine Augen schossen hierhin und dahin. Zu tiefschwarzen Ritzen. Zu Mülltonnen und Schachteln. Zur Silhouette des Mercedes, die sich jeden Moment aufzurichten und auf ihn zu stürzen drohte. Die Einfahrt schlug über ihm zusammen. Das Dunkel schlug über ihm zusammen.

Hinter dem wartenden Wagen richtete er sich auf. Spähte, so gut es ging, durch das Rückfenster in sein unbeleuchtetes Inneres. Dort war es vollkommen still. Nichts rührte sich. Aber bis auf den Boden des Fonds konnte er nicht sehen, und hinter den Vordersitzen konnte er überhaupt nichts erkennen.

Trotzdem begann er sich an der Limousine vorbeizuzwängen. Dafür mußte er sich sehr dünn machen. In seinem Rücken schabte die Ziegelmauer über den schwarzen Blouson. An seiner Gürtelschnalle zupften die Türgriffe. Inzwischen konnte er mit ziemlicher Sicherheit davon ausgehen, daß der Wagen leer war. Er drückte sich an ihm vorbei und schlich dann vorsichtig weiter, auf das Ende des Hinterhofs zu. Der Kirchturm durchbohrte die über ihn hinwegziehenden Wolken. Das kleine, mit einer Kuppel überdachte Sechseck der Apsis wurde wuchtiger und eindrucksvoller, je näher er kam. All seine Sinne waren aufs äußerste gespannt, seine Nerven zuckten wie unter Strom stehende Drähte. Er konnte alles mögliche riechen – nicht nur den verrottenden Müll und den stechenden Mief alter Auspuffgase, sondern auch den Schmutz von Schuhsohlen und die in das Pflaster getretenen Zigaretten, den leichten Salzwassergeruch im Südwestwind. Und noch etwas, ein zitrusähnliches Aroma, das sich ganz gewaltig nach den Ausdünstungen seiner eigenen Angst anfühlte. Und er hörte das leise Brodeln der Stadt, von weit her kommendes, plötzliches Gelächter, ein weinendes Baby – aber auch, dessen war er sich ziemlich sicher, ein unheilschwangeres Raunen, das durch die mächtigen Quader der Kirchenmauern drang, das Murmeln einer dahinter geführten Unterhaltung. Und der seltsame blaue Schein, das konnte er jetzt sehen, war das Licht, das durch ein Glasfenster nach draußen drang. Er konnte sogar die Figuren im Glas erkennen und nahm an, daß es Christus mit dem von den Toten erweckten Lazarus war. Und er erkannte, daß der dünne Strich gelben Lichts nicht durch ein verhängtes Fenster fiel, sondern durch einen Riß in der Apsis.

Entlang der Kirchenmauer verlief eine Eisenumzäunung. Bernard schnitt ein Gesicht, denn ihm war sehr deutlich bewußt, daß es das vernünftigste gewesen wäre, kehrtzumachen und schleunigst von hier zu verschwinden. Statt dessen packte er zwei Zaunspitzen und schwang seine langen Beine mit einer eleganten Bewegung über die Umzäunung, um lautlos auf dem schmalen gepflasterten Streifen auf der anderen Seite zu landen.

Jetzt ragte der Kirchturm außerhalb seines Blickfelds über ihm auf. Bernard streckte die Hand aus. Mit den Fingerspitzen über den feuchten Stein der Apsis streifend, tastete er sich um die Mauerkante herum auf den hellen Spalt zu. Reckte sich und spähte über den unteren Rand des Fensters nach drinnen.

Das Murmeln war immer noch zu hören, nicht viel lauter als zuvor, nicht deutlicher. Zuerst konnte er nicht feststellen, woher es kam. Er ließ den Blick schräg über ein Gewölbe am Ende des kurzen Querhauses wandern. Wo auch immer die Lichtquelle war, sie befand sich außerhalb seiner Sicht. Alles, was er sah, war ihr schwacher gelber Schein, der aus dem hinteren Teil des Hauptschiffs kam. Wenn er sich ganz weit zur Seite lehnte, konnte er die vorderen Kirchenbänke sehen, die auf den Altar zuliefen. Aber der größte Teil des Kircheninneren lag im Dunkeln.

Nach einer Weile erkannte er mehr. Die Wendeltreppe, die zu einer schlichten Kanzel hinaufführte. Ein riesiges Kruzifix, das im Dunkel dahinter versank. Der knorrige Körper der Gestalt, die am Kreuz hing. Er sah die gedeckten Farben, den schwachen Schimmer eines Glasfensters in der Wand darüber. Doch dahinter nur halbumrissene Formen, die vor unsichtbaren Wandvertiefungen kauerten. Dann, plötzlich, bewegte sich etwas …

Bernard sah drei Männer. Die schemenhaften Gestalten dreier Männer. Auf der anderen Seite des Kanzelgeländers. Sie standen dicht beisammen und unterhielten sich, fast flüsternd. Einer von ihnen lachte, ein tiefes Glucksen. Ein anderer nickte. Die schwarze Silhouette seines Kopfs ging auf und ab. Angestrengt versuchte Bernard, etwas zu hören, etwas zu erkennen. Inzwischen hatte er sich auf die Zehenspitzen gestellt. Sein Hals schmerzte, so sehr mußte er ihn recken, um die Männer im Auge zu behalten.

Und dann hörte er ein anderes Geräusch – einen schrecklichen Laut – ein schwaches, leises, verzweifeltes Schluchzen, das von irgendwo aus dem Dunkeln kam.

Bernards Blick wanderte in die Richtung, aus der das Geräusch gekommen war. Sein Mund öffnete sich in schierem Entsetzen.

Der Körper am Kruzifix bewegte sich.

Er veränderte mühsam seine Haltung. Stöhnte wieder. »Ich weiß es nicht. Wirklich.« Bernard sah die dunklen feuchten Striche, die von seinen Handflächen nach unten liefen. Sah die Arme an den Seilen zerren, die sie hielten. Matt hob die gekreuzigte Gestalt den Kopf.

Bernard blieb der Mund offen stehen. Der Mann hatte keine Augen mehr. Das Blut, das aus den leeren Augenhöhlen sickerte, lief seine Wangen hinunter. Sein Kopf fiel wieder nach vorn. Vor Schreck glitt Bernard von dem Riß in der Mauer ab. Er fiel nach hinten, machte einen Schritt von der Kirchenmauer weg und stieß heiser hervor: »Jesus!«

Im selben Moment hörte er ein weiteres Lachen, ein weiteres tiefes Glucksen.

Nur ertönte es diesmal direkt neben ihm.

»Nicht ganz, Freundchen«, sagte der Mann mit der Narbe.

Bernard reagierte blitzschnell. Wirbelte zu seinem Angreifer herum und sprang gleichzeitig von ihm zurück. Aber der Schock über das, was er gerade gesehen hatte, saß ihm noch zu tief in den Knochen, und zudem war der Angriff zu überraschend gekommen, um ihn noch abwehren zu können. Schon als er zurücksprang, schon als er die Kampfhaltung einnahm, schon als er zu seiner Verteidigung die Hände hob, füllten die brennenden kleinen Augen und der entstellte Mund des Mannes mit der Narbe sein ganzes Blickfeld und überrumpelten ihn völlig.

Im selben Moment sauste auch schon der Totschläger herab und traf ihn mit voller Wucht seitlich am Kopf.

Bernard sah den Himmel, sah den kreisenden Kirchturm. Und dann kippte er vornüber, auf die Umzäunung zu, klammerte sich daran fest, konnte sich noch einen Moment halten – und sank schließlich bewußtlos zu Boden.

7

Sir Michael Endering saß aufrecht hinter seinem riesigen Mahagonischreibtisch. Die Lichter im Arbeitszimmer waren aus, alle. Die grünen Samtvorhänge waren zugezogen, die Bücherregale an den Wänden gerade noch zu erkennen.

Belham Grange lag in vollkommener Stille.

Der Große Mann verharrte reglos. Das ausgeprägte Kinn hatte er nach vorn gereckt, den mächtigen Schädel hoch aufgerichtet. Er schien sich nicht bewußt zu sein, wie stark seine Gesichtszüge in den letzten paar Stunden eingefallen waren, wie schmal und alt sie geworden waren. Seine leicht geöffneten Lippen waren von weißen Speicheltröpfchen überzogen. Aus seinen eingesunkenen Wangen war alle Röte gewichen. Sein silbergraues Haar war wild zerzaust. Seine im Dunkeln schimmernden Augen bewegten sich rasch, angstvoll.

So versuchen sie mich also zu treffen, dachte er. Auf die gemeinste Weise. Über meine Tochter.

Lange Minuten vergingen. Sir Michael löste sich aus seiner Starre. Griff in seine Westentasche und zog einen Schlüsselbund heraus. Hielt ihn in seiner großen Handfläche und blickte darauf hinab, als sei er nicht sicher, was es war. Murmelte wortlos vor sich hin. Drehte sich leicht zur Seite. Und bückte sich, um die unterste Schreibtischschublade aufzuschließen.

Er holte eine edle Schatulle heraus, deren Deckel mit grünem Leder bezogen war. Stellte sie vor sich auf die Schreibunterlage. Schloß sie auf, öffnete sie.

Auf einem Einsatz der Schatulle lagen eine Reihe Havanna-Zigarren und ein Feuerzeug aus Sterlingsilber. Nahm man den Einsatz heraus, kam ein Stück Samt zum Vorschein.

Unter dem Samt lag ein häßlicher und brutal aussehender Revolver.

Es war ein kurzläufiger 38er, amerikanisch, Smith & Wesson. So kompakt, daß Sir Michael ihn fast in seiner riesigen Handfläche verschwinden lassen konnte. Daneben lag eine Pappschachtel mit Patronen.

Sir Michael nahm den Revolver hoch, ließ die Trommel herausschnappen. Drehte sie, um sich zu vergewissern, daß die Waffe geölt war. Seine langen Finger zitterten, als er sich an der Schachtel mit Munition zu schaffen machte, aber er bekam sie auf, nahm eine Kugel heraus, dann eine zweite. Er schniefte einmal, scheinbar verächtlich, doch dann schauderte er am ganzen Körper.

Morgen würde seine Tochter nach Belham Grange kommen. Seine Tochter – und Richard Storm.

Sir Michael schien es auf einmal, als habe er sich zwanzig Jahre lang vor diesem Moment gefürchtet, als habe er auf ihn gewartet, seit seine Frau gestorben war. Tatsache war allerdings, daß er den größten Teil dieser Zeit nicht geglaubt hatte, die Warnungen könnten ernst gemeint sein. Er hatte gedacht, sie seien allesamt nur Ausgeburten von Anns Wahnsinn. Er hatte nicht genügend gewußt. Er hatte nicht genügend Informationen gehabt. Alles, wonach er sich hatte richten können, war das wirre Gestammel seiner Frau gewesen, die Dinge, die sie ihm in jener schrecklichen Nacht erzählt hatte, als sie auf dem Boden lag und das Blut nur so aus ihr herausströmte. *Du mußt das Reinhart-Triptychon in deinen Besitz bringen. Es darf auf keinen Fall in seine Hände gelangen. Iago. Er wird dich deswegen umbringen. Er wird jeden umbringen.* Und immer so weiter, immer in diesem Stil. *Sprich mit niemandem darüber. Vertraue niemandem. Davon hängt alles ab. Er wird dich umbringen. Er wird jeden umbringen.* Wie um alles in der Welt hätte er daraus schlau werden sollen?

Dessen ungeachtet hatte er getan, was er konnte. Damals wie auch jetzt hatte er, aus Loyalität zu ihr, getan, was er konnte. Aber er hatte immer im dunkeln getappt, er hatte nie wirklich gewußt, worum es eigentlich ging. Als *Die drei Weisen* zur Versteigerung kamen, hatte er – aus Loyalität zu seiner Frau – Sophia zur Auktion geschickt, um das Bild zu erwerben, notfalls auch zu einem hohen Preis. Erst als die arme Jessica nicht mehr mithalten konnte, erst als der Preis für das Bild in astronomische Höhen schoß, hatte er zu glauben begonnen – *wirklich* zu glauben begonnen –, daß an Anns hysterischem Gefasel etwas Wahres gewesen sein könnte.

Und jetzt, heute abend, waren ihm diese Gerüchte zu Ohren gekommen. Daß die *Madonna* aufgetaucht war. Daß Jervis Ramsbottom, dieses verrückte alte Schlitzohr, spurlos verschwunden, vielleicht sogar tot war. Und jetzt, heute abend, hatte ihn plötzlich echte Angst, echtes Grauen gepackt. Und er dachte: Ja, es kommt alles genau so, wie sie gesagt hat. *Iago. Er wird jeden umbringen.* Und schließlich hatte Sir Michael gedacht: *Gütiger Gott. Ich bin der nächste. Mich werden sie sich als nächsten vorknöpfen.*

Und dann – kaum hatte er das realisiert – rief Sophia an. Sie wolle morgen nach Belham Grange herauskommen, sagte sie. Zusammen mit Richard Storm.

Und plötzlich wurde ihm alles klar. Storm war ihm von Anfang an suspekt gewesen. Wie er Jessica bei der Auktion einfach zurückgepfiffen hatte. Wie er sich Sophias Zuneigung erschlichen hatte. Inzwischen stand für ihn fest: Wenn Storm nicht sogar dieser Iago selbst war, handelte er zumindest in seinem Auftrag. So würden sie ihn zu fassen bekommen. Über den Amerikaner. Über Sophia. Indem sie die Tochter verdarben, die er mehr als alles andere im Leben liebte. Indem sie ihm das nahmen, was er am meisten liebte – wie sie es schon einmal getan hatten.

Sir Michaels breite Schultern strafften sich, seine müden Gesichtszüge nahmen einen entschlossenen Ausdruck an. Also, wenn sie dachten, er würde auch diesmal wieder kuschen und alles mit sich geschehen lassen, dann hatten sie sich getäuscht. Ganz gewaltig sogar.

Richard Storm also? dachte er wütend. *Natürlich Richard Storm.*

Und dann, ganz langsam, begann er den Revolver zu laden.

IX

Das Gespenst

130 INNEN. DIE KRYPTA VON ST. JAMES

Das *BÄNG-BÄNG* ertönt fortdauernd, und DR. PRENDERGAST stürmt mit dem getreuen HEDLEY herein und folgt dem Geräusch.

Einen Moment lang stehen sie ratlos da. Dann wieder: *BÄNG-BÄNG.*

DR. PRENDERGAST
Hier entlang, Hedley!

HEDLEY
Aber da ist doch gar nichts ...

Ohne auf ihn zu achten, eilt PRENDERGAST auf einen großen Sarkophag in der Mitte der Krypta zu. Er packt den steinernen Deckel.

DR. PRENDERGAST
Helfen Sie mir, Hedley!

Verdutzt folgt HEDLEY dem Doktor. Mit vereinten Kräften schaffen es die beiden Männer, den schweren Deckel wegzuschieben. Er fällt zu Boden und zerspringt.

HEDLEY
Beim Jupiter, Prendergast, eine Treppe!

Wieder ertönt aus den Tiefen der Krypta das *BÄNG-BÄNG*, wesentlich lauter inzwischen.

DR. PRENDERGAST
Folgen Sie mir!

Zuerst steigt DR. PRENDERGAST, dann HEDLEY in den Sarkophag.

131 INNEN. VERBORGENE TREPPE

DR. PRENDERGAST und HEDLEY steigen in undurchdringliches Dunkel hinab.

Wieder: *BÄNG-BÄNG*

DR. PRENDERGAST
Schnell, Hedley, eine Taschenlampe!

HEDLEY holt eine Taschenlampe heraus. Ihr Strahl streift gespenstisch über die bemoosten Wände und fällt plötzlich ... auf den gehäuteten, an die Wand geketteten Körper von SERGEANT ANDERSON.

Bestürzt untersuchen sie die Leiche.

DR. PRENDERGAST
(fährt fort)
Der arme Teufel.

BÄNG-BÄNG

DR. PRENDERGAST
(fährt fort)
Kommen Sie, Hedley, wir dürfen keine Zeit verlieren!

Dr. Prendergast steigt weiter die Treppe hinab. Mit einem letzten Blick auf die Leiche folgt ihm Hedley.

132 INNEN. UNTERIRDISCHER GANG

Dr. Prendergast und Hedley erreichen die letzte Stufe der Treppe und betreten einen unterirdischen Gang. An dessen Ende ist ein ominöser *ROTER LICHTSCHEIN* zu sehen.

Dr. Prendergast berührt Hedley am Arm und deutet mit dem Kopf auf die Taschenlampe. Hedley knipst sie aus.

Während das *BÄNG-BÄNG* erneut ertönt, tasten sie sich vorsichtig den Gang entlang.

Der *ROTE LICHTSCHEIN* wird heller, als sie sich dem Ende des Gangs nähern. Mit angespannten Mienen biegen sie um die Ecke ...

133 INNEN. DAS GROSSE GEWÖLBE

Die ganze Szene liegt vor ihnen. Jacobus steht im höllischen Prunk seiner Mitra und seines Pentagrammumhangs triumphierend an einem Altar, über den eine violette Decke gebreitet ist.

Annie, die mit zerfetzten Kleidern an die Wand gekettet ist, windet sich in ihren Fesseln.

Als das *BÄNG-BÄNG* wieder ertönt, sehen wir ... den buckligen Gorge die Klinge des juwelenbesetzten *SCHWERTES DER SEIRIZZIM* schmieden.

JACOBUS blickt mit einem gelassenen Lächeln zu DR. PRENDERGAST auf, als hätte er ihn erwartet.

JACOBUS

Sieh an, Dr. Prendergast. Wie schön, daß Sie doch noch gekommen sind. Ich habe Sergeant Anderson zurückgelassen, damit er Ihnen den Weg zeigt.

HEDLEY tritt aufgebracht vor, aber DR. PRENDERGAST hält ihn zurück.

JACOBUS

(fährt fort)

Sie kommen gerade rechtzeitig, um Zeuge meiner endgültigen Apotheose zu werden.

GORGE tritt schlurfend vor, um seinem Herrn das *SCHWERT* zu übergeben, das er eben fertiggestellt hat.

ANNIE windet sich an der Wand und versucht trotz ihres Knebels zu schreien.

JACOBUS hält das *SCHWERT* liebevoll in den Händen, dann hebt er es in die Höhe.

JACOBUS

(fährt fort)

Armer Prendergast! Wie konnten Sie nur glauben, Sie könnten mich besiegen. War Ihnen denn nicht klar, daß ich der Vertreter einer unsterblichen Macht bin? In Inkarnationen wie dieser reise ich durch die Jahrhunderte. Ich nähre mich vom Mark der Zeit. Ich war hier, bevor die Meere schwarz wurden vom Leben, und ich werde noch hiersein, wenn die Wüsten weiß sind vom Tod. Über die winzigen Hindernisse, die Sie mir in den Weg gelegt haben, konnte ich nur lachen. Aber das alles hat nun ein Ende.

Er hebt das *SCHWERT*. Und dann ... tritt GORGE mit wild leuchtenden Augen und einem beflissenen Grinsen an den Altar. Mit einem Ruck zieht er die violette Decke weg, und zum Vorschein kommt ...

ANNIES BABY, das nackt auf dem Altar liegt!

ANNIE schreit trotz ihres Knebels auf und windet sich in ihren Ketten.

JACOBUS hebt das *SCHWERT* über seinen Kopf, um es dem Säugling in die Brust zu stoßen.

Doch DR. PRENDERGAST lächelt mit grimmiger Gelassenheit.

DR. PRENDERGAST
Nicht so hastig, Jacobus ...

X

Black Annie II: Diesmal ist es persönlich

1

Seine Augen! Seine Augen waren voller Angst. Und obwohl wir ihn vor zwei Wochen in London gesehen hatten, schien er seitdem um ebenso viele Jahrzehnte gealtert zu sein. Er war ein Mann Mitte Sechzig und starrte uns nun durch die halboffene Tür von Belham Grange entgegen, mit all der furchtsamen Feindseligkeit, all dem Argwohn eines Eremiten, der in seinen finstersten Meditationen gestört wurde.

Ach du Scheiße, dachte Richard Storm, als ihnen das verwelkte, feindselige, hohlwangige Gesicht Sir Michaels entgegenstarrte.

Unser Taxi hatten wir bereits fortgeschickt. Wir hörten, wie das Geräusch seines Motors auf der langen Auffahrt des Gutshauses hinter uns leiser wurde. Der Winternachmittag zog sich um uns zusammen, die windgepeitschten Wolken des tiefhängenden Himmels drückten von oben auf uns herab. Das Haus selbst, die ganze graue Masse aus Stein, ragte drohend vor uns auf.

Nun, drohend ragte das Haus eigentlich nicht vor ihnen auf. Es war ein gediegenes altes Herrenhaus, ein langgestreckter Steinbau mit vielen Fenstern. Und es gab auch keine *gräßlichen Raben, die finster von den Traufen und Giebeln des Hauses herabspähten*. Allerdings verspürte Storm einen *Schauder der Angst* beim Anblick von Sir Michaels *gezeichneten Gesichtszügen* – der blassen, eingefallenen Wangen und der wachsamen Blicke, mit denen er durch den Türspalt nach draußen starrte. Er verspürte einen Schauder der Angst und ein schwindelartiges, fiebriges Gefühl, als verschwömmen alle Entfernungen, als sei das alles gar nicht wirklich, sondern nur ein Traum. Und er hatte auch leichte Kopfschmerzen, die ihm schon den ganzen Morgen Sorgen machten.

Sophia löste sich von seiner Seite, um ihren Vater auf die eingefallene Wange zu küssen.

Storm warf über seine Schulter einen letzten Blick die verlassene Auffahrt hinunter, *die sich, überschattet von zwei Reihen düsterer Blutbuchen, im Dämmerlicht verlor*. Die Wolken, die sich über die Hügel auf sie zuwälzten, türmten sich wie vor einem nahenden Gewitter bedrohlich auf. Der Februarwind war feucht und kalt, und der Tag verdüsterte sich zu einem falschen Zwielicht. Durch das Dunkel konnte er in der Ferne gerade noch die Ruinen der Abtei erkennen: *den Keil einer eingestürzten Kapellenwand, die schiefen Grabsteine eines alten Friedhofs*.

Um wieder einen klaren Kopf zu bekommen, straffte Storm die Schultern und holte tief Luft. Dann wandte er sich dem Haus zu.

Sophia hatte die Schwelle überschritten. Sir Michael hielt ihm die Tür auf.

Nun ja, dachte er, er war doch nach England gekommen, um eine Geistergeschichte zu finden, oder nicht?

Und mit einem gezwungenen Lächeln auf den Lippen betrat er Belham Grange.

2

Detective Inspector William Pullod stand im Kirchenrund und beobachtete die alte Frau. Langsam ging sie zwischen den steinernen Bildnissen der toten Kreuzritter umher. Stieß sie mit ihrem seltsamen Drachenstock an, als erwarte sie halb, sie könnten zum Leben erwachen. Runzelte unter ihrem breitkrempigen Hut brummend die Stirn, ließ hinter ihrer dicken Brille schnelle Blicke durch den Raum huschen.

DI Pullod schob Luft von einer Wange in die andere, verdrehte die Augen.

Er war ein kleiner, flinker, sehniger Mann mit schütterem Haar, so durchtrainiert, daß seine Schultern jeden Moment die Nähte seines Regenmantels zu sprengen drohten. Er haßte es, Zeit zu verschwenden, und er haßte es, auf der Stelle zu treten. Und Kirchen haßte er auch. Er fand sie unheimlich, einsam und trotzdem auch seltsam lebendig – wie ein Haus, in dem plötzlich alle Uhren aufgehört haben zu schlagen.

In dieser, der Temple Church, war es wegen der mächtigen Türen, die sich der Mittagssonne öffneten, relativ hell. Und es herrschte auch relativ viel Betrieb. Am anderen Ende war eine Gruppe schwatzender japanischer Touristen gerade dabei, sich die Glasfenster anzusehen. Hier jedoch, im Rund, waren lediglich grotesk verzerrte Gesichter in die Säulen der Bögen gemeißelt. Sie starrten von allen Seiten auf die steinernen Ritter herab, die verdreht auf dem Boden lagen. Und das war ziemlich unheimlich. Wie diese alte Schachtel.

Trotzdem, dachte Pullod, sie war nicht ganz ohne. So verrückt sie auch sein mochte. Mit ihrem »Heiligen Iago«, den es nie gegeben hatte, und dieser argentinischen Sekte, die nie existiert hatte. Übernatürliche Verschwörungstheorien. Kleine graue Männer und lauter solches Zeug. Sie sollte für ITV arbeiten, dachte er. Trotzdem. Ihre Augen waren so durchdringend wie Nadelspitzen, intelligent. Und sie sah aus, als lebe sie schon ewig. Hörte sich auch so an, mit ihrer barschen ernsten Stimme. Ganz zu schweigen davon, daß sie Lester Benbow anhand eines Phantombilds identifiziert hatte. Pullod hätte seine Zähne dafür gegeben, diesen narbengesichtigen Killer zu fassen. Jetzt schlenderte er, die Hände in den Manteltaschen, auf die Frau zu.

»Irgendwas Ungewöhnliches?« fragte er sie. Er senkte die Stimme. Das tat er in Kirchen immer.

»Nein«, murmelte Harper Albright nach einer Weile. »Nein.« Sie stupste die toten Kreuzritter weiterhin mit ihrem Stock an.

Pullod ließ den Blick über die geifernden Gesichter an den Wänden wandern. Er konnte sich ein überdrüssiges Seufzen nicht verkneifen. »Und Sie sind sicher, daß Sie ihn hier zum letztenmal gesehen haben, diesen Iago?«

Harper nickte. »Ich habe eigentlich nicht damit gerechnet, daß er noch mal herkommen würde, aber einen Versuch schien es mir trotzdem wert. Es war wegen dem, was er gesagt hat: daß er auserwählt sei. Wissen Sie, ich habe einfach das Gefühl, daß er dieser Fährte aus Geschichten nicht nur folgt, sondern sie auch, wie soll ich es ausdrücken, zu bewohnen versucht. Als dächte er, sie handelten alle irgendwie von ihm, als sei er ihr gemeinsamer Held. Von daher ist es durchaus vorstellbar, daß er zum Beispiel Orte aufsucht, die in irgendeinem Zusammenhang mit diesen Geschichten stehen. Daß er sie als Ausgangspunkt für seine Unternehmungen benutzt.«

»Aha«, sagte Pullod. Er konnte sich nur mit Mühe ein Grinsen verkneifen.

Harper Albright sah ihn scharf an. »Ich erwarte nicht, daß Sie mir glauben, Inspector. Alles, worum ich Sie und Ihre Leute bitte, ist, daß Sie mir Bescheid geben, sobald Sie Bernards Auto gefunden haben.«

Dem solchermaßen ertappten Pullod verging das Lachen. Er nickte brüsk. »Morris Minor. Wir werden die Augen offenhalten.«

Einen unbehaglichen Augenblick lang sah sie ihn durch ihre dicke Brille prüfend an. Dann schniefte sie.

»Bitte tun Sie das«, sagte sie. »Denn egal, ob Sie mir glauben oder nicht, das Problem bei der Sache ist: Wir haben nicht sehr viel Zeit.«

3

Eine Kirchenglocke schlug eine unbekannte Stunde, und Bernard kam langsam zu sich. Er hatte keine Ahnung, wo er war, nicht die leiseste Idee, was mit ihm passiert war. Lange Zeit war das einzige, was er sicher wußte, daß das Leben als solches zu einer ziemlich unerfreulichen Angelegenheit geriet.

Dann, nach einer Weile, gingen seine Augen auf. Langsam zerbrachen sie die vertrocknete Kruste, die sie verschlossen gehalten hatte. Er schaute.

Nichts. Schwarz. Dunkelheit, tiefer und leerer als jede, die er bisher erlebt hatte. Jetzt wurde ihm auch bewußt, daß er sich extrem unwohl fühlte. Er lag auf dem Rücken, unbeweglich, verdreht. Die Knie auf einer Seite, eine Hand an sein Gesicht gelegt. Die Luft war schlecht. Es roch so stark nach Erbrochenem, daß er sich fast übergeben mußte. Er spürte, wie das Zeug an seiner Schulter zähflüssig und klumpig durch sein Hemd drang. Es roch auch nach Urin:

Sein Unterleib und seine Oberschenkel brannten von der Nässe.

Das hartnäckige Pochen in seiner Stirn wurde schnell unerträglich. Der Geschmack in seinem Mund war widerlich.

Na ja, er war schon ziemlich oft in einer ähnlichen Verfassung aufgewacht. Doch das war kein gewöhnlicher Kater. Jetzt erinnerte er sich wieder. Die Kirche. Das Kruzifix. Dieses Stöhnen, dieser Mann. Wie er den Kopf gehoben hatte. Seine Augen …

Bernard gab einen kläglichen, zittrigen Laut von sich, ein Geräusch, wie er es sich noch nie hatte machen hören. Die Dunkelheit schien drückender, undurchdringlicher zu werden. Sie schien sich um ihn zusammenzuziehen. Ihn zu ersticken. Ihn zu begraben.

Ihn zu begraben. Bei diesem Gedanken stiegen erste Anzeichen von Panik von seinen Lenden in die Brust hoch. Jetzt konnte er den rauhen Stein unter seinem rasierten Schädel spüren. Er bewegte seine Hand – ertastete eine Wand aus dem gleichen rauhen Stein auf seiner rechten Seite, eine andere auf seiner linken. Als er seine Beine auszustrecken versuchte, stießen auch seine Füße auf rauhen Stein. Und dann, ganz langsam, voller Angst, streckte er seine Finger nach oben.

Direkt über ihm, keine fünfzehn Zentimeter über seiner Nase, befand sich eine Platte aus rauhem Stein.

Lebendig begraben. Wie eine Meute Ratten machte sich Panik in ihm breit. Schlagartig war er von Kopf bis Fuß in kalten Schweiß gebadet. Sein Atem wurde gehetzt und flach, sein Pulsschlag hektisch. In seinem Kopf flüsterte eine Stimme immer und immer wieder: *Lebendig begraben sie haben mich lebendig begraben ich bin lebendig begraben …*

Er mußte unbedingt raus hier.

Mit einem erstickten Schrei stieß er beide Hände durch das Dunkel nach oben. Der Schmerz in seinem Kopf wurde auf der Stelle unerträglich, die Adern blähten sich wie stachelbesetzte Ballons gegen seine Schläfen. Doch er drückte gegen die Platte über ihm, drückte und drückte, stemmte sich mit seiner ganzen Kraft gegen ihr unnachgiebiges Gewicht.

Aber sie gab nicht nach. Sein Atem entwich stotternd, in kurzen, stoßartigen Ächzern. Dann keuchte er den Rest hinaus, und seine Arme fielen kraftlos auf seine Brust zurück.

»Hilfe!« schrie er verzweifelt. »Hilfe!«

Dann mußte er sich übergeben. Um möglichst wenig von der ätzenden Flüssigkeit abzubekommen, drehte er sich, so gut es ging, auf die Seite. Schließlich sank er wieder auf den Rücken zurück und starrte in das Dunkel.

Dann begann er zu weinen.

Lebendig begraben. Jesus, Jesus, so wollte er nicht sterben!

»Jesus«, schluchzte er leise. »Jesus.«

Mühsam zog er in der Enge den Arm herum, hob seine zitternde Hand an die Wange, um sich die brennenden Tränen wegzuwischen. Und sein Herz blieb stehen wie ein absterbender Motor.

In dem undurchdringlichen Dunkel neben ihm lag etwas. Er hatte es mit den Fingerknöcheln berührt. Er konnte es dort spüren, ein paar Zentimeter von seinem Gesicht entfernt. Er konnte die glatte, nachgiebige Oberfläche von modernden Knochen spüren. Die leeren Augenhöhlen. Das Bild formte sich so deutlich in seinem Kopf, als könne er es tatsächlich sehen: ein Totenschädel. Der ihn anglotzte, angrinste. Er befand sich mit einer verwesten Leiche in einem steinernen Sarg – in einem Sarkophag.

Bernards Körper bäumte sich in panischem Entsetzen auf, und er stieß noch einmal mit den Händen gegen den Sargdeckel. Diesmal waren die Schmerzen sogar noch schlimmer. Vor seinen Augen tanzten weiße Punkte. Er verlor fast das Bewußtsein. Aber er ließ seine ganze Kraft, seine ganze Seele in die Arme strömen, und seiner Kehle entfuhr ein schriller Schrei, als er verzweifelt noch einmal versuchte, die Steinplatte wenigstens einen Millimeter zu verrücken, wenigstens um Wimpernbreite.

Es nutzte nichts. Der Stein gab nicht nach. Keuchend, schluchzend, zitternd blieb Bernard liegen. *Lebendig begraben ich bin in einem Grab unter der Erde ich bin lebendig begraben …* Er konnte spüren, wie sich sein Geist seiner Kontrolle zu entziehen versuchte. Er wollte schon anfangen zu schreien…

Nein. Er biß die Zähne zusammen. Nein, nein. Um den Schrei wieder in seine Kehle zurückzuzwingen, preßte er die Fäuste an den Mund und begann an der Haut über den Fingerknöcheln zu nagen. Fing er damit einmal an, konnte er nicht mehr aufhören. Er mußte sich zusammenreißen. Sich mit aller Gewalt in den Griff bekommen – eine andere Möglichkeit gab es nicht.

Bernard nahm seine ganze Willenskraft zusammen. Schob die flüsternde Stimme der Panik nach unten, immer weiter hinab. Sein Atem. Er konzentrierte sich ganz auf sein Zwerchfell, auf seinen Atem. Er lag ganz still da.

Ganz allmählich, Schritt für Schritt, ließ seine Panik nach. Nach einer Weile – er wußte nicht, wieviel Zeit vergangen war – merkte er, daß er leise wimmerte, und zwang sich, auch damit aufzuhören. Seine Muskeln begannen sich zu entkrampfen. Seine Fäuste lösten sich von seinem Mund, glitten langsam an seinem Körper hinab. Um diesen Horror, diesen glotzenden Horror neben sich nicht zu berühren, preßte er die Ellbogen fest an seine Seiten.

»Hilfe! Helft mir! Hilfe!« schrie er, diesmal nicht in besinnungsloser Angst, sondern so laut er konnte.

Dann blieb er, um besser hören zu können, ganz still liegen und versuchte seinen Atem unter Kontrolle zu bekommen. Lag da, die Augen in dem undurchdringlichen Dunkel weit aufgerissen. Und lauschte und lauschte.

»Hilfe!«

Jedesmal wenn seine Stimme verhallte, entstand der Eindruck, als sei die darauf eintretende Stille noch tiefer als die Stille zuvor. Wie ein Leichentuch schien sie sich flatternd über ihn zu breiten und ihn zu umhüllen. In solch einer Stille konnte man ohne weiteres ersticken.

»Hilfe! Hilfe!«

In seine Stimme schlich sich ein hoher hysterischer Ton, und er schloß mit aller Kraft den Mund, schloß mit aller Kraft die Augen. Verschränkte mit aller Kraft die Hände auf seinem Bauch, drückte mit aller Kraft die Ellbogen an seine Seiten. Hörte seinen Atem, hörte seinen Herzschlag, hörte den Totenkopf neben sich flüstern: *lebendig begraben …*

Und dann – möglicherweise – hörte er noch etwas anderes. Ein Geräusch. Möglicherweise. Draußen.

Bernards Augen flogen auf. Sein Körper spannte sich noch mehr an. Er hörte nun vollends auf zu atmen, und jetzt war da nur noch das Pochen seines Pulses, das Pochen in seinem Kopf.

Und doch, da war auch noch etwas anderes. Inzwischen war er ganz sicher. Scheppern, Scharren, Knarren, Schlagen. Das Geräusch einer Tür, dachte er. Eine schwere Tür mit einem Metallriegel. Die aufging, wieder zufiel.

»Oh!« hauchte er. Neue Tränen schossen in seine Augen, Tränen der Erleichterung und Dankbarkeit. Er befand sich nicht unter der Erde, war nicht begraben, noch nicht.

»Hilfe!« schrie er.

Seine Muskeln schmerzten, so angespannt lauschte er, so sehnlich reckte er sich nach oben, dem Sargdeckel entgegen, über ihn hinaus.

Dann Schritte. Schritte auf Stein. Regelmäßig, hallend. Näher kommend.

Sie verstummten.

Bernard weinte, wagte kaum, noch einmal zu rufen. Er blickte nach oben, flehte und betete in das Dunkel hinauf. Jemand stand dort, direkt über ihm, gleich auf der anderen Seite der Steinplatte, gleich auf der anderen Seite des Dunkels. Er konnte die Präsenz spüren. Wie sie dastand. Im Licht, in der frischen Luft. Und auf ihn herabblickte.

Bernard leckte sich den Schleim von der Oberlippe. Schluckte ihn hinunter. Schniefte. Sprach mit einem tränenerstickten, zitternden Flüstern.

»Helfen Sie mir. Bitte helfen Sie mir.«

Ein weiterer Moment der Stille. Und dann sprach die Präsenz. Eine Stimme, deutlich und wohltönend. Locker, jovial, sogar freundlich. Fremd und doch seltsam vertraut.

Auf ihr Ertönen hin sprudelte irgendein warmes, intensives Gefühl, das er nicht benennen konnte, wie Blut aus einer Wunde aus Bernard hervor, verteilte sich wie Blut über seinen ganzen Körper.

»Ich bin hier, mein Sohn«, sagte die Präsenz. »Ich bin hier.«

4

Das Schweigen war drückend. Besteck klimperte auf Porzellan. Kaltes Essen wurde langsam zerkaut. Sir Michael saß am Kopfende der langen Tafel, schwenkte den Wein in seinem Kristallglas. Starrte vor sich hin. Sprach nicht. Storm empfand es schmerzhaft, die eingefallenen Gesichtszüge, das zerzauste Haar, den wilden Blick des alten Mannes anzusehen. Er hielt den Kopf gesenkt und stocherte in dem Roastbeef und den Karotten auf seinem Teller herum.

Das Eßzimmer war schmal, aber gepflegt und recht gemütlich. Das Mittagessen war auf blitzenden, weißblauen Platten und Schüsseln angerichtet. Der Kristallüster warf tanzende Regenbogen über die paisleygemusterten Verlourstapeten an den langen Wänden. An einer davon standen niedrige Sideboards und eine Anrichte. Und darüber hing ein goldgerahmtes Gemälde von Schäfern inmitten sonnenüberfluteter Hügel. Die Landschaft war fast eine Reflexion der Landschaft, die durch die hohen Fenster in der gegenüberliegenden Wand zu sehen war, in der Wand, auf die Storm blickte. Von Zeit zu Zeit ertönte kurzes Donnergrollen, zunächst noch fern, aber unaufhaltsam näher kommend.

Sophias schwarzes Haar, ihr blasses, herzförmiges Gesicht hoben sich scharf gegen das fahle, düstere Licht des Nachmittags ab. Storm blickte zu ihr auf. Der flauschige braune Pullover mit dem Schneeflockenmuster verlieh ihrer Figur weichere Züge. Aber sie hielt sich sehr gerade, und er konnte ihre innere Anspannung spüren. Er versuchte ihren Blick aufzufangen, ihr seine Frage zu vermitteln: Wann würde sie das Wort ergreifen? Wann würden sie anfangen?

Sie sah ihn nicht an, doch ihr Kopf bewegte sich fast unmerklich. Ein schwaches verneinendes Schütteln: nicht jetzt, noch nicht.

Ungeduldig, nervös, aß Storm weiter. Sein Kopf schmerzte, schwer, benebelt. Er fühlte sich nicht gut.

Wieder ertönte Donner, ein längeres Grollen diesmal, und näher. Storm bildete sich ein, einen matten silbernen Blitz am fernen Horizont gesehen zu haben. Das gelbe Licht draußen wurde trüber, dunkler. Storm spürte die Hitze von Sir Michaels fiebrigen Augen.

Kommen wir doch endlich zur Sache, dachte er. Aber Sophia reagierte nicht.

»Ich mache Kaffee, ja?« sagte sie leise.

Und bevor einer der beiden Männer antworten konnte, hatte sie sich erhoben und den Raum verlassen.

Storm und Sir Michael saßen schweigend da und lauschten ihren auf dem Gang verhallenden Schritten.

»Ich werde Sie umbringen, Mr. Storm«, sagte Sir Michael schließlich unvermittelt.

Storm spießte gerade sein letztes Stück Roastbeef auf. Er brauchte eine ganze Sekunde, bis er Sir Michaels Worte verstand. Dann blickte er zu ihm auf. Seine Lippen öffneten sich, aber ihm fiel nichts ein, was er hätte sagen können.

Sir Michael hatte inzwischen sein Glas auf den Tisch gestellt. Er saß entspannt auf seinem Stuhl, hatte die Hände über dem Bauch verschränkt. Der mächtige Schädel schien fleischlos und eingefallen. Er erinnerte Storm an Leichen, die er in Museen gesehen hatte, halb erhalten, die Haut noch am Schädel klebend. Bis auf die Augen. Denn die Augen waren noch sehr lebendig, schäumten vor Wut, quollen fast aus ihren Höhlen. Storm spürte, wie sich sein Magen zusammenkrampfte, wie ein stechender Schmerz in seine Schläfe fuhr.

»Was?« stieß er hervor.

»Ich werde Sie umbringen«, wiederholte Sir Michael ruhig. »Glauben Sie etwa, es kümmert mich noch, was aus mir wird? Glauben Sie etwa, ich werde tatenlos zusehen, wie Sie oder Ihre Leute mir das noch einmal antun? Gütiger Gott, mit wem, glauben Sie eigentlich, haben Sie es hier zu tun?«

»Whow!« entfuhr es Storm.

»Sie sollten vorsichtiger sein, Mr. Storm. Sie sollten langsam lernen, daß man einem Menschen etwas lassen muß, wofür es sich zu leben lohnt. Ich habe nur noch Sophia, und ich werde nicht zulassen, daß Sie sie dazu benutzen, mich unter Druck zu setzen, damit Sie von mir bekommen, was Sie haben wollen.«

»Jetzt aber mal langsam ...«, begann Storm.

Doch unbeirrbar fuhr Sir Michael fort: »Ich habe Erkundigungen eingezogen. Verstehen Sie? Ich habe Beziehungen, sowohl hier wie in den Staaten. Ich muß in Kürze Nachricht erhalten, vielleicht noch heute, vielleicht sogar noch in dieser Stunde. Und sobald ich sicher bin, daß Sie derjenige sind, für den ich Sie halte, jage ich Ihnen eine Kugel durch den Kopf.«

»Jetzt hören Sie mir doch erst mal zu ...«, setzte Storm erneut an.

»Nein, Sie hören jetzt mir zu. Ich werde Ihnen das Gehirn herauspusten, mein Junge, und zwar mit dem allergrößten Vergnügen. Zur Erinnerung an meine Frau und um Sophias willen, und ungeachtet aller Konsequenzen.« Mit einer kurzen, abrupten Bewegung ergriff Sir Michael erneut sein Weinglas. »Ich rate Ihnen dringend, laufen Sie um Ihr Leben.«

Storm öffnete die Hände, öffnete den Mund. Ihm fehlten die Worte. Sein Herz schlug wie wild. Sein Verstand arbeitete fieberhaft. War Sir Michael ein Irrtum unterlaufen? Oder wußte er, warum Storm hier war, und meinte er, was er sagte? Storm wußte nicht, was er ihm antworten sollte.

»Hören Sie ...«

Eilige Schritte auf dem Gang ließen ihn innehalten, ließen sie beide innehalten. Sophia kam wieder herein. Blaß, mit bebenden Lippen, ging sie sofort zu Storms Stuhl, legte ihm fest die Hände auf die Schultern. Trotz seiner momentanen Verblüffung hörte er den mitleiderregend dringlichen Ton in ihrer Stimme. »Komm, Richard«, sagte sie hastig. »Bis der Kaffee durchgelaufen ist, zeige ich dir noch schnell den Garten.«

»Sophia ...« begann er.

»Komm!«

5

Auf dem Markt in der Edgware Road herrschte reges Treiben. Gemächlich bahnte sich Harper Albright einen Weg durch die Menschenmenge. Das Pflaster war noch naß vom Regen, aber der Londoner Himmel klarte bereits auf. Es waren schon wieder jede Menge Leute unterwegs. Sie füllten die Flächen zwischen den Ständen und Buden, durchwühlten Regale mit Bindebatik- und Heavy-Metal-T-Shirts, wälzten sich an offenen Kisten mit Gemüse vorbei, an Tischen mit Keramik, Schmuck, Antiquitäten und Gerümpel. »Kohl! Salat! Tomaten!« Die Menge strömte Harper entgegen, aber sie drängte unerschütterlich dagegen an. Die Schultern gebeugt, der Stock rhythmisch auf den Beton stoßend, den Kopf aufmerksam erhoben.

Ihr entging nichts.

Aber wonach genau sie suchte, wußte sie nicht. Im Grunde wußte sie nicht einmal, warum sie hierhergekommen war. Doch ein hartnäckiges Gefühl hatte sie hierhergetrieben. Das mußte genügen.

Bernard war irgendwo – jedoch noch am Leben. Gefangen, aber noch am Leben, da war sie ganz sicher. So viel konnte sie spüren. Sie spürte es an den Termiten der Angst, die beharrlich an ihren Magenwänden nagten. Für Iago bestand kein Grund, den Jungen schon jetzt umzubringen. Noch nicht. Er wollte nicht sein Leben. Was er wollte, war sein Blut. Und dafür mußte er ihr Faktotum für sich gewinnen. Er mußte seinen Geist vergiften, sich seiner Komplizenschaft versichern. Mit anderen Worten, er mußte seine Seele stehlen.

Und das würde einige Zeit dauern. Bernards Seele war stark. Es würde also einige Zeit, aber nicht ewig dauern. Vorher mußte sie ihn finden – und zwar bald.

Und sie mußte ihn ganz allein finden.

Der Blick des Inspectors war ihr keineswegs entgangen. Sie kannte diese Sorte Blick von ihren früheren Begegnungen mit der Polizei. Manchmal hatte sie sogar schon schlimmere Blicke gesehen. Sie wußte, daß Iago seine Leute bei der Polizei hatte. Sie durfte nicht darauf zählen, daß ihr die Polizei half. Sie durfte niemandem trauen. Sie hatte keinen Anhaltspunkt, an dem sie sich orientieren, keine Richtung, in die sie sich wenden konnte, und es gab auf der ganzen Welt nicht eine Stelle, die sich eher dafür anboten hätte, Ausgangspunkt der Suche zu sein, als irgendeine andere. Ihre Feinde waren zahllos, und sie selbst waren nur zu dritt. Harper hatte nichts und niemanden, an den sie sich wenden konnte.

Für sie war inzwischen der Punkt gekommen, an dem sie sich einfach von der Strömung des Unheimlichen erfassen und davontragen lassen mußte.

Das war letztendlich auch der Grund, warum sie hier war, vermutete Harper. Um auf dem Markt Anregungen zu suchen. Um in die schmalen Durchgänge zwischen den Kleidergestellen zu spähen. Um den Blick über Salatköpfe wandern zu lassen. Um die Gesichter der Kauflustigen zu beobachten, die federnden Rhythmen ihrer jugendlichen Schritte. Sie suchte nach dem Zufall, dem Pfotenabdruck ihres Widersachers.

In einem Hinterhaus unweit der Edgware Road. Das hatte Iago zu ihr gesagt. *An der Straße nach Damaskus,* hatte er gesagt. Dort hatte er vor zwanzig Jahren seinen Moment der Erleuchtung gehabt. Was damals passiert war, irgendwo hier in der Nähe, hatte ihn auf die Fährte aus Geschichten gestoßen. Von *Black Annie* zur Belham-Chronik. Alles, was danach gekommen war, strahlte von diesem einen Moment aus. Ann Enderings Selbstmord. Die Jagd nach dem Reinhart-Triptychon. Möglicherweise sogar Richard Storms Auftauchen. Aus Iagos plötzlicher Erleuchtung irgendwo in der Edgware Road war alles hervorgegangen, was sie beide zu diesem Moment geführt hatte.

Also zwängte Harper sich, von Sorge verzehrt, weiter durch die Menge auf dem Edgware-Markt. Ihre Augen waren ständig in Bewegung. Unbewußt suchte sie nach dem mystischen Funken, der sie in Iagos Gedanken hineinversetzen würde. Der sie zu Bernard führen würde.

Unter normalen Bedingungen standen ihre Chancen, eine solche Verbindung herzustellen, praktisch gleich Null. Und in gewisser Hinsicht waren für sie nur normale Bedingungen gegeben. Es gibt kein Leben außer diesem, das wußte sie. Es gibt keine Welt außer dieser. Wenn das Unheimliche überhaupt zur Wirkung kommt, dann *durch* die Naturgesetze und nicht, indem es sich über sie erhebt. Das Unsichtbare bewegt sich immer im Handgreiflichen, der Geist spricht in der Sprache des

Materiellen, die Seele lebt im Zusammenspiel der Neuronen – und Gott, so Er irgendwo existiert, existiert in den Details. Selbst der Zufall – die Spur, die sie suchte – existierte nachweislich innerhalb der Gesetze der Wahrscheinlichkeit. Der Trick bei der Sache war, sie dann zu entdecken, wenn man sie am dringendsten benötigte.

Und der Trick *dabei* wiederum war – wie immer –, nichts zu glauben. Nichts zu glauben, damit das Raster der eigenen Glaubensanschauungen nicht auf das Raster der tatsächlichen Geschehnisse projiziert wurde. Nichts zu glauben und die Augen offenzuhalten. Sich in weiser Passivität zu bemühen, zu suchen ... und nicht aufzugeben ...

Sie erreichte die Ecke. Das Licht kam von hinten, aber sie blieb unschlüssig stehen. Auf der anderen Straßenseite hörte der Markt auf. Die Menschenmassen lichteten sich. Abfälle wehten über den Asphalt, zwischen weißgekalkten Wänden hindurch, an Laternenpfählen vorbei, unter Verkehrsampeln her, die breite Straße hinunter und in den scheckigen Himmel hinauf. Links von ihr verkaufte ein Mann Sportmützen. Rechts von ihr saß eine wie eine Wahrsagerin gekleidete Engländerin mürrisch hinter einem Tisch mit gebrauchten Büchern. Eine Bettlerin mit einem Kinderwagen streckte den Vorübergehenden eine offene Hand entgegen.

Um sich zu beruhigen, spielte Harper mit den Fingern an den Ohren des Drachenkopfs herum. Sie konnte sich vor Nervosität kaum mehr halten. Sie kam sich vor wie ein Sack voll zuckender, zappelnder Nerven.

Und auf einmal drang eine Stimme an ihr Ohr: »Hallo, schauen Sie mal! Sehen Sie sich das mal an.«

Unwillkürlich blickte sie nach rechts, in Richtung des Sprechers. Er war noch ein halber Junge, noch keine zwanzig. Mit einem blassen pickligen Gesicht, das unter dem spärlichen Bart mit roten Flecken übersät war. Neben ihm ein stumpf dreinblickendes Mädchen, das sich bei ihm untergehakt hatte, Nase, Augen und Lippen so voll von Knöpfen und Ringen, daß der Eindruck entstand, sie würde von ihnen zusammengehalten.

Der Junge hatte ein Buch vom Tisch genommen. Hielt es ihr entgegen.

»Sehen Sie sich das mal an. Kennen Sie das schon?«

Harper runzelte die Stirn. Und als der junge Bursche das Buch in seinen Händen drehte, um es zu betrachten, fiel ihr Blick auf den Einband des *Fourteenth Fontana Book of Great Ghost Stories*. Das Buch, aus dem Storm bei Bolts Weihnachtsparty vorgelesen hatte.

Harper spürte, wie in ihr eine langsame Veränderung vor sich ging. Ihre Nerven zuckten und zappelten weiter, aber statt an ihren Kräften zu zehren, begannen sie sie jetzt aufzuladen, mit Energie zu versorgen. Ihre Nervosität wich heftiger Erregung. Sie hatte gefunden, wonach sie gesucht hatte.

Ein Hinterhaus unweit der Edgware Road, dachte sie.

Die Jagd konnte beginnen.

6

»Weißt du, wer ich bin?«

Die Stimme wehte wie Rauch in den Sarkophag herab. Wie ein Geruch vermischte sie sich mit dem Geruch von Erbrochenem und Urin und Schweiß und Angst. Sie schlang sich um Bernards Körper, dem immer noch Tränen die Wangen hinabströmten, dem immer noch die Nase lief, dem immer noch dieses dumpfe Pochen fast den Schädel zerspringen ließ. Inzwischen hatte er festgestellt, daß Blut an der pochenden Stelle war, wo ihn der Totschläger getroffen hatte, ein halb vertrockneter, halb klebriger Fleck. Ihm wurde wieder übel, und er fühlte sich matt und schwindlig.

»Ja«, antwortete er mit zitternder Stimme. Er räusperte sich. »Ja. Ich weiß, wer du bist.«

»Gut. Es wird auch langsam Zeit, daß wir uns kennenlernen.«

Bernard hatte das Gefühl, als ob der steinerne Sargdeckel noch schwerer auf ihn herabdrückte, die Luft noch abgestandener würde.

»Ich habe dich die ganze Zeit über im Auge behalten«, fuhr die Stimme fort. »Vielleicht weißt du das sogar.«

Bernard schloß die Augen, öffnete sie. Es machte keinen Unterschied. Ringsum nur Dunkelheit.

»Ja«, hauchte er.

»Einige der Leute, die du auf deinen nächtlichen Streifzügen kennengelernt hast. Einige der Leute, mit denen du ... gespielt hast, intim geworden bist ...«

»Ja.«

»Du wußtest das.«

Bernard weinte still.

»Eigentlich habe ich den Eindruck, dich schon recht gut zu kennen«, fuhr die Stimme fort. »Und ich habe auch den Eindruck, daß du mich bereits kennst, aber ... wenn ich ehrlich bin, ich glaube, du *weißt nicht*, daß du mich kennst. Wenn du verstehst, was ich meine. Ich glaube, du gestehst dir selbst nicht ein, daß du mich so gut kennst, wie du mich kennst.«

»Laß mich raus.« Die Bitte brach aus Bernard hervor, bevor er sie aufhalten konnte. Vor Wut über seine Schwäche verzog er das Gesicht. Doch in dem Bemühen, seine Tränen zurückzuhalten, brachte er nur ein lautes, demütigendes Schluchzen hervor.

»Deshalb bin ich hier«, fuhr die kühle Stimme fort, Rauch im Innern des Sarkophags. Und das schlimmste daran ist, dachte Bernard, daß sie soviel besser ist als nichts. Er war sich sehr deutlich bewußt, wie verzweifelt er sich an ihren Klang klammerte, wie sehr er auf die Macht der Präsenz über sich baute, an die Macht, die ihn befreien konnte. Er mußte sich an sie klammern. Wo das Leben ist…, dachte er. »Ich werde dich herauslassen«, fuhr der Sprecher fort. »Es ist das einzige, was ich will. Es ist genauso zu meinem Nutzen wie zu deinem. Vielleicht sogar noch mehr. Aber erst muß ich sichergehen, daß du dir anhörst, was ich dir zu sagen habe. Wir haben also eine Abmachung: Du versprichst, mir zuzuhören, ich verspreche, dich freizulassen. Ist das kein faires Angebot?«

Bernard schauderte. Er versuchte, seine Atmung unter Kontrolle zu bekommen, seine Panik niederzukämpfen. Er wollte nicht antworten. Es war entwürdigend zuzustimmen, wenn man keine Wahl hatte.

Aber die Stimme ließ nicht locker. »Ist das kein faires Angebot?«

»Doch, doch«, stieß er mit tränenerstickter Stimme wütend hervor.

»Denn alles, was du über mich weißt, bis in die kleinsten Einzelheiten, wurde dir von einem Menschen erzählt, von einem einzigen Menschen. Und dieser eine Mensch – ich sage das ganz offen – dieser eine Mensch hat allen Grund, mich zu hassen. Nicht wahr? Würdest du nicht schon allein aufgrund des Wenigen, was du bereits weißt, zugeben müssen, daß sie keine objektive Beobachterin sein kann? Mußt du mir in diesem Punkt nicht recht geben?«

Bernard schlang die Arme um sich. »Ich weiß nicht«, sagte er matt. »Ich weiß es nicht.«

»Nun, wenn du das nicht weißt«, sagte die Stimme, »so liegt es daran, daß sie dir nicht alles erzählt hat. Es liegt daran, daß sie nicht so ehrlich zu dir war, wie ich es im Moment bin.«

Jesus, dachte Bernard. *Gütiger Jesus.* Er schlang die Arme, die er wie eine Leiche über der Brust gekreuzt hatte, fester um seine Schultern. Er wußte nicht, was er darauf antworten sollte. Er hatte immer gedacht, daß es nicht wichtig sei, daß es ihm gleichgültig sei. Daß er das unausgesprochene Wissen, das stillschweigende Einverständnis zwischen sich und Harper sogar genieße. Er war bei einer bodenständigen Gastwirtsfamilie oben im Lake District großgeworden. War in einem Internat in der Nähe von London zur Schule gegangen. Doch sogar schon in seiner Kindheit hatte Harper ihn oft besucht. Sie hatte immer ganz intim und offen mit ihm gesprochen. Sie hatte ihm ihre Mission so gründlich, so beharrlich, mit solch mütterlicher Bestimmtheit dargelegt, daß ihm schon von klein auf klargewesen war, daß diese Mission aufgrund seiner Geburt und um der Gerechtigkeit willen auch seine Mission war.

»Ich bekomme keine Luft!« schrie er. Seine Hände flogen hoch, kratzten an der rauhen Steinplatte. Die Haut an seinen Fingern riß auf, und Blut strömte an ihnen hinab. Bernard schluchzte. »Ich bekomme keine Luft.«

»Als ich sie kennenlernte«, fuhr die Stimme ungerührt fort, gelassen, rauchig, »als ich sie kennenlernte, war sie ein menschliches Wrack. Die Mutter tot, der Vater im Gefängnis. Ihr eigenes Leben ein eindrucksvolles Beispiel dafür, wie man an seiner Person Raubbau treiben kann. Glaub mir, das Leben, das du führst, ist nichts dagegen. Sie war diejenige, die sich an mich gehängt hat, Bernard, nicht umgekehrt.«

»Ich weiß«, flüsterte Bernard, so leise, daß es eigentlich nicht zu hören war.

»Gut«, sagte die Stimme. »Es freut mich zu hören, daß sie dir wenigstens das erzählt hat. Weil es sich in allem anderen genauso verhielt. Wenn ich sie erniedrigte, wenn ich sie verletzte, dann nur, weil sie es wollte. Weil sie mich regelrecht darum bat. Weil sie auf den Knien vor mir rutschte, Bernard, und es verlangte. Auf den Knien, Bernard.«

Bernard spürte, daß ihm wieder übel wurde, sterbensübel diesmal. Er hatte das Gefühl, als müsse er alles auskotzen, Blut und Innereien, sogar das matt flackernde Lebenslicht selbst. Der Gestank und die schlechter werdende Luft waren durch den Pesthauch dieser Stimme ersetzt worden. Kühl und vital und belebend drang er durch seine Haut. Bernards eigene seltsame Leidenschaft traf mit ihm zusammen, und ihm wurde so übel, als breite sich ein tödliches Gift in ihm aus.

»Und jetzt«, fuhr die Stimme fort. »Jetzt stört sie die Erinnerung daran, und sie schiebt alles auf mich. Ihre eigenen Begierden haben plötzlich nichts mehr damit zu tun, und ich stehe als der große Bösewicht da. Und das ist ... eine grobe Verzerrung. Es ist nicht die Wahrheit. Damit bringt sie nicht nur mich um das Recht, mich zu verteidigen – auch dich bringt sie damit um etwas. Und zwar um den Teil deiner selbst, der wie ich ist. Denn du bist wie ich, Bernard. Und das macht dir angst. Du unterdrückst es. Es ist absolut tabu für dich. Um – wie soll ich es ausdrücken? – um deine wahren Bedürfnisse, den wahren *Antrieb* deiner Natur zu verdrängen, stürzt du dich in groteske, erniedrigende Perversionen. Dazu hat *sie* dich gemacht. Sie hat dir eingeimpft, dich selbst zu verabscheuen, jenen Teil deiner

Persönlichkeit zu verdrängen, der so ist wie ich. Und warum? Weil sie mit einem Weltbild hausieren geht, in dem sie selbst keinerlei Verantwortung trägt, in dem ich wie eine Art... allmächtiger Puppenspieler auf der Weltbühne agiere und sie nur tanzt. Alles, worum ich dich bitte, Bernard, ist zu akzeptieren, daß es die Möglichkeit – nur die Möglichkeit – eines anderen Weltbilds gibt. Eine Welt, in der du frei und ungehindert als der Mensch leben kannst, der du wirklich bist.«

Als Bernard mit den blutenden Händen sein Gesicht bedeckte, spürte er die feuchte, klebrige Oberfläche seiner Haut unter den Fingern. Inzwischen hatte er das eigenartige Gefühl, als schwebe er, als löse er sich von seinem eigenen Körper. Als würde ein Teil von ihm durch seine Poren in den Rauch der Stimme hinausgezogen, würde fester Bestandteil dieses Rauchs. Er spürte, wie er sich danach sehnte, mit ihm davonzuschweben, immer weiter, immer höher hinauf, durch den Stein des Sargs hindurch und hinauf in die Freiheit der Präsenz über ihm.

»So leid es mir tut, Bernard«, fuhr die Stimme ruhig fort. »Aber irgendwann kommt der Moment – und zwar für jeden von uns –, in dem man die Möglichkeit in Betracht ziehen muß, daß alles, was einem beigebracht wurde, eine Lüge ist. In dem man sich mit dem Gedanken anfreunden muß, daß einen die Menschen, die man am meisten liebt, in Wirklichkeit getäuscht haben.«

Bernard schwebte im Rauch. Der Rauch liebkoste ihn.

»Ich bin derjenige, der du sein willst, Bernard«, sagte die Stimme. »Und du trägst mich in dir. Wir beide sind, jeder von uns ist der ›Heilige Iago‹.«

7

Der Himmel über Belham Grange toste von schwarzen Gewitterwolken. Der Wind, der sie von Süden herantrug, rüttelte an den kahlen Zweigen der Bäume, die über der Auffahrt hingen.

Sophia stapfte rasch in den sich verdunkelnden Tag hinein, stürmte wütend fort vom Haus, fort von der Auffahrt, bis auf die Wiese. Storm, der hastig den Gürtel seines Trenchcoat gegen die Kälte schloß, mußte lange Schritte machen, um nicht hinter ihr zurückzubleiben.

Über ihnen donnerte es, und Sophias Augen blitzten. Ihr Mantel stand offen. Er flatterte hinter ihr her. Der Wind fegte durch ihr Haar und peitschte Strähnen davon über ihr Gesicht, in ihren Mund. Sie faßte danach, zog sie zurück.

»Wir können es unmöglich tun«, sagte sie. »Auf gar keinen Fall. Er ist krank. Das siehst du doch. Er ist krank, Richard, ihm fehlt etwas!«

»Das kannst du laut sagen.« Storm massierte seine schmerzende Stirn. »Er hat mir eben damit gedroht, mich umzubringen.«

»Was?« Sie hielt kaum im Schritt inne, sah ihn kaum an. »Jetzt hör aber mal!«

»Doch, Liebes! Er hat gesagt, er würde mir ein Loch in den Kopf pusten. Wirklich.«

Sie schnaubte. »Das hat er sicher im Spaß gemeint.«

»Klar, ein toller Witz. Ich konnte mich kaum halten vor Lachen.«

Sophia blieb stehen und sah ihn finster an.

»Ich kann kaum glauben, daß ich mich von dir habe überreden lassen hierherzukommen«, fauchte sie los. »Ich kann einfach nicht *glauben*, daß du von mir erwartest, daß ich diesen armen Mann wegen eines … wegen eines zwanzig Jahre zurückliegenden tragischen Vorfalls ins Kreuzverhör nehme und ... und quäle. Vor allem nicht jetzt, vor allem nicht, wo er so schlecht aussieht. Er ist krank, Richard!«

Es war auch für dich ein tragischer Vorfall, wollte Storm sagen. Aber dafür hatte er eine Spur zuviel Erfahrung. Wenn man sich mit einem Mädchen in dieser Verfassung anlegte, konnte man am Ende dem Richter erklären, warum er einem nicht auch noch das letzte Hemd ausziehen sollte. In so einer Situation war Beziehungs-Judo nötig.

Sophia starrte ihn nach wie vor böse an. Über dem Horizont zuckte die erste Blitzgabel auf. Storm fuhr zusammen, aber nicht wegen des Blitzes. Der kalte Wind trug den Donner zu ihnen, lang und tief.

»Warum fragst du ihn dann nicht, was er hat?« sagte er schließlich.

»Was?«

»Du kommst nach Hause, dein Dad sieht aus, als würde er auf dem letzten Loch pfeifen. Warum fragst du ihn nicht einfach: ›Was hast du denn, Paps? Soll ich einen Arzt rufen?‹ Wieso fragst du ihn das nicht, hm?«

Ihr finsterer Blick begann sich aufzulösen. Gott sei Dank. »Na ja, ich ... ich weiß nicht, ich ...«

»Ich meine, du hast recht, Sophia – schau ihn dir doch an.«

Sie trat von einem Fuß auf den andern. Wandte den Blick ab. »Also, wenn er nicht darüber sprechen will ... ich meine, wenn er ... sich sträubt ...«

»Über irgendwas will er reden, so viel steht fest. Er hat mir gedroht, mich zu erschießen.«

»Das hat er bestimmt nicht.«

Durch den Nebel in Storms Kopf fuhr ein stechender Schmerz. »Und ob er das getan hat.« Es kam gröber heraus, als er beabsichtigt hatte, und es tat ihm sofort leid. Aber er sah auch, daß es zur Folge hatte, daß sie ihm glaubte. Plötzlich unsicher geworden, strich sie sich mit der Hand durchs Haar. Ihre Augen bekamen etwas Gehetztes. Ihre Lippen zitterten. Und das war noch schlimmer als dieser böse Blick. »Irgend etwas stimmt hier ganz und gar nicht, Sophia«, fuhr er sanfter fort. »Und ich glaube, du solltest unbedingt herausfinden, was das ist.«

»Oh, ich weiß schon lange nicht mehr, was was ist«, flüsterte sie. »Du bringst mich total durcheinander.«

»Schau mal.« Er trat näher an sie heran. »Harper hat uns nicht umsonst hierhergeschickt.«

»Oh, es kümmert mich einen *Dreck* ...«

»Schon gut, schon gut.« Storm hob beschwichtigend die Hand. »Sie glaubt, wenn sie herausfindet, was mit deiner Mutter passiert ist, bekommt sie vielleicht auch heraus, was Iago vorhat.«

»Ach, *Iago*!«

»Na schön. Aber diese Kerle ... diese Dreckskerle, die deine Freunde umgebracht haben ...«

»Das *waren* nicht meine Freunde ...«

»Auch gut. Aber die Sache ist doch die ... ich glaube, irgendwie treiben sie ihn immer weiter in die Enge. Das muß es sein, wovor dein Vater Angst hat, verstehst du? Jedenfalls nehme ich das an. Er muß denken, ich sei jemand, den sie ihm auf den Hals gehetzt haben.«

Ihr Blick brannte sich wie ein Mal in seine Brust. »Na ja, vielleicht bist du das ja tatsächlich«, sagte sie. »Ich meine, woher soll ich das schon mit letzter Sicherheit wissen?«

Inzwischen war es so dunkel und die Wolken so massiv, daß die Luft zwischen ihnen greifbar zu sein schien. Kein Vogel sang.

»Das glaubst du doch nicht im Ernst«, sagte er. »Lieber sagst du so einen Unsinn, als daß du die Wahrheit über den Tod deiner Mutter herauszufinden versuchst! Als daß du mit deinem Vater einfach ganz offen darüber sprichst, wie sie gestorben ist und woran du dich erinnern kannst! Das ist einfach nicht in Ordnung, Sophia.« Er stieß den Atem aus, hob den Kopf. Der Wind war feucht auf seiner Haut. Kühlte seine Stirn, klärte seinen Verstand. »Eure ganze Beziehung wird von diesen Geheimnissen bestimmt«, fuhr er schließlich fort. »Alles, was zwischen dir und ihm geschieht, hängt mit den Dingen zusammen, die ihr euch nicht sagt, nach denen ihr nicht fragt. Ich glaube nicht, daß das noch lange so weitergehen kann, daß ihr noch lange so weitermachen könnt.«

Sophia hob beide Hände an ihr Haar und ergriff es. Als Storm sie so sah, fühlte er sich plötzlich schrecklich allein. Ein einziger Moment ihres Ärgers genügte, um ihn daran zu erinnern, daß ihre Zuneigung im Augenblick sein einziger Trost war, vielleicht sogar sein letzter Trost sein würde. Ein einziger Moment ihrer Verwirrung und ihrer schwelenden Panik genügte, um ihn daran zu erinnern, wieviel zwischen ihm und dem stand, was er von ihr brauchte. Wieviel totes Leben mußte erst weggeräumt werden, bevor sie wirklich zusammensein konnten!

Das waren beileibe nicht die Sorte Gespenster, die er hatte finden wollen!

»Warum tust du mir das an?« fragte sie leise, mit fremder Stimme. »Wenn ich dazu nicht in der Lage bin, nun, dann bin ich es einfach nicht. Warum mußt du mich ständig drängen und drängen? Warum liegt dir soviel daran? Warum ist dir das so wichtig, Richard?«

Als ob sie in seine Gedanken hineingesprochen hätte!

Storm wußte, daß der Kummer in seinen Augen mehr als tausend Bände sprach. Sein Versagen. Seine Heuchelei. Dieses ganze Gerede über Ehrlichkeit, und daß man keine Geheimnisse voreinander haben sollte. Und dabei hatte er bisher nicht einmal den Mut aufgebracht, ihr sein wichtigstes Geheimnis zu beichten. Ihr zu sagen: Ich habe nicht mehr lange zu leben. Meine Liebe ist genauso selbstsüchtig wie die aller anderen. Ich möchte nur, daß du dich von diesem seelischen Ballast freimachst, damit du dich mir schenken kannst und ich das nicht allein durchstehen muß. Ich brauche es, daß du dich aus den Fesseln deiner Vergangenheit löst, damit ich das Gefühl haben kann, etwas für dich getan zu haben, damit ich das Gefühl haben kann, aus einem Leben geschieden zu sein, das es wert war, gelebt zu werden.

Er hob die Hand und legte sie an ihre Wange. Und sie schloß – zu seiner Überraschung – die Augen und lehnte sich gegen sie, ergriff sie mit ihrer eigenen. Es brach ihm fast das Herz.

»Also gut«, sagte er, schwer schluckend. »Hör zu. Hör bitte zu. Es gibt etwas, das ich dir erzählen muß …«

»Sophia!«

Wegen des auffrischenden Winds entstand der Eindruck, als sei der Ruf aus großer Ferne gekommen. Doch als Storm über die Wiese zurückblickte, konnte er durch das Geflecht aus Buchenästen erkennen, daß Sir Michael in der Tür des Hauses stand.

»Sophia!«

Er rief nach ihr.

Sie schaute zu Storm auf. Für einen kurzen Moment trafen sich ihre Blicke. Er versuchte weiterzusprechen, konnte es aber nicht. Sie tätschelte seine Hand und löste sich ohne ein Wort von ihm. Storm blieb allein unter den tiefhängenden Wolken. Er stand mit den Händen in den Taschen seines Trenchcoat da und beobachtete, wie Sophia in Richtung Haus davonlief.

Schließlich wandte er sich mit einem Seufzen ab. Wandte sich ab und stellte sich zum erstenmal dem, was die ganze Zeit im Hintergrund gewesen war.

Da, hinter der gewundenen Silhouette einer Ulme, stand die Abteiruine, trostlos, schwarz und drohend. Ein unheilvoller und düsterer Anblick: *der Keil einer eingestürzten Kapellenwand, die schiefen Grabsteine eines alten Friedhofs.* Die wechselhafte Beleuchtung, durchwirkt von den rasch vorüberziehenden Wolkenschatten, verlieh der Szenerie etwas seltsam Schwebendes und Unwirkliches.

Huch! dachte Storm, und sein Herz fühlte sich an wie aus Stein. Und wie unter Zwang, wie vom Wind getrieben, machte er sich auf den Weg über die Wiese.

Auf die Abtei zu. Auf ihre alten Gräber zu.

8

Eine Geistergeschichte. *Ein Hinterhaus unweit der Edgware Road* war der Titel einer Geistergeschichte. Einer sehr guten sogar, von Graham Greene. Sie befand sich zusammen mit *Black Annie* in der Sammlung, aus der Storm vorgelesen hatte. Das war zweifellos der Grund, warum Iago auf diese spezielle Formulierung gekommen war, als er von seiner Inspiration sprach.

Die nächsten paar Stunden verbrachte Harper damit, im Souterrain der London Library langsam durch die gebundenen Ausgaben zwanzig Jahre alter Zeitungen zu blättern. Jetzt wußte sie, wonach sie suchen mußte. Und sie ahnte auch bereits, was sie finden würde. Aber sie konnte es sich nicht leisten, sich nur auf den Zufall zu verlassen. Jetzt einen Fehler zu machen hätte bedeutet, die wenige Zeit zu vergeuden, die ihr noch blieb. Bevor sie jedoch weitere Schritte unternahm, mußte sie erst Gewißheit haben, daß sie sich nicht täuschte. Deshalb machte sie weiter, Seite für Seite.

Draußen ging der kurze Wintertag auf den Abend zu. Drinnen warfen die Leuchtstoffröhren ihr trübes bläuliches Licht auf die hohen Regale und die langen Holztische. Es fiel auf Harpers gesenkten Kopf, auf ihr kurzes, stumpfes graues Haar. Auf den gegen ihren Stuhl gelehnten Stock und auf den Hut, der neben dem aufgeschlagenen Wälzer lag.

Langsam wanderte ihr Blick über die Zeitungsspalten. Und als sie schließlich auf die Anzeige stieß, die sie gesucht hatte, breitete sich in ihrem Innern ein Gefühl wie ein langes, erlösendes Aufseufzen aus. Sie war noch nicht sicher, wie ihre Entdeckung ihr weiterhelfen würde. Aber die Bestätigung ihrer Vermutungen machte sie froh. Sie deutete darauf hin, daß Iago in einer Hinsicht wie alle anderen war: Wenn er etwas sagte, gab er damit wesentlich mehr preis, als er beabsichtigte.

Der Titel der Geistergeschichte war ihm zweifellos ungebeten in den Sinn gekommen, als er an jenen Offenbarungsmoment zurückdachte. Es gab keinen Grund, weshalb er bei Harper hängenbleiben sollte, keinen Grund, weshalb er ihr seither nicht mehr aus dem Kopf ging. Jetzt begriff sie, warum ihm dieser Titel eingefallen war – weil in der Kurzgeschichte von Greene dieses »Hinterhaus unweit der Edgware Road« ein Kino war. Iago war in einem Kino gewesen, als er vor zwanzig Jahren die Erleuchtung gehabt hatte, die ihn auf die Geschichtenfährte brachte. Und nun hatte Harper eine Zeitungsannonce für das Odeon Cinema in der Church Street, einer Seitenstraße der Edgware Road, vor sich liegen. Die Anzeige verriet ihr, was sie eigentlich schon die ganze Zeit gewußt hatte: Der Auslöser, der Iago auf *Black Annie* – und auf die anderen Geschichten und schließlich auf die Beichte des Mönchs – gestoßen hatte, war ein Film gewesen.

Damals, vor zwanzig Jahren, hatte sich Jacob Hope *Das Gespenst* angesehen. Drehbuch, Produktion und Regie: Richard Storm.

9

Von Zeit zu Zeit schluchzte Bernard noch leise, aber es kamen keine Tränen mehr. Sie schienen alle vertrocknet. Alles in ihm schien vertrocknet, so daß er das Gefühl hatte, als hätte sogar sein Schweiß, sogar sein Blut aufgehört zu fließen. Selbst seine flatternde Panik war ein regloser Klumpen geworden, ein Klotz aus Angst, der schwer auf seiner Brust lastete.

Nur seine Gedanken... Seine Gedanken schweiften und schwebten weiter umher, verloren sich in der rauchartigen Substanz dieser Stimme. Iagos Stimme.

»Darf ich dich etwas fragen, Bernard? Habe ich dir je weh getan? Vor dem hier, meine ich, zu dem mich die Umstände gezwungen haben? Habe ich dir persönlich je ein Leid zugefügt?«

»Dieser Mann...« Bernard konnte kaum die Lippen bewegen. »Du... hast diesen Mann gekreuzigt.«

»Ach!« Iago lachte amüsiert auf. »Ich habe Hunderte von Menschen getötet. Viele von ihnen gefoltert. Und ich habe dabei gelacht. Ich will dir auch sagen, warum: um es ins Lächerliche zu ziehen und so schneller vergessen zu können. Es gibt nichts annähernd so Lächerliches wie das Leid anderer Menschen. Wenn sie schreiend und bettelnd herumhüpfen wie Flipperkugeln… oh! Tja, eines Tages wirst du verstehen, was ich meine. Nein, nein, nein, das ist es nicht, was ich verlange. Du sollst zuhören, Bernard.«

Jetzt war es, als hätte er sich weit herabgebeugt, als presse er die Lippen direkt auf den Deckel des Sarkophags. Die kühle Stimme, so seltsam erfrischend mit ihrem Beigeschmack von Macht und Freiheit, schien auf Bernards Gesicht herabzuträufeln. In die schweifenden Gedanken des Eingeschlossenen schlich sich die Erinnerung an einen Lover. Er hatte eine Zigarette geraucht, ihn mit einer Lunge voll Rauch geküßt und den Rauch in seinen Mund entweichen lassen, so daß er ihn einatmete, während sie sich küßten. Widerlich, betörend, schön.

»Ich spreche nur von dir«, fuhr die Stimme fort. »Also? Habe ich dir persönlich jemals Leid oder Schaden zugefügt? Oder auch Harper? Oder einem deiner Freunde?«

Bernard lag stumm unter der Last aus Angst und Stein und Rauch und Schmerz.

»Nichts von dir oder dem, was dir gehört, hat in irgendeiner Form Schaden zugefügt bekommen, an dem ich Schuld bin«, fuhr Iago beiläufig fort. »Absolut nichts. Und wenn das stimmt – wenn das stimmt, Bernard – dann sind alle deine Einwände gegen mich, deine Angst vor mir, sogar dein ganzer Abscheu rein abstrakter, rein philosophischer Natur. Du haßt und fürchtest mich, weil du die Vorstellung – die abstrakte Vorstellung – hast, daß die Dinge, die ich tue, irgendwie falsch sind. Daß sie böse sind. Daß man so etwas nicht tun *sollte*. Und wer hat dir diese Vorstellung eingeimpft, Bernard? Wer hat dir gesagt, dies alles sei falsch? Hm? Ich weiß, daß alle sagen, es ist falsch zu töten, falsch, anderen Schmerz zuzufügen. Aber wen interessiert schon, was alle sagen? Alle täuschen sich ziemlich oft, jedenfalls in der Mehrzahl der Fälle. Nein, wirklich, wer hat *dir* beigebracht, wer sagt dir Tag für Tag, daß das, was ich tue, abstrakt gesehen falsch ist?«

Bernard spürte, wie sein Verstand begann, sich selbständig zu machen, seine eigenen Schlüsse zu ziehen, seine eigenen Antworten zu geben, während er kreiselnd durch das Dunkel schwebte. Sein Verstand schien seinen Körper nur als ein Instrument zum Sprechen zu benutzen. »Harper« antwortete sein Verstand – antwortete er – heiser.

»Ganz richtig, Harper«, sagte Iago zufrieden. »Harper, die mir gehört hat, die darum gebettelt hat, um den Preis jeder nur erdenklichen Erniedrigung mir zu gehören. Die um die Erniedrigung gebettelt hat, um mir zu beweisen, daß sie mir gehörte. Und die jetzt den Gedanken daran, wie sie einmal war, nicht mehr ertragen kann und sich deshalb rächen will, indem sie zu zerstören versucht, was von mir in dir ist. Denn das ist es, worum es letztlich geht. Wirklich. Ihre ganzen abstrakten Vorstellungen, falsch, richtig, gut, böse – wo existieren die? Wenn du sie mir zeigen kannst, verneige ich mich vor ihnen, Ehrenwort. Wenn du sie mir reichen kannst, mein Gott, dann esse ich sie. Okay? Aber sie existieren nirgendwo. Außer in Harpers rachsüchtigem Kopf. Was sind also ihre Vorstellungen von Gut und Böse anderes als ihre Methode, dich so abzurichten, daß du den Teil deines Wesens unterdrückst, vor dem sie solche Angst hat? Ich sehe es doch jeden Tag, Bernard. Die Schwachen bringen den Starken bei, sich vor ihrer eigenen Stärke zu fürchten. Warum? Damit die Schwachen nicht unter den Starken zu leiden haben – und nicht nur das, damit sie sich ihren angeborenen Hang zum Leiden nicht eingestehen müssen. Du, Bernard, sollst innerlich unterdrückt und verkümmert und verkorkst durch die Welt gehen, damit Harper frei sein kann von der Erinnerung an ihre eigenen Sehnsüchte, damit Harper sich nicht mit sich selbst auseinandersetzen muß. Wenn du also die Wahrheit hören willst – das hier ist die Wahrheit. Und es ist alles keineswegs fair. Ich habe dich gefragt, ob ich dir jemals weh getan habe, und du weißt genau, daß das nicht der Fall ist. Jetzt frage ich dich: Hat *sie* dir weh getan? Hat Harper dir persönlich weh getan? Nicht in irgendeinem abstrakten Sinn, sondern ganz konkret?« Ohne auf eine Antwort zu warten, fuhr er fort: »Ich glaube, das hat sie sehr wohl. Ich habe dich jetzt in eine Kiste, in einen Sarg gesperrt. Aber sie hat aus deiner ganzen Welt einen Sarg gemacht. Sie sperrt dich – dein wahres Selbst – jeden Tag darin ein. Ich biete dir nicht nur an, dich aus *diesem* Sarg zu befreien, Bernard. Ich biete dir auch an, dich aus der Kiste zu befreien, in die sie dich gesperrt hat, aus dem Käfig von Harpers Ideen, der deine wahre Natur zwingt, sich in ihm zusammenzukrümmen wie ein Tier. Denn du bist mir ähnlicher als ihr. Du bist mehr mein Sohn als ihrer.«

Bernard wurde vage bewußt, daß er sich selbst zu verlieren begann. Daß er im wahrsten Sinne des Wortes die Kontrolle über seine Verstandsfunktionen, seine Reaktionen verlor. Seine Gedanken und die einschmeichelnde Stimme verschmolzen miteinander. Und er lag da, in seiner benommenen Agonie, und verfolgte alles wie aus friedvoller Ferne. Es war ein eigenartiges Gefühl, wie ein Traum, sogar angenehm, sogar sinnlich. Sogar so angenehm und so sinnlich, daß ihm nicht ein vernünftiger Grund einfiel, warum er dem Ganzen ein Ende machen sollte. Alles, was er tun mußte, war schließlich nur zuzuhören – dazuliegen, zuzuhören und mitzumachen, und irgendwann würde er dann aus seinem Gefängnis befreit. Und das war alles, was er noch wollte. Der Deckel würde entfernt, und er würde – mit einem Lächeln, mit offenen Armen – in der tröstenden Helligkeit des Tageslichts willkommen geheißen. Alles, was er tun mußte, war aufzuhören, sich zu sträuben, sich festzuklammern, dieses angenehme Gefühl mit seinem Willen zu trüben. Dann wäre das Schlimmste bald vorüber.

»Und ich biete dir sogar noch mehr an«, sagte die Stimme über ihm, um ihn herum, in ihm. »Ich biete dir Leben, Bernard. Ich biete dir uneingeschränktes, nie endendes Leben in grenzenloser Freiheit. Komm aus diesem Sarg heraus – komm zu mir heraus –, und du wirst auf immer frei sein von der Aussicht, begraben zu werden. Frei von Verfall, frei vom Schicksal dieses schrecklichen Dings da neben dir. Für immer, Bernard.«

»Nein!« Bevor Bernard überhaupt merkte, daß er aus seinem Mund kam, war der Schrei in der Enge des Sargs bereits explodiert wie eine Bombe, wie ein Lichtblitz. *»Ich will das nicht mehr hören!«* Er fühlte sich, als sei er plötzlich aufgewacht – als sei er aus tiefem Schlaf hochgeschreckt und stelle nun fest, daß sich ein Dieb mit seinem kostbarsten Besitz davonmachte. Mit seinem Verstand. Er wollte seinen Verstand zurück! Und wieder hob er die Hände an den Deckel, und wieder begannen seine wunden Finger zu bluten, als er verzweifelt gegen den Stein drückte und an ihm kratzte. Die heiße, stinkende Luft füllte seine Lungen, und ihm drehte sich der Magen.

Schließlich wurde er von seinen eigenen Anstrengungen überwältigt. Er wurde von seiner eigenen Hilflosigkeit ausgelaugt. Flatternd sanken seine Hände auf seinen Körper hinab. »Ich werde nicht zuhören«, stieß er hervor. Hustend. Schluchzend.

Darauf trat eine lange, zermürbende Pause ein. Bernard versuchte vergeblich, sich auf die Seite zu wälzen. Er hustete und würgte trocken. Er hatte das Gefühl, als müsse er sich allein von der Luft und seinem Selbstekel übergeben. Wie wenig körperlicher Schmerz doch nötig war, einen Mann zu einem Nichts zu machen! Zu einem Nichts.

Dann sprach Iago wieder. »Na schön.«

Keuchend zwang sich Bernard, mit dem Husten aufzuhören. Schluckte einen heißen Klumpen seines eigenen Erbrochenen hinunter. Schnappte nach Luft, würgte. Versuchte zu lauschen.

Er hörte ein Geräusch, welches zur Folge hatte, daß sich in seinem Bauch eine riesige Kugel aus eisiger Kälte bildete. Jede Faser seines Körpers spannte sich an, und er schluckte wieder, hielt den Atem an. Lauschte.

Schritte auf Stein. Die sich entfernten. Leiser wurden.

Bernard begann zu schreien. »*Nein! Geh nicht weg! Laß mich hier nicht allein! Bleib hier! Bitte!*« Es brach mit einer hohen, verzweifelten Stimme aus ihm hervor, die ihm gar nicht zu gehören schien. »Komm zurück! *Bitte! Bitte!*«

Er verstummte. Lag zitternd und mit verzerrtem Gesicht da, versuchte den Sprecher mit bloßer Willenskraft zur Rückkehr zu bewegen, lauschte angespannt.

Dann hörte er etwas.

Klirren, Scheppern, Knarren, Knallen. Die Tür ging auf und wieder zu.

Und dann Stille.

»Laß mich nicht allein«, murmelte er. »Vater.«

Und weinend lag er im Dunkeln.

10

In diesem Moment merkte Richard Storm plötzlich, daß er angekommen war.

Er stand im Schatten der Abteimauer, unter den tief hängenden Wolken. Inmitten schiefer Grabsteine, die Zeit und Wetter gesichtslos gemacht hatten. Der Wind war feucht und schneidend. Feurig schossen die Blitze vom Meridian zum Fluchtpunkt, und der Donner folgte auf dem Fuß, laut und mächtig. Ringsum lagen zerbrochene Stelen im Gras. Eine einzelne Gruft stand zerbröckelnd da. Die beweglichen Schatten ließen den verfallenden Mauerkeil belebt erscheinen, gespensterumhuscht.

Storm war am realen Schauplatz seiner Phantasien angelangt.

Ihm fiel eine Geistergeschichte ein, die er einmal gehört hatte. Eine Frau träumt, sie steht vor einem Haus. Jede Nacht, im Schlaf, ist sie an diesem Ort, und immer blickt sie dieses Haus an. Der Traum beunruhigt sie so sehr, daß sie beschließt, Urlaub zu machen. Als sie aufs Land fährt, stößt sie auf eben dieses Haus aus ihren Träumen. Sie kann nicht anders, sie steigt aus dem Auto und geht darauf zu. Die Tür geht auf. Ein Butler steht vor ihr.

»Hören Sie«, sagt die Frau. »Ich *muß* das Innere dieses Hauses sehen.«

»Gewiß, Madam«, erwidert der Butler. »Aber ich muß Sie warnen: In dem Haus geht ein Geist um.«

»Ein Geist?« fragt die Frau. »Wer ist dieser Geist?«

Und der Butler antwortet: »Sie.«

Storm blickte auf die Ruinen von Belham Abbey. Wie oft, fragte er sich, habe ich diesen Ort schon auf Film gebannt? Einen Ort wie diesen. Längst konnte er nicht mehr zählen, wieviel Mal er ihn sich schon erträumt hatte, als sei er neu. In *Das Gespenst* kam eine verfallene Kirche wie diese vor. Ebenso in *Schloß des Schreckens*. Und in *Höllenfeuer*. Aber er hatte erst hierherkommen müssen, um zu verstehen, daß alle Schauplätze dieser, genau dieser Ort gewesen waren.

Denn das war der Schauplatz der Erzählung *Black Annie*, die er mit zehn Jahren zum erstenmal gelesen hatte. Die ihn zu dem gemacht hatte, was er war.

Er konnte sich noch genau erinnern – nicht, an welchem Tag es gewesen war, aber an die Stimmung, die an jenem Tag geherrscht hatte. Das palmenrauschende Santa-Monica-Lüftchen, nach Orangen und Meer duftend. Das üppige Blattwerk vor seinem Fenster, die weißgekalkte Wand des Nachbarhauses, der rötliche Schiefer seines Daches. Vögel zwitscherten. Zwischen den überdimensionalen Blumen, deren Namen er nicht wußte, summten Bienen. Im Swimmingpool hinter dem Haus konnte er seine Mutter laut platschend schwimmen hören. Und er lag allein in seinem Zimmer, auf seinem Bett. Der kleine Rick, mitten im sonnigen Kalifornien, nur in Shorts und T-Shirt. Umgeben von den Aurora-Monsterfiguren, die von ihren Regalborden gutmütig auf ihn herabblickten. Frankenstein, Godzilla, das Wesen aus der Schwarzen Lagune mit echten grünen Schuppen. Dracula, auf dessen schwarzes Plastikkinn er einen roten Strich gemalt hatte. Und auf seinem Bauch hatte er das Buch mit Geistergeschichten liegen. *Phantome und Gespenster*. Das Buch, das ihm sein Vater gegeben hatte, nachdem er sich damit abgefunden hatte, daß der Junge es mit mehr Begeisterung lesen würde als die Western von Jack Schaefer und Louis Lamour. Der kleine Richard war in Gedanken im Herbst des viktorianischen England. Bei Neville und Quentin in dem verwunschenen Haus. Bei der Abteiruine, bei eben dieser Ruine hier. Und er hatte diese Geschichte geliebt, einfach geliebt.

Aber er war nie auf die Idee gekommen, sich zu fragen, warum. Woran lag es, daß er sich so stark von einer Umgebung und einer Situation angezogen fühlte, die so völlig anders war als alles, was er sonst kannte? Er hatte später keinen einzigen Film produziert, der nicht von dieser schaurigen, dieser viktorianischen, dieser typischen *Black Annie*-Atmosphäre geprägt gewesen war. Und warum? Jetzt konnte er nicht mehr umhin, sich dieser Frage endlich zu stellen.

Denn der spitz in die Höhe ragende mittelalterliche Mauerkeil, die schiefen Grabsteine, sogar die düstere Witterung, die ganze klassische Geistergeschichtenatmosphäre – all das war ihm so vertraut, als sei er schon Millionen Male hier gewesen. Es war ihm so vertraut wie das Gesicht einer berühmten Persönlichkeit, als füge er sich nahtlos in eine Puzzlelücke in seinem Kopf ein. Es war alles so vertraut – und gleichzeitig hatte er sich noch nie so fremd gefühlt, so sehr wie ein Fremder in einem fremden Land.

Was um alles in der Welt wollte er überhaupt hier, so weit weg von zu Hause? Wer waren diese Leute? Harper, Bernard, Sir Michael. Sophia. Warum zum Teufel ließ er sich so weit auf sie ein? Was hatte er mit ihnen zu schaffen? Er hatte nicht mehr lange zu leben, Herrgott noch mal! Er hätte mit Leuten zusammensein sollen, die er kannte. Mit guten Freunden, die ihre Späße über seine Situation machten, und mit Ärzten, die ihm Dinge erzählten, die zumindest scheinbar Hoffnung machten. In einer Welt, die er kannte, wirklich kannte. Nicht in einer wie dieser hier, die er sich als Kind zu eigen gemacht hatte, mit deren ständiger Neuerschaffung er sein ganzes Leben zugebracht hatte.

Er kannte dieses seltsame Gefühl, dieses Gefühl, fremd zu sein, nicht dazuzugehören – es war das gleiche Gefühl, das er unmittelbar vor dem Anfall letzten Monat gehabt hatte. Er spürte, wie ein kalter Hauch von Angst aus seiner Brust in seinen Unterleib hinabwanderte. Und er dachte: *Nicht jetzt. Noch nicht. Nicht wieder.*

Doch nein, das war es nicht. So einfach ging es nicht. Es war dieser Ort. Diese Abtei. Dieser verfallene Friedhof. Dieses herrschaftliche Gutshaus. Dieses England. Was hatte irgend etwas von all dem mit ihm zu tun? Mit dem Sohn eines Westernstars von der sonnigen Westküste? Sie wollten ihn nicht hierhaben. Das konnte er spüren. Sie lehnten ihn ab. Sie wollten, daß er wegging und sie in Ruhe ließ. Teufel auch, es war zwar schon eine Weile her, aber sie hatten an diesem Ort schon Kerle wie ihn ermordet. Lästige, aufdringliche Judenlümmel. Sie hatten sie in das Hospital gesperrt und kurzerhand gegrillt. Jippie-jeh, Freundchen. Dieser Ort hier war absolut nicht sein Ort.

Doch wenn er nicht hierher gehörte, wohin gehörte er dann? Wer zum Teufel war er überhaupt?

Er schnaubte. Es war ein bißchen spät, sich das zu fragen.

Über ihm leuchtete ein Blitz auf. Und wenige Augenblicke später polterte der Donner los. Die schwarzen Wolken wälzten und drehten sich, der Wind fauchte zwischen den Gräbern. Und Storm wanderte umher und ließ seine traurigen Blicke über die stummen, verwunschenen Steine streifen.

Wer zum Teufel war er eigentlich? Das war die Frage. Wer zum Teufel war er eigentlich, daß er hierherkam und Sophia wegen ihrer Vergangenheit quälte? Sie aus purer Selbstsucht unglücklich machte? Auch sie wollte ihn nicht hierhaben. Für sie war er genauso ein Fremder, wie er es für diesen Ort war. Er verdarb ihr nur alles. Indem er sie bat, etwas zu tun, das ihrem Wesen fremd war. Denn *er* war ihrem Wesen fremd. Denn er gehörte nicht zu ihr, gehörte nicht in ihre Welt.

Er hatte sie enttäuscht, oder nicht? Er hätte sogar gemordet, um ihr Held zu sein, und er hatte versagt, eigentlich schon ein Toter.

Er kam vor der verfallenen Gruft zu stehen. Ein hüfthoher Tempel, die Pilaster zu perlenverzierten Streifen verwittert, die eiserne Tür verrostet, löchrig. Storm schüttelte den Kopf.

Wer ist der Geist, der hier umgeht? dachte er.

Du selbst, Freundchen.

Es war die gruseligste Geistergeschichte, die je erzählt worden war. Man mußte nur anwesend sein.

Ganz langsam setzte der Regen ein. Storm spürte, wie ein Tropfen gegen seine Wange geweht wurde. Er blickte zum Himmel hoch, der keine zwei Meter über ihm zu hängen schien. Noch ein Tropfen fiel und noch einer, immer mehr. Er hörte sie auf die Grabsteine klatschen. *Tip-tip. Tip-tip.*

Ja. Er lächelte schief. *Tick-tick.* Ganz genau. Du hast nicht mehr viel Zeit, Jackson.

Und dann verflog sein Lächeln. Er blickte wieder auf die Gruft vor sich. Auf das schartige, sichelförmige Loch in der Eisentür. Es führte ins Nichts hinab, tiefer und immer tiefer – jedenfalls sah es für ihn so aus. Und dann hob er den Blick wieder und sah zu Belham Grange hinüber, zu dem Flügel des Gutshauses, der sich über die doppelte Baumreihe hinaus erstreckte.

In Abteien und in den Häusern in ihrer Umgebung, wußte

ich, gab es oft geheime Kammern und Verstecke… unterirdische Gänge…

Er erinnerte sich an Sophias Geschichte, die Geschichte, die sie ihm über das Geräusch im Haus erzählt hatte, über die Nacht, in der sie ihren Vater mit einem blutigen Messer über ihrer Mutter hatte stehen sehen. Er hatte schon während ihrer Erzählung gewußt, daß etwas ausgelassen worden war, daß etwas fehlte. Jetzt, als der Regen stärker wurde, wußte er plötzlich, was es war.

Der kalte Wind nahm zu, und der Regen begann herabzuprasseln. Ein weiteres Donnerkrachen, das tief aus dem Bauch des Himmels zu kommen schien.

Richard Storm schlug den Kragen seines Trenchcoat hoch. Er wandte sich von der Ruine ab und ging über die Wiese zum Haus zurück.

11

Bis Sophia die Tür erreichte, hatte sich ihr Vater bereits ins Haus zurückgezogen. Sie ging ihm nach und schloß die Tür hinter sich.

»Daddy?«

»Im Salon«, antwortete er ihr.

Aber sie blieb noch einen Moment in der Eingangshalle stehen, am Fuß der Treppe.

»Richtig«, sagte sie mit einem bestimmten Unterton. Sie ballte ihre Hände zu Fäusten und löste sie wieder: eine Geste, die ihrer eigenen Beruhigung diente. Sie wollte ihre Fassung wiedergewinnen. Nach dem Gespräch mit Storm war sie sehr aufgewühlt. Nervös und durcheinander. Beunruhigt. Lauter Gefühle, die ihr zutiefst zuwider waren. »Richtig«, sagte sie noch einmal.

Sie legte ihren Mantel ab, hängte ihn an einen Haken neben der Tür. Strich ihren Pullover glatt, so heftig, als wolle sie auch ihr Inneres glattstreichen. Sie ging den Gang zum Eßzimmer hinunter und versuchte dabei, eine ironisch-distanzierte Miene aufzusetzen. Allerdings hatte sie nicht das Gefühl, daß ihr das sonderlich gut gelang. Und dann hatte Sophia den Durchgang zum Salon erreicht. Sie schritt über die Schwelle. Es war ein langer Raum, vom kalten steinernen Kamin bis zu den hohen Fenstern. Und er war dunkel: An den Wänden hingen düstere, gedeckte Gemälde, an den Fenstern schwere dunkelgrüne Vorhänge. Ihr Vater befand sich am anderen Ende des Raums, an dem Fenster, von dem aus man auf die Wiese und die Abtei hinaussah. Er stand ihr zugewandt, als sie eintrat. Sophia sah einen Blitz aus den Wolken herabfahren, hörte den Donner.

»Komm herein, Sophia, komm herein«, sagte Sir Michael. »Wir müssen miteinander sprechen.«

Sie zögerte. Und auf einmal wurde ihr bewußt, daß sie Angst hatte. Angst vor ihm. Doch sie schüttelte den Gedanken wieder ab. Das war absurd. Er war ihr Vater. Sie ging langsam auf ihn zu.

Der Großteil der Möbel beherrschte eine Hälfte des Raums, die Hälfte, in der sie stand. Sofa, Tisch und Sessel waren um den Kamin angeordnet. Sie ging um sie herum, doch dann hielt sie wieder inne, verharrte neben dem Sofa, legte eine Hand auf seine Lehne. So blieb noch eine gewisse Entfernung zwischen ihr und ihrem Vater. Die Wand zu ihrer Linken überzogen Landschaften aus braunen Felszacken und Nebel.

»Ja, was ist?« fragte sie endlich.

Sie konnte seinem Blick nicht standhalten. Ihre Augen wanderten von ihm fort. Zum Fenster. Zu der Abteiruine hinaus. Sie sah Storm dort draußen, weit weg. Er ging an der eingestürzten Mauer entlang, wanderte zwischen den Grabsteinen umher. Sein Mantel wehte im Wind. Sein Haar flatterte. Sie wünschte sich, er wäre hier, in diesem Raum, bei ihr. Was hatte er ihr sagen wollen? Warum war sie so aufgebracht? Sie haßte das.

Ihr Vater machte einen Schritt auf sie zu. Sophia spürte, wie sich ihre Hand fester um den Holzrahmen der Sofalehne schloß. Ihr Vater sah riesig aus, hünenhaft. Sein mächtiger Schädel schien wie mit loser Haut behängt. Seine Augen waren eigenartig, wachsam, gefährlich.

»Warum hast du ihn hierhergebracht?« fragte er sie.

Sophia schüttelte verwirrt den Kopf. Überlegte, was sie antworten sollte.

»Ich mag ihn nicht«, fuhr Sir Michael fort. »Ich traue ihm nicht. Weshalb ist er hier?«

»Du traust ihm nicht …?« Sophia schaffte es nicht, Ordnung in ihre Gedanken zu bringen. Warum hatte sie solche Angst?

»Bist du vielleicht schon mal auf die Idee gekommen, dich zu fragen, was er hier eigentlich will?«

Und Sophia hörte sich antworten, als lausche sie einer anderen Person: »Also, bist *du* vielleicht schon mal auf die Idee gekommen, daß …?« Sie preßte die Lippen zusammen.

»Was?« drängte er. »Sprich weiter.«

»Also, vielleicht ist er ja hier, weil er mich mag. Vielleicht hat es ja überhaupt nichts mit dir und dieser … vielleicht hat es ja überhaupt nichts mit dir zu tun.«

Ihr Vater gab einen ärgerlichen, geringschätzigen Laut von sich. Die Wolken hinter dem Fenster flackerten im zuckenden Licht. Der nachfolgende Donner war laut.

»Wirklich«, sagte Sophia unsicher. »Das meine ich ernst. Ich weiß nicht, warum das ein Problem sein soll …«

»Um Himmels willen, Sophia, sei doch nicht kindisch!«

»Soll ich dir meine Freunde etwa erst vorstellen und fragen, ob sie auch deine Zustimmung finden?«

Heftig machte er wieder einen Schritt auf sie zu. Riesenhaft, fremd. »Solche Freunde ja. Es gibt jede Menge geeignete Männer.«

Sophias Hand glitt nervös über die Sofalehne. Sie kam sich sehr klein vor. Und sie bekam weiche, zitternde Knie. »Ich weiß nicht, was du mit *geeignet* meinst. Richard ist sehr wohl *geeignet* …«

Und wieder: dieser geringschätzige Laut, wie ein Peitschenhieb. »Er ist einfach lächerlich. Und er ist alt genug, um … er muß doch mindestens vierzig sein.«

Sophia leckte sich die Lippen. »Ist es das, was dich stört?«

»Spielst du irgendein Spiel mit mir?«

»Hör mal, was soll dieses ganze Theater eigentlich? Er behauptet, du hättest ihm gedroht.«

»Ich werde ihm nicht nur drohen …« Sir Michael kam noch näher. Sophia sah jetzt alles wie in Nahaufnahme: die bebenden Hautfalten, die skelettartigen Konturen seiner Wangen, die zu hell leuchtenden Augen. Ihr wurde ganz übel bei seinem Anblick.

»Ich verstehe es nicht«, sagte sie. »Ich verstehe nicht, was du hast, warum du dich so echauffierst.«

»Sophia«, begann er, sanfter jetzt, in einem Ton, den sie kannte, mit einer Stimme, die sie kannte. Im Ton ihres Vaters, mit seiner Stimme. Auch die Geste, die er machte, war ihr vertraut. Dennoch schien er ein anderer Mensch zu sein. »Ich bin sicher, es gibt Dutzende von

Männern, die sich für dich interessieren«, fuhr er fort, »die mit dir zusammensein wollen. Die Hälfte unserer Kunden sind in dich verliebt. Aber darum geht es hier nicht. Tatsache ist – dieser … Mensch benutzt dich.«

»Mich benutzen?«

»Um an mich heranzukommen.«

»Warum um alles in der Welt …?«

»Na schön, wenn du dich unbedingt begriffsstutzig stellen willst: um an den Reinhart zu kommen.«

»Aber du hast den Reinhart doch gar nicht!«

»Jetzt stellst du dich aber wirklich mit Absicht dumm.«

»Ganz und gar nicht. Ich verstehe einfach nicht, was du meinst.«

Sir Michael schüttelte streng den Kopf.

Sophia ließ die Sofalehne los. Rieb nervös die Hände aneinander. Ihr Mund war trocken, ihr Magen flatterte. »Daddy«, sagte sie. »Daddy, hör bitte auf, in Rätseln zu sprechen. Sag mir endlich, was los ist.«

»Was soll das nun wieder heißen? Ich mag es einfach nicht, wenn meine Tochter benutzt wird …«

»Ich meine diese ganze Geschichte mit dem Reinhart«, sagte sie. »Warum regst du dich deswegen so auf? Könntest du mir bitte endlich erklären …«

Abermals wünschte sie sich, Storm würde ins Haus kommen.

»Hat er dir gesagt, daß du mich das fragen sollst?« sagte Sir Michael.

»Was? Äh … nein. Nein, natürlich nicht. Ich –«

»Wie kommst du darauf, ich würde mich echauffieren?«

Sophia lachte bitter. »Sieh dich doch an. Du siehst zum Fürchten aus.«

»Mir fehlt absolut nichts.«

»Du siehst eindeutig krank aus. Was ist los? Warum plötzlich diese Paranoia? Was macht dir solche Angst?«

Sir Michael richtete sich zu voller Größe auf – und Sophia erzitterte. Aus den Wolken ertönte ein weiteres Rumpeln. Und dann ein leises Tröpfeln an der hohen Fensterscheibe zwischen den Vorhängen. Es begann zu regnen. Wenige Augenblicke später klatschte das Wasser schwadenweise gegen das Glas. Sophia erkannte gerade noch, daß Storm sich von der Ruine entfernte. Sie wünschte sich nichts sehnlicher, als daß er zu ihr kam.

»Willst du mich etwa ins Kreuzverhör nehmen?« fragte Sir Michael.

»Ich?« Sophia legte die Hand auf ihren Bauch. Langsam wurde ihr wirklich übel. »Ich dich ins Kreuzverhör nehmen? *Du* hast mich hierhergebeten –«

»Ich habe dich hergebeten, weil du diesem unmöglichen Menschen gestattet hast –«

»Also, Daddy!«

»– sich den Zutritt zu diesem Haus zu erschleichen, dich zu verführen – er hat dich doch verführt, oder nicht?«

»Du solltest dich mal reden hören! Verführt… das ist doch lächerlich. Ich bin eine erwachsene –«

»Du hast ihm gestattet, dich zu verführen und sich den Zutritt zu diesem Haus zu erschleichen, und das alles einzig und allein zu dem Zweck, das Triptychon in seinen Besitz zu bringen. Wenn du schon eine derart erwachsene Frau bist, hättest du eigentlich etwas vernünftiger sein müssen. Du hättest etwas mehr Urteilsvermögen zeigen müssen.«

Sophia, die mit eingezogenem Kopf neben dem Sofa stand, platzte förmlich heraus: »Was soll dieser Unsinn eigentlich? Wie sollte Richard darauf kommen, so etwas zu tun?«

»Weil er ein Verbrecher ist.«

»Ist er nicht!«

»Er ist ein hinterhältiger, mörderischer –«

»Mörderisch?«

»– dreckiger Schweinehund, dem nicht das geringste an dir liegt.«

»Das stimmt nicht! Hör doch endlich auf! Du redest totalen Schwachsinn! Hör auf!«

Erschrocken preßte Sophia ihren Handrücken an den Mund. Der Wind blies den Regen heftig gegen das Fenster. Ein gegabelter Blitz stach in die Hügel herab, schleuderte den Schatten der Abteimauer über die Grabsteine. Der plötzliche Wutausbruch hatte sie total überrumpelt, und jetzt war sie fassungslos, tief bestürzt. Sie konnte sich nicht erinnern, wann sie das letzte Mal so mit ihrem Vater gesprochen hatte – überhaupt ihre Stimme gegen ihn erhoben hatte.

Er kehrte ihr sein Profil zu. Hob das Kinn.

»Es tut mir aufrichtig leid, Sophia«, sagte er. »Aber mir war nicht klar, daß dieser Mensch dich schon so weit gebracht hat.«

In ihrem aufgewühlten Zustand wurde Sophia auf der Stelle wieder wütend. Sie spürte, wie ihr Tränen in die Augen traten. »Untersteh dich! Untersteh dich, so etwas zu mir zu sagen. Wie kannst du nur? Ich glaube, daß Richard der anständigste und aufrichtigste Mensch ist, den ich je kennengelernt habe. Was sollte er mit dem Reinhart-Triptychon wollen?«

Sir Michael machte eine wegwerfende Handbewegung.

»Was willst *du* damit«, platzte sie heraus.

Mit einem durchdringenden Blick kehrte er ihr den Rücken zu und wandte sich dem regenüberströmten Fenster zu. »In Wirklichkeit bist du derjenige«, setzte sie zitternd nach, »derjenige, der hier ... unehrlich ist. Ich weiß nicht, in was du verwickelt bist. Das habe ich noch nie gewußt. Und du willst es mir nicht sagen. Du erzählst mir überhaupt nichts. Du tust so, als würde ich sowieso alles verstehen, als sei alles klar zwischen uns. Aber ich verstehe überhaupt nichts. Nicht wirklich. Ich habe keine Ahnung, was hier vor sich geht. Wie sollte ich auch, Daddy? Du erklärst mir ja nichts. Unser ganzes Verhältnis ist von diesen ... diesen Geheimnissen geprägt. Alles dreht sich um das, was du nicht sagst und wonach ich nicht fragen soll. So ist es schon immer gewesen. So war es schon immer ...«

Sophia fühlte sich so schwach und durcheinander, daß sie nicht zu Ende sprechen konnte. Mit einer Hand klammerte sie sich erneut am Sofa fest, mit der anderen hielt sie sich den Bauch. Ein Blitz ließ Sir Michaels imposante Gestalt scherenschnitthaft aufflammen. Diesmal war der Donner so laut, daß der Boden von seinem Krachen zu erbeben schien. Der Wind ließ die Fenster scheppern.

Und dann wandte sich der Große Mann ihr abermals zu. Drehte sich herum und sah seine Tochter an, aus Augen, die sie kaum wiedererkannte, so voller Verachtung waren sie für sie, so voller Abscheu und Verachtung.

»Genau so hat es mit deiner Mutter auch angefangen«, sagte er. Da ertönte auf der Schwelle hinter ihr ein Schritt. Verdutzt blickte Sophia sich um und sah Storm hereinkommen.

12

»Verschwinden Sie«, sagte Sir Michael. »Verschwinden Sie aus meinem Haus, Sie Hurensohn.«

Der alte Mann wirkte von dem Unwetter, das ihn

umrahmte, riesig und aufgeladen mit Energie. Doch Storm fühlte sich plötzlich ganz ruhig, ganz gefaßt und klar im Kopf.

Sie hatte es getan. Ihre Mienen verrieten es ganz deutlich. Sophia hatte es zur Sprache gebracht. Die Krise war eingetreten. Lächelnd strich er sich mit einer Hand den Regen aus dem Haar. Dann steckte er beide Hände in die Hosentaschen. Schlenderte gemächlich in den Raum.

»Wissen Sie, ich glaube, Sie schätzen mich völlig falsch ein.« Er stellte sich neben Sophia und hielt inne. Spürte, wie sie zitterte, spürte, wie Wellen der Erregung von ihr ausgingen. »Ich glaube, Sie denken, ich sei einer von Iagos Leuten.«

Sir Michael schniefte. »Wahrscheinlich werden Sie mir jetzt erzählen, daß das nicht so ist.«

»Ganz richtig. Und weil es nicht so ist, dachte ich, sage ich Ihnen das lieber.« Storm ging so weit auf Sir Michael zu, bis die beiden Männer nur noch wenige Schritte voneinander entfernt standen. Storm war nicht viel kleiner als Sophias Vater, aber dennoch hatte der alte Mann etwas sehr Imposantes. Und die Wut und die Angst, die diese toten, eingefallenen Gesichtszüge belebten, verliehen ihm geradezu etwas Beängstigendes. »Ich habe kein persönliches Interesse an dieser ganzen Geschichte«, fuhr Storm fort. »Wenn man mal von Ihrer Tochter absieht. Und mit diesem Punkt werden Sie sich wohl oder übel abfinden müssen. Wegen so etwas knallt man heutzutage nicht mehr einfach jemanden über den Haufen.«

Sir Michael schien noch größer zu werden, schien sich immer höher und höher emporzurecken, im Begriff, Storm mit einem einzigen Schlag zu Boden zu strecken. Storm ballte die Hände in den Hosentaschen zu Fäusten. Er fragte sich, ob Sir Michael bewaffnet war. Die beiden Männer starrten sich finster an.

»Wie hast du das vorhin mit Mutter gemeint?«

Sophias Stimme kam von hinten, bohrte sich durch Storm hindurch. In diesem Ton hatte er sie noch nie sprechen hören. Genau in diesem Ton hatte er noch niemanden sprechen hören. Es waren heisere, fiebrige, verzweifelte und schreckliche Laute, die ihm einen Stich ins Herz versetzten. Ihm war nicht klar gewesen, daß es schon so weit gekommen war.

Doch Sir Michaels Augen brannten sich in die seinen, und er selbst hielt seinem Blick so entschlossen stand, daß er sich ihr nicht zuwenden konnte.

»Dazu haben Sie sie angestiftet, nicht wahr?« sagte Sir Michael.

»Was hast du damit gemeint, Daddy?« fragte Sophia.

Sie hörte sich an, als müsse sie weinen. Und sie trat näher. Aus dem Augenwinkel konnte Storm sehen, wie sie sich neben sie stellte, zwischen sie. Wie sie sich anschlich, um sich dorthin zu stellen.

»Sie mieser Hurensohn«, sagte Sir Michael zu Storm.

»Haben Sie nicht gehört? Ihre Tochter spricht mit Ihnen«, erwiderte Storm.

»Was hast du damit gemeint: Mit Mutter hätte es genauso angefangen?« fragte Sophia abermals, inzwischen mit tränenerstickter Stimme. »Was ist mit ihr passiert? Was ist um Himmels willen passiert?«

Sir Michael sah sie nicht einmal an. Sein Mund arbeitete, und seine Augen blitzten. Auch am Fenster leuchtete ein Blitz auf und ließ die weit entfernte Ruine nah und dunkel erscheinen. Der Donner rollte direkt über sie hinweg, direkt über das Haus. Und Storm dachte: ein klasse Effekt. Ein bißchen dick aufgetragen, aber trotzdem klasse.

»Sieh mich an, Daddy«, flehte Sophia. »Antworte mir.«

Aber das tat Sir Michael nicht. »Sie sind ein mieser, hinterhältiger Dreckskerl«, sagte er zu Storm.

»Warum schauen Sie sie nicht an, Sie Idiot«, konterte Storm.

»Weil Sie derjenige sind, der sie unter seiner Kontrolle hat.«

Sophia stand genau zwischen ihnen. »Daddy«, sagte sie. »Er hat damit überhaupt nichts zu tun. Das ist einzig und allein meine Sache. Sieh mich an. Sag mir endlich, was mit Mutter passiert ist.«

»Den Sex einzusetzen. Genau wie bei Ann«, sagte ihr Vater zu Storm. »Dachten Sie im Ernst, das würde ich noch einmal zulassen?«

»Irgendwas verstehen Sie da völlig falsch, Mann. Reden Sie mit ihr! Sie fleht Sie doch regelrecht an.«

»Es geht hier allein um mich, Daddy«, sagte Sophia. Und sie flehte nun tatsächlich. »Sieh mich doch an! Es geht mir nicht gut. Du hast mir nie etwas erzählt, und deshalb geht es mir nicht gut. Ich wäre fast gestorben, Daddy. Und das hätte nicht passieren dürfen. Ich müßte nicht so sein. Ich müßte nicht so sein, wie ich bin. Oder? Mir selbst etwas anzutun!«

»Sei still«, fuhr Sir Michael sie an, ohne den Blick von Storm zu wenden.

»Ich habe die ganze Zeit versucht, *dich* zu beschützen«, stieß sie hervor. »Ich habe versucht, dich zu beschützen, aber ich weiß nicht einmal, warum. Warum ist meine Mutter tot, warum bin ich, wie ich bin, was ist hier eigentlich los? Sag es mir!«

Langsam hatte Storm genug von diesem lächerlichen Wer-starrt-hier-wen-nieder. Er wußte, was mit Sophia los war, er hörte, wie ihre Stimme, einer Hysterie nahe, immer höher wurde. Und er ahnte, wie sich ihr Gesicht immer weiter nach vorn schob, wie die Tränen über die Wangen hinabströmten.

Aber Sir Michael wollte sie nicht ansehen. Er wollte ihn nicht loslassen und starrte ihn nach wie vor so durchdringend an wie ein lebender Totenkopf aus einem von Storms Filmen.

»Ich schwöre bei Gott, Sie sind ein toter Mann«, hauchte Sir Michael.

Und Storm lächelte schief. »Schon möglich. Bloß wird Ihnen das nicht viel nützen. Weil Sie sich dann immer noch mit ihr auseinandersetzen müssen.«

»Sie brauchen mir nicht zu erzählen, wie ich mich mit meiner Tochter auseinanderzusetzen habe, Sie –«

Da verlor Sophia plötzlich die Beherrschung. In einem wilden, schrillen, unkontrollierten Wortschwall, der Sir Michael zurückweichen ließ und Storm einen fürchterlichen Schreck einjagte, brach mit einem Mal alles aus ihr hervor. Sie schrie mit wildem Blick:

»*Es hat nichts mit ihm zu tun, überhaupt nichts mit ihm, nur mit mir, ich bin es die stirbt es ist als würde ich sterben Daddy hör zu sieh mich an sieh mich an sag's mir! Sag's mir! Sag's mir! Sag's mir!*«

»Um Himmels willen, Sophie«, stieß Storm hervor.

Er streckte die Hand nach ihr aus. Sie wich taumelnd vor ihm zurück. Hielt sich den Bauch. Zuckte zusammen, beugte sich vor, schnappte laut nach Luft. Und schlug dann die Hand vor den Mund, so daß ihre entsetzt aufgerissenen Augen darüber hinwegstarrten.

»Oh ...«, stieß sie hervor.

Storm fürchtete, sie würde fallen. Doch statt dessen begann sie zu laufen. Sie rannte aus dem Raum.

Storm wollte ihr folgen. Sir Michael packte ihn mit

einem rauhen Knurren am Arm. Storm riß sich los und wirbelte herum, hob die Fäuste, bereit, zuzuschlagen. Sir Michael zuckte zurück, riß in Erwartung eines Schlages den Arm hoch. In dieser Haltung verharrten sie, während von draußen der Wind gegen das Fenster schlug und ein weites Donnerpoltern ertönte, leiser inzwischen und aus größerer Ferne kommend.

Mit hochrotem Kopf ließ Sir Michael schließlich den Arm sinken. »Sie ...«, stammelte er. »Sie dreckiger ...«

Storm lächelte. Öffnete seine Faust. Kniff wie ein Scharfschütze die Augen zusammen.

»Jude«, entgegnete er sarkastisch, »das ist doch das Wort, nach dem Sie suchen.«

Und damit kehrte er Sir Michael den Rücken zu und folgte Sophia.

13

Als Storm in die Eingangshalle kam, hörte er im Obergeschoß Wasser rauschen. Eine Klospülung. Zwei Stufen auf einmal nehmend, lief er rasch die Treppe hinauf.

Er gelangte in einen langen, lichtlosen Gang, von dessen Wänden Porträts auf ihn herabstarrten. Irgendwo in der Nähe tickte eine alte Standuhr. Und er dachte, *Ja, ja, ja. Tick-tick, tick-tick.*

Dann ging am Ende des Gangs eine Tür auf – ein Rechteck aus gelbem Licht. Sophia stützte sich erschöpft am Türrahmen ab.

Storm eilte auf sie zu. Sie kam ihm entgegen, fiel ihm fast in die Arme.

»Mir ist übel«, stieß sie kläglich hervor.

»Mach dir keine Sorgen«, beruhigte er sie. »Es wird dir gleich wieder bessergehen. Gibt es hier ein Zimmer, wo du dich hinlegen kannst?«

Sophia deutete auf eine Tür. Sie betraten ein kleines Schlafzimmer, ihr Schlafzimmer. Storm machte das Licht nicht an. Die Fenster waren klein und trüb vom Regen, der Himmel draußen schwarz. An einer Wand entdeckte Storm das Himmelbett. Er half Sophia, sich niederzulegen. Sie drehte sich auf die Seite, weg von ihm.

Storm setzte sich neben sie, auf den Rand der Tagesdecke. Er massierte ihr behutsam die Schulter. Nach einer Weile blickte er am Bettpfosten vorbei auf das Gemälde an der gegenüberliegenden Wand. Er erkannte, daß es das Porträt einer Frau war. Wegen der Dunkelheit konnte er ihre Gesichtszüge nicht ausmachen, aber er hatte das Gefühl, als beobachte sie ihn.

»Ich weiß nicht, was da unten gerade mit mir los war«, murmelte Sophia.

Storm hob die Schultern. »Dir ist der Kragen geplatzt, Kleines. So was kommt manchmal vor.«

»In deiner Familie vielleicht.«

Er lachte. »Hast du eine Ahnung! In meiner Familie wäre das ein guter Tag gewesen. Richtig harmonisch, kann ich dir sagen.«

Sophia lachte erst auf und brach dann in Tränen aus. »Du bist sehr nett zu mir«, sagte sie weinend.

Er nickte. »Du meinst wohl, ich bin nett zu dir, und du bist richtig ekelhaft.«

»Ja.«

»Was soll ich dazu schon sagen? Ich bin ein schlechter Menschenkenner.«

Sie drehte sich herum und drückte ihr Gesicht gegen seine Hüfte. Er spürte, wie sie unter seiner Hand zu zittern begann. Was für ein verrücktes Mädchen, dachte Storm. Lieber hätte sie sich tatsächlich erhängt, als diesem komischen alten Kauz mal ordentlich die Meinung zu geigen. Was für ein verrücktes Land! Er langte über sie hinweg, zog die Tagesdecke aus dem Bettrahmen und wickelte Sophia darin ein.

»Was machst du da?« fragte sie mit gedämpfter Stimme. »Du wirst sie verknittern.«

»Irgendwann werde ich wohl lernen müssen, damit zu leben.«

Sie lachte wieder und begann dann abermals zu weinen.

»Schsch«, beruhigte er sie leise. »Schsch.«

»Und wie wird es jetzt weitergehen?« fragte sie.

Er rutschte zur Seite, um ihren Kopf auf seinen Oberschenkel zu heben. Er küßte ihr Haar und streichelte es. So lag sie lange und zitternd dort, und im Zimmer wurde es langsam dunkler.

Schließlich beruhigte sie sich. Und wieder eine Weile später, während er sie immer noch hielt, hörte er, wie ihr Atem tief und regelmäßig wurde.

Storm beugte sich vor, um ihr einen Kuß aufs Haar zu drücken. Er schloß die Augen. Er fragte sich, ob Sir Michael gerade mit einem Revolver nach oben kam.

Und wie, fragte er sich, wird es jetzt weitergehen?

14

Allmählich brach die Nacht über ihnen allen herein. Über Sophia, die schlief, und über Storm, der sie hielt. Über Sir Michael, der unten im Salon zusammengesunken in einem Sessel saß. Über Bernard, der zitternd in seinem Sarg lag. Und über dem Haus in World's End, wo Harper Albright am Zeichentisch saß und ein Buch mit sieben Siegeln studierte.

Über Belham und über London ging der Wintertag zu Ende.

Nach einer Weile legte Storm Sophia behutsam auf ihr Kopfkissen und stand auf. Er trat ans Fenster. Sah in das Dunkel hinaus. Der Regen war weitergezogen, und aus der Wiese stieg Nebel auf und wand sich um die Mauer der Abtei, um die Grabsteine. Während Storm den Nebel beobachtete, war auf der Fensterscheibe ganz schwach sein Spiegelbild zu sehen.

Schwerfällig kämpfte sich Sir Michael aus dem Sessel hoch. Durchquerte mit gesenktem Kopf den Raum und trat auf den Gang hinaus. Ging den dunklen Flur hinunter und in sein Arbeitszimmer. Schloß die Tür hinter sich und begab sich an seinen Schreibtisch. Sank in den Ledersessel. Zog mit einem Finger eine Schublade heraus.

So saß er lange da und blickte auf die mit Ziernägeln beschlagene Lederschatulle mit den Havanna-Zigarren und dem Feuerzeug aus Sterlingsilber – und dem geladenen 38er.

Bernard schauderte und stöhnte. Murmelte, nur halb bei Bewußtsein, vor sich hin. Streifte in Gedanken unter einem strahlend blauen Himmel durch grüne Auen. Fragte sich vage, ob das der Tod war, ob er starb.

Und Harper Albright saß und las, saß und las. Das Feuer war nicht an, und in der Redaktion von *Bizarre!*

wurde es kalt. Doch sie blieb sitzen und las weiter. Die an der Tischkante befestigte Lampe schien grell auf die weißen Seiten und schmerzte in ihren Augen. Vor zehn Jahren, dachte sie frustriert, vor zehn oder elf Jahren habe ich die gotischen Runen entschlüsselt, die in eine in der Nähe von Avesbury gefundene Tonscherbe geritzt waren. Ihre Erkenntnisse – von allen etablierten Autoritäten als okkulte Vermutungen abgetan – hatte eine ganze Nebenlinie von Wicca ins Leben gerufen, alle auf der Beschwörung der Muttergottheit fußend, die sie entdeckt zu haben glaubte. Die Arbeit war langwierig, mühevoll, zermürbend gewesen. Sie hatte sechs Monate gebraucht, um die Übersetzung fertigzustellen. Aber im Vergleich zu dem hier war das ein Klacks, dachte sie bitter.

Sie studierte die Bedienungsanleitung von Bernards Videorecorder. Die Broschüre war in vier Sprachen verfaßt. Da die englische Fassung unverständlich war, versuchte sie es schließlich mit der deutschen. Sie studierte die Seiten, eine nach der anderen. Dann endlich – endlich, endlich! – erhob sie sich erschöpft von dem hohen Hocker.

Sie nahm die Videokassette mit zitternden, erschöpften Fingern hoch. Schon sie zu beschaffen war nicht einfach gewesen. Besuche in drei verschiedenen Prime-Time-Videoverleihs. Ein langer Fußmarsch nach Hause, um einen gültigen Ausweis zu finden. Eine lange Suche und der lange Fußmarsch zurück. Bis zum Abend war sie fix und fertig, aber sie hielt eine Videokassette von *Das Gespenst* in Händen.

Langsam ging sie damit die Treppe hinauf, stützte sich fest auf ihren Drachengehstock. Schlurfte gebückt auf Bernards Tür zu. Betrat sein Zimmer, machte das Licht an.

Der kleine Raum war so, wie Bernard ihn hinterlassen hatte – total unaufgeräumt. Das schmale Bett war ungemacht. Auf dem fleckigen Teppich lagen Jeans, Hemden, Unterwäsche verstreut. Teller mit Essensresten und halbvolle Gläser mit Gin hatten braune Flecken von ausgedrückten Kippen oder quollen von Asche über. Die über dem Bett aufragenden weißen Regale waren vollgepackt mit Stapeln von Büchern und Zeitschriften, aus denen die Ecken zerrissener Seiten hervorstanden. Weitere Bücher- und Zeitschriftenstapel türmten sich auf dem Nachttisch auf der anderen Seite des Betts. Neben dem schmutzigen Kopfkissen lag ein Buch mit dem Titel *Die Ursprünge des Bewußtseins und das Ende des dichotomen Denkens.* Direkt daneben lag eine aufgeschlagene Zeitschrift mit dem Titel *Hoch die Rute.* Vom Titel zwinkerte Harper eine hübsche Nonne entgegen, die einen Rohrstock liebkoste. *Unbarmherzige Schwestern.*

Stirnrunzelnd schüttelte Harper den Kopf. Wie lange, fragte sie sich, würde der Junge noch durchhalten? Nein, das war nicht die Frage, die sie beschäftigte, nicht wirklich, nicht grundsätzlich. Eigentlich fragte sie sich, ob sie ihm das nötige Rüstzeug mitgegeben hatte, um lange genug durchzuhalten. Bestimmt würde Iago seine Schwächen herausfinden, aber hatte sie Bernard ehrlich genug erzogen, um zu verhindern, daß er sich überrumpeln ließ? Waren sie sich hinreichend einig gewesen über die Wahrheit, oder hatte sie lediglich gehofft, dies sei der Fall? Hatte sie es lediglich angenommen, um sich die Peinlichkeit zu ersparen, es laut aussprechen zu müssen?

Mit schlurfenden Schritten ging sie auf den Fernseher am Fußende des Betts zu. Manchmal, dachte sie, sieht es wirklich so aus, als hätten die Katholiken recht: Anscheinend gab es außer dem Versäumnis zu beichten nichts, was nicht vergeben werden konnte. Gerade in Momenten wie diesem jedoch schienen die Götter Verschwiegenheit mehr als alles andere zu verdammen. Mehr als Grausamkeit, mehr als Diebstahl, mehr als Unehrenhaftigkeit. Sie bestraften einen für das, was man unausgesprochen ließ – schlimmer noch, sie bestraften diejenigen, die man liebte, diejenigen, denen man alles hätte erzählen sollen.

Harper öffnete die Prime-Time-Hülle und nahm die Videokassette heraus. Sie betrachtete den Fernseher auf dem Rack, den länglichen schwarzen Kasten im unteren Fach des Racks – betrachtete beides voller böser Vorahnungen. Sie bückte sich. Drückte auf den Einschaltknopf des Fernsehers. Das Bild erschien sofort. Das war ermutigend. Ein Sprecher in einem hellblauen Anzug begann etwas über Rugby zu erzählen. Sie drückte auf die Programmwahltaste. *Eins, zwei, drei, vier, fünf. Fünf* – das war in der Bedienungsanleitung empfohlen worden. Aber auf dem Bildschirm erschien wieder der Sprecher im hellblauen Anzug. Warum war das so? Was konnte das bedeuten? Harper ahnte nichts Gutes, ein Gefühl, das sie fast immer befiel, bevor ein technisches Gerät etwas wirklich Gemeines tat.

Trotzdem beugte sie sich, vor Anstrengung ächzend, tiefer hinab. Hielt die Kassette an den Kassettenschacht des Kastens.

Zu ihrer Bestürzung schien ihr das Monster das Ding einfach aus der Hand zu schnappen und zu verschlucken.

»Das kann ja heiter werden«, murmelte sie und richtete sich auf. Aber das stundenlange Studium war nicht umsonst gewesen. Denn der Rugby-Kommentator im blauen Anzug löste sich abrupt in jadefarbenes Nichts auf.

Und wenige Momente später – als Harper sich schwerfällig auf der Kante von Bernards Bett niederließ, als sie ihren Stock auf den Boden setzte, als sie ihre Hände auf dem Drachenkopf ineinander verschränkte und ihr Kinn auf ihre Handrücken stützte –, begann auf dem Bildschirm vor ihr *Das Gespenst* abzulaufen.

15

Währenddessen hatte Bernard begonnen, Gedichte aufzusagen. Das war alles, was ihn noch vom Schlund des Wahnsinns trennte.

In ihrer verständnisvollen Aufgeklärtheit hatten ihn seine fortschrittlichen Lehrer nie gezwungen, viele Gedichte auswendig zu lernen. Notfalls kannst du sie immer nachlesen, hatten sie gesagt – was nur bewies, wie wenig Ahnung sie hatten.

Harper dagegen hatte ihn schon von klein auf mit diesem Zeugs drangsaliert. »Das sind Bruchstücke«, hatte sie ihm eingebleut, »mit denen du eines Tages vielleicht deine Ruine abstützen wirst.« Er hatte nie so recht verstanden, was sie ihm damit sagen wollte – bis zu diesem Moment.

Denn daß er eine Ruine war, daran bestand kein Zweifel. Wie er sich in der Dunkelheit wand. Wie er sich zitternd gegen die Wände seines steinernen Gefängnisses drückte. Vollgekotzt und vollgepißt. Fiebrig. Blind. Stunde um Stunde um Stunde. Wie er irres Zeug faselte, wenn sich seine Gedanken selbständig machten. Und wie er, wenn er wieder bei klarem Verstand war, von einem Grauen gepackt wurde, daß er dachte, in ihm ginge gleich eine Bombe los, ohne daß sie Platz zum Explodieren hätte. Stunde um Stunde.

Er starb. Er war sicher, daß er jetzt starb. Er bekam keine Luft. Er fühlte sich, als seien seine Organe nur noch ein unförmiger Brei. Der unsichtbare Totenkopf neben ihm glotzte und grinste. Stunde um Stunde.

Und so begann er schließlich mit allem Mut, der ihm noch geblieben war, Gedichte aufzusagen.

Es war eine dieser Situationen – es ist wirklich erstaunlich, wie viele es davon gibt –, in denen nur William Blake in Frage kam.

Die Welt sehn in einem Körnchen Sand,
den Himmel in einem Blütenrund,
die Unendlichkeit halten in der Hand,
die Ewigkeit in einer Stund.

Ja, ja, das war ein gutes Gedicht. Man konnte sich über seine rätselhaften Verspaare stundenlang den Kopf zerbrechen. Matt fuhr sich Bernard mit der Zunge über die Lippen. Er schmeckte etwas wie Verfall. Er machte weiter.

Ein Rotkehlchen hinter Käfiggittern
läßt alle Himmel in Zorn erzittern.

Oh, er wußte schon so einiges, der verrückte alte Bill. Bernard lag da, mit geschlossenen Augen, mit hängendem Kiefer und offenem Mund. Jeder Atemzug, der ihn verließ, kam faulig wieder zurück. Er würgte an seinen eigenen Ausatmungen.

Jede Nacht und jeden Morgen
werden manche geboren zu Not und Sorgen.
Jeden Morgen und jede Nacht
sind manche zu Freude und Lust erwacht.

Er schlang die Arme um sich, aber nicht fest. Dafür hatte er nicht mehr die Kraft. Er hielt sich einfach selbst, wiegte sich, schaukelte sich in Wolken schwächender Übelkeit.

Manche werden zu Freude geboren,
manche zu endloser Nacht erkoren.
Manche sind rot und manche blau,
und wieder andere macht man zur Sau.

»Ich kriege keine Luft«, hauchte er. Und für eine endlose Zeit ging er sich selbst verloren. In einer sonnenbeschienenen Landschaft mit saftiggrünem Gras und leuchtendgelbem Raps. Mit Musik und einem sonnengesprenkelten Fluß. Und dort, auf den Uferauen, lauter nackte Leiber, anmutig, sanft gerundet, weiß, ruhend. Eine Vision von den Söhnen und Töchtern Albions …

Und dann schlug der Sargdeckel wieder über ihm zu, und er lag erneut in der Finsternis, eingehüllt in den Gestank seines lebendig verfaulenden Körpers. Und er zitterte und weinte und hauchte: »Mutter.«

Und ihre Stimme antwortete ihm ganz deutlich: *Wir werden verleitet, Lügen zu traun …*

Ja, ja, dachte er, erdrückt von der plötzlichen Rückkehr der Realität. Ja …

Wir werden verleitet, Lügen zu traun,
wenn wir nicht durch das Auge schaun,
das geboren aus Nacht, um zu sterben bei Nacht,
was gibt keinen Sinn,
aber hier ich bin,
und wenn auch sich's nicht reimt,
so sterbe ich trotzdem,
es ist ein Komplott,

das bringt mich auf Gott,
Gott erscheint und Gott ist Licht,
den armen Seelen, die Nacht umflicht;
doch denen im Reich des Tages offenbart
er in Menschengestalt sich und Menschenart.
Denn Gnade hat ein menschlich Herz,
ein Menschengesicht Mitleid …

Doch nein, das war etwas anderes. Immer noch Blake, aber ein anderes Gedicht.

Ach, ist doch vollkommen egal, Harper, dachte er. Laß mich in Ruhe, Herrgott noch mal. Laß mich in Frieden.

Denn Gnade hat ein menschlich Herz, sie ließ nicht locker.
Ein Menschengesicht Mitleid
Liebe hat göttliche Menschengestalt
und Friede ein Menschenkleid.

Er umarmte sich selbst, wiegte sich in der Dunkelheit. Erzähl mir bloß nichts, dachte er. Erzähl mir bloß nichts, du rechthaberische alte Kuh, wo du mich hier im Stich läßt. Ich verrecke. Und ich habe Angst.

Gnade hat ein menschlich Herz, Bernard. Ein menschlich Herz. Ein Menschengesicht Mitleid. Liebe hat göttliche Menschengestalt. Glaub mir.

Er hob seine blutigen Finger an seine blutige Stirn. Fuhr damit, das Blut verstreichend, über seine Wangen. Stieß gepreßt hervor: »Grausamkeit!«

Im selben Moment wurde ihm schrecklich übel. Er hielt sich den Bauch, drehte den Kopf zur Seite. Versuchte sich zu übergeben, konnte es aber nicht. Schluchzte.

Grausamkeit, dachte er, *hat ein Menschenherz,*
ein Menschenantlitz hat der Neid;
Schrecken hat menschliche Gestalt,
Heimlichkeit heißt das Menschenkleid.

Also, das auch, ja, sagte Harper.

»Heimlichkeit«, hauchte Bernard.

Ja.

Er ließ sich wieder zurücksinken, versuchte zu atmen, versuchte das Gewicht der Dunkelheit zu tragen. Schon gut, schon gut, dachte er. Wo war ich? Heimlichkeit …?

Gnade, sagte sie.

Richtig, richtig.

Denn Gnade hat ein menschlich Herz … Hatten wir das nicht bereits?

Nein, nein. Es ist immer noch gut. Es ist immer noch richtig, Bernard.

Ein Menschengesicht Mitleid. Mitleid, ja, Mitleid.

Und Liebe, sagte sie. *Liebe hat göttliche Menschen …*

»Göttliche Menschengestalt«, flüsterte Bernard und umarmte sich selbst, atmete den Gestank seiner Ausscheidungen ein, erstickte an dem Gestank. *Und Gnade …*

Und Frieden, sagte sie.

Gnade, Gnade.

Diese Bruchstücke …

Gnade.

Mit diesen Bruchstücken wirst du deine Ruine stützen.

»Gott!« schrie Bernard. Oder versuchte es zu schreien – herauskam nur ein heiseres Keuchen.

Diese Bruchstücke … Diese Bruchstücke …

»Gott, Vater, Vater im Himmel! Hilf mir!«

Und dann – wie als Antwort auf seinen Ruf – kamen diese Geräusche wieder. Wirklich? Kamen sie? Er schlang die Arme um sich. Öffnete die Augen – versuchte es – konnte nicht sagen, ob sie offen waren oder nicht. Lag mit offenem Mund da. Lauschte. Ja. Das metallische Schnappen eines Schlosses. Das Scheppern eines Riegels. Das Knarren – oh, das Knarren einer aufgehenden Tür. Der Knall, als sie zufiel.

Und Schritte. Schritte auf Stein. Die näher kamen.

Bernard spähte in das Nichts hinauf. Sein ganzer Körper war ein einziges Gebet.

Er trat eine Pause ein. Und dann kräuselte sich die Stimme – die Stimme wie Rauch – zu ihm herab und strich kühl über ihn hinweg.

»Bist du jetzt bereit zuzuhören, Bernard?«

Mitleid hat ein menschlich Herz, ein menschlich Herz, ein menschlich Herz …

»Ja«, antwortete er zitternd, weinend. »Ja. Bitte. Bitte! Ich bin bereit.«

16

»Beim Jupiter, Prendergast«, entfuhr es Hedley. »Eine Treppe!«

Harper fielen die Augen zu, ihr Körper sackte vornüber. Sie und ihr Drachenstock drohten jeden Moment von der Bettkante auf den Boden zu rutschen.

Aber sie riß ihren Kopf wieder hoch und ihre Augen auf. Zwang sich, auf den Bildschirm des Fernsehers zu blicken.

»Beim Jupiter«, brummte sie. *»Du meine Güte.«*

In Storms Film stiegen die entsetzlich lächerlichen Detektive in die Krypta unter der verfallenen Kirche hinab. Gingen unter vorspringenden Schatten, unter schiefem Mauerwerk, unter durchhängenden Bögen entlang und folgten dem *Bäng-bäng*, das unablässig weiter aus der Tiefe empordrang.

Selbst jetzt konnte sie sich kaum mehr erinnern, daß sie den Film schon einmal gesehen hatte. Konnte sich nicht mehr erinnern, wo sie ihn gesehen hatte und wann. Schon gar nicht, warum. Was allerdings angesichts der Qualität dieses Machwerks keineswegs verwunderlich war.

Komisch, dachte Harper schläfrig. Wahrscheinlich hatte Storm nicht einmal gewußt, daß das alles typischer deutscher Expressionismus war. Sie konnte sich gut vorstellen, daß er gedacht hatte, das Ganze sei eine Art Hommage an *Black Annie*. Da waren zum Beispiel das Aussehen der Ruinen, das sich wiederholende Geräusch – *bäng-bäng* –, die beiden Männer, die eine Treppe hinabstiegen. Doch darüber hinaus lehnte sich der Film – seine Atmosphäre – ganz an die alten Horrorklassiker der Universal Studios wie *Frankenstein* und *Dracula* an. Und die waren von dem deutschen Juden Carl Laemmle und seiner Mannschaft emigrierter Regisseure gestaltet worden. Mit anderen Worten: Hollywood und seine eigenen Vorlieben hatten Storm mit Reinharts Bilderwelt der deutschen Romantik ausgestattet, die im Expressionismus zu einer präfaschistischen Verherrlichung von Schrecken und Willen mutiert war. Mit anderen Worten, auch er war also Teil der Geschichtenfährte.

Und das war vorerst das einzig Interessante, was ihr zu dem Film einfiel. Der Rest war eine Anhäufung von Klischees.

Auf ihren Stock gestützt, sah sie zu, wie Prendergast und Hedley im zuckenden Schein der Taschenlampe immer tiefer und tiefer hinabstiegen. Und jetzt kam die an der Wand hängende Leiche des treuen, armen Sergeants Wie-heißt-er-auch-noch.

»Der arme Teufel«, sagte Dr. Prendergast.

Der arme Teufel, beim Jupiter, dachte Harper Albright.

Die unheimliche Musik wurde – wie das unheimliche Musik immer tut – lauter, und die beiden in weite Umhänge gekleideten Helden betraten ein großes unterirdisches Gewölbe. Dort stand Jacobus, der Erzbösewicht, in seiner Pentagrammrobe vor dem mit einem Tuch bedeckten Altar. Und da war natürlich auch die angekettete Heldin, die sich in ihrer verführerisch zerrissenen Bluse mit einem Knebel im Mund verzweifelt wand – alles sehr ansprechend, wenn man auf so etwas stand. Das arme Mädchen tat sein Bestes, um seinen Text »Mmpf, mmpf« mit einer gewissen Überzeugungskraft herüberzubringen. Und ihr Name, wie sollte es anders sein, lautete Annie.

Und der Bösewicht war Jacobus. Harper zog eine graue Augenbraue hoch. Jacobus, der nach Unsterblichkeit trachtete. Na gut, das war immerhin schon mal etwas. Wenn man sich vor Augen hielt, daß Iago sich diesen Film vor zwanzig Jahren angesehen hatte. Man konnte sich ihn ganz gut dabei vorstellen – wie er immer noch die Vernichtung seiner Sekte zu verdauen hatte und verzweifelt nach einem Hinweis auf seine ach so kostbare Bestimmung suchte. Man konnte sich durchaus vorstellen, wie er schon wegen dieses unbedeutenden Zufalls eine Gänsehaut bekam.

Aber es war nicht genug gewesen. Nicht genug, um ihn auf die richtige Spur zu bringen. Woher konnte er gewußt haben, daß er von diesem lächerlichen Machwerk zu *Black Annie* und den anderen Geschichten gehen mußte?

Und dann begann die Antwort – eine mögliche Antwort – in ihrem Kopf Gestalt anzunehmen. *Ein verschüttetes Mineralwasser.* Das hatte sie ganz vergessen. Hatte Iago neulich in der Kirche der Templer nicht etwas von einem verschütteten Mineralwasser gesagt? *Ein verschüttetes Mineralwasser, und die nächste Stufe wurde mir gegeben*. Ja, das war es.

Harper spürte einen Anflug von Angst – die erste richtige Angst um das Leben von Richard Storm.

»Sieh an, Dr. Prendergast, wie schön, daß Sie doch noch gekommen sind«, sagte Jacobus auf dem Bildschirm.

Da klingelte es an der Tür.

Verwirrt über das plötzliche Eindringen der Realität, sah sich Harper blinzelnd um.

»Sie kommen gerade rechtzeitig, um Zeuge meiner endgültigen Apotheose zu werden!« sagte Jacobus aus dem Fernseher.

Es klingelte noch einmal.

Hektisch stand Harper auf. Die Türglocke. Vielleicht die Polizei. Vielleicht eine Nachricht von Bernard. Vielleicht Bernard selbst …

Schwankend stand sie vor dem Fernseher und versuchte zu entscheiden, was sie tun sollte, wie sie weiter vorgehen sollte. Wenn sie den Fernseher ausschaltete, liefe das Video vielleicht weiter und sie fände die Stelle nicht mehr. Wenn sie das Band anzuhalten versuchte … also, sie hatte nicht die leiseste Ahnung, wie sie das anstellen sollte.

Es klingelte wieder. Widerstrebend zog sich Harper vom Fernseher zurück, humpelte um das Bett herum.

Jacobus' Stimme, die blechern aus den kleinen Lautsprechern des Fernsehers kam, folgte ihr.

»Armer Prendergast. Wie konnten Sie nur jemals auf den Gedanken kommen, mich besiegen zu können? Haben Sie denn nicht gesehen, daß ich der Statthalter einer unsterblichen Macht bin?«

Hartnäckig ertönte abermals die Türglocke. Harper

stieß gegen den Nachttisch, den Bücherstapel darauf. Sie bekam ihn zu fassen, bevor er umfiel, rückte ihn zurecht. Dann eilte sie mit einem letzten Blick auf den Film zur Tür.

»In Inkarnationen wie dieser reise ich durch die Jahrhunderte«, fuhr Jacobus fort. »Ich nähre mich vom Mark der Zeit.«

Harper blieb stehen. Sie hatte die Hand im Türrahmen. Sie wollte das Zimmer verlassen. Sie sah zum Fernseher zurück.

Ich nähre mich vom Mark der Zeit.

Das war genau das, was Iago in der Temple Church zu ihr gesagt hatte. Mit todernster Miene. Sie hatte es damals ein wenig schwülstig gefunden …

Harper starrte auf den Bildschirm. Eine Nahaufnahme des bösen Genies. Eine Nahaufnahme der grimmigen Detektive. Das sich windende Mädchen: *mmpf, mmpf.* Jacobus.

»Ich war hier, bevor die Meere schwarz wurden vom Leben …«, sagte er.

»Und werde dasein,« sprach Harper zusammen mit ihm weiter, »wenn die Wüsten weiß sind vom Tod.«

Wieder die Türglocke. Jacobus fuhr fort:

»Über die Hindernisse, die Sie mir in den Weg gelegt haben, kann ich nur lachen. Aber das hat jetzt alles ein Ende …«

Und damit kam der Bucklige aus dem Film nach vorn gehumpelt. Mit der schwungvollen Geste eines Zauberers zog er die Decke vom Altar und da …

Harper spürte, wie ihr der kalte Schweiß auf die Stirn trat. Spürte, wie sich all ihre Ängste – um Bernard, um Storm, jetzt auch um sich selbst – zu einer entsetzlichen Panik verbanden. Sie starrte auf den Bildschirm.

Und dort – sie schaute wie gebannt – dort lag natürlich das Baby. Natürlich! Das Baby auf dem Altar. Über ihm Jacobus mit dem hocherhobenen Dolch. An der Wand die geknebelte Frau, die verzweifelt zu schreien versuchte.

Gütiger Gott, natürlich, es war alles genau so, wie es im Dschungel gewesen war. Genau das, was sie gesehen hatte, als sie durch die Zweige gespäht und die gräßliche Wahrheit über den Mann erkannte hatte, den sie einmal geliebt hatte.

Sie hatte es nicht vergessen. Nicht wirklich. Sie hatte es verdrängt, mehr nicht. Sie hatte die möglichen Konsequenzen gewaltsam abgetan und beiseite geschoben – sogar nach Storms Auftauchen. Sogar noch, nachdem er auf der Party diese Geschichte vorgelesen hatte.

Man büßt für das, was man zu beichten versäumt, dachte sie – selbst wenn man es sich selbst zu beichten versäumt hat.

Und dann dachte sie: ein verschüttetes Mineralwasser. Ja. Jetzt war alles sonnenklar.

Jetzt verstand sie. Jetzt verstand sie alles, was passiert war. Mit wachsendem Entsetzen begann ihr sogar aufzugehen, was als nächstes passieren würde.

Es klingelte wieder. Und wieder.

Harper eilte aus dem Zimmer.

Als sie schließlich die Haustür öffnete, hatte Detective Inspector William Pullod bereits aufgegeben. Er war die Eingangstreppe des Hauses hinuntergestiegen und ging über die schmale Straße, auf seinen Peugeot zu, der vor dem Sign of the Crane geparkt war. Sein Assistent, PC Slade, beobachtete vom Beifahrersitz des Peugeot aus, wie er auf ihn zukam.

Doch dann hörte Pullod hinter sich die Tür aufgehen.

Er drehte sich um und erblickte Harper. Sie sah stumm auf ihn hinab, während er sich ihr näherte.

Sie wappnete sich – wappnete sich körperlich, indem sie ihr ganzes Gewicht auf ihren Gehstock stützte. Der Inspector, so erkannte sie, ordnete seine Züge zu einer Grimasse amtlichen Mitgefühls. Sie spürte, wie die kalte Nachtluft über sie hinwegstrich, spürte, wie ihr von innen eine andere Kälte antwortete. War es zu spät? War es schon zu spät?

Der drahtige Mann wand sich unbehaglich in seinem Mantel. Linste aus einem zusammengekniffenen Auge zu der alten Frau hoch. Warf mit einer Hand immer wieder einen Schlüsselbund hoch, klimper-klimper.

»Miss Albright.« Er wandte den Blick von ihr ab, ließ ihn die dunkle Straße hinunterwandern. Aber es herrschte kein Verkehr. Niemand bewegte sich, es war nichts zu sehen. Schließlich sah er auf die Schlüssel in seiner Handfläche. »Ich fürchte …«, begann er.

Harpers Finger schlossen sich immer wieder von neuem um den Drachenkopf. *Ich fürchte,* dachte sie. Das war doch eine treffliche Wendung. *Ich fürchte, wir haben einen kleinen Atomkrieg.* Ihr Äußeres blieb finster entschlossen, aber sie spürte, wie sie innerlich bebte. Sie haßte dieses »Ich fürchte«.

»Ich fürchte, wir haben den Wagen des jungen Bernard gefunden«, sagte DI Pullod spröde.

Harper hob ihr Kinn. »Verstehe. Und was gibt es da zu fürchten?«

»Ich fürchte«, sagte der Inspector, »er steht gleich da drüben.«

Damit deutete er über die Straße auf das Pub. »Direkt vor meinem.« Er hielt die Schlüssel hoch. »Sie steckten drin. Ein Beamter hat sie gefunden.«

Harper nickte nur.

»Ich nehme nicht an, daß er nach Hause gekommen ist …«, fuhr Pullod fort.

»Nein«, sagte Harper.

»Und Sie sind sicher, daß er nicht bloß … abgehauen ist?«

»Ja. Ganz sicher.«

Der Inspector nahm die Schlüssel in seiner Hand sehr genau in Augenschein. In seinen scharfen, energischen Zügen arbeitete es.

»Dann fürchte ich …«

»Daß der Wagen eine Art Nachricht an mich sein könnte. Ja, das fürchte ich auch«, sagte Harper. Sie bemerkte eine Bewegung. Als sie den Blick hob, entdeckte sie Slade, der sie durch die Windschutzscheibe des Peugeot beobachtete. Sie kannte den Mann nicht. Konnte sie ihm trauen? Konnte sie Pullod trauen? In dem langen Schweigen, das darauf eintrat, wand sich der DI abermals unbehaglich.

»Inspector«, sagte Harper langsam, »wieviel St.-James-Kirchen, würden Sie sagen, gibt es in London?« So hieß die Kirche in Storms Film. St. James. Santiago.

Der Unterkiefer des Polizisten klappte nach unten. Seine Hände machten fahrige Bewegungen. »Ich … ich weiß nicht. Mindestens ein halbes Dutzend, würde ich sagen.«

»Ja«, murmelte sie. »Mindestens …« Harper überlegte. Der Monolog aus Storms Film hatte ihren Verdacht bestätigt: Iago hatte seine Bestimmung damals vor zwanzig Jahren in diesem Kino in der Edgware Road gefunden. Er hatte sie gefunden, und nun wollte er sie nicht mehr loslassen. Aus einer Art Aberglauben heraus versuchte er die Geschichten, die ihn zu dem Triptychon geführt hatten, zu leben. Am meisten versuchte er vielleicht sogar *Das Gespenst* zu leben. Andererseits hatte

Storm, als er den Film drehte, ein England erfunden, das er bis dahin nie gesehen hatte. Das warf gewisse logistische Probleme auf…

»Können Sie mir vielleicht eines sagen?« fuhr Harper schließlich fort. »Kennen Sie zufällig eine St.-James-Kirche, die nicht mehr benutzt wird? Oder vielleicht sogar zerstört wurde?«

Pullod macht eine ratlose Geste. Doch dann hielt er mitten in der Bewegung inne. »Warten Sie… ja! Diese Bombenexplosion in Barbican. Das dürfte jetzt sechs, acht Monate her sein, oder nicht? Sie hatte zur Folge, daß in einer Kirche ein Feuer ausbrach. Das könnte St. James gewesen sein. Ja, ich glaube, es war St. James. Ich glaube, ich kann mich erinnern…« Doch Harper war fort. Die Tür zu ihrem Haus stand offen, verwaist.

Pullod blickte sich zu Slade um. Beide Männer hoben die Schultern.

Doch Harper kehrte zurück. War in ihr Cape geschlüpft. Hatte sich den Borsalino auf den grauen Pony gedrückt, bis die Krempe direkt über ihrer Brille war. Stieg nun rasch die Treppe hinunter.

»Äh…«, sagte Pullod. »Miss Albright? Was ist los?«

»Keine Sorge, Inspector«, sagte Harper und ging schnurstracks an ihm vorbei, schnurstracks auf den Peugeot zu. »Es ist nur das Unheimliche. Aber ich glaube, ich kann seine Strömung spüren«, rief sie über ihre Schulter zurück. »Doch. Ich glaube, es ist jetzt auf unserer Seite.«

17

»Du wirst ohne Schmerzen leben, du wirst leben, ohne zu altern. Du wirst ohne Angst vor dem Tod leben und außerhalb der menschlichen Gesetze.«

Bernard lag da wie ein kaputtes Spielzeug. Alle Spannung, alles Leben war aus ihm gewichen. Seine Arme lagen leblos auf dem Sargboden, seine Beine ebenso, eins angewinkelt, gegen die Seitenwand des Sargs gelehnt. Sein Kopf hing reglos an seinem schlaffen Hals, seine Augen waren offen, stierten, sein Mund geöffnet.

Liebe, dachte er abwesend. *Liebe hat göttliche Menschengestalt.*

»Du denkst jetzt«, fuhr Iago fort, »dir wird schaudern ob des Blutvergießens, ob des Abschlachtens deiner eigenen Kinder. Doch ich verspreche dir, dir wird nicht schaudern. Mehr noch, ich verspreche dir, dieser Akt wird dich befreien, dir eine Macht über dein eigenes Leben – und eine Freude an dieser Macht – verleihen, wie du sie dir jetzt noch nicht vorstellen kannst. Jedes Tier kann seiner Nachkommenschaft Leben schenken. Doch nur wir können uns selbst Leben schenken, immer und immer wieder.«

Bernard lag reglos da. Lag da und starrte ins Nichts, ohne etwas zu sehen. *Die göttliche Menschengestalt,* dachte er.

»Es wird deine Natur werden, Bernard, das schwöre ich dir. Es ist jetzt schon deine Natur, wenn du es nur zugeben würdest. Du kannst gar nicht umhin, es zu spüren, während ich dir all dies sage. Du kannst gar nicht umhin, es dir vorzustellen: das Messer über dem Körper des Kindes hochzuheben, ohne Angst vor Gefangennahme, ohne Angst vor Sünde. Sein Blut um deines eigenen Lebens willen zu nehmen. Du kannst gar nicht umhin, es dir vorzustellen und zu spüren, wie sehr es dich erregt. Es erregt dich doch, Bernard, oder nicht? Ist es nicht so?«

Bernard atmete kaum, starrte nur vor sich hin. Arme taub, Beine taub, Augen geöffnet. *Liebe hat göttliche Menschengestalt.*

Dann, ganz langsam, wie auf rostigen Angeln, bewegte sich sein Mund.

»Ja«, sagte er deutlich.

Er glaubte, Iago seufzen zu hören.

»Du siehst, es ist möglich«, ertönte der Rauch der Stimme über ihm. »Wir können ganz offen darüber sprechen, wer wir wirklich sind. Und jetzt«, fuhr er mit wachsender Erregung in der Stimme fort, »und jetzt – wirst du mir gestatten, dich freizulassen? Wirst du mir gestatten, dich aus deinem Sarg zu befreien? Wirst du eine Weile mit mir auf Reisen gehen – nur eine Weile – und wirst du dein Leben mit meinem vermischen und mir die mir zustehende Gelegenheit geben, dir meinen Standpunkt zu erklären?«

Liebe, dachte Bernard halb besinnungslos. Er merkte nicht einmal, daß Tränen über seine Wangen zu laufen begonnen hatten.

»Bist du einverstanden?« fragte Iago.

Und endlich sagte Bernard: »Ja.«

Auf der Stelle ertönte ein lautes Knirschen. Bernards Kopf blieb, wo er war, aber seine Augen bewegten sich ein wenig. Er blickte nach oben. Wieder ertönte das tiefe Knirschen von Stein auf Stein. Er gab einen stillen Seufzer von sich, unendlich erleichtert. Der Deckel des Sarkophags verschob sich.

Jetzt hörte er andere, leise murmelnde Stimmen. Ein angestrengtes Ächzen. Ein weiteres tiefes Knirschen. Ein langes, mahlendes Rumpeln.

Und dann fuhr plötzlich ein Strich grauen Lichts wie eine Schwertklinge über sein Gesicht. Er schloß die Augen, aber das Licht pulsierte hinter seinen Lidern rot weiter. Die kühle Luft schwappte über seine Wangen, und sein Körper schien sie zu packen, einzusaugen.

»Oh«, hauchte er.

Und dann bewegte er sich, öffnete die Augen. Drehte den Kopf, um nach oben zu schauen, als der Strich aus Licht breiter wurde. Mit zusammengekniffenen Augen starrte er hinein. Schnappte nach der frischen Luft. Ein Milchshake in der Wüste. Er schnappte und schnappte danach, und angesichts ihrer ungewohnten Reichhaltigkeit begann sich ihm der Magen zu drehen. Köstlich. Die Schmerzen in seinem Kopf, das Brennen in seinem Körper: Es war alles wundervoll, es war wundervolles Leben, das Versprechen, daß dieses wundervolle Leben kein Ende nehmen würde.

Seine Schultern begannen zu zucken, er weinte heftiger, diesmal vor Freude. Er spähte in die Kaskade aus Licht empor. Sie schien sich zu teilen wie Schwimmer eines Wasserballetts, sie schien aufzuknospen wie Blumen und sich von einem Wolkenbruch in einen immer größer werdenden Baldachin strömender Strahlen zu verwandeln.

Und dort – im Mittelpunkt dieser Strahlen – war Iago.

Bernard konnte nur schwer unterscheiden zwischen den leidenschaftlichen Lustgefühlen, die ihn beim Öffnen des Grabes durchströmten, und der intensiven, verwirrenden Wärme, die er beim Anblick dieses Gesichts empfand. Das lange dunkle Haar umrahmte brutal geschnittene Züge. Doch die Augen waren so kühl und rauchig, wie es die Stimme gewesen war, gelassen, sogar humorvoll. Das Lächeln hieß ihn freundlich willkommen. Dies war sein Vater.

»Jetzt wirst du sehen.« Die Stimme ergoß sich zusammen mit dem strahlenden Licht über ihn. »Und ganz besonders wirst du dich bei mir nie mehr dafür schämen, wer du bist.«

Bernard versuchte zu nicken. »Liebe …«, hätte er fast geflüstert. Doch ihm fielen die Augen zu, und er wurde ohnmächtig.

18

Als Bernard die Augen wieder öffnete, war Iago weg. An die Stelle seines Gesichts war ein anderes getreten.

Der Mann mit der Narbe beugte sich über den Sarkophag. Seine Schweineaugen leuchteten unter dem braunen, scharf geschnittenen Haar. Sein entstellter Mund wurde durch ein Grinsen noch mehr entstellt. Er rümpfte belustigt die Nase.

»Puuh! Was haben wir denn da für eine Sauerei gemacht, hm? Dann mal los, Freundchen. Aufstehen, los! Jetzt wirst du erst mal feingemacht.«

Er langte nach unten und packte Bernards schlaffen Arm. Unter ausgiebigem Gestöhne hievte er den Körper des jungen Mannes in eine halb sitzende Haltung hoch. Mit jeder neuen ruckenden Bewegung spürte Bernard, wie ihn vom Kopf bis zur Zehenspitze ein gezackter grüner Blitzstrahl durchzuckte. Sein Kopf sank auf die Seite, und er fühlte sich, als sei er auf ein Nagelbrett gefallen. Halt suchend klammerte er sich an den kräftigen, muskulösen Schultern des Mannes mit der Narbe fest.

»So ist es gut. Immer schön langsam«, sagte der Mann.

Mit seiner Hilfe schaffte es Bernard, ein Bein über die Seitenwand des Sarkophags zu hieven. Der Mann mit der Narbe trug ihn praktisch, hob Bernard so mühelos hoch, ließ ihn so mühelos zu Boden, als habe er überhaupt kein Gewicht. Bernard spürte, wie er behutsam auf die Füße gestellt wurde. Da stand er nun, mit gekrümmtem Rücken und offenem Mund, eine Hand auf den Rand des Sarkophags gelegt. Starrte mit glasigen Augen zu Boden, starrte durch die Pfützen und Lachen aus blutigem Schmerz, die sich vor seinem inneren Auge fortwährend neu ausbreiteten und wieder verdunsteten.

»Das hätten wir erst mal«, sagte der Mann mit der Narbe. »Aber natürlich kannst du in diesem Zustand nirgendwohin gehen, oder? Darum werden wir dir als nächstes diese Sachen ausziehen müssen.« Zuerst winkte Bernard ihn fort, oder zumindest versuchte er es. Wollte sich selbst ausziehen. Einen Augenblick lang zupfte seine Hand erfolglos am Kragen seines Hemds. Doch dann fiel sie nach unten. Er stand wieder reglos da und stierte stumpf auf die Steinplatten des Fußbodens. Der Mann mit der Narbe packte den Hemdkragen und zog ihn Bernard wie einem kleinen Kind über den Kopf. Dann öffnete er den Gürtel und streifte Bernards schwarze Hose auf seine Fußgelenke hinab.

Bernard schluckte, kämpfte gegen seine Übelkeit an. Als er es schließlich schaffte, die Augen zu heben, erkannte er die dunklen Ecken und Winkel einer unterirdischen Gruft, die sich rings um ihn neigten und drehten. Säulen und Spitzbögen, Bogenzwickel und dunkle Nischen, die sich hoben und senkten wie auf hoher See. Steinerne Grabmäler, plastische Bildnisse der Toten, in die Wand und in den Boden eingelassene Tafeln – sie zoomten auf ihn zu und wieder weg, daß ihm übel wurde. Alles war düster. Alles war leer. Alles drehte und drehte sich.

Bernard fuhr sich mit der Zunge über die Lippen, stand schwankend da. Er spürte etwas Feuchtes in seiner Hand und schloß die Finger darum. Der Mann mit der Narbe hatte ihm einen Schwamm gegeben. Bernard wußte, daß er inzwischen nackt war.

»Hier, mach mal«, forderte ihn der Mann barsch auf. »Das Gesicht auch, es ist ganz voller Blut.«

Bernard nickte. *Liebe hat göttliche Menschengestalt,*

dachte er. Und mit kraftlosen, unbeholfenen Bewegungen begann er, sich mit dem Schwamm zu säubern.

»Ein bißchen Tempo«, brummte der Mann mit der Narbe ungeduldig. »Wir haben nicht die ganze Nacht Zeit.«

Bernard nickte vage. Wischte sich weiterhin mit dem Schwamm ab. Und es war ein gutes Gefühl, die warmen Rinnsale seine Haut hinunterlaufen zu spüren. Und während der ganzen Zeit dachte er an dieses Gesicht, an Iagos Gesicht.

Mit mir wirst du dich vor allem nie schämen.

Liebe, dachte Bernard, *hat göttliche Menschengestalt.*

»Okay, das reicht jetzt«, sagte der Mann mit der Narbe. Er nahm Bernard den Schwamm aus den widerstandslosen Händen. »Hier, zieh das an.«

Bernard schaute lange auf die zusammengelegten Kleider, die ihm hingehalten wurden. Graue Trainingshose, weißes Sweatshirt, weiße Socken und darauf Tennisschuhe. Er holte tief Luft und zog an dem Sweatshirt. Er bemühte sich, seine Arme in die Ärmel zu bekommen, rang den Rest über seinen Oberkörper hinab. Um in die Trainingshose zu schlüpfen, mußte er sich an der Schulter des Manns mit der Narbe festhalten. Sein Kopf dröhnte vor Schmerzen.

»In Ordnung. Und jetzt die hier«, sagte der Mann mit der Narbe nicht unfreundlich. Bernard lehnte sich gegen den Sarkophag, und der Mann kniete vor ihm nieder. Er streifte eine Socke über Bernards bloßen Fuß, dann die zweite über den anderen. Schließlich zog er ihm die Tennisschuhe an.

Liebe, dachte Bernard. Er versuchte sich ganz darauf zu konzentrieren.

Dann richtete sich der Mann mit der Narbe auf, und die beiden Männer standen sich direkt gegenüber. Der

Mann mit der Narbe klopfte Bernard auf die Schulter. Seine geröteten Augen leuchteten.

»Sie mal einer an, wie aus dem Ei gepellt«, sagte er. »Und ein Gesicht wie ein Engel, hm?«

Bernard nickte und richtete sich ebenfalls auf. Aber er hielt sich immer noch am Rand des Sarkophags fest. Er mußte erst ein paarmal den Mund auf und zu machen, bevor er sprechen konnte. »Wissen Sie…«, brachte er schließlich mühsam hervor. »Wissen Sie, was ich… die ganze Zeit über dachte, während er geredet hat?«

Der Mann mit der Narbe lachte so laut auf, so daß sich sein mächtiger Oberkörper hob und senkte. »Nein. Da bin ich überfragt. Was hast du gedacht?«

Bernard leckte sich wieder die Lippen. »Liebe«, sagte er. »Ich dachte ständig … Liebe hat göttliche Menschengestalt. Ganz gleich, was er mir erzählt hat, ich habe immer nur das gedacht.«

»Aha«, sagte der Mann mit der Narbe.

»Das war es, was mich gerettet hat«, sagte Bernard.

Und schlug dem Mann gegen den Kehlkopf.

Es war kein kräftiger Schlag. Das mußte er auch nicht sein: Der Mann mit der Narbe war überhaupt nicht darauf gefaßt gewesen. Die Messerhand traf ihn am Adamsapfel. Sein Mund ging auf. Er bekam große Augen. Seine Zunge hing heraus. Er würgte.

Bernard packte ihn an den Hoden.

Der Oberkörper des Mannes kippte abrupt vornüber. Sein Hinterteil sackte nach hinten. Bernard machte einen stolpernden Schritt auf die Seite. Verhakte seine Finger ineinander. Hob beide Arme hoch. Durch seinen Kopf schoß ein ungeheurer Schmerz, und er schrie auf. Dann ließ er seine Hände wie eine Axt auf den Nacken des Manns mit der Narbe niedersausen.

Der Schlag schmetterte das Gesicht des Mannes

gegen die Kante des Sarkophags. Bernard sah zu beiden Seiten des Kopfes Blut hervorspritzen.

Bernard verlor das Gleichgewicht, sank in die Knie, erbrach dünnen, schwarzen Schleim. Würgend suchte er mit den Händen Halt auf dem Boden, um hochzukommen, bevor sich der Mann mit der Narbe erholte und angreifen konnte.

Liebe … dachte er.

Der Mann mit der Narbe erholte sich nicht. Er hing über den Rand des Sarkophags, als suche er etwas darin. Dann rutschte er langsam an ihm hinab. Schließlich landete sein massiger Körper auf dem Steinboden der Krypta.

Bernard richtete sich auf. Wankte auf den Sarg zu und hielt sich daran fest. Als er sich über das offene Grab beugte, krampfte sich sein Magen zusammen.

Der Geruch aus dem Innern des Sarkophags stieg zu ihm hoch. Sein eigener Geruch, der Geruch seines eigenen Todes. Und dort, im Staub auf dem Boden dieser steinernen Kiste, lag der Totenschädel. Sein Unterkiefer fehlte, seine Augenhöhlen waren schartig und brüchig, und er sah ziemlich dämlich aus, glotzte mit seinen vorspringenden Zähnen blind vor sich hin.

Schwer atmend langte Bernard zu ihm hinunter. Der vermoderte Knochen fühlte sich weich und dünn an. Als er ihn packte, gab unter dem Druck seines Daumens ein rundes Stück der Schädeldecke nach. Bernard hob den Schädel hoch und sah ihn an. Mit seinem kahlrasierten Kopf, seiner fahlen Haut, seinen eingefallenen Wangen und seinem Totenkopfgrinsen hätte Bernard sein eigenes Spiegelbild betrachten können.

Fast zärtlich flüsterte er ihm zu: »Verkauf deine Seele dem Teufel, du Scheißkerl! Dein Arsch gehört nämlich mir.«

Und mit einem tiefen, animalischen Knurren hob er den Arm und schleuderte den verwesten Schädel in den Sarg zurück. Er schlug splitterstiebend gegen den Stein und zerbrach endgültig.

Bernards Augen leuchteten vor Wut, als er sich von ihm abwandte. Der Mann mit der Narbe lag zusammengekrümmt und bewußtlos zu seinen Füßen. Um seinen Kopf breitete sich eine Blutlache aus. Bernard stieß sich vom Sarkophag ab und ging um ihn herum.

Dann stolperte er auf die Treppe zu.

Es handelte sich um eine Wendeltreppe, und sie war aus Stein. Stufe für Stufe stieg er hinauf. Ein Seil, das durch eine Reihe von Metallringen in der steinernen Wand entlanglief, war sein einziger Halt, und er klammerte sich mit beiden Händen daran. Zog, hievte sich daran hoch. Der spiralförmige Treppenschacht um ihn herum schien sich wie ein Akkordeon abwechselnd zu weiten und zusammenzuziehen. Ihm wurde wieder übel. Sein Kopf fühlte sich an, als würde von innen ein Meißel hindurchgetrieben. Schlag folgte auf Schlag. Bernard biß die Zähne zusammen und schleppte sich weiter. Der Treppenschacht um ihn herum wurde schwärzer und schwärzer. Die roten Spritzer hinter seinen Lidern wurden greller und greller.

»Verdammt noch mal«, keuchte er.

Über seine Zunge sprudelte Galle hoch. Er schluckte sie hinunter. Zog sich weiter nach oben, Hand um Hand, Stufe um Stufe.

Und dann fiel er gegen die Tür. Seine Schulter schlug gegen das massive Holz. Die Wucht des Aufpralls schien ihm einen zusätzlichen Pfahl aus Schmerz durch die Schädelplatte zu treiben. Doch die Tür ging unter dem Druck seiner Schulter auf. Er stürzte hinterher, stolperte in die Kirche.

Benommen sah er sich um. Es war dieselbe Kirche. Die, in der er die Männer unter dem Kreuz hatte reden sehen. Als er Zeuge der Kreuzigung geworden war. Davon jedoch war jetzt nichts mehr zu sehen. Die Kirche schien verlassen. Hinter den Figuren auf den Glasfenstern hing ein seltsames, falsches Licht, aber im Kircheninnern gab es keines. Die Kirchenbänke, die Gänge dazwischen lagen im Dunkeln. Der Altar zu seiner Rechten, das Hauptschiff, das Querhaus vor ihm: alles lag in tiefem Dunkel.

Bernard knurrte. »Los, kommt raus«, flüsterte er.

Er stolperte einen Schritt von der Kryptatür fort. Stolperte einen weiteren Schritt und dann noch einen in die Vierung, wo sich Lang- und Querhaus kreuzten. Vor Wut hatte er die Augen so weit aufgerissen, daß er sie aus den Höhlen quellen spürte. Er sah sich um. Von überall blickten schemenhafte Gestalten aus gefärbtem Glas teilnahmslos auf ihn herab.

»Komm schon!« schrie er sie an, schrie er jedem entgegen, der sonst noch in der Kirche sein mochte. Seine Stimme schien aus seiner Kehle hervorzubrechen, durch sein Fleisch zu dringen – ein unerträglicher Schmerz. Doch die hohe Kirchendecke schluckte seinen Schrei ohne ein Echo. Und es kam keine Antwort.

»Komm raus und kämpfe«, brüllte Bernard. *»Komm raus und kämpfe wie ein unsterblicher Dämon!«* Er lachte leise. *»Du Schwanzlutscher!«*

Er lachte wieder. *Kämpfe wie ein unsterblicher Dämon* – das war echt gut. Hilflos beugte er sich vornüber, stand schwankend da und lachte leise, bis seine Lungen schmerzten. Sein Kopf dröhnte. Die Figuren auf den Glasfenstern blickten aus luftiger Höhe auf ihn herab.

Mit einem wilden Aufschrei warf Bernard plötzlich

den Kopf in den Nacken und legte los: »*Komm schon, Daddy! Jetzt ist Ödipus angesagt!*«

Er mußte zu sehr lachen, um weitermachen zu können. Und er mußte zu sehr weinen. Sein ganzer Körper begann zu zucken, und Tränen strömten über sein Gesicht. Aus einem Nasenloch baumelte ein weißer Faden Rotz. Er wischte sich mit der Handfläche über den Mund und Nase. Wankte weinend und lachend im Kreis. Hielt sich den Bauch. Beruhigte sich schließlich. Stand vornübergebeugt da und keuchte wie ein verwundetes Tier.

Und erst jetzt merkte er, daß er umzingelt war.

Von allen Seiten kamen dunkle Gestalten auf ihn zu. Rückten verstohlen näher. Kamen langsam aus dem tiefen Schwarz entlang der Wände in das grauere Dunkel. Kreisten ihn Schritt für Schritt enger ein.

Oh, oh, war sein erster Gedanke. *Ich und meine große Klappe.*

Er drehte sich, um ihnen bald hierhin, bald dorthin gewandt gegenüberzutreten. Immer neue Gestalten kamen auf ihn zu. Die Seitenschiffe entlang, aus den Querschiffen hervor. Sogar vom Altar her, aus dem Halbschatten des Chorumgangs, kamen sie. Große, breite, robuste Gestalten mit angriffslustig herabhängenden Armen.

Bernard schluckte Angst und Übelkeit hinunter und drehte sich weiter um seine Achse. Er hob die Hände, bereit, sich zu verteidigen oder zuzuschlagen.

In der kurzen Zeit, die ihm zum Nachdenken blieb, wurde ihm klar, daß es ihm nicht leid tat, daß es so gekommen war. Er wußte, sie würden ihn umbringen. Aber das machte nichts. Es war ihm gleichgültig. Genaugenommen war er nicht einmal sicher, ob er überhaupt noch weiterleben wollte. Seit er wußte, was er wußte. Über seine Vergangenheit. Über sich selbst. Und so, dachte er, konnte er vielleicht wenigstens einen von ihnen mitnehmen, sich vielleicht einen oder sogar zwei von ihnen vorknöpfen, eine Kehle herausreißen, einen Brustkorb zerfetzen. Das wäre ein gutes Gefühl. Und es wäre eine letzte Botschaft. Eine kleine E-Mail an den alten Herrn …

»Los«, knurrte er und drehte sich von einem zum anderen. »Kommt schon.« Er schluckte seine Tränen hinunter.

Der Kreis wurde enger. Sie rückten immer näher zusammen und umringten ihn in der Vierung von allen Seiten. Er rechnete damit, daß sie sich jeden Moment alle gleichzeitig auf ihn stürzen würden.

Doch auf einmal blieben sie stehen.

Bernard wirbelte herum, die Knie locker gebeugt, die Messerhände erhoben.

Noch einmal rief er laut, verzweifelt: »Na los, kommt doch!«

Doch nur eine einzige Gestalt löste sich aus dem Kreis und trat auf ihn zu.

Bernards Atem brach wie das Fauchen eines Raubtiers aus seiner Kehle hervor, als er dem einsamen Angreifer entgegenstarrte. Er wartete, wild entschlossen.

Doch dann ertönte plötzlich ein Geräusch, das ihn verwirrte. Ein sich ständig wiederholendes Geräusch. Es drang durch den Nimbus seiner Schmerzen. Verwundert schüttelte er den Kopf.

Die Gestalt kam näher. Bernard blinzelte. Er *kannte* dieses Geräusch. Ein regelmäßiges, energisches, rhythmisches Ticken: das Klopfen eines Gehstocks auf Stein.

Er spähte durch das Dunkel, und schließlich machte er die Konturen des Borsalino aus. Die Linie des Gehstocks von der Hand zum Boden.

Die Gestalt blieb vor ihm stehen. Langsam sank Bernard auf seine Knie. Er hob die Arme. Er schwenkte sie vor sich hin und her, um sein Gesicht zu verdecken.

»Schau mich nicht an!« stieß er hervor.

Harper legte eine verwelkte Hand auf seine Schulter.

»Es ist alles gut, mein Junge«, sagte sie ruhig. »Du hast es geschafft.«

19

Die Leiche Jervis Ramsbottoms – des ehemaligen Dr. Mormo – hing immer noch am Kreuz. Vom Querbalken waren seine Arme zwar losgebunden worden, aber am senkrechten Balken hielt ihn eine um seinen Hals gewickelt, kräftige Schnur. Dort hing er mit blauem Gesicht. Seine Augenhöhlen waren wund und offen, seine Wangen mit Blut und einer klebrigen Masse verschmiert. Die Zunge stand im Licht von PC Slades Taschenlampe schwarz hervor.

»Der arme Teufel«, sagte der Polizist.

»Der arme Teufel, beim Jupiter«, murmelte Harper hinter ihm.

»Und schauen Sie hier.« Slade hielt seine Taschenlampe ein wenig tiefer. »Das Zeichen, das sie ihm in die Brust geritzt haben. Es ist das gleiche wie bei diesem deutschen Kunsthändler, der kurz vor Weihnachten ermordet wurde.«

Harper nickte nachdenklich. Der tote Mormo, der gefolterte Mormo beunruhigte sie zutiefst. Was hatte Iago damit bezweckt? Der Hexer war ein ausgesprochener Feigling gewesen, der schon bei der leisesten Drohung seine eigene Mutter verraten hätte. Was hatte Iago auf diese Weise aus ihm herauszubekommen versucht?

Mittlerweile wanderten die Lichtkegel der Polizeitaschenlampen kreuz und quer durch das Kircheninnere. Bereiche, die in Schutt und Asche lagen, Trümmerhaufen, herabgestürzte Balken zeichneten sich nach und nach ab. Von Wänden und Fenstern blickten, wenn das Licht sie streifte, die finsteren Gesichter der Heiligen und Kirchenväter herab und glitten dann wieder in das Dunkel zurück.

Mit hängendem Kopf, die Hände zwischen den Knien baumelnd, hockte Bernard in einer der vorderen Kirchenbänke. Neben ihm saß eine Krankenschwester und säuberte den geschwollenen Bluterguß auf seiner Stirn. DI Pullod blieb noch einen Moment neben den beiden stehen. Dann ging er auf Harper und Slade zu, die unter dem Kreuz standen.

Als zwei Männer von der Spurensicherung auf sie zukamen, um Mormo vom Kreuz zu holen, gingen die drei ein Stück weiter. Pullod warf einen kurzen, verlegenen Blick auf Harper. Er sah beim Sprechen nur Slade an, aber Harper war klar, daß die Information für sie bestimmt war.

»Wir haben den schwarzen Mercedes gesichtet«, sagte er leise. »Ein Insasse, wie es aussieht. Die Autonummer stimmt – hat uns Ihr Sohn eben bestätigt.« Letzteres mit einem angedeuteten Nicken in Bernards Richtung, obwohl er weiterhin nur Slade ansah. »In Mordern haben sie ihn zwar aus den Augen verloren, aber wie es aussieht, ist er auf der A24 in Richtung Süden unterwegs. Wir haben Straßensperren errichten lassen. Er kann uns nicht entwischen.« Erst jetzt wandte er sich direkt an Harper. »Wir bringen Sie und Ihren Sohn ins Krankenhaus. Ich werde selbst nach Mordern runterfahren und die Sache in die Hand nehmen. In Ordnung?«

Harper runzelte die Stirn, schüttelte den Kopf. »Er wird nicht mitkommen.«

»Er?«

»Bernard – ins Krankenhaus. Er wird nicht mitkommen. Er wird in sein Auto steigen und dorthin fahren, wo er glaubt, daß er Iago finden kann.«

»Er ist nicht in der Verfassung, um Auto zu fahren.«

»Ganz richtig«, sagte Harper. »Deshalb schlage ich vor, Sie nehmen uns mit.«

Pullod und Slade tauschten Blicke aus. Slade verdrehte die Augen.

»Sie glauben, daß er in Richtung Süden unterwegs ist«, sagte Harper nachdenklich.

Pullod nickte. »Ja.«

In diesem Moment ging die Tür zur Krypta auf. Lester Benbow – der Mann mit der Narbe – wurde von zwei großen, kräftigen Streifenpolizisten abgeführt. Sie hatten ihm im Rücken Handschellen angelegt. Sein Gesicht war blutverschmiert. Seine Augen spähten mordgierig. Als sein Blick auf Bernard fiel, bleckte er die Zähne.

Bernard hob den Kopf. Sah Benbow finster an. Nickte.

Harper beobachtete, wie der Mann mit der Narbe durch das Seitenschiff abgeführt wurde.

»Ich glaube, Inspector, wir sollten besser nach Norden fahren«, sagte Harper Albright.

»Nach Norden?« fragte Pullod mit einem ungläubigen Lachen nach.

»Ja. Ich glaube, wir sollten besser so schnell wie möglich nach Belham Grange fahren.«

20

Ich erhob mich vom Bett und ging zu einem der Fenster in der gegenüberliegenden Wand. Als ich zwischen den Vorhängen nach draußen blickte, sah ich, daß sich die Nacht noch nicht vollständig über das Gut gelegt hatte. Sobald der dreiviertelvolle Mond zwischen den dahinfegenden Wolken sichtbar wurde, breitete er einen Schleier aus unstetem und blassem Licht über das welke Weideland im Osten. Auf diesem Stück Land, bald sichtbar, bald den Blicken entzogen, stand ein düsteres und unheilvolles Gebilde: die Ruinen von Belham Abbey …

Bekümmert blickte Storm aus Sophias Fenster in die neblige, wabernde Nacht hinaus. Was nun, alter Freund, altes Haus, dachte er, jetzt ist Zeit für die entscheidende Enthüllung. Es war der Moment am Ende des zweiten Akts eines Films – wenn der Schurke, den wir tot glaubten, aus dem Dunkel tritt oder wenn die Frau, die wir zu lieben glaubten, die Mordwaffe in ihre Tasche gleiten läßt. Oder wenn sich der Held, den wir zu bewundern glaubten, als ein sterbender Feigling entpuppt, der nicht den Mut hat, die Wahrheit zu sagen. Aber das Ende des zweiten Akts ist längst vorbei, dachte Storm. Es war längst Zeit für die entscheidende Enthüllung.

»Was ist denn, Richard?« fragte Sophia leise.

Als er sich umdrehte, stellte er fest, daß ihre Augen durch das Dunkel des Raums schimmerten. Sie hatte die Bettdecke zurückgeschlagen und sich auf einen Ellbogen gestützt. Er konnte unter dem gerüschten Baldachin ihre Gestalt nur schwach erkennen. Und selbst jetzt wußte er nicht, wie er es jemals schaffen sollte, es ihr zu sagen.

»Du bist ja wach«, sagte er.

Ein tiefer Atemzug hob und senkte ihre Schultern.

»Schon eine ganze Weile.«

»Ja?«

»Ich habe dich beobachtet. Ich habe nachgedacht.«

Er antwortete nicht. Er sah, wie sie eine andere Haltung einnahm. Er nahm an, daß sie zu dem Porträt aufgesehen hatte, das neben ihm an der Wand hing.

»Was hattest du mir vorhin eigentlich erzählen wollen?« fragte sie ihn. »Draußen, bevor mich mein Vater ins Haus rief.«

Storm zögerte immer noch. Ihm wurde ganz schwach vor Traurigkeit. »Ich … hör zu, jetzt ist, glaube ich, nicht der richtige Zeitpunkt«, begann er – voll Abscheu vor sich selbst und voll Hoffnung, den Kopf noch einmal aus der Schlinge ziehen zu können. »Weil du dich doch heute so aufgeregt hast und überhaupt.«

Doch Sophia sagte: »Aber jetzt rege ich mich nicht mehr auf. Im Gegenteil, so seltsam es klingen mag, im Moment fühle ich mich sogar ausgesprochen ruhig. Ich habe dich beobachtet. Ich habe über dich nachgedacht, und da habe ich mich gefragt …«

Storm setzte sich aufs Fensterbrett. Er kniff sich in den Nasensattel, schloß die Augen und seufzte: »O Mann.«

»Bist du krank, Richard?«

Er rührte sich nicht, antwortete nicht, konnte es nicht. Er behielt die Finger am Nasensattel, behielt die Augen geschlossen. Wenn ich einfach nur dasitzen könnte, dachte er. Wenn ich einfach nur im Dunkeln sitzen und ihrer Stimme, dem Klang ihrer Stimme lauschen könnte. Er liebte diesen Klang. Mary Poppins.

»Ich dachte – als du sagtest, du müßtest mir etwas erzählen – da dachte ich, es könnte so etwas sein«, fuhr sie ruhig fort. »Ich weiß nicht, warum. Es kam mir nur so in den Sinn. Du siehst manchmal so müde aus. Und dein

Arm, du machst immer an deinem linken Arm rum. Und du siehst immer so … traurig aus. Ist es das? Bist du krank? Ist das der Grund, warum du immer so ein Gesicht machst?«

Er lächelte. Seine Augen waren nach wie vor geschlossen. Er nickte. »Ja«, brachte er mit Mühe heraus. »Ja, das ist der Grund.« Und dann, rasch: »Es ist schlimm, Kleines. Ich bin, was man, vornehm ausgedrückt, unheilbar krank nennt.«

Darauf war sie eine Weile still. Storm öffnete seine Hand und hielt sie sich vor die Augen. Er spürte die Feuchtigkeit an seiner Handfläche. Mist, dachte er. Er wußte zwar nicht, was er erwartet hatte, aber das jedenfalls nicht. Wie still sie war! Und als sie wieder zu sprechen begann, war ihre Stimme gefaßt, ruhig, rücksichtsvoll neugierig.

»Macht … macht dir das angst? Hast du Angst?«

Er lachte abgehackt. »Äh … hm …« Er blieb auf dem Fensterbrett sitzen, ließ lediglich seine Hände auf die Oberschenkel sinken. Sah, wie sie ihn beobachtete. »Nein«, sagte er. »Wenn du so fragst: Angst habe ich keine. Nicht wirklich. Manchmal, nachts, wenn ich allein bin, ein bißchen. Aber nicht einmal dann besonders.«

»Das dachte ich mir. Ich nahm nicht an, daß du Angst hast.«

»Es sind noch fast keine Symptome aufgetreten – vielleicht ist mir der Ernst der Lage noch nicht richtig bewußt. Ich weiß es nicht.« Storm seufzte schwer. »Am meisten … um ehrlich zu sein, am meisten Angst hatte ich vor den Ärzten. Ich glaube, irgendwie fühlen sie sich einfach besser, wenn sie so tun können, als führten sie eine Art Krieg dagegen, auch wenn die Sache längst entschieden ist. Ich hatte Angst, sie könnten mich völlig grundlos zu Tode operieren, bestrahlen und mit Medikamenten vollstopfen. Das war in erster Linie der Grund, warum ich abgehauen bin. Aber… nein, die Krankheit macht mir überhaupt keine Angst. Es macht mich bloß – es macht mich alles – wirklich ganz, ganz traurig.«

Nach einer Pause sprach sie weiter – sprach wie bisher, immer noch gefaßt, immer noch neugierig. »Es macht dich traurig, weil…? Wegen aller möglichen Dinge, die du bereust? Etwas in der Art?«

»Ja. Ja! Reue.« Storm fuhr sich rasch über die Augen. »Es gibt jede Menge Dinge, die ich bereue, das kannst du mir glauben, Liebes. Die Sache ist, ich habe… ich habe einfach vieles falsch gemacht, weißt du? Eigentlich glaube ich, daß ich noch nicht mal die Spielregeln kapiert habe. Zumindest solange nicht, bis du auf dieser Party dein Glas fallen gelassen hast. Bis ich zu dir aufsah. Und dann dachte ich: Ach, so ist das also. Jetzt verstehe ich. Was war ich doch für ein Idiot. Ach…« Er sah zu der unsichtbaren Zimmerecke über ihrem Bett auf. »Mein Gott, Kleines, ich hätte die Finger von dir lassen sollen. Das war mir von Anfang an klar, verdammt noch mal. Ich habe es gewußt. Oder zumindest hätte ich es dir gleich sagen sollen. Aber ich hätte die Finger von dir lassen sollen, das ist es. Was bin ich nur für ein mieses Schwein.«

Mit scheinbar ruhigen Bewegungen zog Sophia im Dunkeln das Kissen unter sich hervor und lehnte es gegen das Kopfteil. Dann setzte sie sich auf, klopfte darauf, ließ sich zurücksinken und sah ihn ruhig an.

»Vermutlich hast du dir einzureden versucht, es sei gar nicht wahr«, sagte sie nach einer Weile. »Das ist wahrscheinlich der Grund, warum du es mir nicht erzählt hast.«

Storm lächelte bitter. Wirklich nicht auf den Kopf gefallen, dachte er. Wirklich clever, diese Frau. »Ja, das trifft es ziemlich genau«, bestätigte er. »Nicht, daß ich es mir tatsächlich eingeredet hätte, weißt du – nicht, daß ich ernsthaft geglaubt hätte, es sei nicht wahr, aber ich… ich habe einfach so getan, sozusagen. Ich habe einfach so getan, als könnten wir zusammensein. So ungefähr, als…«

Er konnte nicht weitersprechen und biß sich auf die Lippe.

»Als könnten wir einfach so weitermachen und heiraten und Kinder kriegen und so weiter«, sagte sie.

Er lachte, aber sein Herz krampfte sich zusammen. »Und so weiter. Genau.«

»Nein«, sagte sie nach einer Weile. »Nein, ich glaube nicht, daß wir das noch können.«

»Nein«, sagte Richard Storm. »Ich glaube auch nicht, daß wir das können.«

»Trotzdem«, sagte Sophia nachdenklich. »Trotzdem, wenn du es mir erzählt hättest, hätte ich mich vielleicht nicht auf dich eingelassen.«

»Tja, genau das ist der Punkt. Genau darum hätte ich es tun müssen.«

»Nein, eben nicht. Weil ich dann nicht die Gelegenheit erhalten hätte, zu merken, daß ich dich liebe.«

Storm gab einen erstickten Laut von sich, bedeckte mit beiden Händen sein Gesicht.

»Genau das ist nämlich passiert«, fuhr Sophia fort. »Ich habe es gemerkt. Vorhin. Als du am Fenster gestanden hast. Als ich dich beobachtet habe.«

»Es tut mir leid, Sophie. Es tut mir wirklich leid.«

»Es braucht dir nicht leid zu tun.« Sie strich sich mit der Hand durchs Haar. Langsam. Einmal und dann noch einmal. »Sei doch nicht dumm. Es braucht dir nicht leid zu tun. Ich liebe dich, Richard. Und wenn der Tag zu Ende geht…« Nun versagte ihr doch die Stimme. Was ihn überraschte. Bis dahin hatte sie so gefaßt gewirkt. Doch dann versagte ihr die Stimme, und sie senkte nachdenklich den Blick und schwieg für eine Weile.

»Also«, sprach sie schließlich brüsk zu Ende. »Am Ende des Tages solltest du, finde ich, ins Bett kommen.«

21

Tick-tick. Tick-tick.

Aufrecht, vollkommen reglos saß Sir Michael in dem hohen Ledersessel hinter seinem Schreibtisch. Das Geräusch drang durch die Wände zu ihm.

Tick-tick. Tick-tick.

Es gab keinen Hinweis, kein sichtbares Zeichen, daß er es hörte. Aber er hörte es. Es nahm seine ganze Aufmerksamkeit in Anspruch. Es entzündete seine Phantasie. Er saß da, mit offenen Augen, und starrte vor sich hin. Die geschnitzten Widderköpfe an den Pilastern des Schreibtisches starrten genauso vor sich hin wie der Große Mann.

Tick-tick. Tick-tick.

Es kam aus dem Stockwerk über ihm. Aus dem Zimmer direkt über ihm, aus dem Zimmer seiner Tochter. Er stellte sich vor, daß es ihr Bettgestell war, das wegen der Belastung seiner alten Verzapfungen dieses klickende Geräusch machte.

Er saß vollkommen reglos da, mit leicht offenstehenden Lippen. Hoch aufgerichtet und steif. So verharrte er jetzt schon über eine Stunde. Im Arbeitszimmer, bei geschlossener Tür, die Lichter erloschen. Im Raum war es immer dunkler geworden. So saß er und saß, während die Nacht hereinbrach.

Er hatte die Schatulle aus der untersten Schublade genommen und den Revolver aus der Schatulle. Jetzt stand die Schatulle offen auf der Schreibunterlage, der Einsatz mit den Zigarren und dem Silberfeuerzeug lag daneben. Und daneben der Revolver. Sir Michael nahm an, daß er auf den Revolver blickte, obwohl er ihn in Wirklichkeit kaum sah. Er schaute bloß, lauschte bloß, stellte sich Dinge vor, saß, die Hände im Schoß gefaltet, reglos da.

Tick-tick. Tick-tick.

Und auf einmal war da noch ein anderes Geräusch als das des ächzenden Betts. Das Geräusch von Stimmen. Die Stimme seiner Tochter, die ihres Liebhabers. Ihr Geflüster, ihr Stöhnen. In der Wand Geraschel wie von Eichhörnchen. Und es kam zu ihm herab.

Sir Michael rührte sich nicht. Saß mit ineinander verhakten Händen da. Schaute. Jetzt sah er den Revolver auf der Schreibunterlage wirklich. Sein Blick blieb auf ihm ruhen. Auf dem brutalen Revolver.

Plötzlich schrie Sophia über ihm auf. Der Laut war unverkennbar. Sie schrie zweimal auf, einmal rauh, scheinbar gequält oder protestierend, das andere Mal triumphierend und befreit. Sir Michael schniefte. Das Ticken hatte aufgehört.

Danach war es still. Es blieb lange still im ganzen Haus. Minute um Minute verstrich, und Sir Michael rührte sich nicht, und nirgendwo im Haus war ein Laut zu hören. Sir Michael wußte nicht, wieviel Zeit verging. Eine halbe Stunde, eine Stunde, er war sich nicht sicher. Er saß da, ohne sich zu bewegen. Er dachte an seine Frau Ann. Seit ihrem Tod waren zwanzig Jahre vergangen, aber der Gedanke an sie versetzte ihm immer noch einen Stich.

Nach einer langen Zeit nahm er den Revolver. Er steckte ihn in seine Jackentasche.

Mit einem leisen Räuspern schwang Sir Michael seinen Sessel herum und stand auf. Seine Fingerspitzen streiften über die glatte Kante des Schreibtisches. Auf der anderen Seite blieb er stehen, um sein Jackett zuzuknöpfen und das Revers glattzuziehen. Er spürte das Gewicht des Revolvers in seiner Tasche. Er ging zur Tür und öffnete sie. Draußen im Flur war es so dunkel, daß er erst, als er bereits einen Schritt nach draußen gemacht hatte, feststellte, daß dort ein Mann stand. Und selbst dann noch war er so verdutzt, daß er nicht fassen konnte, was er sah.

Aber es war ein Mann. Ein riesiger Mann, der fast die Türöffnung ausfüllte. Mit seinen breiten Schultern und seinem mächtigen, quadratischen Schädel sah er aus wie Frankensteins Monster. Neben ihm wirkte sogar Sir Michael klein. Und er drängte langsam in den Raum.

Vor Überraschung wie gelähmt, konnte Sir Michael zunächst nur zurückweichen. Zurückweichen und zusehen, wie die Kreatur näher kam. Er war in Gedanken ganz mit Storm beschäftigt gewesen, mit Storm, der sich oben im Zimmer seiner Tochter befand. Er konnte dies hier einfach nicht fassen.

Dann überfiel ihn ein einziger Moment der Angst und des Begreifens. Er hatte sogar noch Zeit, sich zu fragen, ob er sich wohl getäuscht hatte, gründlich getäuscht.

Seine Hand fuhr an seine Jackentasche, an den Revolver. Sein Mund ging auf, um zu schreien, um Sophia zu warnen.

Doch da streckte ihn das Monster mit einem Schlag bewußtlos zu Boden.

22

In einem Polizeiauto mit eingeschalteter Sirene kann man sich nicht besonders gut unterhalten. Pullod saß am Steuer, PC Slade neben ihm, Harper und Bernard saßen auf dem Rücksitz, und keiner sprach ein Wort. Der Wagen schlängelte sich erst durch den Abendverkehr, dann fraß er auf dem Motorway die Meilen.

Harper hatte ihren Stock in den Boden gestemmt, die Hände auf dem Drachenkopf verschränkt, das Kinn auf die Hände gestützt. Bernard lehnte matt an der Tür, die langen Beine unter dem Sitz vor ihm ausgestreckt, so weit es ging. Seine Augen waren geschlossen. Sein Körper wirkte schlaff und schlank und zerbrechlich in dem weißen Sweatshirt und der Trainingshose und in der blauen Windjacke, die ihm einer der Polizisten geliehen hatte.

Das monotone Heulen der Sirene machte Harper sogar das Denken schwer. Es dauerte stetig an, während das Rotlicht des Wagens über der nächtlichen Landschaft aufleuchtete und erlosch. Auto um Auto fiel an den Fenstern zurück. Harper starrte auf den Sitz vor sich und versuchte, ein paar vernünftige Gedanken zu fassen. Hin und wieder blickte sie zu Bernard hinüber. Er bewegte sich nicht, öffnete nicht die Augen.

Nach einer Weile beugte sie sich leicht zu Pullods Hinterkopf vor. Sie mußte gegen den Lärm anschreien. »Wäre es vielleicht möglich, daß jemand in Belham Grange anruft …«

Es war Slade, der sich halb zu ihr herumdrehte. »Probleme mit der Leitung«, schrie er. »Sie hatten ein Unwetter da oben.«

»Könnten Sie dann vielleicht über Funk die örtliche

Polizeistation verständigen, daß die einen Beamten vorbeischicken …?« schrie Harper zurück.

»Haben wir bereits alles veranlaßt«, rief Slade schroff. Dann sah er aus dem Fenster und murmelte: »Allerdings habe ich keine Ahnung, warum eigentlich.«

Harper konnte zwar nicht hören, was er sagte, aber sie antwortete ihm trotzdem. »Weil«, sagte sie in schneidendem Ton, »weil Iago schon seit zwanzig Jahren nach den Reinhart-Tafelbildern sucht. Der einzige Grund, warum er sie noch immer nicht gefunden hat, ist, daß sie die ganze Zeit über nicht den Besitzer gewechselt haben. Nachdem es Mormo gelungen war, die *Madonna* in seinen Besitz zu bringen, zog Iago daraus den durchaus folgerichtigen Schluß, daß er auch an *Die Geburt Christi* kommen konnte. Nicht umsonst war Mormo nach dem Krieg einer der Drahtzieher des Schwarzhandels mit Beutekunst gewesen. Falls das dritte Tafelbild also damals den Besitzer wechselte, mochte er durchaus Kenntnis davon gehabt haben. Sie können mir jedoch glauben: Hätte Mormo wirklich etwas gewußt, hätte er es sofort gesagt. Da dem jedoch ganz offensichtlich nicht so war, können wir mit ziemlicher Sicherheit davon ausgehen, daß das Bild von einem der anderen Hehler verschoben worden sein muß. Und es gibt nur einen anderen Kunsthändler, der von Anfang an in diese Machenschaften verwickelt war – nur einen anderen, der bei der Versteigerung der *Drei Weisen* mitgeboten hat. Und wer das ist, weiß Iago ebensogut wie wir.«

Harper konnte zwar Slades Gesicht nicht sehen, aber ihr war klar, daß er die Augen verdrehte. Sie konnte seine Stimme nicht hören, aber sie stellte sich vor, wie er »Iago!« schnaubte.

Sie antwortete ihm nicht noch einmal, sondern saß

gedankenversunken da und versuchte, nicht auf die Sirene zu achten.

Und da ist auch noch die Tatsache, fuhr sie stumm fort, daß dies alles, die ganze Geschichte, mit dem *Gespenst* begonnen haben muß.

Welche unglückselige Wendung des Schicksals Iago damals, vor zwanzig Jahren, in dieses Kino unweit der Edgware Road verschlagen hatte, würde sie nie erfahren. Vielleicht war es seine Gabe – die ja auch die ihre war –, sich von der Strömung des Unheimlichen treiben zu lassen. Vielleicht war sie an jenem Tag sogar selbst in diesem Kino gewesen – sie konnte sich nicht mehr erinnern. Sie wußte lediglich, daß Iago dort gewesen war. Fünf Jahre, nachdem sie die Pläne mit seiner Sekte durchkreuzt hatte. Er mußte sich ziemlich angeschlagen gefühlt haben, der arme Kerl. Der Glaube an seine Bestimmung hatte vermutlich einen empfindlichen Knacks bekommen, als er unter den Verlorenen dieser Erde herumscharwenzelte und verzweifelt seine Verführungskünste spielen ließ, um die Nachkommen zu zeugen, deren Blut er brauchte. Während ihm gleichzeitig die ganze Zeit über klar gewesen sein mußte, daß eines Tages, *eines Tages*, der kostbare blaue Stein selbst zu Ende gehen würde.

Wie ihn dieser Gedanke gequält haben mußte! Und dann würden die Verfärbungen an seinen Handgelenken auftreten. Und der Verfall bei lebendigem Leib einsetzen.

Von diesen Sorgen geplagt, war er in das Kino gegangen. Er hatte sich gesetzt und *Das Gespenst* angesehen. Und als ihn auf dem Höhepunkt Schauder des Wiedererkennens durchfuhren ... *ein verschüttetes Mineralwasser*. Ja. Jemand in seiner Nähe hatte vor Aufregung und Überraschung sein Wasserglas fallen gelassen.

O ja, ja, genau so mußte es gewesen sein. Genau so wie auf der Weihnachtsparty. Die Geistergeschichte. Das verschüttete Getränk. Und Iago sah auf – wie Storm aufgesehen hatte – und bemerkte zum erstenmal die schöne Ann Endering, Sophias Mutter. Sie hatte eine Schwäche fürs Kino gehabt, eine Schwäche für amerikanische Filme, und sie war dagewesen. Und vor Schreck über den Film hatte sie ihr Mineralwasser verschüttet, und Iago hatte aufgeblickt. Und dann, von der Schönheit der Mutter ebenso tief berührt wie Storm von der Schönheit der Tochter, hatte er sie angesprochen.

Harper konnte es sich bestens vorstellen. Sie kannte Iagos hypnotische Anziehungskraft. Ann Endering – eine nette, großzügige, liberale Frau – mußte ein ideales Opfer für ihn gewesen sein. Wenn man aus ihrer Beziehung mit Sir Michael irgendwelche Rückschlüsse ziehen durfte, hatte sie vermutlich eine Schwäche für energische, dynamische und etwas komplizierte Männer gehabt. Und vielleicht hatte sie ihr Idealismus – ihr Glaube, daß sich die Welt zum Positiven verändern ließe – wie so viele andere empfänglich gemacht für die bestrickende Logik einer charismatischen Persönlichkeit, die sich für Größeres bestimmt glaubte. Jedenfalls wurde sie seine Geliebte. Sicher hatte er bald herausgefunden, warum der Film sie derart aufgewühlt hatte. Sie liebte ihr Elternhaus, ihre Familiengeschichte. Die Parallelen zwischen dem *Gespenst* und der Legende vom Geist von Belham Abbey mußten ihr sofort aufgefallen sein. Möglicherweise hatte sie sogar die Anklänge an *Black Annie* gesehen. Möglicherweise hatte sie – da sie sich in der Geschichte ihrer Familie gut auskannte – sogar noch mehr, wesentlich mehr gewußt.

Es war auf jeden Fall genug gewesen, um Iagos Interesse zu wecken, um ihn auf die Geschichtenfährte zu setzen. Danach dürften ihn die inhaltlichen Parallelen der Geschichten – die ermordeten Kinder, der Traum von der Unsterblichkeit, das Lebenselixier in *Der Turm des Alchimisten* und nicht zuletzt die Legenden, die sich um das Reinhart-Triptychon rankten – immer weitergeführt haben, so weit, bis ihm schließlich *Die Beichte des Mönchs* in die Hände fiel und alles klar wurde. Und nun begann seine erste, gescheiterte Jagd nach dem Triptychon selbst.

Aber an diesem Punkt – an diesem Punkt wurde das auch Ann Endering klar. Zu spät merkte sie, wer ihr Geliebter war und was er ihr antat. Von diesem Zeitpunkt an dürfte sie alles versucht haben, um das Triptychon nicht in Iagos Hände geraten zu lassen. Und entgegen ihrer von Grund auf sozialen Einstellung machte sie sich den letzten Zufall zunutze – den einzigen Zufall, von dem Iago vermutlich nichts wußte: daß einer der Männer, der die Reinhart-Bilder am ehesten aufspüren konnte, Sir Michael war, ihr eigener Mann.

Das war der Grund, warum das dritte Bild nie aufgetaucht war, warum selbst Mormo nicht wußte, wo es war. Weil vor zwanzig Jahren, bevor Iagos Suche richtig losgegangen war, Sir Michael – ohne ganz zu verstehen, warum – das einzige Tafelbild, das sich im Westen befand, in seinen Besitz gebracht hatte. Auf Bitten seiner Frau. Lediglich wissend, daß der Mann, der es haben wollte, sie verführt hatte, lediglich wissend, daß dies seine einzige Möglichkeit war, sich zu rächen, hatte er das Tafelbild über seine dunklen Kanäle in seinen Besitz gebracht. Und es versteckt.

Womit Ann nur noch eines zu tun blieb: sich selbst zu zerstören. Denn sie dürfte schwanger gewesen sein von ihm, von Iago. Dafür hatte er bestimmt zu sorgen gewußt. Und ihr dürfte inzwischen klargewesen sein, was er vorhatte. Und deshalb zerstörte sie lieber sich selbst und das Kind, als es in Iagos Hände fallen zu lassen.

Über all das dachte Harper nach, so gut es die heulende Sirene zuließ. Und auch über Richard Storm dachte sie nach. Sie machte sich heftige Vorwürfe, die ganzen Zusammenhänge zu spät herausbekommen zu haben. Sie hatte Storm nach Belham geschickt, weil er ihr weitere Informationen beschaffen sollte. Sie hatte das für eine relativ ungefährliche Aufgabe gehalten, hatte gedacht, es hielte ihn aus ihrem riskanten Spiel um die *Madonna* heraus. Sie hatte gehofft, er würde Sophia helfen können, die Antworten auf ihre Lebensfragen zu finden, und könnte sich dann unbehelligt aus dem Kampf zurückziehen.

Statt dessen hatte sie ihn ausgerechnet mitten ins heftigste Getümmel geschickt. Und Iago war ihr wie immer einen Schritt voraus.

Der Wagen raste weiter, und eingehüllt von seinem Lärm saßen die vier wortlos da.

Schließlich fragte Bernard: »Glaubst du, an der Sache ist wirklich was dran?«

Als Harper sich ihm zuwandte, stellte sie fest, daß er sie aufmerksam beobachtete. Mit halbgeöffneten Augen, unter gesenkten Lidern hervorblickend. Obwohl er die Stimme kaum hob, erreichte sie sie ganz deutlich.

»Das würde ich wirklich gern wissen. Es wäre mir eine große Hilfe, wenn ich es wüßte.«

»Was?«

»Ob er wirklich … Wenn er das dritte Bild bekommt, wenn er das ganze Triptychon hat, ob er dann tatsächlich einen neuen Kristall herstellen kann? Ob er dann wirklich vom Blut seiner eigenen Kinder ewig leben kann?«

Harper streckte eine Hand aus, tätschelte ihrem Faktotum das Knie. »Glaube nichts«, riet sie ihm. »Das ist der einzige Schutz.«

Der Schein des Rotlichts hutschte über sein Gesicht. Harper sah ihn bitter lächeln. »Wenn ich nichts glaube, meine Liebe«, fragte er trocken, »was wird mich dann vor mir selbst schützen?«

Stirnrunzelnd legte Harper ihre Hand wieder auf den Drachenkopf und ließ das Kinn auf den Handrücken sinken.

»Glaube nichts«, murmelte sie wieder, »und vertraue dem Immerwährenden Wesen.«

Und in erneutem Schweigen brauste der Wagen dahin.

23

Das Tor von Belham Grange war inzwischen in dichten Nebel gehüllt. Der Ortspolizist, der losgeschickt worden war, um nach dem Rechten zu sehen, war erst zweimal daran vorbeigefahren, bevor er es fand. Dann fuhr er jedoch nicht hindurch, sondern bog lediglich von der schmalen Landstraße ab und blieb so stehen, daß die Scheinwerfer auf die Auffahrt gerichtet waren.

Der Nebel kräuselte sich in den Scheinwerferstrahlen, schlängelte sich darum wie etwas Lebendiges. Der Dorfpolizist, ein gutaussehender, blonder junger Mann mit blauen Ladykilleraugen, beugte sich bis dicht an die Windschutzscheibe vor und spähte nach draußen.

Zuerst war nichts zu sehen. Nur der Nebel, der sich auf den ersten Abschnitten der langen Zufahrtsstraße zwischen den überhängenden Bäumen sammelte, senkte.

Doch dann bewegte sich etwas. Eine Silhouette im Nebel. Zuerst amorph, aber dann, je mehr sie sich dem

Licht näherte, deutlicher umrissen. Die Gestalt eines Mannes.

Während der Polizist mit klopfendem Herzen durch die Windschutzscheibe spähte, gelangte die Gestalt in den Strahlungswinkel seiner Scheinwerfer. Ein großer Mann, mit langem schwarzem Haar und scharfen, brutal geschnittenen Gesichtszügen. Mit tiefen, lachenden, hypnotischen Augen. Er trug einen weißen, dreiteiligen Anzug. An den Händen hatte er grüne Handschuhe.

Er hob eine Hand, einen Finger, und tippte damit zum Gruß an seine Augenbraue.

Der Dorfpolizist schluckte schwer und nickte. Er erwiderte den Gruß seines Herrn.

Dann legte er hastig den Rückwärtsgang ein. Stieß schwungvoll von der Auffahrt des Gutshauses zurück. Trat aufs Gas und brauste über die Landstraße davon, bis er im Nebel verschwand.

Iago legte die Hände in den Rücken und schlenderte auf der Auffahrt gemächlich auf das Haus zu.

24

Storm stand in diesem Moment wieder am Fenster. Er blickte in die Nacht hinaus und überlegte. Knöpfte sein Hemd zu, steckte es in seine Hose und dachte über die Realität der Gnade nach. Vielleicht, dachte er, war das Gnade: wie er sich gerade fühlte. Was wußte er denn schon? Vielleicht war es das, was religiöse Menschen Gnade nannten. *Ich liebe dich, Richard, komm ins Bett.* War das ein Blitz aus heiterem Himmel, oder was? Jedenfalls nicht das, was er erwartet hatte, so viel stand fest. Und ganz sicher nicht das, was er verdient zu haben glaubte.

Draußen, hinter dem Fenster, warfen die Wolken, der

Mond, der treibende Nebel ihre malerischen, geisterhaften Schatten auf die Ruinen der Abtei, auf die Mauer, auf die Gräber. Eine phantastische Szenerie, fand er. Eine tolle Kulisse für einen Film, für eine Geistergeschichte. Und überhaupt, vielleicht reichte die Zeit ja noch dafür. Vielleicht konnte er ja einfach ein Filmteam hier rausbeordern und *Black Annie* direkt vom gedruckten Text runter abdrehen, eine stilvolle kleine Ein-Stunden-Produktion fürs englische Fernsehen …

Sein Blick wanderte ein Stück weiter. Dort, neben der Szene im Freien, erschien Sophias Spiegelbild, von ihrer Nachttischlampe auf die Scheibe geworfen. Sie knöpfte ihre Bluse zu, sah mit nach vorn fallendem Haar zu Boden und lächelte in einer Art und Weise in sich hinein, die ihm das Herz übergehen ließ. Auf seinen Lippen hatte er noch die Erinnerung an ihre Brüste, in seinen Fingerspitzen die Erinnerung an ihr Erzittern, in seinen Ohren die Erinnerung an ihr letztes Aufstöhnen, ekstatisch und triumphierend.

Und jetzt blickte sie zu ihm auf und sagte leise: »Also, ich muß schon sagen, Mr. Storm, Sie haben mich ja in einen richtigen Taumel versetzt! Heute war es … ich bin noch gar nicht ganz da. Als ob mir der Boden unter den Füßen weggezogen worden wäre. Ich hoffe, du bist glücklich.«

Er lächelte leise. Vielleicht war er es tatsächlich. Glücklich. Vielleicht. Er hatte seine Filmkulisse, er hatte sein Mädchen, er hatte ein Gefühl in den Eiern wie von einem wärmenden Kaminfeuer. Nur eine unbedeutende Schwäche in seinem linken Arm, nur ein Anflug von Schmerz seitlich an seinem Kopf. Wer konnte es schon sagen? Vielleicht war das glücklich, glücklich genug. Vielleicht konnte man damit aus dem Hotel Leben auschecken und sagen, he, Süße, war 'ne schöne Zeit hier –

und dann die Gnade mitnehmen wie ein gestohlenes Handtuch. Wer wußte es schon? Vielleicht gab es sogar noch mehr als das, mehr Chancen, die es wert waren, ergriffen zu werden, irgendeine Operation, irgendeine experimentelle Methode, brutal wie eine mittelalterliche Folter, das was sie in Baltimore machten, mit einer Überlebenschance von einem Prozent – he, warum nicht auf dieses eine Prozent setzen? Wenn er die Gnade auf seiner Seite hatte …

Einen Moment lang schien es, als bilde sich vor seinen Augen ein grauer Dunst, als drohe die Schwäche in seinem Arm, sich in seinem ganzen Körper auszubreiten. Doch das Gefühl verging. Es verging, und gleichzeitig ging ihm das Herz über. Er wollte sich zu Sophia herumdrehen, wollte sich gerade umdrehen, sich vielleicht sogar mit Tränen in den Augen umdrehen, um ihr zu sagen, daß sie die ganze Welt für ihn bedeutete, daß sie der Geschmack der Welt war und daß er vergessen – eigentlich nie richtig gewußt – hatte, wie süß er war, wie unglaublich süß.

Er wollte sich gerade umdrehen und ihr das sagen, als er draußen etwas entdeckte, das seine Vorstellungskraft überstieg, das aller Wahrscheinlichkeit spottete.

Storms Hände erstarrten an seinem Hemdkragen. Seine Lippen öffneten sich, und er schaute – schaute durch das Glas wie durch einen zerrissenen Vorhang in eine plötzlich enthüllte, andere Welt.

Er sah – tat er das wirklich? Ja! – er sah eine Gestalt da draußen, eine menschliche Gestalt, in Nebel gehüllt, vom Mondlicht umrissen, rabenschwarz, so schwarz, daß sie weniger wie ein Lebewesen als wie eine Abwesenheit von Sein erschien. Sie war hoch aufgeschossen. Ihr Kopf wie im Gebet gesenkt. Ihr Profil entweder durch eine Kapuze oder wallendes Haar verdeckt. Und sie bewegte sich mit langsamer und majestätischer Würde zwischen den Grabsteinen des Friedhofs hindurch.

Storm stand mit offenem Mund da und preßte die Nase gegen das Glas. Sein Wohlbehagen war schlagartig verflogen. Statt dessen wurde ihm eiskalt, er fühlte sich seltsam benommen, wie gelähmt. Die Gestalt ist wirklich da, dachte er. Er sah sie tatsächlich. Jedenfalls sah er irgend etwas, ein geisterhaftes Etwas, das sich durch den Nebel bewegte, zielstrebig auf die Überreste der Kapellenwand zu.

Storm schaute stumm. Er war unfähig, sich zu bewegen oder zu sprechen – oder auch nur zu atmen –, er schaute und schaute, als sei er zu Stein erstarrt.

»Wahnsinn«, hauchte er.

»Was ist?« fragte Sophia hinter ihm.

Er antwortete ihr nicht. Eine Halluzination, dachte er. Es mußte eine Halluzination sein. Aber sie hielt weiter an. Und während er in die Nacht hinausstarrte, bewegte sich die stumme, kummervolle Phantasmagorie mit lebloser Anmut auf das Ende des Friedhofs zu, auf das, was von der Kapelle übrig war.

Und dort, neben der eingefallenen Mauer – vor der kleinen Gruft, vor der Storm selbst schon gestanden hatte – an dieser Stelle schien die pechschwarze Leere mit demselben gemessenen Schritt tiefer und immer tiefer in der harten Erde zu versinken, bis nur noch ihr Kopf über der Oberfläche blieb.

Und dann war auch er – alles, alles – verschwunden.

Storm blinzelte. Inzwischen war ihm so schwindlig, daß er fast ohnmächtig wurde. Er schwitzte kalten Schweiß. Eine Halluzination. Eindeutig. Das mußte es sein. Und jetzt schwappte der Nebel, den der Wind vor sich hertrieb, über die Ruine, brandete über den Mond. Binnen Sekunden schien sich der zerrissene Vorhang zu schließen. Dampfende, brodelnde Finsternis drückte gegen das Fenster.

Storm stieß ein heiseres Lachen hervor. »Nein. Nein!«

Aber Sekunde um Sekunde verstrich, und er stellte fest, daß er sich nicht bewegen konnte. Er konnte nur schauen – schauen und schauen –, in die undurchdringliche Nacht hinaus, so, als sei diese schwebende Gestalt immer noch sichtbar.

Doch dann riß ihn Sophia mit einem erstickten Schrei aus seiner Trance. »O Gott«, stieß sie hervor. »Oh, Richard – da ist es!«

»Hm?« fragte Storm mit belegter Stimme.

Er mußte sich von der Nacht losreißen, um sich ihr zuzuwenden. Und als er sie sah, noch bevor sie wieder zu sprechen begann, standen ihm die Haare in seinem Nacken zu Berge.

Sophia war aus dem Bett gestiegen. Sie befand sich jetzt neben ihm, eine Hand nach einem der Pfosten ausgestreckt. Ihr Gesicht war ausdruckslos, ihre Züge kalt, aber in ihren Augen lag ein verängstigter, fast flehender Blick.

Und sie sagte: »Horch. Hörst du es? Es ist genau das gleiche. Es ist genau das gleiche!« Sie wandte sich ihm zu. »Oh, Richard. Hörst du es? Was ist das?«

Storm lachte unsicher, während sie beschwörend auf ihn einredete. Er hatte schon Leute erzählen hören, sie hätten ein Gefühl gehabt, als träumten sie, aber er selbst hatte diese Erfahrung bisher noch nie gemacht. Jetzt machte er sie. Im Kopf völlig durcheinander, wacklig auf den Beinen, hatte er den beängstigenden Eindruck, daß sein Leben nicht real war.

Und ja, er hörte es. Er hörte es auch. In den Wänden, in den Deckenbalken, oben und unten, rings um ihn herum.

Tick-tick. Tick-tick.

Verwirrt schüttelte er den Kopf. »Also, das ist es, was du mir nie erzählt hast«, sagte er dumpf – seine Stimme hörte sich an wie vom anderen Ende eines Tunnels. »Das ist es, was in deiner Geschichte gefehlt hat. Du hast mir nie erzählt, was das Geräusch gemacht hat.«

Sophia schien ihn nicht zu hören. »Es ist genau das gleiche«, wiederholte sie.

Tick-tick. Tick-tick.

Storm machte einen zögernden Schritt auf sie zu. Vielleicht ist das der Moment, dachte er. Vielleicht starb er gerade, jetzt, in diesem Augenblick. Vielleicht driftete er gerade aus der realen Welt in seine eigenen Phantasien hinüber. Vielleicht war es so, wenn man starb: Vielleicht blieben nur die Träume.

»Was war es, Sophia?« fragte er mit gepreßter Stimme. »In der Nacht, in der du deinen Vater mit deiner Mutter hast kämpfen sehen – das Blut – was hat dieses Geräusch gemacht?«

Sophia machte eine knappe Geste des Leugnens, der Abwehr. Die Angst in ihren Augen wurde zu Panik.

»Wo ist Daddy?« stieß sie hervor. »Wo ist er? Ihm wird doch nichts zugestoßen sein?«

An einer Seite von Storms Kopf zuckte ein stechender Schmerz hoch, und zwischen seinen Zähnen entwich ein Laut. Er preßte die Handkanten an die Stirn. Er erinnerte sich an dieses Gefühl der Entfremdung, das er draußen bei der Ruine gehabt hatte, und er dachte: nicht jetzt. Auf keinen Fall durfte er der Krankheit jetzt unterliegen. Er mußte durchhalten, mit purer Willenskraft. Er mußte bei ihr bleiben.

Tick-tick. Tick-tick.

»Ich gehe ihn suchen.« Er hatte das Gefühl, als müsse er schreien, um das ruhige, rhythmische Klopfen zu übertönen. Ihm war schwindlig. Er spürte, wie ihm am ganzen Körper der kalte Schweiß ausbrach. »Mach dir keine Sorgen. Ich gehe ihn suchen.«

Forscher, als er sich fühlte, stapfte er auf die Tür zu. Riß sie auf. Es schien, als bekäme er von dieser plötzlichen Aktion wieder einen klaren Kopf. Dann stand er dem Dunkel im Gang gegenüber. Horchte. Wartete, daß das Geräusch abermals ertönte.

Sophia eilte ihm nach, nahm ihn am Arm. »Ist da draußen jemand?«

Er sah sie an und sagte, inzwischen fester: »Nein, nein, schon gut.«

Gemeinsam traten sie auf den Korridor hinaus.

Das Geräusch schien verstummt zu sein. Im Flur war es still. Das ganze Haus um sie herum war still. Unter den durchdringenden Blicken der Porträts tastete sich Storm an der Wand entlang durch das Dunkel. Er fuhr mit der Hand über die Wandvertäfelung, fand den Lichtschalter, knipste ihn an. Eine Reihe von Lampen flammten auf und warfen modriges Licht auf den langen Flur. Sophia blieb ganz dicht bei ihm, klammerte sich an seinen Arm, das Gesicht weit vorgereckt, einen solchen Ausdruck äußerster Spannung auf ihren Zügen, daß er fast lachen mußte. Das düstere alte Haus, dachte er, und das rätselhafte Geräusch und der unerschrokkene Held und das verängstigte Mädchen: So eine Szene hätte er bei den Studios nie durchbekommen. Sie hätten sie zu klischeehaft gefunden.

»Ich glaube, es hat aufgehört«, murmelte Sophia hoffnungsvoll.

»Was war es?« fragte er in dem gleichen gedämpften Ton.

Sie drückte sich noch fester an ihn. »Keine Ahnung.«

»Ich meine, damals, in jener Nacht, als du es das

letzte Mal gehört hast. Was hat dieses Geräusch gemacht?«

Sie schüttelte wütend den Kopf. »Ich weiß es nicht, keine Ahnung.«

Fest aneinandergeklammert gingen sie langsam auf die Treppe zu. Storm, der jede Ecke, jede dunkle Stelle scharf im Auge behielt, fing die Blicke der Porträts auf, die ihn im Vorübergehen beobachteten. Er überlegte, ob er nach Sir Michael rufen sollte. Doch das Haus, die ganze Atmosphäre erschienen ihm plötzlich wie eine einzige Drohung. Er scheute sich, seine Stimme zu erheben, das Unheil auf sich zu lenken. Lautlos schlichen sie weiter auf die Treppe zu.

Per Schalter konnten sie von dort aus den Lüster in der Eingangshalle anmachen. Der untere Teil der Treppe wurde in helles Licht getaucht. Die Standuhr im Flur imitierte das Ticken, das sie gehört hatten; aber das war alles. Sonst war es vollkommen still. Storms Schwächeanfall, das Gefühl, dies alles sei nicht wirklich, verflog jetzt. Er schwitzte zwar immer noch, ihm war immer noch leicht schwindlig, und er fühlte sich immer noch benommen und benebelt. Aber es wurde langsam besser. Sein Tritt auf den Stufen war fest, rasch. Und er zog Sophia mit sich.

Sie erreichten den Fuß der Treppe. Standen im Licht des Lüsters. Die Garderobe, der Schirmständer und der goldene Spiegel um sie herum vertraut und gediegen. Direkt vor ihnen war die Eingangstür, und seitlich davon gingen die dunklen alten Holztüren in die Flure ab, die jetzt beide geschlossen waren.

Storm wußte nicht, in welche Richtung er sich wenden sollte. Und Sophia war stehengeblieben und rührte sich nicht mehr vom Fleck. Und dann sagte sie leise: »Oh ...«

Und Storm hörte, daß es wieder losging.

Tick-tick. Tick-tick.

Es schien das ganze Haus in Schwingung zu versetzen, so daß Storm nicht feststellen konnte, woher es kam.

Tick-tick. Tick-tick.

»Wohin?« fragte er. Seine Stimme war immer noch schleppend und dumpf. »In welche Richtung sollen wir?«

Sophia sagte nichts, und er wandte sich instinktiv nach rechts, in Richtung der verfallenen Abtei. Doch sie hielt ihn zurück.

»Laß uns ... nach oben gehen«, sagte sie. »Laß uns ... ich finde, wir sollten einfach ...«

Tick-tick. Tick-tick.

Das Geräusch jagte einen Energiestoß durch Storms Adern – ob es Angst oder Erregung war, konnte er nicht sagen. Aber er gab ihm Kraft. Er wollte wieder losgehen. Doch Sophia sperrte sich.

»Ich finde ...«, stammelte sie. »Ich finde, wir sollten bloß ...«

»Psst.«

Storm löste seinen Arm aus ihrem Griff. Er ging auf die Holztür zu und öffnete sie. Knipste das Licht an.

Er blickte den verlassenen Flur hinunter. Der staubige Läufer im gelben Lampenschein. Die Stühle und Tische an den Wänden. Die Türen, alle geschlossen. Und am Ende der Wandteppich mit dem mehrköpfigen Drachen.

Tick-tick.

Es war jetzt lauter. Deutlich, beharrlich, energisch.

Er trat über die Schwelle.

»Richard ...« Sophia eilte ihm nach, packte ihn wieder am Arm.

»In diese Richtung bist du doch gegangen, oder nicht?« fragte er.

Sie nickte. Ihr Gesicht war blaß, und in ihren hellbraunen Augen waren die tanzenden Funken der Panik deutlich zu erkennen.

Gemeinsam gingen sie den Gang hinunter auf das Geräusch zu.

»Was war es?« fragte er. Er spürte, wie ihm der Schweiß über die Schläfen troff, aber sein Verstand wurde von Sekunde zu Sekunde klarer. Sein Kreislauf kam in Fahrt. »Was war es?«

Sie antwortete nicht. Er konnte sie rasch atmen hören. Konnte spüren, wie ihre Handfläche an seinem Ärmel feucht wurde.

Tick-tick.

»Mein Gott!« hauchte Storm. Er suchte. Sah über den Läufer, über die Wände, über eine geschlossene Tür nach der anderen. Noch ein finster dreinblickendes Porträt, noch ein verfallener römischer Tempel im Nebel. »Wohin bist du gegangen?« flüsterte er. »Zur letzten Tür, oder nicht? Zum Arbeitszimmer deines Vaters?«

»Ich weiß es nicht.«

»So? Wirklich nicht?«

»Richard ...«

Tick-tick. Tick-tick.

Als das Geräusch diesmal ertönte, gab sie einen Laut von sich, als sei sie von ihm getroffen, von ihm durchbohrt worden.

Sie näherten sich dem Ende des Gangs, und der mehrköpfige Drache baute sich vor ihnen auf, all seine Mäuler aufgerissen, all seine Zähne gebleckt.

Storm versuchte nachzudenken. »Sie haben miteinander gekämpft, oder nicht? Und deine Mutter lag auf dem Boden. Und sie waren voller Blut, und dann stand dein Vater auf und hatte ein Messer oder etwas Ähnliches in der Hand.«

»Hör auf, Richard. Hör auf!«

»Und was hat dieses Geräusch gemacht, Sophia?«

Sie antwortete nicht. Erst nach einer Weile sagte sie mit einer Stimme, so leise, daß sie kaum zu hören war: »Da war noch etwas.«

»Was? Was war es?«

Tick-tick. Tick-tick.

Ihre Hand an seinem Arm zuckte heftig, als das Geräusch wieder ertönte. Auch er spürte es, ein doppelter Adrenalinstoß. Die letzte Tür kam immer näher. Storm zog Sophia fast hinter sich her. Hob seine freie Hand, griff nach der Türklinke.

»Es stand in der Mitte des Raums«, stieß sie hervor.

»Ganz richtig. Das hast du mir bereits gesagt. Was war es?«

»Es war ein Abstellraum. Es war nur altes Gerümpel darin.«

»Was war in der Mitte des Raums?«

Er streckte die Hand nach der Tür von Sir Michaels Arbeitszimmer aus.

Tick-tick.

»Hör auf«, sagte Sophia.

Sie riß sich gewaltsam von ihm los. Er drehte sich verdutzt um und sah, wie sie sich gegen die Wand drückte. Zwischen einem Gemälde und dem Wandteppich, mit dem Drachen auf der einen und einem verblichenen Arkadien auf der anderen Seite. Ihre Augen zuckten hierhin und dahin, als suchten sie nach einem Ausweg. Und sie stieß hastig hervor:

»Laß uns zurückgehen. Es war nichts. Sie haben gekämpft. Um das Messer. Oder was es eben war. Ich will weg hier.« Und dann platzte sie heraus: »Es war eine Wiege. Bist du jetzt zufrieden? In der Mitte des Raums stand eine Wiege. Ich möchte gehen.«

Er sah sie verständnislos an. »Eine Wiege?«

»Ja, eine leere Wiege. Die auf einer Diele hin und her schaukelte. Weil sie miteinander kämpften. Sie schaukelte die ganze Zeit hin und her. Tick-tick.«

Tick-tick.

Das Geräusch lenkte Storms Aufmerksamkeit von ihr ab. Er blickte nach oben, nach unten, überallhin, suchte nach seiner Quelle. Und dann wandte er sich wieder Sophia zu, die sich mit Tränen in den Augen an die Wand preßte.

»Sie haben um das Messer *gekämpft*?« fragte er. »Willst du damit sagen, *sie* hatte es? Deine Mutter hatte es? Und dein Vater hat es ihr weggenommen?«

Sophias Mundwinkel gingen nach unten, und sie brach in Tränen aus. »Sie hat auf sich selbst eingestochen, Richard. Sie war voller Blut. Das ganze Blut kam zwischen ihren Beinen hervor. Und sie stach immer weiter auf diese Stelle ein …«

»O Gott!«

»Sie stach immer wieder auf sich ein. Und das Blut strömte immer weiter aus ihr hervor. Und sie machte immer weiter, stieß dieses Ding immer wieder in sich hinein. Und die Wiege schaukelte weiter hin und her, und sie war leer, sie war leer, weil sie immer weitermachte … O Gott, mir wird schon wieder übel.«

»Nein, wird dir nicht. Nein, es wird dir nicht übel, denn dafür gibt es überhaupt keinen Grund.«

Er ging auf sie zu. Zog sie von der Tapete fort. Schlang seinen Arm um sie. Drückte ihr Gesicht an seine Schulter.

»Das ist vorbei«, flüsterte er und zog sie zur Tür des Arbeitszimmers ihres Vaters. Streckte erneut die Hand nach der Klinke aus. »Das hier ist etwas anderes. Aber diese alte Geschichte ist jetzt vorbei.«

»Sie hat sich selbst verletzt, Richard. Sie hat sich selbst so schwer verletzt!«

»Ich weiß. Aber das ist jetzt vorbei. Die Vergangenheit ist Vergangenheit. Schau.«

Tick-tick.

Er öffnete die Tür.

Sophia schrie auf.

25

Im Licht der Schreibtischlampe sahen sie Sir Michael mit dem Gesicht nach unten in einer Blutlache auf dem Boden liegen. Er hatte ein Seil ums Handgelenk, aber es lag lose da und war rot gefleckt, so, als habe er sich daraus befreit. Hinter ihm zog sich eine rote Spur über den Boden, als sei er zur Tür gekrochen.

Sophia klammerte sich so fest an Storms Arm, daß er sich gewaltsam von ihr losreißen mußte. Dann kniete er neben dem Mann nieder, unter den stieren Blicken der Mahagoniwidderköpfe, die in den mächtigen Schreibtisch geschnitzt waren. Er spürte, wie das Blut warm durch die Knie seiner Hose drang, sah, wie Sir Michaels Rücken von einem flachen Atemzug auf und nieder ging.

Und noch während Storm ihn ansah, hob Sir Michael bereits den Kopf. Und Sophia schrie wieder auf.

Das Gesicht des alten Mannes war das eines Toten, die Haut grau und dünn wie Pergament. Eine Seite war eine einzige blutige Masse. Und seine Augen quollen ihnen rund und weiß entgegen.

Seine Stimme krächzte matt: »Bringen Sie sie in Sicherheit. Sie sind im Haus.«

Tick-tick. Tick-tick.

Doch inzwischen war Storm nur noch ein Bündel geballter Energie, so heißgelaufen war sein Körper, daß er wie von einem elektrischen Fieber befallen schien. Er überlegte nicht mehr, er war nur noch pure Aktion. Er richtete sich wieder auf, ließ den Blick rasch über die Bücherregale an den Wänden gleiten, über den blutverschmierten Sessel, über die blutbefleckte Schreibunterlage. Über die leere Schatulle, das silberne Feuerzeug, die verstreuten Zigarren. Und ohne Worte, ohne nachzudenken, wurde ihm plötzlich alles klar. Einer nach dem anderen gingen ihm die einzelnen Zusammenhänge auf. Die Gruft draußen bei der Ruine, die Eisentür in das Dunkel hinab, zu einem Gang, der unter der Erde zum Haus führte. Das Phantom, das im Nebel darin verschwunden war ...

Sophia kniete sich neben ihren Vater. Sie hatte ein Polster von einem Stuhl gezogen und schob es unter seinen Kopf, um sein Gesicht aus dem Blut zu heben.

»Schließ die Tür ab«, stieß Storm hervor. »Ruf die Polizei.«

Er nahm das Silberfeuerzeug vom Schreibtisch.

»Richard?« Sophia sah fragend zu ihm auf.

»Ruf einen Krankenwagen!«

Aber er war bereits aus dem Zimmer, draußen auf dem Flur, brennend vor Erregung.

Er stürzte auf den Wandteppich zu, blieb vor dem hydraköpfigen Drachen stehen.

Tick-tick.

»Yeah!«

Storm spürte das grobe Material des Wandbehangs in seiner Hand. Er riß ihn nach unten. Der Drache fiel in sich zusammen. Der Wandteppich flatterte zu Boden. Dahinter kam eine vertäfelte Wand zum Vorschein. Storm hieb mit dem Handrücken dagegen.

Es machte *klick!*, und mit einem winselnden Quietschen schwang ihm die Wand auf einer verborgenen Angel entgegen. Dahinter lag tiefes Dunkel.

Fast hätte Storm laut losgelacht. *Unglaublich!* dachte er grimmig. *Ein Wandteppich, eine Geheimtür, ein Haus, in dem es spukt! England! Was für ein Land!*

»Richard, das Telefon ...!« rief Sophia hinter ihm her.

Doch ohne auf sie zu hören, stürmte Storm bereits in das Dunkel.

26

Tick-tick. Tick-tick.

Das Feuerzeug leuchtete auf, die Flamme stieg hoch. Rings um ihn sprangen schwarze Schatten empor. Schwarze Gestalten hüpften, hopsten, tanzten im flatternden Licht. Die kleine verborgene Kammer war vollgestellt mit alten Möbeln und Gerümpel. Hastig wandte sich Storm in alle Richtungen, während die Flamme bald diesen, bald jenen Gegenstand zum Leben zu erwecken schien. Aus einer Ecke starrten ihn der Stoffkopf eines Pferdes, die Glasaugen eines Teddybärs an.

Er tastete sich über die blanken Bodenbretter voran. Spürte, wie sie unter seinem Gewicht nachgaben und sich bogen. Vor ihm, in der Mitte des Raums, stand ein einzelner sperriger Gegenstand. Um besser sehen zu können, hielt er das Feuerzeug hoch, aber das Metallgehäuse wurde so heiß, daß er sich den Daumen daran verbrannte. Er betrachtete die alte, hölzerne Wiege nur einen Augenblick lang, dann ließ er den Deckel des Feuerzeugs zuschnappen. Die Flamme erlosch.

Als er in der Dunkelheit mit dem Schienbein gegen

die Wiege stieß, setzte sich diese in Bewegung. Und der Boden darunter knarrte.

Tick-tick.

Und dann kam von irgendwo in den Wänden eine Antwort:

Tick-tick. Tick-tick.

Storm war inzwischen abermals der Schweiß ausgebrochen. Das Fieber der Erregung und die hektische Benebelung in seinem Kopf waren zu einem einzigen Chaos geworden. Er wußte kaum mehr, was er tat oder was er dachte, aber er schob die Wiege mit einem Bein beiseite und kniete wankend nieder.

Dann klappte er den Deckel des Feuerzeugs auf, drehte wieder am Rädchen, entzündete die Flamme. Jetzt sah er, daß die Wiege nicht auf einem losen Bodenbrett gestanden hatte, sondern auf einer Falltür. Auf einer quadratischen Luke mit einem Eisenring. *Wahnsinn!* dachte er. *Einfach klasse!* Er packte den Ring und zog daran. Unter der Luke kam eine schmale Holztreppe zum Vorschein, die in undurchdringliches Dunkel hinabführte.

Tick-tick. Tick-tick.

Jetzt endlich – als würde es aus den Balken des Hauses, aus der Luft ringsum, aus seinem Hirn gezogen – konzentrierte sich das Geräusch in einem einzigen Punkt, in einer einzigen Quelle. Im steten, gemessenen Tempo eines Trauermarsches stieg es aus dem Dunkel am Fuß der Treppe empor.

Tick-tick.

Storm begann zu ihm hinabzusteigen.

»Richard! Richard!«

Irgendwo über sich hörte er Sophias Stimme. Sie kam ihm gedämpft vor, weit, weit weg.

Tiefer, immer tiefer stieg er die Treppe hinab. Und

bei jedem vorsichtigen Schritt knarzten die feuchten Holzdielen unter seinen Sohlen, während sich die Schreie über ihm zu einem panischen Kreischen hochschraubten.

»Richard, sei vorsichtig! Komm zurück!«

Sein Fuß berührte die unterste Stufe, dann harten Boden. Er spürte, wie sich feuchte Zugluft um seine Beine schlang. Die Flamme des Feuerzeugs wurde größer, und in ihrem heller werdenden Schein sah er einen langen Steingang mit Gewölbedecke vor sich. Sein Herz schlug inzwischen wild, und in seinem Kopf herrschte wieder dieser seltsame Druck, von dem ihm schwindlig und übel wurde. Er war sich nicht einmal mehr sicher, ob das alles tatsächlich passierte.

Aber er tastete sich langsam weiter.

Tick-tick. Tick-tick.

Noch einmal verbrannte er sich am Metallgehäuse des Feuerzeugs den Daumen. Noch einmal klappte er den Deckel über die Flamme, machte sie aus. Aber seine Sohlen schoben sich weiter über den Steinboden, bewegten sich den unterirdischen Gang entlang, weiter und immer weiter.

Storm hielt das Feuerzeug hoch. Klappte den Deckel auf. Drehte am Rädchen. Sein eigener Schatten hüpfte in bizarren Formen über die Wände.

Und dann sah er, wie sich der Gang vor ihm weitete. Eine Gabelung. Er war an eine Gabelung gelangt. Ein Gang führte geradeaus weiter, ein zweiter nach links, einer nach rechts ab. Storm betrat den Bereich zwischen den drei Gängen.

Schwer atmend, benommen, hob er das Feuerzeug. Der Schein der Flamme legte sich über die Bögen, über die Gewölbe, über den ganzen Raum. Storms Blick fiel sofort auf ein weißes Häufchen aus Splittern und Staub, das sich am Sockel einer Wand gebildet hatte. Blitzartig wurde ihm klar, daß es sich um Absplitterungen eines der Steine darüber handelte.

Er blinzelte den Schweiß in seinen Augen und den Nebel in seinem Kopf beiseite und hob den Kopf. Und sah die Stelle. Einer der Steine in der Wand war mit einem Meißel bearbeitet worden. Der Mörtel, der ihn hielt, war herausgekratzt. Die Kanten des Steins selbst waren abgeschlagen und kreidig.

Ohne lange nachzudenken, ging Storm darauf zu. Mit einer Hand hielt er das Feuerzeug hoch, mit der anderen faßte er nach dem Stein. Er packte ihn, zog daran. Der Stein saß ganz locker, wackelte, kullerte heraus. Entglitt ihm und fiel mit einem lauten Krachen auf den Boden.

Storm wußte kaum, wie ihm geschah, wußte kaum, ob er wachte oder träumte. Er hielt das Feuerzeug in die Öffnung. Ihm war, als erzitterten die Wände rings um ihn, als erbebte das ganze Haus über ihm bis in seine Grundfesten.

Denn dort, in der Nische, die durch das Entfernen des Steins zum Vorschein gekommen war, dort – in eine durchsichtige Plastikfolie gehüllt, die so dick mit Staub bedeckt war, daß das Gesicht darunter transparent, weit weg, gespenstisch wirkte – dort befand sich der Körper eines Säuglings.

Reinharts großartige *Geburt Christi.*

Fasziniert sah Storm das Bild an. Das Feuerzeug verbrannte ihm den Daumen, die freie Hand hatte er an seine heiße Stirn gehoben.

Und dann packten sie ihn.

27

»Sieh an, Mr. Storm. Wie schön, daß Sie doch noch gekommen sind. Ich habe Sir Michael oben zurückgelassen, damit er Ihnen den Weg zeigt. Sie kommen gerade rechtzeitig, um Zeuge meiner endgültigen Apotheose zu werden.«

Das Feuerzeug war Storm aus der Hand gefallen und ausgegangen. Einen Moment lang war das Dunkel vollkommen. Aber Storm hörte die Stimme, hörte die Worte, diese halbvertrauten, halberinnerten Worte. Er fühlte sich, als versänke er von der Oberfläche des Realen in einen Strudel seiner eigenen Phantasien.

Und doch konnte er nicht wirklich versinken. Seine Arme wurden mit solcher Kraft festgehalten, und die Gestalt, die über ihm aufragte, war so riesig, als seien die Mauern ringsum zum Leben erwacht, um ihn gefangenzunehmen. Etwas, das sich wie der Lauf einer Pistole anfühlte, wurde gegen seine Schläfe gedrückt. Es tat weh. Und dann durchbohrte eine Flamme seine Augen und stieß eine blendende Ahlenspitze aus Schmerz durch seine Stirn.

Er sah von der Flamme weg, blickte auf. Sah irgendwo über sich das Gesicht von Frankensteins Monster. Klar, warum auch nicht? Als nächstes würde er sich wahrscheinlich mit Dracula und dem Wolfsmenschen herumschlagen müssen. Vielleicht war es einer der beiden, der ihm den Revolver an seine Kotelette drückte. Nein – Storm blickte zur Seite. Es war ein kleiner, dicker Kerl mit einer gebrochenen Nase – eine Erinnerung an Bernard, der sie ihm bei der Prügelei vor dem Sign of the Crane zertrümmert hatte.

Storms Kopf fiel wieder nach vorn, auf die helle Flamme zu. Die Flamme bewegte sich ein wenig zur

Seite, so daß er besser sehen konnte. Er entdeckte einen Mann vor sich, der Sir Michaels Feuerzeug hielt. Es war der Mann, den er bei der Auktion gesehen hatte. Groß, in einem weißen Anzug, mit grünen Handschuhen. Sein langes pechschwarzes Haar umrahmte grausame Gesichtszüge, über denen ein amüsiertes Grinsen lag. Und seine Augen – die Art, wie ihr Blick tiefer und dunkler wurde – schlugen Storm so in seinen Bann, daß er sich noch schlechter, noch schwächer, noch benebelter fühlte. Undurchdringliche Augen, aber in ihrer Schwärze sehr enthüllend: Fenster zu einer höllischen Seele. Und Storm dachte: Iago.

»Armer Storm«, sagte der Mann. »Wie konnten Sie nur jemals auf den Gedanken kommen, mich besiegen zu können?«

Storm schüttelte matt den Kopf. Die Worte kamen ihm so bekannt vor. »Was?« sagte er. »Was haben Sie ...?«

Iago lachte. Ein wunderbar angsteinflößendes Lachen. Besser als das von Nicholson in *Höllenfeuer*. Woran lag es, daß die Bösen immer so gut gelaunt wirkten?

»Wissen Sie denn nicht mehr, wer ich bin?« fragte Iago. »Das sollten Sie aber. Sie haben mich geschaffen, Mann. Ich ...« Er verschlang Storm fast mit seinen Augen. *»Ich bin Jacobus.«*

Storm nickte schwach. Jetzt verstand er. Er erinnerte sich.

Diese Worte – es waren seine eigenen Worte. Aus dem Drehbuch von *Das Gespenst*. Er verzog das Gesicht, versuchte zurückzuweichen. Versuchte sich gegen die Verführung von Iagos Blick zu wehren. »Klar, Mann«, sagte er heiser. »Jeder möchte mal in einem Film sein.«

Iago lachte wieder. Er bewegte jetzt das Feuerzeug. Hielt es an die schwarze Kerze in seiner anderen Hand.

Zündete den Docht an. Klappte das Feuerzug zu. Betrachtete in aller Ruhe die Kerze. »Wissen Sie«, sagte er. »Ich finde das einfach großartig. Wirklich. Daß wir zwei uns hier treffen.«

Storm versuchte, sich den Schweiß aus den Augen zu blinzeln, um finster in dieses scharf geschnittene, grinsende Gesicht starren zu können. Er versuchte, seine Arme frei zu bekommen. Doch das Monster, das ihn festhielt, riß ihn zurück und packte ihn noch unerbittlicher. Der Revolverlauf preßte sich noch fester gegen seinen schmerzenden Kopf. Er stöhnte vor Schmerzen.

Iago lächelte. Er entfernte sich, und mit ihm wich auch das Kerzenlicht in das Dunkel des Tunnels zurück. Iago ging anmutig in die Knie und hob etwas auf, das an der Wand lehnte.

Das Tafelbild. Die *Geburt Christi.* Er trug es ein Stück weiter, an der Wand des Gangs entlang, der sich Storm gegenüber befand.

Dort stellte er das Bild ab. Er trat zurück und hielt die Kerze hoch. Storm drehte den Kopf, um in den dahinkriechenden Lichtschein zu blicken.

Und er erblickte das Reinhart-Triptychon, endlich vollständig.

Die einzelnen Bilder lehnten an der Wand, auf mehreren Bögen braunem Packpapier. *Die drei Weisen* links von Storm, die *Madonna* rechts von ihm. Die *Geburt Christi* – das wunderschöne Jesuskind – stand in der Mitte. Die Bilder waren nicht durch Rahmen getrennt. Sie vereinten sich zu einem nahtlos ineinander übergehenden Ganzen.

Lächelnd ließ Iago den Schein der Kerzenflamme darüber hinwegstreifen.

»Übrigens habe ich meinen Freunden gesagt, Sie in Ruhe zu lassen«, murmelte er. Er blickte zu Storm auf.

»Das habe ich ihnen gesagt, wirklich. Dafür hatte ich natürlich meine Gründe, aber ich bin auch ein großer Fan von Ihnen. Ich habe ihnen extra eingeschärft, mucksmäuschenstill zu sein, um Sie nur ja nicht zu stören.« Er nickte nachdenklich, wie zu sich selbst. »Sir Michael hat uns das Versteck des Bildes für das Leben seiner Tochter verraten«, fuhr er fort. »Diese Gentlemen hier haben ihn mit dem denkbar größten Feingefühl erstochen. Und sind dann auf Zehenspitzen davongeschlichen, um sich hier mit mir zu treffen. Sehen Sie? Und das alles nur, um Sie da rauszuhalten, Mr. Storm. Weil ich Ihnen, wenn es sich irgendwie hätte vermeiden lassen, nichts antun wollte. Ehrlich. Und doch – und doch, schon die ganze Zeit«, fuhr er in demselben verträumten Ton fort, »und doch konnte ich mich schon die ganze Zeit des Verdachts nicht erwehren, daß das in Wirklichkeit unser Schicksal ist. In dem Moment, in dem ich das Geräusch der Hacke auf dem Stein hörte, dachte ich: ›Es wird sich fortpflanzen. Es wird sich durch die Mauern des Hauses fortpflanzen, und er wird gar nicht anders können, als zu kommen.‹ Tick-tick, tick-tick. Ist das nicht erstaunlich? Schicksal. Unser Schicksal.«

Er blickte wieder auf das Triptychon hinab. Liebevoll, fand Storm. Er führte die Kerze über dem Bild hin und her.

Die Gemälde zogen auch Storms Blick auf sich. Auch er sah auf die einzelnen Tafelbilder, von den *Drei Weisen* zur *Geburt Christi* zur *Madonna*. Und allmählich – bildete er sich ein –, ganz allmählich sah er etwas in den Gemälden, das beinahe den Eindruck erweckte, als – ja, was? – als erwache es zum Leben. Als verändere es sich. Als verwandle es sich, während er es betrachtete. Es mußte eine Sinnestäuschung sein, aber es sah tatsächlich so aus, als transformierten sich die einzelnen Szenen an den Stellen, an denen die Teile des Triptychons aneinander stießen. Nicht die Bilder selbst, aber die Pinselstriche schienen zu einer Art Rune, einer Art mystischen Schrift zusammenzukommen, die senkrecht entlang der Anschlußstellen verlief.

Storms Lippen öffneten sich. »Mein Gott«, hauchte er. »Mein Gott, es ist wirklich da.«

Iago schmunzelte zufrieden. »Schicksal«, sagte er noch einmal. »Herrlich.«

Gemächlich schlenderte er von den Tafelbildern fort, zurück zu Storm. Während dieser vom Triptychon zu Iagos Gesicht aufblickte, spürte er, wie ihm die Angst aus dem Bauch in die Kehle stieg. Iago kam näher.

»Das alles ist wirklich fast zu schön, um wahr zu sein«, sagte Iago. »Denn im Endeffekt haben Sie mich tatsächlich geschaffen. Oder zumindest noch einmal geschaffen. Verstehen Sie? Ich hatte die Orientierung verloren und steckte in einer tiefen Identitätskrise, doch dann sah ich Ihren Film und wurde wieder der, der ich sein sollte. Sie sind derjenige, der mich, wie man so schön sagt, zu dem gemacht hat, was ich bin. Was Sie jetzt vor sich sehen, Mr. Storm, ist ein Produkt Ihrer eigenen Phantasie. Und das ist einfach schön. Und zugleich – welche Ironie! Welch subtile Mischung aus Tragik und Burleske! Denn jetzt wissen Sie es, jetzt haben Sie mich hier unten und Sir Michael da oben gesehen und auch alles andere – Sie haben das Triptychon gesehen und was es damit auf sich hat. Und deshalb, wirklich, deshalb muß ich Sie jetzt töten. Sie erfinden mich also – und ich ermorde Sie –, und das ist einfach zu schön, oder?«

Lächelnd hob Iago die Kerze hoch und baute sich direkt vor Storm auf. Der starrte ihn an und dachte an

Sophia. Fragte sich, ob dieses Schwein sie in Frieden lassen oder auch ihr etwas antun würde. Hatte sie bei der Polizei angerufen? Waren sie schon unterwegs? Hatte sie das Haus verlassen? Aus Angst, diesen Irren an ihre Anwesenheit oben im Haus zu erinnern, wagte er nicht einmal, für sie zu bitten.

Jetzt nahm Iago die Kerze in die linke Hand. Die Flamme huschte über die Steinwände, streifte mit ihrem Schein die Gemälde, die auf dem Packpapier an der Wand lehnten.

Mit der freien rechten Hand faßte Iago an seinen Gürtel und zog einen gefährlich aussehenden Dolch heraus. Eine gekrümmte Klinge, ein juwelenbesetzter goldener Griff.

»Es ist zwar nicht gerade das Schwert der Serizzim«, bemerkte er grinsend. »Aber es ist das beste, was sich bequem einstecken ließ. Und es wird vollkommen ausreichen.«

Die Kerzenflamme schien auf die Klinge, und Storm konnte den Blick nicht von ihr losreißen. Das Monster zerrte ihn wieder nach hinten. Der dicke Kleine mit dem Revolver packte ihn an den Haaren und zog seinen Kopf zurück.

Storm riß den Mund auf, schnappte nach Luft. Iago packte den Dolch so, daß er damit nach unten stechen konnte, und senkte langsam die Klinge, bis ihre Spitze nur noch einen Zentimeter über Storms rechtem Auge schwebte. Die lodernde Klinge füllte Storms ganzes Blickfeld aus. Seine Kehle fühlte sich an, als sei sie voll Staub.

»Danke, Mr. Storm, daß Sie einen Hauch von Kinozauber in mein stumpfsinniges Leben gebracht haben«, sagte Iago. »Doch was Sie heute abend gesehen haben, ist nur für die bestimmt, die Augen haben zu sehen.«

Und mit einer raschen Bewegung hob er den Dolch über seinen Kopf und stieß ihn in Richard Storms Augapfel.

Oder zumindest hätte er es getan – wenn die Klinge nicht statt dessen auf Stahl geprallt wäre.

Harper Albright, die durch den unterirdischen Gang auf sie zugestürzt war, hatte ihren Degen gezogen. Seine Klinge pfiff durch die Luft, als sie ihn noch im Laufen mit einer schwungvollen Rückhandbewegung hochriß. Mit einem einzigen, echolosen Klirren traf er die kürzere Klinge genau in der Mitte ihrer Bahn. Dann wurde Iago der Dolch aus der Hand gerissen, während der Schein der Kerze wild über sie, über die Wände, über die erschrockenen Gesichter zuckte.

Und das einzige, was Storm noch denken konnte, war: *Gott sei Dank habe ich in diesen Film einen Helden hineingeschrieben.*

Und dann war keine Zeit mehr, um irgend etwas zu denken. Er spürte, wie der Riese von ihm fortgerissen wurde. Er fiel vornüber und sah den Lauf des Revolvers, als der kleine Dicke herumwirbelte, um auf Harper zu zielen. Storm stürzte sich auf die Waffe, packte den Kerl mit beiden Händen am Handgelenk, riß seinen Arm nach oben. Es gab eine Stichflamme, ein ohrenbetäubendes Krachen, das Pfeifen eines Querschlägers, da sich ein Schuß aus der Waffe löste.

Ringsum ertönten jetzt Flüche und Schläge und kehlige Schreie. Storm hielt die Hand mit dem Revolver weiterhin hoch über seinen Kopf und warf sich mit dem ganzen Gewicht seines kräftigen Körpers gegen den Dicken, drückte ihn gegen die Wand. Der Mann versuchte seine freie Faust hochzubringen, schaffte es aber nicht, gab sich Mühe, Storm das Knie in den Unterleib zu rammen, hatte aber keinen Platz. Umgekehrt versuchte Storm, ihm den Revolver zu entwinden. Das wilde Gerangel brachte beide aus dem Gleichgewicht, so daß sie zusammen hinfielen und sich, einer über dem anderen, auf dem Boden wälzten.

Das Geschrei um sie herum ging weiter. Storm spürte, wie er einen Schlag in die Rippen bekam, hielt aber unvermindert das Handgelenk des Dicken fest, den Revolverlauf nach oben gerichtet. Er sah die Waffe plötzlich vor einem aufsteigenden Lichtschein, dann vor einer abrupt aufleuchtenden Wand aus Licht. Ein sengender Wind fuhr über sein Gesicht. Einen Augenblick lang war er geblendet.

Feuer! schoß es ihm durch den Kopf.

Der Dicke verpaßte ihm noch einen Schlag, dann krallte er nach seinem Gesicht. Storm schnappte nach Luft. Die Flammen stiegen über ihm hoch, der Dicke versuchte, seinen Kopf in sie hineinzudrücken. Die Hitze auf seinem Gesicht nahm zu. Der Rauch raubte ihm den Atem. Die Flammen schienen an seinen Wangen zu lecken.

Dann stand plötzlich Bernard über ihnen. Beugte sich zu ihnen herab. Streckte wortlos die Hand aus und kniff den Dicken mit seinen langen, schlanken Fingern in den Hals.

Der Mann brach bewußtlos unter Storm zusammen, und Storm stürzte fast in die knisternde Feuersbrunst, als er von ihm rutschte. Hustend zog er das Gesicht von dem Rauch zurück. Aber die Hand des Dicken ließ er erst los, als er ihm den Revolver entwunden hatte.

Dann sprang er auf, fort von den Flammen. Taumelte auf die gegenüberliegende Wand zu und sank dagegen. Blieb, die Hände auf die Knie gestützt, stehen und schnappte nach Luft.

Schließlich sah er zu dem jungen Faktotum auf,

dessen kahlrasierter Schädel wegen des darin gespiegelten Feuerscheins orangefarben zu flackern schien.

»Bernie, Junge! Das hast du klasse gemacht«, stieß er keuchend hervor.

Er richtete sich auf, drehte sich um. Die Flammen fielen bereits wieder in sich zusammen, aber er konnte in ihrem schwachen Schein noch sehr gut sehen. Auf dem Boden des Gangs lag das Gesicht von Frankensteins Monster. Zwei Männer drehten ihm die mächtigen Arme auf den Rücken, ketteten seine dicken Handgelenke mit Handschellen aneinander. Aus einer Schußwunde im Oberschenkel des Riesen sprudelte Blut.

Storm drehte sich weg. Sah auf die verlöschenden Flammen hinab.

Er begriff sofort, was passiert war. Iagos Kerze war zu Boden gefallen, und das Papier unter dem Reinhart-Triptychon hatte Feuer gefangen. Das alte Holz der Tafelbilder hatte gebrannt wie Zunder. Es brannte immer noch.

Storm fühlte sich sehr wacklig auf den Beinen, als er auf das Triptychon zuging. Er blickte in das Gesicht des Jesuskinds hinab, beobachtete, wie seine Haut von der Hitze des Feuers aufplatzte, sich kräuselte. Die Ränder der Tafelbilder – die Runen, die er dort gesehen hatte – brannten inzwischen allesamt lichterloh und verkohlten.

Schicksal, dachte Richard Storm. *Allerdings.*

Mit einem lauten Knacken fiel das Triptychon in sich zusammen.

»Wo ist Harper?« fragte Bernard hinter ihm.

Storm sah sich mit ausdrucksloser Miene um. Er wischte sich den Schweiß aus dem Gesicht. »Was?«

»In welchen Gang sind sie gelaufen?« Bernard hatte inzwischen eine Taschenlampe in der Hand, mit der er rasch in einen Gang nach dem andern leuchtete. Dann schrie er: »Herrgott noch mal!« und wandte sich wieder den anderen zu – Storm und den zwei Männern, die inzwischen von dem Monster zurückgetreten waren. Die drei sahen Bernard verständnislos an. Worauf er sie noch einmal anschrie:

»Herrgott noch mal! In welchem Gang sind sie verschwunden?«

28

Harper jagte ihn durch das Dunkel. Ihr Stock schlug hart auf den Steinboden vor ihren Füßen. Ihr grimmiges altes Gesicht war starr und finster. Ihr pfeifender Atem ging rasch und rauh. Ihre Schritte pochten auf den Stein. Ihr Herzschlag pochte in ihren Ohren. Vor sich konnte sie nichts erkennen, absolut nichts, und doch waren ihre Augen unter der Krempe ihres Borsalino, hinter den schmalen Gläsern ihrer Brille so wachsam und lebendig wie eh und je. Sie stapfte durch etwas, das sie nicht sehen konnte, in etwas hinein, das sie nicht kannte. Aber das war nun einmal ihre Natur.

Der Gang vor ihr krümmte sich leicht nach oben. Sie konnte das Ansteigen des Bodens mit der Spitze ihres Stocks spüren. Mit sicheren, raschen Schritten, deren steter Rhythmus sich immer mehr dem Rhythmus ihres Pulses, ihres Atems anglich, hastete sie den gewundenen Gang entlang. Die schwindelerregende Dunkelheit rauschte an ihr vorbei.

Die Luft in dem unterirdischen Gang war steinern, kühl und trocken. Sie hatte keinen Geruch. Die Atmosphäre war wie in einer Höhle. Doch allmählich, je länger sie dahinhumpelte, spürte sie eine Veränderung. Zunächst nur wie eine Ahnung, wie eine Andeutung, kam ihr ein frischerer Luftzug entgegen. Ein Luftzug, belebt von der Feuchtigkeit des Nebels, mit einem Hauch Erde und Winter darin. Sie biß die Zähne so fest zusammen, daß sie knirschten. Wütend beschleunigte sie ihre Schritte, und gleichzeitig erhöhte sich auch das Tempo, mit dem ihr Stock auf den Stein klopfte.

Die Luft wurde üppiger, feuchter, lebendiger. Sie spürte, wie der Boden unter ihr immer noch anstieg. Sie wußte, sie kam ans Ende der Fährte.

Doch inzwischen stürmte sie so schnell dahin, daß sie beinahe gegen das Ende des Tunnels gerannt wäre. Ihr Stock stieß gegen die Wand vor ihr. Ihre Nase war nur wenige Zentimeter von dem nackten Stein entfernt. Sie blieb abrupt stehen.

Schwer atmend, drehte sie sich um und tastete sich wieder in die Richtung zurück, aus der sie gekommen war. Erst einen Schritt, dann zwei, dann drei. Da. Eine Öffnung in der Wand des Gangs. Sie zeichnete sich ganz schwach ab. Über die gerade noch zu erkennenden Umrisse einer Treppe sickerte zaghaft silbernes Mondlicht zu ihr herab.

Harper bewegte sich auf das Licht zu. Sie bekam den Handlauf zu fassen, kaltes Eisen, morsch vor Rost. Die Treppe war fast so steil wie eine Leiter. Harper verzog das Gesicht, als sie erst einen Fuß darauf setzte, dann den anderen. Über sich erkannte sie die gezackten Umrisse eines Lochs, der Nebel dahinter war mit Licht durchschossen.

Sie spürte, wie der Rost unter ihrer Handfläche abblätterte, als sie sich am Handlauf die Treppe hinaufzog.

Schwer atmend kam sie schließlich oben an. Die zerbrochene Eisentür stand ein Stück offen, stellte sie fest. Draußen lockte der Nebel, durch den Spalt wehte frische Luft zu ihr herein. Mit eine Hand hielt sie Handlauf und Stock umklammert, mit der anderen drückte sie gegen die Tür. Ihr unterer Rand scharrte zwar widerstrebend über die Erde, aber sie ging ohne Stocken auf.

Harper Albright stieg die letzten Stufen nach oben, duckte den Kopf unter dem Steinarchitrav hindurch und trat aus der kleinen Gruft auf den Friedhof der Abtei hinaus.

Eine freie Fläche in Nebel und Mondschein. Ein Gräberfeld. Eine kahle Ulme, die Krone wie in tiefer Trauer gesenkt. Und das Dreieck der eingestürzten Mauer, das aus dem Dunst schwarz in den stürmischen Himmel aufragte.

Immer noch außer Atem, entfernte sich Harper langsam von der Gruft. Beobachtete dabei die verfallenen Grabsteine und die sich verändernden Schatten, spähte angespannt durch den Nebel, der sich mit jedem neuen Auffrischen des Winds zusammenzog, verdichtete und dann wieder auflöste. Die Lichter des Gutshauses hinter ihr schienen weit weg zu sein. Aus der Ferne leuchteten die Lichter einer Ortschaft herüber. Doch hier umschlossen sie die sich kräuselnden Nebelranken mit ihrem eigenen seltsamen Schein und ihrer eigenen seltsamen Dunkelheit.

Vorsichtig bewegte sich Harper hindurch, drückte sich vorsichtig an den schiefen Grabsteinen vorbei. Und ließ dabei fortwährend ihre Blicke über den Friedhof wandern.

Sie zuckte zusammen, als sich die Feuchtigkeit auf ihren Brillengläsern sammelte. Gab einen verärgerten Laut von sich. Blinzelte abermals hindurch. Von ihm fehlte jede Spur. Das machte ihr angst. Denn sie konnte spüren, daß er da war, daß er sie beobachtete, beobachtete, wie sie unsicher zwischen den Gräbern umherging.

Und doch war es bis auf den Wind und das Rascheln

des abgefallenen Laubs vollkommen still. So still, daß Harper sich, als sie sich der unheimlichen Mauer näherte, fast schon davon überzeugt hatte, daß ihre instinktive Gewißheit, Iago sei hier, nur auf Einbildung beruhte. Daß er in Wirklichkeit nur in ihrem Kopf anwesend war, dort aber so fest verwurzelt wie immer, ohne je ganz entdeckt, ohne je ganz vertrieben werden zu können.

Eine zerbrochene Stele auf dem Boden. Sie stieg darüber. Der Mond zog sich hinter eine Wolke zurück, und der Nebel wurde dicht und grau. Der Schatten, den die Kapellenwand auf die Erde warf, löste sich in anderen Schatten auf, die sich von allen Seiten wie Lebewesen auf ihn stürzten.

Näher, immer näher ging Harper auf die Mauer zu. Rings um sie raunte der Wind. Sie beugte sich ein wenig vor, spähte um das Ende der Mauer. Auch dahinter schien alles still und verlassen.

Sie richtete sich auf. Sie drehte sich um. Hohl seufzend frischte der Wind auf. Die Wolken zogen weiter.

Mondlicht stach plötzlich auf die Erde herab. Und dort stand Iago.

Harper stieß einen überraschten Schrei aus. Er stand keinen halben Meter vor ihr, ragte bedrohlich über ihr auf. Die rauchigen Tiefen seiner Augen hatten das silberne Licht eingefangen und leuchteten. Sein Grinsen zeichnete sich in dem wirbelnden Dunkel grau ab.

Ihr blieb nur noch Zeit, den Drachenkopf fester zu umklammern und die Spitze des Stocks vom Boden zu heben.

Dann riß Iago bereits eine seiner in grünen Handschuhen steckenden Hände schräg nach oben, als wolle er sie zu Boden schlagen. Instinktiv zog Harper in Erwartung des Fausthiebs den Kopf ein.

Aber er behielt seine Hand dort oben. Und dann, langsam, grinsend, mit der großspurigen Geste eines Zauberers, hob er auch die andere Hand hoch. Zupfte an den Fingern des Handschuhs. Und streifte ihn sich rasch, elegant ab.

Selbst als sich die Wolken wieder vor den Mond schoben, reichte das Licht noch aus, daß sie seine nackte Hand erkennen konnte. Daß sie die dünne, pulsierende Linie brandigen Verfalls erkennen konnte, die von den Fingerknöcheln zu seinem Handgelenk lief.

Sie betrachtete sie so fasziniert, daß sie erschrak, als sie seine Stimme hörte.

»Ach, Harper«, sagte er traurig, obwohl sein Gesicht weiterhin ein Grinsen trug. »Ach, Harper.«

Und wieder frischte der Wind auf, stark diesmal, heulend. Der Mond verlöschte. Der Nebel zwischen ihnen verdichtete sich. Harper konnte Iagos Gestalt nur noch undeutlich, fast geisterhaft erkennen. Und im nächsten Moment schnitt die dichter werdende Nacht, der dichter werdende Nebel sie ganz von ihm ab. Sie konnte ihn nicht mehr sehen, konnte nicht sagen, wo er war. In einer kläglichen Geste der Selbstverteidigung hob sie unsicher den Stock.

Der Wind wehte weiter, und der Nebel wehte weiter, und noch einmal schien das Mondlicht auf sie herab.

Und Iago war weg.

Epilog

Ach, Liebe, laß uns ehrlich
zueinander sein! Denn die Welt,
die wie ein Traumland
vor uns scheint zu liegen,
so bunt, so schön, so neu,
hat weder Freude, Liebe oder Licht
noch Frieden oder Sicherheit
und auch nicht Hilfe gegen Schmerz;
denn wir sind hier auf einem Feld,
umschwirrt von Ordern voller Widerspruch,
zu kämpfen und zu flieh'n,
wo nächtens ignorante Heere kämpfen.

MATTHEW ARNOLD

Erschöpft lehnte Bernard an der Hausecke von Belham Grange. Mit gesenkten Lidern beobachtete er, wie die Sanitäter Sir Michaels Leiche aus dem Haus und zu einem wartenden Krankenwagen trugen. Die Szene vor dem Haus war in rotes Licht getaucht. Der feine Dunstschleier, der über allem lag, wurde von den Rotlichtern der kreuz und quer geparkten Polizeiautos gepeitscht. Geschäftig eilten Polizisten und Kriminalbeamte umher, ihre Mienen starr und ausdruckslos.

Ein Stück von der Auffahrt entfernt, auf dem Rasen – da, wo tieferes Dunkel herrschte – konnte Bernard Storm und Sophia ausmachen. Er hatte ihr den Arm um die Schulter gelegt, und sie sahen ebenfalls zu, wie die zugedeckte Bahre weggetragen wurde. Bis sie mit einem lauten metallischen Scheppern hinten in den Krankenwagen geschoben wurde. Bis die Sanitäter hinter ihr einstiegen. Bis die Türen zugezogen und verriegelt wurden.

Die Reifen des Krankenwagens knirschten auf dem Kies der Auffahrt. Das Fahrzeug wendete und fuhr unter dem Baldachin der doppelten Baumreihe davon. Storm und Sophia drehten sich ebenfalls um, beobachtete Bernard. Sie drehten sich um und gingen mit gesenktem Kopf davon, über die neblige Wiese.

Bernard seufzte schwer und nahm in der kühlen Nachtluft eine andere Haltung ein. Dabei fragte er sich bitter, ob er wohl nach gründlichem Suchen wenigstens eine Körperstelle finden würde, die nicht schmerzte oder pochte oder brannte. Er bezweifelte es. Er hatte das Gefühl, ebenfalls eine Tragbahre zu benötigen. Und einen Krankenwagen. Vielleicht sogar einen Leichensack. Einen Leichensack, voll mit Drogen. Im Moment schien ihm, als wäre das nicht der schlechteste Ort, um den Rest seines halbnatürlichen Lebens zu verbringen.

Er bewegte kurz seine Glieder, um die Steifheit aus ihnen zu vertreiben, dann lehnte er sich wieder an die Hausecke. Storm und Sophia gingen inzwischen auf die Ruinen von Belham Abbey zu. Der dreiviertelvolle Mond hing dort draußen hell über dem Mauerkeil. Am Rand des Friedhofs blieben Storm und Sophia stehen, und Bernard sah, wie sie sich einander zuwandten. Er sah, wie Storm die Arme um die junge Frau legte, und sie den Kopf an seine Brust sinken ließ. Er atmete die Nachtluft tief ein und nahm das süße Aroma von Pfeifenrauch im Nebel wahr. Die barsche Stimme ertönte direkt hinter ihm.

»Ah. Haha.«

Harper blieb neben ihm stehen. Den Pfeifenstiel hatte sie zwischen den Zähnen, den wie einen Totenschädel geformten Meerschaumkopf hielt sie vorsichtig in den Fingern. Sie folgte Bernards Blick, sah über die Wiese zu der Stelle, wo sich die Liebenden auf dem Friedhof umarmten.

»Ich warne dich«, sagte Bernard zu ihr. »Und zwar wirklich, Harper. Tu jetzt bloß nicht so, als wärst du zufrieden mit dir. Ich glaube, das könnte ich jetzt echt nicht ertragen.«

Harper legte den Kopf auf die Seite, nahm die Pfeife aus ihrem Mund. Spähte durch ihre Brille zu Storm und Sophia hinüber. Sagte: »Tja ...«

»Tja, was?« Die Schulter immer noch an die Wand gelehnt, verschränkte Bernard die Arme über der Brust und sah auf sie hinab. »Tja, was? Verstehst du das vielleicht unter einem Happy-End? Ihr Vater ist tot, ihr Geliebter hat nicht mehr lange zu leben. Die beiden verstehen nicht annähernd, was hier heute abend passiert ist. Und vermutlich werden sie es auch nie verstehen. Alles, was sie haben, ist dieser ... dieser winzige Fleck, auf dem sie sich inmitten eines Meers aus Leid und Chaos aneinanderklammern können. Kannst du mir vielleicht sagen, was daran großartig sein soll?«

»Das Leben, Bernard«, sagte Harper Albright ruhig. Sie beobachtete immer noch Storm und Sophia und zog wieder an ihrer Pfeife. Der Rauch quoll beim Sprechen aus ihrem Mund. »Für mich ist es das Leben.«

»Das Leben«, äffte Bernard sie nach. »Was Besseres fällt dir wohl nicht ein, nachdem uns Iago entwischt ist?«

Harper nickte für eine Weile nachdenklich. »Er verfolgt seine Ziele«, sagte sie wieder einmal. »Und ich die meinen.«

Danach verharrten sie beide wortlos. Und beobachteten, wie Storm in den letzten Resten des Nebels, im vollen Mondlicht, im Schatten der verfallenen Abtei Sophias Gesicht hob und sie zärtlich küßte.

Dann lächelte Harper. »Fürs erste mag er uns vielleicht entwischt sein. Aber nicht endgültig. Ganz und gar nicht. Wir haben ein paar seiner Leute, die ihm sicher nicht alle die Treue halten werden. Und wir haben jetzt auch bei der Polizei ein paar Verbündete. Das Triptychon ist zerstört, und wenn ich mich nicht täusche, steht unser Freund mittlerweile so unter Druck, daß es nicht allzu lange dauern dürfte, bis er sich wieder aus der Deckung hervorwagt.«

Bernard hob den Blick zum Himmel, schüttelte den Kopf.

Harper lachte. »Haha.« Sie hob den Arm und klopfte dem jungen Mann auf die Schulter. »Nur nicht den Mut sinken lassen, mein Junge. Die Jagd fängt gerade erst an.«

Damit entfernte sie sich. Ging auf die Auffahrt zu, auf die dunklen Schatten unter den herabhängenden Buchenzweigen. Beim Gehen tippte sie mit dem Stock nur ganz leicht auf den Boden. Der Rauch aus ihrer Pfeife kräuselte sich über ihre Schulter hinweg nach hinten.

Nach einer Weile folgte Bernard ihr.

Auf dem dunstverhangenen Friedhof blickte Richard Storm hoch und sah sie weggehen.

Er drückte Sophia an sich, spürte die Wärme ihres Körpers, sog diese Wärme mit seinem Körper ein. Der Wind frischte auf, und Sophias Haar bewegte sich. Ein versprengter Nebelfetzen schwebte über die Gräber, schwebte vor ihn hin. Und durch diesen sich verdichtenden Dunst beobachtete Storm, wie sich Harpers gedrungene Silhouette von ihm fort bewegte. Er betrachtete die Form ihres Umhangs und die Konturen ihres

Huts und die Bewegungen ihres Stocks. Er betrachtete Bernards hochaufgeschossene, schlanke Silhouette, die neben ihr herschlenderte.

Er hielt Sophia fest in den Armen und beobachtete, wie seine beiden Freunde sich entfernten, wie sie immer weiter und weiter von ihm weggingen, bis sich der Nebel wie ein Vorhang über ihnen schloß.

Danksagung

Bei diesem Buch handelt es sich um einen Roman, und um einen ausgesprochen phantastischen noch dazu. Wenn darin real existierende Namen oder Orte Erwähnung finden – John Wayne, Jack Nicholson, Sotheby's und dergleichen mehr –, so geschieht dies lediglich zum Zweck höherer Wirklichkeitstreue. Ich habe sie als Archetypen geborgt; weder sie noch sonst eine lebende oder tote Person waren jemals in die hier geschilderten Ereignisse verwickelt.

Und da es sich um einen Roman handelt, möchte ich den Leser nicht mit einer langen Liste lebender oder gedruckter Quellen für meine Recherchen langweilen. Besonderen Dank schulde ich jedoch Dr. Jennifer Ellis und Dr. Richard Scofield für ihre sachkundige Beratung in medizinischen Fragen; James Cohan, daß er mich mit den Akteuren und Treffpunkten der Kunstwelt bekannt gemacht hat; Paul Sieveking von der großartigen *Fortean Times* für seine Einführung in die Arbeit bei einer Zeitschrift; und Simon Brett für die Überprüfung meiner Kenntnisse in Fragen britischen Lebensstils und Wortschatzes.

Auch einige Autoren verdienen besonderer Erwähnung. Jennifer Westwoods *Albion: A Guide to Legendary Britain* ist vermutlich die einzige Enzyklopädie, die ich von Anfang bis Ende mit dem allergrößten Vergnügen gelesen habe. Llynn H. Nicholas' *Der Raub der Europa* vermittelte mir ein umfassendes Bild von der Plünderung europäischer Kunst durch die Nazis – ein Bild, das ich dann meinen Zwecken entsprechend abänderte.

Und die Bücher von Charles Walker dienten mir als nützliches Kompendium aller nur erdenklichen paranormalen Verschwörungstheorien, die auf der Welt in Umlauf sind. Die Geschichte von den Nazi-Hexern entnahm ich *The Demonic Connection* von Walker, Toyne Newton und Alan Brown. Mormos Gebet adaptierte ich aus Francis Kings *Sexuality, Magic and Perversion*, zitiert in Walker.

Schließlich gilt mein persönlicher Dank meinen Agenten Barney Karpfinger – der immens hilfreiche Vorschläge zum dritten Entwurf des Buches beisteuerte – und Frank Wuliger mit seiner Crew bei Innovative Artists; Ann Patty für ihr großartiges Lektorat und ihren Rat; und wie immer meiner Frau Ellen für Hilfe, Trost, Unterstützung, Geduld, Kritik und Abendessen.